KB040848

이병주 문학의
역사와 사회 인식

이병주 문학의
역사와 사회 인식

초판 1쇄 인쇄 _ 2017년 4월 5일
초판 1쇄 발행 _ 2017년 4월 15일

지은이 _ 김윤식 · 김종회 외

펴낸곳 _ 바이북스
펴낸이 _ 윤옥초
편집팀 _ 김태윤
디자인팀 _ 이정은, 이민영

ISBN _ 979-11-5877-022-8 93810

등록 _ 2005. 7. 12 | 제 313-2005-000148호

서울시 영등포구 선유로49길 23 아이에스비즈타워2차 1005호
편집 02)333-0812 | **마케팅** 02)333-9918 | **팩스** 02)333-9960
이메일 postmaster@bybooks.co.kr
홈페이지 www.bybooks.co.kr

책값은 뒤표지에 있습니다.

책으로 아름다운 세상을 만듭니다. — 바이북스

이병주 문학의 역사와 사회 인식

김윤식 · 김종회 외 지음

바이북스
BvBooks

머리말

서사성의 복원과 이병주 문학의 재발견

– 왜 지금 여기서 다시 이병주인가

한 작가가 생전에 그 작품으로 일정한 평가를 받은 경우, 그는 행복한 존재이다. 한국문학사 또는 세계문학사에 명멸한 수도 없이 많은 작가들이 그 역사적 기록에 이름조차 올리지 못하고 스러져간 일들을 생각해 보자. 후대의 독자들이 그 이름과 작품을 기억하고 또 작품에서 공감을 얻을 수 있는 작가는 소중한 문화적 유산에 해당하며, 우리는 그와 같은 작품을 일러 '고전'이라 부른다.

생전에 이름을 얻기도 어렵거니와, 사후에 그에 대한 재평가가 이루어진 작가는 훨씬 더 드물다. 예컨대 작가의 탄생 1백주년이 지나서야 다시 부각된 허만 멜빌의 『모비딕』 같은 작품이 없는 것은 아니다. 그러나 이처럼 한 세기에 걸친 시간의 상거를 뛰어넘는 재평가는, 미상불 거의 기적에 가까운 일이다. 바꾸어서 말하자면 동시대에 문학 작품의 판단과 평가의 기능을 맡은 집단이 보다 신중하고 면밀하게 작품의 미학적 가치를 구분해야 한다는 것이고, 그것이 문화유산의 계발과 보존에 기여하는 행위라는 뜻이다.

이러한 생각과 관련하여, 여기 우리가 다시 주의 깊게 살펴보아야 할 한 사람의 작가가 있다. 나림 이병주. 1921년에 태어나 1992년에 타계할 때까지, 언론인이요 작가로서의 생애를 살았으며 근 · 현대사의 온갖 굴곡을 그 인생역정 가운데 체험하고 이를 소설로 남겼다. 우리는 그의 데뷔작 「소설 · 알렉산드리아」를 읽고 눈을 크게 뜨며 놀란 여러 사람의 글을 볼 수 있으며, 그로부터 반세기가 지난 오늘에 그 작품을 다시 읽어 보아도 한 작가에게서 그만한 재능과 역량이 발견되기는 참으로 쉽지 않은 일이라는 감회를 얻을 수 있다.

산뜻하면서도 품위 있게 진행되는 이야기의 구조, 낯선 이국적 정서를 작품 속으로 끌어들여 누구든 쉽사리 접근할 수 있도록 용해하는 힘, 부분 부분의 단락들이 전체적인 얼개와 잘 조화되면서도 수미상관하게 전개되는 마무리 기법 등이 이 한 편의 소설에 편만(遍滿)하게 채워져 있었으니, 작가로서는 아직 무명인 그의 이름을 접한 이들이 놀라는 것은 무리가 아니었다고 할 수밖에 없다. 특히 역사와 문학의 상관성에 대한 그의 통찰은 남다른 데가 있어, 역사의 그물로 포획할 수 없는 삶의 진실을 문학이 표현한다는 확고한 시각을 정립해 놓았다.

그의 소설은 『관부연락선』, 『지리산』, 『산하』 등 근 · 현대사 소재의 3부작을 통하여 우리 역사를 문학이라는 그릇에 담고 있다. 동시에 『바람과 구름과 비』, 『행복어사전』 등을 통하여 과거와 현재를 망라한 시대적 삶과 그 행간에 묻힌 인간사를 문학이라는 그물로 건어 올리고 있다. 문제는 그가 남겨 놓은 뛰어난 작품들과 그 문학적 성취에도 불구하고, 당대 문단에서 그에 대한 인정이 적잖이 인색했다는 데 있다.

그럼에도 불구하고 우리는 여전히 그에게 부여되었던 '한국의 발자크'라는 별호가 결코 허명이 아니었음을 수긍할 수밖에 없다. 일찍이 대학에서 문학을 공부하던 시절, 그는 책상 앞에 '나폴레옹 앞엔 알프스가 있고, 내 앞엔 발자크가 있다'라고 써 붙여 두었다고 술회했다. 이 오연한 기개는 나중에 극적인 재미와 박진감 넘치는 이야기의 구성, 등장인물의 생동력과 장쾌한 스케일, 그리고 소설 처처에서 드러나는 세계 해석의 논리와 사상성 등에 의해 뒷받침된다.

이러한 작가로서의 면모를 다시 떠올려 볼 때, 우리는 유명(幽明)을 달리한 지 사반세기에 이른 그의 작품을 다시 확인하고 검증해야할 필요성을 강렬하게 느끼게 된다. 더욱이 시대적 사조가 점차 미소하고 부분적인 것 중심으로 흘러가고, 현란한 영상문화의 물결에 밀려 문자매체의 전통적인 상상력이 고갈되어 가고 있는 마당에, 이병주식 이야기성의 회복을 통해 인문적 사고의 내면 확장과 온전한 세계관의 균형성을 확립한다는 것은 참으로 중요한 명제가 아닐 수 없다.

『이병주 문학의 역사와 사회 인식』이라는 제호의 이 책은, 그와 같은 관점으로 이병주 문학에 있어서 소설의 서사성과 그 위의(威儀)의 회복이라는 목표를 지향한다. 이병주의 세계에서만 목도할 수 있는 이야기의 재미, 박학다식과 박람강기(博覽强記), 체험의 역사성, 그리고 지역적 기반의 소설화 등 여러 항목을 작품 연구를 통해 살펴볼 수 있는 글로 묶었다. 각기의 글은 경남 하동의 이병주문학관에서 2009년도부터 매해 개최된 '이병주문학 학술세미나'의 발표문이다.

이를 역사, 학병, 사상 · 정치, 법, 공간, 예술, 대중성 등 모두 7개 항목의 주제 아래 재구성하여 전체적으로 작가의 문학세계에 대한 체계적인 연구서가 되도록 했다. 이러한 학술세미나와 연구서의 간행은 앞으로도 계속해 나갈 예정이다. 여기에 이르기까지 먼 곳의 세미나에서 발표를 해주시고 또 글을 주신 필자들께 진심으로 감사의 말씀을 전한다. 그리고 이처럼 품위 있는 책으로 만들어준 도서출판 바이북스에 깊이 감사드린다.

2017. 3

지은이 일동

차례

역사

이태의 『남부군』과 이병주의 『지리산』
김윤식

역사소설의 사실과 픽션
신봉승

이병주의 역사소설과 이념 문제
임헌영

이병주 문학의 역사의식
－『관부연락선』을 중심으로
김종회

이태의 『남부군』과 이병주의 『지리산』

김윤식

1. 표절 여부의 문제

『남부군』(두레, 1988)은 최초로 공개되는 지리산 수기이다. 쓴 자는 본명이 이우태(李愚傣)인 이태(李泰)인데, 그는 1922년 충북 제천에서 태어나 해방 직후 『서울신문』 기자로 활동하였다. 이후 좌경하여 평양의 〈조선중앙통신사〉(북한국영통신) 기자로 대전 방면에 내려와 있다가 나중에 전주지사의 보도관이 되었다. 때는 1950년 9월 26일 추석이었다. 전주지사의 책임자는 평양에서 내려온 김상원이라는 사람이었고, 그를 포함하여 모두 네 명이 직원이었다. 〈조선중앙통신사〉는 물론 정부기관이라 노동당의 지시를 받지만, 한편으로는 소관 도내의 『노동신문』(노동당 기관지), 『인민보』(인민위원회 기관지) 등을 지휘, 조정하는 위치에 있었다.

인민군이 UN의 인천상륙작전으로 인해 전면적으로 후퇴하자, 남은 잔당들은 빨치산이 되어 소백산과 지리산에 집결하여 잠복했다가 투쟁을 계속했다. 군경의 토벌작전이 이어졌는데 그 통계를 보면 다음과 같다.

1949년 이래 5여 년간 교전회수는 실로 10,717회, 전몰군경 측의 수는

6,333명, 빨치산 측은 줄잡아 1만 수천을 넘는 것으로 추산되었다. 그러니까 피아 2만의 생명이 희생된 것이다. 지리산 빨치산 부대의 가장 악명 높은 지도자는 남부군의 이현상(李鉉相). 그 부대의 정식 명칭은 독립 제4지대, 일명 나팔부대였다. 이 강력한 빨치산의 괴멸 과정은 어떠했을까. 작가 이태는 이렇게 썼다.

> 나는 기구한 운명으로 이 병단의 일원이 되었고 신문기자라는 전직 때문에 전사(戰史) 편찬이라는 소임을 담당하면서부터 이 부대의 궤멸하는 과정을 스스로 겪고 보며 기록해왔다. 이 경위도 이 기록(수기)에서 차차 밝혀질 것이다.
>
> –「머리말–나는 왜 이 기록을 썼는가」, 두레(상권) 1988, p.15.

잇따라 그는 또 이렇게 적었다.

> 이 기록은 소재이지 역사 자체는 아니다. 소재에는 주관이 없다. 소재는 미화될 수도 비하될 수도 없다. 의도적으로 분석된 것은 기록이 아니라 창작이다. 나는 작가가 아니라 사실 보도를 업으로 하는 기자였다. 되도록 객관적으로 모든 사실을 기록 속에 적은 그대로의 연유로 해서 내 손에서 떠나가 버렸다. 나는 언젠가는 그러한 내 체험을 기록으로 남겨야 할 의무감 같은 것을 느끼며 체포된 직후 N 수용소에서 다시 이 작업을 시작했다.
>
> –상권(이하 같은 책), pp.15~16.

작가 이태는 석방된 후 놀랍게도 야당 국회의원(1960~1993)을 지냈고, 1997년에 사망했다. 필자가 이 글을 쓰게 된 것은 빨치산에 대한 흥미도 아니었고, 물론 그렇다고 해서 이태라는 인간 자체에 대한 흥미 때문도 아니다. 다만 다음의 기록 때문이라 할 수 있다. 그럭저럭 20여 년을 기다려야 했다고 적은 이태의 다음의 기록.

> 그 동안 파렴치한 한 문인으로 해서 기록의 일부(자기의- 인용자)가 소설 속에 표절되기도 했고, 그 때문에 가까스로 만난 보완의 기회를 놓치고야 말았다. 이제 국가의 기밀도 공개하는 30여 년의 세월이 흘렀다. 모든 것을 역사적 사실로써 관조할 수 있는 시기가 되었다고 판단하고 나는 이 기록의 출판을 결심했다.
>
> –pp.16～17.

필자가 주목한 대목은 '파렴치한 한 문인으로 해서 기록의 일부가 소설 속에 표절되기도 했고'에 있다. 대체 그 '파렴치한 한 문인'이란 누구일까? 문득 필자의 머리를 스치는 것은 대하소설 『지리산』(1972-1978)의 작가 이병주였다. 분명히 이 소설은 무려 6년에 걸쳐 『세대』지에 연재되었다. 그러므로 『남부군』보다 먼저 씌어졌다. 그렇다면 혹시 이 『지리산』은 『남부군』과 관련성이 있을까. 있다면 어떤 것일까. 필자는 이에 두 작품을 면밀히 읽고 분석해 볼 수밖에 없다.

2. 『남부군』의 전모

UN군의 인천상륙작전이 이루어진 것은 1950년 9월 15일이었다. 전황의 주도권은 이제부터 UN군 및 남쪽이 장악한 셈이었다.

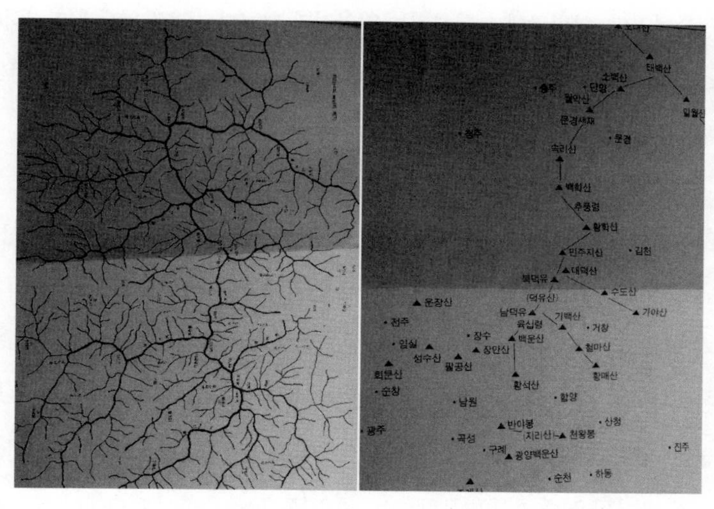

〈지도 1〉 지리산의 능선과 계곡　　〈지도 2〉 남부군 이동경로

1950년 9월 26일은 추석. 마산 전선에서 부상한 인민군 패잔병들이 북상하고 있었다.

이태 일행의 보도관들은 어떻게 되었을까. 빨치산으로 들어갈 수밖에. 순창군 구림면 엽운산 산채에 들기. 빨치산은 세 번 죽는다는 말이 있다. 또 빨치산에 삼금(三禁)이란 것이 있다. 곧 소리, 능선, 연기가 그것. 연기란 낮, 밤에는 불빛을 가림이다. 엽운산 산채에서 그들을 보았다.

하루는 완전 무장에 따발총을 멘 인민군 편제부대가 찾아듦으로써 아지트의 사기는 크게 올랐다. 지휘자는 '남해 여단장'이라고 불리는 초로의 장군이었다. 그는 만주 항일 빨치산 출신으로 인민군의 고위 간부들이 모두 그의 빨치산 동료라는 얘기였는데 대열의 선두에서 소를 타고 들어오는 폼이 유유자적, 마치 동양화에 나오는 어옹(漁翁) 같았다. 그런데 이 남해 여단장은 끝내 수수께끼의 인물이었다. 연합군에 투항하지는 않았지만 그렇다고 유격투쟁에 협력하지도 않았다. 무슨 생각이었던지 다만 방랑객처럼 이 산채 저 산채를 위장하여 표연히 왔다 갔다가 표연히 사라지곤 했다.

그동안 부하들은 자꾸만 이산돼갔지만 가는 자는 쫓지 않고 오는 자는 막지 않는 식이었다. 엽운산에서 1개 중대 병력이 도당 위원장의 권유로 도당 산하에 남아있게 되었는데 남해 여단장은 나머지 병력을 이끌고 표연히 어디론가 떠나가 버렸다. 결국 남해 여단은 전남도 유격부대에 의해 무장해제 당하고 노장군은 투쟁을 거부했다는 이유로 총살됐다는 후문이었다. 이 풍채 좋은 초로의 장군은 어떤 당적 과오 때문에 중앙의 요직에서 여단장으로 격하되어 전선에 보내진 데 불만을 품고 앙앙 몰락했었다는 기록을 오래 전에 어디에서 본 적이 있으나 지금 상고할 방도가 없다

– pp.61 ~62.

소를 탄 남해 여단장, 이는 『남부군』 속에서는 썩 이색적인 에피소드에 속하지 않는가 싶다. 이 책을 오래 전에 읽은 필자가 이 대목에 밑줄을 친 것이 그 증거라 할 수 있을지 모른다. 빨치산 전법은 모택동 주석의 전법 그대로 적진아퇴, 성동격서, 이정하령 등등 16자전법이 그것. 이 전법을 익혀야 진짜 빨치산이 된다. 누가? 얼치기 지식인들이 그들이다.

다시 말해 통일을 저해하는 세력은 현실 변혁을 바라지 않는 지주계급을 대표하는 모당파 친일 모리배 군상, 그리고 그 세력을 타고 앉은 이승만 일파라고 생각하는 청년들도 많았으며 이들은 그대로 좌익이 돼버렸다. 그러니까 그 저해세력을 물리치지 않고는 통일은 영원히 불가능하고 물리치는 수단은 폭력적일 수밖에 없다는 급진 과격론도 나왔던 것이다.

역설적인 얘기지만 이런저런 동인으로 해서 저 남한 천지에 그 많은 좌익 동조자를 만들어낸 것은 공산당이 아니라 남한의 극우 세력이었다.

요컨대 전쟁 좌익 동조자의 상당 부분은 정확히 말해서 사회 불만층들이지 진짜 공산주의자는 아니었다고 생각한다.

이런 것들은 바로 20대 청년시절의 내 모습이었다. 나는 그것을 정의라고 믿으며 그것에서 법열(法悅)같은 기쁨까지도 느끼고 있었던 것이다.

-p.81.

작가 이태가 '스스로를 포함한 당시의 지식인'을 말해놓은 것이라 주목할 필요가 있다. 이병주의 『관부연락선』의 유태림도 그러했을까. 『지리산』의 박태영도 그러했을까. 검토해 볼 문제가 아닐 수 없다.

이태의 태생은 충북 제천. 그러나 부모가 살고 있는 곳은 서울이었다.

서울의 아버지 어머니는 안녕하실까? 나 때문에 곤욕을 치르고 계시지 않을까. 서울을 떠나오던 전날 밤 부민관에서 소련 영화 〈석화〉(石花)를 같이 구경하고 헤어진 여의전의 이윤화는 지금 어디서 무엇을 하고 있을까? 지난 여름 7월초 용산 대폭격 때 그녀를 추켜세운 나의 기사 때문에 화를 입지나 않았는지…

p.19.

또 이런 대목은 어떠할까.

기왕에 부연한다면 전우의 죽음을 보고 분노에 불타 적진에 뛰어드는 것이 전쟁 드라마의 정석으로 돼 있지만 실제로는 분노보다 공포가 앞서는 것이 화선(火線)에 선 병사들의 공통된 심정이라고 보는 게 옳은 것이다. 정규군도 그렇고 이 시기의 빨치산들도 그랬다고 본다. '간부보전'이라는 명분 아래 하급 부대나 하급자를 희생시키는 사례를 앞으로 이 기록은 보여주게 될 것이다.

-pp.128~129.

이태의 수기가 특히 보여주고자 한 관점이기도 하다. 이들은 중공군 개입도 모른 채, 군경합동 토벌대를 상대로 싸워야 했다.

1951년 3월 20일 자정—전선에서 연합군이 다시 서울을 수복하고 38선을 향해 물밀 듯 올라가고 있던 무렵—희문산을 탈출한 전북도당 유격 사령부의 길고 긴 대열이 내리 퍼붓는 찬비와 어둠을 타고 미록정이 계곡을 빠져나가고 있었다.

-p.201.

이들은 덕유산으로 옮겼고 그들 속에는 여성 빨치산도 많았다.

공산사회의 다른 분야에서나 마찬가지로 여자 대원이 수월찮게 있었다. 좌익운동에 가담한 여성 중에는 외향적인 다시 말해서 겁 없는 여성들이 비교적 많았고, 〈순교자〉 감상에 사로잡혀 있는 이른바 '열성당원'이 적지 않았다. 좌익에 투신하고 있는 애인에 대한 사랑이 그렇게 만든 경우가 많았다.

-p.217.

이른바 산중처(山中妻)도 버젓이 있었다. 1951년 4~5월에 걸쳐 이름 모를 전염병이 산중 생활의 중대한 전환점을 만들었다. 1951년 5월 백운산으로 이동. 승리사단(조선인민 유격 남부군)에 속해 덕유산으로 이동.

한국은 남로당 잔당 숙청에 돌입. 남로당은 뿔뿔이 지리산 산악지대로 도피, 이때 남로당 연락부장이며 일제 때 전경의 검거를 피해 지리산에 은신한 경험이 있는 '이현상'이 자진하여 지리산에 들어갔다. 이 '지리산 유격대'는 1949년 7월부터는 공식명칭이 '제2병단'이 된다. 여기에는 문화란 김태준(45), 시부 유진오(兪鎭五. 26), 음악부 유호진(21) 등이 참여했는데, 이것이 나중에 '지리산 문화공작대 사건'이다. 이들은 후일 체포되어 전부 총살된다.

제2병단의 당시 편제, 약 500명
제5연대(이이회) 동부 지리산
제6연대(이현상) 지리산
제7연대(박종하) 백운산
제8연대(맹모) 조계산
제9연대(장금호) 덕유산

남도부, 본명 하준수(河準洙)에 관해서는 앞으로 이야기할 기회가 있겠지만 당시 해주 인민대표자 회의에 참석차 월북했다가 대의원으로 선출되지는 못하고 강동학원에서 군사교관으로 있다가 제3병단(김달삼 사령관)의 간부로 남하하게 된 것이다.

그는 6 · 25 때 김달삼과 함께 제7군단을 이끌고 동해안 주문진으로 상륙 침투해왔다. 이때 그는 인민군 소장계급을 수여받았으며(후에 중장으로 승진) 1954

년에 남부군의 마지막 게릴라로 체포됨으로써 유명해졌다.

-p.256.

이 남도부, 곧 하준수는 이병주의 『관부연락선』에 상세히 묘사되어 있다. 고독한 영웅 이현상은 어떠했을까.

다만 이현상은 김일성 일파와의 타협을 완강히 거부하여 월북을 마다하고 남한 빨치산에의 투신을 자청한 터였다. 이승엽은 평양으로 피신하여 김일성 내각의 각료 반열에 올라 요직을 두루 거쳤으나 지금은 '조선인민 유격대 총사령관'의 직책을 가지고 이현상에게 지시를 내린 것이다. 철저한 반김일성파였던 이현상으로서 빨치산으로의 반전 명령이 크게 불만될 것은 없었을 것이다.

-p.266.

이현상, 그는 어떤 인물인가.

1950년 이때 이승엽은 만50세의 중년이었다. 대한제국이 경각에 달렸던 1901년 그는 충남(당시 전북) 금산군 군북면 외부리의 중농의 집안에서 태어났다. 고창고보를 거쳐 서울 중앙고보로 전학한 그는 그 곳을 중퇴하고 보성전문별과를 졸업하게 되는데 고보시절에 이미 국권은 군국주의 일본의 손에 넘어가 있었다.

그는 자연스럽게 공산주의 운동에 뛰어들었고 1925년에는 박헌영의 밑에서 김삼룡 등과 더불어 조선공산당 결성에 참여했다. 러시아에서 볼셰비키혁명이 성공한 지 8년 후의 일이다. 1928년 노동당(ML당)의 소위 (국)당 원칙에 의해 그 명맥마저 일본공산당에 흡수 소멸되자 박헌영을 정점으로 경성 콤뮤니스트 클럽을 만들기도 했다. 일제말기 경찰의 발악적 탄압이 시작되어 동료 공산주의자들의 투옥과 전향이 속출하자 그는 지리산으로 운신했다. 해방과 함께 그는 지상으로 나와 〔…〕 그는 북한정권의 요직에 참여한 동료들을 외면하고 1948년 11월 겨울이 휘몰아쳐오는 지리산으로 들어갔다. 그리고 5년 후 그 지리산에서 파란 많던 생애를 마친다. 북한 정권은 1953년 2월 5일 이현상에게 '공화국 영웅'의 칭호를 수여했다.

-p.275.

이현상을 본 이태의 묘사.

그는 남부군 대원들로부터 지극한 흠앙을 받고 있었으며 그의 한마디 한마디는 언제나 절대적인 신의 계시처럼 대원들에게 받아들여지고 있었다. 누구도 듣는 데서나 안 듣는데서나 그의 이름은커녕 직함조차 부르는 법이 없고 그저 '선생님'이었다. 〔…〕 말단 대원이던 나로서는 그와 대화할 기회는 거의 없었지만 진회색 인조털을 입힌 반코트를 입고 눈보라치는 산마루에 서서 첩첩 연봉을 바라보고 있던 이현상의 어딘가 우수에 잠긴 듯 하던 옆 모습은 지금도 선명한 인상을 남기고 있다.

-p.282.

이상이 상권의 전모이다.

3. 『남부군』의 기록방식

이태의 수기에는 포로로 잡힌 경찰관 30여 명을 훈계하여 돌려보냈다는 점을 기록해 놓았다. 그들은 간단한 심사를 마친 후 서너 명의 부상자를 들것에 실려 보냈다. 다시는 경찰에 들어가지 않겠다는 '서약서'를 받았음은 물론이다. 이들 석방된 경찰관을 통해서 그 당시 관계자들 사이에 화젯거리가 된 경찰과 빨치산의 회담이 제안되었다. 빨치산 측이 지정한 곳은 장계읍으로 빠지는 국도 중간쯤에 있는 외딴 집. 시간은 이튿날 아침 8시. 쌍방 무장 없이 나온다는 조건이었다. 그 실행경위를 이태는 아래와 같이 적었다.

> 서울 부대가 평지 마을의 보루대를 공격할 무렵에는 명덕분지를 둘러싼 고지의 요소요소는 이미 빨치산들에 의해서 장악돼 있었다. 깃대봉 능선은 전북 720과 장수부대가, 육십령재 일대는 그 밖의 연합부대가 방어선을 펴고 외부로부터 오는 응원부대에 대비하고 있었다.
>
> 육십령재 쪽에서는 안의(安義) 방면에서 재빨리 달려온 응원경찰부대와 교전하는 총소리가 간헐적으로 들려왔으나 빨치산 장악 하에 서울부대 보충대원들은 어느 큼지막한 민가의 대청마루에서 인솔자인 고참 대원으로부터 미식 자동소총의 분해결합을 교육받은 후 각기 자유행동을 허락받았다.
>
> 나는 혼자서 가게가 늘어서 있는 신작로길을 천천히 거닐어 봤다. 대낮에 이런 사람들의 마을을 걸어보는 것은 전주시 이래 근 일 년 만의 일이었다. 마치 꿈을 꾸고 있는 것 같았다. 어디선가 오르간 소리가 들려왔다. 아이들의 합창소리도 들렸다. 국민학교가 열려 있었다. 교원출신이라는 서울 부대 구대원 한 사람이 엠원을 어깨에 걸친 채 오르간으로 아이들에게 '아침은 빛나라 이 강산'(북의 국가)을 가르치고 있는 것을 젊은 여교사가 저만큼 서 웃으며 바라보고

있었다. 구대원은 차림새에 어울리지 않게 오르간이 매우 익숙했고 그렇게 오르간 앞에 앉아 있던 지난날을 회상하는 듯 어깨를 좌우로 들썩들썩하는 국민학교 교사 특유의 제스처까지 해가며 건반을 누르고 있었다. 빨간 우체통이 길가 담벼락에 붙어 있었다. 옆의 담배 가게에서 우표도 팔고 있었다. 집에 소식을 전할 수 있는 천재일우의 기회일는지도 몰랐다. 우리가 점령하기 전부터 집어넣은 편지도 있을 테고 설마 하니 빨치산이 자기 집에 편지를 띄웠으리라고야 생각하겠는가. 봉투 한 장 쯤은 아까 그 여교사에게 부탁하면 얻을 수 있겠지. 아니 우리가 떠나간 얼마 후 부쳐달라고 부탁하면 더욱 안전하겠지 … 그러나 잘못하면 집안 식구에게 엉뚱한 후환을 만들어 줄지도 몰랐다. 그리고 도대체 그때 나는 내 집이 어디에 있는지도 몰랐다. 편지를 단념하면서 생각해보니 그 빨간 통 속에 글을 적어 넣으면 몇 백리 밖까지 전달된다는 사실이 도무지 정말 같지 않았다.

다음에 나는 마을을 뒤지고 다니는 후방부의 뒤를 따라가 봤다. 특무장들이 식량을 '징발'할 때는 '지불증'이라는 것을 써주었다. 언제 무엇을 얼만큼 징발하는데 '해방' 즉, 인민군이 다시 들어왔을 때 이 증명서를 가져오면 정당한 보상을 하겠다는 메모 같은 것을 써서 군사칭호와 싸인을 해주는 것이다. 물건을 빼앗긴 부락민은 울며 겨자 먹기로 그 증명서나마 받아서 소중히 간수하고 있었다. 다만 보통 보급투쟁 때 그런 '지불증'을 써준 예는 없었다.

그날 저녁은 양념을 제대로 한 고깃국에 흰 쌀밥을 배가 터지도록 먹었는데 밤에는 또 찰떡이 간식으로 배급됐다. 많이들 먹고 어서 힘들을 차리라는 고참병의 말과 함께. 이튿날 아침 8시 장계읍으로 가는 외딴 집에서 경찰과 빨치산 사이의 기상천회의 '회담'이 시작됐을 무렵에는 국민학교 게양대에 인공기까지 펄럭이고 아이들은 여느 때와 같이 재잘거리며 등교하고 있었다. 이날의 회담 광경을 나는 훗날, 빨치산 측 대표로 나갔던 이봉각으로부터 자세히 들었다.

빨치산 대표 일행이 약속한 장소로 나가자 곧이어 장수경찰서의 경무주임이라는 금테모자를 쓴 경찰간부를 장으로 한 경찰 측 일행이 나타났다. 가벼운 인사를 교환한 후 빨치산 측이 준비해간 돼지고기와 막걸리를 내놓으니까 경찰간부가 잔을 받으면서

"이럴 줄 알았으면 과자나 뭐 단 것을 좀 사올 걸 그랬네요. 산에선 단 것이 귀할텐데…"

꽤 담대해 보이는 사나이였다고 한다. 술이 두어 순배 오간 후 경찰 간부가 먼저 허두를 꺼냈다.

"하고 싶다는 말씀을 들읍시다."

"간단히 말씀 드려서 어제 우리가 점령한 명덕분지 3개 리를 해방지구로 인정해달라는 겁니다."

"해방지구요?"

"바꿔 말하면 현재 우리 측이 방어선을 치고 있는 구역 내에 대해서 공격을 말아 달라 이겁니다. 그 대신…."

"그래서요?"

"우리는 어느 기간 동안 이 구역 내에 정착하고 다른 곳에 대한 공격을 일체 하지 않겠다, 이 말입니다. 당신들은 많은 병력을 동원할 수 있겠지만 우리도 당신네들을 괴롭힐 만한 무력을 갖고 있습니다. 그러니 피차 공연한 피를 더 이상 흘리지 않도록 하자는 겁니다.

"정전을 하자는 말씀이군요."

"그렇지요, 일정한 군사분계선을 두고 말입니다. 무력으로 우리를 섬멸한다는 것은 불가능합니다. 당신네들에게도 이것이 더 이상 희생을 내지 않는 유일한 해결방법이 되리라 생각합니다. 어떻습니까?"

"알겠습니다. 그렇지만 38선만도 다시없는 비극인데 여기 또 하나 38선을

만들자는 말입니까. 아무튼 이것은 나 혼자 결정할 수 없는 문제니까 돌아가서 상사에게 당신들의 뜻을 정확히 보고하겠습니다. 그리고 회답을 드리지요."

"시한을 정합시다."

"그래야지요. 오늘 정오까지로 합시다. 정오까지 이곳에 회답을 보내지 않으면 '노'입니다. 어떻습니까?"

"좋습니다. 좋은 결과를 기대합니다."

빨치산 측의 이 터무니없는 요구가 받아들여질 리 없었음은 물론이다. 다만 그렇게 해서 총성이 중단된 몇 시간 동안에 승리사단은 마을 사람들을 총 동원해서 막대한 양의 보급물자를 덕유산으로 실어 나르고 있었다.

시간을 번 것은 토벌군 측도 마찬가지였다.

-pp.26~28.

이병주의 『지리산』에서도 양측의 타협대목이 있거니와, 또 미군정청 경찰서장(함양경찰서장) T와 하준수의 면담. 이러한 것은 한갓 에피소드에 지나지 않을지 모르나 눈여겨 볼 것이다. 가령 『관부연락선』에서 하준수가 강달호의 자수를 권하는 대목. 하준수, 그는 바로 남도부가 아니었던가. 남부군 부사령관.

남부군의 문화공작 대원의 모습도 생생히 묘사되어 눈길을 끈다. 그중 작가 이동규의 죽음과 그의 시.

작가 이동규는 희곡 '낙랑 공주와 호동왕자'로 남한에서도 약간 이름이 알려졌던 사람이다. 월북 후 문예총(북조선문화예술총동맹)의 서기장으로 있었다. 50이 넘은 나이 덕으로 모두들 동무라 부르지 않고 '이 선생'이라고 존대했다. 문예총의 직위로는 내각의 부상급(차관급)에 해당된다는 말을 가끔 약간 불만스러운 어조로 말하고 있었다.(사실 그가 북한인이었다면 사령부의 객원 대우는 받았을 것이다.) 침식을 같이 하다 보니 나와는 좋은 말벗이 되었다. 보기에도 약질인 그는 행군 대열을 따르는 것만도 큰 고역으로 보였다. 군의 2차 공세 때 안경을 잃어버린 후로는 심한 근시 때문에 두 팔을 헤엄치듯이 내저으며 걷는 바람에 젊은 대원들이 보기만 하면 웃어댔다.

52년 2월 남부군이 거림골 무기고트라는 데 머물고 있을 때 화가 양지하가 연필로 이동규의 얼굴을 스케치해서 '이 선생의 빨치산 모습'이라는 제목을 달아 그에게 주었다. 그는 좋은 기념품이 생겼다면서 그것을 배낭에 넣고 다녔다. 그런데 그 해 5월 내가 N수용소에 있을 때 205 경찰연대의 정보과장이 환자트에서 사살된 시체의 배낭 속에 들어있었다면서 보여준 그림이 바로 그것이었다. 죽은 그 빨치산은 동상으로 발이 거의 썩어 없어져 버렸더라고 했다.

그는 (경남부대당시) 산 중에서 몇 편의 시를 남겼다. 문외한인 내가 봐도 별 대단한 작품은 못되는 듯싶지만 불운했던 한 작가의 처참한 죽음을 회상하며 그의 절필이 된 시와 노래 한 편씩을 여기 기록하고자 한다.

내 고향

높은 산 저 너머 푸른 하늘 우러르면
구름 밖 멀리 내 고향이 아득하다.
삿부시 눈 감으며 떠오르는 마을 모습
두툼한 볏집 지붕 위에 박꽃 피고
버드나무 강둑 사이로 시냇물 흐르는
다정하고도 평화스런 마을, 아아, 그러나 지금 …(이하 생략)

지리산 유격대의 노래

지리산 첩첩산악 손아귀에 거머잡고
험악한 태산준령 평지같이 넘나드네
지동치듯 부는 바람 우리 호통 외치고
깊은 골에 흐르는 물 승리를 노래한다.
(후렴)
우리는 용감한 지리산 빨치산
최후의 승리 위해 목숨 걸고 싸운다.

이동규와 최문희는 원래 50년 여름 경남지방에 문화 공작요원으로 내려왔다가 인민군 후퇴 때 경남도당 유격대에 투신한 터였다. 최문희의 경우는 이때 당 중앙 간부부 부부장인 강규찬과 강의 처인 전남 여맹위원장 조인희 등과 함께 북상을 기도하다가 무주 덕유산 밑 월성리에서 경남도당 유격대를 만나 합류하게 되었다고 한다.(조인희는 전남도당으로 돌아갔다 후일 자결했다.)

– pp.100~102.

『남부군』에는 비트라는 것이 자주 등장한다. 비트는 인근의 부역자들이 은신하고 있는 '비밀 아지트'를 가리키는 말. 인원이 적고 부근의 마을에 연고자가 있어 은밀히 보급을 받아가며 은신하고 있는 것이니까 아지트의 방탄시설이나 식량 준비가 비교적 갖추어져 있는 경우가 많았다. 나타나지 않으니까 종적이 잘 드러나지 않았다. 빨치산 정찰대는 이곳을 그냥 지나쳐야 했다. 노출될 염려 때문이었다.

이태는 또 이렇게 썼다.

일반 대대와 접촉이 적었던 나로서는 대원이 탈출했다는 얘기를 한 번도 들은 적이 없다. […] 탈출할 생각만 있다며 얼마든지 기회는 있었다. […] 탈출사건이 빈발해서 이 시기 지휘본부는 큰 골치를 앓았다는 이야기를 후일 들은 적이 있다. 군 기록에도 작전 때마다 많은 투항1 귀순자가 있었던 것으로 기록되어 있다.

-p.151.

남부군의 괴멸과정의 보고문

우리가 토벌군의 제3차 작전이라고 생각했던 이 시기의 토벌 상황이 몇 가지 기록에 나와 있다. 그에 의하면 이때의 작전은 3월 1일부터 15일간 계속된 것으로 보이며 전에 비해 발표된 전과 숫자가 매우 적은 것이 눈에 띈다. 빨치산의 잔존 세력이 미미해서 그런 숫자 밖에 나올 수 없었던 것 같다. 발표 숫자가 기록마다 다르기 때문에 일단 그대로 옮겨 놓는다.

52. 3.16. 경남경찰국 발표. 3월 1일부터 3월 15일에 걸친 경남 서부지구 토벌전에서 사살 100명의 전과를 올림.(후에 3월 중 종합전과 교전 129회, 사살 377명, 생포귀순 50명이라고 발표)

52. 3.17. 지리산 지구 경찰 전투사령부 발표. 지리산 지구에서 공비 사살 21명, 생포, 귀순 21명. -이하 『한국전란 2년지』에서-

52. 3.1. 서남지구 산악지대 공비 소탕전에서 사살 16명, 생포 3명.

3.4. 서남지구에서 사살 8명, 생포 17명, 귀순 3명.

3.5. 경찰당국 발표, 서남지구 공비 소탕전에서 283명 사살, 15명 생포

3.7. 지리산 지구 토벌작전 본격화 8개소에서 57명 사살, 24명 생포

3.8. 지리산 지구 군토벌 작전 3일째 5명 사살

3.9. 지리산 지구 경찰대 전과, 사살 43명, 생포 4명

3.11. 국방부 보도과 발표 지리산 지구 잔비 완전 격멸, 12월 1일부터 3월 9일까지의 100일간의 전과 종합, 사살 귀순 19,345명, 3월 10일 현재 잔비 약 1,200명.

-pp.228-229.

53년 9월 18일 11시 5분, 드디어 남한 빨치산의 총수 이현상이 전투경찰 제2연대 소속 경사 김용식 이하 33명의 매복조에 걸려 빗점골 어느 골짜기에서 10여 발의 총탄을 맞고 벌집처럼 되어 쓰러졌다. 이때 이현상의 측근에는 2명(어떤 기록에는 4명)의 대원이 있었는데 모두 함께 사살됐다. (그 위치가 벽점골, 갈매기봉, 반야봉 동쪽 5킬로 지점의 무명고지 등 기록마다 다르지만 반야봉 부근에는 갈매기봉이라는 산이 없고 많은 기록에는 '벽점골'로 되어 있는데 '벽점골'은 빗점골의 와전일 것이다.)

기록에 의하면 그 얼마 전 구례군 토지면 산중에서 생포한 전 전남도당 의무과장이며 제5지구 기요과 부과장인 이형련(당시29세, 경성의전 출신 의사)의 자백으로 이현상이 빗점골 부근에 잠복 중이라는 것을 알고 서경사의 4개 경찰연대를 총동원해서 수색했으나 일단 실패하고 그 작전에서 생포한 제5지구 간부 강건서, 김진영, 김은석 등으로부터 보다 상세한 정보를 얻어 매복조를 배치했다는 것이다. 이 때 이현상의 나이 52세, 그의 피묻은 유류품은 그후 서울 창경원에서 일반에게 공개됐다. 그의 시중을 들던 하 여인은 이현상의 권고로 그 보다 훨씬 전에 귀순하여 우여곡절 끝에 지금도 어딘가에서 조용한 여생을 보내고 있는 것으로 안다.

공교롭게도 이현상의 죽음과 전후해서 그의 동료이며 상사이던 조선인민유격대 사령관 이승엽을 비롯한 남로당계 간부들이 '미국 간첩'으로 죄명을 사형

대에 서고 그 죄상 속에 남한 빨치산이 들어있었다는 사실은 앞서 말한 바와 같다. 남과 북에서 버림받은 고독한 '혁명가'도 짙어가는 지리산의 가을과 함께 마침내 파란 많던 생애를 마치고 만 것이다.

필자는 연전에 대성골을 거쳐 세석평전에 오르는 산행을 하면서 지금은 취학 개선사업으로 전혀 모습이 달라진 의신마을에서 하룻밤 민박을 한 일이 있다. 빗점골에서 가장 가까운 마을인 의신 마을이지만 기록에 나오는 '갈매기봉'을 아는 사람은 없었다. 전사에 나오는 갈매기봉은 어디일까? 그러나 놀라운 일로는 민박집 주인인 초로의 내외는 이현상에 관해 아주 소상한 기억을 갖고 있었다. 거기서 2십 리쯤 되는 면 소재지 화개장 밖으로는 일생동안 나가본 적이 없다는 최라는 그 촌로내외는 영지버섯으로 담갔다는 약주를 권하면서 사변 당시의 회고담을 이렇게 말하는 것이었다.

"토벌대가 소개 명령으로 마을이 소각됐지요. 그러나 산전이나 붙여먹던 우리가 가면 어딜 갑니까? 얼마 후 슬금슬금 기어들어와 초막을 짓고 사는데 다시 소각명령이 내려 또 마을을 떠나야 했지요. 두 번 불탄 셈이지요.

"빨치산 들이 들어왔을 텐데 그땐 어땠어요?"

"어쩌다 산사람들이 들어와 감자나 수수 같은 것을 거둬갔지만 그 밖엔 별 해꼬지는 안했어요. 한번은 그게 가을 무렵인데 뒷산에서 산사람들 습격을 받아 토벌대가 13명이 죽고 5명이 포로로 잡혔는데 포로로 잡힌 토벌대원들이 발가벗긴 채 늘어서 있는 것을 봤지요."(그것은 51년 9월 말경 남부군의 서남부 지리산 주변 작전 때의 일로 그 촌로의 기억이 너무나 정확한 것이 신기로웠다.)

"이현상이라는 아주 높은 빨치산 대장이 있었는데 나도 한 번 악수를 한 적이 있어요."

주인 아주머니의 얘기다.

"무섭지 않았어요?"

"그땐 열여섯 살 때니까 어려서 무서운지 어쩐지 몰랐어요. 그냥 사람 좋은 아저씨 같았어요."

"시중드는 여자는 없었나요?"

"그런 여자는 없었고 아주 잘 생긴 남자 호위병이 꼭 붙어 다녔는데 음식물을 주며 그 호위병이 반드시 먼저 먹어보고 나서 얼마 후에야 이현상에게 갖다 바치곤 하더군요."

"그 이현상이 빗점골 어디선가 사살됐다고 하던데요?"

"예. 빗점골 합수내 근처의 절터골 돌밭 어귀에서 맞아 죽었다더군요. 그 근처에 가면 지금도 귀신 우는 소리가 들린다해서 사람들이 잘 안가지요."

영감이 핀잔을 줬다.

"귀신은 무슨… 거기가 워낙 험한 곳이 돼서 자칫하면 길을 잃고 큰 고생을 하니까 사람들이 범접하지 않는 거지."

사실 빗점골에서 주능선인 토끼봉으로 오르는 루트는 지금도 등산로도 나 있지 않은 전인미답의 비경이다. 조선인민유격대 남부군 사령관이던 '공화국 영웅' 이현상은 그곳에서 그 전설적 생애를 마친 것이다.

뒤이어 11월 28일, 전 57사단장이며 경남도 유격대 사령관인 이영회(李永檜)가 62명의 대원과 함께 상봉골(천왕봉 동북방의 어느 골짜기?)에서 전경 제5연대 수색대와 교전하여 이영회는 사살되고 나머지도 거의 섬멸되고 말았다. 62명이라는 숫자에는 다소 의문이 있으나 어쨌든 이것이 빨치산 편제부대와의 마지막 교전 기록이 된다. 이 기술은 『공비토벌사』에 의한 것인데 지금 '상봉골'에서 50킬로나 서쪽인 남원군 만복대 기슭, 시암재에 이영회를 사살한 곳이라는 전공기념 표지판이 세워져 있으니 어느 편이 옳은지 알 수 없다. 다만 이영회가 주로 배회하던 근거지는 '상봉골'로 기록돼 있는 천왕봉 동북지역이었다.

이 때 이영회의 나이 26세, 검붉은 근육질 얼굴에 강철같은 인상을 풍기던 중키의 젊은이였으며 유격전의 귀신이라고 불리울이만치 실전에 능했고 경남부대를 혼자 손으로 지탱해간 유능한 지휘자였다. 〔중략〕

경남 유격대를 상징하던 이영회의 죽음과 함께 지리산 주변, 아니 남한 전역의 빨치산 편제부대는 자취를 감췄다. 이어서 닥쳐온 겨울, 유명무명의 빨치산 잔존자들은 거의 모두 소멸(掃滅)되고 남은 기십 명이 변복하고 각 지방 도시로 숨어들어 '망실공비'라는 이름으로 전투경찰 아닌 정보경찰의 수배대상이 됐다. 이듬해 54년 1월 15일, 그 중의 한 사람인 제4지구당 군사부장 남도부가 체포됨으로써 남한 빨치산의 이름은 일체의 기록에서 사라져버린다.

남도부, 본명 하준수(河俊洙)는 지리산하인 경남 함양 태생으로 체포 당시 34세의 청년이었다. 그리 크지 않은 키에 깡마른 체구였던 그는 '가라데(唐手)'의 명수로 알려져 있었다. 진주중학(구제)를 중퇴하고 일본 대학에 진학했는데 가라데 6단으로 일본대학의 주장 선수였다고 한다. 일제 말 학병을 기피하여 지리산에 도피, 야산대 활동을 시작했다. 48년 8월 해주 인민 대표자 대회에 참가 차 월북했다가 김달삼의 제3병단 부사령으로 남하 침투한다. 일단 재차 월북하지만 6 · 25와 함께 '인민군 중장'의 계급을 가지고 제7군단 유격대를 이끌고 내려왔다. 김달삼 아래 사뭇 동해지구 빨치산의 리더였던 그도 마침내 사형대의 이슬이 되어 최후를 마쳤던 것이다.(끝)

-pp.246~250.

4. 『관부연락선』과 『남부군』의 관련성

이상에서 『남부군』의 전모가 대강 드러났을 것으로 믿거니와, 그렇다면 이병주의 『지리산』은 어떠할까. 대하소설 『지리산』을 말하기에 앞서 우리가 우선적으로 검토해 보아야 할 것은 작가의 출세작인 장편 『관부연락선』이다.

『관부연락선』은 일제 때 부산과 일본 시모노세키를 연결하는 대형 수송선을 가리킴인 것. 일제는 이 수송선으로 식민지 조선의 수탈품을 본국으로 가져갔고 수많은 조선인 노동자를 저임금으로 고용하며 수송해 갔다. 또한 중국대륙을 향한 침략군인과 무기를 실어 날랐다. 한편 '네 칼로 너를 치리라!'라는 명제를 가슴에 비수처럼 품고 육당, 벽초, 춘원, 송진우, 정지용, 임화 등이 현해탄을 건넜다. 작가 이병주도 그런 부류의 일원이었다. 하동군 북천면 양조장 집 아들 이병주는 진주농고를 중퇴하고 관부연락선으로 도일하여 일본의 메이지 전문부 문과별과를 다니다 1943년 9월에 졸업했다. 이후 1944년 1월 20일 조선인학병으로 강제 동원되어 중국 쑤저우에서 복무했고 1946년 2월에 귀국했다. 그 뒤 진주농과대학과 해인대학에서 각각 교수 노릇을 했다. 나중에는 부산의 『국제신보』(1955)에서 편집국장과 주필 등을 역임했고 1961년 5월 필화사건으로 2년 7개월 간 실형을 마치고 석방되었다. 요컨대 이병주는 격동기에 살았다. 해방 정국은 참으로 격동기 그 자체였다. 38도선 확정(1945), 미소군정기, 미소공동위원회 결렬(1946), 남로당 결성(1946), 여운형 피살(1947), 대한민국 성립(1948.8. 15.), 조선민주주의인민공화국 수립(1948.9.9.), 여순반란사건(1948.10), 김구 피살(1949.6), 1950년 6 · 25 발발 등등. 실로 냉전체제 속의 좌우익 대립이 드디어 국군과 UN군, 인민군과 중공군의 각축장으로 변했다. 이 와중에 이병주는 진주에서 교수 노릇을 하고 있었다.

『관부연락선』의 화자는 '나(유태림이 이군이라 부르는)'로 되어 있다. 이는 아마도 작가 자신에 가까운 인물이라 할 수 있다. 물론 주인공은 유태림. '나'와 유태림의 관계는 어떠했던가.

> 나는 '유군과 나에게 대한 우정'이란 대목에서 약간의 저항을 느꼈다. 나와 유태림과의 사이에는 분명히 우정이 있었다. 그러나 단순하게 우정이라고 할 수 있기엔 나의 유태림에 대해 복사(輻射)되는 감정은 너무나 복잡했다. 그것을 우정이라고 치더라도 지금 유태림이 나와 상종하고 있는 형편이라면 어떻게 발전되고 어떻게 변화되었을까, 생각하니 결코 만만한 문제가 아닐 성싶다. E와의 우정은 그 가능성 여부조차 생각하기 싫다. 이십칠팔 년 전의 교실의 분위기가 되살아났다.
>
> 이십칠팔 년 전에 내가 다니던 학교는 서투름을 무릅쓰고 한마디로 말하면 기묘한 학교였다. A대학 전문부 문학과라는 것이 정식 명칭인데, 전문부 상과(商科), 전문부 법과(法科), 하다못해 전문부 공과(工科)라면 그 나름의 가치가 있다고 하겠지만 전문부 문학과란 이 학과는 도대체 뭣을 가르칠 작정으로 학생을 모집하고 장차 뭣을 할 작정으로 학생들이 들어가고 하는 것인지 분간할 수 없는 그런 학교, 학교라기보다는 강습소, 강습소라고 보면 학교일 수밖엔 없다는 그러한 곳이었다.
>
> 그것이 속해 있는 대학 자체가 격으로 봐서 3류도 못되는 4류인데다가 학과가 그런 형편이니 여기에 모여든 학생들의 질은 물으나마나한 일이다. 고등학교는 엄두도 못 내고 3류 대학의 예과(豫科)에도 붙을 자신이 없는 패들이면서 법과나 상과쯤은 깔볼 줄 아는 오만만을 키워 가지곤 학부에 진학할 때 방계입학(傍系入學)할 수 있는 요행이라도 바라고 들어온 학생은 나은 편이고 거의 대

부분은 그저 학교에 다닌다는 핑계를 사기 위해서 들어온 학생들이었다. 그만큼 지능 정도는 낮았어도 각기 특징 있는 개성의 소유자들만 모였다고 할 수 있었다. 대부분이 중학 시절에 약간의 불량기를 띤 학생들이고 이런 학교에 가도록 허용하는 집안이고 보니 경제적으로도 윤택한 편이어서 천진난만하고 비교적 단란한 30여 명의 학급이었다.

이 학과, 특히 내가 속해 있었던 학급의 또 하나의 특징은 일체의 경쟁의식이 없다는 점이다. 학교의 성적에 구애를 받지 않는 열등학생들의 습성이 몸에 배어 학교의 성적을 좋게 해야겠다든가 선생들에게 잘 보여야 하겠다든가 하는 의식이 전연 없었다고 해도 과언이 아니다. 그러니 우월의식을 뽐내는 놈도 없고 때문에 열등의식을 개발할 틈도 없었다.

모파상의 단편 하나 원어로 읽지 못하면서 프랑스 문학을 논하고 칸트와 콩트를 구별하지 못하면서 철학을 말하는 등, 시끄럽기는 했으나 소질과 능력은 없을망정 문학을 좋아하는 기풍만은 언제나 신선했기 때문에 불량학생은 있어도 악인은 없었다.

이 평화롭기 참새들의 낙원 같은 학급에 이질분자(異質分子)가 끼게 된 것은 2학년 초였다. E라는 학생과 H라는 학생이 한 달을 전후해서 나타난 것이다.

E가 나타나자 학급 안엔 선풍처럼 소문이 돌았다. E의 고향은 일본 동북지방 일본해(日本海)에 면한 사카다항(酒田港). 명치(明治) 때부터 그 연안 일대의 선운(船運)을 독점하고 있는 운송업자일 뿐만 아니라 일본 전국에서도 유명한 미림(美林)을 수십만 정보, 농토를 수만 정보나 가진 동부 일본에서 제일가는 부호의 외아들인데 Y고등학교에 다니다가 연애사건을 일으켜 그 지방을 떠들썩하게 해놓곤 자진 퇴학하고 우리 학급에 전입했다는 얘기였다. 당시 고등학교라고 하면 여간 수재가 아니고서는 들어가지 못하는 곳으로 되어 있었다. 그러니까 E의 출현은 동부 일본에서 제일가는 부호의 아들인데다가 눈부신 수재라

는 후광을 띤 등장이었다. 우리 학급의 동료, 1학년에서부터 올라온 학생들은 부호의 아들이란 사실엔 무관심할 수 있었지만 수재라는 사실엔 무관심할 수 없었다. 열등생만의 집단에 하나의 수재가 나타났으니 그 사실만으로도 학급의 평화는 깨어질 수밖에 없었다. 어제까지는 수재의 존재를 의식하지 않고 천진하게 살아왔는데 오늘부터 돌연 수재란 존재를 의식하고 따라서 스스로의 둔재를 싫더라도 인식하지 않을 수 없게 되었으니 따분하게 된 셈이다.

휴식시간만 되면 타월을 머리에 둘러 앞이마 쪽으로 불끈 지르곤 '도도이쓰'며 나니와부시(浪花節)을 부르던 놈이 그 버릇을 억누르게 되었다. 백화점에서 여인용 팬티를 훔쳐내 온 자기의 모험을 아문센의 북극탐험 이상의 모험이었다고 선전하던 놈이 그 선전을 중단해버렸다. 어떻게 하면 가장 재미나게 놀 수 있는가의 이법(理法)을 연구하는 것이 백 명의 소크라테스보다도 인류에게 공헌하는 바가 크다고 설교하길 일삼던 놈도 그 설교를 멈췄다. 엽기오락 동경사전(獵奇娛樂東京辭典)을 만든다면서 매일처럼 진부(眞否) 분간할 수 없는 재료를 주집해선 피력하기에 정열을 쏟던 친구도 그 정열의 불을 껐다. 그리고는 모두들 갑자기 심각한 표정으로 인정받지 못한 불우한 천재의 모습을 가장하기에 이르렀다.

일본인 학생이 이처럼 수재에겐 약하다는 사실을 안 것은 하나의 수확이긴 했으나 결코 유쾌한 분위기는 아니었다. 이렇게 말하고 있는 나도 E의 출현 때문에 적잖게 위축했다. 제법 똑똑한 척 날뛰려 하다가도 E의 시선을 느끼면 기가 꺾여 수그러지곤 했던 것이다.

이와 같이 말하고 있으면 E가 눈에 조소의 빛을 띠고 교실 한가운데 버티어 앉아 있는 모습을 상상할는지 모르나 그런 것은 아니다. 사실은 불어도 날아갈 듯한 조그마한 체구를 교실의 한구석에 가라앉히고 겁에 질린 듯한 눈을 간혹 천장에다 던져보는 것 외엔 언제나 책상 위만 바라보고 있었다. E는 되레 거인

국에 나타난 걸리버와 같은 심정이었을지 모른다. 수재는 수재들끼리 어울려야 맥을 쓰는 법이다.

한 달쯤 지나 H가 나타났을 때도 E의 경우처럼 소란스럽지는 않았지만 적잖은 파문이 일었다. H는 현재 일본 문단의 대가이며 당시에도 명성이 높았던 중견작가 H씨의 아우라는 사실에다가, M고등학교에 들어가자마자 불온사상 단체의 실제 운동에 뛰어들었다는 경력까지 겹친 후광이 있었고 이에 만약 그의 형이 이름 높은 명사가 아니었다면 줄잡아 10년은 징역살이를 했어야 되었을 것이란 극채색(極彩色)까지 하고 있는 판이니 우리들에겐 눈이 부신 존재가 아닐 수 없었다. 그러나 E가 신경질만을 모아 만든 인간 같아서 접근하기가 어려운 데 비하면 H는 거무스레한 외모에서부터 친근감을 풍기는 위인이었다. H가 나타나자 E에게도 변화가 있었다. 음울하게 풀이 죽어 있던 E에게서 물을 만난 물고기 같은 생기가 돋아난 듯 보였다. 교실의 분위기도 한결 부드러워지고 구성진 '도도이쓰' 소리가 다시금 교실 안에 퍼질 때도 있었다.

유태림의 등장은 2학기에 접어든 9월의 어느 날이라고 나는 기억한다. 그리고 둘째 시간의 시업(始業) 벨이 울렸을 때라고 생각한다. 문이 열리면 반사적으로 그곳을 보게 되는데 나는 열린 문으로부터 걸어들어오는 사람을 보고 놀랐다. 같은 고향의 이웃에 사는 내겐 2년쯤 선배가 되는 유태림이었던 것이다. 처음에 눈을 의심했지만 틀림없는 유태림이었다. 나는 반가움에 복받쳐 그의 곁으로 뛰어가서 손을 잡았다. "이거 웬일이십니까" 하고. 유태림은 애매한 웃음을 띠고 "이군이 여기에 있었구먼" 하면서 빈자리를 찾아 앉았다.

유태림이 나와 같은 학교의 같은 학급에 오게 되었다는 것은 내게 있어선 대사건이었다. 유태림은 우리 고향에서 수재로서 이름난 사람이었고 그의 광채가 너무나 강렬했기 때문에 나를 비롯한 몇몇 유학생들의 존재는 상대적으로 희미해 있었다. 그런 사람과 한 학교 한 학급에 있게 된 것이다. 이로써 고향에 있어서의 나의 면목도 살릴 수 있을 것이란 여태까진 생각지도 않았던 허영조차 싹트게 되었다.

이번에 소문을 돌릴 사람은 나였다. 수업이 파하기가 바쁘게 나는 유태림을 선전하기 시작했다. 우리 고을에선 제일가는 부호의 아들이란 것(여기서 E보다도 더 부자면 부자이지 뒤지지는 않을 것이란 점에 강세를 두었지만 이건 당치도 않은 거짓이라고 내심 꺼림칙해하면서도 그렇게 버티었다.) Y고등학교니 M고등학교와는 격이 다른 S고등학교에 다녔다는 것, 독립운동 결사에 가담했다가 퇴학당했다는 것(여기에도 약간의 조작이 있었다). 퇴학당한 뒤 구라파 일대를 여행하고 돌아왔다는 것 등을 신이 나게 지껄였다.

유(類)는 유를 후각으로써 식별하는 것인지, 누가 소개할 틈도 없을 것 같은데 유태림은 어느덧 E와 H의 클럽이 되었다. 그것이 한국 학생들의 비위를 거슬러 놓았다. 나의 실망도 컸었다. E와 H의 출현에 대항하는 뜻으로 한국 학생들은 유태림을 끼고 돌 작정을 모두들 은근히 지니고 있었던 참이었는데 그런 작정을 산산이 부숴 버렸으니 화를 낼 만도 했다. 성질이 괄괄한 평양 출신의 윤(尹)은,

"자아식, 생겨먹긴 핥아 놓은 죽사발처럼 귀족적으로 생겼는데 마음보는 천민이구먼."

하고 혀를 찼다.

"저 꼴로 독립운동을 했어?"

서울 출신의 임(林)도 한마디 거들었다. 같은 고향인데다가 극구 선전한 책임도 있고 해서 나는 이런 변명을 했다.

"그런 사건 때문에 퇴학을 당하고 했으니 감시 같은 것이 있지 않을까. 그래 고의로 저렇게 하는 것인지도 모르니 그만한 건 양해를 해야지."

"집어쳐" 하고 윤은 와락 화를 냈다.

"그 사건 때문에 딴 애들은 징역살이를 하고 있는데 저는 구라파에 가서 놀

구 와! 틀려먹었지 뭐야. 그따위 수재면 뭘 해. 어, 치사하다. 앞으론 본척만척 해 뭐 대단하다구."

이런 일이 있었다고 해서 유태림이 전연 우리들 한국 학생과 어울리지 않았다는 것은 아니다. 5, 6명밖엔 안 되는 한국 학생이었으니 때론 비위를 상하기도 하고 싸움질도 있었지만 대체로 무관하게 혈육처럼 어울려 놀기를 잘 했는데, 유태림도 간혹 이 모임에 끼였다. 우리가 청했을 때 응하기도 하고 자기가 우리를 청해 호화로운 잔치를 베풀어 주기도 했다. 유태림으로선 동족인 우리들에게 대해서 자기 나름의 배려를 하고 있었던 것만은 분명한 사실이었다.

-pp.16~21.

'나'와 유태림의 관계는 그러니까 학교 같지도 않은 전문부 엉터리 저능아들이 우글거리는 곳. 여기에 수재만 다니는 고등학교에서 퇴학당한 유태림이 나타난 것. 같은 고향의 이웃에 사는 2년 선배쯤 되는 이 조선인. 그런데 같은 반의 일본인 학생 H에게서 '나'에게로 편지가 왔다. H는 일본 문단에 데뷔한 쟁쟁한 현역. 유태림의 행방을 알려달라는 것. 그는 유태림이 탁월한 인물임을 알았고, 그가 남긴 『관부연락선』 관련 자료를 자기가 갖고 있노라고 말했다. 그런데 6 · 25 이후 유태림의 소식을 알 수 없어 안타깝기 짝이 없다는 것. 허니 제발 이군이 알아봐 달라는 것. 그러니까 '나'(이군)가 유태림의 행방을 찾아 헤매는 작품이 바로 『관부연락선』이다.

'나'는 유태림과 함께 중국에 학병으로 나갔다가 귀국했고, 모교인 중학에서 영어교사 노릇을 하고 있었다. A, B, C 정도를 겨우 아는 정도.

학교는 학생도 교사도 좌우익으로 편이 갈려 어수선하기 짝이 없었다. 어떤 수습 방도가 있었을까.

1946년 여름

필연적이라고 할 땐 사람은 쉽게 체관(諦觀)할 수 있다. 호우가 내리면 홍수가 지게 마련이니까. 운명적이라고 말할 땐 체관할 수밖엔 없지만 그 체관이 쉽지가 않다. 운명적이란 말엔 그때 그 자리를 피했더라면 하는 한탄, 그때 그 일을 하지 않았더라면 하는 한탄이 묻어 있다.

유태림과 나와의 운명적인 접촉이 다시 있게 된 것은 1946년의 가을이다.

그때 나는 모교인 C고등학교에서 영어교사 노릇을 하고 있었다. 영어교사라고 말하니 제법 허울이 좋게 들리지만 미국인을 만나도 영어 한마디 시원스럽게 건네지 못하고 내일의 수업을 위해서 밤새워 사전과 씨름을 해야 하는 이른바 엉터리 교사였던 것이다.

변명 같기는 하지만 엉터리는 나만이 아니었다. 나 말고도 다섯 사람의 영어교사가 있었는데 그 가운데는 '예스'와 '노'를 분간하지 못한 까닭으로 장학사의 실소를 터뜨린 사람도 있었고 흑판에다 A와 Z 두 글자를 굵다랗게 써놓곤 이것만 배우면 영어를 처음부터 끝까지 배운 것으로 된다고 자못 초연하게 설명하고는 숫제 수업을 할 생각을 하지 않는 교사도 있었다.

이러한 꼴은 영어교사의 경우만도 아니다. 더러는 실력과 덕망이 겸전한 교사가 없었던 바는 아니었지만 학교의 규모는 일정 때의 그것보다 4.5배쯤으로 늘려 놓고 교사의 절대 수는 모자랐으니 이력서 한 장 근사하게 써넣기만 하면 돼지도 소도 교사로서 채용될 수 있었던 때라, 자연 엉터리 교사가 들끓지 않을 수가 없었다. 학력 위조쯤은 예사로운 일이라서 원자탄 덕택으로 경향 각지의 학교에 히로시마 고등사범 출신의 교사가 범람한 것도 이 무렵의 일이다.

파리가 왜 앞발을 비비는가 하는 문제를 가지고 꼬박 한 학기를 넘겨 버린 동물교사가 있었다. 딴에는 동물학을 가르치는 것이 아니고 동물철학을 가르친다는 것이다. 일 년이 삼백일, 2백일이면 이백 일로 되었으면 편리할 것을 왜 365일로 구분되어야 하는가를 끝끝내 납득하지 못하는 지리교사도 있었다. 하루 벌어 하루 먹는 주의가 실존주의이며 푼푼이 저축하며 사는 주의가 이상주의라고 설명하는 사회생활과 교사도 있었고 도수체조(徒手體操) 한번 제대로 지도하지 못하는 체육교사가 유도 5단이란, 참말인지 거짓말인지 모르는 간판을 코에 걸고 으스대고 있었다.

어떤 수학교사는 참고서대로 수식과 답을 노트에 베껴 온 것까진 좋았는데 그것을 흑판에 옮겨 놓고 보니 이상하게 되었다. 답은 정확한데 그 답에 이르기까지의 수식에 이상이 생긴 것이다. 간밤에 참고서를 옮겨 쓸 때 수식 하나를 빼먹은 탓이었다. 그 교사는 수업도중에 울상이 되어 교무실에까지 잃어버린 수식을 찾으러 왔다. 참고서는 집에다 두고 왔고 공교롭게도 다른 수학교사가 자리에 없어 드디어 엉터리 영어교사에게까지 구원을 청해 왔다. 수식을 잃어버린 그가 엉터리 영어교사에게서 수식을 찾아간 얘기에는 그 솔직함과 성으로 해서 그런대로 애교가 있다.

이렇게 헤아리고 있으면 거뜬히 만화책 한 권쯤은 꾸밀 수 있는데 더욱 흥미가 있는 것은 이러한 엉터리 교사들이 어떻게 교사 노릇을 감당할 수 있었을까 하는 점일 게다.

C고등학교라고 하면 일정(日政)이래 수십 년의 전통을 지닌 학교다. 시골 소읍에 자리 잡고 있는 학교이긴 하나 당시의 그 학교 학생들은 저학년을 제외하면 일정 때 10대 1 이상의 경쟁을 뚫고 입학한 그 지방으로서는 수재로 꼽아주는 학생들이었다. 그러니 전쟁 말기 보국대니 근로봉사니 해서 제대로 공부를 못 한 탓으로 학년 상당의 학력은 없었다고 해도 교사의 진가(眞價)조차 알아차릴 수 없었을 것이라고 판단하는 것은 그들을 부당하게 깔보는 것으로 된다. 되레 그들이 교사들을 깔보고 있었다고 말하는 것이 적당하다. 그들은 교사

로서 대접해야 할 교사와 함부로 깔봐도 좋은 교사를 구별하고 있었음이 분명했다. 교사들도 이런 풍조를 민감하게 느끼고 있어 실력이 없는 교사들은 발언권이 강한 교사와 학생들에게 영합함으로써 보신(保身)의 책으로 하고 있었다.

그리고 당시의 학교는 학원의 생리로써만 움직이고 있었던 것이 아니다. 일종의 정치단체적인 생리가 작용하고 있었다. 그러므로 학생들은 교사들의 교사로서의 자격을 묻기 전에 대상이 되는 교사가 그들의 편인가 아닌가에 중점을 두는 경향이 있었다. 엉터리 교사들은 학생의 편을 들거나 또는 편을 드는 척만 하고 있으면 쉽게 연명할 수도 있었다.

엉터리 교사들이라고 해서 바보처럼 웅크리고 있었던 것은 아니다. 직원회의가 있으면 엉터리일수록 소란스럽게 떠들어 댔다. 직원회의의 의제는 주로 민주학원의 건설이고 교사의 생활보장 문제였다. 듣고 있으면 이상한 결론으로 발전하는 수가 태반이다. 민주학원이란 학생들의 의사를 존중해야 하는 학원이니 그러자면 학생들이 요구하는 학생집회는 이를 무조건 승인해야 한다는 것이다. 그렇게 해서 1년 내내 수업은 하지 않고 학생집회만 열고 1백 프로의 민주학원이 된다는 따위의 결론이 그 예다. 생활보장을 요구하는 발언에도 다채다양한 것이 많았다. 그 가운데서 예를 들면 다음과 같은 것이 있다.

"우리들 교사는 모두들 수양이 되어 있고 도를 통해 있기 때문에 물이랑 안개만 먹고도 살 수 있지만 수양이 덜 되고 도를 통하지 못한 처자들은 아무래도 밥을 먹고 옷을 입어야 하는 모양입니다. 그런데 지금 주는 월급 가지고는 홍길동 같은 기술로도 어떻게 할 수 없으니 월급을 올려 주어야겠습니다."

또 이런 것도 있었다.

"우리가 야학교 강사만도 못하다고 합시다. 그래도 이튼이니 해로 학교의 교사들처럼 대접을 해달라, 이 말씀입니다. 그래 놓으면 벼룩에도 낯짝이 있고 빈대에도 체면이 있다고 하지 않습니까. 공부하고 연구해서 좋은 교사가 될 것입니다.”

이럴 땐 교장은 구구한 변명만 하고 있어야 한다. 만약 현재의 형편으로선 불가능하다든가 분수를 지키라든가 하는 설교가 섞이면 불이 튀기 시작한다.

“교장은 기밀비 기타 등등으로 생활 걱정이 없으니까 그렇게 말하는 것이 아니오?”라는 말이 어디선가 터져 나오고,

“우리, 학교의 경리장부 좀 감사해 봅시다.” 하는 소리가 뒤따르게 마련이다.

이런 상황이었으니 학내의 질서는 엉망이었다. 하지만 학내의 질서를 바로세우지 못한 것을 어떤 특정한 학교의 개별적인 책임으로 돌릴 수는 없다. 해방 직후의 정세, 이어 1946년의 국제 국내의 정세가 모든 학원에 그렇게 반영된 것이라고 보아야 하기 때문이다.

1946년은 세계적으로 2차 대전의 전후 처리 문제를 둘러싸고 그 방향과 내용에 있어서 미국과 소련의 대립이 점차 예각적(銳角的)으로 부각되기 시작한 시기다. 동구라파에 있어서의 구질서의 분해, 중국에 있어서의 국공내전의 발전, 동남아 제국에서의 독립 기운, 승리자의 처단만을 기다리는 패전국의 초조, 이러한 사상들이 얽히고 설켜 격심한 동요를 겪고 있는 가운데 서서히 새로운 역관계(力關係)가 구축되어 갔다.

이와 같은 세계의 동요를 한국은 한국의 생리와 한국의 규모로서 동요하고 혼한하고 있었다. 해방의 벅찬 환희가 감격의 혼란으로 바뀌고 이 감격의 혼란이 분열과 대립의 적대관계로 응결하기 시작한 것이 1946년의 일이다. 일본군을 무장해제하기 위해서 편법적으로 그어진 38선이 항구적인 분단선으로 교착되지 않을까 했던 막연한 공포가 결정적이고 냉엄한 현실의 벽으로서 느껴지게 된 것도 1946년의 일이다.

모스크바에서의 삼국 외상회의가 결정한 한국 신탁통치안을 둘러싸고 국론이 찬반양반으로 갈라져 좌우익의 충돌이 바야흐로 치열화해서 전국적으로 번

지기 시작한 것이다.

이 해의 여름엔 콜레라가 만연해서 민심의 분열을 미분(微分)하고 혼란을 적분(積分)하는 데 부채질을 했다.

이러한 모든 일들이 학생들을 자극했고 또 학생들을 이용하려는 세력들이 끈덕지게 작용하기도 했다. 다른 학교의 경우도 비슷했겠지만 당시의 C고등학교는 표면은 미 군정청의 감독을 받고 있는 척했으나 학교의 주도권은 완전히 좌익세력의 수중에 있었다. 교장과 교감, 그리고 몇몇 교사들을 빼놓곤 대부분의 교사들이 학교의 체통과는 전연 다른 정치단체의 조직 속에서 들어 있었고 학생들도 대부분이 학생동맹이란 좌익단체에 소속되어 있었다. 그러니 그 조직 속의 교사들과 학생들은 사제지간이라기보다 동지적인 유대관계로써 묶여 있었다.

우익적인 세력 또는 좌익의 그러한 움직임에 비판적인 태도를 취하고 있는 인물이 없지는 않았지만 그런 태도의 강도(强度)에 따라 부딪쳐야 할 저항이 강했고 다음으로 학생들의 배척 결의의 대상이 되어 드디어는 추방되기가 일쑤인 까닭에 1946년 여름까지의 C고등학교에선 그런 세력이 맥을 추지 못했다.

그리고 좌익계열의 움직임에 반대하는 언동은 곧 미군정에 추종하는 것으로 되고, 미군정에 추종하는 언동은 곧 일제 때의 노예근성을 청산하지 못한 소치이며 조국의 민주적 독립을 반대하는 노릇이란 일종의 통념 같은 견해가 지배적이었기 때문에 반동, 매국노, 민족반역자라는 낙인을 무릅쓸 용기가 없고서는 섣불리 행동할 수도 없었던 것이다.

이 까닭에 일주일이 멀다 하고 학생대회가 열리고, 사흘에 한 번 꼴로 학급집회가 있고, 그 밖에 별의별 구실을 만들어 학업을 거부해도 교사들은 속수무책이었다. 무책일 뿐만 아니라 교사들 가운데에는 되레 학생들의 이러한 움직임을 선동해선 힘겨운 수업을 피하는 수단으로 이용하기조차 했다.

이런 가운데서도 그럭저럭 대사(大事)엔 이르지 않도록 유지해 온 학교가 7월에 들어서면서부터는 거친 풍랑을 만난 배처럼 더욱 소연(騷然)하게 되었다. 교장 이하 몇몇 교사들을 반동 교육자로 몰아 배척하는 대대적인 동맹휴학을 좌익계열의 교사들과 학생들이 계획하고 나선 것이다. 교장은 일제 때 관리 노릇을 한 적이 있는, 좌익들의 말을 빌리면 친일파적 인물이었다. 그런 까닭도 있고 해서 이때까지도 몇 번이고 배척 대상이 되었지만 '우리 말을 듣지 않으면 정말 배척한다'는 공갈적 제스처로써 실리를 거두곤 수그러지고 했던 것인데 이번의 계획은 공갈로서 끝내선 안 된다는 상부 조직의 지령을 받고 이루어진 것이란 정보가 흘러들어온 것이다.

이 위기를 용케 미봉(彌縫)할 수 있었던 것은 이 지방에까지 만연하기 시작한 콜레라를 미끼로 여름방학을 앞당겨 버렸기 때문이었다. 방학이 되어 한시름 놓기는 했으나 화근은 그냥 남아 있을 뿐만 아니라 전국적 소동으로 번질 것이 확실한 국대안(國代案) 반대까지 겹칠 판이니 9월의 신학기는 소란하기 짝이 없는 학기가 될 것이었다.

교장이 교감과 나와 A교사, 그리고 나의 선배가 되는 B교사를 불러 놓고 유태림 씨를 모셔올 수 없을까 의논을 걸어온 것은 이처럼 불안한 가을의 신학기가 한 주일쯤 후로 다가온 8월 어느 날의 오후였다.

교장 댁의 비좁은 응접실에 다섯 사람은 땀을 뻘뻘 흘리며 앉아 있었다. 창문을 죄다 열어 젖혔는데도 바람 한 점 들어오지 않고 되레 찌는 듯 한 바깥의 열기가 간혹 훅 하며 스쳐가곤 했다. 뜰에 몇 그루 서 있는 나무에서 두 세 마리의 매미가 단속적으로 쓰르릉대고 있는 것이 더욱 무더움을 더했다. 교장은 어떻게 말을 꺼내야 할까 하고 망설이고 있는 모양이었다. 침묵이 또한 무겁고 무더웠다.

"콜레라는 퍽 수그러진 모양입니다."

A선생이 불쑥 이렇게 말을 꺼냈다.

아무도 대답하는 사람이 없었다. 콜레라 따위는 문제가 아니라는 듯한 표정이 교장의 얼굴을 스쳤다.

"내 개인의 진퇴는 문제가 아닙니다. 다만 혼란을 이대로 방치할 수가 없다는 겁니다. 신학기가 시작하기 전에 무슨 방법을 마련해야 되겠는데 …그 방법이란 것이…."

교감이 맞장구를 쳤다. 그러나 무슨 뾰족한 수가 있어서 하는 말은 아니었다. A선생이 볼멘소리를 하고 나섰다.

"방법이란 게 달리 있을 수 없습니다. 그 P선생, M선생, S선생 세 사람만 파면시켜 버리면 됩니다. 교장선생님은 너무나 관대하셔서 곤란하단 말씀입니다. 과단이 필요합니다. 그 셋만 잘라 보십시오. 다른 선생들이나 학생들이 뭘 믿고 덤빕니까."

교장은 그런 말엔 이미 싫증이 나 있다는 듯이 고개를 창밖으로 돌렸다. A선생은 더욱 핏대를 돋우어 말했다.

"항상 드리는 말씀입니다만 그 P, M, S를 그냥 두곤 백년가도 학교의 혼란을 수습할 순 없을 겁니다."

"무슨 말을 그렇게 하는 거요. A선생. 그래 보시오. 벌집을 쑤셔 놓은 것 같이 될 테니까. 교장선생님은 지금 혼란을 피하자고 말씀하시는 거지 더욱 혼란을 시키자고 말씀하시는 것이 아닙니다."

교감도 못마땅한 듯한 얼굴로 말했다.

"그들은 진짜 빨갱이입니다. 공산당이에요. 화근을 빨리 없애자는 거지요. 그들의 목을 잘라 놓으면 물론 한 동안은 시끄럽겠지요. 그러나 버티어 나가면 즈그가 어떻게 할 겁니까. 학교를 떠메고 나가겠어요? 모진 열병을 치를 셈하고 해치우자 이겁니다. 백 년 가봐요. 그들을 그냥 둬두고는….”

A선생이 계속 떠들어 대려는 것을 교감이 가로막았다.

“파면시키려면 조건이 있어야 할 게 아뇨?”

“조건? 공산당과 내통하고 있는 게 분명하지 않소? 학생들을 선동하고 있는 것도 분명하지 않소? 이 이상의 조건이 또 필요합니까?”

“증거가 있어야 된단 말입니다. 확실한 물적 증거가….”

교감은 뱉듯이 말했다.

“증거라니?” A선생은 더욱 흥분했다.

“학교의 현상, 이것이 곧 증거가 아닙니까. 경찰에서 내사해 놓은 것도 있을 겁니다. 그것하고 종합해서 도청에 내신(內申)하면 되지 않겠어요?

“누가 그들의 목을 자를 줄 몰라서 안 자르는 줄 아시오?”

쓸데없는 말싸움을 그만두라는 어조로 교장이 잘라 말했다. 자리는 다시 무더운 침묵으로 돌아갔다. 매미 소리가 한층 높은 옥타브로서 들렸다. 나는 교장의 심증을 상상해 봤다.

교장도 A선생 이상으로 과격한 수단을 써보고 싶지 않은 바는 아닐 게다. 하지만 그들의 목을 잘랐다고 하자. 동맹 휴가는 더욱 악성화 될 것이 뻔하다. 다른 학교와도 연합할 것이다. 학생대표들이 도청으로 우르르 몰려갈 것이다. 거기서 기세를 올리며 농성을 한다. 그러면 … 일제처럼 체통이 서 있지도 않고 끝끝내 자기를 보호해 줄 아무런 연분도 없는 군정청 관리들은 잠시나마 조용해지기만 하면 그만이라는 심산으로 학생들의 요구를 들어줄 것이 틀림없다. 그러니 … 교장에게 P, M, S의 목을 자르라고 권하는 것은 자살을 권유하는 것이나 마찬가지다.

게다가 P와 M은 교사로서의 실력이 있었고 동지적인 유대관계가 아니라도 학생들의 신임을 받을 만한 자질을 갖추고 있는 인물들이고 보니 더욱 만만치가 않았다. S는 교사로서의 실력은 없으면서 변설(辯舌)이 날카로웠다. 일제 때엔 교장 밑에서 하급관리 노릇을 한 적이 있어 교장과는 서로 괄시할 수 없는 사이일 것이지만 '공(公)과 사(私)'를 구별할 줄 알아야 한다는 교장의 입버릇을 역이용해서 자신의 존재를 학생들 사이에 클로즈업시키고 있는, 나쁘게 말하면 맹랑하고 좋게 말하면 다부진 위인이었다. 이들 셋이 교장 반대파의 지도적 인물임을 교장 자신도 잘 알고 있었다. 그럼에도 불구하고 이런 화근을 쾌도난마(快刀亂麻)할 수 없는 데 교장의 딜레마가 있었고 고민이 있었다.

"요는 인물의 빈곤에 모든 화근이 있는 겁니다. 교육자로서의 우리들의 힘이 너무나 무력합니다. 너무나 무력했어요. 모든 혼란은 우리들이 무력한 탓에 생긴 겁니다."

언제나 하는 교장의 탄식이 또 한번 되풀이 되었다.

"시대의 풍조 아니겠습니까. 어디 우리 학교만 혼란하고 있습니까."

교장의 탄식이 있으면 으레 뒤따르는 교감의 말이다.

"시대의 풍조까지 지도할 수 있는 인물이라야 교육자로서 자격이 있다는 뜻이지요. 하여간 학력이 있고 지도력이 있고 감화력이 있는 선생을 많이 모셔 와야겠습니다. 그런데…."

하고 말을 끊었다가 교장은 나를 향해 물었다.

"이 선생은 유태림 군하곤 어떻게 되지요?"

뜻밖에 유태림의 이름이 튀어나오는 바람에 어리둥절해서 나는,

"어떻게 되다니, 무슨 말씀입니까?" 하고 되물었다.

"잘 아는가 어떤가를 물은 겁니다."

"잘 압니다. 이 학교에서 저보다 2년쯤 선배가 되는데 제가 들어왔을 때 벌써 다른 학교로 전학한 후였습니다만 대학에서 동기동창이었습니다. 그런데 교장 선생님이 이 학교에 계실 때 유태림 씨가 있었습니까."

"내가 도청으로 전근하기 직전 1년 동안 유군의 반을 맡은 적이 있지."

"그렇습니다." 하고 B선생이 거들었다.

"저와 한반이었습니다."

"그렇지. B선생도 그럼 유태림 군을 잘 알겠구먼, 어떨까, 유군을 이 학교에 데리고 올 수 없을까. 그만한 교사면 큰 힘이 될 것도 같은데…."

"그 사람이 와주기만 하면 힘이 되지요."

B선생의 말이었다.

"어떤 인물인지 저는 잘 모르겠습니다만 그런 분이 온다고 해서 신학기의 사태를 수습하는데 도움이 되겠습니까?"

교감의 이 말은 나의 의사를 그대로 대변한 것이나 마찬가지였다. 교장은 수색(愁色)이 어린 얼굴을 엄숙하게 차리면서 말했다.

"신학기의 사태 때문만으로 하는 얘기가 아닙니다. 근본적으로 학원을 개조해야 된다는 겁니다. 그러자면 좋은 인재를 모을 필요가 있다는 거지요. 헌데 유태림 군은 지금 어떻게 지내고 있답니까."

"금년 3월이 저와 거의 같은 무렵 중국에서 돌아왔습니다. 그리고는 잠깐 고향에서 머물고 있다가 지금은 서울에 가 있는 모양입니다. 그러나 학병으로 갔을 때나 돌아와서나 만나 본 적은 없습니다.

이렇게 말하면서 더 이상 구체적인 것을 B선생이 알고 있지나 않을까 해서 그쪽으로 건너보았다. 그러자 B선생이 다음과 같이 보충했다.

"유태림 군이 중국에서 돌아왔다는 소식을 듣고 제가 한 번 찾아갔었지요. 그때 유군의 말로는 서울에 자리를 잡고 학문을 계속할 의향인 것 같았습니다."

"어떻게 해서라도 그 사람을 데리고 왔으면 좋겠어. 서울엔 이따가 가도 될게고 학문을 한다고 해서 꼭 서울에 있어야 할 까닭도 없을테니 시대가 안정될 때까지 고향에 있어 보는 것도 좋지 않을까. 이렇게 권해서 2, 3년간이라도 좋으니 이 학교를 돌봐 달라고 해볼 수 없을까. 어떻겠어요. 이 선생과 B선생이 책임을 지고 서둘러 주었으면 하는데!"

원래 아첨하는 근성이 있는 탓으로 상사(上司)가 이렇게 부탁해 오면 나는 거절을 못 한다. 그래 이럭저럭 말들을 주고받고 있는 동안에 어쩌다 보니 유태림을 C고등학교의 교사로서 모셔 오는 책임을 나 혼자 걸머진 결과가 되어 버렸다.

신학기의 사태에 어떻게 대비하느냐의 문제로 되돌아갔다. 어떤 수단으로라도 P와 M과 S를 없애야 한다고 A선생이 다시 한바탕 떠들었다. 주동 되는 학생을 회유하는 수단이 없을까 하는 의견도 나왔다. 방학을 연기하면 어떠냐는 안도 나오고 경찰에 의뢰해서 공포분위기를 조성하자는 제안도 있었다. 그러나 모두가 실현성 없는 말들이었다.

"도리가 없습니다. P선생과 M선생을 교장선생님이 불러서 간곡하게 부탁해 보는 수밖엔 없지 않습니까?"

차분한 소리로 B선생이 이렇게 말했다. 교감을 그렇게 해보았자 그들은 자기들의 말을 학생들이 들을 턱이 없다고 딱 잡아뗄 것이 뻔하다고 했다.

"그러나 어떻게 합니까. 우리들도 우리들 나름으로 설득 공작을 해 볼 것이니 교장선생님이 P선생과 M선생을 불러서 타일러 보십시오."

언제나 온건한 의견이어서 화려한 광채가 없는 그만큼 B선생의 의견엔 설득력도 있었다.

"그자들의 의견을 들으나마나지. 그러니 얘기하나 마나구. 전번에 내가 부탁했더니 교장선생님의 말을 듣지 않는 학생들이 어떻게 우리말을 듣겠습니까, 하더구먼."

이렇게 말하는 교장의 입언저리에 쓸쓸한 웃음이 남았다.

"일본 사람의 말입니다만 적심(赤心)을 상대의 뱃속에 둔다는 것이 있지 않습니까."하고 B선생은 다시 한 번 말했다.

"적심! 그것이 통할 수만 있다면야!"

교장은 힘없이 중얼거렸다.

그러나 별달리 묘안이 있을 까닭이 없었다. 교장이 P와 M, 그리고 S를 불러 술이나 같이 나누면서 수단껏 타일러 본다는 것으로 모임의 끝을 내지 않을 수 없었다.

-pp.32~43.

'나'는 유태림의 집을 찾아갔다. 엄청난 부잣집이었다. 그의 부친은 이렇게 말했다. 15세 적부터 객지 생활 12년. 귀공자풍의 부친은 약 5천 석 가량의 토지를 하인들, 소작인들에게 무상으로 나눠준 위인. 그의 부친 왈,

"권해보게. 이와 같은 난세에는 되도록 가족과 같이 있어야 하느니."

이 정도의 말만 들었으면 교장에게 대한 나의 책무의 반은 다한 셈이라고 생각하고 일어서려는 나를 유태림의 아버지는 기어코 붙들어 앉혔다. 십 수 년 전 중국에서 가져온 오갈피주(酒)가 있으니, 그것을 한잔하고 가라는 것이다. 친구의 부친과 같이 술을 마신다는 건 그 지방의 풍습으로선 있을 수 없는 일이다. 나는 굳이 사양하지 않을 수 없었는데 유태림의 아버지는 그런 나의 마음을 알아차렸는지,

"지금부턴 노소동락(老少同樂)을 해야 하네. 민주주의의 세상이 아닌가. 민주주의란 어떤 뜻으론 노소동락해야 한다는 말이 아닌가." 하고 술상을 차려 오라고 하인에게 일렀다.

외롭던 차에 아들의 친구, 또는 친구의 아들을 만나 반가워하는 그의 뜻을 매정스럽게 뿌리칠 수가 없어 한잔 한잔 거듭하는 바람에 〔중략〕

그걸 가지고 고향에 와서 학교를 하든 사회사업을 하든 하면 될 게 아닌가. 자네에게 의견이 있으면 같이 의논해서 해보게. 이조(李朝)가 망하는 것을 우리 눈으로 보지 않았는가. 권불백년(權不百年) 세불십년(勢不十年)이란 걸세. 아직도 액(厄)이 풀린 것 같질 않아. 무슨 산해(山害)도 아닐 거구. 내 대에 와서 무슨 변이 날 것만 같으니 선조의 영에 대한 면목도 없구. 태림이가 불쾌한 짓을 해도 자네는 그를 잘 봐주게. 자네가 하고 싶은 일이 있으면 내게 말하게. 태림이가 반대해도 내가 해주지. 돈으로써 되는 일이면 언제든지 말해 주게. 어쨌든 태림을 잘 봐주게."

말의 도중에 잘 봐줘야 할 편은 내가 아니고 태림이라고 몇 번 서둘러 나의 뜻을 전하려 했지만 태림의 아버지는 자기의 말이 그냥 지껄이는 인사말이 아니라고 정색을 했다. 나는 그런 말을 들으면서 태림의 부친이 태림에게 대한 나의 복잡한 감정을 꿰뚫어 본 탓으로 그렇게 말하는 것이 아닐까 하는 생각마저 들었다. 그러나 그 부친의 말은 유태림에게 대한 나의 미묘한 감정을 풀어 놓는 데 커다란 작용을 했다. 진심으로 유태림을 C고등학교에 모셔 왔으면 하는 생각이 돋아나게까지 된 것이다.

어머니에게 드리라고 사주는 한 꾸러미의 인삼을 들고 산정을 나온 것은 이미 모색(暮色)이 짙어 있을 때였다. 유태림의 부친은 동구 앞 개울가에까지 전송하러 나왔다.

-pp.50~51.

드디어 유태림이 교사노릇을 하기 시작. '나'는 유태림의 애인 서경애를 만난다. 최영자라는 이름, 동경서 유태림과 알게 된 유학파 출신. 러시아어 공부. 사상보다 사랑을 택한 여성. 유태림은 또 여사여사한다. 곡절을 겪어 학교에서 일부 교사 및 학생들의 배척으로 떠났고 지리산으로 납치되어 행방불명. '나'는 유태림과 서경애의 지리산행까지를 추적해 본다.

경애는 재작년 초겨울, 나와 함께 걸은 일이 있는 C루(樓)를 거쳐 S대(臺)에 이르는 길을 다시 한 번 걸어 보자고 했다. 나는 그러기에 앞서 유태림에게 연락을 해두자고 말해 보았다. 경애는 태림을 만나기 전에 나더러 의논할 얘기가 있다는 것이었다.

나는 경애와 더불어 산보하는 것은 싫지 않았지만 검문이 심한 거리에서 서경애에게 무슨 일이 생기지나 않을까 해서 우선 그것이 불안했다. 그러나 그런 말을 입 밖에 낼 수는 없었다. 눈치 빠른 경애는 그와 같은 나의 마음속을 꿰뚫어 본 양으로 핸드백을 열더니 한 장의 신분증을 꺼냈다. 대구시에 있는 어떤 학교의 교사 신분증이었다. 사진은 경애의 것이 붙어 있는데 이름은 '이정순'이라고 되어 있다.

"이정순?" 하고 나는 경애의 얼굴을 돌아보았다.

"가명을 만들어 보았어요. C시에서 이만한 신분증으로써 통할 수 있지 않을까요?"

경애는 침착하게 말하는 것이었지만 나는 어안이 벙벙했다. 가짜 증명서가 있을 수 있다는 것도 그런 것을 가지고 행동하는 사람이 있다는 것도 들어서 알고 짐작도 하고 있었지만 바로 눈앞에 그런 사람을 보는 것은 그때가 처음이었고, 그런 것을 알면서 같이 행동해야 할 처지가 그저 딱하지만 했다. 하지만 나는 아무런 기색도 나타내지 않았다.

"제정 러시아 시절의 여자 테러리스트 같구먼요."

나는 고작 이렇게 말하며 마음속의 동요를 얼버무렸다.

N강을 낀 산보로를 C루를 향해 걸어 올라가면서도 나의 마음은 엷게 눈에 덮인 풍경에 있지 않고 가짜 증명서를 가진 위험한 여자와 공범으로서 행동하

고 있다는 의식으로 꽉차 있었다.

상대방이 서경애가 아니었더라면 어림도 없는 일이다. 나는 새삼스럽게 서경애에 대한 내 마음의 경사가 얼마나 가파른가를 깨닫고 암연한 심정이 되었다.

N강의 빛깔은 주위의 흰빛 때문인지 검게 보였다. 녹청을 흘린 것 같은 흐름이 잔잔한 주름을 잡은 물결 위에 간혹 엷은 얼음 조각이 희미한 광택으로 태양빛을 반사하고 있었다.

C루 위에서 이런 풍경을 내려다보며 그 의논해야 할 얘기라는 것이 하나 나올까 하고 기다렸지만 서경애는 말문을 열지 않았다. 나는 제정 러시아 말기 혁명 조직에 가담한 여자들의 군상을 서경애의 모습을 통해서 공상했다. 당시의 혁명조직 가운덴 사상의 힘으로써 보다 신비로운 분위기를 가진 여자의 매력에 의해서 지탱되어 간 것도 있었을 것이 아닌가 하는 생각도 들었다.

경애도 말이 없었고 나도 말이 없었다. 눈이 온 뒷날이라서 그런지 차가운 물 때문인지 그렇게 붐비던 세탁녀(洗濯女)들의 모습이 한 사람도 N강변에 나타나 있지 않았다. 황량한 겨울의 길이었다. 나와 경애는 S대 쪽으로 묵묵히 걷고 있었다.

S대에 이르자 경애는 지리산 있는 쪽을 향해서 섰다. 한참동안 같은 자세로서 있더니 경애는 중얼거렸다.

"지리산이 보이지 않네요."

"맑은 날씨가 아니면 보이질 않습니다."

그러나 서경애는 희미한 태양빛이 비치곤 있다지만 흐린 하늘이라고밖엔 할 수 없는 그 하늘의 저편에 있는 지리산의 모습을 꼭 찾아내고야 말겠다는 듯이 그 방향에다 시선을 쏟고 있었다.

"지리산은 춥겠죠." 경애는 묻는 말도 아니고 혼잣말도 아닌 어조로 이었다.

"전투에서보다도 동상 때문에 희생이 많이 난다고 하던데."

서경애는 지리산 속에 있는 빨치산에게 마음을 쏟고 있는 것이었다. 지리산 속의 빨치산! 그들은 여수와 순천 기타 지리산 주변에서 나와 같은 사람을 많이 죽였다. 우익이라고 해서, 그들과 같은 사상을 지니지 않았다고 해서, 만일 그들이 나를 붙들면 영락없이 죽여 버릴 게다. 그런데 서경애는 그러한 빨치산에게 호의가 넘치는 관심을 쏟고 있는 것이다. 나는 억지로라도 서경애에 대해서 적의(敵意)를 품어 보려고 애썼다. 허사였다. 실감이 나지 않았다.

서경애의 '얘기'란 것은 S대에서 내려오면서부터 시작되었다. 간추려 말하면 재작년 겨울 태림의 부친이 경애에게 주려고 했던 그 돈을 달라고 할 수 없을까 하는 의논이었다. 하도 어이가 없는 제안이어서 나는 선뜻 뭐라고 말할 수가 없었다. 경애가 스스로 태림의 아버지로부터 돈을 받겠다고 나선다는 것은 도무지 납득이 가질 않았다.

"불가능할까요?" 내 마음의 소용돌이가 가라앉기도 전에 경애의 말이 뒤쫓아왔다.

"말씀만 드린다면 당장에라도 내놓을 겁니다."해놓곤, 나는 꼭 돈 쓸 일이 있으면 내가 어떻게 마련해 드려도 좋겠느냐고 묻고 싶어졌다. 그래 그런 빛을 풍겨 보았더니.

"이 선생님을 괴롭힐 생각은 없습니다."하고 잘라 말했다.

"돈이 필요하다기 보다 태림 부친의 돈이 필요하단 말입니까?"

"돈이 필요하다는 것뿐이죠. 갑자기 돈을 쓸 일이 생겼어요. 그래 재작년 일을 생각해 낸 거지요."

서경애에게 돈을 써야 할 일이 생겼다면 그건 어떤 경우일까. 미묘한 관계에 있는 태림의 부친에게 돈을 요구해야 할 만큼 필요하게 된 돈이란? 그 용도는? 경애의 기품과 성질로 보아 그리고 연전 한 말로 미루어 굶어 죽는 한이 있어도 그런 쑥스런 요구를 할 사람이 아니라는 나의 인식을 버릴 수 없었으니 벅

찬 수수께끼였다.

"돈을 어디다 쓸 작정입니까?"

용기를 내어 물어보았다.

"미안합니다. 그건 묻지 말아 주세요."

용도를 밝히지 못할 사람에게 그런 의논은 뭣 때문에 하느냐고 윽박지르고 싶은 마음이 일었으나 말은 마음과 딴 판으로 나타났다.

"좋습니다. 태림 씨의 부친께 말씀드려보죠."

경애의 얼굴이 활짝 개었다.

"고맙습니다. 이 선생께는 정말 신세만 끼치고…."

"쇠뿔은 단김에 빼다고 지금 유태림 씨 집으로 가겠습니다."

"되도록이면 태림 씨는 모르도록 했으면…."

"그거 안 됩니다. 그렇다면 전 사이에 설 수가 없지요."

경애는 한참 망설이는 눈치더니

"좋아요. 태림 씨가 알아도 좋습니다." 하고 단호한 표정을 지었다. 창피스러운 꼴이라도 감수하겠다는 각오의 표명처럼 보였다.

경애를 데리고 태림의 집 근처까지 갔다. 그리곤 그 근처에 있는 음식점에 경애를 기다리게 해놓고 나는 태림의 집으로 갔다. 태림은 그때까지 자리에 누워 있다가 이제 막 세수를 하고 식사를 끝낸 참이라고 했다. 나는 서경애가 왔다는 것과 서경애의 요구를 대충 설명했다.

"경애가? 돈을?"

태림은 도무지 납득이 가지 않는다는 멍청한 표정이었다.

"그런데 그 얘길 아버지에게 어떻게 하지?"

"그건 내게 맡겨 둬."

이렇게 말하고 나는 사랑으로 나왔다. 태림의 부친은 나를 반겨 맞았다. 이

만저만한 신세를 지지 않았다면서 무슨 부탁이건 하면 자기도 힘이 되도록 애쓰겠다고 했다. 나는 망설일 것도 없이 서경애의 얘기를 털어놓았다. 그리고

"웬만해 가지곤 이런 얘길 할 여성은 아닌데 참으로 딱한 사정인가 봅니다."

하고 덧붙이기도 했다.

"그것 참 잘됐네. 언제나 마음에 걸려 있었던 건데. 연전에 드릴려다가 드리지 못한 것이 그대로 있는데 그것으로써 될까?"

하면서 벽장 속의 문갑을 뒤지더니 눈 익은 봉투를 꺼냈다. 재작년 초겨울 나를 거쳐 서경애에게 주려다가 거절당한 바로 그 봉투였다. 햇수로 2년인데 그 봉투를 그냥 간수하고 있는 태도에 태림 부친의 마음가짐을 새삼스럽게 알 것만 같았다.

"펴보게. 그걸 가지고 되겠는가?"

나는 봉투 안에 든 것을 꺼내 보았다. 50만 원짜리 수표가 다섯 장이나 들어 있었다. 도합 2백 50십 만 원, 우리들 교사 10년 치의 월급을 합해도 미치지 못할 액수였다. 그런데도 태림의 부친은,

"그걸 가지고 될까?"

하고 근심스럽게 물었다.

"되다 뿐이겠습니까?"

서경애가 필요로 하는 돈의 액수를 물어 오지 않았던 것이 후회가 되었지만 이런 거액까지 필요로 하지 않을 것은 분명한 일이라고 생각했다.

"조금이라도 미안하다는 생각을 갖지 않도록 자네가 잘 말해 주게. 만일 그걸 가지고도 모자란다면 기탄없이 말해 주도록 이르기도 하게."

이렇게 말하는 태림 부친의 말을 등 뒤로 들으면서 나는 밖으로 나왔다. 대문 밖에 태림이 기다리고 있었다.

"2백 50만 원을 받았어."

태림을 보고 이렇게 말했으나 태림은 아무 말도 없이 내 뒤를 따라 나왔다. 나와 태림을 보자 경애는 음식점에서 나왔다. 경애와 태림은 서로 덤덤한 인사를 주고받았다. 태림은 어디 조용한 데나 가서 얘기나 할까 하는 눈치를 보였지만 경애는 급한 일이 있다면서 이만 실례하겠다고 딱 잘라 말했다.

한길 가운데 서서, 경애와 내가 나란히 걸어가는 뒷모습을 보고 유태림이 어떤 생각에 잠겼을까. 나는 경애가 태림 부친에게서 돈을 받았다는 그 사실에 태림과 경애의 영원한 결별을 짐작했다.

-pp.576~582.

그 후의 유태림은 어떻게 되었을까. 지리산행을 포기한 서경애는 어째서 해인사에서 여승이 되었을까. 유태림을 납치해 간 빨치산이 거창 덕유산 쪽으로 이동하고 있다는 정보가 들렸으나 이를 찾고자 하는 '나'는 비관적이었다. 일본인 H의 부탁도 불가능한 형편.

5.『지리산』과『남부군』의 이동점

이병주의『지리산』은 이태의『남부군』과 어떤 점에서 닮았고, 또 어떤 점에서 결정적으로 구분되는가. 이태는 서두에서 이렇게 분명히 말해놓았다. "기록은 소재이지 역사 자체는 아니다. 소재에는 주관이 없다. 소재는 미화될 수도 비하할 것도 아니다. 나는 작가가 아니라 사실보도를 업으로 하는 기자였다."(머리말) 자기는 '작가'가 아니라고 분명히 못을 박았다. '기자'이기에 객관적으로 기록하는 작업에 진력했다는 것. 그렇다면 누구나 이렇게 말할 수 있겠다. 그 '기록'을 누구나 읽을 수 있지 않을까. 누구나 읽어도 무관한 것이 않을까. 그런데도 기자 이태는 이렇게 또 말해놓았다. "그 동안 파렴치한 한 문인으로 해서 기록의 일부가 소설 등에 표절되기도 했고 그 때문에 가까스로 만난 보완의 기회를 놓치기도 했다."(p.16). 그렇다면 이렇게 볼 수밖에 없다. 이태의 『남부군』의 초고나 그 초고의 일부가 이미 세상에 공개되었거나 아니면 '수기형태'로 '파렴치한 한 문인'도 능히 얻어 볼 수 있었다고.

두레출판사에서 1988년 7월에 간행된 『남부군』은 그 완성판이라 할 것이다. 필자는 이 '파렴치한 한 문인'이 보고 소설 속에 이용했다는 '수기'의 일부를 찾아볼 길이 없었다. 그런데 이병주의 대하소설 『지리산』(1978년까지 『세대』지에 연재, 단행본으로 나온 것은 1978년)에는 이런 기록이 나온다.(인용은 한길사판)

> 이태는 박태영이 일제 때부터 이현상과 인연이 있다는 사실을 알고 있었다. 그래서 박태영을 말단 전사로 그냥 두고 있는 것이 의아했다.
>
> "박 동무는 지리산 마지막의 빨치산이 될 거요. 그건 나도 믿고 있소. 박 동무처럼 강인한 건강과 의지를 나는 본 적이 없으니까. 게다가 박동무는 탄환 사이를 누비고 다니는 기술까지 있거든. 아직 한 번도 부상한 일이 없잖아. 병이 난 적도 없구."
>
> 이태의 말이 있자 박태영은 피식 웃었다. 병이 났다는 정도가 아니라 박태영은 동상이 최악의 상태가 되어 있었다. 그래도 박태영은 자기의 동상에 관해선 한마디 말도 하지 않았다.
>
> "박 동무, 사령관 선생님의 노여움을 산 적이 있나? 지리산에서가 아니고 말이오."
>
> "그걸 왜 묻지?"
>
> "이상해서 그래요. 과거부터 알았다면 박 동무의 실력을 알고 있을 텐데. 용

기도 말야."

"나는 기본 계급이 아니니까."

"누군 기본 계급인가?"

"이 동무, 나는 간부가 되기 싫어. 지금이 좋아."

"허기야 지금 간부가 되어보았자 마찬가지지만 사람 대우가 어디…."

"나와 사령관은 통하지 않는 점이 꼭 한가지 있어."

"그게 뭔데?"

"지금은 말할 수 없어. 사령관 동무는 그걸 알고 있어."

"글쎄, 그게 뭔데?"

"언젠간 얘기하겠소. 그러나 지금은 안 돼."

박태영과 이태는 거림골의 무기고트를 숲 사이로 바라볼 수 있는 바위틈에서 얘기하고 있었는데 강지하가 불쑥 나타나 이태를 보고 말했다.

"문춘 참모가 찾던데."

"그래?"

이태는 막사가 있는 쪽으로 갔다.

"여기가 좋군."

하고 강지하는 이태가 앉아있던 자리에 앉았다. 그리고 박태영을 보고

"동무 얘긴 이태 동무를 통해서 많이 들었소. 전투대원으로서 고초가 심하겠지?"

하고 생긋 웃었다.

"고초는 마찬가지 아니겠소. 동무의 그림솜씨가 대단하다는 얘긴 들었습니다. 이태 동무가 말합디다."

"내가 그리는 게 어디 그림입니까. 도화(圖畵)지요, 도화."

"겸손의 말씀을."

"겸손이 아닙니다. 정말 도화지요. 인민에게 복무하려면 도화라야 한다나요?"

강지하는 이렇게 말해놓고

"헷헷"

하고 웃었다. 그 웃음엔 자조적인 빛깔이 있었다. 박태영은 그 웃음에서 친근감을 느꼈다. 그래서 물었다.

"어떻게 그리면 인민에게 복무하게 되는가요?"

"그걸 나도 모르겠단 말요. 작년 여름 뱀삿골에서 상당히 오랫동안 머무르고 있을 때. 가지 골짜기 바위틈에 피어 있는 나리꽃을 보았소. 바위 몇 개가 포개진 들에 흙이 쌓였는데, 그 흙에 뿌리를 내린 나리꽃이었소. 이끼가 낀 바위 몇 개가 포개진 형태가 늙긴 했지만 아직도 싱싱한 남자의 육체를 연상케 하고 그 나리꽃은 그 남자의 육체에 안긴 농염한 젊은 여자의 얼굴 같았소. 자연은 가끔 이상한 에로티시즘을 발산하거든. 나는 뭐라고 형언할 수 없는 감동에 젖어 바위를 늙은 남자의 육체로 나리꽃을 젊은 여자로 그렸소. 그런데 사령부의 간부 한 사람이 그 그림을 들여다보더니 설명하라고 하데요. 내 상(想)을 대강 말했더니 대뜸 한다는 소리가. '공화국의 바위와 나리꽃을 그렇게 그리면 안 된다'는 거였소. 그리고 '그림은 공화국을 위하고 인민에 복무하는 그림이라야 한다.'는 거였소. 바위는 바위로, 나리꽃은 나리꽃으로 그려야 한다나요? 요컨대 도화를 그리라는 말이었지."

"그 간부가 혹시 정 정치위원 아닙니까?"

"맞소, 그런데 그걸 어떻게 아우?"

"그 분의 입버릇이니까요. 내 발도 공화국의 발이라고 합디다."

"어쨌든 당성이 강한 동무니까. 그 당성을 배워야죠."

하고 강지하는, 눈이 얼룩덜룩 남아있는 건너편 산을 보며 중얼거렸다.

"벌써 2월에 들어섰을 텐데."

"요즘은 무슨 그림을 그립니까."

"쫓기기에 바빠 그릴 여가가 어딨수."

"이태 동무 말로는 짬만 있으면 그린다고 하던데요."

"그게 내 유일한 사는 보람이니까요. 어느 골짝, 어느 두메에서 죽을지 모르지만. 국군이나 경찰이 내 배낭 속에서 내가 그린 그림을 발견하고. '자이식, 꼬락서니는 굶주린 산돼지인데 그림은 좋군.'할 수 있게 좋은 그림을 그리고 싶소."

박태영은 웃으려다가 그 웃음이 얼어붙는 걸 느꼈다.

'이 세상에. 이 인생이 어디 그런 걸 소망이라고 지니고 다니는 사람이 있을까. 모든 파르티잔이 밥이나 한번 실컷 먹어보고 죽었으면 하는 소망밖에 지닌 것이 없는 상황 속에서….'

강지하는 지금, 작가 이동규를 모델로 초상화를 그리고 있는데, 그 그림의 제목을 '어느 빨치산 작가의 초상'이라고 할 참이라고 했다. 이렇게 장시간 한담을 할 수 있었다는 것도 이례에 속했다. 그러나 그 대화가 박태영이 강지하와 가진 최초이자 마지막 대화였다.

남부군 수뇌부는 전력 회복 방안을 두고 회의를 거듭했다. 백 번 회의를 거듭해 보았자 결론은 마찬가지였다.

첫째는 식량보급이고 둘째는 동상치료였다.

결론이 나왔다고 해도 이 문제를 해결하기 위한 구체적인 방법이 있어야 했다. 동상 문제는 약을 구할 수도 없고 병원에 입원시킬 수도 없으니 각자 알아서 최선을 다하라는 지시밖에 있을 수가 없었다.

사실을 말하면 남부군 전체가 이 동상에 의해 전멸된 상태에 있었다. 정도의 차이는 있으나 거의 전부가 동상에 걸려 있었다. 다섯 발가락, 다섯 손가락이 변색해서 썩어 들어가는 대원이 태반이었다. 그런데 방법은 하나밖에 없었다.

냉수 마사지였다. 박태영은 냉수 마사지와 건포(乾布)마사지, 기회 있을 때마다 환부를 때리고 꼬집고 하는 방법으로 다소나마 효험을 보았다. 그런데 그 치료법은 굉장한 의지력을 필요로 했다.

－pp.200～203.

박태영은, 앞서 가는 이봉관이 이태에게

"생쌀을 씹더라도 쌀이 있는 동안엔 살아남겠지. 이젠 얼어 죽진 않을 테니까."

라고 속삭이는 말을 들었다. 이봉관으로선 안타까움을 그렇게 표현했겠지만 박태영은 문득 이런 생각을 했다.

'김훈이 북쪽에서 온 사람이었다면 이봉관은 누구에겐가 명령을 내려서라도 떠메고 가자고 했을 것 아닌가.'

지대, 즉 문춘지대는 그날 밤 주능선을 넘어 거림골로 탈출하는 데 성공했다. 단출한 인원인데다가 건장한 대원만으로 된 부대여서 백뭇골 뒷산을 별 탈 없이 넘을 수 있었던 것이다.

남쪽 비탈에서 잠시 휴식을 취했다. 이윽고 아침 해가 돋았다. 눈으로 얼룩진 지능선들이 선명하게 눈 아래 깔렸다. 그물처럼 토벌대의 대병력이 그 아래에 깔려 있다고는 상상도 못할 장엄하고도 아름다운 풍경이었다.

문춘이 쌍안경으로 사방을 둘러보았다. 바로 그 옆에서 눈 위에 드러누운 이봉관이 코를 골기 시작했다.

누군가가 이봉관을 가리키며 킬킬 댔다. 보니 그의 검은 권총대가 사타구니에 끼여 숨을 쉴 때마다 그 끝이 들먹들먹하여 남근의 발기를 연상케 했다. 짓궂은 대원 하나가 여성 대원에게 농을 걸었다.

"저것 봐, 저것 봐. 거, 물건 한번 좋다."

처녀인 여성 대원들은 그 농담의 뜻을 몰라 어리둥절했다. 그 꼴이 또 우스워 모두 한바탕 폭소를 터뜨렸다. 이런 판국에도 웃음이 나온다는 사실 그 자체가 또 웃음을 유발했다. 어쨌든 긴장이 확 풀린 한 장면이었다.

다음 순간 일행은 출동을 개시했다. 지능선을 넘어갔다. 인원이 적으니까 행동이 빨라 편리하긴 했지만, 그 대신 정찰대를 낼 수가 없어서 불안했다. 12명의 전투원으로는 정찰대를 편성할 도리가 없었던 것이다.

선두에 선 지휘자 문춘의 뒤를 따라 어디로 가는지도 모르고 부대는 이동하고 있었다.

내리뻗은 지능선과 두 가지 능선이 M자를 이룬 곳에서 100미터쯤 내려갔을 때 갑자기 선두대열이 좌우로 산개하여 엎드려 자세를 취했다. 모두들 반사적으로 지형 지물을 이용하여 몸을 숨겼다.

적정이 있었다. 아래쪽에서 총성이 울려왔다. 이편에서도 일제히 응사했다. 방한모를 쓴 병사 여남은 명이 능선을 타고 올라오는 것이 보였는데, 뒤이어 그 수가 자꾸만 불어났다. 거리는 약 5백 미터.

카빈총을 든 장교 하나가 꼿꼿이 서서 병사들에게 호통을 치는 것이 보였다. 전진하지 않는다고 병사들을 몰아세우는 모양이었다.

문춘이 저만큼 떨어져 있는 바위 뒤에서 감탄했다.

"그 놈 참 대담한 놈이군. 적이지만 됐어. 그만하면 됐어."

치열한 사격전이 10여 분 간 계속되었다.

낮은 등성이여서 눈은 녹아 없고 햇볕이 따사로웠다.

박태영이 붙은 바위에 김금철이 붙고, 그 건너에 이태가 붙어 있었다. 김금철은 승리사단 시절, 박태영과 이태가 속한 부대의 연대장이었다. 두 번이나 부상을 당해 환자트에 있다가 나온 후론 무보직 상태에 있었다. 물론 격은 다르지만 실제론 박태영과 마찬가지로 전사일 뿐이었다.

김금철은 정면을 향해 두세 번 권총을 쏘더니 흥미를 잃었다는 듯이 바위를 등지고 앉아 기지개를 켰다.

"어어, 날씨 좋다. 완전히 봄이군."

급한 정황에서 할 말이 아니다 싶었는데 이태의 말이 있었다.

"이 판에 봄이구 뭐구, 왜 사격을 안 하시오."

"권총으로 사격이 되나. 탄환도 없구. 늘어지게 한 숨 잤으면 좋겠군."

"허, 참."

이태의 얼굴에 신경질적인 힘줄이 나타났다.

"날씨가 좋으니까 자꾸 졸음이 와. 동무 담배 없나? 있으면 한 대 줘."

"없어요."

이태의 퉁명스러운 대답이었다. 그러자 김금철이

"이 동무, 마음 변했어."

하고 허리춤에서 쌈지를 꺼내 삐라 종이로 담배를 말아 불을 붙였다.

"쳇, 담배를 가지고 있으면서 남보구 달래."

이태의 말투에 불쾌감이 묻어 있었다. 김금철은 대꾸하지 않았다. 박태영은 김금철이 무안해서 대꾸를 안 한다고 생각하고 정면을 보고 한 발 한 발 조준 사격을 했다.

이태도 최근에 바꾼 성능이 좋은 99식으로 열심히 사격을 했다.

얼마쯤 후,

"김 동무, 어이, 연대장 동무."

하고 이태가 김금철을 불러, 박태영은 김금철 쪽을 보았다. 김금철의 앉은 자세가 이상하다고 느꼈다. 자세히 보니 김금철은 담배를 떨어뜨린 채 죽어 있었다.

"이 동무, 김금철 연대장이 죽었소."

"뭐라구?"

이태의 얼굴에 놀람과 비통의 그림자가 교차했다. 자기가 퉁명스럽게 대한 데 대한 뉘우침도 있었는지 이태는

"아아 연대장 동무" 하고 울먹거렸다.

박태영은 승리사단에 전속되어 그 부하로 들어갔을 때 들은 김금철의 첫 번째 훈시를 상기했다. 빨치산은 용모와 복장이 깔끔해야 한다고 전라도 사투리를 마구 쓰며 강조했었다.

김금철은 여순사건 이래 수많은 전투를 겪었다. 국기 훈장 2급을 타기도 하고 연대장까지 지낸 14연대의 고참이었다. 그 역전의 용사 김금철의 최후치곤 너무나 어이없는 죽음이었다.

박태영은 사격을 계속하면서도 김금철에 대한 상념을 지워버릴 수가 없었다.

–그는 당당한 연대장이었다.

일본 육군 대학을 나온 일본의 연대장 이상의 작전 능력을 지닌 연대장이었다. 졸병으로 출발한 사람이었던 만큼 졸병의 마음을 잘 파악하는 지휘자였다. 연대에서 가장 용감한 병사였다. 몸을 사릴 줄을 몰랐다. 그리고 언제나 솔선수범했다. 두 번이나 입은 부상은 그 때문이었다. 그의 전라도 사투리는 어떤 국어보다 훌륭했다. 그는 평안도 사투리, 함경도 사투리, 심지어 서울말까지도 흉내내려고 하지 않았다. 그의 전라도 사투리 훈시는 시저의 웅변보다 훌륭한 웅변이었다.

아아, 김금철 연대장! 그의 일생은 과연 무엇이었을까. 사기당한 일생이 아니었을까. 횡령당한 일생이 아니었을까. 늘어지게 한숨자고 싶다더니 소원대로 된 것일까. 누구도 그의 잠을 깨울 수 없게 되었으니.

–240~243.

『지리산』 제7권 〈가을바람, 산하에 불다〉의 일부이다. 여기에 이태가 등

장하고 있다. 작가 이병주가 이태의 〈수고 초고〉를 보지 않았다면 어떻게 이태를 알았고, 또 어떻게 이렇게 썼을까. 또한 경찰과 빨치산의 휴전회담이 있었음도 보여준다.

"앉읍시다, 우리."

하고 바위에 앉았다. 6명이 모두 앉았다.

경찰관이 담배를 꺼냈다.

"우린 악수할 처지는 아니지만 담배는 나눠 피웁시다."

하고 담배를 한 개비씩 권하더니, 박태영 차례가 되자 아직 꽤 많이 남아 있는 담뱃값을 그냥 넘겨주며,

"당신이 가지시오"

하고 호기를 부렸다. 그리고 제안했다.

"인질 하나씩을 데리고 정확하게 보수(步數)를 헤어려 5백보 갔을 때 인질을 동시에 돌려보내도록 하는 방법이 어떻겠소."

"우리가 서로 양해한다면, 그런 복잡한 방법 쓸 것 없이, 아무 일 없었던 것처럼 통과합시다."

문춘의 말이었다.

경찰관은

"우린 공산당을 믿지 않기로 했소."

하고 껄껄 웃고 덧붙였다.

"당신들도 경찰을 믿지 못할 것 아니오."

"당신의 제안대로 하겠소."

문춘이 말했다.

"이로써 협상되었소."

하더니, 경찰관은

"실례가 될지 모릅니다만 내 의견을 말해보겠소."

라고 했다.

"말하시오."

"어떻소, 당신들은 저 산위로 갈 것이 아니라 우리들과 같이 평지로 내려갑시다."

"쓸데없는 말은 안 하기요."

문춘이 노기를 띠고 말했다.

"강요하는 건 아니오. 그러나 내 말을 듣기나 하시오. 당신들은 지금 무슨 생각을 하고 있는지 모르지만 머잖아 죽을 운명에 있소. 대한민국은 결코 호락호락하지 않소. 지리산 속에서 죽는 것보다 살아 장차 당신들이 좋아하는 공화국을 위해 일하면 될 것 아니오. 만일 당신들이 나를 따라가겠다면 절대로 안전하게 모시겠소. 원하신다면 거제도 포로 수용소로 보내주겠소. 지금 휴전 회담에서 포로를 교환하는 데 합의해서 교환 절차만 남아 있소."

"듣기 싫으니 인질 선정이나 합시다."

문춘이 딱딱하게 말했다.

"우리 측은 선정할 필요가 없소. 내가 인질이 되어 따라갈 테니까."

그 때 옆에 있던 경찰관 두 사람이

"대장님, 그건 안 됩니다. 제가 인질이 되겠습니다."

하고 거의 동시에 말했다.

문춘이 입을 열기 전에 박태영이 나섰다.

"내가 가겠습니다."

"그렇게 해주시오."

문춘이 나직이 말했다.

결국 부하 경찰관 한 사람이 남부군의 인질이 되고 박태영은 경찰의 인질이 되었다.

부대가 각기 움직이기 시작했다.

5백 보를 정확하게 헤어리더니 경찰대장이 박태영에게

"어쩐지 당신만은 데리고 가고 싶지만 우리 부하가 저기에 있으니 할 수 없군. 그러나 기회를 보아 귀순하도록 하시오. 내 이름은 김용식이오. 경찰에 붙들리거든 내 이름을 대시오."

하고 옆구리에 차고 있던 가방에서 한 다발의 신문과 캐러멜 두 통을 주며 말했다.

"빨리 돌아가시오."

박태영은 돌아오다가 중간에서 인질이 되었던 경찰관과 스쳤다. 그 경찰관은 지나치려다 말고 포켓에서 담배 한 갑과 성냥을 꺼내 얼른 박태영의 손에 쥐어 주었다. 그리고 박태영이 고맙다는 말을 할 사이도 없이 미끄러지듯 비탈길을 내려갔다.

박태영은 느릿느릿 숨을 조절해가며 걸었다. 얼마를 가니 문춘이 박태영의 배낭을 들고 서 있었다. 주위가 갑자기 어두워졌다.

긴 봄날의 해도 어느덧 저물어 가고 있었던 것이다.

박태영은 방금 있었던 일을 꿈속에서 있었던 일처럼 생각하며 문춘의 뒤를 따랐다. 동족끼리의 싸움이기에 더욱 비참하고, 동족끼리의 싸움이기에 뜻밖의 정이 오갈 수도 있다는 상념이 애처로웠다.

"그놈, 참으로 대단한 경찰관이다."

"공산당원이 되었더라면 모범 당원이 되었을 놈이다."

등등, 김용식 경찰관은 한동안 남부군의 입에 오르내렸다.

박태영은 경찰관이 준 신문을 몰래 읽었다.

4월 9일자 신문에는 다음과 같은 기사가 있었다.

'전황—지상 전투는 지극히 평온하다. 유엔군 정찰기가 문등리 계곡에서 공산군 부대를 습격하여 7명을 사살했다. 유엔군 폭격기가 전주, 순천 간의 철도를 폭격하고, B29폭격기는 선천의 군사 시설을 파괴했다.

'미 국방성 발표— 한국 전선에서의 미군 사상자 총수는 107,143명이다. 이것은 지난 주 발표에 비해 178명이 증가된 수이다.'

'4월 9일 현재 지리산 지구의 종합 전과 – 공비사살 12,286명, 생포 8,438명, 귀순 1,120명, 각종 포 51문, 기관총 269정, 소총 4,690정, 수류탄 2,793개 노획.'

'휴전회담-6개월 내에 평화가 달성될 것이라고, 영국 극동 지상군 사령관 게이트리 장군이 언명했다.'

'국내 정세 – 국회전원 위원회는 비공개로 예산안 본격심의에 들어갔다. 장 국무총리가 미군 병원에 입원했다. 사회부가 4월분 구호 양곡을 각 도에 배당했다.…'

4월 10일자 신문도 지상 전투는 평온하다고 하고 공군의 활약상만 보도했다. 내각 책임제 개헌안 서명 의원이 10일 현재 125명에 달했다고 했다. 휴전 회담 진행 상황 보도도 있었다.

4월 11일의 신문은 미 육군이 발표한 공산군의 손해를 보도했다. 4월 3일까지 공산군 사상자는 1,648,456명이고 포로가 132,268명이라고 했다. 160만여 명이 죽고 13만여 명의 포로가 있다면 공산군은 궤멸된 거나 다름없지 않을까 하는 생각이 들었다.

이태가 없어졌다는 사실은 날이 갈수록 박태영을 침울하게 했다. 어느덧 정이 들대로 들어 있었던 것이다. 박태영은 보초를 설 때에도 행군을 할 때에도 이태를 생각하며 멍청해져 버릴 때가 있었다.

죽었을까, 생포되었을까, 귀순했을까, 그 사실을 확인하기 위해서라도 탈출하고 싶은 충동을 빈번히 느끼게 되었다.

사실을 말하면 이태는 생포되었다. 물론 박태영이 알 까닭이 없었지만 이태는 그 후 자기가 생포된 경위를 다음과 같이 썼다.

이태의 수기 –

내가 떠나려고 하자 문춘이 내 작업복 포켓 언저리가 터져있는 것을 보고 여성대원 원명숙에게 지시했다.

"원 동무, 이태 동무의 작업복을 꿰매주시오."

원명숙은 내 윗도리를 이곳저곳 뒤적이며 몇 군데 터진 곳을 얌전하게 꿰매주었다. 그리고 다소곳한 소리로 말했다.

"자, 됐어요, 돌아서봐요. 바지는? 바지는 괜찮아요?"

나는 실을 도로 감고 있는 원명숙의 하얀 손등을 내려다보았다. 춘풍 추위를 겪고 찌는 듯한 여름의 태양에 그을리고, 엄동설한을 견디고도 하얀 빛깔로 우아하게 손을 간수할 수 있었다는 사실만으로도 대견하다고 생각했다. 그러자 문득 고약한 예감이 들었다.

'원명숙하고도, 모든 대원들하고도 이게 영 이별이 되는 게 아닌가?'

토벌군의 거점이 되어 있는 거림골 주변으로 들어간다는 것은 사지(死地)를 찾아드는 거나 다를 바 없으니까.

– pp.270～274.

앞에서 보시다시피, 작가 이병주는 『지리산』에서 〈이태의 수기〉라고 본명을 밝혀 놓고 있다. 더욱 중요한 것은 이 〈수기〉를 기초로 활용했다는 사실이다. 뿐만 아니라 이렇게까지 썼다. "이 소설의 마지막 부분은 등장인물의 한 사람인 이태의 수기가 없었다면 서술이 가능하지 못했을 것이다. 그의 본명은 밝힐 수 없어 유감이지만 그는 현재 한국의 중요한 인물로 건재하다는 사실만은 밝혀 둔다."(작가의 후기). 그렇다면 '파렴치한 한 문인의 표절'이라고 이태가 말한 사람은 누구를 가리킴이었을까. 추측컨대 그동안 '빨치산'을 소재로 장편과 단편소설을 써온 작가들이 아닐까. 그들은 〈이태의 수기〉를 활용했음을 밝히지 않은 작가들일 터.

이 점을 좀 더 잘 보기 위해서는 『지리산』의 분석이 불가피하다. 이 문제는 다음의 논문으로 검토해 볼 것이다. 여기서는 그 논문의 제목만 밝혀 놓기로 한다.

「『지리산』의 박태영과 이규」.

역사소설의 사실과 픽션

신봉승

1.

일본이라는 나라가 시바 료타로(司馬遼太郎)라는 빼어난 역사소설가를 가질 수 있었던 것은 하늘이 내린 큰 행운이라고 저는 생각하고 있습니다. 1억 3천만 일본국민이 알게 모르게 시바 료타로가 쓴 소설을 통하여 일본의 정체성을 점검할 수가 있었고, 또 일본의 미래를 설계하였음을 내가 알고 지내는 일본의 지식인들의 마음에서 충분히 읽어낼 수 있었기 때문입니다.

물론 이 같은 제 생각에 모든 일본인들이 동의해 줄 것이라고는 생각하지는 않습니다. 더러는 시바 료타로의 소설을 읽은 일이 없었노라고 강변할 수도 있을 것이고, 또 더러는 시바 료타로라는 소설가에 의해 일본적인 국수주의가 싹텄다고 비판하는 지식인도 있을 것이기 때문입니다.

몇 해 전, 저는 일본인 역사학자 다카사키게이자이(高崎經濟)대학 교수가 기타지마 만지(北島万次) 교수를 만난 자리에서 '오늘의 일본국민들이 바른 역사인식을 갖게 되기까지는 당신과 같은 역사학자들의 노고가 컸기 때문이 아니겠습니까?'라고 물은 일이 있었습니다. 그 때 기타지마 만지 교수는 체머리를 흔들면서까지 완강하게 말했습니다.

> 아닙니다. 그건 우리들 학자보다는 시바 료타로 선생의 노고라고 생각합니다.

그때 저는 역사학자의 입에서 흘러나오는 역사소설가에 대한 상찬을 아주 인상 깊게 새겼던 기억이 지금도 생생합니다. 아시는 바와 같이 시바 료타로는 이른바 명치유신의 영웅인 사카모토 료마(坂本龍馬)의 일대기를 흥미롭게 그린 『용마가 간다』와 러·일 전쟁에 출전한 그야말로 무명용사들의 나라 사랑을 그린 『언덕 위의 구름』은 말 그대로 스테디셀러가 되어 일본인들의 가슴으로 녹아들었습니다.

1990년, 일본굴지의 일간지에서 "지난 1천년 동안 일본을 위해 가장 공헌한 사람이 누구인가?"라는 설문에 사카모토 료마가 당당 1위에 올랐습니다. 시바 료타로의 소설 『용마가 간다』가 일본인들의 가슴에 자리 잡고 있었던 결과라도 저는 확신합니다.

그 시바 료타로가 세상을 떠나기 8년 전인 1996년, 초등학교 5학년의 국어교과서에 싣기 위해 집필한 〈21세기에 살 너희들에게〉라는 길지 않은 글에는 시바 료타로의 역사인식이 고스란히 담겨져 있습니다.

> 나의 삶에 이미 남아있는 시간은 얼마 되지 않는다. 가령 21세기라는 시대를 보지 못할 것이 분명하다.

마치 자신의 죽음을 예견하고 있는 듯한 문장이 포함되어 있는 것을 보아서도 자라나는 유소년들에게 역사가 무엇인지를 알아듣기 쉽게, 큰 느낌을 받을 수 있도록 배려하고 있음이 분명합니다.

> 나는 역사소설을 쓰면서 살아왔다. 처음부터 역사가 좋았기 때문이다. 부모님을 사랑하는 것과 똑같이 역사를 사랑하고 있다. 역사란 무엇이냐고 누가 묻는다면 '그것은 큰 세계랍니다. 지금까지 존재하는 몇 억이라는 인생이 그 안에 가득 차 있는 세계입니다.'라고 대답하려고 한다.

이와 같은 시바 료타로의 역사인식을 초등학교 어린이들에게 가르치기 위해서는 또 선생님들은 얼마나 많은 내용을 더하여 강론하였겠습니까. 일본의 어린 아이들은 그렇게 역사인식을 몸에 익히면서 어른으로 성장합니다.

제가 부러운 것은 바로 이점이고, 우리에게도 역사소설가는 있었지만 자라나는 청소년들에게 나라와 나라의 미래에 대한 꿈을 심어주는 작품이 없었다는 점이 늘 아쉽고 서운하였습니다.

2006년 10월, 오사카 여행을 하게 되었을 때 저는 히가시 오사카시(東大阪市)에 새롭게 마련된 〈시바 료타로 기념관〉을 둘러볼 수 있는 기회가 있었습니다. 지하 1층에서 2층까지 12미터 높이의 천정까지 치솟은 책 단에 시바 료타로의 손때가 묻은 장서 6만 권이 제 숨을 멈추게 하였습니다. 모두가 역사에 관련된 서적들이었고, 거기에서 파생된 수많은 역사적 사실과 역사인식이 그의 저작물에 담겨졌을 것이라는 감동과 부러움이 가슴 한가운데를 출렁거리게 하였습니다.

시바 료타로는 이미 젊은 나이에 장차 역사소설을 쓰리라는 계획을 세웠던 탓에 대학에서는 몽고학(蒙古學)을 전공할 만큼 그의 삶은 세밀하게 계획된 것이라고 해도 과언이 아닙니다. 시바 료타로의 소설은 완벽한 고증과 살아서 숨 쉬는 듯한 현장감이 압권입니다. 그는 소설을 쓰기 전에 관련 사료를 완벽하게 섭렵하여 정리하였고, 그가 갈 수 있는 장소라면 철저하게 현장을 답사하고서야 비로소 집필을 시작하였다는 기록은 수없이 많고, 또 그의 작품을 읽으면 그런 행적들을 끝없이 확인할 수가 있습니다.

시바 료타로는 범상한 사람들의 생각이나 능력을 넘어서는 정말로 빼어난 역사소설가임에는 분명하지만, 한국이나 조선에 대하여서는 한 없이 인색하고 한 없이 편협하였습니다. 중국이나 몽고에는 그리도 소상하면서 가장 가까운 이웃나라 한국에 대한 편협한 몰이해는 그의 삶과 업적에 큰 상처로 남을 수밖에 없습니다.

그의 기행문집 『街道를 간다』는 모두 43권으로 된 방대한 양이기도 하지만, 거기에 기술된 박식함과 현장감 또한 작가정신을 기반으로 하고 있었기에 독자들의 마음을 설레게 합니다. 그 시리즈의 둘째 권이 한국기행인데, 제목부터가 해괴합니다.〈韓のくに紀行〉라고 되어있는 이 책의 제목을 어떻게 읽어야 할까요. 직역을 하면 〈韓의 나라 기행〉이 되고, 좋게 읽으면 〈韓나라에 가다〉가 되지만, 그런 말, 그런 어휘가 성립될 수 없음을 그가 몰랐을 까닭이 없고, 그런 실례천만의 뒤틀린 제목을 가장 이웃나라 한국의 기행문집에 써야 하는 저의가 무엇이겠습니까. 본문을 읽어보면 그 해답도 쉽게 나옵니다.

'황皇'

이라는 것은 황제를 말한다. 한국 쪽에서 보면 '황제'라고 부를 수 있는 사람은 이 세상에서 단 한 사람밖에 없다. 말할 것도 없이 중국의 황제이다. 한국은 이왕가(李王家)라고 말하는 것처럼 한 계급 밑의 '왕'이다. 당시의 한국은 서양적인 방식으로 해설하면 독립국이 되지만, 동양적인 시각으로 본다면 중국을 종주국(宗主國)으로 섬기고 있다. 좀 거북하기는 하지만, 서양식으로 말하는 속국(屬國)은 아니고, 동양식으로 해석하면…, 이 말은 여러모로 법률어가 아니고, 여러모로 문명어로, 아무튼 중국문명의 산하로 들어가는 것으로 중국황제를 종주로 섬긴다고 말할 수가 있다. 그래서 서울에 남아 있는 이왕가의 궁전(宮殿)에 가보아도, 하나의 문양으로서 같은 상상의 짐승인 봉황(鳳凰)은 있어도 용(龍)은 없다.

용은 어떤 경우에도 중국황제를 상징하는 것이기에 한 계급 낮은 왕(조선)의 신분으로는 사용되는 것이 아니고, 만일을 위해서 이번 한국여행 중에 서울의 옛 궁전을 참관하였을 때, 역시 봉황은 있었어도 용문양(龍紋樣)은 없었다. 이왕가가 하나의 룰(義理)로서 지켜온 것이리라. 이는 중국에 예속되어 있었다는 뜻이 아니라, 이러한 것을 지키는 것이 예(秩序的規範)이며, 의(義)이며, 그렇게 되는 것으로써 어떤 시대…, 중국인들이 어떤 시대의 조선을 가르쳐 '동방예의지국'이라고 크게 찬양하였다. 이 일은 다시 한 번 일러두지만 서양풍의 본국 속국이라는 관계라기보다, 다른 말로하면 장유(長幼)의 개념이라고 하는 편이 더 가까울지도 모르겠다.

이 글의 구성을 살펴보면 '조선왕조'를 '이왕가'로 비하하는 것은 그렇다 치고라도 뭔가를 말해야 하는데, 시바 료타로의 문장답지 않게 비비 돌리고 꼬아서 자신의 속내를 애매한 문장으로 감추고 있음이 여실히 들어나 있습니다. 그리고 용을 운운하는 대목에 이르러서는 조선의 대한 그의 편견과 무지가 어느 정도인가를 명료하게 보여주고 있지를 않습니까.

경복궁의 근정전과 창덕궁의 인정전 천정 한 가운데에는 용의 문양을 그린 괄목할 만한 조소물이 있습니다. 물론 조선왕실을 상징하는 그림입니다. 이 두 장소에 시바 료타로는 스스로 들렀다고 적고 있습니다. 만에 하나라도 보지 못했다는 변명도 성립되지 않거니와 보았으면서도 조선왕실에는 용의 흔적이 없다고 단언하는 것은 시바 료타로의 양식이 의심되는 대목임이 분명합니다. 더구나 조선의 임금이 입는 옷이 용포(龍袍)이고, 임금의 앉는 의

자가 용상(龍床)이며, 임금이 흘리는 눈물이 용루(龍淚)라는 사실은 한국인 모두가 아는 일인데, 천하의 시바 료타로가 조선왕실에는 용의 흔적이 없고, 그것이 중국 때문이라고 단정하는 그의 문장을 어떻게 읽어야 할는지요.

단언하건대 위에 인용한 문장 하나로써 시바 료타로의 편협된 조선관을 알 수가 있으며, 따라서 그의 국수주의적인 편견이 자신의 문학적 업적과 영향력에 큰 상처가 되고도 남을 것임도 명약관화해집니다.

참으로 부끄러운 일이었습니다만, 일제식민지하에서 공부한 우리의 많은 지도자, 지성인들은 시바 료타로의 소설을 원문으로 읽으면서 그것이 바른 조선의 역사라고 믿고 생각했던 시절이 있었습니다. 한 역사소설가의 영향이 얼마나 큰 것인지를 알 수 있습니다.

2.

일본에 시바 료타로라는 발군의 역사소설가가 있었던 것처럼 우리나라에도 춘원 이광수, 월탄 박종화, 묵사 유주현을 비롯한 수많은 역사소설가가 있었으나, 그분들이 쓰고 또 남겨놓은 작품을 세세히 살펴보면 역사적인 사실을 재미있게 나열하면서 소설로 꾸며놓은 작품은 있었으되, 그 작품 안에 나라의 정체성을 녹여 담아서 그것을 읽는 청소년들의 가슴을 두근거리게 하고, 그 두근거림이 나라의 미래를 설계하는 호연지기와 연결되게 하는…, 그리하여 독자들에게 나라를 이끌어가게 하는 역사인식을 갈고 다듬게 하는 작품은 찾아보기는 어렵습니다. 아니 전무하다고 말해도 무방할지도 모르겠습니다.

게다가 사료의 취사선택에 기준이 없었던 탓으로 잘못된 역사를 소설로

꾸민 경우도 허다하였습니다. 그것은 곧 국민들의 역사인식을 호도하는 지경이 되기까지 하였습니다. 춘원의 「단종애사」가 그러하였고, 월탄의 「윤씨부인의 죽음」이 그러하였습니다.

신숙주는 배신자요, 그로 인해 숙주나물도 먹질 않는다.

이 터무니없는 얘기가 장장 70년 동안을 회자되면서도 고쳐지지 않은 것은 잘못된 역사소설이 독자들에게 끼치는 영향이 얼마나 큰 것인가를 알게 합니다. 이와는 반대로 시바 료타로의 작품에는 역사의 큰 강물에 뛰어들어서 일본이라는 조국을 위해 무엇을 공헌할 것인지를 의미 깊게 담아내면서 그 나라의 청소년들로 하여금 가슴 두근거리게 하는 설득력이 있다는 사실에 유념하지 않을 수가 없습니다.

그런 점을 고려하여 이병주의 역사소설 『바람과 구름과 비』를 간략히 살펴보고자 합니다. 두 말할 것도 없이 젊은 준재들이 국운을 바로잡기 위해 불꽃이 되는 내용이기 때문입니다.

조선의 역사 중에서도 철종 후기에서 고종 초기에 이르는 과정은 유럽제국의 동진(東進)으로 조선왕조는 고립무원의 시대로 접어들게 됩니다. 이 시대가 필요로 했던 것은 새로운 시대를 열어갈 수 있는 선각자의 지도자였습니다. 물론 그런 선각자가 실제의 역사에도 아주 없었던 것은 아니었습니다만, 여러 가지 사회적 여건으로 시대가 흘러가는 중심부로 나설 수가 없었고, 또 소설가나 학자들에 의해 새롭게 다듬어지지 못했습니다. 결국 대한제국은 일본제국의 식민지가 되고 말았습니다.

『바람과 구름과 비』는 이병주의 야심찬 역사소설입니다. 물론 소설이 꼭 역사일 수가 없습니다. 앞에서 잠시 거론하였던 소위 조선조 말기의 혼란을 잠재울 수 있었던 실제의 인물이 있었다면 거기에 초점을 맞추면 되겠지만, 역사로서의 현실이 그렇지 못했던 까닭으로 이병주는 자신이 창작한 인물로 그 막중한 소임을 다하게 할 생각이었습니다.

그가 바로 '최천중'이라는 관상가였습니다. 최천중은 나라의 명운을 바로잡겠다는 생각으로 새로운 시대를 이끌어갈 귀한 인물의 사주(四柱)를 미리 맞추어놓고 많은 여인들과 접촉을 합니다. 자신의 운명은 물론 나라의 운명까지를 짊어지고 나갈 완벽한 인간, 그런 선각자를 만들기 위한 노고이기는 했어도 읽기에 따라서는 여색을 탐하는 방탕아요, 권문 세도의 마음과 재물을 챙기는 사기꾼 같기도 하고, 천하를 떠돌면서 미색을 품어 안는 백수건달이나 다름이 없지만, 그에게서 매력을 느끼게 되는 것은 작자 이병주의 박학다식이 빚어내는 거침없는 입담 때문입니다. 그 결과 최천중에게는 그를 따르는 사람들이 몰려들게 됩니다. 그들이 바로 연치성 · 하준호 · 구철룡 · 강원수 · 박종태 · 최팔룡 · 유만석 등입니다. 모두가 픽션의 인물들입니다. 그러므로 실재의 역사 속으로 뛰어들기에는 난제가 첩첩할 수밖에 없습니다. 바로 이 난제를 작가 이병주는 중국의 무협소설과도 같은 구성으로, 혹은 황봉련과 같은 여성을 섭렵하게 하면서도 구국의 일념으로 그려내는 데는 성공합니다.

그러나 시대의 배경은 실제의 역사로 하고, 창작된 인물들이 그 역사의 물줄기를 헤쳐 가는 데는 한계가 있습니다. 물론 작가 이병주도 이 점을 잘 알고 있었기에 소설의 후반으로 가면서 이들이 무대가 실제의 역사로 옮겨지게 됩니다. 바로 여기서 지금까지 픽션으로 오던 인물들의 활동이 제약을 받게 되고 맙니다. 파란곡절로 점철되는 이야기의 방대함은 삼국지에 비교됩니다. 수많이 인용되는 한시도 재미와 흥취를 더해 줍니다. 그러나 최천중의 대망은 그림만 있었을 뿐 실체는 없었습니다. 바로 여기서 애초에 설정되었던 구국에 나선 선각의 지식인이란 어떤 삶이어야 하는가, 그들은 나라를 위해 어떻게 살아가고 죽어 가는가에 해답은 소설의 후반부에 이르러 실제의 역사에 막혀 힘을 쓰지 못합니다.

바로 이점이 작가 이병주를 당혹하게 했을 것이라고 저는 짐작합니다.

이야기가 너무 장황해진 듯합니다. 저는 지금 이 자리에서 작가 이병주의 야심작의 하나인 『바람과 구름과 비』를 이야기 하면서 소설의 구성상의 문제가 실제의 역사와 어떻게 연관되는가를 아주 간략히 지적하겠습니다.

역사소설은 사실과 픽션을 어떻게 조화해야 하는가. 픽션의 인물이 실제의 역사에 뛰어들고, 실제의 사건으로 돌진해 들어간다면 그 사건을 주도한 실제의 인물과 어떤 관계를 유지해야 하는가, 하는 점입니다.

제가 존경하는 이병주 선생의 박학다식도 이 지점에서 아차 싶으셨겠지만, 소설은 무사히 매듭이 지어졌습니다.

최천중이라는 인물이 설정한 국운의 사주가 애매모호하게 된 것이 몹시 아쉽다는 생각이 듭니다. 제가 지금 지적한 말은 물론 학문이 아닙니다. 한 친숙했던 독자가 읽은 독후감쯤으로 생각해 주셨으면 합니다.

감사합니다.

이병주의 역사소설과 이념 문제

임헌영

작가와 역사의 현장

유난히 호기심 강한 대학생 동식은 우연히 구치소 부근 길에서 정교하게 만든 쥘부채 하나를 줍는다. 그 임자를 찾아나섰다가 그는 상상 밖의 한 암울한 현실적 단면에 직면한다.

두께는 2센티, "길이는 7센티나 될까, 아니면 7센티 반", "축을 중심으로 180도 일직선이 된 부분의 길이가 14센티 가량, 축에는 청실, 홍실, 검은 실로 어우른 수술이 달렸다. 부채라고 하기보단 부채를 닮은 완구. 완구라고 하기보단 마스코트의 의미가 짙은 그런 것", "섬세하고 정교한 그만큼 그 조그만 쥘부채엔 음습한 요기마저 감도는 느낌"을 주는 신비성을 지닌 채, ㅅ, ㅁ, ㅅ과 ㄱ, ㄷ, ㄱ이란 부호가 새겨져 있었다. 동식은 추적 끝에 그 의미를 알아냈다.

"신명숙, 형기 20년, 재감 17년, 출감 3년을 앞두고 병사. 스물두 살의 처녀로서 수감되어 서른아홉에 시체가 되어 나오다." 죄명은 비상조치법 위반. 애인 강덕기가 15년 전 사형을 당해 형무소에서 죽었는데 유언으로 "죽은 후에라도 명숙 씨를 사랑한다"면서 그녀의 이름을 부르며 죽어갔다고 했다. 신명숙은 무기형을 받았다가 민주당 정권 당시 20년으로 감형, 출감 3년을 앞두고 병사했다는 내용이었다. 쥘부채는 그녀가 못다한 사랑의 마스코트로 옥중에서 칫솔대를 깎아 만든 유품. 유족이 짐을 챙기다가 빠뜨린 걸 동식이 우연히 줍게 된 것이었다.

안온하게 공부나 하며 현실과 민족과 이상을 논해오던 동식에게 이 사건은 너무나 충격적인 또 다른 하나의 현실을 느끼게 했다. 그는 생각한다 – "소설? 어림도 없는 이야기다"고. 그러곤 "내가 살아온 세상! 이건 장난이 아닌가!"고 느낀다.

작품 「쥘부채」의 이야기는 이병주 문학을 이해하는 데 한 열쇠가 된다. 흔히 우리가 주위에서 보는 일상성의 소설들 – 조그만 생활의 파편들을 주워모아 기능공이 땜질하는 식으로 얽어놓은 사건의 전개와 아기자기함은 오늘의 현실을 이해하는 데 얼마나 미흡한가를 새삼 느끼게 하는 것이 「쥘부채」이다. 말하자면 "이건 장난이 아닌가!"하는 그 '장난'의 수준을 넘지 못하는 많은 오늘의 소설에 대한 야유어린 비판이 이병주 문학의 출발이 된다.

그래서 문학이 가장 심오한 인생의 한 진실을 담고 있는 양 주장하면서도 정작은 가장 사소하고 시시한 지엽말단적인 일상생활 속에서의 소시민적 안존함에 머무르고 있을 때 씨는 "소설? 어림도 없는 이야기다"는 영역으로 잠입한다. 즉 소설로써도 감히 해결할 수 없는 인생과 역사의 함수관계를 부족하나마 그저 이야기로 남긴다는 자세가 바로 작가 이병주 문학의 한 출발점이 된다. 씨의 소설이 지닌 재미는 바로 이런 소재의 희귀성에서 온 경우가 많으며, 그것은 안이한 작가의 취재벽에서 온 것이 아니라 씨 자신이 역사의 격동기를 가장 현장적으로 접근하면서 살아온 생생한 관찰을 바탕으로 삼았기 때문에 독자들에게 흥미를 배가시켜줄 수 있는 것이다.

"소설은 단 1회밖엔 살 수 없는 인생을 2회 이상, 수십 회를 살아보겠다는 도저히 성공할 수 없는 꿈의 산물"(작품집 『마술사』의 후기에서)이라고 풀이하는 씨답게 소설이 되기엔 "어림도 없는 이야기"를, 일반 작가들이 감히 접근할 수도 없는 삶이 가장 치열하게 대결하는 현장성을 다루고 있다.

씨의 소설에서 느끼는 비소설적 요인들 – 때로는 실록인 양, 또는 신변잡기인 양, 혹은 수필이나 전기물, 논문, 고백적 일기 등등을 두루 연상할 수 있는 그 독특한 소설 구성법 역시 이런 씨의 소설관에서 이해하는 것이 빠를 것이다. 소설이란 이런 것이라는 식의 어떤 선입관도 없이 그저 그런 이야기꾼처럼 진기한 사건, 끔찍한 일, 치열한 삶 그 자체를 아무런 소설적 기교도 사용하지 않고 입담 좋게 전달하고자 하는 것이 씨의 소설이 되며, 따라서 틀에 박힌 규격화된 문단적 소설과는 엄청난 차이가 있다. 이런 문단적 규격소설의 벽을 허물어뜨린 공로로 씨는 많은 비문학적 독자층을 확보할 수 있었으며, 또한 문단적 소설의 한계를 벗어나 거대한 역사의 현장으로 작가들의 시선을 돌리게 하는 데도 간접적으로 기여했다.

그러나 씨가 관여한 소설적 역사의 현장이란 이른바 역사 그 자체에 직접 전력투구하는 식의 참여로서의 현장이 아니라 어디까지나 한 관찰자로서임을 명백히 인식해야 된다. 씨는 역사에 대한 체험적 삶과 관찰적 삶의 차이에 대하여 한 작중인물의 입을 통하여 이렇게 구별한다.

> 사람이 죽는 광경, 뿐만 아니라 어떤 비극도 아름답게 쓸 수 있는 것이 아웃사이더가 아닌가. 인사이더는 죽고 죽이고 하는 역할을 맡은 사람들이다. 그들은 그들의 의미를 모른다. 그들의 운명을 그저 살 뿐이다. 그런 만큼 충실한 삶이라고 할 수 있을지 모르지. 분신자살이 보통으로 충실한 자살방법인가. 쿠데타군에게 붙들려 참살당하는 것이 보통의 생명인가. 아웃사이더는 그처럼 열렬

하게 살 순 없다. 아름다운 문장을 감상하듯 생을 감상할 뿐이다. 승리의 기쁨이 없는 대신 패배의 아픔도 없다. 승리자들이 고대광실에서 샴페인을 터뜨릴 때 아웃사이더는 누옥에 앉아 소주를 마시면 된다.

– 『그해 5월』 제3권, 222쪽

현존 한국 작가 중 보기 드문 온갖 체험을 쌓았으면서도 씨는 이런 기록자로서의 아웃사이더의 철학을 터득했기 때문에 엄청난 이야기들을 가까이 할 수 있었고, 또한 그런 걸 다룰 만한 인간적 성숙과 깊이를 지닐 수 있었다. 이런 뜻에서 작가 이병주는 험난한 역사의 격랑 속에서, 분단민족사의 각박한 대결 속에서, 그리고 권력과 사회의 부침 속에서 몇몇 불행한 사건을 겪은 이후로는 이 난세를 가장 행복하게(?), 아니 가장 즐겁게 살아가는 작가의 한 사람이 되었다. 모든 역사적 비극이 씨에게는 소설적 자료로 보일 뿐이며, 이를 기록할 능력을 지닌 씨는 적당한 거리를 유지한 채 그 비극적 현장을 가장 면밀하게 관찰할 수 있도록 렌즈를 알맞게 갖다대기 때문에 감히 접근해보지도 못한 작가에 비하여 행복하며, 그 비극에 의하여 희생되어간 사람들에 비하여 즐거울 수가 있는 것이 아닐까.

이처럼 행복하고 즐거울 수 있다는 것 – 역사적 비극 속에서 작가가 즐거울 수 있다는 그 자체가 과연 옳으냐는 문제는 여기서 논할 성질은 아니나, 이것은 이병주 문학을 이해하는 데 약간의 도움을 준다. 그는 승리자의 샴페인은 못 터뜨리나 누옥에서 소주가 아닌 맥주 정도는 마시는 행복을 감수하기 때문이다. 즉 씨가 체험자가 아니고 관찰자적 자세를 견지해왔다는 것은 곧 어떤 문제에 대해서나 초월적 자세(객관적 태도나 인식과는 다르다)를 취한 채 작품을 써왔다는 반증이 되기도 한다. 아무리 주인공들이 비극적인 상황에 처했더라도, 혹은 어떤 "어림도 없는 이야기"거나 민족사적 대과제일지라도, 씨는 그걸 혹은 냉소적으로, 혹은 인생론적으로, 또는 외면하듯이 그 쟁점을 차갑게 비판할 수 있는 처지가 되어버린다.

인생의 부침과 문학적 부침을 함께 체험한 씨에겐 이런 기교가 소설적으로 충분히 가능할 것이다. 그래서 체험과 지식과 인생관을 두루 관찰자적 입장에다 고착시킨 채 민족사의 그늘의 현장을 소재로 한 작품을 초월자적인 시각으로 묘파해나가는 씨의 소설은 이따금 이것도 과연 소설이 될 수 있을까란 의문을 불러일으킬 정도다. 그러나 수필이냐 수기냐 하면 그건 또 아니니 아무래도 문학의 양식에서는 소설에밖에 넣을 수 없으나, 정작 곰곰 따져보면 씨의 작품은 우리들이 도식적으로 배운 그런 유의 소설과는 사뭇 다른 인생의 삶 그 자체를 가장 밀도 있게 그려주는 역사와 권력과 개인의 함수관계를 푸는 「사기」(史記)식 감동을 느끼게 해준다.

이런 씨의 소설엔 어쩌면 해설이란 게 가장 필요치 않을지 모르며, 그 소설이 곧 현실이란 인식을 독자들에게 가장 강력하게 심어줄 수 있을지 모른다.

그러나 어디에도 함몰되지 않은 채 등장인물이 민족의 해방을 고민할 땐 세계사적 입장에서 슬쩍 비판해버리고, 인류사적 관점에서 주인공이 고민하면 민족적 시각에서 슬쩍 건드리며, 계급해방을 고뇌하는 주인공에겐 인생론적 자세에서 슬며시 역공하는 등의 승부를 걸지 않은 관찰자적 세계관에 따른 씨의 작품들은 독자들의 인식태도에 따라 많은 공감과 반감을 동시에 유발할 소지가 있다. 그럼에도 불구하고 이병주 문학은 아마 분단시대의 한 중요한 몫을 담당하고 있으니, 그건 철저한 인간주의적 입장에 서 있다는 점이며, 이 점 때문에 씨의 작품은 오늘의 한국문단이나 독자들 모두가, 어떤 특수 이념에 함몰된 작가나 탈이념을 추구하는 작가거나, 민족 · 민중문학파나 그 반대의 순수파나, 분단 극복파나 분단 지지파나를 막론하고 누구나 일단은 거쳐야 할 우리 시대의 역사인식 방법론의 한 원형을 제시해주고 있다고 하겠다.

적어도 작가 이병주가 우리 현대사의 뒷면을 다룬 몇몇 작품들-예컨대 「소설 · 알렉산드리아」나, 「쥘부채」 혹은 『관부연락선』이나 『지리산』, 『그해 5월』, 『남로당』 등등 - 에서 다룬 시대적 고뇌와 민족적 비극의 접근 · 비판 방법을 도외시하고 어떤 문학적 현실접근 작업이 가능할 것인가. 민족 · 민중문학을 한대도 이런 씨의 비판의 벽을 뛰어넘을 수 있는 이론과 기교와 감동을 익힐 필요가 있을 것이며, 그 반대로 순수문학을 한대도, 그 '장난'식 인생이 아닌 치열성의 현장적 인생, 현장적 순수에의 정열을 이해하지 못한다면 사이비 순수가 될 것이다.

이런 뜻에서 이병주 문학은 우리 시대의 문학적 소재와 주제의 확대와 비약을 위한 하나의 원점이 되어야 한다고 감히 말하고 싶다. 즉 씨의 문학은 우리 민족문학사에서 하나의 완성체로서가 아니라 분단시대의 한 비극적 체험에 대한 관찰자로서, 그것도 냉전체제가 낳은 이념적 경직화가 빚은 가장 끔찍한 편견과 공정성을 위장한 반공에의 의지를 고도의 기교로 형상화한 미완성품의 자료로 외면할 수 없는 것이리라. 여기서 우리의 분단문학은 새로운 도약을 시도해야 하리라.

『지리산』의 배경

민족사적 시련을 소재로 한 이병주의 여러 소설 중 『지리산』은 그 규모에서나 소재의 희귀성과 분단의 비극이 첨예화된 사건의 증언적 요소 등등 때문에 가장 쟁점과 논의의 소지가 많은 문제작의 하나가 된다.

『지리산』의 원형은 일제 때 학병을 거부하고 지리산에 입산했던 하준수(河準洙, 작품에서는 하준규로 나오며 남로당사에서는 남도부로 나옴)에서 찾을 수 있다. 「신판 임꺽정 – 학병거부자의 수기」라는 글이 실린 것은 1946년이었다(월간지 『신천지』에 연재). 8.15 이후 항일투쟁의 긴 시련과 고난을 증언해주는 여러 가지 신화 같은 이야기들이 쏟아져 나왔는데, 하준수의 글도 그중의 하나로 많은 독자들의 주목을 끌었다. 다루기에 따라서 에드가 스노나 존 리드의 글에 못지않은 소재들이다.

시대적 배경으로 『지리산』은 1938년부터 1956년까지 근 한 세대의 민족사를 바탕삼고 있는데 사실 이 연대야말로 식민지–해방–분단–민족 내분에 의한 전쟁이 연속된 격변기로, 오늘날 우리가 직면하고 있는 민족사적 모순과 갈등이 잉태한 비극의 탄생의 시대였다. 이런 과도기를 어떤 사상과 행위와 자세로 현실에 대응하느냐는 방법에 따라 『지리산』은 대충 다섯 가지 유형의 인간상을 역사 앞에 제시하고 있다.

첫째는, 극소수이긴 하나 전통적인 지주계급으로 하영근 같은 인간상을 볼 수 있다. "만석꾼의 외아들로서 인생을 시작", 성대(城大) 예과, 동경 외국어학교를 다니며 서너 개쯤의 외국어를 습득한 그는 "만 권의 책을 쌓아놓고 그 속에 병든 몸을 눕히고 있는" 철저한 방관자로 나타난다. 그 자신은 이렇게 말한다.

> "전문이 없이 그저 잡박한 지식만 주워 모으고 있는 사람, 생산성 없는 지식의 소유자, 눈만 높으면서 능력이 따라가지 못하는 얼간이, 도락으로 학문이나 예술의 언저리를 빙빙 돌고 있는 사람, 말하자면 따분한 존재지"라고.

그는 병든 몸으로 서재에 묻혀 지내면서도 한국적 선비 기질과 근대적 지식인의 현실인식 태도를 두루 포용 이해하고 있기에 당대의 숨은 실력가로 이념과 사상의 색채에 관계없이 많은 추종자 혹은 이해자를 갖는다. 게다가 전통적 부르주아 계급이 지닌 관대함까지 지닌 그는 막대한 재산으로 일본 식민관료로부터 항일투사에 이르는 많은 사람들에게 물질적 혜택을 주는가 하면, 정신적 지원도 아끼지 않는다. 그렇다고 그는 비겁한 기회주의자는 아니었다. 궁지에 몰린 자기 주위의 인물들을 위해서는 엄청난 재산을 허비해가며 구출해주는 아량을 지녔으면서도 일제 때 창씨개명 명령엔 "나는 대중들의 적의는 견딜 수가 있어도 창피만은 견딜 수가 없다"면서 어떤 전형적 전통성에 입각한 선비 기질을 보인다.

해방 이후 좌익들의 위협에서도 그는 이런 태도를 보인다. 일제 때는 좌익청년들을 적극 지원해주었던 그답지 않게 백만 원을 요구하는 좌익 앞에 그는 "타협은 싫다. 항차 협박에 못이겨 행동하는 건 죽어도 싫다. 하영근이 공산당과 타협하지 않았기 때문에 죽어야 한다면 그것으로 만족이다"는 단호한 입장을 취한다. 이런 그의 태도는 그가 가장 아끼는 청년 박태영이 지리산 입산자들을 위하여 도움을 청했을 때 더 한층 명백히 나타난다.

> "그러나 박군, 그 사람들을 위해 내게 기대를 하지 말아라. 만일 그 사람들이 자수를 하고 산에서 내려오겠다면 천 명을 데리고 오건 만 명을 데리고 오건 모두 무사하도록 내가 최대의 노력을 해보겠다. 그런데 그 두 친구를 도우기 위해, 아니 산에 있는 그 상태로는 나는 약 한 봉지 보낼 생각이 없다. 일제시대 자네들이 지리산에 있을 땐 친일파로서 별의별 비굴한 짓까지 할 각오를 하고 자네들을 도왔지만 이젠 사정이 달라졌어. 동족 사이의 싸움으로 싸움의 양상이 달라졌단 말이다."
>
> -「피는 피로써」

하영근의 이런 입장은 역사를 미시적으로 보면 어느 정도의 인간미와 미덕도 갖춘 존경할 만한 것으로 평가할 소지도 없지 않다. 그러나 거시적 관점으로 역사를 볼 때는 역시 계급의식은 어쩔 수 없다는 결론으로 이어질 수도 있다. 이런 그의 인생관이 잘 나타난 것은 자신의 외동딸 윤희를 이규에게 맡기고 둘을 해방 후 프랑스 유학 보내는 것으로 입증된다. 이규 역시 비록 몰락한 집안이긴 하나 전통적 지주계급의 후예임을 볼 때, 그리고 그가 어떤 경우에도 좌익에 합세하거나, 아니면 그에 동조하지는 않을 것이란 판단 아래 이런 조처는 이루어진다. 긴 난세를 살아오면서 터득한 부르주아 계급의 가장 현명한 보신술의 실현이라고나 할까.

이규는 하영근과 가장 근사치를 보이는 인간상으로 "회색의 군상 속의 하나"로 일관한다. 그는 지리산에 들어갔던 인물이면서도 시종 이런 회색의 자세에 머물며 역사를 적당한 거리를 두고 바라보는 삶을 체질화한다.

이런 인간상에서 우리가 느낄 수 있는 것은 표피적인 어떤 변화에도 여전히 우리 사회를 지배하고 있는 계급은 바로 이 부류의 사람들이란 점이다. 이념의 좌우나 사상의 적청(赤靑)에 관계없이 그 삶을 치열하게 장식했던 많은 사람들이 희생되어간 뒤에 남게 된 이들 인간상은 예와 다름없이 혼란기를 극복하는 유영술(游泳術)을 그 인생관과 세계관으로 삼아 현실적 이권을 다툼하고 있다는 점이다.

두 번째 『지리산』이 제기한 인간상으로는 권창혁과 같은 전형적인 지식인 계급의 속성 내지 소자산계급의 속성을 지닌 사람을 들 수 있다. 자신을 "기어 무슨 주의자라야 한다면 혹 무주의자쯤으로 해"라는 권창혁은 한때 사회주의 사상에 도취한 적이 있었으나 거기서 매력을 잃은 당대의 수준급 지식인상의 하나로 대표된다.

"이 세상은 노동자의 것도 아니고 농민의 것도 아니고 부르주아의 것도 아니고 항차 공산당의 것도 아니고 어떤 영역, 어떤 계층에 속해 있건 보다 진실하려고 애쓰는 사람의 것이어야 한다는 사실만 믿지."

– 「화원의 사상」

그는 지리산에 있었으면서도 좌경하지 않은 드문 인간상에 속하는데, 오히려 청년들에게 좌익사상의 환상성과 그 비현실성의 전파에 가장 적극적인 공세를 취하는 입장에 선다. 그렇다고 해방 후 반공대열에 앞장서지는 않는데 이에 그의 지식인적 한계가 있다. 그는 자신의 허무주의를 "생산적으로 이용할 방법"으로 "통신사에 해설위원으로 나가"는 것에 만족한다. 그의 시국관과 역사의 흐름에 대한 예견은 너무나 정확하나 그 자신은 이런 닥쳐올 비극에 대한 아무런 예방책을 가지지 않으며, 뿐만 아니라 그 차선책의 강구도 하지 않는 문자 그대로 백수의 지식인으로 머문다. 다만 그가 철저히 고수한 한 가지 원칙은 어떤 일이 있어도 남한을 공산화시켜선 안 되고, 그게 현실적으로 불가능하다는 점이다.

그는 소자산계급적 인식과, 자산계급에 예속될 수밖에 없다는 지식인적 속성을 갖춘 전형성으로 이해될 수 있으며, 이는 그가 바로 하영근의 식객임에서 더 한층 명백해진다. 말하자면 하영근과 권창혁의 두 인물로 대표되는 인간상이야말로 과도기를 극복하고 분단시대를 지배하는 전형적인 계급임을 『지리산』은 보여준다 하겠다.

이규의 급우요 반장으로 인기 있었던 김상태도 이런 부류의 인간상이다.

세 번째 인간상은 현실 속에서 절대다수를 점하고 있는 지극히 평범한 인물들로 시류에 따라 항상 지지와 복종과 찬성만 하며 살아가는 군상들이다. 이들은 일제 아래서는 친일행위를 서슴없이 하며, 후엔 좌익 타도에 앞장서는 행동적 인간상임과 동시에 역사적 안목과 세계관에서는 다소 맹목적인 측면이 없지 않은 계층이다. 『지리산』에서는 이런 인간상이 이규의 동창이었던 주영중으로 대표된다. 일제 때 학생보국회에 가담했던 주영중은 유도부의 얼굴로 친우들 사이에 알려졌으며, 이들은 검도부의 박한수를 비롯한 한 세력을 형성한다. 해방 후 이들은 국방경비대에 들어가며, 이로써 급우들 간에도 이념적 대립은 뚜렷해지게 되는데 그 뿌리가 소년시절부터 자라온 깊은 이유로 하여 화해의 가능성이 매우 엷어짐을 알 수 있다. 이런 이념 이전의 인생관이나 삶의 자세의 차이에서 빚어진 갈등상은 동경제대에서 조선사를 전공하던 수재 정준영의 "일본이 이기건 지건 지금의 형편엔 관계없는 일 아뇨. 나는 나 혼자 잘난 척하기 싫어서 지원(학병)했소"라는 자기모순과 민족사적 냉소주의에 분개하는 박태영의 반응에서 선명하게 읽을 수 있다.

굳이 따진다면 하영근이나 권창혁 · 이규 · 김상태와 같은 인간상이라면 이념과 세계관의 차이가 아무리 깊다고 해도 민족과 역사의 진로에 대한 논의와 서로간의 이해의 공감대를 형성할 수가 있다고 하겠다. 그러나 주영중이나 박한수의 인간상에 이르면 이미 그런 논의의 차원에까지도 이르기 전에 본능적 반감과 주먹이 앞서 나가는 지경으로 전락하며, 이런 대립상이 곧 우리의 해방 후 민족사의 현장이었음을 『지리산』은 증언한다. 그러나 『지리산』에서는 주영중 같은 인간상이 어떤 극한적인 이념적 대립 속에서도 관용과 인간미를 잃지 않은 것으로 기록하고 있는데 이는 민족적 동질성의 추구를 위한 좋은 예가 될 것 같다. 그러나 현실은 오히려 주영중식 관용보다는 증오의 늪에서 헤어나지 못하는 비극적 상황으로 나타났으며, 『지리산』은 바로 이런 분단화 과정을 계급적 시각에서 파헤치고 있다. 따라서 이규를 둘러싼 친우들의 삽화와 같은 이야기는 단순한 소년기의 추억담이 아니라 역사의 근본 뿌리를 형성하는 중요한 계기가 되며 또 해방 후의 비극을 예견하는 문학적 통찰이기도 하다.

여러 유형의 인간상들

이제 시선을 『지리산』의 본령인 좌경적 인간상으로 돌려야 할 차례가 되었다.

위에서 본 세 가지 유형의 인간상은 일제하에서 항일적 신념을 가졌던 부류와 친일을 한 인간상이 두루 혼합되어 있음을 알 수 있다. 그런데 『지리산』에 나타난 좌경적 인간상은 거의 항일을 그 이념의 출발로 삼고 있음을 느끼게 한다. 즉 소년기 때 일제의 학정을 피해 지리산으로 들어갔던 강태수나, 학병을 거부하고 입산한 하준규 · 박태영을 비롯한 보광당 거의 전부가 초기엔 아무런 사상적 경향을 띠지 않았다. 이 점은 항일 독립투쟁시대 때의 사상사적 성향에 대한 연구에도 많은 참고가 되는 사항으로, 굳이 말한다면 민족해방투쟁의 방법론으로 제기되었던 가장 적절한 것의 하나가 이념적 결속을 다진 것으로 이 소설에서는 나타난다.

무력 · 평화 · 합법 · 비합법 · 공개 · 비공개 등 모든 방법을 동원하여 투쟁해야만 되었던 식민지시대 아래서의 정황은 그 체질상 사회주의적 경사에로의 매력을 느끼게 했을 것이며, 특히 이 점은 앞에서 본 세 가지 유형의 인간상들 속에서 찾아보기 쉬운 우유부단성 내지 민족해방투쟁에 대한 소극적 대응책이나 인정주의적 학수고대파에 실망한 나머지 빠져들기 쉬운 순수한 애국심의 한 표현방법일 수도 있었다.

게다가 8.15 직후 지리산에 있었던 이현상의 빠른 대책에 그대로 빨려들어간 이들 항일투사들은 곧바로 해방정국에서 좌익으로 떨어지고 만다. 물론 『지리산』에서는 권창혁이나 하영근에 의한 박태영의 사상적 전환권고 노력이 집요하게 묘사되고 있으나 이미 계급의식에 눈을 떠버린 그에게는 어떤 설득도 불가능했음을 작품 전편을 통하여 보여주고 있다. 물론 그렇다고 『지리산』 입산파가 모두 요지부동의 공산주의자였던 것은 아니다. 박태영만 해도 그 최후는 비공산주의로 막을 내렸고, 그 밖의 많은 빨치산들이 농도의 차이는 있으나 가장 비극적인 상황에서 인생관에 대하여 회의를 품었던 것으로 기록되어 있다(물론 이 점은 사실과 다를 수도 있으나 일단 작가가 그렇게 보고 있다).

이런저런 상황을 감안할 때 『지리산』에 등장하는 공산주의자는 분단 이후 우리의 소설문학에서 볼 수 있는 숫자적으로나 그 지적 · 투쟁적 수준으로나 가장 많고 높은 차원의 인간상을 다루고 있음을 부인할 수 없다. 우선 박헌영을 비롯한 역사적 실명인물이 수십 명 생생한 사실적 자료로 등장하며, 이름만 바뀐 인물도 하준수를 비롯해 상당수 등장한다. 이 여러 공산주의자들은 그 출신성분이나 지적 · 교육적 배경과 수준이 모두 다르나 『지리산』에서는 한 가지 공통성을 지닌 인간상으로 부각시킨다. 그것은 당에 대한 철저한 충성이다. 이 가장 중요한 관문을 통과하지 못한 지식인 공산주의자는 이 세계에서 영원한 이방인일 수밖에 없었다.

작가의 서술에 의하면 하준규나 박태영은 이 점에서 철저한 반당분자로 평가되고 있는데, 이것은 역사적 사실과 얼마나 일치하는가란 의문을 남길 소지가 없지 않다. 그러나 이런 차원의 것은 일단 역사학 분야나 사회주의 운동사 쪽으로 그 과제를 돌리고 여기서는 다만 『지리산』을 하나의 소설로 보고, 이 작품에 등장하는 특이한 공산주의적 인간상을 간략히 살펴보기로 하자.

네 번째 유형의 『지리산』 인간상으로 꼽을 수 있는 것이 이른바 항일투쟁-좌경화-건준 혹은 남로당 가입-월북 혹은 지하활동-6·25참전-확신과 신념에 의한 비극적 종말이라는 도식에 해당하는 인간상이다. 물론 여기서 '비극적 종말'이라는 표현은 이 작가나 필자의 관점에서 평가한 것이며, 아마 그 당사자들은 영웅적 종말이라고 할지도 모른다. 왜 이 점을 굳이 따지느냐 하면, 이 계열의 인간상이란 그만큼 자기 신념에 입각한 삶을 살았기 때문에 그런 삶에 동참하지 않은 사람에 의한 관찰자적 평가가 오히려 객관성을 잃을 염려까지 있다는 점을 상기시키고 싶다는 생각에서이다.

적어도 작품에 나타난 것으로는 대부분의 좌익계통 인물들은 이 부류에 속한다. 위로는 불행하게 최후를 마친 실명인물 이현상부터 아래로는 철없던 소녀 정순이에 이르기까지, 이북에서 온 사람이나 이남에서 입산한 자나 누구든 이런 유형에서는 거의 예외가 없었다. 특히 이런 확신과 신념에 의한 행위가 적나라하게 나타난 것은 끝부분인 지리산에서의 고난에 찬 생활의 연속 속에서 더 한층 분명해진다. 물론 많은 이탈자가 생겼으나 『지리산』의 등장인물은 거의가 맹목적 신념을 지닌 인간상이었다.

이에 비하면 다섯 번째의 인간상, 공산주의자이면서도 그 규칙에 적응할 수 없는 체질적 회의주의자 혹은 자유주의자적 성향의 인간상은 극소수밖에 안 된다. 『지리산』에서는 고작 하준규와 박태영이란 주인공 두 사람 정도라고나 할까.

이 부류의 인간상은 일제 때 항일을 격렬하게 주도하는 것부터 차츰 사회주의 사상에 물들어가서 해방 이후 그 방면으로 몸을 담아간 것까지는 위의 네 번째 인간상과 조금도 다를 바 없다. 그러나 해방 이후의 여러 좌익적 투쟁 과정 속에서 이들은 맹목적인 확신을 갖기엔 너무 지식이 깊었고 그렇다고 자신이 우두머리가 되기엔 또한 뭔가 부족한 점이 수두룩했다. 그래서 당의 명령에 맹종도 못하고 그렇다고 당의 노선을 수정할 힘도 없는 입장에서 피동적으로 끌려다니는 형국이 되어버렸으며, 이는 결국 네 번째 유형의 인간상보다 더 비참한 최후를 마치게 된다. 즉 네 번째 인간상은 자신이 자기확신의 이상을 위하여 투쟁 속에 죽는다는 자기만족이라도 있었으나, 이 계열의 인간상은 자기 자신이 숙명적으로 불행할 수밖에 없다는 전제 아래 자신이 희구하는 이상적 세계가 아닌 다른 사람의 이상적 세계의 건설을 위한 투쟁에 동원되었다는 억울함을 절감하면서 죽어갔다. 객관적으로야 어쨌건 당사자 스스로가 불행을 느꼈다는 점에서 네 번째 인간상과 매우 대조적이다.

구체적으로 말하면 박태영은 8·15 이후 짧은 당생활을 통하여 이내 실망하고 혼자만의 소영웅적 투쟁과 업적을 쌓았으나, 6·25 점령하에서 도리어 궁지에 몰리는 처지가 되며, 이로부터의 도피처로 빨치산이 된다. 입산 이후에도 그는 남 못지않은 투쟁을 전개했으면서도 끝내 당원이나 간부로 승격되지 못한다. 당에의 회의와 당의 중요성을 무시했기 때문이다. 그러면서도 그는 지리산 최후의 빨치산이 되고자 노력했으며, 이런 그의 소망은 이루어졌고, 반당적인 그의 의지는 8명의 빨치산을 자수시키는 공로까지 세우나, 그 자신은 끝내 지리산을 버리지 못하고 지내다가 사살당한다.

하준규 역시 해방 직후 지리산에서의 투쟁 때부터 당조직과 껄끄러운 관계가 계속되었고, 이로 말미암아 그는 북한으로 소환까지 되었으나 너무나 혁혁한 그의 공적과 능력 때문에 재차 남파되어 무력투쟁을 전개했다. 작가는 후반부에 가서는 하준규보다 박태영의 생활에 더 많은 시선을 주는데, 아마 이 점은 자료 탓이 아닐까 싶다. 어쨌건 하준규도 박태영과 큰 차이 없이 투쟁 그 자체엔 흥미와 사명감을 느꼈을지 모르나 당에 대한 신뢰와 절대복종이란 측면에서는 부정적인 평가를 받았던 것을 느낄 수 있다.

이처럼 두 가지의 공산주의자적 인간상을 보면 외견상으론 매우 비슷한 것 같으면서도 내면적으로는 엄청난 차이가 있어, 만약 다섯 번째와 같은 유형의 인간상이 지휘자가 되면 도저히 당과 현실적 투쟁의 과업 앞에 대업을 이룩하기 어렵다는 느낌이 든다. 왜냐하면 투쟁현장 감각과 당에서 바라보는 관점과 투쟁평가 기준이 너무나 다르기 때문이다. 『지리산』에서 박태영은 수백 명의 빨치산이 30명도 못 될 만큼 막바지에 이르렀을 때 화선입당(火線入黨)을 강요받는다. 해방 직후 출당조치를 받은 후 그는 개인적으로 활동을 해왔으면서도 재입당 권유를 거절했던 것이다. 영광스럽게 이 제의를 접수해야 될 입장이었는데 박태영은 차갑게 말한다. –"나라에 대한, 인민에 대한 충성심은 가질 수 있어도 당에 대한 충성심은 가질 수 없다고 생각했기 때문"이라고.

당을 무시한 공산주의 투쟁의 결과가 빚은 비극으로서의 하준규와 박태영의 이야기가 바로 『지리산』의 주제라고 해도 좋을 것이다. 따라서 이들의 시선에는 당명에 복종만 하는 공산주의자들은 잔학하고 냉혹하며 비인간적인 인간사냥꾼으로 보였으며, 권력과 지배욕의 야심만으로 움직이는 인간동물로 비쳤을 것이다. 이들의 이상적인 투쟁방법이란 일제 식민지 아래서 목가적으로 여유 있게 투쟁했던 저 보광당 시절이었고, 이 추억에 대한 회상은 소설 전편에 걸쳐 가끔 나온다. 작가의 공산주의 비판안 역시 바로 이 점에 고착되어 있다. 즉 어떤 이상과 목표를 위해서도 절대권력이나 무오류의 이론에 의한 명령과 획일주의적 체제엔 지지를 보낼 수 없다는 것이다.

"희망이라면 꼭 한 가지가 있소. 지리산 빨치산 가운데서 마지막으로 죽는 빨치산이 되고 싶소"라던 박태영은 소원대로 1955년 8월 31일 사살당했고, 하준규는 이보다 앞서 1월 대구 시내에서 체포되었다. 이로써 보광당 계열 지리산 입산자는 파리로 유학을 떠난 이규나 권창혁 같은 자유주의자가 아닌 좌익계열에 가담했던 모든 사람은 지상에서 완전히 사라진다. 어떤 공산주의자건, 설사 그것이 다섯 번째 유형의 인간상일지라도 우리의 현실은 용납할 수 없었던 것이다.

공산주의에 대한 입장

『지리산』은 가장 격동이 심한 시대를 배경삼아 그 격동의 현장을 다뤘기 때문에 역사적 사건의 평가나 관점에 대한 다양한 모습을 제시해주고 있다. 일제하에서는 창씨개명 사건에 대한 작중인물들의 의견과, 예방구금법을 비롯한 친일 유명인사의 행위에 대한 논평, 독일의 프랑스 침공, 스페인 내란, 일본 공산당의 움직임, 그 밖에도 문학, 교육제도, 군국주의 철학, 미국관, 농촌문제, 지도자상, 건준과 인공, 그리고 분단에 이르는 과정, 과격폭동, 소시민적 부르주아 의식, 혁명적 인간상, 당시의 서대문 형무소 풍습 등등 사회사적인 모든 문제가 삽화적으로 제시되어 있다. 이런 여러 가지 역사적 사건에 대한 작가의 의견 개진은 물론 궁극적으로 반공을 위한 기초 자료를 위한 것인데, 특히 여순반란사건과 러시아혁명, 제주반란사건을 분석하면서 내린 결론 같은 것은 다른 어떤 작가에게서도 볼 수 없는 역사적 혜안을 느끼게 한다.

이런 일련의 민족운동사상사적인 입장에서의 사회주의 투쟁에 대한 평가와 반공사상의 천착은 실로 작가 이병주만이 해낼 수 있는 우리 세대 최고의 이념적 정치소설의 성공사례로 『지리산』을 읽지 않을 수 없게 한다.

작가는 『지리산』 전편에 걸쳐 반공의식을 다각적으로 검토하는데, 그 방법은 ① 사회주의의 이론적 오류 지적, ② 그 이론이나마 혁명수행 과정에서 제대로 안 지켜지는 예, ③ 사회주의 혁명수행 과정과 수행 이후의 현실적 괴리현상, ④ 특히 이런 세계사적 보편성 이외에도 가장 왜소화한 한국적 공산주의 사상의 편협성과 비민주성, ⑤ 이와 관련된 비자주성과 반민중성으로서의 한국 공산주의 운동의 실상 폭로, ⑥ 그중 박헌영을 비롯한 일파의 비리라는 여섯 단계로 나눠 차근차근 풀어나간다.

이 가운데 유독 우리의 시선을 끄는 대목은 같은 공산주의이면서도 왜 한국적 공산주의에 대한 자조어린 비판이 나와야 하는가 하는 사실이다. 당대의 해박한 지식인인 권창혁의 입을 통해 공산주의의 오류는 이렇게 지적된다.

> "폭력행위와 파괴행동을 불사하고까지 혁명을 일으키려고 할 땐 그 조직은 더할 수 없이 효과적이고 강력한 조직인데 일단 혁명이 끝나고 보면 그런 조직은 갖가지의 무리를 동반하지 않을 수 없거든. 말하자면 평화시에 전투적인 조직을 온존하자니까 별의별 무리가 안 생기겠나. 인민을 위한 당이란 것이 그 자체의 조직을 위한 당이 되어버린 거지. 그러니까 제일의적인 뜻으로 말하자면 그 조직이 강해질수록 그만큼 타락한 셈으로 되지. 결론적으로 말하면 적을 타도하기 위한 조직으로선 공산당이 제일등의 조직일는지 모르지만 백성을 잘 다스리기 위한 조직으로선 위험하기 짝이 없는 조직이라고 단정할 수가 있어."
>
> – 『바람과 구름과 비』

이어 권창혁은 말한다. "자네 공산당의 조선판을 상상해보게. 규모가 작은 그만큼 소련 공산당의 악을 몇십 배 한 어처구니없는 양상으로 나타날 것이 아닌가"라고.

이런 관점은 나중 지리산을 헤매던 박태영의 "조선놈은 공산당을 할 자격조차 없다"는 독백 속에서도 되살아난다. 이런 그의 감정은 해방 후 서울에서의 "공산주의에 실망한 것이 아니고 박헌영이 이끄는 조선 공산당에 실망했다"는 말을 떠올리게도 해준다.

이런 한국적 공산주의에 대한 실망은 지리산 입산 후 하준규를 비롯한 옛 보광당과 당정치위원 간의 마찰이 가장 심한 상처로 남는 데서 싹튼다. "당신은 당, 당 하는데 당이 우리에게 해준 것이 뭣이 있소. 총 한 자루 탄환 한 개 보급해줬소?…정치위원이 나타나서 한 일이 뭐요. 대원들 상호간에 불신을 심으려고 했소"라는 하준규의 분노로 짐작할 수 있다.

말하자면 일제 식민지 아래서 지하당원으로서 조직활동을 해보지 않은 인간상으로서의 하준규와 박태영은 해방 이후에도 끝끝내 당의 오류만 느낄 뿐 그 존재를 긍정적으로 평가할 수가 없었다. 다만 당을 무시한 채 개인적 능력만을 믿고 자기 나름대로의 혁명에 투신해간 소영웅주의적 인간상이라고나 할까. 물론 하준규는 당원으로 죽었으나, 외형적인 이 사실만으로 그가 당의 절실성을 느꼈다고는 볼 수 없는 것이 어느 전투에서도 항상 옛 지리산 동지를 생각했고 체포되는 순간까지도 박태영을 찾았던 것으로 미뤄 짐작할 수 있다.

이들 『지리산』의 주인공 두 사람이 당을 떠난 공산주의 투사였다는 점은 우리 소설문학에서 도식적으로 적용해오던 반공소설의 벽을 허물어뜨린 업적인 동시에 역사를 보다 근본적으로 파헤치는 계기가 되기도 한다. 이 점은 곧 『지리산』이 비록 한국적 공산주의 운동의 실패를 전제로 삼은 예견된 반공소설이면서도, 그 투쟁방법이나 혁명가상의 창조에서 생동감을 느낄 수 있다는 사실에서 긍정적인 평가를 내리게 한다.

멀리로는 3.1운동에 대한 운동사적 방법론 비판, 동맹휴교, 학병, 국대안 반대, 10월 파업, 경찰서 습격사건 등등으로 이어지는 이른바 폭동과 혁명 방법론에 대한 천착은 실로 세계의 모든 혁명문학사에서도 찾아보기 그리 흔하지 않은 실록적 요소와 감동을 동시에 느끼게 해준다.

"오늘 한 되의 피를 흘리면 장차 한 말의 피를 아낄 수가 있어"라는 싸늘

한 혁명론으로부터 "남한에 있어서의 갖가지 좌익운동은 그 자체로서 혁명 성취에 직접 접근하려는 것이 아니고, 모스크바에 보여주기 위한 일종의 전시효과를 노리는 것"이라는 비판론까지 『지리산』은 다각적인 혁명 방법론을 제시 분석한다.

이런 역사적 비극의 뿌리를 다루면서 이 작가는 어떤 극한적인 투쟁 속에서도 인간은 인간일 수밖에 없으며, 그래서 어떤 상황에서도 그 비극은 예방될 수 있다는 굳은 신념을 작품 전면에 깔고 있다. 즉 지리산 입산파의 하준규와 중학 동창인 함양 경찰서장이 단독회담을 한 사건이라든가, 지리산에서 갑자기 조우한 경찰과 빨치산 일대가 서로의 희생을 줄이기 위해 협상을 벌여 전투를 회피한 사건, 그리고 주영중의 빨치산에 대한 관대한 조처 등등은 "동족끼리의 싸움이기 때문에 더욱 비참하고 동족끼리의 싸움이기 때문에 뜻밖인 정이 오갈 수도 있다"는 분단 극복을 위한 민족 동질성의 가능성에 대한 낙관론의 전개라고 하겠다.

『지리산』은 많은 문제점을 포용하면서도 그러나 역시 아직은 우리 세대가 풀어야 할 민족사적 과업에 대하여 한 가닥 해결의 실마리를 제시할 뿐 그 근원적인 방법론의 모색은 천착의 여지로 남겨두고 있다. 이제 우리의 분단문학은 어쩌면 『지리산』을 원점으로 하여 처음부터 다시 시작해야 할지 모른다. 그만큼 이 소설은 이제까지 다루어왔던 본격적인 이념 · 투쟁소설에서 그 핵심을 건드린 진지성으로 평가해야 될 것이다. 그 관점이나 역사적 평가는 차치하고라도 이 점 하나로도 『지리산』은 오래도록 우리의 기억에 남을 것이다.

이병주 문학의 역사의식
-『관부연락선』을 중심으로

김종회

1. 머리말

작가 이병주는 1921년 경남 하동에서 출생하여 일본 메이지대학 문예과와 와세다대학 불문과에서 수학했으며, 진주농과대학과 해인대학 교수를 역임하고 부산 국제신보 주필 겸 편집국장을 역임했다. 1992년에 타계했으니 유명을 달리한 지 19년이 지났다.

마흔네 살의 늦깎이 작가로 출발하여 한 달 평균 200자 원고지 1천 매, 총 10만여 매의 원고에 단행본 80여 권의 작품을 남긴 이병주 문학은, 그 분량에 못지않은 수준으로 대중 친화력을 촉발했다. 그와 같은 대중적 수용은 한 시기의 '정신적 대부'로 불리는 영향력을 발휘했고, 이 작가를 그 시대에 있어서 보기 드문 면모를 가진 인물로 부상시키는 추동력이 되었다.

이상에서 거론한 이력이 그가 40대에 작가로 입문한 이후 겉으로 드러난 주요한 삶의 행적이다. 그러나 그 내면적인 인생유전은 결코 한두 마디의 언사로 가볍게 정의할 수 없는 험난한 근대사의 굴곡과 함께 했다. 기실 이 기간이야말로 일제 강점기로부터 해방공간을 거쳐, 남과 북의 이데올로기 및 체제 대립과 6 · 25동란 그리고 남한에서의 단독정부 수립 등, 온갖 파란만장한 역사 과정이 융기하고 침몰하던 격동기였다. 그처럼 극적인 시기를 관통하며 지나오면서, 한 사람의 지식인이 이렇다 할 상처 없이 살아남기란 애초부터 불가능한 일이었다고 할 수 있다.

지금까지 알려져 있는 그의 삶은 몇 편의 장편소설로 씌어질 만한 것인데, 그러한 객관적 정황 속에서 글쓰기의 능력을 발동하여 그는 우리 근대사에 기반을 둔 역사 소재의 소설들을 썼다. 그런 만큼 이러한 성향으로 그가 쓴 소설들은 상당 부분 자전적인 체험과 세계인식의 기록으로 채워져 있다. 특히 『관부연락선』은 이 유형의 대표적인 작품이라 할 만하다.

이병주에 대한 연구는, 이 작가의 작품이 높은 대중적 수용도를 보인 바에 비추어 보면 그렇게 활발하게 이루어지지 못했다. 그러나 그의 사후 10년이 되던 2002년부터 기념사업이 시작되고 2007년부터 본격적이고 국제적인 기념사업회가 발족[1]한 이래 다양한 연구가 시작되었다.

그간의 연구 성과는 대개 세 부분으로 나눌 수 있는데, 작가 연구, 장편소설 『지리산』 연구, 작품 연구 등이 그 항목이다. 작가 연구는 이병주의 작품세계 전반에 대한 연구를 말하며, 『지리산』 연구는 대표작 『지리산』에 연구가 집중되어 있는 현상을 말하고, 작품 연구는 여러 다양한 작품들에 대한 개별적인 연구를 말한다.

작가 연구에 있어서는 작품의 역사성과 시대성, 사회의식 및 학병 세대의

---

1) 이병주기념사업회는 김윤식 · 정구영을 공동대표로 2007년에 발족하여 전집 발간, 이병주하동국제문학제 개최, 이병주국제문학상 시상, 이병주 문학 학술세미나 등의 행사를 시행해 오고 있다.

세계관과 관련된 연구들이 주를 이루고 대표적 연구로는 이보영[2], 송재영[3], 이광훈[4], 김윤식[5], 김종회[6], 송하섭[7], 강심호[8], 이형기[9] 등의 글이 주목할 만하다. 이 글들은 이병주의 세계를 총체적 시각으로 살펴보면서, 그것의 통합적 의미를 추출하는 데 주안점을 두고 있다.

『지리산』 연구에 있어서는, 대표작 『지리산』을 중점적으로 다룬 것으로 임헌영[10], 정호웅[11], 정찬영[12], 김복순[13], 이동재[14] 등의 글이 주목할 만하다. 이 글들은 『지리산』이 좌 · 우익 이데올로기의 상충을 배경으로 당대를 살았던 곤고한 젊은 지식인들의 내면 풍경과, 지리산으로 들어가 파르티잔이 될 수밖에 없었던 이들의 정황을 소설적 이야기와 함께 추적하고 있다.

작품 연구에 있어서는, 무려 80여 권에 달하는 이 작가의 방대한 세계 중에

---

2) 이보영, 「역사적 상황과 윤리-이병주론」, 『현대문학』, 1977. pp. 2~3.

3) 송재영, 「이병주론-시대증언의 문학」, 『현대문학의 옹호』, 문학과지성사, 1979.

4) 이광훈, 「역사와 기록과 문학과…」, 『한국현대문학전집 48』, 삼성출판사, 1979.

5) 김윤식, 「작가 이병주의 작품세계-자유주의 지식인의 사상적 흐름을 대변한 거인 이병주를 애도하며」, 『문학사상』, 1992. 5. , 「'위신을 위한 투쟁'에서 '혁명적 열정'에로 이른 과정-이병주 문학 3부작론」, 『2007 이병주하동국제문학제』, 이병주기념사업회, 2007.

6) 김종회, 「근대사의 격랑을 읽는 문학의 시각」, 『위기의 시대와 문학』, 세계사, 1996.

7) 송하섭, 「사회 의식의 소설적 반영-이병주론」, 『허구의 양상』, 단국대학교출판부, 2001.

8) 강심호, 「이병주 소설 연구-학병세대의 내면의식을 중심으로」, 서울대학교 국어국문학과, 『관학어문연구』 제27집, 2002.

9) 이형기, 「지각 작가의 다섯 가지 기둥-이병주의 문학」, 『나림 이병주선생 10주기기념 추모선집』, 나림이병주선생기념사업회, 2002.

10) 임헌영, 「현대소설과 이념 문제-이병주의 『지리산』론」, 『민족의 상황과 문학사상』, 한길사, 1986.

11) 정호웅, 「지리산론」, 문학사와비평연구회 편, 『1970년대 문학연구』, 예하, 1994.

12) 정찬영, 「역사적 사실과 문학적 진실-『지리산』론」, 문창어문학회, 『문창어문논집』 제36집, 1996. 12.

13) 김복순, 「-'지식인 빨치산' 계보와 『지리산』」, 명지대학교 부설 인문과학연구소, 『인문과학연구논집』 제22호, 2000. 12.

14) 이동재, 「분단시대의 휴머니즘과 문학론-이병주의 『지리산』」, 한국현대소설학회, 『현대소설연구』 제24호, 2004. 12.

서도 문학성이 뛰어난 작품들을 다룬 것으로 김주연[15], 이형기[16], 김외곤[17], 김병로[18], 이재선[19], 김종회[20], 이재복[21], 김인환[22], 이광훈[23], 임헌영[24], 정호웅[25], 조남현[26], 김윤식[27] 등의 글이 주목할 만하다. 이 글들은 단편에서 장편에 이르기까지 다양한 문학적 관심을 유발한 작품들을 분석 · 비평하고 있으며 그 각기의 소설적 가치를 추출하고 검증해 보인다.

이병주의 작품 세계가 광활한 형상으로 펼쳐져 있는 만큼, 작가 작품론도 큰 부피의 형식적 구분만 가능할 뿐 일정한 유형에 따라 조직적인 전개를 보이지 못한 것이 사실이다. 특히 여기서 서술하려 하는 '역사의식'의 성격에 관해서는, 연구사에 있어 유사한 사례를 찾기 어렵다. 그동안 그의 작품이 가진 역사성과 그것의 소설적 담론화에 대한 주목이 중심을 이루어온 데 비

15) 김주연, 「역사와 문학-이병주의 「변명」이 뜻하는 것」, 『문학과지성』 제11호, 1973년 봄호.

16) 이형기, 「이병주론-소설 『관부연락선』과 40년대 현대사의 재조명」, 권영민 엮음, 『한국현대작가 연구』, 문학사상사, 1991.

17) 김외곤, 「격동기 지식인의 초상-이병주의 『관부연락선』」, 『소설과사상』, 1995. 9.

18) 김병로, 「다성적 서사담론에 나타나는 현실인식의 확장성 연구-이병주의 「소설 · 알렉산드리아」를 중심으로」, 한국언어문학회, 『한국언어문학』 제36집, 1996. 5.

19) 이재선, 「이병주의 「소설 · 알렉산드리아」와 「겨울밤」」, 『현대한국소설사』, 민음사, 1996.

20) 김종회, 「한 운명론자의 두 얼굴-이병주의 소설 「소설 · 알렉산드리아」에 대하여」, 나림이병주선생 12주기 추모식 및 문학강연회 강연, 2004. 4. 30.

21) 이재복, 「딜레탕티즘의 유희로서의 문학-이병주의 중 · 단편 소설을 중심으로」, 나림이병주선생 13주기 추모식 및 문학강연회 강연, 2005.

22) 김인환, 「천재들의 합창」, 『그 테러리스트를 위한 만사』, 한길사, 2006.

23) 이광훈, 「행간에 묻힌 해방공간의 조명」, 『산하』, 한길사, 2006.

24) 임헌영, 「기전체 수법으로 접근한 박정희 정권 18년사」, 『그해 5월』, 한길사, 2006.

25) 정호웅, 「망명의 사상」, 『마술사』, 한길사, 2006.

26) 조남현, 「이데올로그 비판과 담론 확대 그리고 주체성」, 『소설 · 알렉산드리아』, 한길사, 2006.

27) 김윤식, 「이병주의 처녀작 『내일 없는 그날』과 데뷔작 「소설 · 알렉산드리아」 사이의 거리재기」, 『한국문학』, 2007년 봄호.

추어 이를 근본적 의식의 발현이라는 측면에서 살펴보는 효용성을 가진다고 보며, 그런 점에서 '역사의식'의 본질과 성격을 구명하는 일이 일정한 의의를 가진다고 할 수 있을 것이다.

이 글에서는 그와 같은 작가 이병주에 대한 인식을 바탕으로, 그의 소설문학에 나타난 역사의식의 성격을 고찰하고 규명하는 데 목표를 둔다. 이를 위해 먼저 작가의 전반적인 작품세계의 전개와 그 경향 및 의미에 대해 살펴본 다음, 특히 장편소설 『관부연락선』[28]을 중심으로 그의 역사의식이 어떻게 실제의 작품에 나타나고 있는지를 살펴볼 것이다. 이 글은 필자의 비평문 「근대사의 격랑을 읽는 문학의 시각」(『위기의 시대와 문학』, 세계사, 1996)을 바탕으로 다시 작성된 것임을 밝혀둔다.

2. 이병주 역사의식의 경향과 의미

이병주의 데뷔작 「소설 · 알렉산드리아」를 읽고 그 독특한 세계와 문학성에 놀란 여러 사람의 글을 볼 수 있다. 뿐만 아니라 그로부터 40여 년이 지난 오늘에 그 작품을 다시 읽어 보아도 한 작가에게서 그만한 재능과 역량이 발견되기는 참으로 쉽지 않은 일이겠다는 독후감을 얻을 수 있다.

산뜻하면서도 품위 있게 진행되는 이야기의 구조, 낯선 이국적 정서를 작품 속으로 끌어들여 쉽게 접근할 수 있도록 용해하는 힘, 부분부분의 단락들이 전체적인 얼개와 잘 조화되면서도 수미 상관하게 정리되는 마무리 기법

28) 이병주의 장편소설 『관부연락선』은 1972년 신구문화사에서 간행되었으나, 여기에서는 2006년 한길사에서 발간된 『이병주 전집』전 30권 중 『관부연락선』 (2권)을 저본으로 한다

등이 이 한 편의 소설에 편만(遍滿)하게 채워져 있었다면, 작가로서는 아직 무명인 그의 이름을 접한 이들이 놀라는 것은 무리가 아니었다.

작가는 자신의 문학적 초상에 관해 서술한 글에서, 이 작품을 두고 '소설의 정형'을 벗어난 것이지만 그로써 소설가로서의 자신이 가진 자질을 가늠할 수 있었다고 적었는데, 미상불 그 이후에 계속해서 발표된 「마술사」, 「예낭 풍물지」, 「쥘부채」 등에서는 소설적 정형을 온전히 갖추면서도 오히려 그것의 고정성을 넘어서는 창작의 방식을 보여 주기 시작했다.

이러한 초기의 작품들에는 문약한 골격에 정신의 부피는 방대한 문학청년이 등장하며, 거의 모든 작품에 '감옥 콤플렉스'가 나타난다. 이는 작가의 현실 체험이 반영된 한 범례이며 향후 지속적으로 그의 소설 구성에 있어 하나의 원형이 된다.[29]

이 초기의 단편에서 장편으로 넘어가는 그 마루턱에서 작가는 『관부연락선』을 썼다. 일제 말기의 5년과 해방공간의 5년을 소설의 무대로 하고 거기에 숨은 뒷그림으로 한 세기에 걸친 한일관계의 긴장을 도입했으며, 무엇보다도 일제 하의 일본 유학과 학병 동원 그리고 그 과정에서의 교유관계 등 작가 자신이 걸어온 핍진한 삶의 족적을 함께 서술했다.

그러면서 이 소설은 그 이후 더욱 확대되어 전개될 역사 소재 장편소설들의 외형을 예고하는 이정표가 된다. 『산하』와 『지리산』 같은 대하장편들이 그 나름의 확고한 입지를 가질 수 있는 것은, 『관부연락선』에서부터 보이기 시작한 역사적이고 시대적인 사실과 문학의 예술성을 표방하는 미학적 가치가 서로 씨줄과 날줄이 되어 교직될 수 있었기 때문이다. 이 소설적 판짜

29) 김종회, 「근대사의 격랑을 읽는 문학의 시각」, 『위기의 시대와 문학』, 세계사, 1996, p.216.

기의 구조를 통하여, 그는 역사를 보는 문학의 시각과 문학 속에 변용된 역사의 의미를 동시에 구현할 수 있었던 것이다.

특히 역사와 문학의 상관성에 대한 그의 통찰은 남다른 데가 있어, 역사의 그물로 포획할 수 없는 삶의 진실을 문학이 표현한다는 확고한 시각을 정립해 놓았다. 표면상의 기록으로 나타난 사실과 통계수치로서는 시대적 삶이 노정한 질곡과 그 가운데 개재해 있는 실제적 체험의 구체성을 제대로 반영할 수 없다는 논리였던 것이다.

그런데 문제는 그가 남겨 놓은 이와 같은 값있는 작품들과 문학적 성취에도 불구하고, 당대 문단에서 그에 대한 인정이 적잖이 인색했으며 또한 그의 작품세계를 정석적인 논의로 평가해 주지 않았다는 데 있다. 물론 거기에는 그것대로의 원인이 있다.

그가 활발하게 장편소설을 쓰기 시작하면서 역사 소재의 소설들과는 다른 맥락으로 현대사회의 애정 문제를 다룬 소설들을 또 하나의 중심축으로 삼게 되었는데, 이 부분에서 발생한 부정적 작용이 결국은 다른 부분의 납득할 만한 성과마저 중화시켜 버리는 현상을 나타냈던 것으로 볼 수 있다. 지나치게 대중적인 성격이 강화되고 문학작품이 지켜야 할 기본적인 양식의 수위를 무너뜨리는 경우를 유발하면서, 순수문학에의 지구력 및 자기 절제를 방기하는 사태에 이른 경향이 약여(躍如)했던 것이다. 여기에는 그 예증으로 열거할 만한 작품이 많이 있다.

그러나 이러한 부정적 측면을 제하여 놓고 살펴보자면, 우리는 여전히 그에게 부여되었던 '한국의 발자크'라는 별칭이 결코 허명이 아니었음을 수긍할 수 있다. 일찍이 대학에서 문학을 공부하던 시절, 그는 자신의 책상 앞에 "나폴레옹 앞엔 알프스가 있고, 내 앞엔 발자크가 있다"라고 써붙여 두었다고 술회한 바 있다.

이 오연한 기개는 나중에 극적인 재미와 박진감 있는 이야기의 구성, 등장인물의 생동력과 장대한 스케일, 그리고 그의 소설 처처에서 드러나는 세계 해석의 논리와 사상성 등에 의해 뒷받침된다.

그는 우리 문학사가 배태한 유별난 면모의 작가였으며, 일찍이 로브그리예가 토로한 바 "소설을 쓴다고 하는 행위는 문학사가 포용하고 있는 초상화 전시장에 몇 개의 새로운 초상을 부가하는 것이다"[30]라는 명제의 수사에 부합하는 작가라 할 수 있다.

3. 작품세계의 전개와 문학적 의의

이병주의 첫 작품은 대체로 1965년에 발표된 「소설 · 알렉산드리아」로 알려져 있다. 작가 자신도 이 작품을 데뷔작으로 치부하곤 했다. 하지만 실제에 있어서 첫 작품은 1954년 『부산일보』에 연재되었던 『내일 없는 그날』이었으며, 이를 통해 그는 자신이 오랫동안 내면에 품어왔던 작가로서의 길이 합당한지를 시험해본 것 같다. 물론 그 시험에 대한 자평이 어떤 결과였든지간에, 그 이후의 작품활동 전개로 보아 그의 내부에서 불붙기 시작한 문학에의 열망을 진화할 수는 없었을 것이다.

무엇보다도 그는 참으로 많은 분량의 작품을 썼다. 문학창작을 기업경영의 차원으로 확장한 마쓰모도 세이쪼 같은 작가와는 경우가 다르겠지만, 그래도 우리의 작가 가운데서 그에 가장 유사한 사례를 찾는다면 아마도 이병

30) 누보로망의 작가 로브그리예의 이 표현은 생동하는 인물의 중요성을 강조한 것으로서, 이병주 소설의 인물 분석에 매우 유효하게 적용될 수 있다.

주가 아닐까 싶다.

그런 만큼 그의 소설이 보여주는 주제의식도 그야말로 백화난만한 화원처럼 다양하게 펼쳐져 있다. 『예낭 풍물지』나 『철학적 살인』같은 창작집에 수록되어 있는 초기 작품의 지적 실험성이 짙은 분위기와 관념적 탐색의 정신, 앞서 언급한 바와 마찬가지로 시대성과 역사 소재의 작품에서 볼 수 있는 숨겨진 사실들의 진정성에 대한 추적과 문학적 변용, 현대사회 속에서의 다기한 삶의 절목들과 그에 대한 구체적 세부의 형상력 부가 등속을 금방이라도 나열할 수 있다.

이병주는 분량이 크지 않은 작품을 정교한 짜임새로 구성하는 능력이 뛰어난 작가이지만, 그보다 훨씬 더 강력하게 인식되기로는 부피가 큰 대하소설을 유연하게 펼쳐나가는 데 탁월한 작가라는 점이다. 일찍이 그가 도스토옙스키의 『죄와 벌』을 읽고 그 마력에 사로잡혔다고 고백한 것도 이 점에 견주어 볼 때 자못 의미심장해 보이기도 한다.

『산하』 『행복어사전』 『바람과 구름과 비』 『지리산』등이 그 구체적인 사례에 속하는 작품들인데, 이는 단순히 작품의 분량이 크다는 외형적 사실에 그치는 것이 아니라, 그 속에 흐르는 시대적 · 역사적 현실과 그것에 총체적인 형상력을 부여할 때 얻어지는 사상성이나 철학적 개안의 차원에까지 이른 면모를 보인다.

그 중에서도 『지리산』은 어느 모로 보나 이병주의 대표적인 작품이라 할 수 있다. 남북간의 이데올로기 문제를 정면에서 다루면서 지리산을 중심으로 집단생활을 한 좌익 파르티잔의 특이한 성격을 조명한 소설의 내용에서도 그러하고, 모두 7권의 분량에 달하여 실록 대하소설이라 규정되고 있는 소설의 규모에서도 그러하다. 이 소설에 등장하는 주요인물들, 작가가 특별한 애정을 갖고 그 성격을 묘사하고 있는 박태영이나 하준규 같은 인물, 그리고 해설자인 이규 같은 인물은 일제 말기의 학병과 연관된 공통점을 가지고 있다. 그 '치욕스런 신상'과 한반도의 걷잡을 수 없는 풍운이 마주쳤을 때, 이들의 삶이 어떤 궤적을 그려나갈 수밖에 없었는가를 뒤쫓고 있는 형국이다.

이병주의 역사소재 소설들을 통틀어 우리가 주목해야 할 하나의 요체는 『지리산』에서의 이규와 같은 해설자의 존재이다. 그 해설자는 이름만 바꾸었다 뿐이지 다른 작품들에서도 거의 유사한 존재 양식을 갖고 나타난다. 예컨대 『관부연락선』에서 이군 또는 이 선생으로 불리는 인물, 『산하』에서 이동식으로 불리는 인물, 한참을 거슬러 올라가서 「쥘부채」 같은 초기 작품에 나오는 대학생 동식이라는 인물도 모두 본질이 동일한 '이 선생'이다.

작가는 이 해설자에게 시대와 사회를 바라보고 판단하고 평가하는 자기 자신의 시각을 투영했으며, 그런 만큼 그 해설자의 작중 지위는 작가의 전기적 행적과 상당히 일치되는 특성을 나타내고 있다.

만약에 그 해설자가 불학무식이거나 당대의 한반도 현실에 대해 사상적이며 철학적 사유를 할 수 없는 인물로 그려진다면, 작가는 애초부터 스스로의 심중에 맺혀서 울혈이 되어 있는 이야기들을 풀어낼 수가 없는 것이다. 불학무식한 부역자를 주인공으로 한 조정래의 『불놀이』와 좌파 지식인을 주인공으로 한 같은 작가의 『태백산맥』이 동일한 작가의 작품이면서도 역사와 현실을 읽는 시각의 수준에 현저한 차이를 드러내는 것이 여기에 좋은 보기가 된다.

이병주가 너무 많은 작품을 간단없이 제작해낸 관계로 곳곳에 비슷한 정황이 중첩되거나 중·단편의 내용이 장편의 한 부분으로 편입되어 있는 양상도 적잖이 발견된다. 이러한 측면은 정작 한 사람의 작가로서 그를 아끼고 그와 더불어 가능할 수도 있었던 한국의 '발자크적 신화'를 아쉬워하는 이들에게 만만치 않은 결핍감을 남긴다.

「그 테러리스트를 위한 만사」라는 작품을 보면 노 독립투사 정람 선생에게서 작가 이 선생이 '재능의 낭비가 아닌가'라고 회의하는 대목이 나온다. 정람이 동서고금을 섭렵하는 박람강기한 지식을 자랑하면서 곰, 사자, 호랑이에 이르기까지 수준 이상의 박식을 피력하자 그러한 감상을 내보이는 것인데, 작가는 자신의 작품을 읽는 독자들이 작가 자신을 두고 그러한 인식을 가질지 모른다는 역발상에 이르지는 못했던 것 같다.

하나의 가설로 그가 보다 미학적 가치와 사회사적 의의를 갖는 주제를 택하여 힘을 분산하지 아니하고 집중했더라면, 뛰어난 문필력과 비슷한 유례를 찾아보기 어려운 극적인 체험들로써, 그 자신이 마력적이라고 언급한 도스토옙스키의 『죄와 벌』같은 웅장한 작품을 생산할 수도 있지 않았을까 하는 아쉬움을 남긴다.

그러나 온전한 이성을 가지고 이 땅에 살았던 한 사람의 지식인이 피치 못하게 당면할 수밖에 없었던 사태, 광란의 역사와 어떻게 맞서야 했는가라는 사실을 두고 이의 소설화를 언급할 때 이 작가를 건너뛰기는 어렵다. 그에게는 그 제재가 일종의 강박이었고, 이를 제대로 설명해 보기 위하여 1972년부터 근 15년에 걸쳐 그의 대표작 『지리산』을 썼으며, 그보다 한 단계 앞선 시대를 배경으로 그의 장편시대 개화를 예고하는 문제작 『관부연락선』을 썼다고 할 수 있다.

『지리산』이 그러한 것처럼 『관부연락선』 또한 '거대한 좌절의 기록'이다. 유태림이라고 하는 한 전형적 인물, 일제강점기에서 해방공간에 걸쳐 살았던 당대 젊은 지식인의 전형성을 갖는 그 인물만의 좌절을 기록한 것이 아니라, 그가 대표하는 바 이성적인 사유체계를 가진 젊은 지식인 일반과 그 배경에 있는 우리 민족 전체의 좌절을 기록한 것이다.

4. 『관부연락선』의 근대사적 지위

장편소설 『관부연락선』의 시간적 무대는 1945년 해방을 전후한 5년 간, 도합 10년 간이다. 그러나 이야기의 파장이 확장한 내포적 공간은 한일관계사 전반을 조망하는 1백여 년 간에 걸쳐져 있다. 작가는 이 넓은 공간적 환경을 자유롭게 활용하면서, 역사적 사실을 문학적 시각으로 조망하는 글쓰기를 수행한다.

> 중학교의 역사책에 보면 의병을 기록한 부분은 두세 줄밖에 되지 않는다. 그 두세 줄의 행간에 수만 명의 고통과 임리한 피가 응결되어 있는 것이다.

『관부연락선』의 주인공 유태림이 의병대장 이인영의 기록을 읽으며 역사의 무게라는 것을 새삼스럽게 느끼는 대목이다. 작가는 바로 이러한 정신, 역사의 행간을 생동하는 인물들의 사고와 행동, 살과 피로 메우겠다는 정신으로 이 소설을 썼다. 그것은 곧 그만이 독특하게 표식으로 내세운 역사와 문학의 상관관계이기도 하다.[31]

이 소설은 동경 유학생 시절에 유태림이 관부연락선에 대한 조사를 벌이면서 직접 작성한 기록과, 해방공간에서 교사생활을 함께 한 해설자 이 선생이 유태림의 삶을 관찰한 기록으로 양분되어 있다. 그리고 이 두 기록이 교차하며 순차적으로 진행되고 있으며, 따라서 하나의 장이 이 선생인 '나'의 기록이면 다음 장은 유태림인 '나'의 기록으로 되는 것이다.

---

31) 김종회, 앞의 글, p.219.

유태림의 조사를 통해 관부연락선의 상징적 의미는 물론 중세 이래 한일 양국의 관계가 드러나기도 하고, 이 선생의 회고를 통해 유태림의 가계와 고향에서의 교직생활을 포함하여 만주에서 학병생활을 하던 지점에까지 관찰이 확장되기도 한다.

때에 따라 관찰자인 이 선생의 시점이 관찰자의 수준을 넘어서는 전지적 작가 시점으로 과도히 진입하는 경우가 적지 않으며, 유태림에게서 들은 얘기를 종합했다는 태도를 취하면서도 실상은 유태림 자신이 아니면 설명할 수 없는 부분도 자주 목격된다. 또한 이야기의 내용에 있어서도 진행되는 사건은 허구인데 이에 주를 달고 그 주의 문면은 실제 그대로여서 소설의 지위 자체를 위협하는 대목도 있다.

이는 이 소설의 대부분이 작가 자신의 사고요 자전적 기록인 까닭으로, 사실과 허구에 대한 구분 자체가 모호해져 버린 결과로 보이며, 작가는 소설의 전체적인 메시지 외의 그러한 구체적 세부를 덜 중요하게 생각한 것이 아닌가 유추되기도 한다.

작가가 시종일관 이 소설을 통해 추구한 중심적인 메시지는, 그 자신이 소설의 본문에서 기록한 바와 같이 "당시의 답답한 정세 속에서 가능한 한 양심적이며 학구적인 태도를 가지고 살아가려고 한 진지한 한국청년의 모습"이다. 능력과 의욕은 가지고 있으면서도 이렇게도 못하고 저렇게도 못하기로는 유태림이나 우익의 이광열, 좌익의 박창학이 모두 마찬가지였다.

일제강점기를 지나 해방공간의 좌우익 갈등 속에서도 교사와 학생들이 어떻게 처신해야 옳았으며, 신탁통치 문제가 제기되었을 때 어떻게 하는 것이 올바른 선택이었으며, 좌우익 양쪽 모두의 권력에서 적대시될 때 어떻게 처신해야 옳았겠는가를 질문하는 셈인데, 거기에 이론 없이 적절한 답변은 주어질 수가 없을 것이다. 작가는 다만 이를 당대 젊은 지식인들의 비극적인 삶의 마감-유태림의 실종 및 다른 인물들의 죽음을 통해 제시할 뿐이다.

이는 곧 "한국의 지식인이 그 당시 그렇게 살려고 애썼을 경우, 월등하게 좋은 환경에 있지 않는 한 거개 유태림과 같은 운명을 당하지 않았을까 하는 생각"이다. 또 "유태림의 비극은 6·25동란에 휩쓸려 희생된 수많은 사람들의 비극과 통분(通分)되는 부분도 있지만, 일본에서 식민지 교육을 받은 식민지 청년의 하나의 유형"이라는 기술은 곧 상황논리의 물결에 불가항력적으로 침몰할 수밖에 없는 인간의 모습이라는 인식과 소통된다.

유태림이 동경 유학 시절에 열심을 내었던 관부연락선에 대한 연구는 바로 이 상황논리의 발생론적 구조에 대한 탐색이었으며, 제국주의 통치국과 식민지 피지배국을 잇는 연락선이 그것을 극명하게 상징하고 있다는 인식의 바탕 위에 놓여 있다 할 것이다.

작품 속의 유태림은 관부연락선을 도버와 칼레 간의 배, 즉 사우샘프턴과 르아브르 간의 배에 비할 때 영락없는 수인선이라고 해도 과언이 아니라고 적으면서도, 이를 맹목적 국수주의의 차원으로 몰아가지 아니하고 그 중 80%는 조선의 책임이라고 수긍한다. 이는 을사보호조약에서 한일합방에 이르는 역사 과정에 있어서 민족적 과오의 반성을 그 사실(史實)과 병렬시키고 있기 때문이다.

이와 같은 역사적 관점의 정립과 더불어 작가는 매우 비판적이고 분석적인 어조로 당대의 특히 좌익 이데올로기의 허실을 다루어 나간다. 아마도 이 분야에 관한 한 논의의 전문성이나 구체성에 있어 우리 문학에 이병주만한 작가를 찾기는 어려울 것이다.

예컨대 "여순반란사건이 대한민국 정부를 위해서는 꼭 필요했던 시련"이라는 언술이 있는데, 이와 같은 수사는 여간한 확신과 논리적인 자기 정리 없이는 쓸 수 없다. 그의 주장에 의하면, "만일 그런 반란사건이 없었고 그러한 반란분자들이 정체를 감춘 채 국군 속에 끼어 그 세위를 확장해 가고 있었다면, 6·25동란 중에 국군 가운데서의 반란을 방지할 수 없었을 것"이라는 논리로 드러난다.

동시에 그는 남한에서의 단독정부 수립과 이승만 정권의 제1공화국성립이 필수불가결한 일이었다고 변호한다. 여기에서도 그럴 만한 이성적인 논리를 앞세워 이를 설명한다. 이 험난한 이데올로기 문제에 이만한 토론의 수준을 마련한 작가가 우리 문학에서 발견되지 않았기에, 이러한 주장이 단순한 보수우익의 기득권 보호의지와는 차원이 다르다는 사실을 인정하게 된다. 말하자면 그는 소설을 통해 심도 있는 정치토론을 유발한 유일한 작가이다.

그러기에 그가 계속해서 내보이는 여운형, 이승만, 김구 등 당대 정치 지도자에 대한 인물평에는 우리 시대의 정치사에 대한 새로운 개안을 가능하게 하는 힘이 있다. 특히 그는 여운형의 암살사건에 대하여, "몽양의 좌절은 이 나라 지식인의 좌절이며 몽양과 더불어 상정해 볼 수 있는 모든 가능성의 말살"이라고 개탄했다.

이 모든 혼돈하는 세태 속에서 유태림과 그의 동류들은, 역사의 파도가 높고 험한 만큼 가혹한 운명적 시련과 부딪칠 수밖에 없었다. 유태림이 실종되기 전에, 그가 좌익 기관에도 잡히고 대한민국 검찰에도 걸려들고 한 사실 자체에 적잖은 충격을 받는 대목이 나오는데, 이는 실로 당대의 젊은 지식인들이 회피할 수 없었던 구조적 질곡을 실감 있게 드러낸다. 이 소설의 마지막, 「유태림의 수기(5)」[32] 끝부분은 다음과 같은 문장으로 되어 있다.

32) 이병주, 『관부연락선』 2, 한길사, 2006, p.366.

운명… 그 이름 아래서만이 사람은 죽을 수 있는 것이다.

다른 소설들에서 '운명'이라는 단어가 등장하면 토론은 종결이라고 하던 작가가 유태림의 비극을 운명의 이름으로 결론지었을 때, 거기에는 역사의 격랑에 부서진 한 개인의 삶에 대한 조상이 함유되어 있다. 곧 운명의 작용을 인식하고서 비로소 그 비극의 답안을 발견했다는 인식을 보여주는 것이다.

작가는 1972년 신구문화사에서 상재된 『관부연락선』의 「작자 부기」에서 "소설이라는 각도에서 볼 때 『관부연락선』은 다시 달리 씌어져야 하는 것이다"라고 적었고, 송지영 씨가 「발문」에서 "어떠한 '소설 관부연락선'도 그 규모에 있어서 그 내용의 넓이와 깊이에 있어서 이처럼 감동적일 수는 없을 것이라는 결론에 이르렀다"고 반론했다. 소설의 순문학적 형틀이 완숙해야 한다는 측면에서 작가의 말은 틀리지 않으며, 소설 전체의 박진감과 감동에 있어서 송지영 씨의 표현 또한 틀리지 않는다.

우리 역사에는 너무도 많은 유태림이 있으며 그들의 아픔과 비극이 오늘 우리 삶의 뿌리에 연접해 있다. 이 사실을 구체적 실상으로 확인하게 해준 것은, 작가 이병주가 가진 균형성 있는 역사의식의 결과이다. 그것은 또한 이미 30여 년 전에 소설의 얼굴로 등장한 이 역사적 격랑의 기록을, 시대적 성격을 가진 소설문학의 수범 사례로 받아들이는 이유이다.

5. 마무리

이 글에서는 작가 이병주의 소설과 그 역사의식이 어떤 경로를 통해 배태되었으며 그 경향과 의미가 어떠한가를 검토한 다음, 이를 전체적인 문맥 아래에서 조감할 수 있도록 그의 작품세계 전반의 전개와 문학적 인식의 방식 및 유형을 살펴보았다. 그리고 이러한 역사의식을 드러내는 대표적 장편소설이자 유사한 성격을 가진 장편소설들의 출발을 예고하는 첫 작품『관부연락선』을 중심으로 그 역사의식의 발현과 성격적 특성을 점검해 보았다.

그와 같은 경로를 통해 살펴본 바와 같이, 작가 이병주의 소설에 나타난 역사의식은 우리 문학사에 보기 드문 체험과 그것의 정수를 이야기화하고, 그 배면에 잠복해 있는 역사적 성격에 대해 이를 수용자와의 친화를 강화하며 풀어내는 장점을 발양했다.

주지하는 바 역사 소재의 소설은, 실제로 있었던 역사적 사실을 근간으로 하고 거기에 작가의 상상력을 통해 소설적 이야기를 덧붙이는 것인데, 이러한 점에서 이병주의 소설과 그 역사의식은, 한국 근대사의 극적인 시기들과 그 이야기화에 재능을 가진 작가의 조합이 생산한 결과라 할 수 있다.

이병주의 문학관, 소설관은 기본적으로 '상상력'을 중심에 두는 신화문학론의 바탕에서 출발하고 있으며, 기록된 사실로서의 역사가 그 시대를 살았던 민초들의 아픔과 슬픔을 진정성 있게 담보할 수 없다는 인식 아래, 그 역사의 성긴 그물망이 놓친 삶의 진실을 소설적 이야기로 재구성한다는 의지를 나타낸다. 그러한 역사의식의 기록이자 성과로서, 한국문학사에 돌올한 외양을 보이는『관부연락선』,『산하』,『지리산』등의 장편소설을 목격하게 되는 것이다.

물론 소설이 작가의 상상력을 배경으로 한 허구의 산물이므로 실제적인 시대 및 사회의 구체성과 일정한 거리를 가지는 것은 분명한 사실이다. 그러나 문학을 통한 인간의 내면 고찰이나 문학이 지향하는 정신적인 삶의 중요성, 그것이 외형적인 행위 규범을 넘어 발휘하는 전파력을 고려할 때는 문제가 달라진다.

한 작가를 그 시대의 교사로 치부하고, 또 그의 문학을 시대정신의 방향성을 가늠하는 풍향계로 내세울 수 있는 사회는 건강한 정신적 활력을 가진 공동체의 모범이라 할 수 있다. 작가 이병주의 소설과 그의 작품에 나타난 삶의 실체적 진실로서의 역사의식이 우리 사회의 한 인식 지표가 될 수 있다는 것은, 그런 점에서 오늘처럼 개별화되고 분산된 성격의 세태에 시사하는 바가 크다.

| 참고문헌 |

- 김주연, 「역사와 문학-이병주의 '변명'이 뜻하는 것」, 『문학과지성』, 1973 봄호.
- 남재희, 「소설 '지리산'에 나타나는 지식인의 상황분석」, 『세대』, 1974. 5.
- 이보영, 「역사적 상황과 윤리 – 이병주론」, 『현대문학』, 1977. 2~3.
- 이광훈, 「역사와 기록과 문학과…」, 『한국현대문학전집 48』, 삼성출판사, 1979.
- 김영화, 「이념과 현실의 거리-분단상황과 문학」, 『한국현대시인작가론』, 1987.
- 이형기, 「40년대 현대사의 재조명」, 『오늘의 역사 오늘의 문학 8』, 중앙일보사, 1987.
- 임종국, 「현해탄의 역사적 의미」, 위의 책.
- 임헌영, 「이병주의 작품세계」, 『한국문학전집 29』, 삼성당, 1988.
- 임금복, 「불신시대에서의 비극적 유토피아의 상상력 – '빨치산', '남부군', '태백산맥'」, 『비평문학』, 1989. 8.
- 김종회, 「근대사의 격랑을 읽는 문학의 시각」, 『위기의 시대와 문학』, 세계사, 1996.
- 김윤식, 「작가 이병주의 작품세계」, 『나림 이병주선생 10주기 기념 추모선집』, 나림 이병주선생기념사업회, 2002.
- 이형기, 「지각작가의 다섯 가지 기둥 – 이병주의 문학」, 위의 책.
- 김종회, 「한 운명론자의 두 얼굴 – 이병주의 소설 '소설 알렉산드리아'에 대하여」, 나림 이병주 선생 12주기 추모식 및 문학강연회 강연, 2004. 4. 30.
- 임헌영, 「이병주의 『지리산』론 – 현대소설과 이념 문제」, 위의 문학강연.
- 정호웅, 「이병주의 『관부연락선』과 부성의 서사」, 위의 문학강연.
- 김윤식, 「학병세대의 글쓰기 – 이병주의 경우」, 나림 이병주선생 13주기 추모식 및 문학강연회 강연, 2005. 4. 7.
- 김종회, 「문화산업 시대의 이병주 문학」, 위의 문학강연.
- 이재복, 「딜레탕티즘의 유희로서의 문학 – 이병주의 중 · 단편소설을 중심으로」, 위의 문학강연.

학 병

문학사적 공백에 대한 학병세대의 항변
– 이병주와 선우휘의 경우

김윤식

이병주와 황용주
– 작가의 특권과 특전

안경환

문학사적 공백에 대한 학병세대의 항변

– 이병주와 선우휘의 경우

김윤식

1. 『관부연락선』의 유태림과 「불꽃」의 고현

선우휘의 출세작 「불꽃」(1957)에는 주인공 현이 학병으로 일본 나고야 부대에 입대해 치중대(輜重隊, 수송대)에 배속되어 마구간 당번을 하는 장면이 나온다. 일본군에 있어 주무기인 산포(山砲)의 동력이 바로 말의 힘이었던 것인 만큼 말 그 자체가 바로 주무기에 다름 아니었다.

> 때로는 손으로 말똥을 긁어모아야 했다. 어느 달 밝은 밤. 말 다리 밑에 기어들어가 말똥을 긁어모으고 있다가 유난히 비쳐드는 달빛에 고개를 들었다. 둥근 달이 말의 배 밑에 늘어진 거대한 것 끝에 걸려서 마치 손잡이가 검은 큰 놋주걱 같이 보였다. 현은 히히히 하고 저도 모르게 웃었다. 덩그란 마구간 안에 웃음소리가 반향을 일으키는 것이 기괴한 감을 주었다. 갑자기 말한테 조롱당한 것 같은 모욕을 느꼈다. 이 자식한테! 치밀어 오르는 홧김에 삽을 들어 힘껏 그것을 후려갈겼다. 놀랜 말이 껑충 뛰자 현은 뒤로 쓰러졌다.
>
> – 「불꽃」, 〈문학예술〉, 1957.7, p.44.

이 장면이 문학적 묘사축에 낄 수 없음은 자명하다. 단순한 개인적 감정의 설명에 그침으로써 치중대의 본질을 흐려놓기까지 했기 때문이다. 학병으로 중국전선에 끌려간 유태림의 경우와 비할 때 이 점이 확연해진다.

> 말시중 또 말치다꺼리(일본의 군대용어로선 '마구간 동작'이라 한다.)는 병업 중에서도 가장 고된 일에 속한다. 보통 병정 하나가 평균 다섯 필의 말 시중을 들어야 하고 다섯 개의 마방을 소재해야 한다. 구체적으로 말하면 다섯 마리의 말에 물을 먹이고 사료를 먹여야 하며 그 털이 윤이 나게 빗질하고 발톱소재를 깨끗이 하고 기름까지 발라야 한다. 그리고 나면 마구간에 깔려 있는 똥 오줌 섞인 짚을 손으로(꼭 손으로 해야만 한다. 기구를 사용해선 안 된다.) 꺼내선 똥과 짚을 가려 똥은 일정한 장소에 갖다 버리고 짚은 두 치 이상으로 두텁지 않도록 깔아 말린다. 마구간의 바닥은 밥알이 떨어져도 주워 먹을 수 있도록 물을 퍼부어 씻고 닦아야만 한다. 〈……〉
>
> 그러니 말 발톱을 씻을 시간은 있어도 자기 낯짝을 씻을 시간은 없게 된다. 어쩌다 보면 측간에 갈 시간도 없어지는데 나오는 것을 어떻게 할 수 없어 측간에 가 놓고 보면 뒤엔 벌에 쏘인 만큼 부풀어 오르도록 따귀를 얻어맞아야 한다. 말부대에서의 서열은 장교, 하사관, 말, 그리고 병정이란 순서다. 이건 결코 과장된 얘기가 아니다.
>
> – 『관부연락선』, 동아출판사, p.75.

『관부연락선』의 작가 이병주는 이러한 치중대의 체험을 주인공 유태림을 내세워 '이건 결코 과장이 아니다'라고 까지 언급해 놓았다. 만일 누군가 이를 문학적 과장이라 할까 보아, 눈을 부릅뜨고 바야흐로 달려들 형국이다. 「불꽃」이 묘사로서의 문학적 수준에 미달이라면 『관부연락선』의 경우도 사정은 마찬가지다. 전자가 한갓 풍문에 의한 이야기에 지나지 않는다면 후자는 사실 자체의 지나친 노출로 말미암아 문학적 묘사급의 초월현상을 빚고 있기 때문이다. 이러한 묘사의 미달과 초월의 현상은 어디에서 말미암은 것일까. 또 이 각각의 과잉과 결여를 어떻게 극복함으로써 글쓰기의 균형감각을 획득할 수 있었을까. 이 점을 조금 논의함이 이 글의 겨냥한 곳이다. 일변으로는 선우휘론이지만 다른 한편으로는 이병주론일 수도 있다 함은 이 때문이다.

2. 학병체험 세대와 비체험 세대

「불꽃」의 주인공 현은 그 후 어떻게 되었을까. 삽으로 말의 '그것을' 후려쳤고 그 때문에 말도 현도 잠시 놀랐을 뿐이었다. 단지 그뿐이었다. 『관부연락선』의 유태림이라면 상상도 할 수 없는 일이 아닐 수 없다. 창씨개명한 조선인 학병, 다까야마 현은 다음 해 봄 북부 중국에도 파견되었고, 거기서 탈출을 시도했다. 그 이유는 이러했다.

> 구타, 학대, 잔인, 오만, 비굴, 허위의 범벅. 군대란 인간이 있을 데가 못된다. 그래도 명분이 있다하면 참기도 하겠다. 그런데 내게는 털끝만한 명분이 없다. 어째서 내가 중국인을 죽여야 하는가.
>
> –「불꽃」, p.45.

어느 대목도 구체성이 모자라는 것. "어스럼 달밤, 현은 보초를 서다가 틈을 탔다" 라고 선우휘는 썼다. 광대한 벌판을 헤매다 중국인 부락으로 내려가 필담으로 죽을 얻어먹었다. 그곳은 팔로군의 유격활동 지역이었다. 그 길로 모택동이 있는 연안으로 안내되었다. 현이 거기서 본 것은 "정감록과 다름없는 운명의 예언서"(p.47)인 공산당사를 외며 청부사업에 골몰하는 군상들을 보았다. 현이 한 달도 못되어 여기서도 빠져나와 1945년 7월 남만주에 잠복했고, 그 해 9월 중순 고향인 P고을(38선 접경지대, 행정구역상 이남 소속)로 귀환했다.

이러한 두 번씩의 탈출과정에서도 구체성이 실종되었음을 한 눈에 알 수 있다. 첫 번째 탈출 장면이란 누가 보아도 상식이하이다.

> 어스럼 달 밤. 현은 보초를 서다가 틈을 탔다.
>
> -「불꽃」, p.45.

실로 어처구니없는 우발적 현상이다. 실제로 중국전선에서 학도병으로 투입되었다가 임시정부쪽으로 탈출한 김준엽의 경우는 입대시에 이미 치밀한 탈출계획(중국어책, 지도, 나침반, 암호, 돈 등. 『장정』, 나남, pp.52~53.)이 세워져 있었고, 장준하의 경우도 로마서 9장 3절을 아내에게 편지할 정도로 신앙에 가까운 탈출을 믿고 있었었다.(『돌베개』, 세계사, p.27.) 임시정부쪽이 아니라 현처럼 연안쪽으로 탈출한 신상초의 경우도 사정은 크게 다르지 않다. 이러한 사전준비 없이 "어스럼 달 밤……"식의 탈출이란 어불성설이 아닐 수 없다. 이는 철저한 패전 속에서의 후퇴도중 이탈한 미얀마전선에서의 박수동 등의 탈출과는 단연 구분된다.(박수동, 「모멸의 시대」, 이가형, 「버마전선패전기」, 〈신동아〉, 1964.11.)

어째서 선우휘는 "어스럼 달밤……"으로 처리하고 말았을까. 분명한 것은, 선우휘에 있어 학병체험의 전무함이 이 사정에 관여되었다는 점이다.

여기에서 잠시 조선인 학병에 대한 검토가 불가피해진다. 일제가 전쟁수행을 위해 일본인의 학병을 동원한 것은 1943년이었고, 조선인 자원입대를 허용한 것은 1938년 4월이었고, 조선인 학병 입영을 각의에서 결정한 것은 1943년 10월이었다. 국내외의 사범계 및 이과계를 제한 문과계 대학, 전문, 고등학교 재학 중의 조선인 학생(문과계, 이과계, 사범계 포함 7천 2백 명 추산)에 징집영장을 발급한 것은 동 11월 8일이었고, 그 중 총 4,385명이 일제히 입대한 것은 1944년 1월 20일이었다.(김윤식, 『일제말기 한국인 학병세대의 체험적 글쓰기론』, 서울대출판부, 2007.)

어째서 군국 일본은, 문과계만 이렇게 징집했는가. 다시 말해 이과계와 사범계는 징집하지 않았을까. 그만한 이유가 있었을 것이다. 선우휘는 사범계 학생이었던 만큼 학병동원에서는 제외되었고, 따라서 그에겐 학병체험이란 전무한 형편이다. 그는 경성사범학교 학생이었던 것이다.

> 선우휘 군은 경성사범학교 보통과를 수석으로 입학했었다. 선우휘 군은 소설을 함으로 많이 읽었고 재학중엔 불령선인으로 몰려 졸업장을 교장실에서 특별히 받았다.
>
> – 조병화, 『나의 생애』, 영하, 1994. p.43.

동기생의 이러한 기록에 따른다면, 선우휘의 기질적 측면이 여실하다고 볼 것이지만, 그래서 현으로 하여금 학병탈출을 감행케 했을 터이나, 거기에는 체험담이 뒤따르지 않았다. 비유컨대 내용(사상, 관념)이 앞섰고 그를 에워싸는 형식(묘사)이 뒤따르지 못한 형국으로 「불꽃」이 씌어졌다면 이 작품 자체는 균형을 잃은 기우뚱한 물건일까. 마찬가지 논법으로, 실제로 마구간 말똥 청소를 묘사하는 마당에서 이병주가 힘주어 "이건 결코 과장된 이야기가 아니라"라는 형식(묘사) 제일주의가 내용과의 균형감각을 확보했다고 보기도 어려울 터이다. 이 점을 조금 검토한다면 다음과 같은 도식을 이끌어 낼 수 있다. "이건 결코 과장된 이야기가 아니다"쪽에선『관부연락선』의 작가는 실로 담담하게 과장되지 않은 이야기를 도도히 펼쳤다. 이 점에서 그 이야기는 너무도 넘치고 생기 있는 형식을 외형상 일단 갖추었다고 볼 것이다. 그렇다면 그 내용은 어떠했던가. 다음 사실이 이에 대한 가감 없는 응답이 아닐 수 없다.

그러나
사자는 사자 시대의 향수를 지니고 있다.
독사는 독사 시대의 향수를 지니고 있다.
그런데
너는 도대체 뭐냐.
용병을 자원한 사나이.
제값도 모르고 스스로를 팔아버린
노예.
그러니 너에겐 인간의 향수가 용인되지 않는다.
지금 포기한 인간을 다시 찾을 순 없다.
가륵하다는 건 사람의 노예가 되기보다는 말의 노예가 되겠다는
너의 자각이라고나 할까.

먼 훗날
살아서 너의 집으로 돌아갈 수 있더라도
사람으로서 행세할 생각은 말라.

돼지를 배워 살을 찌우고

개를 배워 개처럼 짖어라.

라고 적어놓은 네 수첩을 불태우고

죽을 때 너는 유언이 없어야 한다.

헌데 네겐 죽음조차도 없다는 것은

죽음은 사람에게만 있는 것이기 때문이다.

죽을 수 있는 것은 사람뿐이다.

그 밖의 모든 것, 동물과 식물, 그리고 너처럼

자기가 자기를 팔아먹은, 제값도 모르고 스스로를 팔아먹은,

노예 같지도 않은 노예들은 멸하여 썩어

없어질 뿐이다.……

– 「8월의 사상」, 한길사 판, 1980, pp.277～278.

'노예의 사상'으로 요약되는 이것이 바로 체험자 이병주에 있어 내용 제일주의의 본질이다. 이것은 누가 보아도 맹목적 외침이 아닐 수 없다. "나는 노예다, 지금도 그렇고 장래도 그렇다!"라는 명제 앞에 서면 그 어떤 것도 모색될 수 없다. 자기의지에서가 아니라 강제로, 그러니까 운명적으로 주어진 것이기에 개인으로서는 어떤 선택의 여지도 없기 마련이다. 여기에서 발생하기 쉬운 것이 운명론이다. 개인의 자유의지란 당초 고려할 대상일 수 없는 만큼 어떤 인간적 몸부림도 끼어들 틈이 없거나 설사 있더라도 아주 좁다고 할 것이다. 도식화하면, 이병주에 있어 형식과잉이 내용의 빈약(내용 제일주의)을 가져왔다는 것, 이로써 과잉과 빈약이 나름대로 균형을 이룬 것이 『관부연락선』이라는 것. 『관부연락선』이 학병체험자 이병주의 대표작인 소

이연은 이에서 온다.(후술하겠지만 또 다른 대표작 『지리산』은 『관부연락선』의 균형 감각에 대한 출구에 해당되는 것이다.) 형식과잉이 내용빈약을 보강한 형국이었다면 「불꽃」은 이와는 정히 대조적이다.

3. 선우휘의 「불꽃」이 놓인 자리

「불꽃」이 발표되었을 때 영문과 대학원생이던 평론가 이태주는 「지식인은 유폐되어 있다」(《대학신문》, 1957. 7. 15.)라는 평론을 썼다. 어째서 「불꽃」이 이들 대학생들에게 그토록 충격적이었을까.(대학 2학년인 필자는 이 평론이 실린 대학신문을 손에 쥐고 7월 20일 학보병에 입영하기 위해 서울고등학교 운동장을 거쳐 논산으로 갔다.) 「무녀도」나 「승무」 또는 「목넘이 마을의 개」 따위를 문학이란 이름으로 읽던 문과대학생에 있어 「불꽃」의 출현은 실로 신천지를 대하듯 경이로움이 아닐 수 없었다. A. 말로, 또는 사르트르로 표상되는 행동주의, 또 참여문학의 실물로 우리말로 씌어진 「불꽃」이 거기 있었던 것이다. 이는 분명 하나의 이정표에 다름 아니었다. 여러 가지로 설명할 수 있었겠지만 제일 중요한 것은 이 작품의 내용 쪽이었다. "어스럼 달밤"식의 형식임에도 불구하고 내용이 지닌 우람한 무게가 비판적으로 주어졌기 때문이다. '노예의 사상'이 조선인으로 주어진 운명이라면, 그래서 나는 책임이 없고 역사쪽이 책임을 져야 하는 것이라면, 여기에 정면으로 대결한 것이 「불꽃」이었다. 역사나 운명의 수용이 아니라 거부, 비판의 태도가 그것. 손주 현의 목숨을 구하기 위해 동굴에 숨어 있는 현을 설득하러 나선 80평생 산소와 운명 타령으로 지탱해 온 혹부리 싸전 고노인이 스스로의 삶이 얼마나 터무니없는 미신이었던가를 통렬히 깨치며 부엉이 골짜기에 울려 퍼지는 외침이야말로 바로 「불꽃」의 형식빈약을 압도하는 내용의 우위성에 해당된다. 비판적 내용인 까닭이다.

> "현아! 너는 살아야 한다. 저 대포 소리를 듣거라. 어떻게든지 여길 도망해서."
>
> 순간 고 노인은 등을 꿰뚫는 불덩어리를 느꼈다. 중심을 잃고 풀숲에 쓰러지는 고 노인은 총성의 메아리 속에 현의 절규를 들었다. 그리운 음성.
>
> "할아버지!"
>
> 따락! 불발탄을 끄집어내고 다음 탄환을 밀어재운 현의 소총과 연호의 권총에서 동시에 불이 튀었다.
>
> 순간 현은 왼편 어깨에 뜨거운 쇠갈고리의 관통을 느끼며 연호가 천천히 왼쪽으로 몸을 틀면서 숲속으로 굴러 떨어지는 것을 보았다.
>
> –「불꽃」, p.68.

여태까지 관망만 하고 혼자서 몸을 사려온 지식인 현이 비로소 행동에 나선 것. 그 행동의 중요성은 그동안의 인내와 관망에 역비례하는 것. '살아야겠다!' 이것이 지식인 현의 마지막 도달점이었다. 살았다는 증거를 보이기 위해서 살아야 한다는 것. 그 증거란 대체 어떤 것인가.

> 나머지 한 알의 탄환. 그처럼 내가 살아남는 것이라 하자. 그러면 어떻게 될 것인가. 그것은 누구도 모른다. 먼저 내 자신이 선택할 것이다. 그 다음은, 그것은 더욱 누구도 모른다.
>
> 분명한 한 가지는 외면하거나 도피하지는 않을 것이다. 외면하지 않고 어떻든 정면으로 대하라.
>
> 도피할 수가 없도록 절박된 이 처지. 정면으로 대하도록 기어코 상황은 바싹

내 앞으로 다가온 것이다.

– 「불꽃」, p.69.

인민재판 장면을 방관하다가 저도 모르게 인간에 대한 모욕을 느낀 현이 "살인이다!"라고 외치며 소총을 탈취해 동굴로 도망친 것. 바로 이것이 〈외면하지 않기〉로 요약되는 것.

> 살아서 먼저 청부업자들을 거부하자. 떠들어대지만 인생은 더욱 무의미할 뿐이라는 것을 뼈저리도록 알으켜 주자. 꺼리고 비웃는 데 그치지 말고 정면으로 알몸을 던져 거부하자. 나같은 처지의, 아니 나 이상의 경우의 무수한 인간들 〈……〉
>
> 조용한 인간들의 세계.
>
> 현은 가슴에서 피어오르는 훈훈한 것을 억제치 못했다. 되살아오는 어깨의 아픔. 땅 위에 가득한 이 몇 백 배의 아픔. 이만한 아픔이면 기꺼이 받고 수월히 이겨내야 한다. 그리고 살아서 먼저 가까운 사람들에게 조용히 내가 지내온 얘기를 들려주어야 한다.

– 「불꽃」, pp.69~70.

「불꽃」의 비판적 내용 우위성을 요약하면 (A)외면하지 않기 (B)떠들어대기가 아니라 행동하기 (C)후세에 전하기이다.

경성사범학교를 나와 구성초등학교(1943) 교사에서 출발하여 38선을 넘어와 조선일보 사회부기자(1946)로 근무하다 동기 조병화의 도움으로 다시 인천중학교사(1948)로 갔던 선우휘가 자진 입대하여 육군소위가 된 것은 1949년 4월(27세)이었다. (A)를 지키기 위해서는 우선 (B)라고 보는 것만큼 자연스런 것은 많지 않다. 황도교육현장인 경성사범재학 중 불령선인(不逞鮮人)으로 지목되어 교장실에서 단독 졸업장을 받고 나온 선우휘의 기질적 측면이 (A), (B)로 드러났으며 그것의 이야기화가 (C)인 행동문학으로 나타났던 것이다. 이것이 「불꽃」이 지닌 내용우세의 측면이며 문학사적으로 그것은 형식결여를 능히 복원하고도 남을 만큼 효력을 지닌 것이었다.

이에 비할 때 『관부연락선』의 경우는 노예사상 일변도의 운명론으로 말미암아 내용의 결여(무비판)를 여지없이 가져왔고, 이 내용결여(무비판)를 보장하여 균형감을 가져온 것은 「불꽃」이 감히 다루지 못한 형식우세 쪽이었다.

4. 학병세대란 무엇인가

학병세대를 문제 삼을 경우 저절로 내용우위론에 귀착되기 마련임을 계속 염두에 둘 필요가 있다. 곧 학병세대의 고유한 역사의식으로 말미암아 기대 이상의 내용우위론이 문학 외부에서 주어지기 때문이다.

학병세대란 무엇인가. 이 물음에는 우선 세 가지 층위를 문제 삼을 것이다.

(A)층위. 학병거부자 또는 학병기피자를 들 것이다. 국내외에 재학 중이거나, 1943년 9월 졸업생 중 이공계 및 사범계를 뺀 나머지 조선인 5천여 명 중 당초부터 이를 거부한 부류는, 정확한 통계수치는 나와 있지 않으나 상당수에 이른 것으로 볼 것이다. 그 중 가장 대표적인 인물이 훗날 남부군 부사령관 남도부(본명 하준수)이다. 그의 기록에 따르면, 지리산에서 조직된 보광당은 학병거부자가 중심체였다.(하준수, 「신판 임꺽정-학병거부자의 수기」, 〈신천지〉, 1946, pp.4~6.)

경남 함양의 부호집 출신 하준수가 남도부로 변신했듯 이들의 의식구조는, 강렬한 저항정신으로 무장한 터여서 그 자체가 정치화될 수 있는 가능성으로 충만했다 볼 것이다. 해방공간에서 〈학병〉이란 기관지를 내면서 정치 현장에 직접 투신한 장본인들이기도 하다. 내용우위의 최상급에 놓인 이들에 있어 형식이란 상대적으로 빈약했다고 볼 것인 바, 내용 곧 형식이었던 까닭이다. 체험으로서의 형식우위론이란, 이 역사의 운명 앞에 서는 숨도 제대로 쉴 수 없는 형국을 빚었다. 그들이 현실정치에 뛰어들 때 이 점이 뚜렷했다.

ⓑ층위. 학병에 응한 부류가 이에 속한다. 총 4,385명이 1944년 1월 20일, 서울, 평양, 대구의 부대를 통해 입대했다. 이들은 중국, 버마, 남방, 일본 본토 등에 각각 배속되었고, 탈출한 소수를 제하면 전쟁 종언까지 일군에 복역했다. 기록상으로 정확히 남아 있는 것으로는 『관부연락선』의 한 부분이다.

> 태림 등이 일본 육군 제 60사단 치중대의 영문들 하직한 것은 1945년 9월 1일이었다. 제대 인원의 수는 55명. 그 가운데 20명은 돌아 한시라도 빨리 고국으로 가겠다고 했다. 〈……〉
>
> 유태림 등 35명은 상해로 갈 예정을 세우고 일단 수주성 내의 민가를 빌려 들었다.
>
> – 『관부연락선』, p.116.

이들이 상해로 간 것은 9월 11일이었고, 거기 있는 〈광복군제1일지대상해선견사상부〉에 잠시 머물다 미군정 쪽에서 주선한 선박으로 부산항에 닿은 것은 1946년 3월 3일이었다. 학병에서 귀국한 「불꽃」의 주인공 현의 경우. 고향의 여학교에서 교편을 잡았듯, 『관부연락선』의 유태림도 모교의 교사로 부임, 교육계에 종사하다 6·25를 맞는다. 이러한 층위의 경우에도 그들의 무의식 속에는 내용우위의 환각이 역사라는 이름으로 악몽처럼 출몰하고 있었다고 볼 것이다. 그들의 상당수가 6·25를 맞아 다시 군복을 입었던 사례들이 이를 새삼 증거한다. 교육계에서 신문사로 방향을 바꾸어, 정치소설에 투신한 이병주의 경우도 내용우위론에 시달린 또 다른 유형으로 볼 것이다.

(C)층위. 「불꽃」의 작가 선우휘로 대표되는 1920년 전후에 태어난 세대로, 학병에서 제외된 부류를 가리킴인 것. 사범계인 선우휘는 저절로 학병에서 제외되었지만 「불꽃」에서 보듯 강렬한 학병세대의 감각으로 일관되어 있었다. 식민지 교사양성의 최고기관인 경성사범 재학 중 불령선인으로 간주되어 교장실에서 몰래 졸업장을 얻은 선우휘는 그 여세를 몰아 스스로 학병되기에 나아갔다.(대구사범출신의 박정희, 평양사범출신의 백선엽 등도 그 정신구조상 이와 모종의 연관성이 있을지도 모른다) 해방과 함께 월남한 선우휘가 교사직과 신문기자직을 버릴 만큼 학병세대 감각은 생생히 살아 있었다. 이런 표현 없이는 어째서 선우휘가 6·25가 나기도 전인 1949년 4월, 육군 소위로 군에 입대한 사실을 설명할 방도가 없다.

이상의 세 층위에서 볼 때 내용우위론의 강도는 (A)층 → (B)층 → (C)층의 순서로 볼 것이다.

학병세대의 이러한 내용우위론이 『관부연락선』과 「불꽃」을 낳았다고 할 때 그것이 한근대문학사의 시선에서 본다면 어떠할까. 다음과 같은 주장 속에는, 한국근대문학사를 향한 강력한 비판의 목소리를 읽어낼 수 있다.

> 해방 후 이 땅의 문학은 반드시 청산문학의 단계를 겪어야 했다. 자할할 정도로 반성하고 자조할 정도로 자각해야 했고, 일제에의 예속을 문학자 개인의 책

임으로서 해부하고 분석해서 그러한 청산이 이루어진 끝에 새로운 문학이 시작되어야 했었다고 생각한다. 그러한 겨를도 없이 문학자들은 대립 항쟁하기 시작했고 저마다의 주장만 앞세우고 나섰다. 다시 말하면 우리가 해방을 맞이했을 때 '과연 우리에게 해방의 기쁨에 감격할 수 있는 자격이 있느냐'고 물어보기도 전에 감격해버린 것이다. 이건 결코 문학자의 태도가 아니었다. 그렇기 때문에 아직껏 이 나라의 문학은 이 나라의 정신을 주도하는 자리를 차지하지 못하고 있는 것이다. 만시의 탄은 있지만 나는 이 작품에서 일제의 시대부터 6·25 동란까지의 사이, 시대와 더불어 동요한 하나의 지식인을 그림으로써 한국의 근대를 그 의미를 알아보고자 한다. '관부연락선'은 그런 뜻에서 역사적으로도 상징적으로도 빼놓을 수 없는 교통수단이며 무대다.

– 『관부연락선』, 〈월간중앙〉, 1968.4, 작가의 말 중에서

요컨대 문학사적 공백을 지적한 점이다. 그동안의 한국근대문학사란, 이광수, 김동리 등의 민족주의자들과 한설야, 임화 등 카프계의 대립으로 구성되었고, 해방공간에서도 이 구도는 그대로 반복 증폭되었음이 현실이었다. 이러한 문학편의 실상이 제일 크게 간과한 것이 바로 일제시대의 과제를 건너뛴 것이다. 이병주는 주장했다. 학병세대의 기막힌 역사체험을 몰각하고도 한국문학사가 성립될 수 있겠는가. 이 공백기를 매우기 위해 쓰여진 것이 『관부연락선』이라 했을 때 이에 화답한 것이 「불꽃」이었다. 따라서 이 둘은, 내용우위론에서는 낙차가 있지만 체질상 몸이 함께 붙은 삼쌍생아에 비유될 수 있다.

5. 선우휘의 「외면」과 비판적 내용우위론

『관부연락선』의 내용우위론은 작가 이병주의 개인적 체험의 총량에 비례하는 것이기에 형식을 가다듬을 여유도, 필요도 없었다. 형식은 내용에 뒤따라 나오는 것이었다. 다만 예외적인 것이 있다면 6·25를 맞아 유태림을 찾아 지리산으로 들어가는 애인 서경애의 존재 정도이다. 이병주는 자기 소설에 등장하는 여주인공들에는 모델이 없는 한갓 허구적 인물이지만 오직 예외에 해당되는 것이 『관부연락선』에 나오는 서경애라 했다.(「문학을 위한 변명」, 바이북스, p.201) 서경애만은 스스로를 갖출 수 있는 형식이 가능했을 터이지만, 작가는 아무래도 그렇게 하기엔 유태림의 무게가 너무 버거웠을 터이다. 애인으로도 지식인으로 존경할 만한 서경애를 행방불명으로 처리했음이 이 점을 상기시킨다.

내용우위론의 편에 서면서도 (C)층위에 속하는 「불꽃」에서의 형식조건의 위상은 어떠할까. 한 번 더 검토하기로 한다.

> 분명한 한 가지는 외면하거나 도피하지는 않을 것이다. 외면하지 않고 어떻든 정면으로 대하자.
>
> – 「불꽃」, p.69.

이것이 주인공 현이 최후에 도달한 절체절명의 명제였다. 그렇다면 이 비판적 내용우위론의 사상을 뒷받침하고 감쌀 수 있는 형식은 어떠해야 했을까. 이 물음의 의의는 간접화에서 찾아질 수 있다. 곧 체험에서 한발 물러선 자의, 체험에 관여할 수 없는, 한 단계 멀어진, 요컨대 체험과 일정한 거리를 가진 시선이 요망된다.

지식인에 있어 '외면하거나 도피할 수 없는 장면'이란 언제나 일정한 거리재기에서 비로소 그 소임을 다할 수 있을 뿐이다. 이를 내용의 간접화라 부를 것이다. 자의식을 동반한 비판적 시선이 이에 해당된다.

「불꽃」(300매)으로 등장한 선우휘 〈실상 그는 6·25의 체험기록물집 「귀환」(청구출판사, 1954)을 낸 바 있고, 월남한 이북청년의 삶을 다룬 단편 「테러리스트」(《사상계》, 1956.12)를 썼다〉의 두 번째 역작은 350매 짜리의 「외면」(《문학사상》, 1976. 7)이다. 이 작품에서 그가 얼마나 공들인 것인가를 이렇게 서두에 깃발처럼 걸어놓았다.

> 금년 55세. 이 나이에 내가 문학의 가치가 무엇인지를 분명히 알게 되었다면 사람들은 웃을 것인가? 내가 문학의 가치라고 하는 것은 상대적 가치가 아니라 절대적(絶對的)인 가치를 말한다. 그러니까 문학이 아니면 안 되는 것, 문학만이 할 수 있는 것. 정치로도 경제로도 언론으로도 종교로도 안 되는 것. 정치도 경제도 언론도 종교도 할 수 없는 것. 그것이 무엇인가를 나는 알게 되었다는 것이다. 그리고 그러기에 문학이 인간이 하는 가장 가치 있는 일임을 터득했다는 말이다. 더욱 그것이 나에게 있어서 귀한 것은 동서(東西)의 어느 문학의 의견을 받아들여서가 아니라 오랜 회의 끝에 내 나름으로 파악한 것이기 때문이다. 그래서 이제부터 나는 기쁨과 보람을 가지고 소설(小說)을 쓸 생각이다. 그러니까 이 작품(作品)은 그렇게 느끼고 신념을 가지고 나서의 첫 작품이 되는 셈이다.
>
> –「외면」, p.379.

55세에 이른 예비역 육군대령이고 조선일보 편집국장을 지낸 「불꽃」의 작가가, 이제야 문학의 '절대성'을 깨쳤다는 이 선언은 놀랄 만한 일이 아닐 수 없다. 더욱 놀랄 일은, 동서의 어느 문학의 의견을 받아들인 것이 아니라 오랜 회의 끝에 스스로 도달한 경지라는 것, 그 첫 번째 작품이 「외면」이고 보면 이 작품이야말로 선우휘 문학의 새로운 출발점이 아닐 수 없다. 먼저 이 작품의 제목 「외면(外面)」에 주목할 것이다. 밖으로 나타난 겉면을 가리킴이자 동시에 마주치거나 상대한 사람과 서로 마주 보기를 꺼려 얼굴을 다른 쪽으로 돌리는 일을 가리킴이거니와, 전자에 주목할 땐 「불꽃」 이래의 선우휘식 행동주의의 표상이어서 내면묘사 또는 심리소설류와는 선을 긋는 것이라면 후자는 그것에 대한 좀 더 세련된 형식부여를 겨냥한 것으로 볼 것이다. 「불꽃」만 하더라도, 그것이 이병주식 내용우세 일변도에 비해 훨씬 부드럽고 또 형식우세론에 기울어졌지만 그럼에도 비교적으로 말해 내용우세론에 속했지만, 「외면」에 와서는, 내용우세론이 한층 유연해졌다고 볼 것이다. 내면묘사까지도 엿볼 만큼 작품 〈내면〉의 형식우위론의 지평을 열어 놓았음에서 온 현상으로 이 사정이 설명된다.

"몬텐루파 -일본군전범수용소가 있는 이곳에도 어디서나처럼 하루 종일 내려 쪼이던 햇빛이 어느새 자취를 감추는가 하더니 노을로 곱게 물들인 서녘 하늘만 남겨놓았다" 라고 시작되는 「외면」은, 태평양전쟁 직후 미군포로 학대 죄목으로 처형을 앞두고 있는 포로 감시원인 조선인 · 하야시(임재수)가 처형에 이른 과정을 다룬 작품이다.(필리핀 몬텐루바는 일본인의 뇌리에 깊이 새겨진 곳이다. 복역 중 사형수 56명, 무기형수 31명, 유기형 27명 전원을 키리노 대통령이 사면, 귀국시킨 것은 1952년 7월이었다. 田中宏巳, 「BC급 전범」, 치쿠마신서, 2002, p.209) 작가는 서두에서 바위돌보다 무거운, 개인으로서는 어쩔 수 없는 역사라는 내용우위론의 무한대를 내걸었다.

태평양전쟁이 끝난 뒤 필리핀에서는 전쟁을 도발한 일본군에게 책임을 묻는 이른바 전범재판에 의하여 필리핀 방면 일본국 최고사령관인 야마시다 대장 이

하의 숱한 일본군 장병이 처형되었다. 그때 필리핀의 미군 포로수용소장을 지낸 바 있는 홍사익(洪思翊) 중장도 미군포로에 대한 학대의 전 책임을 걸머지고 처형대의 이슬로 사라졌는데 그와 함께 직접적인 하수인으로 처형된 우리의 동족인 '조센징'(朝鮮人) 전범은 열여덟 명이나 된다.

어두워가는 수용소의 외진 한구석에서 혼자 끙끙 앓고 있는 이 사나이도 그 중 한 명이었다. 그의 본성은 임(林). 그래서 일본 발음으로는 '하야시'. 금년 스물네 살.

-「외면」, p.381.

위의 기록은 소설문학이 아니라 역사적 사실의 기록이어서 역사의 무게가 한없이 크고 무겁다. 선우휘 식으로 하면, 이래도 좋고 저래도 해석할 수 있는 물건이 아니라 '절대적인 것'이 아닐 수 없는 사안이다.

도쿄재판을 논의할 때 대전제로 놓인 것이 전범의 분류체계이다. (1) A급 전범은 국가를 전쟁에로 이끌어간 정부 및 군부지도자들이며 (2) BC급 전범은 전투 중에 포로나 현지 주민을 학대한 장병이 이에 해당된다. 이 BC급 전범 중 장교급이 B급에, 하사관 이하가 C급에 해당되었으나, 실제로는 아무런 의미가 없었다. A급 전범의 재판이 저널리즘의 초점이었음에 비해 BC급 전범의 재판은 거의 관심의 대상이 되지 못했다. A급 전범 기소 수는 28명인데 BC급 전범의 기소자는 5,644명이었다. 그 중 A급 전범의 사형판결은 7명, BC급 사형판결은 무려 934명이었다. 이 중 조선인은 18명이었다.(田中宏巳, 「BC급 전범」, 치쿠마신서, 2002, pp.14~16) 이 중 조선인으로 최고지위에 오른 홍사익 중장은 당연히 전범(B)에 해당되었다. 일군 육사 26기 출신인 홍사익은, 조선인이었던 이유로 사단장을 역임한 바 없었고, 끝내 필리핀 소재 포로수용소장으로 1946년 9월 26일 처형된 바 있다.(山本七平, 『홍사익중장의 처형』, 문예춘추사, 1997) 이와 꼭 같은 이유로 포로 감시원으로 조선인 출신의 군인들이 많이 기용되었음도 사실이었다. 태국과 미얀마(버마) 국경지대에 있는 콰이강의 철교 건설을 다룬 프랑스 작가 피에르 불르의 소설 「콰이강 다리」(Le Pont de la rivière Kwai, 1952. 린 감독의 영화는 1957년 제작) 속에는 이런 대목이 들어 있다. 포로학대의 병사가 바로 〈고릴라처럼 생긴 조선인〉 또는 〈잿나비처럼 생긴 조선인〉(le Corèen face de singe)라는 점이 크게 강조되어 있을 정도다.(오정자 역) 말레이시아에서 8년간 토목공사 기사로 일했던 피에르 불르(Pierre Boulle)인만큼 그 자신의 체험에 의거한 것으로 볼 것이다. 일본군은 가장 저주스런 임무를 조선인 출신 병사, 이른바 조센징에게 부여했음이 사실로 드러났다. 전범(B)로 처형된 조센징 조문상(趙文相)의 유서 속엔 이런 구절이 포함될 정도였다. "설사 넋이라도 이 세상 어딘가에 떠돌 것이다. 그것이 안 되면 누군가의 기억 속에서 남을 것이다"(高橋徹哉, 『전후책임론』, 고단샤, 2005, p.84)라고. 일본군의 상부 지시에 따라 행동한 결과, 포로학대의 덤터기와 오물을 뒤집어 쓴 채 처형당한 조선인들이야말로 저승에도 갈 수 없는 원혼으로 떠돌 수밖에 없다.

홍사익 중장을 위시 하야시를 포함한 18명의 이 원한은 어떤 정치적 외교적 또 저널리즘이나 종교로도 설명할 수 없는 '그 무엇'이 아닐 수 없다. 만일 이에 대한 모종의 대안이 있을 수 있다면, 오직 '문학'이 아닐 수 없다. 이때 그 문학은 '절대적인 가치'를 부여받는다. 이것이 55세의 선우휘가 「불꽃」을 쓴 지 19년 만에 이른 도달점이었다.

조센징 임재수는 무엇인가. 1921년 평북 구성 시골의 자작 겸 소작인 집안의 셋째로 태어났다. 보통학교만 나온, 힘깨나 쓰는 청년 씨름꾼인 그가 출세할 수 있는 길은 순사되기였으나 시험을 쳐야 하는 어려운 공부를 감당할 수 없어 포기했을 때 뜻밖의 길이 열렸다. 조선인 지원병 제도의 길이 그것이었고, 당연히도 임재수는 '천황폐하 만세'를 외치며 만주벌판으로, 필리핀으로 파견되었고, 마침내 총검술이 강하다는 명목하에 미군 포로수용소 감시원으로 발탁되었다. 병장인 그는 직속상관인 모리(森)군조의 하수인 노릇을 제일 잘 해냈다. 학대받은 미군의 증언은 실로 적을 수 없을 만큼 잔인한 것이었다.

> 그는 나더러 개처럼 마룻바닥을 기도록 일렀오. 그것을 내가 거절하자 그는 자기 다리를 나의 다리에 걸어 밀어 쓰러뜨리고는 몽둥이로 수없이 어깨와 허리와 허벅다리를 후려쳤소. 그리고 개처럼 세 바퀴 방안을 돌게 하더니 개처럼 짖으라는, 시늉으로 자기 자신이 왕왕왕왕 하고 기묘한 소리를 내보이더군. 그래서 내가 왕왕왕 하고 개소리를 내자 그는 크게 한번 너털웃음을 웃고는 방안 한 구석에 둘러 앉아 있는 동료들을 쳐다보면서 또 한번 회심의 웃음을 지었지요. 〈……〉
>
> 그는 나의 밥그릇에 탁 침을 뱉더니 먹기를 강요했습니다. 〈……〉
>
> 한마디로 그는 악마의 상징이었지요. 누구나 그를 보기만 해도 육체적 고통을 느꼈으니까요
>
> – 「외면」, p.396.

임재수를 심문하고 기소하기 위해 파견된 인물 우드 중위의 증인조서에는, 한결같이 그가 '악마의 상징'으로 되어 있었다. 여기에서 주목되는 것은 우드 중위의 위치이다. 그는 법률을 전공, 장차 변호사가 될 인텔리였고 더구나 기독교인이었다. 유독 임재수만이 가장 악독한 짓을 한 이유를 밝히고 있었다. 환경 탓인가, 인간성의 악마성 탓인가가 그것. 증인심문에 임할 수밖에 없었다. 정작 임재수의 상관인 모리군조를 소환했다. 그는, 아주 약삭빠르게, 임재수의 악마적 행위를 말리곤 했다고 증언함으로써 자기의 결백

함과 임재수의 악마스러움을 증거코자 했다. 우드 중위가 마침내 임재수를 만났다. 모든 행위가 모리군조의 사주에 의했다고 진술하지 않겠는가. 대질을 시킬 수밖에. 순간, 임재수는 모리군조를 급습하지 않겠는가.

> 이 놈의 자식, 네가 시켰잖아? 응. 그래 이제 와서 안 시켰다고? 이 거짓말쟁이! 너 전에 뭐라 했지! 다 같이 옥쇄(玉碎)하자고 했지? 그런데 이제사 너만 살아보겠다고? 이 비겁한 자식 같으니, 자! 여기서 너 죽고 나 죽자!
>
> －「외면」, p.388.

이 순간 모리군조는 통역관으로 차출된 학도병 출신의 인텔리 장교 이쯔끼(五木) 소위를 흘깃 쳐다보는 것이었다. "소위님! 그 말을 분명히 전해주십시오. 제발 부탁입니다"라고. 곧, 자기가 임재수의 악행을 저지하고자 노력했다고.

여기에 등장한 포로신분으로 통역에 임한 이쯔끼 소위에 주목할 것이다. 우드 중위가 인텔리이듯 이쯔끼 소위 역시 최고의 인텔리층에 속하는데, 바위채보다 무거운 역사의 무게를 짊어진 작품 「외면」의 내용우위론의 극한점을 형식우위론으로 보강하는 두 번째 인물인 까닭이다. 두 인텔리의 한가운데다 작가는 바위덩이보다 무거운 내용 우위론을 얹어주었다.

> 모리의 대답이 너무도 서슴없는데 불만을 남긴 채 거기서 우드 중위는 모리에 대한 심문을 일단 끝내려고 만년필을 내려놓았는데, 모리가 통명스럽게 한마디 더 덧붙였다.
>
> "그는 조센징이니까요."
>
> 그 한마디에 미쳐 그 뜻을 알아차리지 못한 우드 중위가 언뜻 고개를 들어 모

리를 보고, 다음으로 이쯔끼를 쳐다보았다. 이쯔끼의 얼굴 표정에 순간적으로 야릇한 명화의 빛이 스쳐가는 것을 우드 중위는 놓치지 않았다. 그래서 우드 중위는 재빨리 이쯔끼에게 물었다.

"방금 그는 뭐라고 했소?"

이쯔끼가 잠깐 뜸을 드린 뒤 대답했다.

"하야시(임재수)는 조센징이라고요."

"조센징?"

"일본인이 아니란 말입니다."

"일본인이 아니라고? 하야시가?"

"그렇소."

〈……〉

"그럼 그가 일본인이 아니라면 도대체 뭐란 말이오? 말이란 말이오, 소란 말이오? 아니면 개구란 말이오?"

이쯔끼는 황급히 대답했다.

"코리언! 그렇소. 그는 코리언이오."

"코리언?"

우드 중위는 말꼬리를 치켜올렸다.

-「외면」, p.387.

임재수의 마지막 외침이 조선어라는 것, 그것은 이쯔끼 소위도 통역불가능인 것. 이쯔끼 소위는 거짓말을 하고 있었다. 임재수의 외침은 일어였던 것이다. 작가는 여기서 두 인텔리를 내세워 통역불가능의 상황 앞에서 절망할 수밖에 없었다. 우드 중위가 할 수 있는 것이라고는 「톰 소여의 모험」에 나오는 악당 인디언 죠를 떠올리고 유년기에 회귀하는 꿈꾸기였다. 이것이 이른바 문학적 형식우위의 한 가지 방도였다. 이에 비할 때 이쯔끼 소위의 충격은 어떠했을까. 어째서 그는 임재수가 외친 일어를 조선어(토어)라고 거짓말을 했을까. 그 이유에 대해 지식인 이쯔끼 소위는 최소한 정직해야 했다. 바로 형식우위의 장면.

이쯔끼 소위가 거짓말을 한 것은 임재수의 다음 말에서 왔다.

> "이 자식아, 네가 배워준 그대로 한 짓이야. 네가 소총의 개머리판으로 때리면서 똥 묻은 구둣바닥을 핥으라고 하면서 그렇게 안하면 죽여 버린다고 위협을 주면서 가르쳐준 그대로 한 거란 말이다. 안 그러냐? 그렇다고 하란 말이야! 〈……〉
>
> 소위님 장교들은 일시동인(一視同仁)이니, 같은 폐하의 적자니 하셨지요. 〈……〉
>
> 공부 많이 해서 세상이치를 잘 아실 소위님, 역시 일본인은 일본인이고 조센징은 조센징이란 말이지요? 그밖에는 다 치례뿐의 거짓말이었지요? 좋아요, 죽죠, 내가 죽죠. 당신네들은 사세요. 이것 참 재미있군요. 그렇게 깨끗이 죽겠다던 당신들이 산다고 발버둥을 치니."
>
> –「외면」, p.390.

임재수는 이미 이때 모리의 멱살을 놓고 있었다. 그 손목이 내면상 이쯔끼로 향하고 있음을 이쯔끼는 직감했다. 어떻게 할 것인가. 이 장면에서 작가는 민첩했다. 이것저것 논리적으로 따지기에 이쯔끼 소위는 지쳐 있었다는 것. 인간의 한계가 그것이다. 문학이 관여하는 절대적 영역이 아닐 수 없다. 형식우위론으로 내세운 우드 중위와 이쯔끼 소위는 그 나름의 몫을 수행했지만, 이들의 몫은 보다시피 그 한계가 분명히 드러나고 말았다. 작가는 이 장면에 와서 제삼의 인물을 내세울 수밖에 없었는데 그런 군목의 등장이 그것이다.

먼저 말해두지만 문학절대주의자인 선우휘로서는 그런 군목의 등장으로 이 사태를 종교적으로 해결될 수 없음은 너무도 자명한데도 종교를 끌어들인 이유란, 형식우위론의 보강을 위한 최종수단으로 본 까닭이다. 그런 군목의 해결책은 물론 없었다. 그럼에도 그의 태도는, 우드 중위도 이쯔끼 소위도 감당할 수 없는 경지였다.

> 이 전쟁을 마무리짓는 그 페스티발에 유독 그(임재수)가 제물의 챔피언이 돼야 하다니, 나로서는 이해할 수 없네. 많은 일본인을 제쳐놓고……
>
> –「외면」, p.417.

이것이 고민하는 우드 중위에게 들려준 그런 군목의 마지막 말이었다.

문학절대주의자인 선우휘에 있어 「외면」이란 하나의 선언서와 흡사하다. 그것은 제일 무거운 내용우위론을 대상으로 한 치열하고도 지속적인 싸움으로 규정될 터이다. 이 싸움에 이길 수 있는 길은 적어도 문학의 이름으로 한다면 가능한 최대의 형식우위론이 아닐 수 없다. 우드 중위, 이쯔끼 소위 그리고 그런 군목이 그 몫을 받음으로써 작품 「외면」은 「불꽃」의 형식결여론을 넘어섰다고 볼 것이다.

6. 이병주의 '허망한 정열'론

내용우위론의 신봉자이며 그것 때문에 일직선으로 달릴 수밖에 없었던 학병체험자 이병주의 마지막 도달점은 어디였을까. 또 그 양상은 어떻게 전개되었으며 그로써 이병주는 어떻게 체험절대주의의 멍에를 벗고 자유인이 될 수 있었을까. 이 물음에 응답해 오는 것이 그의 대표작 『지리산』(〈세대〉, 1972. 9~1978. 8)이다.

이른바 7·4공동성명의 발표에 힘입어 발표된 『지리산』은 반공(反共)을 국시(國是)로 한 이 땅에서 '회색의 사상'을 주제로 한 6·25이후의 최초의 글쓰기로 규정된다. 작가는 다만 그 부제를 이렇게 시종일관했다. "智異山이라고 쓰고 지리산으로 읽는다" 라고. '智異山'도 산이지만 '지리산'도 산이기는 마찬가지이다. 그러나 전자는 이데올로기로 된 표현인지 모른다면 후자는 어떠해야 할까. 이 물음에 응해오는 것이 바로 '山川'이 아닐 것인가. 왜냐면 대하소설 『지리산』엔 민중이 단 한 사람도 등장하지 않는 소설, 그러니까 지식인 일변도의 소설인 까닭이다. 그것도 바위만한 역사의 무게를 스스로 짊어졌다고 믿는 인물들의 행동과 삶에 다름 아닌 까닭이다. 이것이야말로 학병체험파의 내용절대주의사상의 좌표축이 아닐 수 없다.

단 한사람의 민중도 등장하지 않음, 그 잘난 지식인만이 우글거리는 지리산을 이병주가 『지리산』에서 쓰고 있음이란 새삼 무엇인가. 일목요연한 해답이 주어진다. 학병체험자 및 학병세대에 있어 보이는 것은 오직 역사라는 거울에 비친 자기 자신의 모습, 이른바 자의식뿐이었던 까닭이다. 지식인 특유의 이 자의식은 '유별난 자의식'이라 할 만한데, 내면을 향한 것이 아니라 외부 곧 역사 쪽을 향해 열려 있음을 특징으로 하고 있었다. 자기 외에는 어떤 것도 안중에도 없는 세대, 이것이 학병세대가 놓은 좌표축이다. 자기만이 제일 공부를 많이 했고, 잘났고, 엘리트라는 자학증세야말로 '노예사상'의 근원이 아닐 수 없다. 적어도 학병체험이 어째서 노예사상의 수용에 해당되는가를 스스로 알 수 있는 힘이 있었음과 결코 무관하지 않다. 적어도 이들에겐, '회색의 사상'이 무엇을 가리킴인지 대학교양차원에서 알고 있었다. 이병주의 경우 재학 당시의 시대적 유행사상은, 한동안 풍미했던 마르크스 사상이 퇴색하고, 이른바 '인민전선'의 사상이었다. 군부 쪽 독재주의와 왕당파인 공화주의자(민주주의)의 스페인 내전을 전 세계가 주목하던 1930년대 중반 이후에 대학교육을 받은 학병세대에겐, 인민전선의 사상이 '회색의 사상'임을 알아차리고도 남았던 것이다. 이병주의 『지리산』이 7·4공동성명이 발표됨을 계기 삼았음을 앞에서 지적한 바이거니와, 7·4공동선언 속에 들어 있는 가능한 중심사상이 바로 '회색의 사상'임을 감지한 곳에 이병주의 민감성이 빛났다. 이 점에서 이병주는 학병세대의 제일 날쌘 사상적 앞잡이가 아닐 수 없었던 까닭이다.

『지리산』을 한자 智異山으로 볼 때 그것은 남부군에 비유될 수 있다. 두목 이현상을 중심으로 구성된 이 무리 속에는, 학병세대 거부자인 하준수(남도부), 우유부단한 지식인 이규, 그리고 철저한 토종 사회주의자 박태영 등을 중심으로 열정, 신념, 그리고 방황을 다루었다. 굳이 비유컨대, 한자 '智異山'에 속하거나 그쪽으로 이끌려간 인물이 하준수라면 순수한 우리말 '지리산'에 분류되는 인물이 바로 박태영이다. 지리산 자락의 가난한 집(하급관리)에서 태어나 고학으로 지식인 반열에 들고, 사회개조를 위해 온갖 열정을 쏟아 부운 박태영은 끝내 공산당이 될 수 없었다. 당원되기를 거부했던 까닭이다. 어째서 그는 당원되기를 거부했을까. 바로 여기에 천금의 무게가 걸려 있다. 당원이란 역사권 내의 보편적 법칙이자 힘의 근거이고, 그 바퀴가 역사를 이끌어가지만 박태영은 이 사실을 꿰뚫어보면서도 이를 거부할 수밖에 없었는데, 그것에 못지않은 것이 따로 있다고 믿었던 것이다. 그러니까 어느 한쪽만이 절대적일 수 없다는 것, 박태영은 이 점에서 진정한 '회색의 사상가'라 할 수 있다. 당에 앞서 박태영은 하준수보다 '지리산의 흙과 물'로 빚어진 인물이었다. 이 사실은 중요한데, 하준수는 결국 당으로 향해 나아갔고, 결과는 남부군 부사령관 남도부로서의 죽음에 닿았다. 비당원이면서도 유토피아를 꿈꾸었던 박태영은 지리산 속 울려 퍼지는 뻐꾸기 소리에 귀의할 수밖에 없었다. 박경리의 『토지』의 참주제인 '산천의 사상'과 『지리산』의 참주제인 '회색의 사상'이 마주치는 곳이 바로 여기에서 온다.(졸저, 『이병주와 지리산』, 국학자료원, 2010) 그렇다면 이병주의 『지리산』에서 그 많은 지식인들이 이념을 위해 목숨을 걸고 싸웠던 사안들이란 대체 무엇인가를 묻지 않을 수 없다. 작가 이병주의 답변은 다음 한마디로 요약되다. "허망한 정열이다!"가 그것. 등장인물인 김경주가 '허망한 정열'이라 외치는 장면이야말로 박태영이 가슴에 새긴 고정관념이었다고 작가는 적었다. 이데올로기를 위해 죽고 사는 일이란 정열임엔 틀림없으나, 그것은 '허망'한 것이 아닐 수 없다는 것.

이 대목이 소중한 것은, 학병체험자 이병주의 무의식속에 드러난 자기비판이랄까 자기한계에 대한 인식이 아닐 수 없다. 말을 바꾸면, 내용우위론의 외침이란 따지고 보면 일종의 허세, 자기기만의 일종이라는 사실을 『지리산』을 통해 모르는 사이에 노출시킨 형국이었다. 여기서부터 맹목적인 내용우위론은 그 한계점에 닿아 두 가지 가능성을 열어놓게 되는 바, 하나는 형식우위론의 도입이다. 「마술사」, 「쥘부채」, 그리고 「저녁」 등의 밀도있는 단편군이 그러한 사례이다. 다른 하나는, 이 점이 또한 중요한데, 그렇다고 해서 '허망한 정열'에 삶을 탕진한 학병세대의 어리석음이나 억울함이 결코 이 나라 역사 속에서는 무의미하지 않을 뿐 아니라 커다란 자기 자리를 차지한다는 사실의 자각이다.

7. 학병세대 감각의 두 좌표

'허망한 정열'로써 내용맹목론자 이병주는 글쓰기의 자기 균형을 어느 수준에서 확보할 수 있었다고 위에서 살폈거니와, 다시 말해 내용맹목론이 결국 '허망한 정열'에 함몰되고 말았다는 자각증세로 말미암아, 내용맹목론의 강도가 현저히 순화되어 형식우위론 쪽으로 열려진 형국을 빚었다. 여기까지 이른 이병주에겐 두 가지 선택의 길에 직면했다고 볼 것이다. '허망한 정열'에 상응하는 형식개발이 그 하나. 「칠부채」, 「겨울밤」, 「그 테러리스트를 위한 만사」 등에서 이 점이 어느 수준에서 시도되었다. 다른 하나는, 「그 해의 5월」(1982)에로 치달았음이다. 군부유신세력에 대한 해부와 비판을 광범위하게 다룬 이 소설에서 이병주는 학병체험자의 본색 곧 내용맹목우위론에로 돌파해 나갔다. 그로서는 내면 깊이 이 체험자로서의 노예사상과 그것에의 탈출의지를 역사를 향해 외치고 있었다고 볼 것이다. 그러나 이러한 역사에의 변명이란, 군부독재가 하늘을 가린 시대 속에서는 효력을 발휘할 수 없었다. 군부의 권력층을 분석 비판할 수 있었다는 이병주의 강점은 실상 그 자신도 그들과 동류임을 시인하는 사안인 까닭이다. 이는 감춘다고 해서 또 그들의 비위를 거슬러 옥살이를 한다고 해서 해소될 수 있는 성질의 것이 아니었다. 동류에 대한 비판이란 그것이 아무리 날카롭다 하더라도 그 칼날이 자기 자신에로 되돌아오는 것이기에 이러한 쪽으로 향한 글쓰기를 아무리 '허망한 정열'로써 비판해도 부메랑처럼 되지 않을 수 없었다고 볼 것이다.

학병체험자 이병주가 이러한 엉거주춤한 좌표를 설정하고, 후진할 수도 전진할 수도 없는 골짜기에 빠졌다면, 정작 형식빈약론의 처지에서 출발한 선우휘의 경우는 사정이 크게 달랐다. 「외면」을 계기로 해서 선우휘는 점점 내용우위론으로 치달았고, 이를 자각적으로 '문학절대적 가치론'에 도달했다. 출발점 「불꽃」에서의 내용열세 형식우위론의 처지에 섰던 선우휘의 「외면」은 역사, 민족 등의 강렬한 이데올로기 등 내용절대성으로 무장한 것이었다. 물론 「외면」에도 형식우위론의 고려가 없지는 않지만(이쯔끼 소위, 우드 중위, 그린 목사 등) 이 모든 조치란, "나는 조센징이다!" 앞에서는 숨도 제대로 쉴 수 없는 것이었다. '나는 조센징이다!'란 '절대적인 가치'에 다름 아닌 까닭이다. 이러한 '문학절대적 가치'를 가능케 한 것이 선우휘에 있어서는 바로 6·25에서 왔다. '나는 조센징이다!'의 연장선상에 '나는 6·25다!'가 이어졌다. 이병주에겐 없는 6·25가 선우휘를 구출한 형국이었다. 체험자 이병주에 있어 6·25란 아무리 굉장해도 학병체험에 미칠 수 없었다. 세대감각의 절대성이란 이를 가리킴이 아닐 수 없다. 이에 비해 같은 학병세대이지만 미체험층에 속하는 선우휘는 크게 달랐다. 그에겐 6·25가 바로 체험이되 절대적 체험이었다. 6·25가 나기 일 년 이 개월 전에 입대, 소위로 임관된 사실이 이와 결코 무관하지 않다. 그는 6·25에 참전, 500여 명의 전우를 면담하고 「귀환」(1954)을 썼다. "이것은 예수 그리스도 탄생 후 1950년째 되는 해 가을부터 1953년 가을에 이르는 동안 이 지상 한구석에 일어난 일" 이라고 부제를 단 이 책에서 선우휘는 이렇게 썼다.

> 나는 문장 가운데 주관적 해석이 삽입될 것을 가장 두려워했다. 사실을 그대로 그려서 해석은 읽는 이의 자유에 맡기고 싶었다. 따라서 나는 하나의 필기자에 지나지 않는다.
>
> – 「귀환」, 청구출판사, p.7.

라고. 여기에서 한발 나선 것이 「불꽃」이었다. 기록자에서 해석자로의 변신이었고, 또 행동자로서의 출발이었다. 그렇기는 하나 여전히 그에겐 기록자로서의 머뭇거림이 잠재해 있었다. 그러나 「외면」을 고비로 해서 그는 절대주의자로 전면에 나섰다. 그 '전면'이 바로 한국문단이었다.

『관부연락선』을 쓰는 마당에 이병주가 한국문학사에다 대고 크게 항의한 바 있었음을 다시 한 번 상기할 것이다. 이광수, 김동리 등의 민족주의 문학계와 카프문학계의 재탕 속에 놓인 해방공간에서 정작 학병세대의 글쓰기란 비어 있었다. 학병세대의 글쓰기를 건너뛰고도 한국문학이 성립될 수 있을 것인가. 이병주의 이러한 항의가 이번엔 선우휘에 의해 직접적으로 이어졌다. 다름이 있다면 이병주가 지적한 역사 건너뛰기가 이광수, 김동리 계 및 카프계에 의해 이루어진 것이 되면, 선우휘의 그것은 바로 4·19세대 곧, 〈창작과 비평〉계와 〈문학과 지성〉계에로 향했다는 점에서 왔다.

> 나는 젊은 세대에게 별로 물려준 것이 없는 기성세대가 젊은 그들에게 할 수 있는 일이 있다면 그것은 '노'라고 해야 할 때에 명백히 '노'라고 대답해 주는 일뿐이라고 생각한다./ 그러나 내가 보기에 우리의 기성세대는 좀처럼 '노'를 못한다./ 잠자코 있는 것이 상, 우물쭈물 하는 것이 중, 하지하는 젊은 세대에게 병합하는 것이다./ 내가 하지하(下之下)의 경우를 가장 많이 목격한 것은 4·19 직후이다./ 해방 직후에도 그런 현상이 있었지만 4·19 후 같지는 않았다고 생각한다. 상식 이상의 학식이 있고 사회적 지위도 웬만한 어느 지식인이 20전후의 학생들의 방문을 받고, 그의 평소의 의견과는 다른 학생들의 주장에 질질 끌려간 나머지 전적 공명을 표시한 것을 보고 나는 일경을 불금했다.
>
> – 선우휘, 「현실과 지식인 –증언적 지식인 비판」, 〈아세아〉, 1969.2, p.79.

4·19세대의 형성과 그들의 진취적 역사전개가 이 나라의 지성계에 큰 충격을 던졌고, 문학 쪽에서든 이른바 화려한 60년대 문학을 이룩했음은 지울 수 없는 사실이다. 순종 한글세대인 이른바 4·19세대는, 그들의 순수의식을 지나치게 강조한 나머지 제로상태에서 출발했다고 자부하고, 문학도 그들이 새로 개척했다는 화전민세대라고도 불리는 50년대의 전후세대조차 안중에 두지 않았다.

> 허위의 타파를 외치다 자기에 대한 정당한 인식을 못하고 마침내 허세의 포즈로 떨어져 버린 50년대 문학은 60년대에 들어서 '극기'와 '자기세계'를 작가의 관심으로 들고 나온 김승옥의 〈생명연습〉을 계기로 문학에서의 현실의 의미부터 전면적으로 새로 검토하는 국면으로 들어간다.
>
> – 김주연, 「새시대 문학의 성립 -인식의 출발로서의 60년대」, 〈아세아〉, 1969.2, p.254.

전후세대와 확실히 선을 긋는 이러한 4·19세대의 자기주장이란 과연 타당한가. 전후문학세대의 작가의 반응은 어떠했을까.

> 최근 몇 년 동안 전후문학은 산발적으로 공격을 받아 왔다. 어떤 것은 무책임한 방언 비슷하기도 했고 어떤 것은 필자의 감춰진 반성을 자아에게 하기도 했다. 〈……〉
>
> 성급히 결론부터 이야기하자면 김승옥, 박태순, 이청준, 서정인 등 제씨로 대표되고 있는 신세대를 필자는 전후문학의 정통(正統)으로 보려는 것이다.
>
> – 서기원, 「전후문학의 옹호」, 〈아세아〉, 1969.5, p.228.

전후세대 쪽이 4·19세대와 손을 잡고자 하는 의도가 위의 인용에서 뚜렷하지만 과연 4·19세대 쪽이 어떤 태도를 취했던가. 이에 대한 해답은 다음 한마디로 대치시킬 수도 있을 것이다.

> 나는 거의 언제나 사일구세대로서 사유하고 분석하고 해석한다. 내 나이는 1960년 이후 한 살도 더 먹지 않았다.
>
> – 김현, 『분석과 해석』, 문학과지성사, 1988, 서문.

세대론의 절대성이 잘 드러난 대목이라 하지 않을 수 없다. 학병세대의 의식구조도 이와 한 치도 다르지 않으며, 이후의 유신세대, 5월의 광주세대 또 386세대의 경우도 사정은 같다고 볼 것이다. 그 중에서도 4·19세대가 문학적으로 큰 빛을 발하고 있었던 것은 군부독재 속에서의 서구적 자유의 개념과 그 내면화에서 왔다. 이 나라 문학에서 그동안 제일 결여된 부분이 이 내면화의 깊이에 있었음을 염두에 둘 때 특히 그러하다. 민족이나 계급문제에 못지않게 개인의 자유(내면)가 요망되었음을 이 나라의 문학사는 크게 주장할 수조차 있었다. 그렇다고 해서 그 내면성 자의식문학의 가치 효용성이 지속될 수 없음은 새삼 말할 것도 없다. 어떤 세대도 저마다 절대적이지만, 또 그것은 시대의 산물에 지나지 않기 때문이다. 이를 덜 인식하고 흡사 자기세대만이 제일인 듯 우기는 것은 정신의 빈곤현상에 다름 아닌 것이다.

> 이른바 '양대 계간지 시대'라고 불리던 시대가 있었다. 이러한 표현은 1966년 창간된 〈창작과 비평〉과 1978년 창간된 〈문학과 지성〉이 1970년 이후 지성계와 문단의 중요한 양대 축으로 작용하면서 커다란 영향력을 행사하던 시대를 의미한다. 그 의도에 관계없이 이러한 표현은 두 계간지의 상징권력을 공고히 하면서, 결과적으로 그 두 가지 흐름에 포괄되지 않은 다양한 지적운동과 문학

적 양상을 문학사의 장에서 '배제'시키는 작용을 수행했다고도 볼 수 있다. 물론 이 시점에서 볼 때 '양대 계간지 시대'라는 표현은 '문학사의 창고' 속에서의 발견됨직한 용어일 것이다. 지금 이 시대는 문화적 탈권위, 탈중심의 논리가 일반화되어 어떤 식의 중심과 주류, 권위도 다양한 방식의 비판과 문제제기로부터 자유롭지 않은 세대인 것이다.

– 권성우, 『논쟁과 상처』, 숙대출판국, 2006, pp.86~87.

학병세대란 새삼 무엇인가. 각각의 세대의 일종이 아닐 수 없다. 저마다의 세대는 다른 세대 쪽이 엿볼 수 없는 절대적 고유영역도 있고 또 각 세대를 꿰뚫는 모종의 공통성도 갖추고 있다고 볼 것이다. 이 세대감각을 유독 선명히 드러낸 것의 사례로 학병세대를 들 것이다. 유독 선명한 것은 이들 세대의 글쓰기에는, 이병주와 선우휘 두 사람에 국한되었음에서 왔다. 그들은 학병세대가 이 나라 글쓰기 문맥에선 공백상태에 놓였음을 한 눈으로 볼 수 있었다. 단지 두 사람뿐이 이 거대한 세대를 문학적으로 지탱하지 않으면 안 되었다. 학병 간접체험자 선우휘는 자기의 좌표를 6·25에 둠으로써 각 세대 간의 공백(학병세대와 6·25세대)을 혼신의 힘으로 매우고자 했다면, 학병 체험자 이병주는 군부혁명의 정치성 속에다 좌표를 둠으로써 세대의식을 확실히 할 수 있었다. 이 두 거인의 글쓰기가 4·19세대의 문학권 속에서 배격, 배제되었지만 그 대신 일반 대중 층의 지지 속에 일정한 문학사적 소임을 이루어냈다고 볼 것이다. 체험세대의 이병주가 도달한 '허망한 정열'론과 '노!'라고 외친 미체험 세대의 선우휘가 '문학절대적 가치'에다 좌표를 둔 것은 이 나라의 문학사적 사실이자 동시에 그 이상의 의의를 갖는다고 볼 것이다.

이병주와 황용주
- 작가의 특권과 특전[1]

안경환

1. 학병세대 대표자 : 이병주=황용주

작가 이병주는 이례적으로 방대한 양의 저술을 남겼다. 소설(장편, 중편, 단편)뿐만 아니라 에세이, 논설, 서간문 등 다양한 장르에 걸쳐 쓴 글들이 축적되어 있다. 이러한 공개적인 자료와는 별도로 일기와 같은 사적기록을 남겼는지는 불명하다. 작가에게는 작품 이외에 별도의 일기장이 필요 없을지 모른다.[2]

황용주와 이병주는 여러 관점에서 학병 세대를 대표하는 인물들이다. 학병 경력자 중에 장준하, 김준엽, 신상초 세 사람이 쓴 "3대 탈출기"[3]는 극적인 상황을 후세에 진한 감동을 선사했다. 그러나 학병에 응소한 4,385명 중

---

1) 안경환, "학병출신 언론인의 글쓰기: 이병주와 황용주의 경우" 2011이병주 하동국제문학제자료집(이병주기념사업회, 2011) 70~79; 안경환, "이병주와 그의 시대- 법과 문학의 선구자" 2009 이병주하동국제문학제자료집(이병주기념사업회, 2009)

2) 이 점이 황용주의 경우와 확연하게 대조된다. 황용주는 소년 시절 이래 평생 동안 일기를 썼다.

3) 장준하, 「돌베개」, 김준엽, 「장정」, 신상초, 「탈출」

탈출자는 극소수에 불과했고 절대다수의 학병들의 종전에 이르기까지 전사하지 않는 한 일본군으로 복무했다. '학병탈출기'는 어디까지나 '비상'의 상황을 극적으로 그린 것으로, 학병 전체를 보편적 상황과 정서를 대변하는 것이 아니다. 이런 관점에서 볼 때 학병의 전 과정을 마친 이병주와 황용주의 체험과 기록이 학병세대 기록의 정전으로서의 가치가 더욱 높다. 이병주의 학병 복무 당시의 역할은 드러나지 않았지만 후일 작가로서 학병세대의 한을 대변한 공로가 혁혁하다. 그가 작품으로 항변한 '노예의 사상', '용병의 철학' 등은 당시 학병에 강제 동원된 식민지 조선 청년의 철학과 정서를 대변했다.

황용주는 중지(中支)의 학병 사이에는 리더로서 평판이 높았고 특히 종전 후 귀국에 이르기까지 상해에서 그가 보인 지도적 역할은 동료들 사이에 널리 알려져 있었고 후일 박정희와 맺은 특별한 관계 때문에 더욱 공인되었다.

학병시절 같은 부대에 배속된 두 사람이 당시 어떻게 교류하며 지냈는지는 상세한 기록이 없다. 두 사람은 60사단(일명 노코(矛)), 2325 부대에 60여 명의 학병과 함께 일정 기간 함께 배속되었다. 같은 내무반 생활을 한 적은 없지만 적어도 상호 면식은 있었고, 특히 두 사람을 모두 잘 아는 정기영 등의 중계를 통해 친교를 맺었을 가능성도 배제할 수 없다.[4]

황용주는 적극적으로 장교의 길을 밟아 남경 예비사관학교의 교육과정을 마치고 1945년 6월 1일자로 장경순, 최세경, 민충식, 정기영 등과 함께 일본군 소위 계급장을 단다. 수료식장에서 황용주가 담대하게 축사를 나온 일본군 장군에게 도발적인 질문을 하여 논란이 되었다는 정기영의 증언이 있

4) 학병 연구사에 진주 출신 정기영이 남긴 기여는 특기해야 한다. 안경환, 「황용주: 그와 박정희의 시대」(까치글방, 2013) pp.207~209.

다.[5] 이병주는 장교 복무 기록을 명시적으로 증언한 사람은 없다. 다만 1961년 10월 30일자 혁명재판소의 판결문에 피고인 이병주가 1945년 8월 1일자로 일본군 소위에 임관되었다는 사실이 적시되어 있다.[6] 또한 그의 에세이 중에 그가 단순한 사병은 아니었음을 암시한다고 해석할 여지가 있는 구절이 엿보인다.[7]

오래된 형사법 이론에서 '심리적 자타혼합'이라는 개념이 있다. 범죄행위자의 인식 속에 주체와 객체 사이에 혼돈이 일어나거나, 행위자 사이에 공유하는 강한 심리적 유대관계로 인해 구체적 행위자의 개별적 행위가 관련자 전체의 집단행위로 간주될 수 있는 상황을 지칭한다.

작가 이병주에게 동시대의 선배이자 친구인 황용주는 이병주 자신이기도, 타인이기도 했다. 닮고 싶은 선배이기도 하고 생각을 공유하는 친우이기도 하다. 작가의 두 사람의 일생에 많은 공통점을 추출해 낼 수 있다. 소년기와 민족의식, 일본유학과 문학 수업, 학병 입소와 중국전선 복무, 해방 후 남한단독정부의 반대. 이승만 정부에 대한 비판, 남북한 UN 동시 가입의 지지, 4·19와 5·16의 지지. 5·16 이후 체포와 필화사건 등등, 유난히 중첩된 생애를 걸었다. 무엇보다도 신문사의 논설위원의 경력과 문학에 대한 깊은 이해와 애착을 가진 두 사람의 소년기에 강한 영향을 미친 '민족주의자'들이 있었다. 이병주는 3·1운동에 참가하여 옥고를 치룬 숙부 이홍식(李弘植)이, 황용주는

5) 안경환, 「황용주, 그와 박정희의 시대」, pp.170~173 ; 「격동기 지식인의 세 가지 삶의 모습」, 정신문화연구원(1999), 103쪽.

6) 혁검형제 177호 「한국혁명재판사」(한국혁명재판사편찬위원회, 1962) 제3집.

7) 이병주, 「에세이집, 용서합시다」, 집현전(1982) 28~29쪽. 크리크 작업 감시 중에 실수로 물에 빠진 자신을 구해준 중국인 소년의 이야기.

밀양의 선각자, 백민 황상규와 약산 김원봉이 강한 영향을 미쳤다. 신간회 서기장을 지낸 황상규(1891-1931)는 용주의 조항(祖行)으로 의열단을 창단한 김원봉(1898~1958?)의 고모부이기도 하다.

황용주는 일본의 패전 후 일본군 고위층과 협상하여 한적(韓籍) 사병의 신변안전과 조기 귀국을 위해 나름대로 애썼고 상해(1945.8.-1946. 3.)에서도 김구 주석과 임시정부 요인과 접촉한다.[8] 이병주는 당시 상해의 상황을 작품에서 냉소적인 관찰자의 시각에서 기록했다.[9]

이병주, 황용주, 박정희

1960년 초, 박정희가 군수기지사령관으로 부산에 부임하면서 황용주의 주선으로 세 사람 사이의 교류가 이루어졌다. 세부적 경위와 교류 내용에 대해서는 갖가지 주장과 증언, 추측, 억척이 난무한다. 이병주 자신도 여러 차례 회고한 적이 있다.

자유당 정부에 대해 시종일관 비판적 입장을 지니며 신문논설을 집필했다. 이병주는 두 차례 국회의원 선거에서 무소속으로 입후보하여 낙선한 이

8) 안경환, 「황용주 : 그와 박정희의 시대」, pp.215~25 ; 염인호, 「김원봉 연구 : 의열단, 민족혁명당 40년사」 (창작과 비평사, 1993) pp.110~122.

9) "동양과 서양의 기묘한 혼합, 옛날과 지금의 병존, 각종 인종의 대립, 그 혼혈, 호사와 오욕과의 선명한 콘트라스트, 전 세계의 문제와 모순을 집약해 놓은 도시. 특히 1945년의 상해는 기생충 밖에 안 되는 한국 사람들이 주인 없는 틈을 타서 한동안이나마 주인 노릇 , 아니 주인인 척 상해에서 설친 때라는 그런 의미에서였지. 허파가 뒤집힐 정도로 우스운 노릇인데 8·15 직후 상해에서 한국 사람들이 우쭐대던 꼴은 꼭 기억해둘 만한 가치가 있어. 승리했다는 중국사람이나 패배한 일본사람이나 그밖의 각국 사람들이 어리둥절하고 있는 판인데 한국사람들만 내 세상을 만났다는 듯이 설쳐댔으니." 『관부연락선』 유태림의 말.

력이 있다. 황용주는 고향 밀양에서 '새로운 인물'로 거론되어 선거에 입후보할 것을 추천받았다. 그러나 여건이 되지 않았다고 한다.

두 사람이 재직하던 부산, 경남지역의 양대 신문은 4·19와 5·16을 모두 지지 환영했다. 특히 황용주는 3·15 마산의거와 후속동향을 국제적 이슈도 만들어 내는 데 결정적인 기여를 했다. 경찰의 보도통제를 뿌리치고 최루탄이 눈에 박힌 채 마산 앞바다에서 떠오른 김주열의 시신 부산일보 '특종' 사진을 전국의 언론 매체와 공유함은 물론 일본, 미국 언론에까지 확산시키는 데 결정적인 기여를 했다. 황용주의 용기는 후세 언론인들 사이에 가히 신화가 되었다.[10] 국제신문도 마찬가지로 4·19의 환영에 나섰다.[11]

5·16 부산의 양대 신문인 부산일보와 국제신문도 '군사혁명'을 지지했다. 황용주가 주도한 부산일보의 기사와 사설은 이미 오래전에 준비된 인상을 강하게 풍긴다. 황용주가 '모의자'임을 감안하면 당연한 일이다. 5월 17일자 조간 "오늘 상오 정식으로 정권인수" 특호활자로 전한 기사와 "한국적 군사혁명의 의의"라는 제호 아래 군인이 주도하는 혁명의 불가피성, 정당성을 역설하고 5월 18일~19일 연이어 세부적 방향을 제시한다. 국제신문도 5.17일자 사설로 혁명을 기정사실로 받아들이고 5월 18일~19일 연이어 연이어 지지하는 내용을 신는다.[12] 이 논조는 돌연한 두 주필의 체포 이후에도

---

10) 안경환, 「황용주: 그와 박정희의 시대」, pp.328~337.

11) 이병주의 대담을 옮긴 "4 · 19때는 안 당하셨어요?", "4·19땐 내가 부산의 국제신보 주필로 있었는데 그냥 감동이고 감격 아니었나",- "아, 그러니 감동으로 당하셨다구요!", "그렇지! (웃음) 당시 대 군중들이 가서 부산일보에다 돌을 던졌거든. 그 사람들이 '국제신보'에 몰려와선 막 환호성을 울리는 거야 ! 그때 으쓱할 수 있잖아"(「마당」 대담(1984. 11월) p.57. 정범준 「작가의 탄생」p.140에 재인용. 그러나 이 부분은 사실과 다르다. 동아대 학생들의 부산일보의 난입사건은 4·19 이후 1960년 6월 1일에 일어난 일이었다. 학생들의 무분별한 행동을 부추긴 대학 당국의 소행으로 인해 진압을 위해 출동한 군대를 박정희가 직접 지휘했다. 안경환, 「황용주: 그와 박정희의 시대」, pp. 346~347.

12) 이 상황에 대한 이병주의 사적 회고이다. "5·16 이후 계엄령이 선포되었다. 그때의 부산지구 계엄사무소장은

기본적으로 유지된다.

5·16 쿠데타를 지지한 이병주는 1961년 5월 20일, 황용주는 5월 21일 경찰에 의해 체포된다.[13] 이들의 체포는 쿠데타에 관여한 군인들의 의도와는 무관한 일이었다. 자유당 정부 시절 경찰과 누적된 불편한 관계에 기인한 것이다. 두 사람 다 다분히 형식적인 교원노조의 고문이었다는 전력이 문제가 되기도 했다. 황용주는 뒤늦게 이 사실을 안 박정희의 개입으로 1개월 여 만에 석방된다. 그러나 이병주는 10월 30일 혁명재판소의 판결로 10년 징역을 선고받고 2년 7개월 복역한다. 이병주가 조기 석방된 배후에 황용주의 노력이 있었다는 정황이 감지된다.

이병주는 박정희에 대한 사적인 원한을 감추지 않았다. 6·25 전쟁 중 박정희의 한때 연인으로 세간에 알려졌던 여성과 박정희의 관계를 조명하여 「그를 버린 여인」이란 제목의 소설을 쓰기도 했다. 그러나 이후락, 김현옥 등 박정희 주변의 많은 권력자들과 친교관계를 유지했고 대통령 재직 시 박정희를 만난

박현수 소장이고 참모장은 김용순이었다. 뒤에 쿠테타의 주체 세력이라고 알려진 김용순 참모장이 H와 나에게 쿠테타를 지지하는 사설을 쓰라고 종용했다. 그때 H는 어떤 사설을 썼는지 모른다. 나는 암담한 심정을 억제하고 이왕 잊어버린 일이니 이 불행한 사태를 더 이상 불행하게 만들어서는 안 된다. 하루 빨리 헌정을 대도로 복귀할 수 있도록 노력해야 한다는 내용으로 썼던 것으로 기억한다. 이병주, 「대통령들의 초상」, p.104. 유치장 세면장에서 만났을 때 나는 H를 보고 쏘아 주었다. "자네의 도의교육이 멋진 보람을 다하게 되었구나.", "글쎄 그런 인간이 아닌데" 하고 우물거렸을 뿐 H는 말을 잇지 못했다. 6월말께 H는 석방되었다." 이병주, 「대통령들의 초상」, (서당, 1991), p.104.

13) "5월 20일 체포되어 영도 경찰서에 구금되었다. 수일 후 경남도경 유치장으로 옮겨졌다. 거기서 H를 만났다. 그도 역시 구금되어 있었던 것이다. 그때 내가 H가 내게 한 첫말은 이랬다. "이상하게 돌아간다. 그자? 우리는 도의혁명을 하자고 했는데 반공혁명이 뭐꼬?" 나는 아연할 수밖에 없었다. 송도 대송관에서 '정권을 잡고' 운운한 H의 말을 듣고 자리를 박차고 나갔던 박정희와 H 사이에 쿠테타에 관한 말이 오간 적이 있다는 것을 암시하는 말이었다. '우리'라고 한 것은 나도 그 자리에 동참하고 있다고 착각한 때문이었다. 만일 H가 박정희에게 쿠테타를 권했다면 자기가 자기를 묶는 오랏줄을 꼬고 있었다는 얘기로 된다. 아연할 수밖에 없었다는 것은 그런 사실을 두고 한 말이었다. p.102~103. 내와 H가 체포된 것은 경찰의 미움을 사고 있었기 때문이다. 자유당때 우리는 얼마나 경찰을 공격했던가. 그때의 원한을 쿠테타에 편승하여 풀어보자고 그들은 서두르고 있었다." 이병주, 「대통령들의 초상」, p.106.

일이 있는 것으로 자신이 고백했다.[14] 이러한 권력자와의 친교관계가 1968년 6월 15일 한 밤, 불의의 사고로 타계한 시인 김수영이 사고 직전에 박차고 나간 술자리에서 이병주를 강하게 비난했다는 루머를 증폭시키기도 했다.

이병주와 전두환 대통령은 이례적으로 상호 호의적인 태도를 취했던 것으로 알려져 있다.

「대통령들의 초상」에서 이승만, 박정희와 함께 전두환 대통령을 (단편적으로나마) 평가하는 글을 썼다. 이해관계 없는 독자의 입장에 볼 때 세 사람 중 전두환에게 가장 호의적인 평가를 내리는 듯한 인상을 풍긴다. 한국현대사에서 차지하는 세 대통령 각각의 비중을 감안할 때 이는 지극히 불균형적인 평가라는 인상을 풍긴다. 1988년 11월, 전두환이 후임자 노태우에 의해 '유배'의 길을 떠나기에 앞서 분노에 찬 어조로 발표한 '골목성명'의 초안자가 이병주라는 소문도 파다하게 퍼져있었고, 실제로 백담사에도 두 차례 위로 면회를 간 것으로 보도되었다. 1992년 4월 타계하기 얼마 전까지 거액의 착수금을 받고 전두환의 전기를 쓰고 있었다는 풍문도 나돌았다.[15]

황용주와 전두환과는 직접적인 교류는 없었던 것으로 보인다. 다만 황용주의 일기장에는 박정희의 유업을 승계할 인물로, 기대 반 우려 반의 심경을 담은 내용이 보인다. 근본적으로 민주적 이상에 찬 자유주의자인 황용주가 민간인 학살로 얼룩진 광주사건에 대해 침묵했고, 김대중을 지역감정을 교

---

14) 하룻밤 우연히 서정귀 씨의 권유로 청와대에 간 적이 있다. "통행금지를 해제할 수 없겠습니까?", "나라의 안전을 위한 조치인데 기껏 네 시간 동안의 통행금지를 참을 수 없단 말이요?" 뜻밖으로 싸늘한 말이어서 "기껏 네 시간이라고 하지만 그 파괴된 우정을 수습할 수도 있고 잃게 된 사랑을 되찾을 수도 있는 시간입니다. 술병 들고 실의의 친구를 찾아가 위로해서 자살을 미연에 방지할 수 있는 시간이기도 하고요.", "그런 로맨틱한 이유 때문에 통행금지를 해제할 수 있겠소?" 하고 그는 해제 못할 사유를 열거하곤, "통일이 될 때까진 통행금지를 해제할 수 없소"라고 못을 치듯 말했다. 이병주, 「대통령들의 초상」, p156.

15) 이런 가설들에 대해서는 보다 엄정한 조사와 연구가 필요하다.

묘하게 선동하는 마키아벨리적 정치인으로 간단하게 평가하고 대통령 선거에서 그와 맞섰던 노태우와 이회창을 각각 지지한 것은 박정희와 자신을 동치시킨 '심리적 자타혼합'의 상태를 감안해야만 납득이 가능하다.[16]

박정희의 공과에 대한 평가에 있어 이병주와 황용주는 확연한 대조를 이룬다.[17] 황용주는 박정희에 공에 대해서는 예찬일변도로 명백한 '과'에 대해서는 침묵으로 일관했다. 그에게는 박정희와 '과'를 '과'를 볼 수 있는 객관적 자세가 결여되어 있었다. 그와 박정희 사이에 '심리적 자타혼합'의 정황이 강했다. 그는 5·16은 근대화를 위한 '민족주의 혁명'이었고 군사 쿠데타는 필요불가결한 수단이라고 믿었다. 그와 박정희 사이에는 형법이론상 '공모공동정범' 관계에 있었고, 굳이 분해하자면 혁명이론의 입안자인 자신이 주범이고 박정희는 군대라는 수단을 가진 동조자에 불과하다는 자부심에 차 있었다.

그러나 당초 자신의 손으로 직접 권력을 장악할 수 없는 지식인의 역할은 지속성을 유지하기 힘들다. 권력자 개인이나 권력이 행사되는 제도를 통해 이상을 구현할 수밖에 없다. 절대 권력의 시대에 권력자의 주변에 서 있는 것은 위험하기 짝이 없다. 박정희에 버금가는 위용의 이상주의자 황용주의 몰락은 예정된 일이다. 그 사상적 동지였던 박정희에 대한 신뢰가 무너질 수밖에 없는 상황에서도 사적 우정과 연민만은 흔들리지 않았다. 분명히 버림받았음에도 죽는 순간까지 변함없이 친구를 숭앙했다. 이성적 사상가의 만년 모습은 너무나 비이성적이었다. 그게 바로 인간이라는 것일까?[18]

---

16) 다만 2000년 6월 15일 남북정상회담이 열린 사실에 감격하면서 김대중에 대한 때늦은 찬사를 할애했다.

17) "박정희를 어떻게 생각하느냐?" 그를 계도하려다 실패한 H는 "너 알면서 왜 그런 걸 묻노?" 했을 뿐이다. 178 민정이양을 할 때 자문을 받곤 그의 민정참여를 극구 반대했다가 미움을 사서 절교상태에 있다던 K변호사(김종길)는 물음에 눈만 깜빡거리곤 대답을 하지 않았다. 이병주, 「대통령들의 초상」, P.178.

18) 안경환, "지식인의 나라 만들기 : 황용주의 경우", 「현대사광장」 제2호(대한민국 역사박물관, 2013), pp.88-~95.

문학, 프랑스 문학

1937년 8월, 황용주의 일기장에는 그때까지 키워오던 문학의 길을 단념하는 비장한 선언이 담겨 있다. 문학으로는 세상의 문제를 풀 수 없고 개인적 패배주의로 귀착되기 십상이라는 결론을 내린다.

그는 자신의 청년시절에 갈망하던 '문학이라는 대로'를 버린 슬픔과 아쉬움을 안고 살았지만, '학병동지' 이병주가 학병체험을 자산으로 삼아 작가로 대성한 사실에 큰 자부심을 느꼈다.

이병주와 황용주, 두 사람은 프랑스 문학에 대한 애정은 어린 시절에 이미 배태되었다고 한다. 이병주는 양보보통학교 시절에 일본인 교장 부인이 일본에 갔다 가져다 준 알퐁스 도데의 「마지막 수업」을 읽고 감명을 받고 조선도 언젠가는 독립할 날이 있겠지요 라고 물어 곤혹스럽게 만들었다는 일화를 기록했다. 그는 (정식으로 대학 과정에서 프랑스 문학을 수학한 기록은 불명하나) 방대한 독서로 프랑스 문학을 탐독하여 자신의 지적 자양분을 비축하면서 나폴레옹이 검으로 이룬 것을 자신은 펜으로 이루겠다며 '한국의 발자크'가 되겠다는 야심을 키웠다고 입버릇처럼 토로했다.

황용주의 '프랑스 사랑'은 소년시절의 일화가 숨어 있다. 황상규에게서 전해들은 일화에서 생성된 민족주의자의 자각이었다. 1919년 파리만국평화회의에 고종의 밀사로 파견된 김규식 박사가 당시 고급 국제어였던 프랑스어를 익히지 못해서 조선의 입장을 제대로 전달하지 못했다는 이야기를 전하면서 '프랑스어'의 중요성을 강조한다. 이 말을 들은 어린 용주는 자라서 프랑스어를 공부하겠다는 결의를 다진다. 성장하면서 그는 본격적인 프랑스 예찬론자가 된다. 대구사범학교에서 퇴학 당한 후 일본 오사카 중학에 진학하면서 프랑스어를 배우고 프랑스 문학에 대한 관심을 배양한다. 앙시

앙 레짐을 타파한 프랑스 혁명과 유럽의 근대사상과 민족주의의 결합에 결정적인 배경을 마련한 나폴레옹의 치적에 매료된다. 무엇보다도 문학을 포함한 프랑스 문화의 세련미에 매료된다. 와세다 대학 불문과에서 동급생 사이에서도 두각을 나타내면서.

학병시절에 아내에게 보내는 편지에도 프랑스어 수업을 정진할 것을 당부한다. 1947년 외동딸의 이름으로 란서(蘭西)로 짓고 후일 프랑스 유학을 거쳐 프랑스 예술가와 결혼하여 프랑스에 정착하게 된 사실을 무리 없이 받아들인다. 1952년 자신이 설립한 세종고등학교의 모표도 청, 홍, 백 프랑스 국기의 3색을 채택한다. 1954년부터 프랑스 문화에 관한 계몽성 에세이를 쓰고 1958년에는 프랑스 소설을 번역, 신문에 연재한다. 평생 한반도 분단의 원인을 제공한 미국의 패권주의에 대한 불편한 마음을 지니고 살았고, 미국의 저급한 대중문화에 대한 노골적인 경멸을 감추지 않았다. 5·16 이후 미국정보기관에 의해 박정희 주변의 위험한 공산주의자 내지는 반미주의자로 지목되었다는 정황이 있다.[19]

형제와 친구

황용주(1918년생)와 이병주(1921년생)는 세 살 차이로 학교나 경력에서 황용주가 앞섰다. 그러나 학병으로 함께 전장에 배속된 경험이 있고 두 사람은 어느 순간부터 말을 트는 '친구'로 이병주가 1992년 타계할 때까지 이어

19) 안경환, 「황용주 : 그와 박정희의 시대」

졌다.

두 사람은 만년에도 여러 학병 친구들과 어울린 황용주의 일기장 기록이 있다. 이병주의 소설뿐만 아니라 에세이와 대담에도 엄정하게 사실과 부합하지 않은 허구적 요소가 담겨 있고 이를 지적하는 황의 일기장 구절이 수차례 발견된다. 그러나 자신이 관련된 문제에도 공개적으로 문제 삼지 않았다. 오히려 기회 닿을 때마다 주위의 불평을 무마하여 이병주의 변론에 앞장선 것으로 알려져 있다. 그때마다 그가 동원한 것이 '작가의 특권'과 '진의의 와전'이었다. 황용주는 '와세다 대학' 문제도 그중 하나다. 이병주가 도쿄에서 와세다 유학생들의 모임에 몇 차례 나온 적이 있다며 정황적 '보증'을 서 주었다고 한다. 서경애와 유태림의 실제모델에 관해서도 황용주는 이병주의 작가적 상상력으로 인해 황용주 부부의 결혼전 에피소드가 환골탈태, 승화되었다는 표현을 썼다고 한다.[20]

황용주가 이병주를 대하는 자세는 자랑스런 아우를 바라보는 형과 격동의 역사의 경험을 공유한 친우, 양면의 모습이 동시에 보였다. 남한단독 정부 수립의 반대, 자유당 정권에 대한 강한 비판의식, 공산주의의 비인간성에 대한 확신, 문학을 포함한 인문, 예술에 대한 소양, 세계사의 흐름에 대한 정보와 식견을 공유하는 동지적 친우. 때때로 이병주의 복잡한 사생활이나 과도하게 다채로운 역정에 대해 따끔한 충고를 했다는 증언도 있다. 그러나 아우이자 친우인 이병주의 작가적 '천재성'을 인정하면서 그 천재의 특권을 존중하는 특전을 부여했다. 1992년 4월,5일, 이병주의 장례에서 황용주가 보

---

20) 이병주는 한때 자신의 작품 속의 모든 여성은 허구의 인물이었고 오로지 서경애만이 대구 출신의 실존인물이라고 말한 적이 있었다. 그러나 1946년 10월 1일 '대구폭동'에 관여한 일본 유학의 경험이 없는 한 여성의 일본에서 1941년 (결혼전) 황용주 이창희 부부가 함께 오사카 경찰에 체포되어 취조받은 사실에서 소재를 구했다는 것이 학병동료들 사이에 상당히 있었다. 이세대 안경환, 「황용주 : 그와 박정희의 시대」, pp.126~133.

인 언행은 이러한 둘 사이의 각별한 관계를 예증한다.[21]

황용주는 이병주에 대해 강한 부채의식을 지니고 살았다는 정황이 보인다. 즉 자신이 주도하여 이병주를 박정희와 교류하게 하였고, 5·16 직후에 함께 체포되었으나 자신은 1개월여 만에 석방되었으나 이병주는 10년 징역을 선고받고 복역했다는 사실을 평생토록 부담스럽게 여겼다고 한다. 때때로 이병주가 이 사실을 은연중에 환기시키며 정서적 채권자의 행태를 보였을지도 모른다. 이러한 아우의 응석도 작가의 특권에 속하고, 형은 기꺼이 특전을 부여했다. 이병주가 「내일 없는 그날」을 부산일보에 연재한(1957. 8.1) 것도 황용주의 주선에 의한 것이다.[22] 1965년 「소설 알렉산드리아」와 함께 정식으로 중앙무대에 작가로 데뷔하기 이전에 이미 작가의 지위를 부여한 것이다. 당시까지 적어도 문학적 소양이나 이력에 있어 이병주보다 앞서 있던 황용주 자신은 프랑스 문학 작품의 '번역자'로 만족하면서 아우를 '작가'로 데뷔시켰다.[23] 일찌감치 아우의 재능을 주목한 형의 우애와 배려가 엿보이는 대목이다.

이병주는 황용주의 존재를 최소한 두 차례 공식적으로 언급했다. 첫째, 황용주의 후임으로 국제신문 주필 겸 편집국장으로 영입된 경위를 설명할

21) 고승철, "역사와 신화를 아우르는 문호 이병주: 언관과 사관을 지향한 언론인 출신 작가", 「이병주 장편소설 정도전」(나남, 2014) 319쪽. "너 내 절 받으려고 먼저 죽었나"면서 오열했다. 황 선생의 도움으로 남한강 공원묘지에 장지를 정했다. "이병주가 떠난 지 9년 후(2001. 8). 황용주는 자신이 묻힐 무덤조차 마련하지 못한 채 타계했다.

22) "해인대학 교수 이병주가 부산에 놀러갔다 부산대 강사 황용주, 부산일보 편집국장 이상우와 술자리를 갖게 되었고 그 자리에서 소설 연재 제의를 받아들인 것이다 " 정병준 p.256

23) 같은 시기(1957. 1.1부터) 에 황용주는 Pierre Louys(1879-1925)의 「여인과 꼭두각시 (La femme et le pantin」(1898)를 「세르빌의 情話」라는 제목을 번역하여 부산일보에 연재한다. (안경환, 「황용주: 그와 박정희의 시대」, pp.285-286.

때[24]와 둘째, 박정희와 함께 회동하면서 벌어진 에피소드다.[25] 두 곳에서 모두 황용주의 존재감을 부각시킴으로써 형이자 친구에 대한 예의를 지켰다.

이병주≠황용주? 작가의 특권과 특전

"나는 이병주가 아니고 황용주다!"와 "나는 이병주다!"라는 두 개의 명제가 상호 양립 가능한가? 이 물음에 대한 답은 물론이다. 이병주가 작가이기 때문이다.[26] 『관부연락선』과 『소설 알렉산드리아』의 실제 주인공이 이병주인가 아니면 황용주인가, 굳이 따지는 것은 무의미하다. 위대한 작가의 역량은 자신뿐만 아니라 같은 시대인의 체험을 취사선택, 종합하여 작품을 통해 제시할 수 특권을 어떻게 행사하느냐에 딸려 있다. 자신이 만들어낸 작중인물을 통해 시대의 보편적 체험을 정서와 윤리로 만들어낼 수 있다면 그는 성공한 작가다.

---

24) 「마당」 인터뷰 1984. 11월 p.60 "당시 국제신보에 황용주란 명논설위원이 있었어. 그런데 경쟁지인 부산일보에서 파격적인 대우로 스카웃해간 거라. 국제신보의 김영주 (김형두의 오기) 사장이 황용주에 대항할 사람으로 같은 대우 조건을 내세워 찾았는데 내 이름이 나온 거야." 정범준, 「작가의 탄생 (나림 이병주 거인의 산하를 찾아서」 (실크 캐슬, 2009) p.255에서 재인용.

25) 박 장군, 조증출, H 그리고 내가 모인 자리에선 주로 H가 말을 많이 했다. H의 시국관은 날카롭고 그이 비전은 원대하고 한 마디로 그는 일류에 속한다. 지식인이다. H의 태도는 되도록 박 장군을 계몽하려는 의도가 보였다. 군인의 틀을 벗어난 활달한 인간을 만들어 보겠다는 정열이 H에겐 있었다. 가끔 도의에 관한 설교를 하기도 했는데 H의 역점은 한국군은 어느덧 타성의 늪에 빠져 무기력할 뿐만 아니라 부패현상이 심해 국민의 신뢰를 얻지 못하고 있으니 도의적으로 재건되어야 한다는 데 있었다.", "아무튼 박 장군의 고집은 보통이 아니고 H의 집요한 태도도 역시 보통이 아니었다. 견식의 깊이와 넓이를 보아 박 장군은 H의 토론 상대가 아니다. 대학생과 국민학생과의 토론을 방불케 하는 국면마저 있었다. 그런데도 박 장군은 한번 입 밖에 내었다고 하면 자기의 말을 끝까지 고집한다. 그럴 경우 나 같으면 토론을 포기하고 말겠인데 H는 그렇지가 않았다. 어쨌든 상대방을 설득하려고 노력하는 것이다." 이병주, 「대통령들의 초상」, 서당(1991) p.90~100, 103~104

26) 김윤식, "황용주의 학병세대: 이병주 황용주" 2014 이병주 문학 학술세미나 (이병주기념사업회 자료집 pp.18~19.

세계인의 대문호, 영국의 시성(詩聖)(The Bard), 윌리엄 셰익스피어(William Shakespeare)의 정체를 두고 오래토록 논쟁이 이어졌다.[27] 실로 영문학의 거대한 산맥을 이룰 만큼 다양한 지식과 절묘한 시적 언어가 집적된 방대한 작품의 저자가 정규교육의 경력이 일천한 '스트라포드 촌놈'일 수가 없다는 의혹에서 출발하여, "진짜 셰익스피어"의 정체를 두고 80명 이상의 대안적 저자의 출현과 함께 집단창작의 가능성마저 제기되었다. 그러나 이러한 논쟁이 셰익스피어나 그의 이름으로 알려진 작품의 지위를 손상시킬 수는 없다. 문학작품은 작품 그 자체로서 생명력을 가진다. 문학작품의 저자는 저자로서 특권적 지위를 누린다. 어떤 작품도 허구뿐이거나 진실뿐일 수가 없다. 허구이든 진실이든 작가의 주장에 대해 기꺼이 특전을 인정하는 것이 독자 된 도리다.

27) 안경환, 「법 셰익스피어를 입다」, (서울대학교 출판문화원, 2012), pp.20-25.

사상/정치

이병주 소설 『행복어사전(幸福語辭典)』 시론(試論)

김윤식

1. 사막에 불시착한 사람들

이병주의 『행복어사전(幸福語辭典)』은 1976년 4월부터 1982년 10월까지 무려 6년이 넘는 기간 동안 월간 『문학사상』에 연재된 장편소설이다. 이후 이 작품은 1980년 5월 제1부를 시작으로, 1982년 9월 제6부에 이르기까지 전 6권의 단행본으로 문학사상사에서 출간된 바 있다.

무엇보다도 이 소설은 제목으로 차용된 '행복어'라는 단어가 흥미롭다. 또 '사전'이라는 말이 환기하는 의미도 심상치 않다. 작가 이병주는 이 작품을 통해서 도대체 무슨 이야기를 하고 싶었던 것일까.

먼저, 제1부 사막에 〈불시착한 사람들〉 편.

沙漠의 나폴레옹들

모두들 그곳을 사막이라고 하고 자기들을 불시착(不時着)한 사람들이라고 했다. 어떻게 내가 불시착한 사람들 틈에 끼어 그 사막에서 살게 되었는지, 이건 대단히 중요한 일이란 생각이 들면서도 그다지 중요한 일이 아닌 것 같기도 하다. 사람은 어디엔간 있어야 하는 법이다. 에스키모는 북극의 설원(雪原)에 있어야 하고, 인디언은 아마존의 유역에 있어야 하고 틴디가는 탕가니카의 밀림 속에 있어야 한다. 이들에 비하면 그 사막 속의 나의 존재는 필연성이 훨씬 덜한 것 같지만 인생이란 일조(一朝), 깨어보니 하룻밤 사이에 천하의 명성을 차지한 바이런 같은 경우가 있고 이렇게 나처럼 불시착한 무리들 틈에 끼어 있는 자신을 어느 날 돌연 발견하게 되는 경우도 있는 것이다.

왜 거기가 사막이었던가. 왜 그들이 불시착한 사람들이었던가. 처음에 나는 그 영문을 몰라 어마지두했지만 그런 까닭과 관념을 익히는데 그다지 시일이 걸리지 않았다. 전염하는 건 성병균(性病菌) 만이 아니다. 관념 또한 비상한 전염성을 지니고 있다. 흉악한 살인자에게 영웅의 칭호를 바치게 하는 건 다름 아닌 전염성을 지닌 관념의 작용이다.

그런 까닭만이 아니라 거긴 7포인트 활자 크기만 한 모래알이 일망무제하게 깔린 사막이다. 삐걱거리는 의자가 비록 낙타의 등을 닮지 않아 엑조티즘을 해치긴 하나 가도 가도 사막의 길인덴 사하라나 고비와 다를 바가 없다. 그런데 그 사막엔 한없는 권태가 있을 뿐 모험도 목적지도 없다. 캐러밴의 고행은 있으되 캐러밴의 노래는 없다.

캐러밴의 노래도 없고, 장엄한 아침도 없고, 신비가 공포의 빛깔로 짙어버린 밤조차 없는 사막에도 의미만은 있다. 사람과 사람의 접촉이 빚는 의미는 인생이 있는 곳 어디에서나 있다. 그런 뜻에서 내게 가장 큰 의미는 윤두명(尹斗明)이란 사람이다. 그런데 윤두명에 관해선 긴 이야기가 될 수밖에 없다. 그 얘기에 앞서 약간의 사전 설명이 필요하다.

2년 전이다. 나는 A신문사 교정부원(校正部員)으로 뽑혔다. 당시 A신문사는 교정부원을 모집하는 시험을 실시했던 것인데 놀라지 말라, 거기에 5백여 명이 응모했다. 그 가운데서 열다섯 명이 뽑힌 것이다.

무슨 시험이건 합격했다는 사실은 그다지 나쁜 기분은 아니다. 우리 열다섯 명은 우선 4백 80여 명을 물리치고 뽑혔다는 사실에 감동했다. 새로 시작한 인생을 축복해 볼 만하다고 느낀 것은 아마 나만이 아닐 것이다. 그러니 아무리 태연한 체 꾸미려고 해도 우리들의 얼굴에서 들떠있는 감정의 표백을 감출 순 없을 것이다.

그러한 우리들을 처음으로 맞이한 교정부장의 태도를 나는 어제 일처럼 기억하고 있다. 그는 수줍은 듯한 표정, 그리고 부신 듯한 눈빛으로 우리들을 둘러보곤 말을 시작하기에 앞서 입 언저리에 엷은 웃음을 띠었다. 그것은 묘한 웃음이었다. 뒤에야 알아차린 일이지만 교정부장은 축하할 건덕지가 전연 없는데도 축하하는 체는 해야 하고, 무릇 사람과 사람의 만남엔 환영의 의사 표시가 있어야 하는 법인데 덮어놓고 환영할 형편도 못되는 그런 묘한 기분에 사로잡혀 있었던 것이 분명하다.

마흔을 갓 넘긴 나이인 성싶은 교정부장은 우리의 눈엔 노인으로 보일 만큼 노숙한 사람이다. 게다가 섬세한 감정의 소유자이기도 하다. 교정부원이 해야 할 일이 무엇인지를 그 음미로운 구석에 이르기까지 다 알고 있는 그가 신입자들의 들떠있는 표정에 부딪쳤을 때 약간 당황하지 않을 수 없었을 것이란 기분도 짐작해 볼 만하다. 그의 첫 발성은 이러했다.

"하여간 여러분을 환영합니다."

그리고 얼마간의 사이가 있었다. 그 사이에 나는 '하여간'이란 말의 뜻을 붙들려고 했다.

(세상에, 하여간 환영한다는 게 뭘까. 하필이면 왜 '하여간'일까!) 하나, 나는 익숙하지 못한 연설을 할 때 사람은 더러 엉뚱한 서두를 다는 경우도 있으려니 했다. 아니나 다를까 다음의 말은 정상적으로 흘렀다.

"신문을 만드는 일은 중요합니다. 그러니 신문제작의 한 단계를 맡고 있는 교정부의 역할은 중요합니다. 아무리 좋은 기사가 실린 신문이라도 교정이 틀려 있다면 틀린 신문입니다. 교정부가 아무리 서툴러도 나쁜 신문을 좋게 할 수 없지만 교정부의 실수로 좋은 신문을 망치겐 합니다. 이처럼 교정부의 책임은 중대합니다. 책임이 중대한 그만큼 사명도 큰 것이며 긍지도 큰 것입니다. 여러분은 오늘부터 전통과 역사에 빛나는 A신문의 일원입니다. 모처럼 이 직장을 택한 분들이고 4백 80여 명을 물리친 실력자들이니 각오는 충분히 되어 있고, 역량 또한 충분하리라고 믿습니다. A신문사의 명예를 위해서, 신문인으로서의 여러분의 앞날을 위해서 최선을 다하시길 바랍니다."

우리 열다섯 명은 방금 취임한 엘리자베드 여왕의 친위대와 같은 긴장되고 단정한 표정으로 교정부장의 훈시를 듣고, 제각기 마음속에 "세계에서 가장 훌륭한 교정부원이 되리라"는 호롱불 같은 불을 켰다. 다른 사람은 모르되 나는 그랬다. 그랬는데 그날 밤, 불고기에 소주를 곁들인 환영회 석상에서 교정부장은 전연 딴판의 소리를 했다. 주기(酒氣)의 탓만은 아닌 것 같았다.

"당신들은 신문사에 들어온 게 아니라 교정부에 들어온 거야. 교정부와 신문사완 아무런 관련도 없어."

나는 구은 불고기를 집다 말고 교정부장의 얼굴을 쳐다봤다. 약간 주기는 있어 보여도 정색이었다. 교정부장은 앞에 놓인 소주잔을 단숨에 들이켜더니 옆자리의 사람에게 그 잔을 쑥 내밀곤 말을 이었다.

"신문을 만드는 건 기자들과 광고부원이고, 교정부는 기껏 수리공일 뿐야. 수리공이 신문인이랄 수 있어? 나는 죽어도 신문인이 아니다, 교정부원이, 이 각오가 섰을 때 진짜 교정부원이 되는 거여. 이런 각오면 더 좋지. 나는 신문사에 온 것이 아니라 활자의 사막에 왔다!"

"옳소."

하고 소리를 지른 건 어느 선배부원이었다. 그러자 교정부장은 선배부원들이

앉은 쪽을 흘겨보듯 하더니,

"이 친구들은 모두 사막에 불시착한 사람들이오. 자기들을 구해줄 헬리콥터가 오기만 기다리고 있는 치들이지. 헌데 그 헬리콥터가 왔어."

하곤 신입부원들에게 시선을 돌렸다.

"그 헬리콥터가 바로 당신들이다."

나는 그 말을 뒤이어 오간 선배부원들의 말과 합쳐 곧 이해할 수가 있었다.

pp.3-7, 『행복어사전』 제1권, 문학사상사, 1980(이하 권수만 표기)

"모두들 그곳을 사막이라고 하고 자기들을 불시착(不時着)한 사람들이라고 했다"라는 작품의 첫 문장을 일단 주목할 것이다. 왜냐하면 이 한 줄의 문장은 『행복어사전』의 전체 줄거리를 암시하는 핵심 대목이자, 궁극적으로는 작품의 주제의식과 밀접한 연관성을 지니기 때문이다.

여기서 주인공 '나'란 누구인가. 아직 이름은 드러나지 않았다. '나'는 2년 전 480여 명의 경쟁자들을 물리치고 신문사의 교정직원으로 뽑혔다. 다른 14명과 함께 1970년대 무렵 한 신문사의 교정국에 입사했다. 그런데 신입부원 환영회에서 교정부장 왈, "이 친구들(교정부원-필자 주)은 사막에 불시착한 사람들"이라고 했것다! 왜? 교정부, "거긴 7포인트 활자 크기 만한 모래알이 일망무제하게 깔린 사막"이었으니까. "삐걱거리는 의자가 비록 낙타의 등을 닮지 않아 엑조티즘을 해치긴 하나 가도 가도 사막의 길인덴 사하라나 고비와 다를 바가 없었"던 것. 그러니까 나를 포함한 15명의 우리들은 활자의 사막에 '불시착한' 인간이 된 것. 우리들은 이 사막에 새롭게 불시착한 군상들이자, 마치 '파리'에 돌아가고 싶어 조바심을 내며 '이집트'의 사막을 헤매고 있는 관념의 '나폴레옹'들에게 일시적이나마 위안을 주는 구원의 '헬리콥터'와도 같은 존재들인 것. 물론 여기서 비유적으로 사용된 '파리'란 정치부나 경제부, 또는 사회부와 같은, 교정부보다 '권위'적이고 대사회적 '발언권'을 가진 부서를 가리킴인 것.

2. 교정국의 나폴레옹들

하지만 우리들은 선배부원들에게 "미안하게도 알량한 헬리콥터의 구실을 다하지 못했다." 그들 중의 일부는 "때마침 불어 닥친 감원 선풍으로 도태"되었기 때문. 결국 교정부에 남은 선배부원의 숫자는 교정부장을 포함해서 모두 네 명.

> "인생, 학문을 배워 신문의 교정을 보는 것도…… 나쁜 일은 아니지. 어딜 가나 사막, 사막인 걸.
>
> 교정부력(校正部歷) 7년이라는 박동수 호색가로서의 나폴레옹이었다.
>
> 작달막하지만 다부지게 생긴 체구, 거무튀튀한 얼굴에 유난히 희게 빛나는 눈의 흰자위와 이를 가진 박동수는 깡깡 울리는 금속성 소리로 자기의 생의 목표는 비원천녀(悲願千女)라고 했다. 여자 천 명을 치르는 비언을 달성하고 나면 삭발하고 입산수도하겠다는 것이다. 교정부장 우동규는 박동수를 미스터 탱크라고 부른다. 〈중략〉
>
> 차장 정수영은 자기 말에 따르면 미국적 사고방식을 마스터한 나폴레옹이다. (……) 그는 교정부 차장으로서의 직을 어디까지나 부업으로 생각하고 있다. 부업으로 생각한다고 해서 등한히 한다는 뜻은 아니다. 그는 출근시간에 늦어본 적이 없고, 퇴근시간 전에 퇴근하는 법도 없다. 작업도중 쓸데 없는 말을 하지도 않고 한 눈을 파는 예도 없다. 교정부원을 본업으로 알고 있는 사람이 이상으

로 일에 충실하다고 했으니 부업이라고 공언해도 누군들 탓할 사람이 없다. 그러나 그에게 있어서 교정부 차장직은 역시 부업일 수밖에 없다. 그의 본업은 구멍가게다. 그의 꿈은 그 구멍가게를 큼직한 백화점으로 키워 백화점 사장으로 군림하는 날을 굽어보고 있다. 현재는 그의 부인이 맡아 경영하고 있는데 아마 계획대로 진전하고 있는 모양이다. 3년 계획으로 미아리의 후미진 골목에 있던 가게를 큰 도로변으로 끌어내는데 성공했다고 하니 혜화동 로터리 근처로 상점을 옮길 5개년 계획도 성공할 것이 틀림없다.

–pp.11~17, (제1권)

맨 먼저 교정부력 7년차인 박동수. 그는 "호색가로서의 나폴레옹"이며 별명은 '미스터 탱크', "호르몬 탱크의 줄임말". 음담패설과 쌍스러운 용어를 작업도중에도 버릇처럼 ' 씨부린다'. 그는 지금 천 명의 여자를 정복하는 긴 여정에 놓여 있다. 하지만 아직은 〈일모도원(日暮途遠)〉.

다음 인물은 차장 정수영. 미국식의 실용주의적 사고를 두뇌에 장착한, '록펠러를 환상'하는 나폴레옹. 겸업으로 구멍가게를 운영하고 있으나 나중에 큼직한 백화점의 사장이 되기 위해 연일 분투중이다. 특히 업무에 있어서의 그는 "정직이 최상의 상술이란 지혜와 함께 불칼 같은 신경질의 소유자"이기도 하다.

마지막으로 범상치 않은 인물 윤두명. 그는 하급자임에도 정 차장의 신경질적인 불꽃을 단숨에 꺼버릴 수 있는 존재. 뿐만 아니라 그에 대해서는 교정부장도, 나머지 선배부원들도 '한몫 놓고' 있었다. 그리하여 '나'는 물론 신입부원 전부의 호기심을 발동시키고 있다. '윤두명'. 그는 누구이며 어째서 특이할까.

윤두명에 대해선 교정부장도, 그 밖의 선배부원들도 한몫 놓고 있는 것이 분명했다. 그에게 대해서만은 모두들 말이 공손했다. 서투른 농담을 거는 사례도 없었다.

윤두명이 하루 종일 한 마디의 말도 없는 때가 있었다. 얼굴은 언제나 온화했다. 우울한 기색도 걱정이 있는 빛도 없었다. 요컨대 그늘진 곳이란 한 군데도 없는 그저 호인의 타입이었다. 나는 그를 교정보는 일을 천직으로 아는 평범한 인간으로 보았다. 술자리에 잘 어울리는 법도 없어 그의 사람 됨됨을 알 길이 없었으나 알려고 하는 호기심도 일지 않았다.

내가 그 사람에게 다소나마 관심을 갖게 된 것은 정 차장과의 야로가 있고 난 직후부터이다. 초여름의 어느 날 밤, 신입부원들이 첫 월급을 받은 김에 교정부장을 모실 기회를 가졌는데 그때 내가 물었다

"윤두명 씨란 어떤 분입니까?"

"윤두명 씨? 당신들이 본 그대로의 사람이지. 그런데 왜 묻나?"

"조금 이상해서요."

"이상할 건 없어, 아주 좋은 사람이야. 차차 알게 될 걸."

하고 한숨을 쉬는 듯 하더니 교정부장은 이렇게 말했다.

"그 사람이야말로 불시착한 사람이지. 다른 치들은 전부 헛거야, 헛것."

"그 뜻이 뭡니까?"

나뿐 아니라 신입부원 전부가 호기심을 발동했다. 교정부장의 얘기는 다음과 같았다. 십수 년 전 B신문사에서 견습기자 시험을 치렀다. 그때 응시한 지원자의 수는 4천 명을 넘었다. 4천 명 가운데서 스물일곱을 선발했는데, 윤두명은 최고점으로 합격한 사람이다.

"왜 그때 B신문사가 스물일곱이란 숫자를 뽑았는가 하면 5백점 만점의 시험에 4백 50점 이상이 스물일곱이었던 까닭이었지. 다섯 과목의 시험에 4백 50점이면 평균 90 아닌가. 시험 성적이 그랬으니 놀랄 만한 일이지."

그땐 대학을 나온 수재들이 갈 곳이 없었다. 지금처럼 대회사가 많아 공개시험을 치러서 사원을 모집하는 경우는 극히 드물었다. 포부를 가진 수재들이 응시해 볼 만한 시험이란 신문기자 시험을 두곤 없었다.

"B신문사만이 아니라 A신문도 C신문도 모두 그러했는데 그해의 시험이 아마 피크였던 것 같애, 천하의 수재가 신문사에 모여든 셈이지."

"그런데 왜 윤두명이 A신문사의 교정부에 앉아 있는 겁니까?"

나는 다급한 심정으로 물었다.

"차근차근 들어봐."

하고 교정부장은 윤두명 씨와 동기에 들어온 사람들의 이름과 현직을 열거하기 시작했다. 편집국장을 하는 사람도 있었고, 논설위원을 하는 사람도 있었고, 해외특파원으로 명성을 날리고 있는 사람도 있었다. 명기자란 평가를 발판으로 국회의원으로 진출해서 활약하고 있는 사람도 몇인가 있었고, 대기업의 중역 노릇을 하고 있는 사람들도 있었다.

그런데 윤두명 씨는 A신문사의 교정부의 다 떨어진 의자에 앉아 있는 것이다.

"왜?"

"어떻게 해서?"

우리들의 호기심은 치열했으나 교정부장은

"그러니까 불시착한 사람이라고 하지 않았소."

하고 더 이상 말하려 들지 않았다. 그 이상의 말은 개인의 프라이버시를 침범하는 것으로 된다는 얘기였다.

5백 명 가운데서 뽑힌 열다섯 명 중의 하나란 의식은 견습 생활 한 달 정도의 기간에 이슬처럼 녹아 없어졌지만 한시나마 들뜬 기분을 가졌다는 기억은 아직도 남아있는데 4천 명 가운데서 톱으로 뽑혔다는 윤두명을 앞으로 할 때 그 기억마저 부끄러운 것이 되었다. 뿐만 아니라 내가 치른 시험은 교정부원의 채용

시험이다. 생각해보면 교정부원의 채용시험이란 형무소 간수시험과 더불어 가장 우울한 시험이다. 평생을 신문사의 교정부원을 하겠다고, 또는 형무소 간수를 하겠다고, 그런 시험을 치른 사람이 있을까.

모두들 일시적인 방편이라고 생각하고 시험을 치른 것이 아닐까. 기자 채용시험이 송이송이 꽃 가운데서 가장 아름다운 꽃을 가려내는 작업이라면 교정부원의 시험은 철이 오기도 전에 낙엽 진 병든 이파리 가운데서 덜 병이 든 이파리를 가려내는 작업이라고 하는 게 타당하지 않을지… 그러나저러나 일시적인 방편으로 20여 만 원의 월급을 탐해 내 앞에 혹시 전개되었을지 모를 무한한 가능을 잘라 없앴다는 생각은 눈물겹도록 안타깝다.

보잘 것 없는 내 기분이 이럴 때, 나의 맞은편에 앉아있는 윤두명 씨의 기분은 어떨까 하고 생각하게 된 건 당연한 일이다. 나는 되도록이면 그와 가까워지도록 신경을 썼다. 나는 인생을 연구하는 요량으로 그를 연구할 작정도 했다.

두드리면 열린다는 말은 너무나 속되지만 계속 두드리고 있으면 윤두명 씨도 그 굳게 닫힌 가슴의 문을 활짝 열어 줄 것이란 기대는 가져볼 만했다. 나는 한동안 그 기대만으로 활자의 사막 속에서의 권태를 잊을 수 있었다.

–pp.21–24.(제1권)

윤두명은 입사시험 때 "4천 명 가운데서 톱"으로 뽑힌 인물. 그럼에도 지금까지 "A신문사의 교정부의 다 떨어진 의자에 앉아 있는", 그야말로 사막에 불시착한 나폴레옹의 존재. 시대적으로 운 '때'가 맞았다면 그의 동기들처럼 논설위원과 해외특파원, 혹은 명기자로 이름을 날려 국회의원이나 대기업의 임원으로 진출할 수도 있었다. 최소한 편집국장이나 취재 기자가 될 수도 있었을 것이다.

하지만 다섯 살 때 좌익 사상을 가진 아버지를 여의고, 그 덕에 어머니와

생이별한 "슬픈 성장"(p.21, 윤두명의 생애사에 관한 이야기는 제2권의 초입 부분에서 소상하다.)을 거친 그는 지금 자살한 애인을 잃고 비오는 날이면 미아리 고개 근처의 싸구려 창녀 집이나 기웃거리는 평범하면서도 '남루한' 직장인이다. 물론 그렇다고 해서 그는 '미스터 탱크' 박동수마냥 단순한 호색한은 아니다. 그는 결혼도 하지 않은 채 7~8명의 고아들을 돌보며 나름대로 자신의 '철학'을 실천하는 인물이다.

결과적으로 윤두명이 특이한 이유는 1970년대의 이른바 '현실원칙'에 따라 삶을 운용하기 보다는 자기만의 사유, 자기 방식의 철학을 고수하기 때문. 이러한 윤두명의 생애를 우선, 라잉할트 니버의 책 제목대로 『도덕적 인간과 부도덕한 사회』(p.286, 제3권)로 이해해봄직하지 않을까.

"윤 선생께선 부인이 안 계십니다."

나는 깜짝 놀라며 되물었다.

"권속이 7, 8명이나 된다고 했는데, 그럼 부인이 죽었나요?"

"결혼을 하지도 않았는데 죽을 부인이 있겠어요?"

김 마담은 또 입을 가리며 웃었다.

"그럼 권속들은 친척들인가요?"

"아녜요. 윤 선생이 거리에서 주워온 아이들이예요. '

"윤 선생이 고아원을 하신단 말입니까?"

"고아원이라 할 것도 없죠. 그저 같은 집에서 살고 있는 거예요."

"아이들이 어립니까?"

"일곱 살 먹은 아이가 제일 어리다고 들었는데요. 큰 아이는 열다섯 살이 되었다 하던데요."

나는 점점 윤두명 씨의 정체를 알 수가 없다는 기분으로 빠져 들었다.

—pp.50~51, 제1권

혹 그랬다면, 만약에 윤두명이 신문사의 취재 기자였다면 활자의 사막을 헤매는 교정 '개미'가 아닌, '주체적 / 구조적 취재'도 가능했을지 모른다.

이렇게 말하는 양춘배의 얼굴엔 우울한 빛이 있었다. 나는 양춘배가 여간 감수성이 강한 청년이 아닐 것이라고 느꼈다. 그만큼 그에게 대한 나의 관심도 깊어졌다.

"경찰서 출입을 하는 기자생활에 보람을 느끼고 있습니까?"

어리석은 질문이라고 생각하면서도 나는 우선 이렇게 물어 보았다.

"보람이 있을 까닭이 있습니까. 시키는 일이니까 하는 거죠. 경찰서의 임무는 다운적인 것이지만 사건을 쫓고 있는 우리들에겐 수사관계의 문제만이 중점이 되는 거죠. 그러다 보니 우리는 매일 시민 생활의 치부를 들여다보고 사는 꼴입니다."

"그런 만큼 매일매일이 긴장된 내용으로 꽉 차게 되는 것 아닐까요."

"그렇지도 않으니 탈이죠. 우리는 문제를 해결하고 처리하는 입장에 있는 것이 아니고 폭로하고 기사화하는 방관적인 입장에 있으니 이를테면 무책임한 거죠."

"그러나 언제나 생생한 사회와 접촉하고 있으니 정신의 활동이 활발할 것 아닙니까. 나는 교정부에 앉아 있으니까 정신이 침체하기 마련이죠. 배수구가 없는 늪 같은 기분이 들어요. 늪엔 독기와 장기가 있게 마련 아닙니까. 그런 점 양형과 같은 입장이 부러운데요."

양춘배는 쓴 웃음을 지었다. 그리고 다음과 같은 말을 했다.

"난 반대로 생각합니다. 언제나 정신을 활발하게 가지려면 관찰하는 입장이 정지되어 있어야 한다고 생각해요, 말하자면 팔랑개비처럼 돌고 있어선 정신은 움츠러들 수밖에 없습니다. 항상 자질구레한 일에 허겁지겁 몰려 있다가 보면 자기를 상실하게 마련이거든요. 가령 이런 겁니다. 누군가가 자살했다고 합시다. 어느 누구의 자살이건 이건 중대한 문제가 아닙니까. 가장 중요한 건 그 자살의 사회적인 의미를 찾아내는 일일 겁니다. 그런데 그런 걸 따지고 살필 겨를이 없습니다. 제일 첫째 할 일은 사진을 구해내는 일입니다. 자살의 동기나 이유, 또는 그 과정을 캐는 건 둘째 문제죠. 그런 건 대강의 경우 비슷비슷하니까요. 죽은 사람에겐 입이 없으니 상상으로 기사를 쓸 수도 있구요. 그러나 사진만은 상상으로 만들어내지 못할 것 아닙니까. 기사의 실질은 사진에 있는 거죠. 그러다가 보니 자살자의 그 절박한 심정에 대한 동정심 같은 건 깡그리 없어지고 말죠. 말하자면 인간의 기본적인 감정조차 무시되는 겁니다. 그렇게 하는 게 생생한 사회문제와 접촉하는 게 되는 겁니까?"

"주체적, 구조적 취재라는 것도 가능할 것 아닙니까?"

"구조적 취재라구요? 어림도 없는 얘깁니다. 하루에 수십 건씩 사건이 나타납니다. 기사가 될 만한 것을 나름대로 가려내어 기사를 씁니다. 그러나 거의 채택이 안 됩니다. 채택이 안 될 줄 알면서도 써야 하는 거죠, 처음 경찰서 출입을 하게 되었을 때 나는 이런 것을 생각했습니다. 신문기자의 사명은 경찰이 적발한 사건을 보도하는 데 중점이 있는 것이 아니라 그런 사건을 다루는 경찰의 태도에 중점에 있는 것이라구요. 사실 유치장에 갇힌 피의자들보다 그들을 가둔 경찰에 더 많은 문제가 있을 수 있거든요. 그래서 나는 나름대로 그런 기사를 써봤죠. 어떤 절도사건의 내용을 쓰고 아울러 그 절도사건을 취급한 경찰의 태도를 쓴 겁니다. 신고자의 말만 듣고 무작정 족쳐대는데 그런 태도는 좀 뭣하다는 식으로 말입니다. 그랬더니 데스크는 이런 건 중학생의 작문이지 신문기사가 아니라는 겁니다. 선배들이 만들어놓은 규칙에 따를 수밖에 없는 게 아니겠습니까. 그러나 지금도 나는 그때의 내 생각이 옳다고 생각하오."

—pp.254~256, 제1권

하지만 현장에서 취재하는 기자들의 생각은 전혀 다르다. '주체적 / 구조적' 취재는 어림도 없는 일. 그들도 "선배들이 만들어 놓은 규칙"에 일개미처럼 수동적으로, 또 습관적으로 따르기는 마찬가지. 취재 기자 양춘배에 따르면, 오히려 자신은 "신문기자가 직업으로서 성립될 수 있는 것인가 하는 것"에 회의를 느낄 정도이다. 결국 '주체적 구조적 취재'가 불가능한 취재부의 기자도 미래의 희망이 보이지 않는 사막의 삶을 살아가기란 마찬가지인 것이다.

3. 현실에 불시착한 인간들

여기까지가 『행복어사전』 제1권의 주요 내용이다. 이처럼 이 책의 전반부는 '연애사'와 관련된 몇몇 에피소드의 삽입과 함께 사막과도 같은 황폐한 현실의 삶을 살아가는 무기력한 인간 군상들에 대한 묘사로 가득 차 있다. 신문사의 교정부원과 취재부 기자는 물론, 술집 작부, 고향 선후배 등 작품의 주변부에 등장하는 인물들마저도 건조하고 삭막한 삶을 영위한다. 사막과도 같은 그들의 삶 끝에는 다시, 또 다른 현실의 광대한 사막이 놓여 있는 것이다.

그렇다면 재차 물을 것이다. 그런데도 왜 작가 이병주는 이 작품의 제목을 『행복어사전』이라고 붙였을까.

결론부터 말하자면 그 해답은 아이러니컬하게도 시대의 모순과 불행에서 기인한다. 사방이 모순과 부조리로 점철된 1970년대 한국 사회. 재벌 아들은 배우, 가수, 여대생을 "닥치는 대로 해치우는" 유흥행각을 벌이고, 일본인 본처를 한국인 현지처가 살해하고, 순정을 다 바친 여자 '정진숙'은 고시생에게 배신당하고, 유년시절 홍수로 가족을 잃은 술집 작부 '순자'는 비만 오면 발광을 하고, 술집의 또 다른 창녀 '정자'는 중학교 체육교사에게 강간을 당하고, 가족이 간첩으로 몰려 파멸한 집안의 딸 '미스 김'은 이후 '간첩'에 대해 과민 반응하여 무고죄로 유치장에 가고, 어느 남편은 아내를 토막 살인하는 등등 엉망진창의 폐허 같은 인생들.

충청도 어느 소읍의 중학교에 다니고 있을 때 정자는 체육교사에게 강간을 당하다시피 했다. 그것이 탄로가 나서 체육교사는 쫓겨나고 정자도 가출을 했다. 아버지는 친아버지였지만 어머니는 계모였다. 넉넉지 않은 살림인데도 중학교까지 보내 놨는데 그 꼴이 되었다고 온통 집안이 뒤집혔다. 그 북새통을 견디지 못해 서울로 뛰쳐 온 것이다. 서울에 온 정자는 이 다방 저 다방을 전전하면서 레지 노릇을 했다.

—p.44, 제1권

"헌데 그것까지도 좋다고 합시다. 대강의 사정을 알고 있는 친구들이 구봉우에게 그럴 수가 있냐고 힐난을 했더랍니다. 그랬는데 구봉우가 뭐라고 했는지 아세요? 누님이 딴 사나이와 붙어 애를 배선 소파수술을 두 번이나 한 여자라면서 소파수술을 한 병원의 증명서를 내보이더랍니다. 그 증명서엔 동행한 보호자의 이름이 씌어 있었는데 그 이름을 누님과 붙은 사내의 이름이라고 하더라나요? 그래서 제가 철저하게 조사를 했죠. 그랬더니 그 이름은 누님 하숙집의 바깥주인 토역일을 하는 금년 칠순 가까운 노인이었습니다. 이런 사실을 알리자 하숙집에선 난리가 났어요. 학생의 신분으로 같이 갈 수 없다면서 구봉우가 부탁하더란 거예요. 그러더니 구봉우는 미리부터 배신할 준비를 하고 있었던 것이 아닙니까? 돈 많은 부잣집의 사위가 되고 싶은 유혹에 못이겨 미안한 마음을 가지면서도 어떻게 그렇게 되어버린 것하고, 치밀하게 그런 유혹의 기회를 위해 준비까지 해두었던 것하곤 엄청난 차이가 아녜요? 어떻게 하다가 보니 그리됐다. 미안하다. 그런 사정 같으면 누님이 중이 되었건, 극단하게 말해 자살을 했건 난 나서지 않겠습니다. 그런데 이게 뭡니까. 그런 흉측한 놈을 가만 둘 수 있어요? 그런 놈을 사회정의를 바로 잡는 위치에 앉혀 놓을 수 있어요?"

–pp.70-71, 제1권

여기서 보다시피 소설은 온 '불편'하고 우울한 사건의 연속으로 구조되었다. 이들 사건들 중의 일부는 작품에서 소개된 신문의 기사 내용이고, 또 일부의 이야기는 작가가 생산한 상상력의 부분이다. 그런데 과연 어느 것이 뉴스이고 또 무엇이 일상일 것인가. 고민할 것도 없이 이 불행하고 이상한, 어찌 보면 그로테스크하기까지 한 이야기들은 1970년대 한국 사회에서 실제로 일어났던 사건들이며, 산업화가 가속화되었던 그 시절의 일상에서 흔히 전개되었을 법한 현실이다. 신문 기자가 흔히 "개는 사람을 물어선 안되고 사람이 개를 물어야"(p.59) 하는 '특별한' 사건을 취재의 대상으로 하고, "성공한 폭동은 혁명이고, 실패한 혁명은 폭동"이라는 모종의 궤변적 변증을 만들어 낼 수 있는 작업의 영역이라면, 이병주의 『행복어사전』에서는 이 모든 일들이 현실에서 발생하고 있는 것이다. 진실과 궤변의 경계 자체가 구분되어 있지 않는 것이다. 왜 그런가. 거듭 강조하는 바, 일반 상식으로는 각별한 사건이자 궤변적인 것들로 취급될 수 있는 이야기들, 그것이 바로 1970년대 한국사회의 진실이자 삶의 실제였으니까.

『행복어사전』의 도입부에서 암시적으로 들이 댄 '사막'의 의미, 그곳에 '불시착한 사람들'의 구체적 형상은 이 지점에 이르렀을 때 비로소 명확해진다. 1970년대의 한국 사회는 '사막'과도 같은 시대였다는 것, 그곳을 살아가던 우리들은 이 사막에 '불시착한' 존재들이었다는 것.

결국 작가 이병주는 신문사 교정부의 구조적 한계(이것은 교정부의 한계이자, 동시에 소설적 가능성이라고 할 것이다. 기실 사회부나 경제부, 정치부보다도 시대를 망라해서 바라볼 수 있는 부서가 교정부가 아닐 것인가. 이 부분의 서술, 즉 신문사와 관련된 대목의 진술이 비교적 소상한 이유는 〈국제신보〉의 주필로 근무했던 작가의 실제체험과 무관하지 않을 것이다)를 통해 동시대 한국 사회의 한 단면을 압축적으로 드러내고자 했다. 그러므로 그들이 '교정'하는 신문 기사의 내용들이란 어쩌면 작가와 등장인물, 더 나아가 우리 모두가 '교정'하고 싶었던 안타까운 삶의 이야기였을지도 모른다. 이런 측면에서 이 작품은 '교정부=사막'의 한계에서 '현실=사막'의 제반 문제에로 확장되는 점층적 구성을 보인다고 할 것이다. 아울러 일상의 소박하고 평이한 언어들로 구성된 등장인물들의 대화에는 무수한 상징과 역설의 소설적 장치들이 작동한다. 가령, 아까운 생명이 의미 없이 훼손된 사건을 접하면서도 "감정은 아침 집에서 나올 때 캐미닛 속에 집어넣고 나오라는"(p.54) 교정국장의 주문과 "기사를 읽지 말고 글자를 읽"(p.53)으라는 정 차장의 '진심어린' 충고에는 인간 고유의 "신경과 마음의 마비되어 가는"(p.54) 주인공 〈나〉의 우울한 현실 이외에도 우리들 삶의 부박함이 입체적으로 투영되어 있는 것이다.

4. 〈행복어사전〉 집필의 배경 – 가야만 하는, 그러나 갈 수 없는

다시, 그렇다면 어떻게 살아야 할 것인가. 이 물음을 두고 작가 이병주는 윤두명을 소환했다. 그가 특별한 인물로 그려지는 이유는 최소한 이 물음, 인간의 고유성과 삶의 근원성이라는 "대문제"에 대해 고민하는 유일한 존재인 까닭이다. 작가의 호명이 있은 직후 윤두명의 말, 인간은 어차피 "죽을 거니까 살아 있는 동안은 잘 살아야 할 게"(p.56) 아닌가, "그런데 이 대문제를 잊고 사는 사람이 얼마나 많소"(p.56).

역시 윤두명. 그는 시대의 논리를 등진, '특이하고', '괴팍한' 성격의 소유자임에 틀림없다. 동시대의 부도덕한 현실 논리에 역행하는 도덕적 인물, 그러기에 문제적인 인간인 것.

> "말은 다르지만요, 난 서 선생이 불행하게 안 되길 빌어요."
>
> "불행이 뭔데?"
>
> "행복의 반대"
>
> "불행하지 않으려면 어떻게 하면 될까요?"
>
> "행복을 만들어야죠."
>
> "어떻게?"
>
> "사전을 만드는 거예요."
>
> "행복의 사전을?"
>
> "행복어사전이라야 될 걸요."
>
> "그거 재미있겠습니다."
>
> "재미 있겠죠?"
>
> "차성희 씨가 한 번 만들어 보세요."

"이 세계엔 여자만이 사는 것도 아니고 여자만이 행복할 수 있는 것도 아니니까. 아마 행복어사전이 가능하려면 남녀공저라야 할 거예요."

"그럼 나도 한몫 끼일까? 그런데 참으로 좋은 아이디어다. 극동의 반도의 어느 신문사, 쓸쓸한 교정부원인 남녀가 먼지를 마시며 한구석에 머리를 조아리고 앉아 인류에게 행복을 주는 사전을 만들었다. 영어를 마스터하려면 O.E.D를 가져야 하듯이 행복을 마스터 하려면 이 사전을 가져야 한다. 불교의 불경, 예수교의 복음, 회교의 코란이 이 사전의 출현과 더불어 그 생기를 잃고 영겁의 먼지를 뒤집어쓰기에 이르렀도다. 이런 서평이 나올 가능성도 있는 것 아뇨?"

나는 차성희의 빛나는 눈동자를 응시하며 이렇게 말했다. 차성희는 소리가 나지 않게 박수를 쳤다.

"서재필 씨를 다시 봤네요. 서재필 씨에게 그런 상상력이 있는 줄 몰랐거든요."

"그건 그렇구 차성희 씨, 행복어사전을 만드는 사람은 충분히 행복한 사람이라야 하지 않을까?"

"그렇겠죠."

"그럼 우리도 행복하게 됩시다."

"닷콜"

"불문과 4년동안 그 한 마디만 배웠소?"

"그 한마디가 최고예요. 행복의 기초는 닷콜에 있으니까요."

나는 들뜬 기분을 억제할 수 없었다. 덕수궁 돌담을 끼고 걸으며 익혔던 상념 그대로 이 밤에 차성희를 소유해야겠다는 충동을 무럭무럭 느꼈다.

"사실은요, 아까 차성희씰 보구 놀랜 까닭은요…"

"뭔데요?"

"성낼까 봐 겁이 나는데."

"오늘 밤은 성내지 않기로 하잖았어요?"

"그래도 약간 켕기는데…."

"말씀하세요."

"그럼 눈을 감아요."

차성희는 사르르 눈을 감았다. 깊은 속눈썹이 내리깔려 불빛을 받곤 그림자의 무늬를 엮었다. 그 무늬에서 자주빛 향기가 서려오르는 느낌에 황홀해서 나는 거의 정신없이 중얼거렸다.

"어떤 일이 있어도 오늘밤 차성희를 내 것으로 만들 양으로 벼르고 있던 참이었어. 바로 그때 당신과 부딪혀 놨으니 당황하지 않을 수 있어?"

"그토록 나를 원해요?"

차성희의 말은 까물어들 듯 떨었다.

그 가냘픈 소리를 내 가슴에 새겨듣기 위해서 일순 지구가 숨을 죽여야 했고 시계가 멎어야만 했다.

-pp.320~325, (제1부)

3인칭 시점으로 『행복어사전』의 전체 풍경을 시종일관 관찰하던 주인공 서재필은 그의 사랑하는 여인 차성희와 드디어, 〈행복어사전〉의 작업에 착수한다. 결국 〈행복어사전〉 집필의 배경에는 불행한 현실이 도사리고 있는 것. 그것의 편찬 의지는 역설적으로 시대의 우울과 상실감에 기대어 있는 것. 이러한 『행복어사전』의 주제적 설정은 어찌 보면, 한편으로 저 헝가리 태생의 미학자 루카치가 설파한 『소설의 이론』(1916) 첫 줄과도 매우 흡사하다. "우리가 갈 수 있고 가야만 할 길을 하늘의 별이 지도의 몫을 하는 시대는 복되도다!"라고, 루카치는 불세출의 저작에서 외치지 않았는가. 이를 니체는 '영웅적 목가의 세계'라 외쳤고, 도스토옙스키는 '인류의 망집'이라며 탄식해 마지않았다. 그러나 우리가 가야만 할 길을 별이 안내하던 시대란 이제, 실제에 있어서는 어림도 없는 일. 그러니까 현실은 일종의 "어른의 세계", 온갖 죄악과 음모의 생지옥이기에 그 강도에 역비례 하는 상징적 시공간이 필요한 것(이것은 간혹, 유년기의 회고 형식으로 나타나기도 한다). 소설을 두고 '선험적(先驗的) 고향 상실의 형식'이라 함은 이 사실을 잘 암시해준다.

이병주의 『행복어사전』은 가야만 하는, 그러나 갈 수 없는 소설적 입장을 고스란히 노정하고 있다는 측면에서 근대 소설의 형식에 나름대로 부합한다. 〈행복어사전〉 집필의 의미는 바로 여기에 있었던 것. 다름 아닌, 실제로 도달하기 어려운 1970년대의 〈행복〉을 종합하는 일. 그러므로 소설적 결말은 예정되어 있는 것.

이상에서 알 수 있듯이 이병주의 『행복어사전』 제1권은 나머지 5권의 내용을 쓰기 위해 70년대의 현실을 불행이 난무하는 사막으로 설정하고 있다. 이후에는 주인공 서재필을 중심으로 한 여사여사한 사건들. 물론 이 과정에 이병주 소설 특유의 '교양주의'(계몽주의라고 부를 만한 요소도 없지 않다.)가 빠질쏘냐. 또 그의 대중소설이 그간에 선보인 특유의 사랑과 야망의 드라마틱한 이야기가 없을쏘냐. 실제로 이 작품은 일반의 대중을 '배려한' 대중소설로서의 읽는 재미도 놓치지 않았다. 소설의 곳곳에 작가 자신을 실명으로 등장시킨 것은 그 한 예.

"꼭 같은 사건이라도 주간지의 기자가 쓰면 스캔들이 되고 이병주 같은 작가가 쓰면 염문으로 되는 것 아닙니까?"

김달수가 한 마디 했다.

"멋진 표현이에요. 이병주란 작가의 손에 걸리면 어떤 추문도 미담처럼 되어버리는 걸요."

안민숙이 맞장구를 쳤다.

"스캔들을 스캔들 그대로의 밀로로서 쓰지 못하는 소설가가 어디 작가라고 할 수 있나 뭐."

계수명이 신랄하게 말했다.

"옳은 말씀이오."

하고 김달수가 말했다.

−p.34, 제2권

"이병주 같은 사람도 소설가 행세를 하고 있는데 그게 뭐 그처럼 대단하단 얘깁니까."

−p.306, 제3권

심각하기만 한 현실의 제반 문제를 지속적으로 제기하면서도 이를 결코 심각하지 않게 보여주는 의뭉스러움. 능청스러운 이야기꾼 이병주의 작가적 면목을 유감없이 보여주는 대목. 끊임없이 이어지는 순정과 욕망과 배신의 서사. 이웃고 전개되는 사회적 갈등과 여사여사한 시대적 한계성.

그러기에 이병주의 『행복어사전』은 액면으로 보면 한 로맨티스트의 긴 장정의 러브스토리에 불과하지만, 그 실상은 한 휴머니스트의 보편적 인생 철학을 담고 있다. 대중소설과 교양주의 소설 사이에서 기우뚱한 균형을 잡고 있는 것, 바로 이병주의 『행복어사전』이었던 것.

'회색의 군상', 그 좌절의 기록
- 김규식과 유태림을 중심으로

이광훈

1.『지리산』을 발목잡은 이념

이병주(李炳注)는 1972년, 그의 대표작인 『지리산』 연재를 시작하면서 '실패할 작정을 전제로' 쓴다고 했다. 민족의 거창한 좌절을 실패 없이 묘사할 수 있으리란 오만이 없기 때문이라는 것이었다.

"초목(草木)은 고요를 되찾고 새들은 노래를 찾았다. 백성들은 그 산 언저리에 각박(刻薄)하긴 하나 조용하게 생(生)을 이어가고 등산객은 나름대로의 감회를 가꾼다. 시간은 이렇듯 지리산(智異山) 봉우리 위로 백운(白雲)처럼 지나가고 있지만, 지리산은 민족의 가슴팍에 뿌리를 박고 지금도 그 의미를 애상(哀傷)하는 회한(悔恨)의 더미로서 솟아있다.

운명으로서 체관(諦觀)하고 지나쳐 버리기엔 너무나 절박하고 안타까운 어제의 일인 동시에 오늘의 문제, 내일의 문제에 이어지고 역사로서 정착시킨다 해도 그 행간(行間)에 넘치는 인사(人事)와 정사(政事)와 군사(軍事)의 디테일을 감당할 수가 없을 것이다. 극동의 반도의 남쪽 산야에 집약된 세계의 투쟁, 우리의 뼈와 피와 살로서 고통하고 신음한 인류의 고민. 그 과정에 죽어 없어진 수십만의 원령(怨靈)을. 그 고민과 비참의 엄숙함을 모독하지 말아야 할 이유로서도 그 산에 등을 돌리고 묵묵해야 할지 모른다.

그러나 문학이 무엇 때문에 존재하는가를 자문(自問)할 시간이 있다. 나는 이 나라에서 문학이 가능하자면 역사의 그물로써 파악하지 못한 민족의 슬픔을 의미를 모색하는 방향으로 슬퍼해 보는데 있다고 믿는 사람이다. 힘에 겨운 시도도 작가가 겪어야 할 당연한 시련이라고 생각한다. 나는 『지리산』을 실패할 작정을 전제로 하고 쓴다. 민족의 거창한 좌절(挫折)을 실패 없이 묘사할 수 있으리란 오만이 내겐 없다. 좌절의 기록이 좌절일 수도 있을 법한 일이 아닌가. 최선을 다해 나의 문학에의 신념을 『지리산』에 순교할 각오다."

-〈『세대』 1972년 8월호 연재 장편소설 『지리산』 예고 기사 중 '작가의 말' 전문(全文)〉

오랫동안 지리산을 배경으로 한 대하소설을 구상하면서도 선뜻 작품으로 옮기지 못하고 있던 이병주에게 집필의 계기를 가져다 준 것은 1972년의 7·4남북공동성명이었다. 그해 여름은 이데올로기의 장벽을 뛰어넘은 남북조절위원회가 구성되고, 고위급 대표단이 판문점을 가로 질러 평양과 서울을 오가는 등 휴전선에 얼어붙은 냉전시대의 마지막 빙하(氷河)가 녹아내릴 것이라는 평화무드로 잔뜩 부풀어 오르던 시기였다. 작가가 그동안 머뭇거리며 작품으로 옮기지 못했던 『지리산』을 연재하기로 결심한데는 당시의 그 같은 남북 화해무드가 작가에게 용기를 북돋아 주었기 때문일 것이다. 이병주는 남북간에 7·4공동성명의 정신이 제대로 지켜지고 실천될 수 있다면 이제는 『지리산』처럼 사상적으로 민감한 소재의 작품도 자유롭게 쓸 수 있을 것으로 생각했다. 냉전시대의 이데올로기 속박에서 벗어나 자유로운 시각으로 자신이 추구해 온 '회색의 군상(群像)'을 형상화할 수 있으리라는 기대였다. 그러나 이러한 기대는 채 1년도 안돼 무너졌다. 연재 시작 한 달 만에 유신체제가 선포되고 그 이듬해엔 7·4공동성명이 파기되는 등 남북관계가 경색(梗塞)되면서 이데올로기에 대한 당국의 통제가 강화되었기 때문이다. 『세대』에 연재 중이던 『지리산』이 끝을 맺지 못하고 중단된 데는 당시의 그 같은 시대배경에도 원인이 있었다.

그러나 표현의 자유가 제약을 받는 상황이긴 했지만 그 뒤에도 역사의 그물로써 파악하지 못한 민족의 슬픔을 그려내겠다는 작가의 결심을 여러 차례 피력했다. 1974년의 한 대담에서도 "회색의 사상을 가진 사람이 어떤 행위를 하여 그 결과가 처참한 것이 되거나 또는 보람된 결과가 되거나 하는 측면을 구체적인 관점에서 파악하여 그것을 『지리산』을 통해 꼭 표현하여야 하겠다"고 했다. 『지리산』에서 이른바 '회색의 군상'을 그려내고자 하는 자신의 의지를 거듭 다짐하고 있다.

–(『세대』 1974년 5월호 남재희(南載熙)와의 대담 '회색군상의 논리')

2. '회색'을 겨눈 양날의 칼

이병주가 자신의 소설에 등장하는 작중인물을 통해 그리고자 했던 회색의 사상, 회색의 군상은 모든 문제를 흑과 백, 선과 악, 득과 실의 양 극단으로 나누고 중간을 인정하지 않으려는 흑백논리에 맞서 리버럴한 사고와 중도의 사상이자 이를 추구하는 지식인의 모습이기도 하다. 그러나 이같은 '회색'은 곧잘 극과 극으로부터 위험한 기회주의적 주장이나 세력으로 매도당하게 마련이다. 우익 학생단체인 학생연맹의 고문직을 거절한데 대해 "말은 우익적으로 하면서 행동은 좌익적으로 한다"는 비난을 받은 유태림은 "학생동맹(좌익)

은 나를 반동이라 하고 학생연맹 아이들은 나를 회색분자라 하고… 치사스러워서, 원"이라며 탄식한다. 흑백논리가 판치는 상황에서 '회색'의 어려움이 담긴 탄식이다. 성유정의 "건강한 사상은 급진적인 사람의 눈에는 보수적으로 보이고 보수적인 사람의 눈에는 급진적으로 보여 양쪽의 적을 가지게 된다"는 논리도 바로 회색의 사상, 회색의 군상 앞에 놓인 덫을 말해준다.(이병주, 『그해 5월』)

좌우 이데올로기가 첨예하게 대립하며 갈등을 빚었던 해방공간에서 좌도 아니고 우도 아닌 제3의 정치노선을 표방했던 중간파의 좌절에서도 우리는 회색의 사상, 회색의 군상이 갖는 숙명적인 한계를 찾을 수 있다. 좌우합작위원회의 중도좌파를 대표해 공동의장을 맡으면서 "우익으로부터는 좌익으로서 적대시당하고 공산당으로부터 반동시 당한 어렵고 복잡한 처지"에 놓였던 여운형은 도심주택가에서 백색 테러리스트에게 암살당했다. 그리고 중도우파를 대표한 공동의장 김규식 등 이데올로기의 극복을 통한 통일 민족국가 건설의 꿈을 실현하고자 했던 이상주의자들 역시 우파로부터 '기회주의적 친공(親共) 세력'으로, 좌파로부터는 '회색적 기회주의'로 매도당한 끝에 결국 정치적 패배로 마감했다.

우리 사회에 회색의 사상이 들어 설 자리가 좁아진 것은 성리학을 유일 절대사상으로 받아들여 국시(國是)로 삼고 그 잣대에서 조금이라도 벗어나면 사문난적(斯文亂賊)으로 재단(裁斷)했던 조선시대 이래의 교조적인 문화전통에도 원인이 있다. 아무리 훌륭한 철학, 아무리 뛰어난 사상도 정치적 이데올로기가 되면 타락한다는 이병주의 주장은 "주자학이 성한 나라치고 당쟁이 일어나지 않는 나라가 없었다"는 김성한(金聲翰)의 주장과 함께 설득력을 갖는다. "플라톤의 이데아론이 〈국가론〉으로 되었을 때 전체주의 국가의 이데올로기가 되었으며 사랑의 복음인 기독교가 정치적 이데올로기가 되면서 중세의 암흑을 초래했다. 공자의 사상도 정치적 이데올로기가 되면 도덕적 엄격주의가 된다"

–(이병주, 「현대를 살기 위한 사색」)

3. 산맥이 무너지면 골짜기도…

해방에서 육이오에 이르는 격동기에 제3의 정치노선을 표방했던 김규식 등 중간파들은 왜 좌절할 수밖에 없었는가, 좌우 이데올로기가 격돌하는 상황에서 유태림과 같은 자유주의적이며 회의적인 지식인들 이른바 '회색의 군상'은 왜 패배해야 했는가. 이들 간에 차이가 있다면 한 쪽은 중앙의 정치무대에서 활약하며 역사의 산맥 위에 발자취를 남긴 데 비해 다른 한 쪽은 지방도시의 고등학교 무명 교사로 역사의 골짜기에 묻혀버린 포의(布衣)라는 점이다. "무명의 인사로서 애국하느니보다 유명한 인물로서 애국하는 것이 민족 또는 인류를 위해서 훨씬 더 유익한 일이지만 무명 인사의 애국도 높이 평가해야 한다"는 유태림의 말은 "역사는 산맥을 기록하고 나의 문학은 골짜기를 기록한다"는 이병주의 지론이기도 하다.

1947년 여운형의 암살로 좌우합작 위원회가 해체되자 그 해 12월 김규식은 '외세를 배격하고 극좌 · 극우를 지양(止揚)하는 제3의 정치노선'을 내건 민족자주연맹을 결성한다. 결성대회에서 김규식은 "금일의 조선에는 독점자본주의 사회도 무산계급사회도 건립할 수 없고 오직 조선의 현실이 지시하는 조선적인 민주주의 사회의 건립만이 가능하다"고 선언하며 우중좌(右中左)의 결속을 성취하자고 외친다.

한편 학원까지 이데올로기의 광풍에 휩쓸린 건국전야였던 1947년, '의식 있는 학생들 대부분은 좌익조직 속에 들게 되고, 부화뇌동하기도 해서 일반적인 학생의 기풍이 좌익 일변도로 기울어지고 있는' 상황에서 유태림은 문제학급의 담임을 맡는다. 동료교사 이 선생이 "그러한 기풍의 학생들을 우익으로 전환시킬 자신이 있느냐"고 묻자 유태림은 "나는 굳이 학생들을 우익으로 만들 필요는 없다고 생각한다. 좌익도 좋고 우익도 좋으나, 그러기 전에 학생이어야 한다는 자각만 일깨워 줄 수 있으면 성공이라고 생각한다"라고 대답한다.

그러면서도 유태림은 좌익계열의 주장에 맞서는 주장을 내걸고 이론으로나 행동으로 투쟁하자는 의견에는 반대한다. 좌익계열의 주장에 맞서자고 나서는 것은 그들이 원하고 있는 투쟁의 베이스를 학교 내에 마련해주는 빌미가 된다는 이유였다. 게다가 이론의 정부(正否)는 고사하고 원래 투쟁적으로 다듬어진 공산주의의 이론에 대항하자면 깊이에 있어서나 넓이에 있어서 그들을 압도하는 이론을 장만해야 하는데 그것이 그렇게 쉽지 않다는 것이었다. 그러면 보고만 있어야 하느냐는 질문에는 "보고 있어야 할 때는 보고 있어야지 별 수 있나"라는 대답이 나왔다. 학생들의 동맹휴학에 대해서도 반대도 않고 지지도 않겠다는 어정쩡한 입장에 선다. "학생들의 동맹휴학이 어떤 강력한 조직을 통한 계획이며 실천이라면 거기에 대항할 만한 조직가 힘이 없으니 학생들과 맞서지 말고 지켜봐줘야 하며 학생들이 체험을 통해서 동맹휴학이 얼마나 허황한 노릇이었는가를 스스로 배우게 해야 한다"는 구실이었다. 이런 유태림에게서 좌우 이데올로기에 대한 소극적이고 나약한 중간파적 지식인의 전형을 확인할 수 있다.

유태림은 단정(單政)수립에 대해서도 철저한 반대론을 펴지만 막상 적극적인 투쟁에는 한발 물러서 뒤로 빠진다. 단정반대 비밀 집회에 참석하지만 유엔에 보내는 연판장 서명운동에는 참여하지 않는다. 서명운동을 못마땅해 하는 유태림을 대신해 이 선생의 약혼자 최영자가 유태림 몫의 서명을 대신해 주다가 끝내 파혼에까지 이른다. 단정반대 과정에서 유태림은 회색의 군상으로서 살아 온 방관자적 삶에 대해 갈등을 느끼며 "어떤 목적 어떤 사명감으로 해서 스스로를 희생시킬 수 있는 각오와 실천이 있어야 될 것 같다"고 다짐하지만 다짐을 위한 다짐으로 끝나고 만다. "나는 언제나 방관자였다. 본의 아니게 좌우익의 투쟁에 말려 들어가기는 했어도 마음의 바닥에는 언제나 방관자로서의 의식이 작용하고 있었다. 하지만 이런 상황 속에서 사람이란 끝내 방관자 행세만을 하고 살아갈 수는 없는 일이 아닌가. 자기 편의대로만 살아가는 소시민적 근성을 청산해 버리는 때가 있어야 하지 않을까. 옳은 일이라고 생각했으면 한번 목숨을 걸어보는 결단도 있어야 하지 않을까." 그러나 이같은 각오는 그를 잘 아는 이 선생에게는 "일종의 초조감을 표명한 것일 뿐 말의 내용을 그대로 진실이라고 할 수 없는 느낌"으로 전달될 뿐이다.

4. 지배하지도 지배받지도 않는다

'남의 지배를 받기 싫고 남을 지배하지도 않는다'는 리버럴한 지식인들의 공통점은 편 가르기에 대한 거부감 때문에 어느 한 편에도 참여하지 않을 뿐 아니라 어느 한 쪽도 편들지 않으려고 한다. 정치현장에서 중간파가 정국을 주도할 세력을 확보하지 못한 것도 어느 조직, 어떤 단체에도 가입하지 않고 '각개약진' 하는 '회색의 군상' 특유의 생리 때문이다. 해방정국에서 김규식의 비서실장을 지냈던 송남헌(宋南憲)은 "김 박사는 새로이 정치집단을 만들어 분파적 활동을 하는 것 보다는 기존에 조직된 개별집단들을 하나로 묶는데 더 관심을 두는 스타일이었다"고 증언했다.

좌 · 우합작이 무산된 뒤 결성한 민족자주연맹도 14개의 정당과 5개 단체의 대표 및 개인으로 이루어진 협의체 성격의 단체였을 뿐 김규식 개인을 위한 세력은 아니었다. 이승만이 독립촉성국민회의와 민족통일총본부를 중심으로 세력을 급속히 넓혀 나가고 백범 김구 역시 한국독립당 당원 60만 명을 과시할 정도로 승승장구할 때에도 김규식은 자신의 정당이나 대중조직을 갖고 있지 않았다. 측근이었던 강원룡(姜元龍) 목사가 김규식을 평하여 "정치에 뛰어들기보다는 차라리 학자로 남아 서울대 총장쯤 맡았으면 꼭 어울렸겠다."고 말한 것에서도 학자 정치인, 제3의 정치노선을 걸었던 리버럴한 지식인 김규식의 진면목을 엿볼 수 있다. 김규식뿐 아니라 해방정국에서 제3의 정치노선을 걸었던 중간파나 좌우합작을 추진했던 정치인들의 치명적인 약점은 자신들의 정치력을 발휘할 인적 네트워크를 확보하지 못했다는 점이었다. 한마디로 세력화에 실패한 것이다.

이병주의 또 다른 장편 『그해 5월』에서 사실상 작가의 분신으로 등장하는 이사마(李司馬)는 "미워하려면 미워하는 것처럼 미워해야 하며 그러자면 어 떤 정당이나 단체에 들어가서 그 미움을 세력화해야 한다."는 명분을 내세우며 혁신정당 입당을 권유하는 감옥동지 김달중의 요청을 거절한다. 군사 쿠데타 주체들이 정권을 잡고 있는 한 혁신정당의 세력화나 정치 권력화는 불가능하다고 보았기 때문이다. "이 나라에는 혁신세력이 뿌리 내릴 토양이 없고 뿌리 내릴 곳은 기껏 인텔리들의 머릿속이다. 그 머릿속이란 시험관과 마찬가지기 때문에 거기에서 재배된 식물의 운명은 뻔하다. 결코 세력이 될 수 없다"는 것이 이사마의 생각이었다. 그러나 김달중을 보내고 난 뒤 이사마는 미움의 세력화에 선뜻 동참하지 못하는 자신의 처지를 두고 서글픈 감회에 젖는다. "미움을 가지면서도 미움을 세력화하지 못한다면 너무나 슬프지 않는가. 사마천이 될 수 없으면서도 사마천의 슬픔만을 간직한 서글픈 군상이 얼마나 많은가."

학병으로 중국에서 근무하던 중 공산주의를 학습하는 교양회 가입문제를 두고 안달영과 충돌한 유태림은 모임을 위해 창고를 빌려 달라는 것까지 거절할 정도에 공산주의에 비판적이었다. 누군가가 해방공간에서 문화단체쯤에는 가입해도 무방하지 않겠느냐고 하자 "좌익계열의 문화단체라는 건 모두 당의 시녀"라며 "당의 시녀 노릇을 하기 위해 문화활동을 한다는 건 문화에 대한 모독이고 문화인 스스로에 대한 모욕"이라며 단호히 거부한다. 그렇다고 반공단체에 가입한 것도 아니다. 그는 반공단체는 물론 어떤 관변단체에도 가입하지 않았다. 유태림은 사실상 좌우익의 싸움에 말려 들었고 적치(赤治)하에서는 선무공작 일선에서 활동했으면서도 우익단체나 관변단체에 발을 담그지 않았다. 유태림이 좌익으로부터 '반동'으로 배척당하고 우익으로부터 용공분자로 낙인찍힌 끝에 결국 행방불명으로 역사의 골짜기에 묻혀 버린 것은 그의 불투명한 입지에도 원인이 있다. 그의 좌절은 날카로운 비판의식을 갖고 난세를 살아가는 자유적 지식인의 숙명이자 회색의 군상이 겪어야 하는 운명이라 하겠다. 지배받는 것도 싫고 지배하는 것도 싫다는 이유로 자신의 이념을 전파할 세력도, 유사시에 자신의 갑옷이 되어줄 조직도 갖지 못한 채 사라진 유태림에게서 우리는 중간파 지식인의 좌절을 보게 된다. '그해 오월'에서 신문사 K사장이 군사혁명군에 잡혀 간 이사마 주필을 두고 "그런 자유주의자가 어디에 있겠습니까. 이 주필의 결점은 그 자유주의가 너무 지나쳤다는 점에 있는 건데…"라고 한 것은 바로 자유주의적 지식인 이병주이자 유태림을 두고 한 말이기도 하다.

5. 중간파가 분열하는 까닭은

1947년 12월 20일 민족자주연맹 발기인 대회에서 김규식은 개회사를 통해 '중간진영'의 단결을 촉구했다. 1946년 9월부터 가동했던 좌우 합작작업이 여운형의 피살로 무산되고 미 · 소공위(共委)도 아무런 성과 없이 정돈(停頓)상태에 빠져 있을 때였다. "이러한 정형(情形) 아래 중간진영은 무엇을 할 것인가? 좌우익의 합작도 중하거니와 이보다 긴급히 요청되는 것은 우선 중간진영의 단결이다. 중간진영의 단결조차 얻지 못하면서 어찌 좌우 합작을 바랄 수 있으랴. 그러므로 좌우 합작은 제2의 과제이고 우중좌(右中左) 각층은 각기 진영의 결속을 성취한 연후에 이 3자가 한데 뭉치어 민족통일을 기하고저 한다."

앞서 민자련이 14개 정당과 5개 단체의 대표 등이 참여한 협의체 성격의 조직이라고 했지만 그중에는 같은 정당 안에서도 우파니 좌파니 민주파니 해서 사분오열되어 있었다. 정치위원 중 손두환이 근로인민당 우파를 대표하고 윤기섭이 한독당 민주파를 대표한 경우가 그같은 사례였다. 김규식이 좌 우합작보다 더 우선하는 것이 '각기 진영의 결속'이라고 강조한 것도 그 때문이었다. '보수는 부패로 망하고 진보는 분열로 깨진다'는 말도 있지만 우리 정치사에서 중도파와 혁신계의 뚜렷한 특징의 하나가 분파(分派)주의였다고 해도 과언이 아니다. 이승만처럼 노회한 정치적 술수와 대중적인 카리스마를 가진 정치인이 이끄는 정당도 아니요, 그렇다고 당장 집권 전망이 보이는 정당도 아니니 내부투쟁에 몰두할 수밖에 없었는지도 모른다. 게다가 모든 일을 자기중심적으로 판단하고 남의 고언이나 비판을 선의의 충고로 받아들이기 보다는 악의나 음모로 확대해석하고 과잉 반응하는 것은 지사적 참여 지식인들이 빠지기 쉬운 자기함정이다. 중도나 진보를 표방하는 정치인들의 결속력이 떨어지는 것도 비록 일부이긴 하지만 유아독존적 자존심과 남의 지배받기를 싫어하는 참여지식인 특유의 성격에도 원인이 있다.

1956년 진보당을 창당할 때도 처음에는 진보적인 정치세력의 대동단결이라는 대의명분 아래 장건상, 조봉암, 서상일 등 혁신계 인사들의 다수 참여로 추진위원회를 결성했다. 그러나 창당하자마자 사회민주주의의에 대한 시각을 조정하는 것이 창당보다 먼저라던 장건상이 빠져 나가고 서상일은 그 이듬해 민주혁신당이라는 간판으로 딴 살림을 차렸다. 자유당의 일당독재가 기승을 부리던 시절에도 이처럼 분열된 혁신계였으니 4·19이후에 진보와 혁신을 내세우는 더 많은 정당이 우후죽순처럼 일어난 것은 당연한 일이었다. 당시 부산 K신문의 주필이었던 이사마는 혁신정당의 분열을 놓고 '히드라와 같은 괴물현상'이라고 비판했다. "지금 혁신정당의 상황은 동체는 하나인데 대가리는 여러 가지 붙어있는 히드라와 같은 괴물현상이다. 동체가 하나이면 머리도 하나라야만 한다. 그렇게 되지 않는 한 괴물로서 구경거리만 될 뿐 정치력으로써 하등의 보람을 발휘할 수 없다."

6. 대의명분이라는 올가미

30여 년간 해외에서 망명생활을 하던 이승만이 해방된 조국으로 돌아온 것은 8·15 두 달이 경과된 10월 16일이었다. 귀국 이튿날, 막 여장을 푼 조선호텔에 여운형, 허헌, 이강국 등이 들이 닥쳤다. 귀국하기 전에 이미 추대된 인민공화국 주석 직을 수락해 달라는 간곡한 호소를 하기 위해서였다. 그러나 이승만은 호의는 고맙지만 며칠간 생각할 여유를 달라며 명쾌한 답변을 피했다. 이승만은 처음부터 인민공화국 주석에 취임할 생각이 없었다. 오랫동안 해외에서 산전수전 다 겪은 그는 남이 만들어 놓은 조직에 뒤늦게 뛰어들거나 보스로 추대돼 봤자 결국 '얼굴마담'이나 허수아비로 끝난다는 것을 이미 꿰뚫고 있었다.

그는 귀국할 때부터 국내에 자기 손으로 자기 조직을 만들어 집권의 발판으로 삼겠다는 결심을 굳히고 있었다. 인민공화국 주석 직을 마다한 이승만은 귀국 2개월 만에 자신의 정치 기간조직으로 독립촉성중앙협의회의 결성대회를 개최하기에 이른다. 결성대회를 치른 뒤 측근에게 했다는 훈시는 이승만의 노련한 정치적 술수를 말해준다. "영리한 사람들은 정세를 잘 이용하려고만 한다. 그러나 정세가 있고 그것을 잘 이용하려고만 하면 이미 늦다. 우리에게 필요한 것은 정세를 이용하는 영리함이 아니라 정세를 만들어 나가는 용기다. 우리가 정세를 만들어놓고 다른 사람들이 그 정세를 이용하도록 기회를 주어야 한다."(이병주, 「남로당」) 독립촉성 중앙협의회는 결성대회를 연 지 두달 만에 백범 김구가 주도하던 '신탁통치반대 국민총동원중앙위원회'까지 흡수 통합, 1948년 정부수립 때까지 이승만의 노선을 뒷받침하는 정치적 결사(結社) 역할을 했다. 그리고 그해 6월(1946년)에는 정읍(井邑) 연설에서 "남한만이라도 임시정부나 위원회 같은 것을 만들어야 한다."고 단독정부 수립의사를 밝히며 정국주도의 고삐를 조이기 시작했다. 1946년 가을, 취재차 한국을 왔던 미국 〈시카고 선〉지의 기자 마크 게인은 이승만을 인터뷰한 뒤 "그는 제6감으로 한국의 복잡한 정치정세를 마스터하고 무자비하게, 기막히게 자기 자신의 이익을 조종하고 있으며 자기를 수장으로 하는 봉건국가를 꿈꾸고 있다."고 썼다.

이처럼 우남 이승만이 정치적 실리를 철저하게 챙기는 권모술수형 정치인인데 비해 우사 김규식은 실리보다 명분을 더 소중하게 여기는 이상주의적 정치인이었다. 1946년 미 군정청 고문 버치는 김규식에게 좌우합작을 주도해 달라고 부탁했다. 당시 미 군정은 정치노선이 온건하고 민주주의적인 점에서 우파대표로 김규식을, 좌파대표로는 폭넓은 식견과 인격을 갖춘 여운형을 좌우합작의 적격자로 판단했다. 그러나 김규식이 "능력도 없고 자신도 없고, 또 되지도 않을 것"이라며 발뺌하자 이승만은 그해 5월 미 군정당국의 부탁으로 삼청장으로 김규식을 찾아와 좌우합작운동에 적극 나서 달라고 부탁한다. 그 자리에서 김규식은 "내가 나무에 올라 선 다음에는 형님이 나무를 흔들어서 나를 떨어뜨릴 것도 알고, 떨어진 다음에는 나를 짓밟을 것이라는 점도 압니다."라고 한 뒤 "그러나 독립정부를 세우기 위해서라면 나의 존재와 경력과 모든 것을 희생하겠다"며 합작운동에 나설 뜻을 밝혔다.

그때까지만 해도 이승만과 김규식은 서로 '형님', '아우' 하는 사이였다. 이승만이 1946년 12월 유엔총회에 조선실정을 호소한다며 미국으로 떠날 때도 병원에 입원중인 김규식을 찾아와 "다녀올 때까지 아우님 몸조리 잘 하시우"라며 출국인사를 했다. 이듬해 4월 귀국하면서 양털로 짠 덧신을 선물로 가져 오기도 했다. 송남헌은 이승만이 출국인사차 병원에 오면서 손수 차를 운전하고 온 것을 보고 매우 신기하게 생각했다고 한다. 그러던 두 사람 사이가 1948년 봄부터 단독정부 수립 일정을 강행하면서 정적(政敵)관계로 악화됐다. 당시 어느 모임에서 이승만을 만난 김규식은 "왜 나를 정적으로 취급하느냐. 좌우합작도 당신이 권유한 일인데 왜 내가 당신의 정적이냐"며 거세게 항의한 적도 있다. '형님'이란 호칭이 '당신'으로 바뀔 정도로 둘 사이가 벌어진 것이다.

김규식은 처음부터 좌우합작이 성사되지 않을 것이라는 점을 내다보고 있었다. 1922년 모스크바에서 열린 동방노력자대회에 참석하기도 했던 김규식은 박헌영 등으로 대표되는 극좌파의 생리를 누구보다도 잘 알고 있었기 때문이다. 그러면서도 여운형 등과 좌우합작 운동에 나선 것은 합작이 독립을 위한 제1단계이며, 이 단계를 거치지 않으면 둘째 단계인 독립을 할 수 없다는 점을 알고 자신이 희생양이 되겠다고 나선 것이다. 이승만이 정읍에서 남한만의 단정(單政)수립 의사를 밝힌 것은 김규식을 만나고 간 지 보름만이었다. 이승만이 좌 우합작의 성사를 기다리지 않고 남한만의 단독정부 수립문제를 제기한 것은 미국과 소련간의 냉전체제가 굳어지면서 좌우합작은 물론 미소 공동위원회도 곧 깨어질 것이라는 판단 때문이었다.

좌우합작 운동에 발을 담그긴 했지만 성사를 기대하지 않았던 김규식도 미소공동위원회가 표류하는 것을 보면서 한반도에서 민족통일과 자주정부의 수립이 어려울 것이라는 점을 내다보고 있었다. 그러면서도 끝까지 단정을 반대하고 5·10선거에 참여하지 않은 것은 단독정부가 들어서면 멀지 않아 동족상잔의 싸움이 일어날 것이라고 생각했기 때문이다. 장차 한국에 수립될 정권의 담당자로 김규식을 밀던 미 군정 당국의 강력한 만류에도 불구하고 북행(北行)을 강행한 것 역시 남북협상을 통한 통일된 자주정부 수립이라는 대의명분을 마지막까지 지키기 위해서였다.

7. 서생적 문제의식의 한계

남북한이 서로 다른 이데올로기를 섬기는 단독정부를 각각 세우게 되면 동족상잔이 비극을 불러들이게 된다던 김규식의 경고는 건국 2년도 안된 시점에서 현실로 나타났다. 그해 6월 25일 마침 일요일이라 김규식은 오랜만에 몇몇 동지들과 우이동 계곡으로 천렵을 나갔다가 의정부 쪽에서 '우르릉 꽝' 하는 소리가 났다. 시내에 다녀 온 경호원이 북한공산군이 쳐내려왔다는 소식을 전했다. 유태림이 "단독정부가 서기만 하면 남북전쟁이 꼭 일어나고 만다"던 그 전쟁이 시작된 것이다. 27일 밤 김홍일 장군이 황급히 다녀간 그 이튿날 김규식 일행은 피난 갈 준비를 하고 있다가 한강다리가 끊어졌다는 소식을 들었다. 꼼짝없이 공산치하에 갇힌 김규식에게는 또 한 차례의 시련이 기다리고 있었다. 귀국 이후 줄곧 살아오던 삼청장을 내무서로 써야겠다며 비워달라는 바람에 계동으로 옮겼다가 한달 후에는 수소문끝에 주인이 피난나간 원서동의 빈집으로 이사를 했다. 그가 납치돼 북행길에 오른 것은 9월 16일. 해방정국에서 같은 길을 걸었던 최동오, 송호성, 김진우 등과 함께 내무서에서 보낸 자동차를 타고 집을 나선 것이 마지막이었다. 서울시 인민위원장 이승엽이 부른다고 둘러대고 김규식 일행을 자동차로 납치한 것이다. 천식과 심장병을 앓고 있던 김규식에게 북행길은 죽음을 재촉하는 강행군이었다. 결국 좌도 아니고 우도 아닌 제3의 정치노선을 내걸고 통일된 자주정부 수립의 꿈을 가꾸던 정치적 이상주의자이자 학자형 정치인' 우사 김규식은 1950년 12월 10일 밤 만포진 근처의 한 민가에서 파란만장한 삶을 마감한다. 통일국가를 염원하던 그는 결국 민족분단에서 비롯된 동족상잔의 희생양이 되고 말았다.

김규식 일행이 북행길에 올랐던 9월 중순, 적치(赤治)하에서 연극동맹 책임자가 된 유태림은 이동극단을 이끌고 지리산록을 떠돌고 있었다. 이미 공산정권 요인들은 국군의 진격에 밀려 지리산을 향해 도망치고 있는 상황이었다. 추석을 지내고 지리산 골짜기에 숨어있던 9월 30일, 유태림은 이미 C시의 모든 기관들이 후퇴했고 공산치하의 문화단체들도 속속 지리산 쪽으로 들어갔다는 소식을 듣는다. 이동극단을 해산하고 C시로 돌아온 유태림은 10월 하순, 경남 경찰국 사찰분실 형사들에게 체포된다. 공산치하의 연극동맹위원장과 이동극단 단장 등을 맡아 부역(附逆)했다는 혐의였다. 권력기관에 있던 지인들의 도움으로 3시간 만에 풀려났지만 12월엔 다시 미군

CIC에 체포돼 검찰에 넘겨진다. 검찰 구속 10일 만에 풀려나긴 했지만 유태림은 좌익계 기관에도 붙잡히고 대한민국의 검찰에도 걸려 들었다는 사실 자체에 충격을 받는다. 한국판 25시였던 셈이다. 유태림은 '설 자리가 없는 기분이며 도무지 살맛이 나지 않는다.'고 했다. 교조적인 이데올로기가 지배하는 사회, 흑백논리가 세상을 좌지우지하는 세상에서 이쪽 아니고 저쪽도 아닌 회색의 군상이 들어 설 자리는 없었다. 그는 결국 해인사로 도피행을 했다가 빨치산에 납치된다.

작가 이병주는 유태림의 이같은 좌절을 이사마의 처지를 통해 이렇게 푸념한다.(『관부연락선』의 유태림과 『그해 5월』의 이사마는 작가의 분신으로 같은 인물이다) "어렸을 때의 꿈은 십대에 들어서기가 바쁘게 아침 이슬처럼 녹아 없어졌다. 중학교 시절엔 터무니없는 군사 교련으로 인해 청춘을 잡쳐버렸다. 대학시절의 계획은 일제의 강압에 의한 학병문제로 산산이 부서져 버렸다. 해방 후에도 계획은 있었다. 충실한 교사가 되어 보겠다는 겸손하면서도 야심 없는 다소곳한 희망이었다. 그런데 그 희망은 좌우익의 극한적인 대립 때문에 상처만 입고 말았다. 좌익사상에 물든 학생들은 자기들과 사상을 같이 하지 않는 교사를 원수처럼 대했다.…결국 이사마의 10년 동안의 교육자 생활은 자기 자신과의 투쟁에 지쳐 퇴폐(頹廢)의 늪으로 빠져드는 결과일 수밖에 없었다. 방향을 언론계로 바꾸었다. 이 때 이사마는 이상과 현실 사이에 밸런스를 취하려고 애썼다. 이상에 치우쳐 급진적으로 될까봐 삼갔고, 현실에 밀착해서 저속화될까봐 염려했다. 그런 까닭에 진보적인 사람이 보면 지나치게 보수적이고, 보수진영에서 보면 약간 진보적이라는 평을 듣기는 했어도 그런대로 많은 지지자가 있었다. 그런데 이러한 것이 이사마의 자부(自負)가 될 수 없었던 것은 5·16이란 사태의 회오리 속에서 모든 것이 유린되었기 때문이다. 이사마가 만든 신문에 대한 대중의 갈채는 안개처럼 사라지

고 그 신문에 의해 비판당한 측의 복수는 각박하고도 철저했다."(이병주, 『그해 5월』, 한길사판 제3권)

8·15해방에서 6·25동족상잔에 이르는 격동기에 정치인 김규식과 유태림이 겪었던 시련과 좌절은 이 나라에서 '회색의 군상'으로 살아간다는 것이 얼마나 어렵고 험난한 것인가를 보여준 사례였다. 『관부연락선』에서는 이 선생이 회고를 통해 해방정국에서 백범 김구나 우사 김규식 등이 왜 이승만에게 패할 수밖에 없었던가를 밝히고 있다. "이승만 박사는 이 나라는 꼭 자기가 영도해야 한다고 믿고 의심하지 않았다. 다른 지도자들이 이 나라는 이러이러한 나라가 되어야 한다고 막연히 공상하고 있을 무렵에 이승만 박사는 '나는 이 나라를 이렇게 만들고 이렇게 지배하겠다.'고 세밀한 계산을 가하고 있었다. …그는 또한 미국의 보호가 있는 한 공산세력이 정권을 잡을 수 없다는 사실을 알았고, 중립은 정권을 잡기엔 강한 결집력이 모자란다는 실태를 파악했고 한민당은 나라를 대표할 만한 인물을 당내에 갖지 않았다고 보았고 김구 선생은 섹트의식이 강한 독립당을 가졌기 때문에 유리할 것 같으면서 민족의 대동단결을 꾀하는 데는 결점이 있음을 투시하고 있었다."

김규식이 해방정국에서 다른 어느 정치인보다도 유리한 입장에 있으면서도 끝내 패배한 정치인으로 마감된 것은 앞서 말한 것처럼 실리보다 명분을 먼저 생각하고 권모술수보다는 정도(正道)의 정치에서 벗어나지 않으려고 했기 때문이다. 성공한 정치인이 되자면 서생(書生)적 문제의식과 상인(商人)적 현실감각을 함께 갖추어야 한다는 얘기가 있다. 정치인은 자신의 이상과 철학을 지키면서 냉철하고 치밀한 계산으로 문제를 풀고 실천하는 실사구시(實事求是)의 정신을 가져야 성공할 수 있다는 것이었다. '서생적 문제의식'과 '상인적 현실감각'을 놓고 보면 김규식은 상인적이기 보다는 서생적인 정치인이었다. 학자 정치인이라는 세평 그대로 김규식은 입법의원 의장시절에도 마치 대학교수처럼 회의를 진행했다고 한다. 동의(動議)가 무엇이며 재청, 삼청이 무엇인지 의원들에게 일일이 가르쳐가며 의사진행을 했다는 것이다. 그러다보니 지식인 정치인에게 흔히 볼 수 있는 약점들이 그의 발목을 잡는 사례가 자주 들어났다. 좌우합작도 실패할 것을 내다보면서도 통일정부 수립이라는 대의명분에다 미 군정청과 이승만의 거듭된 권유를 뿌리치지 못한 것이 족쇄가 되어 결국 정치적 패배의 씨앗을 키우게 된 것이다.

1948년 4월 평양에서 열린 이른바 전조선 정당 사회단체 대표자연석회의 참석을 놓고도 김규식은 처음부터 방북의 성과를 의심했다. 마지막까지 평양행을 망설이고 있던 그는 문화인 108인의 남북회담 지지성명과 부인이자 정치적 동지인 김순애 여사의 권유에 못 이겨 내키지 않는 방북길에 오른다. 미 군정당국의 거듭된 만류도 소용이 없었다. 방북포기 선언의 명분으로 내건 북행 5원칙을 북한이 선뜻 받아들이자 더 이상 평양행을 거부할 명분이 없어진 것이다. 방북의 성과를 기대하기 어려운 데도 방북 길에 오르는 김규식은 떠나기 전 측근인 강원룡 목사에게 '북측에 결코 이용당하지 않겠다'며 '나를 위해 기도해 달라'고 부탁했다고 한다.

8. 만포진과 지리산에 지다

이병주는 『관부연락선』에서 "정치는 양심(良心)의 작용이기 이전에 야심(野心)의 발동이고 야심은 성공하지 못할 경우 패배자의 낙인이 될 뿐"이라고 했지만 김규식은 야심의 정치인이기 보다는 양심의 정치인이었다. 그는 이승만처럼 권모(權謀)에 능하지도 못했고 불리한 상황을 자신에게 유리하게 뒤집어 역이용하는 마키아벨리적 술수(術數)도 쓸 줄 몰랐다. 미 군정이 장차 한반도에 수립될 정권의 지도자 제1순위로 꼽았던 김규식은 결국 민족통일과 자주정부 수립이라는 정치적 이상을 만포진 부근 산기슭에 묻어야 했다. 해방공간에서의 이러한 좌절과 패배는 비단 김규식뿐만 아니라 조소앙, 장건상, 안재홍 등 이른바 중간파나 합작파로 불리던 '회색의 정치인'들이 다 같이 당한 사실상의 대동지환(大同之患)이기도 했다.

승자든 패자든 해방정국에 부침했던 이승만, 김구, 김규식 등이 역사의 산맥에 이름을 올린 정치인들이라면 유태림 등은 역사의 골짜기에 묻혀버린 민초들이었다. 이데올로기의 속박에서 언제나 자유롭기를 원했던 유태림, 강달호, 박창학 등 좌익이나 이광열 등 우익과도 허물없는 우정을 나누던 유태림, 공산주의 이론이 선명했던 M교사나 공산당 C당 당책과 열띤 토론을 벌이던 그 유태림이 역사의 격랑에 휩쓸려 사라졌다. 유태림이 학병에서 돌아온 뒤 분명하게 좌우 어느 한 쪽을 선택했더라면 좌익기관에도 잡히고 대한민국의 검찰에도 걸려들고 드디어는 빨치산에게 납치되는 일은 없었을 것이다. 아예 『지리산』의 하영근처럼 외국신문 스크랩이나 하며 서재에 은둔했더라도 행방불명은 피할 수 있었을 것이다. 오죽했으면 유태림 등이 가장 신뢰하는 배형사까지도 좀 더 태도를 분명히 하라고 경고했겠는가.

일본에 유학하고 학병까지 다녀온 유태림은 해방공간에서도 '회색의 군상'으로 사상과 행동의 자유를 누리는 것을 지식인의 당연한 도리로 생각했다. 그러나 그도 자신에게 닥치는 상황과 정면을 맞서기 보다는 적당히 타협하면서 이쪽도 아니고 저쪽도 아닌 회색의 온상에 안주하려 했다. 다른 사람은 다 가도, 조선인 학생 전부가 지원해도 유태림만은 학병에 가서는 안된다는 서경애의 기대를 등지고 지원한 것에서도 나약한 지식인의 한 단면을 엿볼 수 있다. 어려운 고비에 몰릴 때마다 자신을 감싸고 비호해주던 일본인 경찰서장이 자기의 체면을 세워달라는 애원에 가까운 권유를 뿌리치지 못해 입영한 그날부터 후회한다. "무엇을 위해, 누구를 위해, 그리고 어떻게 하자는 이 꼴인가! 차라리 감옥을 택했어야 할 일이었다." 서경애 독서사건의 법망을 피하자는 속셈까지 곁들인 도피성 입대였다.

남한만의 단독정부 수립 반대운동만 해도 그렇다. 다른 어느 누구보다도 흥분하며 단독정부가 들어서면 난리가 난다고 떠들던 그가 막상 투쟁에는 소극적이었다. 난관에 부딪치면 이를 정면으로 돌파하기 보다는 현장을 피하거나 다른 사람의 등 뒤로 숨어버리는 또 하나의 사례였다. 유태림이 적치(赤治) 아래서 연극동맹 책임자가 된 것도 석연치 않는 선택이었다. 반동분자로 찍혀 체포됐다가 친구인 강달호(C시 인민위원회의 문화부장)의 도움으로 풀려난 것까지는 좋았다. 그러나 석방되자 말자 연극동맹과 이동극단을 맡아 공산정권의 선무공작대로 나선다. 그들의 비위만 잘 맞추면 혹시 이광열을 구출하지 않을까 하는 기대 때문이었다지만 설득력이 약하다. 학병 입대에서부터 단정반대 투쟁, 공산치하의 연극동맹 책임자에 이르기까지 좌우 이데올로기의 충돌현장에서 보여준 유태림의 선택과 행적은 좌우 양쪽으로부터 반동이나 부역(附逆)으로 낙인찍히는 충분한 사유가 된다. 유태림은 그의 아버지가 걱정한 것처럼 "어릴 때는 할머니의 뜻대로만 크고, 커서는 제 멋대로만 한 사람"이어서일까. 아니면 B선생의 충고처럼 "자기를 중심으로 움직여주는 사람들 사이에서 살아왔기 때문에", '오늘과 같은 저항'을 견디지 못하는 것일까.

유태림이 행방불명되자 그의 부친은 "그놈이 죽었을 리가 없다"는 믿음으로 지리산 근처에 흩어져 있는 시체를 모조리 조사하고 시체를 파묻었다는 곳이 알려지면 인부를 데리고 현장을 찾아 시체를 살폈다. 그러나 이같은 노력에도 불구하고 10년이 지나도록 유태림의 흔적은 나타나지 않았다. 납치된 유태림의 마지막 소식은 빨치산으로 있다가 생포된 C고교 출신 H라는 제자가 덕유산 골짜기에서 봤다는 것이었다. 수송부대에 끼어 북상중인 유태림은 남이 알아보지 못할 정도로 남루한 행색이었고 제자가 옆에 쭈그리고 앉아 아는 체를 하자 슬픈 눈으로 한번 슬쩍 쳐다보고는 아무 말 없이 고개를 숙였다고 했다. '사소한 모욕에도 견디지 못하는 거만한 유태림'이 남루한 행색의 빨치산으로 제자를 만났으니 얼마나 창피했겠는가. 그 이후로 유태림을 만났다는 사람은 아무도 없었다.

평소 유태림과 가깝게 지내면서도 "나는 너희들과는 다르다는 의식, 언제나 자기를 한 칸 위에다 놓고 행동하는 그의 마음먹이를 못마땅해 하던 『관부연락선』의 화자(話者)이자 동료교사인 이 선생은 유태림의 짧은 생애를 이렇게 평가했다. 나도 그의 부친의 염원 섞인 신앙을 같이하고 싶다. 어느 곳엔가 유태림이 살아 있다고 믿고 싶다. 그러면서 유태림에게 구원이 있다면 그가 몸소 민족의 비극 속에 끼여 민족의 슬픔과 민족의 고민을 자기 스스로의 육체와 정신으로 슬퍼하고 고민했다는 바로 그 점이라고 생각한다. 유태림이 자기 나름으로 옳게, 착하게, 바르게, 보람있게, 살려고 했던 것을 의심하지 않는 나는 한국의 지식인이 그 당시 그렇게 살려고 애썼을 경우 월등하게 운이 좋은 환경에 있지 않는 한 거개 유태림과 같은 운명을 당하지 않았을까 하는 생각을 지워 버릴 수가 없다. 그런 의미에서 유태림의 짧은 생애는 결코 무의미한 것이 아니라고 나는 믿는다."

그로부터 60년 가까운 세월이 흐른 지금, 만포진 교외의 산기슭에서 숨을 거둔 김규식이나 덕유산 골짜기에서 마지막 모습을 보였던 유태림이나 이제는 모두 산하(山河)로 되었다. 이 땅에 생을 받은 사람이라면 좋거나 나쁘거나, 잘 났거나 못났거나 모두가 산하로 화하는 것이다.

– (이병주, 『산하』, 한길사판 제 7권).

소설 『지리산』을 통해 본 이병주의 일본 · 일본인

표성흠

1.

다음 글은 필자가 월간 〈전원생활〉에 연재하고 있는 "문학의 산실"(2011. 2월호)의 한 부분이다. 〈지리산이 우는 소리〉라는 이 기사가 나간 얼마 후 이병주 문학세미나 참석을 제의 받았다. 마침 주제가 '일제강점기와 이병주 문학'임으로 그 실마리를 이 글에서부터 풀어나가려 한다.

『지리산』의 작가 나림 이병주(1921~1992년)는 경남 하동군 북천면 옥정리 안남골에서 태어났다. 그의 파란만장한 일생을 알기 위해서는 북천의 이명산 자락에 위치한 이병주 문학관을 가본다. 왜 그의 이름 앞에 '파란만장한 일생'이라는 수식어가 필요한지를 여기서 일일이 설명할 수는 없다. 다만 마흔네 살이 되던 1965년에 발표한 첫 소설 「소설 · 알렉산드리아」 이후, 작가 이병주와의 만남에 관한 이야기만 한 토막 한다.

「소설 · 알렉산드리아」가 월간 〈세대〉지 신인문학상을 받은 14년 후인 1979년 8월, 필자도 〈분봉〉이라는 중편소설을 가지고 같은 지면의 같은 문학상을 받았다. 굳이 말하자면 나림 선생과 나는 지면동기인 셈이다. 당시 지식인들의 필독서였던 〈사상계〉 폐간과 동시에 출간 된 〈세대〉지였기 때문에 종합지로서의 〈세대〉지 인기는 대단했다. 선생은 오랫동안 〈세대〉지에 소설을 연재하고 있었고 "태양에 바래지면 역사가 되고 월광에 물들면 신화가 된다."는 『산하』의 에피그램은 지금도 생생하다.

1979년 〈세대〉지 12월 호에 중편소설 '농부의 일기'가 게재되어 원고료를 받으러 간 적이 있었는데 선생과 술자리를 함께 하게 되었다. 당신 역시 12월 호에 쓴 칼럼 '과학의 인간화'의 원고료를 받으러 왔다. 이게 〈세대〉지의 폐간호여서 더욱 뜻 깊은 자리였다.

잔뜩 긴장해있던 내게 선생께서, '표군, 당선작 「분봉」에서 곰 잡는 이야기 그거 재밌던데 그 18년이란 시간[1]을 일부러 그렇게 의식하고 쓴 건가?' 하고 물었다. 이 말을 냉큼 받은 편집부장이 '그것보고 당선시킨 거 아닙니까. 그 덕분에 우리 책 폐간됐고요.'라고 했다. 18년 동안이나 벌꿀을 노략질하던 공공의 적인 곰이 드디어 퇴치되던 해가 독재 18년의 몰락과 맞아떨어졌다. 그때 선생은 '나는 그 독재 시발점에서 첫 저격탄을 맞은 사람이고, 이제 당신은 그 종말을 예고한 사람'이라며, 소설가는 준엄한 사관이 되어야 한다는 말을 했다.

나는 그때 그 말이 무슨 뜻인지 잘 몰랐다. 나중에야 그가 군사쿠데타를 비판했다가 형무소 생활을 했고 출소 후 그 한풀이로 소설을 썼다는 사실을 알았다. 선생은 하루에 원고지 백 장 이상을 쓸 만큼 왕성한 집필생활을 했

1) "아무 짐승이나 불을 제일 무서워하지. 한 20년 됐나. 17~18년 전에 저렇게 해서 한 마리 잡았던 일이 있었다더군. 무지무지하게 큰놈이었다던데… 저 불 하나로 맨손으로 잡았던 일이 있기는 있었어. 그런데 곰들도 자꾸만 영리해져 가는데 말이나 돼?" 이 부분이 18년 군부독재가 스러져갈 것을 미리 예견한 대목이라고들 해서 〈세대〉지 폐간을 보복성과 연관짓기도 했다.

다. 하여 그에게 붙은 별명이 한국의 발자크다. 그는 『지리산』에 대해 이렇게 말한다.

> 해방과 6·25를 전후하여 지리산에서는 2만여 명이 죽어갔습니다. 파르티잔과 군경 토벌대인 이들은 대부분 젊은이들이었지요. 어떻게 해서 그런 일이 일어났든지 간에… 2만여 생명이 죽어간 민족의 비극을 그냥 묻어 둔다는 것은 기록과 문자가 있는 나라에서 있을 수 없는 일이며 그들의 가슴에 호소하는 그 무엇으로 남겨져야 합니다.

이병주 문학관에 들러 그의 육성을 들어본다. 작가는 무엇으로 사는가? 작품으로 산다. 지리산은 이병주로 하여금 다시 우뚝 솟고 지리산은 이병주를 품어 안는다. 이 산길을 따라 걷다가 문득 옥종의 유황온천에라도 들러보라, 그동안의 슬픔과 피로가 싹 가실 것이다. 더 여유가 생기면 진주에 들러 진주냉면이라도 한 사발 시켜 먹어보라. 일본인 교사 쿠사마까지 아쉬워한 진주냉면이질 않은가.

2.

이 글의 말미에 등장하는 일본인 영어교사 쿠사마(草間)는 학생들의 하숙집에 함께 자고 진주냉면을 시켜먹고 술을 마실 정도로 친화적이다. 2차대전이 발발했는데도 세계평화를 외치며 학생들과 10년 후에 만날 것을 약속까지 하는, 굳이 분류하자면 일본인 중에서도 비주류다. 또 한 사람 안티(Anti)가 등장하는데 일본인 교장 하라다(原田)이다. 이에 반하는 대비적 인물로 하라다의 후임으로 온 사이또(齋藤) 교장이 있다. 부임하자마자 얻은 별명이 '수침명태'다. 물먹은 명태처럼 형편없는 노인네라는 뜻이다. 그러나 교련선생과 합세하여 학생들에게 군사훈련을 시키는 일과 창씨개명에 목숨을 건다.

1). "창씨개명을 하지 않은 한, 어떤 증명서도 발급하지 않는다. 취직을 하는 사람에게도 이에 준한다."

에구찌(江口)는 종이쪽지에 적힌 그 내용을 다시 한 번 읽었다. 규는 눈앞이 캄캄해지는 느낌이었다.

– 『지리산』 1권 (기린원)

작가의 화신과도 같은 1부의 주인공 이규는 곧 유학을 가야 하는데 창씨개명을 하지 않으면 졸업장을 받을 수 없다. 그러면 입학원서를 쓸 수 없게 되고 모든 꿈이 무너진다. 취직을 해야 하는 친구들 역시 마찬가지다.

2). 그런 가운데서도 충격적인 사건은 반도문단의 제 일인자 춘원 이광수가 가야마 야쓰오(香山光郎)라고 창씨개명하곤, '이로써 천황 폐하의 진정한 적자가 되었다'고 담화를 발표한 사건이다. 학생들은 도무지 믿을 수가 없었다. 독립운동에 앞장섰을 뿐만 아니라 …… (중략) "이광수 책을 오늘부터 변소에 매달아놓고 휴지로 써야겠다."언제나 빨리 흥분하는 곽병한이 말했다. 정무룡이 손을 저었다. "매일 그걸 보구 어떻게 참께. 한꺼번에 똥무더기 속에 집어넣어 버려야지."

– 『지리산』 1권.

이러한 분위기 속에서 중학교를 졸업한 이규는 용케도(창씨개명을 반대하는 유서를 남기고 죽은 민영세의 자살소동으로) 창씨개명을 하지 않은 채로 일본으로 유학을 떠나 삼고(三高)에 입학하게 된다.

그러나 곧 아버지로부터 에가와(江川)라는 성씨로 창씨개명을 했다는 편지를 받는다. 같은 무렵 친구 박태영으로부터도 한 장의 편지를 받는다. 가장 가까웠던 친구들 곽병한, 정무룡 등이 전부 창씨개명을 반대했다는 이유로 퇴학처분을 받았단 소식이다. 심경이 복잡한 규에게 기노시다 세쓰꼬(木下節子)라는 여학생이 등장한다. 묘심사에서 만난 이들은 곧 사랑에 빠진다. 어느 한적한 주말 두 연인이 대판성을 구경하며 정담을 나눈다.

3). "풍신수길이 조선정벌을 했지 않아?"

세쓰꼬의 이 말에 규는 그 진의를 알았다. 규는 웃으며 말했다.

"내가 조선 사람이라고 해서 공연히 둘러댈 필요 없어요. 3백 년 전의 일을 가지고 감정을 가질 만큼 나는 순진하지도 않고 민감한 사람도 아니니까."

– 『지리산』 1권.

위 세 인용문을 통해서 작중 주인공 규의 생각을 다 알았다고는 말할 수 없다. 그러나 최소한 규의 성격을 짐작해 볼 수는 있다. 위 1)에서 눈앞이 캄캄하기는 했지만 그 까닭은 오로지 자신의 입학을 위해서였고, 위 2)의 정신적 지주 격이었던 하영근의 집에서 춘원의 창씨개명에 대한 성토가 있었을 때에도 규는 별로 말이 없는 상태였다. 더군다나 위 3)의 일본에서의 태도는 어떤가? 뚜렷한 역사인식이 없다. 따라서 규의 성격은 우유부단하고 2중적으로 볼 수밖에 없다. 물론 주변 인물들을 통해 사상을 전개하고 주인공은 작중화자로 중립을 지키게 한다는 작가의 의도라고 판단할 수도 있다.

4). 규와 태영이 계단을 내려오려고 하는데 등 뒤에서 왁자지껄한 노래가 일었다.

"하늘을 대신하여 불의를 친다. 충용무쌍한 우리 황군은…."

박태영이 그 노래소리의 방향을 돌아보곤 씩 웃으며 한 마디 했다.

"미친놈들, 웃기는구만. 하늘을 대신해서 불의를 친다?"

역을 빠져나와 내리쬐는 태양을 받고 역 앞 광장을 걸었다.

5). (박태영은 반항을 익혔다)

이런 상념과 더불어 규의 회상은 태영과 자기가 꼭같은 경험을 했는데도 그 반응이 달랐다는 사실에 맴돌기 시작했다.

하라다 교장의 고마운 말이 있었을 때 규는 무조건 감동했다. 그 감동에서 이끌어낸 결론이 있다면 (그렇게 고마운 교장선생의 기대에 어긋나면 안되겠다.)는 마음이었다. 그런데 박태영은 그 고마움을 인정하면서도 고마움을 인정하는 그 스스로에게 반발했다.

"일본인의 고마운 행동은 가혹한 행동 이상의 독소를 지니고 있다. 그건 조선인의 뼈를 녹이는 작용기도 하다. 그러니 경계해야 한다."

이와 같은 것이 박태영이의 마음이었던 것이다.

– 『지리산』 2권

4)는 1940년 여름 박태영이 일본 경도로 규를 찾아 왔을 때의 한 장면이다. 5)는 박태영이 전검시험(검정고시)을 치뤄 1등으로 합격했다는 통지서를 받은 후 규의 심경고백이다. 4)에서는 공분을 하는 듯했는데 5)에서는 갈등이 생기기 시작한다.

이후 두 사람의 운명은 갈라진다. 박태영은 지리산으로 숨어들어 파르티잔이 되고 이규는 하영근이 마련해준 준 학비를 가지고 프랑스로 유학을 떠난다. 이 부분에 이르면 시점이 바뀐다. 소설의 전개 부분에서 화자였던 이규는 에필로그에 겨우 등장하여 박태영이 죽고 난 후 고국 땅을 밟는 것으로 설정돼 있고, 나머지 소설의 대부분 스토리는 지리산 빨치산들에게 할애된다. 그러므로 일단 여기까지가 일본과 일본인에 대한 작가의 생각을 알 수 있는 부분이 된다.

그러나 일제강점기와 6·25는 따로 떼어낼 수 없을 만큼 한 덩어리로 뒤엉킨 역사적 사실이고, 한국 현대소설의 큰 흐름을 이루는 맥이 되기도 한다. 이 연결고리를 가장 잘 이해하고 이어놓은 것이 이병주 문학의 특장이다.

3.

그러나 그러한 작가에 대한 현실은 어떠했던가?

이제 앞장에 인용된 기행문에 썼다가 지웠던 작가의 육성 한 토막을 전한다.

> "나는 말이야, 일제시대 때 당한 고초보다는 해방된 조국에서 당한 고초가 더 커. 더군다나 일제에 빌어먹던 사람한테 당한 고통이…."
>
> 당시 〈세대〉지 편집장이었던 전연근 씨가 "그래도 선생님은 그걸 바탕으로 성공하지 않았습니까? '지리산'도 그렇게 탄생된 거니까… 보상을 충분히 받은 셈이잖아요?"라고 했다. 이때 선생은 이렇게 말했던 것으로 기억된다.
>
> "그런 소리 마시요. 억만금을 준대도 그런 일 다시 겪고 싶지 않으니까."
>
> '다시 겪고 싶지 않다는 그런 일'이 일제를 두고 한 말인지 군사정권을 두고

하는 말인지 몰라 말꼬리를 잡고 묻는 박 주간에게 선생은 '일제 잔혹사는 이민족에게 당한 치욕이지만 동족에게 당한 이 울분은 굴욕'이라며 '그게 바로 역사요 인생'이라 했다. 치욕과 굴욕은 어떻게 다른가? 문학을 흔히 한풀이라고 말한다. 나림 선생은 이 한을 풀기 위해 소설을 택했는지 모른다.

어쨌든 작가의 육성과 『지리산』에 나타난 인물들의 시각을 몇 가지 살펴보았다. 작중 인물들의 유형은 해설판을 붙인 임헌영의 '지리산의 인간과 역사'[2]에 잘 나타나 있다. 따라서 각기 다른 시각을 통해 본 일제강점기는 한 말로 정리될 수 있는 성질의 것이 아니다. 더군다나 해방과 더불어 좌우 이념 대립이 일어났고 곧바로 6·25가 터졌기 때문이다.

일제 강점기를 이야기할 때 역사적 사실로서는 한·일병탄에서 해방까지 연도 별 구분이 가능하겠지만 문학을 이야기할 때는 이 둘의 관계를 따로 떼어낼 수 없게 된다. 일제는 조선사회를 깨트려 새로운 사상과 학문을 들여오는가 하면 사회계층의 재편성을 가져왔다.

작가 이병주 자신이 바로 이 급물살을 탔던 학병출신이다. 일제 교육을 받고 일본 유학까지 갔다 와, 해방 후 사회지도층 인사로 활약했다. 그렇다면 어떤 의미로 누리고 산 인물이다.

그러나 소설 『지리산』을 통해서 본 작가의 일제강점기에 대한 역사인식은 중립적이다. 친일 혹은 반일의 흑백 논리가 아니라 그야말로 양손을 다 들어주는 격이다. 편향되지 않다. 작품 속 인물-특히 이규-들도 그렇고 작

2) 1.전통적 지주계급/ 하영근; 전통적 선비기질. 이규; 현명한 보신술사. 2.전형적 지식인 계급/ 권창혁; 백수의지식인. 김상태. 3. 지극히 평범한 인물/ 시류에 따라 사는 사람들. 주영중 박한상 정준영 등. 4.신념대로 사는 인간/ 좌익계통의 인물; 이현상 정순이 등. 5.체질적 회의주의자/ 하준규 박태영.

가 자신의 육성을 통해서도 그렇다고 볼 수 있지 않은가. 그게 바로 '역사요 인생'이란 이병주 선생의 작품그릇[3]이 아닌가 한다. 옳고 그름의 판단은 항상 독자의 몫일 테니까.

3) 소설 『지리산』의 특징은 주인공을 한 인물로 볼 수 없을 만큼 여러 인물들을 내세우고 있다. 그리고 이들은 각기 다른 사상을 갖고 있다. 따라서 어느 게 작가의 의도된 사상인지를 알 수 없게 포장한다. 마치 독자가 알아서 해석하라는 투로….

한 휴머니스트의 사상과 역사 인식

이병주의 「패자의 관」, 「내 마음은 돌이 아니다」, 「추풍사」를 중심으로

이재복

1. 사상의 창과 역사 인식의 장

이병주의 문학을 관통하는 세계가 무엇인지에 대해 이야기하는 것은 대단히 어려운 일이다. 여기에는 여러 원인이 있지만 무엇보다도 먼저 이야기할 수 있는 것은 그의 소설이 지니는 관심 대상의 다양함과 여기에 대한 딜레탕티즘적인 유희이다. 거의 일백여 권에 달하는 그의 문학 작품들은 어느 하나의 주제로 수렴될 수 없는 다양함을 지니고 있을 뿐만 아니라 어떤 면에서 보면 작가의 의식 혹은 자의식이 내면화되지 않은 채 증언과 기록이라는 날것으로서의 방식으로 존재하는 경우가 적지 않아 하나의 미학으로 정의하기가 쉽지 않은 것이 사실이다. 일백여 권에 달하는 그의 작품들 중에서 우리가 지금까지 중점적인 논의의 대상으로 삼은 것들은 대개 「소설 · 알렉산드리아」, 『관부연락선』, 『지리산』, 『산하』, 『그해 5월』 같은 한국 현대사를 배경으로 하고 있는 작품들이다. 이 작품들은 「소설 · 알렉산드리아」를 제외하고는 대개 장편이기도 하거니와 그것이 담고 있는 내용이 식민지와 분단을 거쳐 6·25 전쟁 등으로 이어지는 우리 근현대사의 주요한 쟁점들이라는 점에서 근대국민국가와 민족주의 이데올로기와 뗄레야 뗄 수 없는 관계 속에서 형성되어 왔다. 이런 점에서 이 작품들은 우리 근현대문학사의 흐름을 반영하고 있다고 할 수 있다.

그의 문학에 대한 이해가 이 작품들을 중심으로 논의되어 온 데에는 이러한 사정이 크게 작용해 왔다고 할 수 있으며, 그것이 그의 문학 전반을 이해하는데 적지 않은 시사점을 제공해온 것은 누구도 부인할 수 없는 사실이라고 할 수 있다. 그의 문학 전반을 관통하는 주제나 세계를 단정하기에는 어려움이 있지만 우선 이 작품들과 그러한 경향 하에 있는 작품들에 대한 면밀한 읽기와 이해를 통해 차츰 그 해석의 영역을 넓혀가는 것이 보다 효과적인 방법이 될 수 있을 것이다. 그의 작품들 중에서 우리의 근현대사를 배경으로 하고 있는 경우에는 대부분 각각의 작품들이 전혀 다른 세계를 보여주고 있는 것이 아니라 그것이 서로 중첩되어 있다. 이것은 그의 소설에 대한 이해가 '맥락적인 읽기' 혹은 '맥락적인 비평'을 통해 해명될 수 있다는 것을 의미한다. 그의 근현대사 관련 소설들은 비록 인칭이 '나'로 드러나지 않는 경우에도 그것이 작가 이병주라는 사실을 어렵지 않게 떠올릴 수 있는 것은 그 작품들이 우리의 근현대사에 대한 증언과 기록이라는 그의 문학관과 무관하지 않으며, 이것이야말로 하나의 의미 맥락을 이루는 중요한 토대라고 할 수 있다.

이러한 점에서 볼 때 여기에서 다룰 「패자의 관」, 「내 마음은 돌이 아니다」, 「추풍사」 역시 맥락적인 읽기가 가능하다. 이 작품들은 의식적이든 무의식적이든, 표층적이든 심층적이든 「소설 · 알렉산드리아」, 『관부연락선』, 『지리산』, 『산하』, 『그해 5월』 등과 긴밀한 상호텍스적인 관계를 유지하고 있다. 특히 「소설 · 알렉산드리아」 같은 경우에는 작가가 직접 그것을 소설(「내 마음은 돌이 아니다」) 속으로 끌고 들어와 상호텍스트적인 관계를 적나라하게 드러내고 있다. 하지만 작가가 그것을 직접적으로 드러내지 않는다고 하더라도 작품의 배경이라든가 인물의 성격과 사건의 정황, 분위기, 세계인식 방법과 의식의 지향 등에서 우리는 상호텍스트적인 관계를 충분히 감지할 수 있다. 이미 많은 논자들이 이러한 관점으로 그의 작품들을 읽어왔다고 할 수 있다. 여기에서는 맥락적인 읽기 자체에 초점을 두기보다는 그것을 통해 드러나는 그의 사상과 역사 인식에 대해 살펴보고자 한다. 그의 사상과 역사 인식은 그의 소설, 특히 근현대사를 배경으로 하고 있는 소설에서는 단순한 작품 이해의 수준을 넘어선다고 할 수 있다. 그의 사상과 역사 인식은 그 자체로 소설의 원리를 이루는 근간이자 의미이다. 그의 소설이 우리 근현대문학사에서 그 나름의 의미를 지닐 수 있는 데에는 이 사상과 역사 인식이 중요한 요인이 될 수 있을 것이다.

2. 회색의 비(非)와 이념의 플렉서블(flexible)한 지대

이병주의 소설이 식민지와 분단, 6·25 전쟁으로 이어지는 우리 근현대사에 대한 증언과 기록을 창작의 모토로 하고 있다면 사상과 역사 인식은 그가 맞닥뜨려야 하는 운명 같은 것이라고 할 수 있다. 이 시대를 산 사람들은 자신의 의지든 아니면 의지와 관계없든 어느 하나의 사상을 강요받았으며, 이 과정에서 커다란 정체성의 혼란을 겪었다고 볼 수 있다. 그 정체성의 혼란과 여기에서 오는 불안과 고뇌의 경우 일반 대중에 비해 지식인 계층이 훨씬 컸으리라고 예상하는 것은 그다지 어렵지 않다. 더욱이 사상이 단순히 지적 취향이나 유희에 머물지 않고 어떤 사상을 선택하느냐에 따라 죽느냐 사느냐와 같은 극단적인 실존의 상황이 주어진다면 사정은 달라질 수 있다. 자신이 선택한 사상에 따라 문인들의 구도가 재편되고, 문학세계가 결정되는 경우를 우리는 근대 이후 수없이 보아왔다. 가령 한국문학사의 가장 큰 흐름을 견지해온 분단문학의 경우만 보아도 1950년대에는 우파적인 사상이 주류를 형성했고, 1960년대에는 좌도 우도 아닌 사상에 대한 선택과 판단의 정지 내지 보류가 있었고, 1970년대를 거쳐 1980년대에 들어와서는 좌파의 사상이 새롭게 해석되고 평가되는 그런 시대적인 흐름들은 사상의 선택과 그것의 실천이 낳은 결과라고 할 수 있다.

우리 근현대사 혹은 근현대문학사의 거대한 흐름을 보면 그 어느 시대, 어느 국가보다도 사상의 선명성이 부각되면서 그것이 흑백논리의 단순성을 강하게 노정해온 것이 사실이다. 민족과 반민족, 좌와 우, 사회주의와 자본주의 등의 극렬한 논리의 대립은 결과적으로 그 사이, 다시 말하면 제3의 사상을 잉태하고 그것을 실천하는데 부정적으로 작용해 왔다고 볼 수 있다. 근대 이후 통용되어온 가장 부정적인 뉘앙스를 지닌 말 중의 하나는 이 제3의 길이라는 의미를 함축하고 있는 '회색'이라는 단어일 것이다. 회색인보다 회색분자라는 말이 더 관심과 집중의 대상이 되어온 저간의 사정을 상기한다면 이 땅에서 회색의 사상을 주장하고 그것을 실천한다는 것은 '기회주의', '변절', '배신', '비겁', '나약함', '악', '비정치성'과 같은 비난과 부정적인 인식을 감수해야 한다는 것을 의미한다. 회색의 사상이 중도적인 의미를 내재하고 있는 또 다른 하나의 사상이라는 것을 인식하지 못함으로써 극단적인 이분법의 논리가 지배력을 행사해온 것이라고 할 수 있다. 완충지대나 중도가 없는 이러한 이분법적인 논리가 얼마나 위험한 것인지에 대해 자각하지 못한다면 역사와 세계에 대한 균형감각을 유지하지 못할 것이다.

남한이든 북한이든 사상 문제와 관련하여 회색의 사상을 내세운다는 것은 자칫 체제비판으로 오인될 수 있고, 그러한 체제가 유지되는 한 감시와 통제의 대상으로부터 벗어나기가 쉽지 않다. 이병주가 견지해온 사상이 바로 이와 무관하지 않다. 그가 '통일에 민족역량을 총집결하라'라는 사설로 필화사건에 휘말려 징역형을 언도받고 복역한 뒤 그때의 경험을 토대로 「소설 알렉산드리아」를 써서 작가가 된 데에는 이러한 회색의 사상이 그 주요한 동인으로 작용했다고 볼 수 있다. 그는 자신의 이 회색 사상에 대해 다음과 같이 말하고 있다.

> 대한민국 정부가 수립되고 나선 사정이 달라졌다. 이번엔 우익계 학생에게 좌익계 학생이 학대를 받는 경우가 되었다.
>
> 나는 좌익계 학생을 비호하는 입장에 서지 않을 수 없었다. 동시에 정세에 몰려 공산주의를 단념하는 것이 아니라 그들의 내부에서 공산주의를 극복해 나가도록 나름대로의 조력을 한 것이다. 이와 같은 노력이 자연 내게 대한 인생을 회색화(灰色化) 하는 원인이 된 것이 사실이다.
>
> 그러나 나는 나를 회색으로 보는 눈에 비(非)가 있는 것이라고 믿는다. 성급하게 흑백(黑白)으로 나누는 것은 진실을 외면하는 것과 오를 범하기가 쉽다는 기본적인 입장을 지녔다는 것뿐이지 내 행동이 회색으로 머문 적은 없다.
>
> 나는 해방 이후 이 날까지 일관하여 내 나름대로의 반공주의자였던 것이다. 반공(反共)이란 첫째, 공산주의자들이 쓰는 수단에 대한 반대라야 한다.[1]
>
> –「추풍사(秋風辭)」

---

1) 이병주, 김윤식 김종회 엮음, 『이병주 소설집 패자의 관, 내 마음은 돌이 아니다, 추풍사』, 바이북스, 2012, p.87.

작가가 회색화하게 된 계기와 자신이 생각하는 회색화의 의미가 잘 드러난 대목이다. 먼저 그는 회색화의 원인을 대한민국 정부 수립 이후의 사회 정세에서 찾고 있다. 남한에서 이 시기는 우익이 득세하고 좌익이 위축된 그런 때이다. 이 과정에서 그는 자연스럽게 위축된 좌익을 비호하는 입장에 선다. 이것은 정부수립 이전 좌익이 득세할 때 우익을 비호하는 입장에 선 것과 다르지 않다. 그의 자신의 이러한 태도에 대해 그것은 흑백으로 세상을 나누는 것에 반대하는 것'이며, 단순히 그것이 '회색에 머무는 것'이 아니라고 말한다. 그가 상황에 따라 행동을 달리하는 것은 기회주의적인 처신이 아니라 어떤 진실에 대한 적극적인 행동의 발로에서 기인한 것임을 알 수 있다. 여기에서 우리가 주목해야 할 대목은 그가 말하는 회색이 회의적이고 냉소적인 차원이 아니라 보다 적극적이고 참여적인 차원의 의미를 지닌다는 점이다. 우리가 회색이라고 하면 전자의 차원을 떠올리는 경우가 많다. 하지만 그가 궁극적으로 의미하는 회색은 후자를 겨냥한다.

이런 점에서 그가 말하는 회색은 단순한 중간이 아닌 중도 혹은 중용을 의미한다. 중도나 중용의 원리에서 중시하는 것은 '때(時)'이며, 이 때에 따라 행동하면 어느 한쪽에 치우치지 않고 세계에 대한 균형을 유지할 수 있다는 논리가 그가 말하는 회색이라고 할 수 있다. 그가 때를 고려해 어떤 행동을 한다고 말하는 것은 그것이 일정한 판단과 반성의 과정을 거쳐 이루어진다는 것을 의미한다. 그가 회색을 이야기하면서 공산주의의 극복 운운하는 것도 이런 맥락에서 이해할 수 있다. 그는 공산주의가 이념을 수단화하는 우를 범한다고 본다. 그가 자신을 '반공주의자'라고 하는 것도 이러한 수단화에 대한 부정성의 발로이다. 그의 수단화에 대한 반발과 부정은 그 자신이 공산주의 사상이 드러내는 흑백논리에 대한 음험함을 간파하고 있었다는 것을 말해준다. 이와 관련하여 김윤식은 그의 회색의 사상을 '학병세대의 내면 풍경인 가치체계의 내부혼란 곧 흑백논리가 가져오는 온갖 죽음의 질곡과 맞서고자 하는 정신'[2]으로 규정하고 있다. 만일 수단화와 흑백논리에 대한 부정과 반성에서 비롯되는 그의 회색의 사상을 이해하지 못한다면 자칫 그를 좌파냐 우파냐 어느 하나를 극단적으로 선택하고 그것을 추종하는 이분법적인 반공주의자로 오인할 수도 있을 것이다.

그러나 그가 자신을 반공주의자라고 말하는 데에는 흑백논리가 아닌 '회색의 비(非)'[3]의 논리가 작동한 것이다. 여기에서의 '비'는 판단을 말한다. 이 회색의 비에 입각해서 그는 공산주의자(사회주의자)인 노정필과 맞선다거나 자신을 남로당원으로 공격하는 최광열에 맞서 그것의 진실을 자신 있게 들추어내기에 이른다. 세상 어떤 사람들과도 침묵으로 일관하는, 사상범으로 무기형을 언도받고 20년을 꼬박 채우고 출소한 비전향장기수 노정필을 향해 마르크스 사상의 맹점과 공산당이 이념이나 이론만 있을 뿐 실천에 실패한 허깨비에 불과하다고 맹렬하게 비판할 뿐만 아니라 남로당의 폭력을 넘어서는 간디의 비폭력주의만이 하나의 대안이 될 수 있다고 역설한다. 그의 자신감은 회색의 비, 곧 세계에 대한 판단에서 기인한다. 그렇다면 그의 회색의 비는 과연 얼마만큼의 객관성과 진정성을 지니고 있는 것일까? 이 물음에 대한 답을 그는 「내 마음은 돌이 아니다」에서 아주 자신감 있게 혹은 열정적으로 제시하고 있다. 그의 말의 객관성과 진정성은 곧 나 자신이 노정필의 마음을 얼마만큼 움직여 그로 하여금 사상의 전향을 가져오느냐 하는 문제와 맞물려 있다.

이 소설은 나(작가)와 노정필 사이의 이념 논쟁이라고 해도 과언이 아닐

---

2) 김윤식, 「한 자유주의 지식인의 사상적 흐름」, 『역사의 그늘, 문학의 길』, 한길사, 2008, pp.100 101.

3) 이병주, 앞의 책, p.87.

정도로 소설 전체가 두 체제, 곧 자본주의와 사회주의 체제 사이의 비교와 설명을 기반으로 한 대화로 되어 있다. 노정필에 비해 나는 많은 말을 한다. 나의 마르크스주의 비판에 석상처럼 입을 열지 않던 노정필도 말문을 열게 되고 차츰 행동에 변화도 일어난다. 자본주의 경제의 상징인 백화점을 가 소비도 하고, 직접 목공소에서 노동을 해서 임금을 벌기도 한다. 자본주의 경제 구조 속에서 생산과 소비를 체험하는 노정필을 보면서 나는 더욱 열정적으로 그를 만나 사회주의 사상과 체제를 비판하고 그에 대한 인격적인 공격도 서슴지 않는다. 그에 대한 직접적인 공격을 상징적으로 드러내는 것이 바로 '착각을 신념인 양 오인하고 있는 폐인'[4](「내 마음은 돌이 아니다」)이라는 말이다. 내가 보기에 그의 사회주의 사상에 대한 신념은 하나의 착각에 불과하며, 이로 인해 그는 폐인으로 전락할 수밖에 없다는 것이다.

나의 노정필에 대한 자신에 찬 공격은 소설의 행간에 강하게 드러나 있다. 특히 이것이 노정필의 침묵과 만나면 마치 나의 사상(자본주의, 자유민주주의 사상)이 그의 사상(사회주의, 공산주의 사상)보다 우월하다고 느껴지기까지 한다. 하지만 노정필의 침묵은 나의 사상의 우월함을 인정하는 하나의 태도로 귀결되지 않는다. 그는 차츰 친체제적인 태도를 보이지만 그것은 어디까지난 자기 야유와 자기 모멸적인 모습을 띠고 드러날 뿐이다.

> "나는 이 정부가 너무나 관대하다고 생각했소. 그런 까닭이 없을 텐데 하는 생각도 했구요."
>
> "……"

4) 이병주, 위의 책, p.43.

"일제 때 보호관찰법이란 무시무시한 법률이 있었소. 그런 법률의 뽄을 안 보는 게 이상하다고 생각했지."

"그러나 모릅니다. 그 법률이 제정될지 안 될지."

이렇게라도 말하지 않고 견딜 수 없는 기분이어서 내가 이렇게 말하자 노정필은 정색을 했다.

"두고 보시오. 절대로 그 법률은 성립됩니다."

나는 아무 말도 하지 않았다. 그러자 노정필이

"이 선생도 그렇게 되면 행동의 제한을 받겠구먼요."

하고 근심스러운 얼굴을 했다.

"난 어떤 법률이건 순종할 작정입니다. 나는 철저하게 나라에 충성할 작정이니까요. 소크라테스처럼."

"소크라테스?"

"소크라테스는 아테네의 정부로부터 국외로 나가거나 사형을 받거나 하라는 선고를 받고 사형을 받는 편을 택했죠. 아테네란 나라에 충실한 아테네의 시민으로서 죽기 위해서였죠."

노정필이 야릇한 웃음을 웃었다.[5]

–(「내 마음은 돌이 아니다」)

나와 노정필의 평소 담화의 위치가 전도되어 드러나는 이 대목을 통해 우리가 알 수 있는 것은 노정필의 태도의 이중성이다. 정부의 사회안전법에 대해 그것이 절대로 성립되어야 하고 자신은 소크라테스처럼 그것을 따르겠

5) 이병주, 위의 책, pp.66~67.

다는 그의 태도는 자신을 구속하고 통제해온 자본주의 혹은 자유민주주의 체제에 대한 화해불가를 역설적으로 드러낸 것이라고 할 수 있다. 사회안전법이 통과되고 그는 결국 '살기 위해 떠난다'[6]는 말을 남기고 저승으로 가버린다. 기실 그가 남긴 말은 나의 책의 한 구절이다. 그의 죽음은 분명 자본주의 체제와의 화해불가를 표상하지만 그렇다고 이것이 자신이 신봉해온 체제에 대한 절대적인 신뢰를 의미하지는 않는다. 세상에 대해 석상 같은 침묵으로 일관하던 그가 나를 향해 말문을 연 것은 '자신의 사상 추구를 거부하게 만든 정치체제에 대한 증오와 적의는 물론 자신이 신봉한 사상의 독성에 대한 거부반응, 동생 노상필의 사형집행에 대한 분노와 자책 등 매우 복합적인 심층성'[7]을 띤다.

비록 석상 같은 침묵으로 일관하던 그가 나를 향해 말문을 열기는 했지만 자신의 사상과 다른 사상 사이의 회색 지대가 없었기 때문에 중용의 도가 구현되지 않고 이데올로기의 껍데기만 남기고 그가 떠나간 것이라고 할 수 있다. 이것은 그 개인의 문제라기 보다는 이데올로기의 허망함을 수없이 보아왔으면서도 그것을 손쉽게 떨치지 못하는 데에는 회색의 사상이 은폐하고 있는 이념의 플렉서블(flexible)한 지대가 널리 확산되지 않은 우리 사회 차원의 문제로 볼 수 있다. 작가가 노정필의 존재를 자본주의 사회 체제에 적응하지 못한 채 결국 죽음으로 끝나는 쪽으로 몰아간 것은 그의 죽음을 숭고하게 하기 위해서라기보다는 오히려 그 반대라고 할 수 있다. 그의 죽음의 쓸쓸함이 환기하는 것은 이념의 허무함 내지 황폐함과 함께 자신이 지향하고 있는 회색의 사상의 전경화이다.

---

6) 이병주, 위의 책, p.69.

7) 이재선, 「'소설 · 알렉산드리아'와 '겨울밤'의 상관성과 그 의미」, 『역사의 그늘, 문학의 길』, 한길사, 2008, p.402.

작가는 회색 사상의 견지에서 노정필을 아우르려고 한 것이 사실이다. 하지만 그의 아우름에는 언제나 회색의 비가 함께 한다. 그는 노정필을 아우르면서도 그가 신봉하는 사상에 대해서는 비판을 서슴지 않는다. 그가 노정필과 관계를 유지하면서 그것을 통해 이루려고 하는 자신의 사상의 우월함으로 그를 지배하고 계몽하려는 데에 있지 않다. 그의 궁극적인 목적은 노정필의 '인간회복(人間回復)'[8](「내 마음은 돌이 아니다」)에 있다. 그가 보기에 노정필의 가장 중대하고도 위중한 문제는 다른 그 무엇도 아닌 바로 인간 혹은 인간성의 상실인 것이다. 이런 맥락에서 그는 자신이 노정필에게 접근한 데에는 '불순한 동기는 없었으며 인간적인 호의와 약간의 호기심' 때문이라고 말한다. 한 인간을 어떤 이념보다는 인간적인 면 때문에 접근한다는 그의 말은 어떻게 보면 평범한 진술 같지만 여기에 그의 사상의 근간이 숨어 있다고 할 수 있다. 그에게 인간회복은 회색 사상이 지향해야 할 가장 궁극의 목표이자 노정필을 구원할 묘약인 것이다.

3. 관대함과 인간회복으로서의 휴머니즘

이병주의 사상이 회색에 있다면 그것의 토대를 이루고 있는 것은 휴머니즘이다. 휴머니즘의 관점에서 보면 마르크시즘은 '인간을 인간답지 못하게 하는'[9] 한계를 은폐하고 있는 사상이다. 그가 박영희와 노정필을 비교하면

8) 이병주, 앞의 책, p.45.

9) 이병주, 위의 책, p.47.

서 '인간은 인간적인 사람을 좋아하게 마련'[10]이라고 한 말 속에 이미 그 의미가 드러나 있다. 인간이 인간적인 사람을 좋아하는 것은 자연스러운 인간성의 발로이며 만일 그것이 사상에 의해 방해를 받아 인간을 인간답지 못하게 한다면 그 사상은 마땅히 폐기되어야 한다는 것이 그의 신념인 것이다. 그렇다면 그가 이야기하고 있는 인간다운 것 혹은 인간다운 사람이란 무엇을 말하는 것일까?

이 물음에 대한 답으로 그가 제시한 것은 '관대함'이다. 보기에 따라 고루하게도 또 나이브하게도 들릴 수 있는 이 관대함이란 그가 「추풍사」의 서두에서 다소 장황하게 기술하고 있는 인간을 규정하는 덕목이다. 그는 이 관대함이 인정의 일종이며, 그것은 죽음의 순간에 강하게 현시된다고 보고 있다. 그는 인간이 '죽음을 생각하고 있으면 관대한 마음이 되지 않을 수 없다'[11](「추풍사」)고 말한다. 인생의 마지막 순간인 죽음에 직면하면 모든 감정도 그 순간에 끝나고 인간은 보다 관대해지게 된다는 것이다. 감정이 강하게 작동하면 자칫 여기에 함몰되어 일정한 거리 확보가 어렵기 때문에 그것을 모두 버리게 되는 순간, 곧 죽음의 순간에 관대함이 잘 드러날 수 있다는 이야기이다. 그는 인간이 관대해야 하는 이유를 다음과 같이 말하고 있다.

> 세상 사람이 네게 가혹해도 너는 관대해야 한다. 네가 지은 모든 죄를 보상하기 위해서도 관대해야 하며 네 죽음에 저주가 있지 말게 하기 위해서도 관대해야 한다. 문학이란 관대하라고 가르치는 작업이 아니냐. 공자님은 종평생 행해 어김이 없는 것은 용서하는 마음이라고 했다. 〈공노호(共怒乎)〉 부처님도 꼭 같

10) 이병주, 위의 책, p.47.

11) 이병주, 위의 책, p.75.

은 뜻으로 가르쳤다. 내가 내게 죄 지은 자를 용서했듯이 내 죄도 용서해 주옵소서. 자기에게 관대하길 바라려면 네가 먼저 관대해야만 한다……[12]

－(「추풍사」)

마치 성인이 어리석은 중생을 향해 진리를 설파하는 말씀의 형식으로 되어 있는 이 대목의 요체는 관대함과 용서하는 마음이다. 관대함의 의미 차원이 넓기는 하지만 중요한 것은 관대함이 전제되어야 삶, 더 나아가 죽음까지 아우르고 존재들 사이의 관계성도 더욱 심원해진다는 사실이다. 관대함의 차원에서 보면 나와 노정필의 차이는 분명하다. 노정필이 죽음을 택한 것은 자신의 사상 추구를 거부하게 만든 정치체제와 자신이 신봉한 사상 그리고 동생 노상필을 죽게 한 자들에 대한 관대함과 용서하는 마음을 가지지 못했기 때문이다. 만일 관대함으로 이 모든 것들을 용서했다면 그는 증오, 적의, 분노, 자책 같은 복합적인 심층 속에서 살다가 죽음을 택하지는 않았을 것이다. 그의 관대하지 못한 것에 대한 작가의 비판은 비단 그 개인을 넘어 마르크스주의라는 사회주의 사상 전반을 향하고 있다고 할 수 있다.

노신호에 비해 나는 관대하다. 나의 관대함은 기본적으로 인간에 대한 신뢰와 믿음에서 비롯된다. 나는 '세월은 바뀌어도 인정은 변하지 않는다'[13](「추풍사」)고 믿고 있다. 나의 이 말은 인정이 관대함의 본질이며 인간을 평가하는 척도라는 것을 의미한다. 이런 점에서 나는 인정주의자이다. 하지만 이때의 인정은 단순한 온정주의와는 다른 것이다. 온정주의란 시혜적인 것이기 때문에 오래 지속될 수 없다. 작가가 나를 통해 말하려는 인정이란 '인간을 존

12) 이병주, 위의 책, p.75.

13) 이병주, 위의 책, p.73.

중하고 민주주의적인 인격을 갖춘 사람'[14](「패자의 관」)에게서 발견할 수 있는 덕목이다. 작가가 발견한 이러한 조건을 갖춘 사람이 바로 노신호다. 노신호에게서 이러한 덕목을 발견했기 때문에 나는 많은 어려움을 감내하면서도 그의 선거운동을 도왔던 것이다.

그러나 노신호와 같은 인격을 갖춘 사람을 당시의 사회체제는 온갖 권모술수와 중상모략을 통해 정치의 장에서 배제하고 소외시킨다. 이것은 당시의 정치의 장이 관대함과는 거리가 멀다는 것을 말해준다. 관대함이 부재하고, 관대함이 통하지 않는 사회체제에서 관대함을 가진 자는 노신호처럼 언제나 희생양으로 전락할 위험성이 크다고 할 수 있다. 한 사회체제나 정치의 장이 관대함을 가져야 하는 것은 대단히 중요한 덕목이지만 불행하게도 당시의 우리의 상황은 그러지 못했던 것이다. 그런데 작가는 이 관대함의 부재를 정치 탓으로만 돌리지 않는다. 작가는 '정치에 너무 많은 것을 기대하는 건 잘못'이며, '정치란 본래 그렇고 그런 것이다하는 한계의식(限界意識)을 갖고 부족한 것은 개인의 수양과 노력으로 채워야 한다.'[15](「내 마음은 돌이 아니다」) 말한다. 모든 문제를 정치 탓으로 돌리는 태도에서 벗어나 개인의 수양과 노력을 강조하고 있는 작가의 태도는 비정치성을 드러내는 것이 아니라 그가 견지하고 있는 '회색의 비'의 정치논리를 드러내는 것이라고 할 수 있다.

모든 문제를 정치 탓으로 돌리는 행위의 이면에는 이분법적인 흑백논리가 작동하고 있는 것으로 볼 수 있다. 이런 상황에서는 문제에 대한 반성과 성찰이 불가능하게 된다. 하지만 이분법적인 흑백논리가 아닌 회색의 비의

---

14) 이병주, 위의 책, p.26.

15) 이병주, 위의 책, p.58.

논리로 보면 그 문제는 정치 탓만이 아닌 내 탓도 있다는 것을 자각할 수밖에 없게 된다. 이분법적인 흑백논리의 차원이라면 나의 노정필에 대한 접근은 정치적인 계산에 의해 이루어졌을 것이다. 하지만 나의 노정필에 대한 접근은 '보다 넓게 세상을 보시게 하기 위해서죠. 보다 깊게, 보다 진실되게 인생을 사시도록 하기 위해서요.'라는 말이 의미하듯이 그것은 관대함과 용서하는 마음이 토대가 된 인정의 차원에서 이루어진다. 인정의 관대함이 이념적인 이념을 감싸 안는 형국이 바로 나의 노신호에 대한 태도에서 발견하게 되는 모습이다. 나의 노신호에 대한 태도는 나의 최광렬에 대한 태도에서도 고스란히 반복된다. 전자의 관계가 우호적이라면 후자의 관계는 적대적이라고 할 수 있다. 만일 이분법적인 흑백논리대로라면 후자의 관계는 회복하기 어려운 파국을 맞이하게 될 가능성이 클 것이다. 「추풍사」에서 최광렬이 나의 전력을 날조해 곤경에 빠뜨린 상황에서 이 논리 하에서라면 그를 고발해서 죄값을 치르게 하는 것이 자연스러운 일일 것이다.

그러나 나는 그를 고발하지 않는다. 그것은 그에 대한 나의 인정 때문이다. 인간관계에서 이 인정은 대단한 힘을 발휘 할 때가 있다. 이때 인정은 '명증의 허위'[16](「패자의 관」)를 넘어서는 진실 혹은 진정성의 차원을 드러낸다. 특히 정치의 장에서 이론이 명증하고 정연할수록 그만큼 현실과는 거리가 멀어질 수 있다. 인정이 가지는 이러한 면을 작가는 다음과 같이 날카롭게 들추어내고 있다.

"나는 당당하지 못한 사람이 당선되었다는 데 더욱 더 큰 의미가 있다고 생각

16) 이병주, 위의 책, p.17.

한다. 이 가운데는 그 선거구만이 틀려 먹었다고 욕하는 사람도 있더라만 그건 잘못이다. 나는 되레 그 구의 사람들을 높이 평가한다. K씨에 대해서도 그 인물을 알아주는 정도의 표를 보냈고, 당당한 인물은 아니지만 사실 수년 그곳에서 산 사람을 괄시하지 않았다. 듣건대 그 사람은 그곳에서 줄곧 이십여 년 동안을 남의 선거운동만 했다더라. 남의 선거운동을 이십 년이나 한 사람이 이번엔 자기의 선거운동을 하고 나섰을 때 고장의 사람들은 그를 저버리지 않았다. 말하자면 그 구의 사람들에겐 정이 있다는 얘기다. 정이 있는 곳이니 이 편에서 정을 주면 반드시 반응이 있을 게 아닌가. k씨나 우리나 그런 마음먹이를 잊어선 안 될 줄 안다."[17](「패자의 관」)

명증함의 차원에서 보면 '정'이라는 것이 그저 구태의연하고 그래서 청산해야 할 비정치적인 것으로 간주될 수 있는 성질의 것이지만 작가가 보기에 그것은 사람들과 소통하고 공감을 불러일으킬 수 있는 가장 강력한 정치적인 힘의 실체였던 것이다. 우리는 흔히 정이 많은 사람을 명증하고 명석함과는 거리가 있는 것으로 이해하는 경향이 있지만 기실 인정이란 그런 명증함과 명석함의 논리 이전의 사람의 인물됨됨이를 판단하는 중요한 기준인 것이다. 선거에서 패배한 진영에서 그들의 판단이 잘못된 것이라고 간주하는 것은 분명 자신의 입장은 옳고 상대의 입장은 옳지 않다는 이분법적인 논리가 작동한 것이라고 할 수 있다. 내가 이것을 간파하고 그 선거구민들의 정을 내세워 그것이 가지는 의미를 부각시키는 데에는 흑백논리적인 생각을 넘어서려는 그 특유의 회색의 비를 인식하고 실천한 결과라고 할 수 있다.

---

17) 이병주, 위의 책, pp.11 12.

작가의 이러한 논리는 인간에 대한 관대함에 머물지 않고 '문학의 관대함'[18](「추풍사」)으로 이어진다. '문학이 관대해야 한다'는 논리는 단순한 수식어구가 아니라 그의 인간을 바라보는 태도가 반영된 것으로 볼 수 있다. 인간은 인간다워야 한다고 주장하고 있고, 인간을 인간답지 못하게 하는 사상과는 거리를 두고 있으며, 인정이 있는 인간적인 사람을 좋아할 수밖에 없다고 말하는 그의 사상은 회색의 사상이면서 동시에 휴머니즘적인 사상이라고 할 수 있다. 그가 회색의 비에 기초하여 이러한 휴머니즘적인 사상을 전면에 내세운 데에는 인간보다는 이념의 가치를 전면에 내세워 세계를 이분법적인 흑백논리로 재단하려고 한 시대에 대한 반성과 성찰의 의도가 내재해 있다. 인간이 이념화되었을 때 나타나는 가장 큰 특징은 타자의 고통을 이해하지도 또 감싸주지도 못한다는 점이다. 「패자의 관」에서 갖은 권모술수와 중상모략으로 노신호가 가지고 있는 '천부의 재능과 성실과 의욕'[19]을 제대로 실현할 기회조차잡지 못하게 한 자들이나, 「추풍사」에서 나의 전력을 허위로 날조하여 나를 고통과 번민 속으로 몰아넣은 최광열, 그리고 「내 마음은 돌이 아니다」에서 노정필의 한을 헤아리고 그것을 풀어주려고 하지 않은 사회체제 등은 모두 타자의 고통을 외면한 채 자신의 안위와 체제(권력) 유지에만 급급한 반 휴머니즘적인 존재들에 다름 아니다. 이것은 그가 타자의 흠이나 고통을 공격하고 외면하는 것이 아니라 그것을 회색의 비의 논리 하에서 바로 잡아주고 감싸줄 때 비로소 진정한 차원의 인간회복의 길이 열린다는 사실을 이 소설들을 통해 설파한 것이라고 할 수 있다.

18) 이병주, 위의 책, p.75.

19) 이병주, 위의 책, p.30.

4, 지평으로서의 휴머니즘

작가 자신이 여러 소설 속에서 제시하고 있는 휴머니즘의 논리가 과연 어느 정도의 객관성을 담보하고 있는지에 대해서는 앞으로 더 고찰할 필요가 있다. 그가 내세운 인정이나 관대함, 회색의 비 같은 논리가 얼마만큼 이념이나 제도, 체제 등이 행사하는 억압으로부터 인간의 자유와 해방의 의미를 담지하고 있는지 보다 세심한 검토가 이루어져야 할 것이다. 그의 휴머니즘에 대해 강한 의혹의 눈길을 보내는 이들이 존재하는 것이 사실이다. 만일 그가 내세우는 휴머니즘의 논리가 억압적인 현실과 맞서 싸우기 위한 진정성을 담보하지 못한다면 그것은 자칫 그 현실로부터 도피하여 자기 자신을 보존하기 위한 비겁하고 기회주의적인 지식인의 딜레탕티즘적인 유희로 그칠 위험성이 있다.

김수영의 말처럼 과연 그가 '울림 없는 딜레탕트'인지 그것은 그가 제시하고 이러한 휴머니즘의 논리의 진정성과도 통하는 문제라고 할 수 있다. 자기 자신에 대한 반성과 투시보다는 기록과 증언의 글쓰기를 실천해온 그의 문학이 김수영이 생각하는 문학과는 상충될 수 있다. 그의 휴머니즘이 온몸을 울릴 정도로 동통의 아픔을 불러일으키는 것이라고 할 수는 없지만 적어도 그것이 나아가야 할 길 정도는 제시하고 있다고 해도 크게 틀린 말은 아닐 것이다. 그가 내세운 인정이나 관대함, 회색의 비 같은 논리가 휴머니즘을 이루는데 일정하게 소용될 수 있다는 점에서 그것이 어느 정도의 불안과 한계를 지니고 있음에도 불구하고 여기에서 그 사상의 의의를 찾을 수 있을 것이다.

그러나 그의 휴머니즘에 대한 해석에서 보다 중요한 것은 그것이 어떤 지평을 드러내느냐 하는 점이다. 그가 제시한 휴머니즘의 논리가 우리 문학사에서 하나의 가능성으로 존재할 때 그의 문학은 일회적인 관심으로 그치지 않고 다양한 의미의 생산을 담보할 수 있을 것이다. 휴머니즘 논리의 강점은 인간이나 인간성 또는 인간됨됨이라는 차원에서 제기되는 인간으로서의 보편타당함에 있다. 이런 점에서 휴머니즘은 인간이 인간으로서 지녀야 하는 본질(essence) 같은 것이다. 하지만 우리가 그 본질을 발견하기 위해서는 포즈만으로는 불가능하다. 본질은 고정되어 있지 않고 변화무쌍하기 때문에 다양한 형태를 지닐 수밖에 없다. 그의 휴머니즘이 다양한 각도에서 조명될 때 그의 문학이 은폐하고 있는 세계가 탈은폐될 것이다. 또한 그의 휴머니즘이 은폐하고 있는 인정이나 관대함, 회색의 비 같은 논리는 하나의 세계의 지평으로서 존재하는 순간 그 의미를 획득하게 될 것이다.

이병주 문학의 정치의식

노현주

1. 서론 : 역사 · 정치 · 문학

역사는 정치적 담론의 자양분이다. 이것은 소설과 정치의 시대였던 서구의 19세기, 정치적 논쟁에 있어서 프랑스의 역사가 늘 참조되었다는 사실로서 확인된다. 역사적 교훈이라는 의미에서 역사는 전적으로 정치와 복잡하게 뒤얽혀 있다. 프랑스 혁명 이후 수많은 형태의 정부를 경험하는 과정에서 문학이 정치사상과 정치 논쟁의 장(場)이었음은 스탕달과 플로베르, 발자크의 소설들이 보여주고 있는 바이다. 따라서 지식인으로서의 소설가들은 자신들의 정치적 논거에 역사를 도입한다.[1] 우리의 경우, 정치제도와 사상의 변화과정에 대한 목소리를 내는 것이 해방공간의 약 5년간을 제외하고 사실상 불가능했던 역사를 가졌기에 우리 문학에서 정치 담론을 발화하는 것은 금기의 영역이나 다름없었다. 한국 문학사 속에서 정치의식이 표명되는

1) Paule Petitier, 『문학과 정치사상』, 이종민 역, 동문선, 2002, pp.153~155.

작품들이 소외계층을 화자로 하는 저항문학의 형식으로 존재할 수밖에 없었던 이유이기도 하다.

작가 이병주의 존재는 문단 중심의 문학사가 문학사 기술의 주류인 상황하에서 예외적인 존재였고 그와 동시에 작품을 현실정치 담론의 장으로 활용한 드문 예라는 점에서도 예외적 존재이다. 이병주의 소설들 대부분이 현대의 역사적 사건들을 그려내며 역사의 그늘에 묻혀있는 진실의 편린들을 드러내고자 했다는 것은 이미 알려진 사실이다. 그가 역사의식의 문학적 형상화를 대표하는 작가로 평가 받고 있는 것은 이런 이유 때문이고 작품들이 이를 뒷받침해 왔다. 이병주는 종종 자신을 역사가에 비유하곤 했지만, 그의 작품들에 드러나는 것은 역사적, 개인적 진실뿐만이 아니다. 본고는 이병주의 텍스트가 정치담론의 격론장이라는 것을 확인하고 이에 대해 고찰하고자 한다. 이병주의 '문학 텍스트 속에서 정치사상은 역사적인 줄거리와의 관련 하에 그 자체를 위해 표현'[2]되고 있는 것이다.

이병주의 작품에 나타나는 특징은 작품이 다루는 역사 · 정치적 사건들과 그에 대한 비평에서부터 주인물의 내면까지 매우 구체적이고 실증적으로 서술된다는 것이다. 이병주가 구체성과 실증성에 정치적 비평의 관점까지 포함하는 소설텍스트를 구성할 수 있었던 것은 그의 이력과 체험에서 비롯된다. 암울하고 급박했던 40년대에 일본 유학생활을 하며 지식인으로서의 의식세계를 형성했고, 태평양 전쟁의 막바지에 식민지의 지식인으로서 일제의 학병으로 지원하지 않을 수 없었던 굴욕적 경험을 갖고 있다. 학병의 신분에서 해방을 맞이했고, 혼란했던 해방정국에서 학교의 교사로서 복무했

2) Paule Petitier, 위의 책, p.9.

으며, 이데올로기의 격전장이었던 당시의 정치적 혼란기와 전쟁을 경험했다. 지식인으로서의 자의식을 가지게 된 청년기로부터 시작해서 눈을 감았던 90년대 초까지 아마도 근현대사의 굵직한 거의 모든 사건을 온몸으로 경험한 세대였던 것이다.

교사생활 이후 언론인으로서 활동할 당시, 논설과 칼럼의 형식으로 당시의 현안과 관련한 직접적 발화를 활발히 했던 이병주가 소설가로서의 제2의 인생을 시작하게 된 것은 그의 논설로 인한 정치적 필화사건 때문이었다. 작가가 정치정세적 발화를 직접적으로 하였던 신문사의 주필이었다는 것과 정치적 논설로 인해 필화사건을 겪었다는 사실은 이병주의 정치지향적 성향을 확인해 주는 사실이다. 정치 사회에 대한 직접발화가 좌절된 이후에 자신의 사회적 발화의 수단으로 소설을 선택하게 되었다고 볼 수 있다.[3]

개인의 경험이 곧 사적(史的) 경험이던 세대로서 이병주가 보여주고자 했던 세계는 격동하는 역사, 그 역사의 정치성, 그리고 그 역사와 정치의 이면(裏面)에 있었던 인물들의 내면이다. 작가는 이들을 보여주기 위하여 근접한 역사를 체험한 자로서 공식 역사에서 말해지지 못했던 지워진 존재들에 대하여 말하기 시작한다. 더불어 이 지워진 존재들이 역사를 매개로 정치의 뒤얽힘에 대해 비평의 날을 세운다. 작가가 작품을 집필하던 시기가 작품들이

---

3) 이병주는 자신의 선집에서 작가의 말을 통해 자신이 겪은 정치적 사건이 그의 소설창작의 바탕이 되었음을 이야기한 바가 있다. "아무리 생각해도 죄가 없다고 자신하고 있는 사람이 10년 징역의 선고를 받았을 때 통분을 느끼지 않을 수 있을까. 요행스럽게도 2년 7개월 만에 풀려나왔지만 통분은 고슴도치의 형상으로 가슴속에 남았다. 그리곤 때때로 그 고슴도치가 바늘을 곤두세우면 심장이 저리도록 아팠다. 이렇게 나는 5·16쿠데타를 육체적 정신적 고통을 통해 겪은 것이다. 그런 까닭에 〈알렉산드리아〉는 잊을래야 잊을 수 없는 나의 인생의 기록이다. 나는 이것을 쓰고 통분의 반쯤은 풀었다. 그러나 그렇게 이 소설을 읽어주는 사람은 없으리라. 그러니까 이 소설은 어느 정도 성공한 것으로 된다. 가슴을 쥐어짜고 통곡을 해도 못다 할 통분을 픽션=허구의 오블라토로써 쌀 수 있었으니까…… 인간으로서의 정의감과 정감(情感)을 갖고 살고자 하면 모조리 감옥으로 가야 하는, 한때 이 나라의 풍토를 그렸다는 자부를 나는 가진다." (이병주, 『이병주대표중단편선집』, 책세상, 1988, pp.10~11)

다루고 있는 역사적 사실로부터 불과 30년도 지나지 않은 시점이었다는 것을 상기해볼 때, 집필 당시의 정치적 문제와 한반도의 상황을 근접역사에 대한 정치비평을 통하여 설명하려 했음을 알 수 있다.

이병주의 문학세계에 대한 연구에서 이병주의 작품에 개인의 체험적 기록과 그와 관련한 역사적 사실들이 큰 비중을 차지한다는 것은 많은 이들이 공통적으로 이야기하는 바이다. 그러나 작품 내의 정치성에 대한 연구[4]는 아직까지 단편적이며 본격화되지 않았다.

본고는 작가가 가졌던 정치적 발화에 대한 욕망과 왜곡된 것의 진실을 알려야 한다는 저널리즘적 정신에 바탕을 둔 문학적 활동이 이병주의 문학 창작의 동력이었다고 보는 관점을 취한다. 따라서 본고에서는 작가가 그려내고자 하는 것이 개별자들의 진실과 현대의 정치적 사건들에 대한 비평적 논설이라는 점을 고찰해 보고 정치적 비평의 지향점에 대하여 추론해 보고자 한다.

2장에서는 이병주의 문학에 나타나는 망명자 의식이 망명 정부에 대한 구체적 구상으로 나아가는 과정을 살펴보고 3장에서는 소설을 통해 전개하는 정치담론의 양상을 고찰하고자 한다. 4장에서는 서사 내의 정치적 저항담론과 법체계에 대한 인물의 순응주의가 발생시키는 아이러니를 규명하기 위하여 이병주의 국가에 대한 철학을 추론해 보고자 한다. 5장에서는 결론

---

4) 송재영은 「이병주론-시대 증언의 문학」(『현대문학의 옹호』, 문학과지성사, 1979)에서 역사의식과 사회의식을 보여주는 역사 소재의 소설들이 본질적으로 정치소설이라고 하였다. 송하섭은 「사회의식의 소설적 반영」(『허구의 양상』, 단국대학교출판부, 2001.)에서 이병주의 정치의식 내지 정치 관념이 인본주의로 표현되고 있다고 고찰하였다. 김종회는 「근대사의 격랑을 읽는 문학의 시각」(『위기의 시대와 문학』, 세계사, 1996.)에서 이병주의 정치적 주장이 '단순한 보수우익의 기득권 보호의지와는 차원이 다르'며 '한국문학의 지평 위에서 소설을 통해 심도 있는 정치토론을 유발한 거의 유일한 작가'라고 평하고 험난한 이데올로기 문제에 대해 이성적인 논리로 높은 수준의 토론을 보여주고 있다고 논했다.

을 대신하여 역사와 정치에 대한 대중의 관심과 해석에 대한 욕망이 이병주의 작품에 대한 높은 수용도로 나타났음을 이야기하고자 한다. 본고의 이러한 고찰은 이병주의 작품세계에 나타나는 역사의식의 문제를 연구해온 그간의 연구 성과[5]를 바탕으로 이병주 문학이 가진 정치소설로서의 의의를 규명하는데 일조할 것으로 기대한다.

2. 망명자 의식에서 망명 정부로

이병주의 초기 단편에는 코스모폴리탄에 대한 지향이 나타난다. 『예낭 풍물지』의 이국적 형상화와 산책자 이미지는 이를 반영한다. 이병주의 코스모폴리탄에 대한 지향은 『관부연락선』에서 망명자 의식으로 발전하고 이 의식이 『바람과 구름과 비』에 이르면 정치권력에 대한 대항담론으로 형상화된다.

이병주가 코스모폴리탄을 지향하게 된 이유는 식민지배 말기의 청년이 지닌 문화적 혼종성(hybridity)에 있다. 식민지배가 날로 공고화되어 일본어 교육과 황국신민의 서사를 암송하는 것이 자연스러웠던 1921년생(生)의 청년은 조선과 일본의 사이에서 어떠한 민족적 태도를 가져야 하는 것인지를

5) 이병주 문학의 역사의식에 대해 고찰하고 있는 연구들은 대표적으로 다음과 같다. 김윤식, 『이병주와 지리산』, 국학자료원, 2010. 김종회, 「근대사의 격랑을 읽는 문학의 시각」, 『위기의 시대와 문학』, 세계사, 1996. 「이병주 문학의 역사의식 고찰-장편소설 『관부연락선』을 중심으로」, 『한국문학논총』 57, 한국문학회, 2011. 손혜숙, 『이병주 소설의 '역사인식' 연구』, 중앙대학교 박사학위 논문, 2011.송하섭, 「사회의식의 소설적 반영-이병주론」, 『허구의 양상』, 단국대학교출판부, 2001. 이보영, 「역사적 상황과 윤리-이병주론」, 『현대문학』, 1977, pp.2~3. 이형기, 「이병주론 -소설 『관부연락선』과 40년대 현대사의 재조명」, 권영민 엮음, 『한국현대작가 연구』, 문학사상사, 1991.

모호하게 받아들인 것이다. 이병주는 3·1운동을 전후하여 태어난 자신의 세대가 불완전한 사회 분위기 속에서 태도를 일정하게 정하지 못했다고 한 대담[6]에서 말한 바 있다. 태도를 일정하게 정하지 못했던 배경에는 "일제의 대륙 침략의 회오리 속에서 소년기를 지나 황국신민(皇國臣民)의 서사(誓詞)를 외면서 청년 시절을 보냈다. 체제 내적인 노력에 있어서도 위선을 배웠고, 반체제적인 의욕을 가꾸면서도 위선을 배워야 했던 바로 그 사실"[7]이 존재하고 있었다. 이러한 의식들 속에서 민족과 국가를 초월할 수 있는 코스모폴리탄을 지향하게 되었다는 것이다.

이병주의 코스모폴리탄 의식은 일본 유학생활을 통하여 '망명자 의식' 또는 '망명인의 사상'으로 구체화된다. 『관부연락선』의 유태림은 아무런 신념도 갖고 있지 않은 자신에게 가책을 느끼는데, 민족과 국가를 초월한 코스모폴리탄으로서는 에트랑제의 생활을 할 수 있을 뿐이며, 에트랑제로서는 생활인도 신념인도 될 수 없기 때문이다.

> 나는 망명인으로서의 내 숙명을 감상하고 있었다.
>
> 코스모폴리탄이란 견식을 모방하고 민족과 조국의 절박한 문제를 회피했다. 에트랑제를 뽐내는 천박한 기분으로 안이하고 나태하고 비겁한 생활을 변

---

6) "우리 세대는 3·1운동을 전후해서 태어났고 그 후의 열띤 반동기 속에서 확연한 태도를 정하지 못하고 이를테면 어중간한 태도를 가지고 성장했어요. 우리보다 한 세대 앞의 사람들은 친일이면 친일, 반일이면 반일로 어떤 뚜렷한 체관(諦觀)을 가지고 있었는데 우리는 그렇지 못했어요. 당시 사회의 분위기 자체가 불완전했으니까 교수들의 경우만 해도 한국인이나 일인이나를 막론하고 모두 그 태도가 일정치 못했습니다. 그러니까 일본 민족과 일제 통치에 대한 감정의 폭이 굉장히 넓고 델리게이트한 면이 많은 데다가……(이병주, 남재희 대담, 「회색군상의 논리」, 『세대』, 1974. 5. p.239)

7) 이병주, 「청춘을 창조하자-과거엔 우리는 젊음이 없었다」, 『1979년』, 세운문화사, 1978. p.216.

명해왔다. 22세라는 젊음을 특권인 양 왕자를 참칭(僭稱)하고 세상을 속였다.[8]

이병주는 코스모폴리탄에서 망명인으로 전이할 수밖에 없는 숙명적이고 시대적인 상황 하에 있었다. 당시 일본의 지식세계에서 코스모폴리탄은 단순히 민족과 국가를 초월한 세계인, 세계시민을 의미하기 어려웠다. 일본은 만주사변을 일으킨 1937년 이후 중국의 민족주의적 저항과 항일운동이 격화되자 소화연구회를 중심으로 동아시아 신질서 사상에 대한 학문적 체계화를 시도하였다.[9] 중국의 민족주의 문제를 해결하기 위하여 동아협동체론이 필요했던 것이다.

동아신질서론의 기초를 다진 미키 기요시는 「신일본의 사상원리」(1939년 '소화연구회' 팸플릿)에서 "오늘날의 세계는 이미 단순한 민족주의에 머무를 수 없으며", 동아협동체의 문화가 "세계사의 새로운 단계에서의 세계적 원리가 될 만한 것"을 담고 있어야 한다고 주장했다. 서양의 게젤샤프트적 문화의 한계를 동양의 게마인샤프트적 문화가 대체할 수 있으며 새로운 동아시아 사상은 "단지 게마인샤프트적인 것이 아니고 또 본래 게젤샤프트적인 것도 아니며 오히려 게마인샤프트적인 것과 게젤샤프트적인 것의 종합으로서의 차원 높은 문화"이어야 하는데, 그 종합은 게마인샤프트적인 일본정신으로 가능하다는 논지를 펼친다.[10]

미키는 「신일본의 사상원리」를 통해 민족주의의 탈피를 이야기하면서 일본의 정신이 있다면 지나의 정신도 있다는 상대주의적 시각을 보여주었

8) 이병주, 『관부연락선 2』, 한길사, 2006, p.183. 이후 작품은 작품명과 쪽수로 기재함.

9) 함동주, 「미키 키요시의 동아협동체론과 민족문제」, 『인문과학』 30, 성균관대인문과학연구소, 2000. p.340.

10) 三木清(미키 기요시), 유용태 역, 「신일본의 사상원리」, 『동아시아인의 '동양' 인식』, 창비, 2010. pp.51~68.

지만, 결국은 서양적인 것과 동양적인 것의 차원 높은 종합이 일본인에 의한 일본문화를 통해 이루어져야 한다는 제국의 시각을 벗어나지는 못했던 것이다.

세계인으로서의 일본 제국시민이라는 의식이 동아신질서론을 이루는 하나의 바탕이 되었기에 코스모폴리탄의 의미는 제국인으로서의 세계인이라는 의미를 내포하는 것이 될 수밖에 없다. 국가를 초월하고 민족주의라는 낡은 사상을 버리고 신질서를 이룩하여 서구의 제국주의에 맞서야 한다는 동아신질서 사상에 부합하는 인간형이 바로 민족과 국가를 초월하는 일본정신의 인간형, 즉 코스모폴리탄적 인간형이었기 때문이다.

이병주가 코스모폴리탄을 자처하였지만, 그것이 결국 망명인 의식으로 진행될 수밖에 없는 것은 식민지 조선인이 제국의 코스모폴리탄이 된다는 의미는 일본인과의 동일화를 뜻하는 것이 되었던 시대적이고 사상적인 맥락이 있었다. 그러나 앞서 논의에서 지적한 대로 조국의 이름을 상실한 식민지 청년이 식민제국의 중심부에서 망명인으로서의 생활인이 될 수는 없었으므로, '망명인 의식'이나 '망명의 사상'은 그의 관념의 조작으로 탄생한 하나의 가상적 의식일 수밖에 없었다.

이병주가 문화적 정체성과 자아, 세계인식 등을 만들어나갔던 그의 청년시기에 '망명인 의식'이라는 가상의 관념 속으로 도피할 수밖에 없었던 것은 결국, 그의 세대가 감내해야 했던 시대적 비극 때문이었다. 해방 후, 교사로서 언론인으로서 활발한 활동을 펼치던 이병주가 다시 망명인의 사상 속으로 도피하여, '예낭'의 거리를 헤매고 다니는 만보객이 될 수밖에 없었던 것은 한반도의 정치적 격동의 희생자가 되었기 때문이었다. 그러나 그는 관념의 조작으로서 '망명인 사상'을 키워야 했던 청년이 아니라 정치의식, 사회비평 의식을 대설, 중설로 발화할 수 있었던 저널리스트가 되어 있었다. 저널리스트에서 소설가로 진화한 이병주는 '망명의 사상' 속에 머물지 않고, 그 관념의 조작을 '환각세계'의 구성으로, 즉 소설의 세계로 승화시키게 된다.

이병주의 문학 속에서 망명자 의식은 현실세계의 유비체로서 상정한 환각(幻覺)[11]세계의 구성으로 형상화된다. 그 환각세계는 관념의 조작으로 탄생한 정치적 망명지다. 정치적 망명지로서의 환각세계를 보여주는 대표적인 작품으로 「소설 · 알렉산드리아」를 이야기할 수 있다. 「소설 · 알렉산드리아」에는 옥에 갇힌 형의 이야기와 알렉산드리아에 있는 아우의 이야기가 교차된다. 아우의 시점으로 서술되는 이 소설에서 형의 이야기는 아우에게 보낸 편지를 통하여 전달된다. 그렇다보니 알렉산드리아를 배경으로 하는 아우의 내러티브에 형의 옥중기(편지)가 삽입되는 형식이 되어 독자의 입장에서 형보다는 아우와의 거리가 가깝게 느껴지고 이 소설의 중심은 아우의 내러티브라고 인지하게 된다.

그러나 이 소설에 등장하는 두 종류의 내러티브는 전도된 형태로 보는 것이 타당하다. 사상문제로 인해 옥에 갇히게 된 자(형)의 옥중기가 현실세계이고, 갇힌 자의 자유에 대한 열망이 한 예술가(아우)의 알렉산드리아 체류기를 만들어내고 있는 구조인 것이다.

감옥에 갇힌 자-형은 고통을 느끼는 자기를 바라보고 위무하는 또 다른

11) 주로 문학 논의에서는 '환각(幻覺)'이라는 용어보다 '환상(幻想)'이라는 용어를 사용하는 것이 일반적이다. 이병주는 환상이라는 말 대신 환각이라는 용어를 일관되게 사용하고 있다는 것이 특징적이다. 이것은 이병주의 소설이 가진 색채를 드러내기에 환상이라는 용어보다 환각이라는 용어가 더 적절하기 때문으로 보인다. 이병주의 소설은 일반적인 소설적 기법에 충실한 소설과 차이가 있다. 정치적인 의미가 전방위적으로 반영되어 있고, 의도적으로 진행된 관념의 조작이라는 의미로 환각을 사용하기 때문이다. 따라서 모양과 형상, 이미지의 의미가 강한 '想' 대신에 '깨닫다, 터득하다' 등 사고의 활동을 강조하는 '覺'을 내세우는 것은 매우 적절한 용법으로 보인다.

자기를 분화시켜 알렉산드리아에 간 아우라는 존재로 만들어 낸다. 지켜보는 자기로서의 아우를 통하여 알렉산드리아에 가고자 하는 열망을 환각 속에서 실현하는 구조인 것이다.

'이념의 조작'과 '마음의 조작'은 현실의 육체적 비자유에서 '생의 건설'을 통한 자유로 초월하는 방식을 보여준다. 형이 보낸 편지의 내용은 일종의 옥중기로써 자유를 그리워하는 마음과 죄없이 옥에 갇힌 자의 울결한 심정, 그 심정을 다스리기 위해 애써 자신의 죄목을 찾아 열거하는 자조의 심리, 옥에 갇힌 정치범들의 비극적인 이야기 등이다. 이에 대비되는 아우의 알렉산드리아 체류기는 알렉산드리아의 아름답고 엑조틱한 풍경과 아름다운 무희 사라의 복수담과 이지적인 한스 셀러의 집념이 아우의 피리소리에 어우러진 자유롭고 드라마틱한 서사의 세계이다.

형은 '관념의 조작'[12]을 통해 알렉산드리아라는 환각세계를 구성하고 그 세계로 망명한다. 현실에 대한 비판적 사상을 갖고 있는 망명자는 '관념의 조작'을 통해 알렉산드리아의 피리 연주자로 분화하여 매력적이고 드라마틱한 서사의 소용돌이 한가운데 처하게 된다. 환각세계로 망명한 망명자가 자신의 분신을 만들고 내러티브를 역동적으로 만들어 내고 있는 데에는 그 이유가 있다. 작가가 작품을 창작한 배경에서도 알 수 있듯이[13], 현실에서 발화하기 어려운 담론들을 유비서사를 통하여 간접적으로 발화하고자 하는 의도가 있는 것이다.

12) 이념은 이데올로기로 번역될 소지가 있으며 마음은 감정의 요소가 강하게 전달되는 용어이기에 이 소설의 구조를 이야기하는 데에는 '관념'이라는 용어가 더 적절해 보인다. 이병주는 소설 속에서 이념, 마음의 조작이라는 표현을 쓰고 있는데, 의미구조와 관련하여 본고에서는 이 모두를 '관념' 이라는 용어로 통칭하여 쓰고자 한다.

13) 이병주, 『이병주 대표 중단편선집』, 책세상, 1988, pp.10~11 「작가의 말」 참조.

이러한 환각세계의 내러티브를 통하여 이야기하고자 담론은 첫째, 사고와 표현의 자유에 대한 열망이다. 사상을 가진 자로서의 자신을 가둔 현실, 즉 억압적인 국가의 상황 하에서 벗어나 사고와 표현의 자유를 지향하고 있는 것이다. 이것은 즉흥곡을 자유롭게 연주하는 아우의 모습을 통해 상징화된다. "피리를 불기 위해 하늘이 마련한 사람"인 아우는 "흥얼거리는 멜로디의 한 소절만 포착하고도 전곡을 완주"하고 "원한다면 어떠한 심포니의 베스트 멤버가 될 수도 있고 어떠한 청중이라도 세 시간쯤은 독주만으로써 붙들어 놓을" 수 있는 연주가이다. 사라의 의상과 포즈만을 보고 "어떤 영감에 이끌려 저절로 소리를 내"는 즉흥곡의 천재이기도 하다.

형은 "사상을 가진 자의 불행"을 보여준다. 사상이란 "정과 부정을 가려내는 가치관"이며 "선과 악을 판별하는 판단력"이지만, 그러한 사상을 표현하는 것은 법률에도 없는 죄목으로 벌을 받아야 하는 행위인 것이다. 분열된 국토를 통일해야 하는데, 희생을 내는 방식이어서는 안 된다는 통일론과 휴머니즘의 결합은 이적행위가 되고, 진정으로 사랑할 수 있는 조국을 만들어야 한다는 사상이 '조국이 없다'는 레토릭으로 표현될 수 있다는 것을 전혀 이해하지 못하는 척박한 상황이 형이 처한 불행의 배경이다. 형의 사상과 표현의 부자유에 대한 항의는 알렉산드리아에서 아름다운 무희와 어우러져 즉흥곡을 연주하는 아우의 모습을 통해 유비의 형태로 전도되고 있는 것이다.

둘째, 정치와 재판의 합리성과 철학이 있는 저널리즘에 대한 동경이다. 작가가 경험한 혁명재판은 비합리적, 정치적 파행, 휴머니즘에 대한 몰이해를 드러내는 것이다. 그러나 알렉산드리아의 재판은 합리적, 상식적, 휴머니즘적이다.

소설은 지배권력의 주인이 된 당시의 혁명정부가 그들의 지배를 위해 갖가지 항목의 죄목을 만들고 입맛에 맞지 않는 정치적 발화자들을 얽매었던 사실을 빗대어 이야기하고 있다. 스탈린이나 히틀러나 똑같이 흉측한 놈들' 이며 '그들뿐만이 아니라 독재체제를 갖추고 있는 자들의 생리란 모두 그렇' 다는 사라의 말은 군사 재판을 통해 사회의 지성들을 가두었던 군사정권을 겨냥하고 있는 말이다. 형은 '억울하게 박해를 당하는 사람이 이 세상에 없어지지 않는 한, 어질고 착하고 가난한 사람들이 고통하고 번뇌하고 있는 한' 수없는 지성을 수많은 대학이 배출하여도 이 나라에서는 휴머니즘을 꿈꿀 수 없다고 생각한다.

이와 대비되는 알렉산드리아의 법정의 모습과 신문 사설들의 내용은 철학적이며 휴머니즘적이다. 국가의 공무집행이라고 해서 정당성을 부여받는 것은 아니라고 역설하는 알렉산드리아 신문의 사설은 현실세계를 향한 비판담론이다. 작가 자신이 부당한 공무집행에 의하여 사법처리를 당했기 때문에 공무집행이 불법성을 가질 수 있다는 생각, 인간중심의 법운용에서 멀어져 법률을 위한 법운용을 일삼는 정치권력에 대해 비판적인 목소리를 내고 있는 것이다.

이병주 초기 소설에 나타났던 망명자 의식이 식민지배 하의 정체성의 혼종성을 극복하기 위한 작가의 노력이었고, 후에는 정치의식의 표출을 위한 소설 즉 환각세계로의 정치적 망명이었다면, 후기의 작품을 통해 나타나는 망명의 사상은 구체적인 형태를 띤다. 신념과 생활을 공유하는 공동체를 만들어 가거나, 나라 안의 나라를 만든다는 의식으로 사상과 경제를 공유하는 결사체를 만드는 형식을 지향하고 있기 때문이다. 대표적으로『바람과 구름과 비』에서 최천중이 '신국(晨國)'을 선포하고 입헌군주국의 사상을 공유하는 신국민들의 비밀 망명 국가로 형상화된다.

이들은 결과적으로 생활 공동체를 구성하는 것이지만, 이것은 이병주가 보여주었던 초기의 정치적 망명자 의식과 다르지 않다. 최천중의 '신국'은 억압적 정치상황에서 발생했는데, 최천중의 신국이 선포되는 결말부분의 전개과정을 주목해 볼 필요가 있다. 최천중은 이미 조선 왕조를 대신하여 새왕조를 건설할 포부를 가지고 거사를 도모해온 바 있지만, 그가 부정하는 것은 조선의 왕조였지 국가를 부정하는 것이 아니었다.[14]

그랬기 때문에 '임오군란'을 계기로 조선이 외세에 의해 좌지우지되는 현상이 벌어지자 새왕조를 건설하자는 원래의 포부와 목표가 나라 지키기, 혹은 구하기라는 목표로 수정하기도 한다. 그러나 최천중은 망국, 즉 나라 자체가 망했다고 판단하게 되는데, 두 단계에 의해 확신에 이른다. 그것은 조정이 외세에 휘둘리고 있는 현실을 근거로 한 것이 아니다. 첫째는 법의 부재에 의해서, 둘째는 백성의 자포자기를 통해서 확인된 것이기 때문에 망국은 되돌릴 수 없는 현실이 되고 만다.

이병주는 테러리스트와 같이 개인 차원에서 정의를 집행하는 것에 관심이 있어 왔다. 「그 테러리스트를 위한 만사」와 「철학적 살인」, 『바람과 구름과 비』는 공통적으로 공권력의 법집행이 아니라 개인, 혹은 사적 집단의 정의의 집행을 정당화하는 논리가 있다. 이것은 이병주가 법에 의한 지배력을 행사하는 국가에 대한 철학적 지향을 바탕으로 법체계를 무너뜨리지 않

14) 왕조부정, 또는 정권을 부정하는 것과 국가를 부정하는 것은 이병주의 정치사상에서 별개의 것으로 나타난다. 이병주는 국가를 부정하지 않기 때문에 국가의 법을 존중한다. 이병주의 정치의식의 철학적 바탕이 고대철학의 정치사상으로부터 막스 베버로 대표되는 근대 정치철학과 미키 기요시의 직능의 덕에 기초한 국가관을 전유한 것으로 보았을 때, 이상적인 공화국, 즉 국가는 법에 의해 지배되는 국가이다. 법을 유린하거나 법 위에서 권력을 전횡했던 정권에 대해 비판적인 입장을 가졌음에도 불구하고 이병주의 국가에 대한 긍정이 정권에 대한 긍정으로 오인받았던 것은 그의 공산주의에 대한 명확한 반대의사 때문이기도 했다. 반공이 국시인 나라에서 반공을 외치는 것은 친정권적으로 보일 수밖에 없기 때문이다. 이병주가 고대 정치철학의 법치 공화국을 지향했던 것은 현대 대중사회의 정치적 치장, 즉 미란다와 선동, 폭력이 주요 수단이 되는 권력 작동의 방식을 현실적으로 알고 있지만 철학적으로 인정하지 않기 때문이다. 이병주의 소설 속에서 철학적으로 인정하는가 하지 않는가의 문제는 현실의 작동과는 무관하게 형상화되고 있는데, 「철학적 살인」의 민태기의 살인, 「그 테러리스트를 위한 만사」의 정람의 테러리즘이 대표적인 예이다.

는 한에서, 그리고 악을 철저히 응징하지 못하는 역사적 인과법칙의 불완전함을 보완하기 위해서 개인적 차원의 정의 집행이 인정되고 있는 것이다.

그러나 개인적 차원의 법집행으로 법체계를 보완하는 것조차 불가능한 상황은 위정자가 곧 범법자인 상황이다. 최천중이 조선이라는 나라 자체가 망국에 이르고 있다고 보는 것은 법이 위정자들에 의해 무너지는 현실을 지속적으로 목도했을 때이다.

백성들의 자포자기는 무책임과 공포의 정치에서 비롯된다. 『바람과 구름과 비』는 한말의 정치상황을 통해 백성을 책임지지 않는 '무책임의 정치'가 백성들을 죽음으로 몰아넣고 그것은 곧 나라의 주권자인 백성을 말살함으로써 국가 자체를 붕괴시키는 행위라는 것을 말하고 있다. 「패자의 관」 등을 통해 이승만 정권의 무책임 정치를 비판했던 것을 상기한다면, 이병주의 정치의식이 일관성 있게 변주되고 있다는 것을 알 수 있다.

『바람과 구름과 비』는 폭력과 공포에 의한 정치를 비판하고 있기도 하다. 조선 말기에 권력집단의 변동에 따라, 또는 끊이지 않고 발생했던 민란에 의해 효수당하는 사람이 많았다는 이야기가 등장한다. 그렇게 혹형(酷刑)이 자행되는 공포와 폭력 정치 하에서도 진정되지 않는 민란이 결국 백성들의 분노가 극에 달했음을 반영하는 것이기도 하다. 공포와 폭력을 이용한 정치에 대한 비판적 시각은 이병주에게 낯설지 않은 것이기도 한데, 군사쿠데타 정권이 행사했던 정치방식이 바로 폭력과 공포를 이용한 지배였기 때문이다.

무책임과 폭력, 공포에 의한 정치, 즉 망국의 정치는 최천중이 '나라 구하기, 혹은 지키기'를 포기하고 실제적으로 나라는 망했음을 인정하게끔 하였다. 최천중은 실낱같은 희망을 동학을 통해 보고 있었는데, 동학농민전쟁이 전봉준의 죽음과 함께 종식되자 망국을 선언하게 되고 망명국가를 선포하게 된 것이다.

물론 최천중과 그를 따르는 이들의 망명 정부가 성공적으로 존속할 수 있었을 것인가의 문제는 독자들의 상상력에 맡겨두고 이 소설은 마무리되지만, 이미 역사의 전개과정을 알고 있는 독자 입장에서 17인의 혁명가들이 구성한 망명 정부가 성공했으리라 상상하기는 힘들다. 이 실패한 혁명의 서사는 실패가 예고된 망명 정부로 마무리 되고 말겠지만, 70여 년 후에 지식인 윤두명을 교주로 하는 종교집단을 통해 부활하게 되는 흥미로운 서사를 『행복어사전』에서 발견하게 된다. 『행복어사전』의 윤두명의 개인적 트라우마로부터 탄생한 종교공동체는 생활과 경제, 신념의 공동체로 등장한다. 이 공동체의 성격은 최천중이 구상한 삼전도계원을 중심으로 한 '나라 안의 나라' 즉 '신국'의 성격과 일맥상통하는 것이다.

윤두명이 만든 종교집단의 구성원들은 사회에서 소외된 사람들, 책임져주지 않는 버려진 소년소녀들을 거둔다. 가난한 사람들이 자립하여 살 수 있도록 하는 경제적 독립구조를 갖추어 가는데, 이러한 것은 당시 사회가 사회구성원을 보호하거나 책임지지 못하고 있었던 것을 비판하는 동시에 그 현실을 넘어서고자 하는 환각세계의 조작, 관념의 조작을 반영하는 것이기도 하다.

최천중의 망명정부는 너무도 분명하게 정치적 억압과 파행 속에서 형성되었다는 정치적 의미가 분명한 것인 반면, 윤두명의 종교공동체는[15] 이미 정치적 저항과 비판이 봉쇄된 사회에서 – 이병주가 감옥 속에서 알렉산드

15) 『행복어사전』에서 윤두명의 교단은 등록을 거부당하거나 사이비 집단으로 몰릴 위기를 당한다. 주인공 서재필은 윤두명의 교리에 대한 설명을 듣지만 동조하지 않는다. 이 소설에서 윤두명의 상제교의 공동체적 성격은 현대사회의 일반적인 상식 선에서 받아들여지기 힘든 것으로 그려지지만, 잠재적 동조자와 신도들이 이룬 경제적이고 신념적인 차원, 사회에서 소외된 고아들을 책임지는 관용 등이 비중있게 서술되고 있다. 소설의 표면적인 포즈와 실제 소설 내에서 차지하는 비중과 메시지가 갖는 효과는 다르게 해석될 수 있다.

리아의 플루티스트로서 관념의 조작을 일궈냈듯이 - 대중들이 꿈꿀 수 있는 이상적 공동체사회를 은근슬쩍 제시함으로써 환상공간에서의 즐거운, 혹은 엉뚱한 백일몽을 통해 사회를 향한 삐딱한 시선을 유도하고 있는 것이다.

『바람과 구름과 비』의 망명 정부 '신국(晨國)'과 『행복어사전』의 상제교는 이병주가 가진 정치적 망명의 사상이 대중적 서사와 결합되었을 때 나타나는 상상의 공동체다. 이 공동체의 성격과 지향은 이병주, 혹은 유신정권 하의 대중지성들이 크게 작게 지니고 있던 정치적 트라우마를 환상공간의 즐거움으로 치환한 것이었기에 현실정치 하에서 부재하고 있던 가치들을 더욱 부각시키는 것이었다. 망명인의 감상이 정치의식으로, 정치의식의 서사화가 환각의 망명세계, 그리고 상상의 망명정부로 전이되는 과정에서 우리의 현대사가 '조국의 부재'였다는 작가적 메시지를 확인할 수 있다.

3. 서사에서 담론으로, 정치담론의 양상

이병주는 대화와 토론을 통해 등장인물들과 사상과 정치에 대한 토론의 서사를 즐긴다. 이병주의 서사에서 인물들의 대화가 큰 비중을 차지하는 것은 그것이 정치담론을 서사화하는 방식이기 때문이다. 대표적으로 「내 마음은 돌이 아니다」에서 이병주는 노정필과 정치에 대한 토론을 벌인다. 두 사람이 벌이는 정치토론은 몇 가지의 주제를 가지고 있다. 하나는 공산주의를 표방하는 정치세력의 과격성에 대한 것이다. 두 번째는 스탈린주의에 대한 토론이다. 이병주는 스탈린주의가 전체주의적 속성과 폭력성을 가지고 있고 때문에 백성을 억압하는 생리를 가졌다고 비판한다. 세 번째는 마르크시즘을 개혁사상으로 보는 시각에 대한 토론이다.

이 둘의 토론은 포르투갈이나 소련의 공산당의 과격성에 대한 이야기와 간디즘과 같은 외래의 정치사상에 대한 것이지만, 이들의 대화 중심에 있는 주제는 '개혁'이다. 그들의 토론 중심에 있는 '개혁'이 무엇을 겨냥하고 있는 것인가는 감추어져 있다. 마르크스주의에 대한 비판이 북한을 겨냥한 비판이라고 단순하게 생각해버릴 수 없는 것은 이 소설의 배경을 이루는 정치적 사건이 1975년 유신정권의 사회안전법 발효이기 때문이다.

'사회안전법'이란 형기를 마친 비전향자들을 계속 가두어두기 위해 보안 감호처분을 할 수 있게 한 법률이다. 2년마다 처분을 갱신하게 한 이 법은 특정범죄 – 사상관계의 법률 위반을 말한다 – 를 다시 범할 위험성을 예방한다는 목적으로 비전향자들을 재투옥하고 그 밖의 사상관계 위반자들을 보호관찰하거나 주거제한하게 한 법률이다.

날치기로 통과된 이 법률로 인해 재판도 거치지 않은 채 기약 없이 갇혀 있어야 했던 장기수들은 옥에서 생을 마감하기도 했다. 이러한 조치는 극한의 독재권력 하에서만 가능한 일로서 개인의 기본권을 무시한 것은 물론이고 합리성이나 민주주의와는 전혀 관계가 없는 악법이었던 것이다. 이 소설의 노정필도 사회안전법이 발효되어 재수감되는 것으로 소설이 마무리된다.

노정필과 이병주의 마르크시즘에 대한 토론에서 중요한 부분은 정권의 전체주의적 성격, 폭력성, 국민에 대한 억압에 대한 것이다. 이러한 것들은 포르투갈이건 소련이건 어느 나라이건 개혁되어야 한다. 특히 이미 억압, 폭력 등에 의해 많은 사람들이 희생된 역사를 가진 한국에서 폭력과 억압의 속성을 가진 권력체들은 개혁의 대상이다. 이병주가 사회안전법을 배경에 두고 이야기하는 정시사상에서 간디즘을 이야기하는 것은 의미심장하다.

내가 말하는 건 마르크스주의의 개혁에의 의사를 승인하되 간디주의의 세례를 거쳐야 한다는 뜻입니다. 노 선생은 간디주의를 한갓 몽상으로서 처리하고 계시지만 결코 그런 것이 아닙니다. 폭력으로써 어느 목적을 달성할 수 있을지 모르나 폭력을 썼기 때문에 거기서 새로운 문제가 생겨선 달성한 그 목적의 보람을 망쳐버린다는 지혜가 함축되어 있는 겁니다. 그러니 폭력으로써 어떤 개인 어떤 집단의 일시적인 야심을 이룰 수는 있으나 인류가 염원하는 궁극의 목적은 달성할 수 없다는 뜻입니다. 스탈린인들 즐겨 그런 흉악한 짓을 했겠어요? 폭력으로써 잡은 정권이기 때문에 끝끝내 폭력으로써 지키지 않으면 안되게 된 것 아닙니까. 폭력 없이 이룰 수 없는 일이라면 폭력을 써서도 이루지 못한다는 게 간디의 주장입니다. 간디의 독립사상도 마찬가지죠. 인도의 독립을 원하는 건 독립 자체가 귀중해서가 아니라 인도의 백성이 잘 살기 위한 조건을 만들기 위해서 독립을 해야 한다는 거였습니다. 간디의 말이 있죠. 영국인이 인도에서 철수하는 게 독립이 아니다. 독립이란 평균적인 백성이 운명의 결정자가 자신이며 선출된 대표를 통해 자기 자신이 입법자(立法者)라는 것을 자각하는 것이라고 했어요. 나는 어떤 정치사상이라도 간디의 사상과 결부되지 못하는 것은 악이라고 생각합니다. 나는 지도급에 있는 사람들이 좀 더 간디를 연구하고 이해했으면 해요.[16]

'폭력으로써 어떤 개인 어떤 집단의 일시적인 야심을 이룰 수는 있으나 인류가 염원하는 궁극의 목적은 달성할 수 없다'는 것, '폭력으로써 잡은 정권이기 때문에 끝끝내 폭력으로써 지키지 않으면 안 되게 된 것' 등은 사실 1970년대 한국사회를 장악하고 있는 유신정권에게 해당되는 내용이기도 했

16) 「내 마음은 돌이 아니다」, 『철학적 살인』, 서음사, 1978, pp.207~208.

던 것이다. 이것은 아렌트가 '폭력은 권력의 가장 극악한 발현'[17]이라고 말하며 권력이 행사하는 폭력을 비판했던 것을 떠올리게 한다. 이병주의 '지도급에 있는 사람들이 좀 더 간디를 연구하고 이해했으면' 한다는 말은 결국 평균적인 백성이 자신의 운명의 결정자가 자신이라는 사실을 행위로써 표출할 수 있는 자유로운 사회를 지향해야 한다는 정치사상을 에둘러 이야기하고 있는 것이라고 파악해야 한다.

입법자로서 독립된 나라의 권리를 행사하는 것의 시작은 선거이다. 이병주에게는 국민에게 선출된 대표로서 자신의 정치사상을 현실에서 실현해 보고자 했던 의지가 있었던 것 같다. 그가 두 번의 선거에 출마했던 것은 그의 현실정치에 대한 지향을 보여주는 일화일 것이다. 그러나 그는 두 번의 선거 모두에서 낙선하였는데, 그 경험을 소설화한 것이 「패자의 관」(『정경연구』, 1971.7)이다. 「패자의 관」에는 이병주가 남한에 필요하다고 생각하는 정치적 실천에 대한 사상이 나타나 있다.

「패자의 관」에서 노신호가 국회의원 선거에 출마하여 자신의 정치적 포부를 연설하는 내용은 이미 이병주가 논설 등을 통하여 피력한 바가 있는 정치담론들이고 그의 휴머니즘 사상은 『관부연락선』 등의 작품을 통해 구체화되었던 내용들이기에 익숙한 것들이다. 이런 부분들은 작중의 노신호가 이병주 자신임을 짐작하게 한다. 다음은 이병주가 갖고 있는 통일에 대한 신념과 국가의 역할에 대한 정치의식을 보여주는 부분이다.

"……기어이 남북을 통일해야 하되 이 이상 한 사람의 희생도 내는 일이 없도

17) Hannah Arendt, 김정한 역, 『폭력의 세기』, 이후, 1999, p.62.

록 하는 비법을 연구 · 안출하도록 정열과 성의를 다하겠습니다." [18]

노신호는 국회의원이 되면 어떻게 하더라도 남북통일을 서두는 방향으로 노력하겠다고 했다. 그리고 거기에 따르는 자기 나름대로의 방책을 말해보기도 했다.

"다시는 이런 참화가 없게 하기 위해선 국민들도 통일에 성의를 가져야 하고 국회의원의 제일의적인 의무가 통일의 성취라고 생각해요."

이렇게 말한 노신호의 눈빛과 말투는 진지했다. 노신호는 가혹한 법률을 없앨 것과, 특히 부역했다는 죄목으로 중형을 받은 사람들의 구제를 서둘겠노라고 했다.

"국민의 일부가 부역을 하도록 하는 상황을 만든 책임을 먼저 물어야 하지 않겠습니까. 만일 그 책임을 따질 수 없다면 부역했다는 명목으로 국민을 벌할 수 없죠. 국민의 생명과 재산을 보전하는 책무를 다하고 나서야 범법자를 다룰 수 있는 명분이 서는 겁니다. 일제에 아부하고 편승한 사람들을 불문에 부쳐놓고 참담한 전란통에 부역했다는 명목으로 중형을 과한다는 건 아무래도 불합리합니다.[19]

노신호, 즉 이병주가 첫 번째 출마한 선거는 1954년에 치러진 제3대 민의원 선거이다. 위의 예문은 1954년, 즉 6 · 25전쟁이 휴전으로 마무리된 다음 해에 민의원 후보로 나선 이병주의 정치관을 보여주는 것이다. "국민의 일부가 부역을 하도록 하는 상황을 만든 책임"을 국가에게 먼저 물어야 한다는 의식은 당시의 국가권력이 가진 오류와 한계에 대한 날카로운 지적이다.

---

18) 「패자의 관」, 『소설 · 알렉산드리아』, 한길사, 2006, p.236.

19) 「패자의 관」, 위의 책, p.231.

남한에 단독정부를 세운 이승만은 스스로 '국가의 최고권력자 · 군통수권자이자 그 자신이 곧 국가'였던 사람이었다. 김동춘은 『전쟁과 사회』[20]에서 이승만이 봉건적인 통치개념을 벗어나지 못했고, 현대 민주주의 국가의 수반으로서 국민에게 책임을 지는 존재가 아니라 사실상 '전쟁' · '국가안보' 라는 명분하에 법을 초월하여 존재하는 '현대판 군주'였다고 지적한다. 이러한 지적은 한국전쟁의 전과 과정 그 후에 보여준 이승만의 행적을 통해 얻어진 것으로서, 결과적으로 그의 군주적인 행태는 국민과 그들에 대한 책임을 지워버렸고, 민주국가에서 주권의 담당자가 되어야 할 국민이 지워져 버림으로써 '주권없는 국가', '주권의 부재상황'을 만들어 냈다.

정권의 국민에 대한 무책임이 국민이 주권을 가지지 못하는 봉건적 지배방식에서 비롯되었다는 인식과 이러한 상황이 곧 주권의 부재상황이라는 것은 이병주가 말하는 '조국의 부재'라는 수사와 통하는 것이다. 이병주는 그의 논설 「조국의 부재」에서 국민이 "아무리 주인 노릇을 할려고 해도 수억(數億) 달러를 들여 사들이 중무장(重武裝)의 강도(强盜) 앞엔 어찌할 도리가 없었던 것 아닌가. 결언(結言)하면 백성(百姓)에겐 책임이 없고 이 정권(李政權)의 범죄(犯罪)가 이렇게 만들었다."[21]라고 쓰고 있고, 권력을 장악한 자들의 봉건성, 즉 "이조(李朝) 이래의 사고 방식(思考方式)의 상호 작용이 조국 부재(祖國不在)의 커다란 요인"[22]이라고 지적하고 있다.

김동춘이 지적했던 전쟁을 전후로 한 국내의 주권부재의 상황과 이병주가 통탄하는 마음으로 쓰고 있는 「조국의 부재」의 내용과 간디가 말하는 진정

---

20) 김동춘, 『전쟁과 사회』, 돌베개, 2011. pp.174~202.

21) 이병주, 「조국의 부재」, 『중립의 이론』, 국제신문사출판부, 1961, p.144.

22) 이병주, 「조국의 부재」, 위의 책, p.146.

한 독립의 요건들을 주창하는 그의 발화를 종합하여 본다면, 이병주가 「패자의 관」을 통해 보여주고 있는 정치의식을 제대로 평가해 볼 수 있을 것이다.

간디즘이 우리의 정치사상에 필요하다고 보았던 이병주가 선거에 출마하여 책임지는 정치를 하겠다는 포부는 다르게 말하면 "주권이 국민에게 존재하고, 국민의 위임에 의해 지배자 혹은 지배세력이 형성"되는 민주국가를 지향하는 그의 정치의식을 표출하는 것이었다. 그러나 「패자의 관」에서 '사회사상, 정치사상에 도통해' 있던 노신호가 각 계층의 사람들에게 지지를 받았으면서도 낙선할 수밖에 없었던 것은 그를 빨갱이로 몰아 배척하는 자유당 정권의 술수에 의해서였다.

노신호가 주장했던 통일에 대한 신념과 국민에 대한 국가의 책임정치는 자유당의 '빨갱이' 논리에 의해 개화되지 못한다. 이 소설에는 '빨갱이'라는 낙인이 찍히는 과정이 묘사되어 있는데, 남한에 있어서 '부역' 했다는 사실, '빨치산'과 내통했다는 소문, 조작된 삐라 등이 어떻게 활용되었는가가 서술되어 있다. 또 부역한 경력자나 보도연맹 관계자의 유족들에게는 '애국자' 즉, 부역자와 보련관계자를 처단하는 데 큰 공헌을 했다는 중상모략을 이용하는 모습을 보여준다. 노신호가 자유당의 중상과 모략, 그 모략의 작용을 받은 선거구민들에게 환멸을 느끼는 장면은 남한의 정치현실에 대한 환멸을 보여주는 것과 같다. 이와 같은 어이없는 빨갱이 몰이는 전쟁 이후 분단의 상황을 이용하여 '전쟁을 내재화하고 전쟁을 정치 사회의 운영원리로 삼는'[23] 정치풍토를 보여주고 있는 것이다. 이런 왜곡에 대하여 이병주는 「조국의 부재」에서 신랄하게 비판한 바 있다.

---

23) 김동춘, 위의 책, p.399.

> 권력을 장악(掌握)한 자(者), 이에 망집(妄執)하는 자가 이 권력에 도전하는 자를 제압(制壓)하기 위해서 38선을 이용한다. 무엇보다도 이 조건에 마성(魔性)이 있다. 38선이란 인위적(人爲的)인 경계(境界) 저편에 거대한 적 세력(敵勢力)을 두고 있기 때문에 실질적으로 이것의 위협이 신경을 과민케도 하지만 터무니없는 사건을 그럴듯하게 조작할 수 있는 바탕도 되는 것이다.……
>
> 만사는 유능한 인간의 집결로써 이루어지는 것이다. 유능한 인간을 당시 정권(當時政權)에의 반대 의사를 가졌다는 이유로써 위험 분자시(危險分子視)할 수 있는 근거를 따져 보면 거기 38선이 있었다. 사정이 이와 같을 때 38선은 우리들에게 있어서 이중(二重)의 부담이다. 분단(分斷)된 사실(事實)로서의 부담. 거기서 비롯한 정신적(精神的) 고통으로서의 부담.[24]

그의 통일에 대한 신념은 모든 불합리한 모순과 '무책임의 정치', '분단정치'가 분단의 상황이 만들어 내는 것이라고 보기 때문이다. 통일에 대한 소신은 이미 이병주의 확고했던 정치신념 중의 하나였던 것으로 보인다. 『관부연락선』에서 해방 후의 이병주의 행적으로 더듬어 볼 수 있는 바, 이병주는 내란이 일어날 원인이 되는 남한 단독 정부 수립에 대해 반대한 경력이 있었고, 민족이 해결해야 할 최대의 과제가 38선을 없애는 것이라고 선언했었던 것이다. 이런 그의 정치적 신념은 국제신문 재직 당시 펴냈던 『중립의 이론』에도 잘 나타나 있다. 이 책은 민족의 통일을 위하여 "백론(百論)이 있을 수 있는 통일 방안"이 "단 하나의 최선안으로 집약(集約)되어야" 한다는 취지로 발행되었는데, 다루고 있는 통일론이 '중립국가'를 표방하는 방식이

24) 이병주, 「조국의 부재」, 『중립의 이론』, p.140.

라는 점이 놀랍다. 물론 4·19혁명의 영향으로 각 분야의 자유로운 담론의 표출이 보장되었던 한 시기에 펼쳐진 논의이긴 하지만, 남북의 이데올로기적 대치 상황과 남한의 반공주의 상황에서 좌, 우익을 넘어서야 하며 최종적인 통일을 위해서 중립화의 방식을 수단으로 삼아야 한다는 주장을 담고 있었다는 것은 놀라운 사실이다.[25]

'패자의 관(冠)'을 쓴 노신호는 결국 정치를 단념했고, 이 소설은 프랑스의 정치가이며 소설가인 B.콩스탕의 허무주의적인 수사로 끝맺음한다. '아마 성공할지 모른다. 그러나 확실히 죽는다. 그럼 마찬가지 아니냐.' 는 승자도 패자도 결국 죽음이라는 영원한 패자의 길을 걷게 되므로 모두 패자라는 인식을 낳는다. 이병주가 반공국시와 전쟁정국을 이용한 정치가 지식인들을 허무주의자로 만들고 있다고 생각한 데에는 그 자신이 그러한 전쟁 정치의 희생양이 되었었기 때문이다.

좌우 이념대립에 속하지 않은 자유주의자 혹은 민주주의자가 빨갱이로 몰리는 과정을 구체적으로 보여주고 있는 이 소설은 이병주 자신의 이야기이자, 이념의 이름으로 조작되어 희생된 사람들에 대한 조사(弔詞)이기도 하다. 이병주 자신을 투영시켰던 노신호를 비참한 죽음을 맞이한 것으로 처리한 것은 콩스탕의 수사를 통해 위로하고 조사(弔詞)하기 위한 것이기도 하다.

소설사 안에서 최인훈의 『광장』의 이명준과 같이 중간자로서의 지식인이 회색인이라는 수사(修辭)를 입고 등장하여 좌우 대립에 환멸을 느끼는 모습

---

25) 이 책은 중립국가에 대한 이론이 세계의 중립국가들을 예로 들어 정리되어 있고, 당시까지의 한반도 통일방안과 관련한 자료를 정리한 자료가 들어있다. 그리고 논설위원들과 대학의 교수들, 대학생들의 이데올로기를 넘어서 중립국가로의 통일에 대하여 논하는 논설들이 실려 있다. 이병주가 필화사건을 겪는 원인이 되었던 두 편의 논설도 이 책에 수록되어 있다. 이 책의 내용과 방향은 당시 국제신문사 논설의 주필이 이병주였던 것을 보면, 이병주의 정치사상이 짙게 반영되어 있었다고 볼 수 있겠다.

을 보여 준 바 있지만, 현실주의자이면서 정치 지향적이고 반공산주의의 신념을 가진 지식인이 한국적 상황의 이념 대립을 거부했다는 이유로 빨갱이로 조작되었던 현장을 실감나게 서술하고 있는 소설은 발견하기 어렵다. 그런 점에서 「패자의 관」을 통해 이병주가 보여주고 있는 지식인의 유형과 전쟁과 분단을 이용한 정치권력의 실제 정치상황은 소설과 정치의 관계와 문학의 영역 등을 새롭게 조명해야 한다는 문제의식을 던져 주고 있는 것이다.

이병주는 자신의 한 칼럼에서 자신이 소개하고 싶은 오늘의 작가로 노먼 메일러를 소개하고 있는데,[26] 정치적 발화를 거침없이 해치우는 노먼 메일러가 시대의 움직임에 민감하면서도 예술성을 잃지 않고 있기에 바람직한 모델이라고 말하고 있다. 이병주는 복잡한 정세의 움직임에 대응하기 위하여 인습적인 문학장르 이외의 영역에서 작업을 하는 것이 필요하다고 보는 관점을 가졌는데, 이런 관점에서 노먼 메일러라는 뉴저널리즘의 대표적인 작가를 바람직하다고 평하는 것은 당연한 귀결로 보인다.

그러나 "분단시대의 냉전체제가 지닌 특성으로서는 절대권력은 그간 우리 문학사에서 어떤 정치소설도 용인할 수 없는 상황이었는데, 특히 지배층을 소설에 등장시키지 못하는 조건에서 정치체제의 비판이란 공염불에 지나지 않았다."[27]라는 임헌영의 말처럼 20세기의 한국사회는 메일러 식의 직설적 화법이 수용될 수 있는 사회적 상황을 전혀 조성할 수 없었음은 주지의 사실이다. 이에 이병주가 선택할 수 있는 정치적 화법은 역사를 매개로 한 표현이었다. 역사적 사실은 항상 정치적 논쟁과 정치담론을 불러온다는 사실은 이병주의 정치적 발화가 역사적 사건에 대한 서술 속에서 자연스럽게

26) 이병주, 「노먼 메일러와 오늘의 작가」, 『1979』, 세운문화사, 1978. pp.208~210.

27) 임헌영, 「정치소설과 정치현실」, 월간 길, 1992.12. p.197.

이루어지는 배경이 되었다.

『관부연락선』이나 『지리산』에 나타나는 정치적 견해 중에서 두드러지는 것은 신탁통치의 문제이다. 신탁통치의 문제는 좌, 우의 극한적 대립을 가져왔던 문제이고, 더 나아가 남한의 단독정부 수립, 분단과 전쟁에까지 이어지는 문제였기 때문에 해방공간의 정치적 상황에서 매우 중요한 것으로 다루어지고 있다. 『관부연락선』의 유태림은 신탁통치의 문제에 대응하는 좌, 우익의 정치적 계산에 대해서 분석은 하지만, 어느 입장의 편에 개입하지 않는다. 그러나 신탁통치에 대한 반대를 통해 독립국가에 대한 대중의 희망으로 떠오른 우익 진영이 단독정부 수립을 시도하자, 그에 대해서는 강력히 반대하는 입장을 내보인다. 유태림이 이념 대립 속에서 비평자로서 중립을 지키길 포기하게 된 것은 남북이 전쟁으로 치달을지도 모른다는 판단에서이다.

당시 지식인들 사이에서는 미소 양진영의 분할 통치와 38선 등의 조치들을 전쟁 발발의 위기로 인식하는 흐름이 있었다. 이를 반영하듯 유태림의 판단과 예견이 염상섭과 채만식의 해방기 소설에서도 나타난다. 염상섭의 『효풍(曉風)』에 주요 인물들로 등장하는 좌익 지식인들은 남한의 단독 정부 수립으로 인한 남북의 분단을 경계하는 모습을 보인다. 또한 남과 북이 전쟁으로 치달을지 모른다는 판단을 보여주고 있으며,[28] 채만식의 「낙조(落照)」에도 남북이 전쟁에 치달을지 모른다는 위기의식이 등장한다.[29] 이병주의 소설과 이 소설들이 다른 점은 정치비평에 있다.

---

28) 김경수, 「혼란된 해방 정국과 정치의식의 소설화-염상섭의 『효풍(曉風)』론」, 『외국문학』 53, 열음사, 1997, p.215.

29) '조선이 북조선을 치는 날이면?' 혹은 북조선에서 남조선을 먼저 칠는지도 모르는 것인데, 한번 사단이 이는 날 우리는 남북을 헤아리지 않고 대규모의 동족상잔, 골육상식이라는 피의 비극 속에 휩쓸려 들고라야 말 것이었다. 제주도의 사태가 전 조선적인 규모로 확대가 되는 것이었다.(채만식, 「낙조」(1948), 『채만식단편선 레디메이드 인생』, 문학과지성사, 2004, p.233.)

이병주가 신탁통치의 문제를 역사정치적 문제 중에서 가장 비중있게 다루는 이유는 신탁통치 문제로 인한 민족의 분열을 남북의 전쟁과 영구분단이라는 결과를 초래한 원인으로 판단하기 때문이다. 이병주는 휴전선의 존재, 즉 민족의 분단을 현실정치와 이념 모두를 넘어 해결해야 할 최대의 과제라고 보았다. 그가 필화사건을 겪게 된 두 편의 논설 중 한 편이 통일을 위하여 모든 역량을 동원하고 그것이 중립국가의 형태여도 좋다는 내용을 담고 있었다는 것[30]은 이를 뒷받침한다.

현재의 정치상황을 규정하게 한 역사적 사건에 대하여 논하는 것은 사실상, 현 체제에 대한 문제제기와도 직결되는 것이 될 수 있다. 신탁통치의 문제가 다른 방향의 결정과 전개가 이루어졌다면 6, 70년대의 한국정치체제의 형태가 다를 수도 있었을 것이라는 점을 생각해 볼 때, 근접 과거의 역사적 사건에 대한 분석과 고발은 현 상황에 대한 비판적 기능을 담당하기에 충분한 것이다.

일례로 1961년 박계주가 동아일보에 연재했던 「여수」에는 주인공 춘우가 유럽 여행 중에 오스트리아를 방문하는 부분이 있다. 여기에서 춘우는 오스트리아가 한때 동서 양진영의 군정 하에 있었으나 이젠 통일 조국을 이룩한 것을 보고 해방기 신탁통치의 문제를 떠올리는 장면이 등장한다. 신탁통치를 찬성했던 송진우가 암살당하지 않고 그의 의견대로 5년간의 국제 신탁통치를 받았다면 오스트리아처럼 통일되었을 것이란 생각이 이어지고, 반탁했던 이승만, 김구, 이시영 등이 앞을 내다보지 못해 한심하다는 서술이 이어진다.[31]

---

30) 「통일에 민족역량을 총집결하자」, 『중립의 이론』.

31) 임헌영, 「분단상황의 극복과 민족문화운동」, 『민족의 상황과 문학사상』, 한길사, 1986, pp.260~261.

이러한 내용이 신문에 연재되던 대중소설 속에 등장한 것임에도 이후 소설 연재가 중단되고 작가도 문책을 당하는 조치가 취해진다. 현재의 뿌리가 되는 근접 역사에 대한 기억과 비평은 작가가 집필하는 당시의 정치체제와 권력층에 대한 비평으로 이어질 수밖에 없으므로 신문에 연재된 대중소설이지만 정치담론, 권력비판적 담론으로 기능할 수 있었던 것이다.

이병주가 박계주와 같은 문제의식을 가지고 신탁통치의 문제를 심도 있게 다루었으나, 박계주처럼 당대의 국가형태를 부정하는 가정에까지 나아가지 않은 것은 이병주가 가진 정치에 대한 현실감각 때문이다. 이병주는 언론인 출신답게 현실적인 정치 감각이 뛰어났는데, 정치지도자의 행보와 관련하여 마키아벨리즘이 중요하다고 생각하였고, 대중을 정치과정에 참여시켜 지지층으로 만드는 과정에서 대중의 호기심과 흥미를 이용하는 문제를 정론(正論)의 작용보다 중요하게 생각하였다. 이 같은 맥락에서 본다면 『관부연락선』이 일제말기와 해방공간, 전쟁시기의 역사까지를 다루고 있고, 작가가 이 소설을 집필한 것은 60년대 말, 70년대 초였으므로, 그 시점에서 정치적인 의미의 장을 형성할 수 있는 충분한 담론들이 많았다고 볼 수 있겠다.

두 번째, 남한의 단독정부 수립에 대해 좌익을 비롯한 많은 지식인들이 반대했지만, 단독정부가 무리 없이 수립될 수 있었던 것은 '선거'라는 제도에 대한 대중의 호기심과 흥미에 있었다는 분석 또한 눈여겨 볼 만하다.

『관부연락선』 2권의 「불연속선」 부분에서는 유태림이 단정반대 운동에 참여하는 내용이 전개된다. 합리적 정세판단을 바탕으로 중립적인 태도를 위했던 유태림이 마르크시즘에 반대하면서도 좌익과 행보를 함께 하게 되는데, 그가 이승만을 반대하는 이유는 '이승만이 자기가 정권을 잡기 위해서 내란을 유발할 위험상태'를 만들기 때문이다. 남북의 전쟁을 예감하고 있었던 유태림이 그것이 현실화되는 것을 막기 위해 적극적인 행동에 나선 것이다.

그러나 당시 일반 대중들의 분위기는 민족, 단정 등의 문제와는 별개로 '어서 선거라는 것을 해봤으면, 그래 가지고 우리의 손으로 국회의원이란 것을 선출해봤으면 하는, 쉽게 말해서 되도록 빨리 민주주의의 흉내라도 내봤으면 하는 것이 지배적인 풍조'[32]였다. 선거라는 민주주의적 절차에 대한 일반 대중들의 호기심과 흥미를 효율적으로 활용한 것이 이승만이었다. 그는 "우리나라는 민주주의를 해야 할 나라이므로 백성들의 뜻으로써 뽑힌 국민의 대표자가 모인 국회에서 헌법을 만들어 우리가 갈 길을 밝혀야 한다"고 호소한다. 대중의 심리를 꿰뚫어 자신의 정치적 계획 속에서 활용할 줄 아는 감각을 지녔던 것이다.

당시의 정치문제에 관한 비평 중에서 정부수립의 문제에 있어 일반 대중들이 가졌던 의식의 단면을 추출하여 보여주었다는 것은 매우 실질적인 시각이다. 역사의 외연보다도 이면에 관심을 가졌던 이병주의 눈은 역사의 영웅들보다 수많은 대중의 심리의 추이에 주목하였던 것이다. 『지리산』에서도 대중의 심리에 대한 분석이 두드러지는데, 좌우의 극한의 감정 대립과 인민재판 등에 대한 분석은 대중정치의 속성을 파악하고 있는 이병주의 정치적 식견을 짐작케 한다.

한나 아렌트는 현대 정치가 전쟁과 폭력으로 얼룩지는 현상에 대해 논하면서 인간이 어떤 정치적 현상 앞에서 '폭력에 의지하려는 것은 폭력 본래의 직접성과 신속성 때문에 빠지기 쉬운 엄청난 유혹'[33]이라고 말하고 있다. 또한 어느 한편의 강자에 의해 지배되기를 바라는 열렬한 욕망을 갖는 아이

---

32) 『관부연락선』 2, p.230.

33) Hannah Arendt, 김정한 역, 『폭력의 세기』, 이후, 1999, p.100.

러니한 인간의 심리를 지적하고 '복종 본능'이 '권력에의 의지만큼이나 현저' 하다고 분석했는데[34], 이것은 해방기의 남한 사회의 구성원들이 어느 한 편에 속해 극단적 폭력의 상황에까지 치닫게 된 심리적 이면의 상황을 이야기하는 이병주의 논리를 이해하는데 도움이 된다.

즉, 갑작스럽게 찾아온 해방 공간에서 독립국가를 향한 각층의 목소리로 사실상 혼란 그 자체인 상황 하에 처한 사람들이 어느 한 세력의 강력한 지배를 원했고 또 그러한 힘에 복종하려는 본능이 작동되었다는 것이다. 이런 상황에서 좌에 속하느냐 우에 속하느냐는 사실상 몇몇 엘리트를 제외하고는 사실상 우연에 의한 것이라 보아도 무리가 없다. 이들이 어느 한 편에 소속되어 심리적이고 조직적으로 강력한 지배하에 놓인 채 서로 대립해야 하는 정치적 현상 앞에서 직접적이고 신속한 결과를 보장하는 폭력에 의지하는 수순을 밟게 되었고 그것은 정치상황을 감정의 단계로 접어들게 했다고 보는 것이다.

해방기 좌우의 감정의 대립은 이후 정치의 세계를 더욱 잔인한 폭력으로 얼룩지게 하였음은 물론이다. 그 감정이 '증오'와 '원수의 감정'이었기 때문이다. 이런 시각은 인간의 심리와 감정의 문제에서부터 정치가 시작된다는 것을 보여주는 것으로서 해방 후 각 지역마다 만들어진 인민위원회의 활동과 관련하여 구성원들의 심리를 분석하고 있는 부분은 해방기와 전쟁기, 그 후의 전쟁문학에서 발견할 수 없었던 시각과 분석을 보여주고 있는 것이다.

마루야마 마사오가 '어떠한 나쁜 질서도 무질서보다 낫다는 심리'에 대해 논한 것은 이와 관련하여 이해를 돕는다. 마루야마는 '기존의 권위가 붕괴되

---

34) Hannah Arendt, 위의 책, p.68.

고 각자 행동의 예측가측성이 완전히 상실되면, 이른바 만인에 대해서 만인이 자신을 '배반할' 가능성이 있는 '위험'한 존재가 되기 때문에 상호간의 공포감은 절정에 달한다. 그렇게 되면 어떠한 나쁜 질서도 무질서보다 낫다는 심리가 생기게 되고, 마침내 강력한 권력을 부르게 된다.'[35] 고 논한 바 있다.

이러한 마루야마의 관점은 『지리산』의 권창혁이 보여주는 인민재판에 대한 분석과 통하는 관점이다. 권창혁은 해방 후 남한에서 벌어졌던 좌우익의 대립과 정치적인 혼란, 증오와 복수의 악순환 속에서 만인에 대한 공포감은 어떠한 나쁜 질서도 무질서보다는 낫다는 심리를 발생시켰고 인민재판이 가능했던 것은 이러한 이유였을 것이라 판단하고 있는 것이다.

이 시각은 남한의 행정력을 장악한 미군정과 그와 결합한 우익세력의 주도, 좌익에 대한 탄압 등으로 생긴 우익권력의 우세 상황이 남한 민중들로 하여금 마침내 강력한 권력적 통일로서 이승만 정부를 승인하게 하였다는 해석으로 통하고, 마찬가지 관점에서 군사쿠데타로 성립된 정권을 승인했던 대다수의 국민들의 심리를 설명하는 것이 된다. 이병주는 폭력과 무질서가 난무하는 상황을 두려워하는 대중의 복종에 대한 본능과 강력한 권력을 의지해야 했던 정치지형을 논하고 있는 것이다.

이병주가 『관부연락선』과 『지리산』에서 인물들의 입과 정세판단을 빌려 이야기하고 있는 내용은 매우 합리적이고 중립적이다. 작가가 '합리성'과 '객관성'을 중심으로 소설 속에서 정치의식을 펼칠 수 있었던 이유 중의 하나는 해방공간과 전쟁기의 당대 시공간에서 소설을 쓴 것이 아니라 약 이십 년의 시간적 거리를 두고서 썼다는 것에 있다. 긴 시간적 거리를 가진 것은 아니지만,

---

35) 마루야마 마사오(丸山眞男), 김석근 역, 『현대정치의 사상과 행동』, 한길사, 1997, p.418.

남한의 역사 정치적 변동이 짧은 기간 동안 매우 급박하게 전개된 것을 감안한다면, 이미 정치적으로 체제 자체가 고정된 70년대라는 시간적 배경이 해방공간과 전쟁에 대한 나름의 분석적 관점을 충분히 취할 수 있는 시공간이었던 것이다.

이런 정치적 분석이 이십 년의 시간이 지난 후에 가능했다는 것은 두 가지를 반영한다. 하나는 6, 70년대가 해방공간과 전쟁에 대한 나름의 분석적 관점을 취할 수 있는 시공간이었다는 것이고, 또 하나는 이병주가 선택한 정치적 발화의 방식이었다는 것이다. 정치토론과 논쟁이 역사를 참조할 수밖에 없다는 것은 특히 남한의 상황에서는 절대적이었다. 정치권력의 경직성 하에서 감옥체험을 했던 작가의 입장에서, 특히 정치사회에 관한 직접적 발화를 거침없이 쏟아내던 언론사 주필이 정치의식을 버리지 않고 발화할 수 있는 방식은 역사적 사건의 비평을 통하여 현실을 바라보는 것이었다고 하겠다.

4. 개인과 국가에 대한 철학

죄가 없다고 자신하던 자기가 징역살이를 하며 가슴에 쌓았던 통분을 반쯤은 풀게 되었다던 소설, 「소설 · 알렉산드리아」는 그의 통분의 크기만큼 분노와 고통이 담겨 있을 것이다. 그러나, 작가가 가진 폭력적 권력에 대한 분노와 통분의 크기에 비해 그의 목소리를 대변하는 형의 담론은 순응주의적인 모습이 나타나고 있다.

소설 전체가 환각세계의 이야기와 편지 형식의 옥중기가 교차하고 있고, 엑조틱한 배경과 드라마 전개에서 비롯되는 담론 전개의 모호성도 있겠지만, 형이 가진 정치의식과 그가 보여주는 국가 권력에 대한 태도는 불협화음을 이루고 있다. 정치의식에 있어서는 민주주의와 합리주의적 인식을 보여주고 있지만, 비민주적이고 비합리적인 국가권력에 대한 태도는 저항적이지 않다.

일례로 형은 자신과 같은 방에 투옥된 K가 자신의 죄와 재판을 긍정하느냐고 묻자 긍정한다고 답한다. 죄목엔 약간의 불만이 없지 않으나 벌은 당연하다고 생각한다고 답한다. 형이 생각하기에 스칸디나비아의 나라들과 같은 나라를 만들자고 떠들어대는 것은(중립국 통일론을 지칭하는 것) 안 될 일을 하라고 덤비는 것이니 당연한 제지가 있어야 한다고 생각한다는 것이다. K는 그러한 형을 비굴하다고 지적한다. 물론 옥중에서 나온 편지이니 검열이 있을 것이라는 독자의 추론의 힘을 빌리기엔 등장인물의 태도의 모순점과 그에 대한 의문이 석연치 않다.

이병주의 소설들이 정치의식을 실천하는 텍스트임에도 불구하고 그의 정치의식이 애매하다고 지적받았던 것, 즉 그는 지배권력 지향적인 의식을 갖고 있다고 평가받았던 것은 그의 문학세계가 정당한 평가를 받는 것에 걸림돌이 되기도 하였던 것이다.[36] 이런 현상이 나오게 된 것은 결국 작가(형)의

---

36) 분단 상황의 대한민국에서 권력에 저항했던 세력은 모두 빨갱이, 즉 공산주의자로 몰려 처벌을 받아왔다. 이병주는 남한의 정치권력을 비판했지만, 반공주의자였다. 이병주가 우익세력에 편승하는 사람이 아니었음에도 반공주의자였던 까닭에 우익에서는 좌익이므로, 저항세력 측에서는 우익으로 몰리는 현상이 발생했던 것이다. 이병주의 문학이 적절한 평가를 받지 못했던 이유에 대해 강심호는 이병주가 '반공 이데올로기에 편승한 관제작가라는 인상'을 심어 주었을지 모른다고 지적한 바 있는데(강심호, 앞의 논문. 188), 이병주의 정치의식과 철학사상의 전반을 파악하지 못하면, 남한의 통념에서는 반공했으니 관제작가일 것, 혹은 권력비판을 했으니 좌익일 것(그는 사회안전법의 적용을 받는 사상범이었다.)이라는 자의적 잣대의 피해자로서 작품세계가 계속 왜곡될 수밖에 없을 것이다. 작가의 자전적인 소설 「추풍사」(『한국문학』, 1978.11.)는 작가가 '이병주가 남로당의 정치 투쟁에 참여한 바 있고 자기 체험의 전향의 논리를 소설을 통해 합리화하고 있다'고 쓴 한 평자의 글로 인해 겪은 일화를 쓴 것이다. 이 소설은 이병주가 좌우의 양 편에서 서로 상대 사상을 갖고 있다고 몰렸던 사실을 반영하고 있다.

정치의식과 그의 현실적 태도와 일치하지 않는 현상에서 비롯되는 것이다.

여기서 형이 자신의 벌을 긍정한다는 것은 어떤 것을 의미하는 것일까? 동생 '나'는 형의 '권력에 항거하는 자세'가 틀려먹었다고 생각한다. 그러니, 형은 분명 권력에 항거하는 자로 규정된 인물이다. 권력에 대한 항거와 재판과 형벌에 대한 인정은 어떻게 한 인물의 의식 속에서 함께 병존할 수 있는 것인가.

> "내 형은 히틀러를 미워하지. 아마 형이 가장 미워하는 사람이 있다면 그저 히틀러와 히틀러적인 인간일 거야. 형은 말버릇처럼 했지. 내가 꼭 살인을 승인해야 할 유일한 경우가 있다면 히틀러나 이와 유사한 족속들에게 대한 살인이라고."[37]

이병주는 '히틀러적인 인간', '이와 유사한 족속들'에 대한 증오심을 나타내고 있다. 히틀러적인 인간이라고 한다면, 독재자로서 무고한 사람들을 희생시킨 사람을 지칭하는 것임은 설명이 필요없는 클리셰(cliche)다. 이병주가 이 소설을 쓴 것이 그가 겪은 옥중체험에 대한 '통분을 진정시키기 위한 작업' [38]이었다면 그가 증오하는 히틀러적인 인간은 박정희를 겨냥한 것이라고 해도 무리한 주장은 아닐 것이다. 살인을 승인해야 할 경우가 있다면 그렇게 하겠다는 서술은 독재자에 대한 증오심의 크기를 짐작케 하고도 남는다. 이 정도의 증오심을 갖고 있는 자가 재판과 판결을 긍정한다는 것은 아이러니다. 이 아이러니는 「소설 · 알렉산드리아」에서만 나타나는 것이 아니

37) 「소설 · 알렉산드리아」, p.70.

38) 『이병주 대표중단편선집』, p.10.

다. 많은 작품들에서 직 간접적으로 국가의 시책, 처분, 법률 등을 긍정하는 모습들이 나타난다.

그러한 한편 역사적 사건을 경유한 정치적 담론의 발화에 있어서는 적극적이다. 「소설 · 알렉산드리아」만 하더라도 재판과 그 죄의 목록들이 '지배계급의 먹이를 장만'하는 것과 다를 바 없다는 비판의식을 드러내고 있다. 이 두 가지 모습이 하나의 인물, 작가에게서 나타난다는 것은 아이러니일 수 밖에 없다.

이병주가 저널리스트였기 때문에 현실적인 정치 감각을 갖고 있었을 것은 쉽게 추론할 수 있을 것이다. 정치와 정치권력들의 움직임과 속성을 잘 파악하고 있던 저널리스트 이병주가 권력을 잡은 입장에서 정치재판과 사상적 정리와 숙청이 필요할 수밖에 없다는 현실적 정치 감각을 갖고 있었을 수도 있다. 별의별 죄목을 만들어 인간을 얽매는 것이 신화시대로부터 있었던 인간의 악성이었으며 현재도 한심하기 짝이 없지만, 정치현실에 있어서 권모와 술수, 계략이 있다는 것을 긍정하는 자세는 정치가의 그것과 통하는 것일 수 있기 때문이다.

그러나 그는 비평자의 입장이 아니고 독재 권력의 정치적 희생자의 입장이다. 희생자의 입장에서 자신의 처지를 인정할 수 있는 것은 개인의 철학적 인식을 바탕으로 한 고도의 수련에서나 가능할 수 있는 태도인 것이다. 이병주가 가진 개인과 국가의 관계에 대한 철학적 인식과 이병주가 보여주는 아이러니한 모습은 그가 철학에 대한 열정을 불태울 무렵 많은 영향을 받았던[39] 미키 기요시(三木清)의 모습과 겹치면서 실마리를 찾게 된다.

---

39) "솔직하게 말하면 나는 대학시절 철학에 전념하고 있었다. 그래서 내 나름대로 독자적인 철학개론을 꾸밀 수가 있었다. 물론 빈델반드의 〈철학개론〉, 짐멜의 〈철학의 근본문제〉, 미끼(三木清)의 〈철학입문〉 등을 참고로

이병주의 작품에 나타나고 있는 개인과 국가 관계에 대한 서술과 작가 인식이 미키 기요시의 개인과 국가 관계에 대한 철학사상과 매우 유사하기 때문이다.

미키의 『철학입문』의 후반부에는 개인의 직능이 곧 덕이며 '사람이 사회에서 다하는 역할이란 그의 직능'이라는 직능의 덕에 대한 미키의 사상이 나온다. '자기 직능에서 유능하다는 것이 사회에 대한 우리의 책임'[40]이라는 말은 개개인이 자신이 하는 일과 직분에서 유능함을 연마하는 것이 사회적 도덕적 의미를 갖게 된다는 의미이다. 미키가 말하고 있는 이 직능의 덕은 개인과 사회, 국민과 국가의 관계에 대한 미키의 철학사상의 출발점이 된다.

기술적인 덕이 결국 사회 내에서의 각 개인의 직능을 말하는 것이라면 사회와의 연관이 결여된 덕의 개념은 무의미하다는 것이다. 이 논리는 개인은 사회와의 연관 하에서만, '고유한 활동에 종사하는' 개인으로서만 의미를 부여받을 수 있다는 논리다. 이와 같은 개인의 직능의 덕은 사회와의 관련 속에서 '선한 국민'으로서의 의무에 대한 사상으로 발전되어 기술되고 있다.

> 아리스토텔레스에서는 정치학과 윤리학은 하나의 것이었다. 인간은 그 본성에서 '사회적 동물'이라고 한다면 정치학과 윤리학은 떨어져 있는 것일 수 없다. 아리스토텔레스에게서는 정치의 목적은 어떻게 해서 '선한 국민'이라는 것과 '선한 인간'이라는 것을 통일하는가 하는 데 있다. 인간은 '선한 국민'이라는 의미에서 사회에 어디까지나 내재적이다. 따라서 설혹 자신이 속하는 사회가 나쁘다고 해도 그 사회에서 주어진 역할을 다하고 그 사회에 봉사하는 것이 그의 의무

했지만……"(이병주, 「아무래도 프랑코는 악이다」, 『잃어버린 시간을 위한 문학적 기행』, 서당, 1988, p.133.)

40) 三木清(미키 기요시), 지명관 역, 『철학입문』, 소화, 1997, p.182.

라고 할 것이다. 그렇지만 인간은 동시에 '선한 인간'이라는 의미에서 그 사회를 넘은 존재다. 자신의 자발적인 행위에 의하여 자신이 속한 그 사회를 좋게 해 가는 것이 인간의 의무라고 하지 않을 수 없을 것이다.[41]

미키는 '인간은 동시에 '선한 인간'이라는 의미에서 그 사회를 넘은 존재다. 자신의 자발적인 행위에 의하여 자신이 속한 그 사회를 좋게 해 가는 것이 인간의 의무'라고 이어서 말하고 있는데, 자신이 소화연구회에 참여하여 일본중심의 동아협동체론의 이론을 올바른 방향으로 이끈다면 나쁜 국가인 일본이 좋은 국가로 변화할 수 있고, 그것이 자신의 의무라고 생각했던 것으로 추론해 볼 수 있다. 미키 키요시는「신일본의 사상원리」에서도 이와 비슷한 논리를 전개한 바 있는데, "현대의 사상은 언제라도 전체성의 사상을 기초로 하지 않으면 안 된다. 개인적인 자유를 억누르고 전체의 입장에서의 계획성이 필요하다는 것, 개인적인 영리를 억누르고 전체의 입장에서 공익을 위한 통제가 필요하다는 것 등의 의미에서 오늘날의 경제도 정치도 문화도 모두 전체성의 입장에 서지 않으면 안 된다."[42]고 말하고 있는 것이다.

미키의 이러한 철학은 어쩌면 당시 일본 사회의 지식인들에게 평균적인 인식이었는지도 모른다. 후쿠자와 유키치는 '일본에는 단지 정부만 있고 아직 국민은 없다고 말해도 맞다'고 말하는데, 일본의 국가의 탄생은 '근대'로 나아갔지만, 국민은 근대의 개념과는 달리 '황국의 신민'으로 전락하게 되었음을 지적하는 것이다.[43] 이 지적은 '국민'의 이름으로 국가의 전쟁 수행에

41) 三木清(미키 기요시), 위의 책, p.188.

42) 三木清(미키 기요시),「신일본의 사상원리」, 최원식 편,『동아시아인의 동양인식』, p.59.

43) 이한정,「고바야시 히데오의 사회시평」, 『일본어문학』4, 한국일본어문학회, 1998.

묵묵히 협력했던 지식인들이 처한 딜레마를 보여주는 것이다.

미키 기요시와 쌍벽을 이루며 40년대 일본의 구제고등학생들에게 절대적 영향력을 과시했던 고바야시 히데오도 '일본 국민'이기에 일본의 전쟁에서 하나의 단위로 복무해야 한다는 의식을 보였던 것[44]을 보아도 일본의 지식인들의 사상이 '선한 국민'으로서 개인의 직능에 충실한 것이 덕이요, 인격이라고 보았던 미키의 사상과 크게 다르지 않았을 것이라는 추론이 가능하다.

이런 미키 철학과 고바야시 히데오 사상의 영향을 받았다면 이병주가 나쁜 사회에서도 그 사회에서 주어진 역할을 다하고 '선한 국민'으로서의 의무를 다하는 것을 개인의 덕과 인격수양과 동일시했다고 보는 것이 충분히 설득력 있는 시각이 된다.

「내 마음은 돌이 아니다」에서는 이 작가(이병주)가 군부정권에서 사회안전법을 공포하자 그 법률에 순종할 것이고 철저하게 나라에 충성할 작정이라는 이야기를 한다. 그는 이러한 자신의 생각을 소크라테스의 행위에 기대어 설명한다. 소크라테스는 아테네의 정부로부터 국외로 나가거나 사형을 받거나를 선택하라고 했을 때, 아테네에 충실한 시민으로서 죽기 위해 사형을 선택했다는 것이다.

이병주는 조국을 사랑했지만, 사랑할 만한 조국이 없다고 「조국의 부재」에서 토로한 적이 있다. 이병주는 소크라테스의 일화를 통해 자신이 사랑하는 것은 이 나라임을 강조하려 했던 것으로 보인다. 자신은 이 나라를 이끌

---

44) "국민이라는 것이 전쟁의 단위로서 옴짝달싹 못하는 이상 그곳에 기반을 두고 현재에 임하려는 각오 이외는 어떠한 각오도 잘못되었다고 생각한다." (小林秀雄, 「전쟁에 대해서」, 『가이죠』, 1937.11. 이한정, 위의 글, p.301 재인용.)

고 있는 정권과 권력에 대해 순종하는 것으로 나라에 대한 사랑을 보이고자 한다는 뜻을 전달하고 있다. 나쁜 국가일지라도 '선한 개인' 과 '선한 인간'을 통일하는 정치학을 실천함으로써 사회에서 주어진 역할을 다하는 의무를 통해 자신이 속한 사회를 좋게 할 수 있다는 철학을 실천하겠다는 것이다. 개인의 직능을 다하여 사회적 덕을 실천하고 거기에서 생성되는 선한 개인으로서의 인격을 선한 국민의 의무와 통일시키는 것이 아리스토텔레스가 이야기한 윤리학과 정치학의 통일이 될 수 있는 것이다. 그것이 나쁜 국가를 좋은 것으로 바꿀 수 있는 정치학이라는 미키 철학의 흔적을 볼 수 있는 부분이 아닐 수 없다.

이병주가 받은 일본의 교양교육의 본질적인 특성이 '국민'으로서의 개인을 강조한 것이라는 것, 전체를 위한 개인을 목표로 했던 것이라는 점은 이병주가 보여주는 지식인적 사변성과 딜레탕트의 모습만을 보고 소화교양주의의 결과라고 보는 것이 일면만을 보는 단선적 시각이라는 것을 알려준다. 그가 회색인으로 취급당하고, 문학 속에서 전개하는 정치담론과 배치되는 순응적 행보를 의심의 눈으로 바라보았던 기존의 시각이 교정될 필요가 있는 것이다. 이병주는 순수하게 소크라테스의 선택이 옳다고 믿었다고 볼 수 있다. 그러한 믿음은 그가 받은 소화교양주의 교육과 식민지 청년이라는 존재론적 상황에서 비롯되었다. 이것은 개인적 특성이면서 또한 학병세대의 공통된 의식세계일 수도 있다.[45]

---

45) 학병세대를 아우르는 세대론적 차원의 의식세계의 특성은 더 연구되어야 할 부분이라고 본다. 본고에서 제기하는 소화교양주의의 영향이 이들 세대의 정치인식과 행보와 어떤 영향관계에 있는가도 한 부분이 될 수 있겠다. 김윤식의 『일제말기 한국인 학병세대의 체험적 글쓰기론』(서울대출판부, 2007)이 출간된 이후 근래에 학병출신자들의 글쓰기를 대상으로 그들의 의식세계를 공시적으로 조망하는 시각이 보이고 있다. 이러한 시각은 아직까지 그들의 교양주의가 전장과 그곳을 이탈한 이후의 활동에 어떠한 영향을 끼치고 있었는가와 학병으로서의 내적 갈등을 조망하고 있는 데에 집중되고 있다. (조윤정, 「전장의 기억과

「변명」은 학병 희생자인 탁인수와 마르크 블로크에 대한 조사(弔詞)라고도 볼 수 있는 작품이다. 이 작품에서 작가가 마르크 블로크를 존경하는 것은 그가 불합리해 보이는 역사에 대해 시도한 변명에 대한 안쓰러움과 함께 그 '선량한 불란서인'으로서 '국민'으로서의 개인의 역할을 충분하리만치 다한 후 죽음을 맞이했기 때문이다.

> 나는 생애를 통해 표현과 사상의 성실을 위해서 최선을 다했다. 나는 선량한 불란서인으로서 살았으며 선량한 불란서인으로서 죽는다.[46]

선량한 불란서인으로서 살고 선량한 불란서인으로서 죽는다는 마르크 블로크의 의식과 그의 삶은 '세계가 부르는 부름에 응한 사명적 존재로서의 인간의 역할, 즉 그의 사명을 다하는 것이 역사를 형성하는 행위'라는 철학, 소크라테스의 선택에서 선한 국민으로서의 직분을 다하는 것이 선한 국가를 만드는 것이라는 이병주의 사상과 일맥상통하는 것이 아닐 수 없다.

이병주가 보여주는 소크라테스와 마르크 블로크의 사상은 희랍의 철학과 미키 기요시, 고바야시 히데오를 비롯한 일본의 사상가들의 철학과 사상을 전유한 결과로 나타났다. 또 하나 국가에 대한 그의 소설 속의 발언들은 그를 둘러싼 정치적 맥락, 즉 감시당하는 자로서 자기 증 명이 필요했던 상황과 밀접하게 연관이 되었다는 것을 간과해서는 안 될 것이다.

「조국의 부재」에 비추어 작품들 속에 나타난 개인과 국가 간의 철학적 내

학병의 감수성」, 『우리어문연구』 40, 우리어문학회, 2011. 최지현, 「학병의 기억과 국가」, 『한국문학연구』 32, 동국대한국문학연구소, 2007. 최영욱, 「해방 이후 학병(學兵) 서사 연구 : 학병의 '기억'과 '정체성'을 중심으로」, 연세대학교 석사학위논문, 2009.)

46) 「변명」, 『마술사』, 한길사, 2006, p.84.

용들은 특정한 정권, 그 정권의 법률이 아니라 조국 그 자체, 조국이 지닌 법 그 자체를 가리킨다고 보아야 할 것이다. 소설『바람과 구름과 비』에서 최천중은 "견산일편(見山一便) 불가론전산(不可論全山), 즉 산 한쪽만 보고 산 전체를 논하지 말라고 했지. 그리고 이렇게 덧붙였지. 조정과 우리나라 전체를 혼동해선 안 된다."[47]라고 말한다. 이병주가 말하는 조국과 나라는 정권을 말하는 것이 아니라 나라 그 자체를 말한다. 즉 정권과 나라 전체를 혼동해선 안 된다는 것이다. 이병주는 "조국(祖國)은 언제나 미래(未來)에 있다"고「조국의 부재」에서 말하고 있다. 작품들을 통해 보여주는 국가에 대한 긍정은 정권에 대한 긍정이 아니라, '선한 개인'이 '선한 국민'이 되어 형성해 가야 할 국가에 대한 긍정이라고 보아야 하는 것이다.[48]

5. 결론 : 정치와 역사를 통한 대중지향

한국의 발자크라고 불린 이병주에게 있어서 소설은 정치적 메커니즘에 대한 비평을 위해 가장 잘 만들어진 도구이며, 다양하다고 밖에 말할 수 없는 현대사적 체험의 리얼리티를 소환하는 가장 적합한 서술체이다. 프랑스의 발자크는 '소설은 한 작가가 자신의 모든 진실 속에서 하나의 드라마를

47) 이병주,『바람과 구름과 비』, 들녘, 2003, p.17.

48) 이병주의 개인과 국가의 관계에 대한 철학은 그의 정치의식을 소설화하는 데에 있어서 한계점으로 작용하는 것이고, 그 한계는 한국적 정치상황에서 매우 취약한 것이었다. 조국 그 자체, 미래에 존재할 조국의 법 그 자체라는 이상적 관념은 루카치가 완결된 문화, 행복했던 시대로 향수하는 희랍문화의 세계 속한 것이다. 그러한 이상적 정치철학과 이병주의 정치적 참여에 대한 욕망은 한국 정치 현실에서 합치될 가능성이 전혀 없는 것이었기 때문이다. 그가 지배권력에 순응적으로 비쳐지거나 마키아벨리즘에 기우는 그의 현실정치 감각은 그의 정치철학의 한계에서 비롯된 어쩔 수 없는 귀결이기도 하다.

보여 주기 위한 사고의 자유를 찾아낼 수 있는 유일한 무대'[49]라고 이야기했다. 이병주는 사고의 자유를 대설과 중설로 실현하다가 좌절할 수밖에 없는 '운명'을 맞이했고, 사고(思考)를 비롯해 개인적 진실을 보여 주는 자유를 소설을 통해 실현했다.

이병주의 개인적 진실과 대설에 못지않은 정치담론은 대중의 호응을 이끌었고, 대중들이 가진 개인적 체험에의 호기심과 역사와 정치에 대한 해석의 욕망을 충족시켰다. 이것이 이병주의 작품들이 대중적 인기를 누렸던 이유이다. 금기시 되거나, 혹은 알고는 있지만 실상은 그랬노라 말할 수 없었던 대상들, 거대 역사 속에서 지워진 존재들과 희생된 존재들을 소환하는 이병주의 방대한 이야기 속에서 대중들은 동일시와 공감대를 경험한다. 근접한 역사 속의 개인과 국가를 이야기하는 이병주의 이야기는 동시대를 살아가며 그 역사를 공유한 사람들의 감수성을 대변하는 것이었다고 볼 수 있다. 그의 소설이 대중적 성공을 얻은 것은 이러한 맥락이 첫 번째이다.

두 번째로 이병주의 소설이 가진 대중지향성은 작가가 저널리스트였다는 것에서 기인한다. 그의 소설의 방법론이 뉴저널리즘이었던 것처럼, 작가는 대중의 궁금증과 호기심이 어느 지점에 위치하는지를 잘 알고 있다. 대중과의 소통과 그들의 반응에 민감한 신문적 속성을 체득한 작가에게 대중성은 문학적 논쟁을 떠나 매우 중요한 서술의 가치였다고 할 수 있다.

세 번째로 비판과 논란이 있을 수 있거나 주류적 관점에서 벗어난 주제를 거침없는 내러티브로 형상화하는 스케일에 있다. 『관부연락선』에서 한 예를 든다면, '한일합방은 불가피했다'는 유태림의 관점이 등장하는데, 이 논쟁

49) Paule Petitier, 『문학과 정치사상』, 동문선, 2002, p.117.

적 주제가 매국노와 의병대장, 일본인 통역관을 비롯해 일본인 교사에 이르기까지 수많은 사람들의 내러티브 속에서 펼쳐진다. 관점에 대한 입장은 그대로 논쟁적일진대, 그 안의 개개인의 인간적 진실의 핍진성으로 인해 이 소설은 진성성을 획득하고 있는 것이다.

물론 작가의 정치의식에 보이는 한계점도 존재한다. 한 예로 해방 정국의 인민위원회의 활동과 인민공화국 선포가 결국 좌절된 헤프닝으로 끝난 것은 지지와 화합을 이끌어낼 방책을 세우지 못한 결과라는 공산당에 대한 비판을 보면, 비판의 내용을 중립적으로 제시하려 하지만 작가의 시각은 심정적 우익의 시각으로 나타나고 있다. 따라서 작가의 비평이 그 타당성에도 불구하고 역사적 진실인가에 대해서는 논란의 여지가 있다. 전쟁 이후 좌익 세력에 대한 소탕이 이루어졌다고 판단되었던 시기에도 정권에 대한 대항 이데올로기로서 진보세력에 대한 노골적 지지자와 심정적 지지자를 포함하여 그 지지층이 광범위했다는 것과 대조하면 작가가 보여주려는 비판이 일면성을 가진 것일 수 있다고 판단하게 된다.

작가가 파악하기로 여순반란사건으로 군부 내의 좌익세력에 대한 숙군작업이 강도높게 진행되었기 때문에 좌익세력은 모두 축출되었다고 보고 있지만 전쟁 이후 군조직 내에서 조봉암을 지지하고 통일운동을 지지하는 세력들이 광범위했음을 말해주는 자료들이 존재하고 있다. 아래의 예문은 이 같은 사실을 말해주는 단편적인 기록이지만 군조직 내의 일이었다는 점에서 사회적 맥락을 미루어 알 수 있게 해 주는 것이기도 하다.

> 새로 창당된 진보당의 기관지 『중앙정치』를 구입해 보고 김재호 중위가 조봉암 노선을 전폭 지지하고 나섰다. 병원(육군병원-인용자) 내에서 열띤 토론이 전개되고 민주사회주의 경제정책과 평화통일론에 대다수 장교들이 열광적으

로 지지하고 나섰다. …특히 평화통일론에 절대적인 지지를 보였다. … 500여 병원장병 거의가 조봉암을 지지하는 편으로 동조하였다. … 그날 밤 사복 차림의 김중위가 죽산을 만나 우리가 제대하고 진보당에 입당할 생각이라고 말했더니 제대하지 말고 군대에 있으면서 애국운동과 통일운동을 하는 것이 옳다고 하더라고 했다.

-(김세원 씀, 현대사증언록간행위원회 편, 『비트, 상』, 일과놀이, 1993, p.262) [50]

따라서 작가의 중립적 의도에도 불구하고 역사적 진실을 객관적으로 파헤쳤다기 보다는 어느 한 시각의 진실을 핍진하게 드러내 준 것으로 받아들여야 할 것이며, 따라서 이것이 사회과학적 분석 시각을 보여주는 연구 서적이 아니라 인간적 진실을 내세우는 문학이라는 것을 상기하고 이러한 작가의 시각적 한계는 좌와 우 아닌 제 3의 시각이라는 것이 사실상 존재할 수 없었던 우리 현대사의 한계이기도 하다는 것을 인정해야 할 것이다.

그러나 이러한 우리의 현대사에서 비롯한 작가의 정치의식의 한계점에도 불구하고 이병주의 정치지향적 특성과 대중지향적 특성이 개인의 체험과 역사를 통해 거침없는 내러티브로 형상화 되고 있으며, 이것은 대중들의 동일시와 감정이입을 이끌어내고 정치해석의 욕망을 충족시켰다는 것은 변함없는 사실이다.

이병주 문학의 정치성을 특히 주목해야 하는 것은 그의 소설이 유신시대에 정치소설의 가능성을 보여주었기 때문이다. 우리 문학사에서 정치소설은 해방기와 80년대 노동문학에서만 존재했던 것으로 인식되어 왔다. 정치

---

50) 손호철, 『해방 50년의 한국정치』, 새길, 1995, p.93 재인용.

적 발화 자체가 억압되었던 유신시대에 이병주의 소설이 보여고 있는 역사를 참조하는 정치적 서사가 정치소설의 유형과 가능성을 보여주면서 문학장(場)을 확장하고 있는 것이다.

본고는 이병주의 정치의식이 서사화되는 양상을 고찰하면서 청년기의 망명자 의식이 유비서사를 통해 정치권력에 대한 저항담론으로 형상화되거나 대중적 서사 속에서 망명정부로 형상화되어 대중의 비평적 시각을 대변하고 있다고 보았다. 또 소설 속에서 전개되고 있는 대표적인 정치담론의 양상을 개혁과 주권국가에 대한 지향, 그리고 대중정치의 감각 등을 통해 고찰하였다. 그 과정에서 나타나는 작가의 정치의식과 현실 태도에서의 아이러니가 아리스토텔레스와 미키 기요시 등의 철학과 사상을 전유한 결과라고 추론해 보았다. 많은 한계에도 불구하고 이병주의 정치의식에 대한 이러한 접근과 분석관점이 앞으로 이병주의 문학세계의 다양한 지평을 연구하는 데에 일조하기를 기대한다.

법

사랑의 법적 책임

– 이병주의 「철학적 살인」을 중심으로

안광

휴머니스트가 바라본 법

이경재

이병주 소설에 나타난 법에 대한 의식 연구

추선진

사랑의 법적 책임

- 이병주의 「철학적 살인」을 중심으로

안 광

1. 들어가는 말

모든 짝짓기를 하는 동물 중 그 행위에 대해 법적 책임을 묻는 경우는 인간이 유일할 것이다. 여성과 남성이 합의에 의해 사랑의 행위를 가졌다 할지라도 그 중 일방이나 쌍방의 배우자의 유무, 합법적인 부부관계, 성행위에 대한 금전적 거래 행위 등을 따져 법적 책임을 물을 수 있는 것이 인간의 사회다.

인간 사회는 쌍방의 동의에 따른 법적 신고에 의해 혼인관계가 성립하고 그런 이후에야 사회적 공인하에 짝짓기의 합법적인 인정이 이루어진다. 만일 그렇지 못할 경우, 비합법적인 짝짓기는 사회적 비난이나 법적 제재를 받게 된다. 위의 경우는 양자의 합의는 있으나 합법적 테두리를 벗어난 짝짓기의 형태와 양자간의 합의없이 일방적인 비합법적 짝짓기로 나누어 볼 수 있을 것이다.[1] 하지만 이런 짝짓기의 행위에 대한 법적 제재는 사회와 종교에 따라 많은 차이를 보이며[2] 같은 국가라 할지라도 시대와 사회관념의 차이에 따라 끊임없이 수정 또는 변화하고 있다. 우리나라의 경우는 2009년 혼인빙자간음죄[3]의 폐지와 간통죄의 위헌여부에 대한 헌법재판소의 판결 추이[4], 그럼으로써 점차 간통고소사건의 기소가 힘들어지는 추세며, 기소된다 할지라도 대부분 집행유예로 선고되는 경향 등을 그 변화의 예로 들어볼 수 있을 것이다.

인간 사이의 사랑 행위에 대해 법의 기준으로 재단을 하기는 몹시 어려운 일이다. 법이 인간을 보호한다는 근본 취지에 동의하면서도 또한 한편으

---

1) 전자의 예로는 동거, 일회성 상간(원 나잇 스탠드), 매매춘, 간통 등을 들어볼 수 있고 후자의 경우엔 강간을 예로 들 수 있을 것이다.

2) 간통죄를 예로 들어본다면 선진제국에서도 전통적으로 간통죄 처벌규정은 존재하였으나 현재는 대부분 폐지되었거나 폐지되는 추세이다. 주요국들의 예를 보면, 노르웨이는 1927년에, 덴마크는 1930년에, 스웨덴은 1937년에, 독일은 1969년에, 여자를 더 엄하게 처벌하는 남녀차등처벌주의였던 일본은 1947년에 각 간통죄를 폐지하였고, 이탈리아는 1968년, 1969년에 걸친 일련의 헌법재판소의 위헌판결로 간통죄규정이 실효되었으며, 미국의 경우엔 현재 24개 주에서 간통죄 처벌규정을 두고 있으나 사실상 사문화되어 있고, 1955년 미국법률협회가 제정한 모범형법전(Model Penal Code)에서는 간통죄 규정을 삭제하였다. 현재 서유럽국가 중에서는 스위스, 오스트리아만이 간통죄 처벌규정을 두고 있는 실정이다. 우리와 같은 유교문화권이었던 중국, 북한에도 간통죄 규정은 존재하지 않는다. 가장 최근의 예로는 우간다에서 2007년 4월 여성만을 처벌하던 간통죄 규정이 헌법재판소에서 위헌결정을 받은 바 있다. (간통죄 위헌제청 결정문 2007. 7. 16. 서울북부지방법원)

3) 혼인을 빙자하거나 기타 위계로써 음행의 상습없는 부녀를 기망하여 간음한 자에 대해 처벌하는 죄로 형법 304조에 규정되어 있던 법. 2009년 11월 26일 위헌판결을 받아 효력을 상실하게 되었다. 독일의 '사기간음죄'에서 유래하여 1953년 형법 제정 때 포함된 법률로, 성적 자기결정권이 약한 여성을 보호한다는 명목으로 이 법이 계속되어 왔지만, 성 개방 의식이 확산돼 개인들이 스스로 알아서 결정할 성적 사생활을 국가가 법률로 통제하는 것은 문제라는 인식이 커지면서 혼인빙자간음죄는 점차 존재 의미를 잃어왔다. 그러던 중 2009년 11월 26일, 헌법재판소의 20008헌바58에서 '형법 304조 혼인빙자간음죄 조항은 남성만을 처벌 대상으로 해 남녀평등에 반할 뿐 아니라, 여성을 보호한다는 미명 아래 여성의 성적(性的) 자기결정권을 부인하고 있어 여성의 존엄과 가치에 역행하는 법률'이라 하여 위헌판결을 내림으로써 본 조항이 효력을 상실하게 되었다.(두산백과사전)

4) 지금까지 헌법재판소에서는 간통죄에 대한 위헌 여부를 4회에 걸쳐 심리한 바 있다. 그리고 모두 합헌 결정을 내렸는데 가장 최근의 4번째 심리(2008년 10월 30일)에서는 간통죄가 '성적 자기 결정권과 사생활의 비밀과 자유를 제한하는 법'이므로 위헌이라는 주장에 대해 위헌 의견 4명, 헌법 불합치 의견 1명, 합헌 의견 4명으로 합헌으로 결정났다.(헌법재판소에서 위헌 결정에 필요한 정족수는 반드시 6인 이상임)

론 인간성을 억압하는 법의 양면성을 부인할 수 없기 때문이다. 그럴 때 인간을 바라보는 문학의 존재가치가 빛을 발하는 순간이다. 문학의 시각으로 인간을 바라볼 때 법적 제재의 경직성으로부터 인간 본연의 자세를 분석, 이해해 볼 수 있기 때문이다.

문학은 끊임없이 인간의 본성에 대해 해부하고 그 근원을 물어왔다. 특히 인간의 가장 근원적 정서인 이성간의 사랑에 대해 많은 비중을 두어 왔고 끊임없이 그 본질에 대해 질문을 던져왔다. 서양문학이라면 〈보바리 부인〉부터 〈로리타〉에 이르기까지 한국문학이라면 〈감자〉에서부터 〈몽고반점〉에 이르기까지 그 주제에 대한 문학적 탐구는 집요하고 또한 방대하다.

본고는 이병주의 「철학적 살인」을 중심으로 남녀의 사랑과 짝짓기의 문제가 법적 테두리와 어떻게 부딪히고 작가는 문학을 통해 어떤 인간성의 지평을 열어보이고자 했는가를 분석해 보고자 한다.

2. 이병주의 「철학적 살인」에 나타난 상황설정

이병주는 문학적 기교나 문체의 아름다움을 뽐내는 소설보다 굵직한 서사를 기조로 스토리텔러로서의 소설적 지향점을 가지고 작품활동을 해 온 작가이다. 그럼으로 많은 독자를 확보하고 시대의 한 획을 긋는 의미있는 성과를 거두는 한편 세밀한 묘사나 섬세한 디테일에 있어 아쉬움을 남기기도 했다.

이 소설도 여러 사설없이 문제의 본질을 직접적으로 제시하며 시작한다. 가히 수사나 구성에 연연해하지 않는 대가적 풍모의 일면이라 말할 수 있을 것이다.

「철학적 살인」의 첫머리는 다음과 같이 단도직입적이다.

> 사랑하는 아내에게 과거가 있었다는 것과 그 과거의 사나이와 아내가 정을 통하고 있다는 사실을 알았을 때, 남편은 어떻게 해야 하는 것일까. 상황에 따라 성격에 따라 갖가지의 태도와 행동이 있을 것이다. 민태기의 태도와 행동은 그런 경우에 있어서의 대표적인 하나의 예가 되지 않을까 한다.
>
> (〈그 테러리스트를 위한 만사〉 한길사 간. 171쪽)

아내가 외간남자와 간통을 하고 있는 상황. 그리고 그 외간남은 대학시절 자신과 라이벌이었던 관계. 이럴 때 인간은 과연 어떤 태도와 행동을 보이는가?

현실적으론 다음 세 가지의 반응을 보일 것이다.

첫째, 가정의 평화를 위해 모른 척 넘어가고 아내가 돌아오길 기다린다.

둘째, 법적 테두리에 의해 증거를 수집하고 경찰에 고소하여 그 죄를 법에 묻는다.

셋째, 개인적인 응징을 가해 외간남을 벌주고 아내를 용서하거나 혹은 아내와 이혼한다.

작가는 소설에서 세 번째의 상황으로 전개시킨다. 법에 호소하지 않고 소설적 상상력으로 사건을 전개시키는 이유는 문학이 날 것 그대로의 현실을 반영하기보단 작가의 의도에 의해 새로운 인간형의 창조에 그 의미를 두고 있기 때문일 것이다. 그러나 작가는 그 이전에 주인공의 심리상태에 주목한다. 외간남자와의 간통이란 상황설정은 극히 통속적이지만 작가는 결코 이 상황을 통속으로 몰고 가진 않는다. 직접적으로 첫 부분의 상황을 제시한 만큼, 이 상황에 처한 주인공의 극한 심리상태를 보여줌으로 인간성의 근저에 내려가 인물을 분석해 보는 것이다. 아내에 대한 강한 살해욕구가 그 하나며, 또 다른 하나는 믿기지 않는 이 상황에 대한 간절하기까지 한 부정의 심리다.

> 민태기는 이런 엉뚱한 생각을 하다가, 아내 향숙의 가느다란 목줄기를 곁눈으로 훔쳐봤다. 상아를 깎아 만든 공예품 같은 그 우아하고 염려한 목줄기, 그 목줄기가 고광식의 팔에 감겼을지 모른다고 생각하니 선뜻 민태기의 뇌리를 살의가 스쳤다. 동시에 강렬한 정욕이 아랫배를 고통스럽게 자극하곤 척추를 따라 뇌수에 고였다. 그 정욕은 살의를 곁들여 두 팔이 광폭하게 향숙의 목줄기를 향해 뻗을 만큼 충격적이었다. 민태기는 가까스로 그 충격을 억제했지만 언젠가는 향숙의 그 우아한 목줄기를 졸라 죽일 날이 있을지 모른다는 상상에 바르르 몸을 떨었다.
>
> (위의 책, 180쪽)

아내에 대한 사랑이 강할수록 그 증오 또한 깊어서 부정을 저지른 아내를 목졸라 죽이고 싶은 충동에 사로잡힌다. 대기업 엘리트 간부로서 자존심이 강한 주인공은 아내가 자신을 배신하고 학창시절 라이벌이었던 고광식과 정을 통하였다는 사실에 강한 살의를 느끼게 되는 것이다. 그러나 주인공은 다시 두 번째 격렬한 감정의 기복을 느끼는데 이 상황들이 자신의 오해와 착각으로 생겨난 것이라는, 아내는 부정을 저지르지 않았다는 현실을 부인하는 심리가 생겨나기 시작한다.

> 민태기는 향숙이 만나러 간 사람이 고광식이 아니라 고광식의 아내일지도 모른다는 생각에 아직도 미련을 갖고 있는 자신을 발견했다.
>
> (위의 책, 180쪽)

그러나 곧 민태기는 상황을 냉정하게 바라보며 “아련한 미련 때문에” 일을 그르칠 수 없다고 판단하고 자신의 감정을 숨기기 위해 수면제를 먹고 잠이 든다.

다소 투박하고 거칠게 시작되었던 소설의 전개가 주인공의 심리상태를 사실감 있게 묘사하여 점차 진정성과 박진감을 얻어가는 부분인 것이다.

3. 「철학적 살인」에 나타난 책임의식

아내의 외도가 틀림없다고 판단한 민태기는 치밀한 계획하에 중국집 요정에 삼자가 대면하게 만들고 자신의 아내와 고광식에게 상황을 추궁한다.

> “미쳐? 그래 나는 미쳤다. 나를 미치게 한 놈은 누구지? 그러나 나는 너희들의 사랑을 방해할 의사는 없다. 항숙을 사랑한다면 지금 이 순간부터 네놈이 책임을 져라, 이 말이다”
>
> “내가 왜 책임을 져?”
>
> 고광식이 민태기의 손아귀에서 벗어나려고 몸부림을 쳤다.
>
> “책임을 못 져?”
>
> “못 지겠다.”
>
> “그렇다면 네가 한 행동은 뭣꼬? 장난 삼아 남의 부인을 농락했단 말인가?”
>
> “장난은 아냐.”
>
> “장난이 아니면 뭣꼬?”
>
> “나는 항숙씨를 사랑했어.”
>
> “사랑하는데 책임을 못 져?”

"내게도 아내가 있어."

안으로 안으로 몰아넣었던 민태기의 분노가 드디어 밖으로 폭발했다.

"뭐라구? 네게도 아내가 있다구?"

-중 략-

창쪽 나무대 위에 놓인 큼직한 화분을 집어들었을 때 민태기는 결정적인 살의를 가졌다.

'저런 놈을 없애버리는 것도 뜻있는 일이다.'

민태기는 빛나는 날이 있을지도 모르는 자기의 장래를, 냉정한 이성으로 복수의 행동과 맞바꾸기로 했다. 민태기는 정확하게 고광식의 두상을 겨눠 그 큰 화분을 힘껏 내리쳤다.

(위의 책, 106~107쪽)

아내와 간통한(나중엔 강간으로 밝혀지지만) 고광식에게 주인공은 사랑했다면 책임을 지라 하며 대답을 추궁하게 된다. 하지만 고광식은 사랑했다면서도 책임은 질 수 없다고 말한다. 자신에게도 아내가 있고 가정이 있다는 말에 주인공은 격분하고 그를 살해하게 된다. 그리고 경찰에 출두해서도 "그 놈이 만일 살아 있고 기회만 있다면 나는 한 번 더 그놈을 죽일 작정입니다"라고 자신의 행동에 대해 확신과 신념을 밝히는 확신범의 태도를 취한다.

"어떤 법률도 도덕도 사랑을 넘어설 순 없다. 사랑 이상의 가치가 이 세상에 있다고 나는 생각하지 않는다. 남편을 가진 여자가, 아내를 가진 사내가 사랑에 겨워 남의 눈을 피해 밀회를 한다고 할 때 법률은 이를 벌할 수 있을지 모르나 인간성의 재판에선 이를 용서할 것이다. 진정한 사랑은 남의 가정을 생각할 수 없을 정도로 과격하게 발현되는 경우도 있다. 동시에 그 일이 폭로되었을 땐 용감하게 벌을 받을 뿐 아니라 그 사랑에 따른 모든 책무를 져야 한다. 그러나 진정한 사랑이 아닌, 일시적인 기분, 동물적인 성적 충동으로 남의 가정을 유린하는 결과를 가져올 행동을 하는 남녀는 어떠한 명분으로서도 그들을 용서할 수가 없다.

-중 략-

나는 감정적으로 그놈을 죽인 것이 아니라 나의 철학에 의해 그놈을 죽였다. 그러니 나는 정상의 재량을 바라지도 않고 관대한 처분을 바라지도 않는다……."

(위의 책, 108~109쪽)

주인공 민태기는 자신의 살인 행동에 대해 '철학적 살인'이었다고 최후 진술에서 주장하여 법이 어떠한 처벌을 하건 자신의 행위에 대해 후회나 반성의 모습을 보이지 않는다. 법과 차원이 다른 나의 판단에 의해 살인을 저질렀으며 법이 그것을 처벌한다 해도 자신의 행동과는 상관이 없는 일이라는 태도를 견지하는 것이다. 그는 "법률보다 도덕보다 사랑이 우선이다. 유부남과 유부녀가 사랑에 빠진다면 법률로써 벌할 수 있을지 모르나 인간성의 재판에서 이를 용서할 수 있다. 다만 그 행동에 대해 책임을 져야 한다. 만일 그러지 못할 경우 어떠한 명분으로도 용서할 수 없다"고 말한다. 그래서 "나는 감정적으로 그놈을 죽인 것이 아니라 나의 철학에 의해 그놈을 죽였다"고 주장하는 것이다.

이 부분이 소설 「철학적 살인」에서 가장 쟁점이 될 수 있는 대목이다. 그것은 다음 두 가지 문제로 지적될 수 있다.

첫째는 왜 민태기는 이 간통사건을 법에 호소하지 않았는가? 라는 문제다.

우리나라는 아직 간통죄가 현행법으로 존재하고 있다. 아내나 남편이 간통을 저지른 두 남녀를 고소하여 그 처벌을 법에 의존할 수 있는 형사사건인 것이다. 간통죄는 최대 2년 이하의 징역으로 그 형량이 정해져 있다.

또 하나의 문제는 그럼 간통죄가 없는 나라에서는 이런 문제가 생겼을 때 어떤 해결을 가져 올 수 있는가?는 문제다.

이 사건을 맡은 판사는 민태기의 형량을 고민하다가 간통죄가 없는 일본에서 다음과 같은 판례를 발견한다.

> 목수를 직업으로 하는 사나이가 있었다. 그 사나이의 이름을 갑이라고 해둔다. 갑은 을이란 자가 경영하는 목공장에서 일하고 있었는데 어느 날 자기의 아내와 을이 정을 통하고 있는 현장을 보고 아내와 이혼했다. 갑은 재혼했다. 그땐 을의 공장에서 나와 다른 데서 일하고 있었는데 처와 을이 또 밀회를 했다. 갑은 그 재혼한 아내와 헤어지고 다시 다른 여자를 맞아들였다. 그랬는데 을은 또 갑의 세 번째 마누라를 농락했다. 이때까진 참아왔던 갑도 드디어 분통을 터뜨려 을을 죽이겠다고 나섰다. 을은 갑의 서슬이 보통이 아님을 알자 어디론지 피신해버렸다. 갑은 만사를 제폐하고 을을 찾아 방방곡곡을 헤맸다. 3년이란 세월이 흐른 뒤 갑은 을을 고베 어느 여관에서 붙들어 비수로써 난자한 끝에 드디어 죽이고 말았다.
>
> 이 사건을 재판한 고베 재판소는 심의 끝에 갑에게 무죄를 선고했다.
>
> (위의 책, 110쪽)

법이 미칠 수 없는 환경일 때, 또는 법이 내린 처벌이 당사자가 느끼기에 너무 가볍다고 생각될 때, 개인적 처벌이 가능한가?

이 부분에 대해 작가는 민태기의 입을 빌어 자신의 단죄는 법적으로 살인 행위지만 인간적으론 있을 수 있는 일이라고 일단 옹호의 입장을 보여준다.

그러나 보통 여기서 결말을 지을 수 있는 평면적인 이 소설을 이병주는 다시 한번 뒤집고 독자에게 질문을 던진다. 확신에 의해 살인을 저지르고 법 앞에 초연하다면 그것이 과연 전부인가?

4. 주인공의 변화과정

이병주의 「철학적 살인」은 소설의 결말부에 이르러 그 진가가 빛을 발한다. 신념과 확신을 가지고 고광식을 죽인 주인공이 감옥생활이 1년 정도 지난 후 자신의 행동에 대해 그 본질이 무엇인가 깨닫는 대목이 그것이다.

> 민태기는 그 편지를 볼 때마다 씁쓸한 웃음을 띠지 않을 수 없었다. 시간이 감에 따라 그는 자기가 한 행동이 철학적인 살인이기는 커녕, 경솔하고 허망한 질투가 저지른 비이성적인 행동이었음을 깨닫게 된 것이다. 그러나 고광식을 죽인 것을 결코 뉘우치진 않았다. 사람은 이성에 따르기보다 감정에 따르는 게 훨씬 정직하고 인간적일 수 있다는 신념을 가꾸게도 되었다. 그런데 민태기는 그 편지의 주인, 한인정이란 여성이 고광식의 아내였음에 틀림없을 것이라고 짐작하면서도 그 여인에게로 쏠리는 마음을 어떻게 할 수 없었다. 동시에 불의의 사고로 꼭 한 번 고광식에게 짓밟힌 김향숙의 육체는 혐오하면서도 오랜 시일 고광식의 육체와 섞여 있던 한인정을 용납할 수 있을 것이란 심리적 전개로 해서 스스로 놀라는 마음으로 사랑에 있어서 육체란 그다지 중대한 문제가 아니란 발견을 하기도 했다.
>
> (위의 책, 114~115쪽)

기결이 결정된 날 변호사로부터 아내의 간통은 실은 고광식의 간계에 의한 강간의 형태였으며 아내의 잘못은 없다라는 것을 알게 되지만 주인공은 아내와 이혼하고 만다. 용서했다고 말하지만 실은 더럽혀진 육체를 용납할 수 없다는 이율배반적인 행태를 보인다.

그리고 "시간이 감에 따라 그는 자기가 한 행동이 철학적인 살인이기는 커녕, 경솔하고 허망한 질투가 저지른 비이성적인 행동이었음을 깨닫게 된 것"이다. 작가는 이 깨달음을 통해 '철학적 살인'이라 주장했던 주인공의 신념이 실은 자기 나름의 이론적 방어기재일 뿐 결국 '질투에 휩싸인 비이성적인 행동'이었다는 결론을 내리게 되는 것이다.

즉, 이 소설의 흥미로운 지점은 인간이 자신의 행동의 합리화를 위해 조작된 이론이란 결국 허위며 위선이고 그 근본은 인간 본성의 기본적인 발현일 수밖에 없다는 시각을 보이고 있다는 점이다. 그것은 어떤 이론이나 형식, 어떤 경우엔 법률일 경우에도 인간본질(인간성)을 압도할 수 없다는 작가의 인간관이 드러나 보이는 부분이다. 그것은 또한 보편적 인간성에의 회귀이며 그럼으로 소설의 개연성을 한층 강화시키는 역할을 하고 있다.

또 하나 특이한 점은 고광식의 아내 한인정의 등장이다. 자신의 '철학적 살인'에 동의하여 '사랑은 모든 가치의 으뜸'이라는 민태기의 행동을 흠모하며 자신과 결혼해 달라는 인물의 등장이다. 한인정의 편지에 씁쓸한 미소를 지으면서도 주인공은 그녀에게 마음이 쏠리기 시작한다. 주인공의 확신에 찼던 살인 행위가 실은 비이성적인 행동이었다는 결론과 함께 작가가 제시하는 주인공에 대한 구원의 가능성을 열어 보이는 것이다. 그것 또한 주인공의 인생을 좌절 속에서만 방기(放棄)하지 않는 작가의 폭넓은 인간관을 엿볼 수 있게 해준다.

자신의 아내였던 김향숙의 육체가 불의의 사고로 단 한번 유린된 것은 용서하지 못하면서 오랜 시일 고광식과 육체를 섞었던 한인정에게 기울어지는 심리상태를 묘사한 것도 사랑에서 육체적 관계가 큰 비중이 아니라는 작가의 시선을 웅숭깊게 보여준다. 이러한 인간심리의 변화과정을 보여주면서 이 소설은 여러부분으로 해석될 수 있는 다양한 인간사의 스펙트럼을 제시하고 있다.

5. 나오는 말 문학과 법률 사이

지금까지 이병주의 「철학적 살인」을 대상으로 작가의 의도와 법률과의 관계를 분석해 보았다. 작가는 이 소설에서 간통의 문제와 사랑의 책임, 그리고 살인행위에 이르게 된 주인공의 심리상태를 작가 나름의 치열한 의식을 통해 보여주었다.

결론적으로 이 소설로 대표되는 문학의 양태와 법률과의 상관관계를 해석해 본다면,

첫째, 문학은 결코 법을 통해서 인간의 문제를 해결하지 않는다. 오히려 법과 다른 차원에서 그 인간성의 자유로움과 구원을 추구하고 있다.

둘째, 문학은 법적 처벌과는 달리, 또한 인간적 신념과 철학이라 부르짖는 것과 달리 가장 인간적인 본성을 드러내 보이는데 그 초점을 맞추고 있다. 결코 법의 처벌과 징계를 받고 있는 인간이라 해도 그 법을 인정하고 순응하지는 않는다는 입장이다. 문학은 법적 처벌을 받는 인간을 다룬다 해도 법이 대상이 아니라 인간이 대상이라는 것이다.

셋째, 문학은 법적 처벌과는 달리 인간의 구원 가능성에 대한 희망 또한 제시하고 있다는 점이다.

전체적으로 소설 〈철학적 살인〉은 이병주의 작품들이 대개 그러하듯이 극적인 상황에서 인간이 처한 사랑과 질투와 구원의 문제를 심리적 묘사의 치열함으로 수준높게 형상화한 작품이다. 작품의 진가는 주인공의 확신에 찬 살인 행위가 점차 변화과정을 겪으며 인간본성의 근저를 건드리고 구원의 가능성을 열어두는 부분이라 볼 수 있다. 한편 이 소설에서는 다시 한번 인간을 대하는 문학과 법률의 차이를 간결하게 보여주고 있다.

휴머니스트가 바라본 법

이경재

1. 들어가는 말

그동안 이병주(1921-1992)에 대한 연구는 『관부연락선』과 『지리산』에 치우친 면이 있지만, 주제와 형식 등 다방면에 걸쳐서 논의가 진행되었다.[1] 특히 최근에는 김윤식 선생님이 학병세대를 대표하는 작가로서 이병주 문학이 지닌 특징을 지속적으로 탐구해 오고 있다.[2]

흥미로운 점은 이병주가 여러 작품을 통하여 지속적으로 법의 문제를 다루고 있다는 점이다.[3] 이와 같은 법에 대한 관심은 무엇보다도 사상법으로서 옥중 체험을 한 본인의 경험에서 비롯된 것으로 보인다. 그의 소설을 설명하

1) 구체적인 연구사는 본문 중 필요시에만 언급하고자 한다.

2) 김윤식, 『일제 말기 한국인 학병세대의 체험적 글쓰기론』, 서울대출판부, 2007. 김윤식은 "이 삼부작에 일관된 중심축은 이른바 '인민전선' 이후 일본 고등교육의 '교양주의'이다. 이는 경도 체험과 분리되지 않는다. 이 '교양주의'가 학병 문제에 부딪치고 증폭되어 이루어진 것이 대형 작가 이병주 문학이다."(「학병 세대의 내면 탐구」, 『문학과 역사의 경계에 서다』, 바이북스, 2010, 64면)라고 주장한다.

3) 이병주의 작품에는 "많은 법학 고전이 인용되고 변호사, 법학과 교수, 그리고 법대생이 등장"(안경환, 「고야산과 알렉산드리아를 꿈꾸며」, 『문학과 역사의 경계에 서다』, 바이북스, 2010, 190면)한다.

는 용어로 '감옥 콤플렉스'[4]라는 말이 등장할 만큼, 그는 감옥체험을 한 인물들을 숱하게 등장시킨다. 이러한 등장인물의 존재는 자연스럽게 법의 문제에 대한 심도 있는 탐구로 이어진다. 이병주 자신도 〈예낭풍물지〉에서 "일단 형무소를 다녀온 사람의 눈은 다르다. 역사라는 의미, 법률이라는 의미, 사회라는 의미, 인생이란 의미를 적막하고 황량한 빛깔로 물들여 놓는 눈이 되어버린다."(193)라고 하여, 감옥 체험이 법률의 의미에 대한 남다른 시각을 갖게 해주었음을 암시하고 있다.

이 짧은 글에서는 〈예낭 풍물지〉(1972), 〈목격자?〉(1972), 〈내 마음은 돌이 아니다〉(1975), 〈철학적 살인〉(1976), 〈삐에로와 국화〉(1977), 〈거년의 곡〉(1981)을 중심으로 이병주가 지니고 있던 법에 대한 작가의식을 살펴보고자 한다.

2. 정의롭지 못한 법

〈예낭 풍물지〉[5]의 '나'는 "국가에 대죄를 얻어 10년형을 받고 징역살이를 하"(127)던 중, 결핵으로 오 년 남짓한 세월을 치르고 석방된 인물이다. '나'는 본래 "누구도 지상의 평화와 행복을 그처럼 작은 집에 그처럼 충실하게 담아놓진 못했을 것"(156)이라고 할 만큼 행복한 가정생활을 하고 있었다.

---

4) "거의 모든 작품에서 소위 '감옥 콤플렉스'가 나타나고 있다. 이는 작가의 체험이 반영된 범례이며 향후 그의 소설을 간섭하는 하나의 원형이 된다."(김종회, 「문학과 역사의식」, 『문학과 역사의 경계에 서다』, 바이북스, 2010, 93)고 이야기된다.

5) 이광훈은 〈예낭풍물지〉를 〈낙엽〉, 〈망명의 늪〉, 〈여사록〉, 〈행복어사전〉과 더불어 "우리가 살고 있는 세태와 풍속을 리얼하게 묘파한 격조 높은 풍속 소설"(『한국현대문학전집 42』, 삼성출판사, 1979, 440면)이라고 말한다. 김종회는 〈예낭 풍물지〉가 "그야말로 현란한 소설적 잡학사전이다. 감옥 · 병 · 사랑 · 가족 · 고향 · 죽음 같은 온갖 재료를 버무려 한 편의 소설을 만들고, 그 가운데서 참된 인간의 자아가 무엇인가를 탐색하는 독특한 작품"(김종회, 『이병주 작품집』, 지만지, 2010, 19면)이라고 설명한다.

그러나 한순간 그 행복은 사라져버렸는데, '나'가 감옥에 있는 동안 아내는 딸과 어머니를 버려둔 채 집을 나간 것이다. '나'는 다음의 인용문처럼 법에 의해 억울한 죄인이 되었다.

> 형법 어느 페이지를 찾아보아도 나의 죄는 없다는 얘기였고 그 밖에 어떤 법률에도 나의 죄는 목록에조차 오르지 않고 있다는 변호사의 얘기였으니까 그런데도 나는 십 년의 징역을 선고받았다. 법률이 아마 뒤쫓아 온 모양이다. 그러니까 대영백과사전도 스티븐도 홉스도 나를 납득시키지 못했다.
> '죄인이란 권력자가 〈너는 죄인이다〉 하면 그렇게 되어버리는 사람이다.'(156)

'나'는 결국 권력자의 농단에 따라 죄인이 되어 버린 것이다.[6] 이러한 상황에서 "어떤 재난도 어떤 권력도 내가 살아 있는 한 빼앗아갈 수 없는 집이라야 한다고 마음 먹"(156)은 '나'는 "실재(實在) 이상의 실재"(121)인 예낭을 상상 속에서 만들어 나가는 것이다.[7] 결국 예낭이라는 도시를 공상 속에서 만들어 낸 것도 권력자에 좌지우지되는 법으로부터 자신을 보호하기 위해서이다. '나'는 "법 앞에 만민은 평등하다'는 말은 잠꼬대"(208)라고 말할 정도로 법을 부정한 것으로 판단한다. 〈예낭풍물지〉는 법을 다룬 이병주의

---

6) '나'의 아버지는 해방 이후 좌익들과 어울렸고, 이런 사정으로 6·25 때 비명에 죽었다. 그런데 4·19가 나자 어떤 사람들이 나타나서 죽은 사람들의 유골을 찾자는 운동에 동참할 것을 권유하였다. 이로 인해 '나'는 옥살이를 하게 된 것이다.

7) 고인환은 "『예낭풍물지』가 감옥에서 나온 황제가 현실에서 적응하지 못하고 관념의 성(환각) 속에서 살아가는 모습을 그린 작품이다. 그에게 '예낭'은 타인의 지도에선 찾아낼 수 없는, 현실보다 더욱 진실한 공상의 공간, 즉 실재 이상의 실재이다. 여기서는 꿈과 현실, 생자와 사자의 구별조차 없다. 그는 이러한 환각 속에서 살아간다. 어떤 재난도 어떤 권력도 그가 살아 있는 한 빼앗아갈 수 없는, 관념 속의 성이다."(「이병주 중·단편 소설에 나타난 서사적 자의식 연구」, 『국제어문』 48집, 2010년 4월, 142면)라고 설명한다.

소설 중에서 가장 법에 대하여 비판적인 모습을 보이고 있다. 이것은 이 작품이 사상범으로 몰려 억울하게 옥살이를 한 작가의 체험과 시간적으로 가장 가까운 시기에 창작된 상황을 반영한 것으로 보인다.

3. 악법의 무용성

〈내 마음은 돌이 아니다〉(『한국문학』, 1975년 9월)의 노정필은 무기형에서 감형되어 20년의 형기를 꼬박 채운 사회주의자이다. 2년 전에 출옥한 이래로 전연 말을 하지 않았으나, 지금은 소설가인 '나'와의 교류 등을 통해 사회에 급속도로 적응해 나가는 중이다. 가지 않던 성묘 갈 생각을 하고, 목공소를 다니기도 한다. 또한 "나와 공산당과는 아무런 관계도 없습니다."(53)라고 선언하거나, "보통의 능력으로 보통의 노력을 해서 보통으로 살아갈 수 있는 사회면 더 바랄 것이 없다는 것이 이 선생의 말이었는데 그런 뜻에서 대한민국도 이 정도면 됐다는 생각을 하게 되었다."(63)고까지 말한다. 목공소에 다니며, 그곳의 직원들이 구김살 없이 "가난하긴 하지만 궁하진 않은 생활들을 하고 있"(64)는 것에 만족한 결과이다.

그러나 노정필은 '나'로부터 사회안전법[8]이 생길 것이라는 말을 듣고

8) 사회안전법은 특정범죄를 다시 범할 위험성을 예방하는 한편 사회복귀를 위한 교육개선이 필요하다고 인정되는 자에 대해 보안처분을 함으로써 국가 안전과 사회 안녕을 유지하기 위해 제정한 법률(1975. 7. 16. 법률2769호)이다. 보안처분대상자는 ①형법상의 내란 외환죄 ②군 형법상의 반란 이적죄 ③국가보안법상의 반국가단체구성죄, 목적수행죄, 자진지원 금품수수죄, 잠입 탈출죄, 찬양 고무죄, 회합 통신죄, 편의제공죄를 지어 금고(禁錮) 이상의 형을 받고 그 집행을 받은 사실이 있는 자들로 규정했다. 보안처분은 검사의 청구에 의해 법무부장관이 보안처분심의위원회의 의결을 거쳐 결정하고 기간은 2년이며 경신할 수 있다. 그밖에 보안처분의 종류인 보호관찰 · 주거제한 · 보안감호와 보안처분의 면제 · 행정소송 · 보안처분심의위원회 · 벌칙 등에 관해 규정했다. 전문 28조와 부칙으로 돼있다. 〈사회안전법〉은 형기를 다 마쳤어도 전향하지 않은 사람들을 재판 없이

는 묘한 웃음을 지으며, "일제 때 보호관찰법이란 무시무시한 법률이 있었소. 그러 법률의 본을 안 보는 게 이상하다고 생각했지."(66)라며 "당연하다"(66)고 말한다. 1975년 7월 19일 사회안전법이 통과되어, '나'가 같이 신고를 하자는 의논도 할 겸 노정필을 찾아가자 노정필은 이미 사망한 상태이다. 이 사망소식을 듣고 돌아오는 길에 '나'는 "나라가 살고 많은 사람이 살자면 노정필 같은 인간이야 다발다발로 역사의 수레바퀴에 깔려 죽어도 소리 한 번 내지 못한들 어쩔 수 없는 일이다."(69)라고 생각한다.[9] 이 말 속에는 한국 사회에 적응해 가던 노정필로 하여금 묘한 웃음을 짓게 만든 악법에 대한 비판이 담겨 있다. 사회안전법이 아니었더라도(아니었더라면) 노정필은 한국 사회에 좀더 바람직한 모습으로 적응해 나갔을 것이 분명하다.

〈목격자?〉(1972) 역시 악법에 대한 비판적 인식이 우화적으로 드러나 있는 작품이다. 이 작품은 일제 말기와 그로부터 30여 년이 지난 현재를 배경으로 삼고 있다. 성유정은 일제 말기에 초등학교에서 두 달 동안 임시교원을 한 적이 있다. 이때 세끼라는 유능하고 헌신적인 일본인 교장과 도둑질을 상습적으로 하는 윤 군수라는 아이를 만난다. 성유정은 윤 군수가 범인이라는 것을 안 후에도, 곧 이 학교를 떠날 자신의 입장과 교육적 측면을 고려하여 윤 군수의 범행을 공개하지 않는다.

그런 윤 군수가 미국의 성공한 대학교수로 한국에 돌아와서는 성세정을 수소문해 찾아온다. 성세정을 만난 윤 군수는 "선생님이 소년시절의 저의 못

계속 가둬둘 수 있는 가능성이 존재하는 법률이었다.

9) 이재복은 〈내 마음은 돌이 아니다〉가 "노정필의 한을 헤아리고 그것을 풀어주려고 하지 않은 사회체제 등은 모두 타자의 고통을 외면한 채 자신의 안위와 체제(권력) 유지에만 급급한 반(反)휴머니즘적인 존재들에 다름 아니다. 이것은 그가 타자의 흠이나 고통을 공격하고 외면하는 것이 아니라 그것을 회색의 비의 논리하에서 바로 잡아주고 감싸줄 때 비로소 진정한 차원의 인간회복의 길이 열린다는 사실"(『패자의 관』, 김윤식 김종회 편, 바이북스, 2012, 120면)을 설파한 것이라고 말한다.

된 버릇을 너그럽게 봐주시지 않았더라면 저의 오늘은 없었을 겁니다."(254)
라며 감사해 한다.

윤 군수의 말에 의하면, 세끼는 성유정과 달리 윤 군수를 창고에 가두고는 낫을 들고 위협하여, 어린 윤 군수가 손가락에 피를 내어 다시는 도둑질을 하지 않겠다는 혈서까지 쓰게 만들었다. 성유정은 "세끼 교장의 이런 태도가 옳았는지 나빴는지 분간할 수 없"(256)어 한다. 세끼의 윤 군수를 향한 행태는 일종의 과잉된 법적 행위에 해당한다고 말할 수도 있을 것이다. 세끼의 행위가 가져온 효과는 이중적이다. 일단 도벽을 고쳐 겉으로 보기에 윤 군수를 사회적으로 성공시켰다는 점에서는 그 교육적 효과가 매우 높다고 말할 수 있을 것이다.

그러나 윤 군수는 겉에 보이는 화려한 모습과는 달리 인격적으로는 파탄 난 상태이다. 윤 군수는 "오늘의 윤 군수"(255)라는 말을 반복할 정도로 기고만장한 모습을 보이며, "미국에서의 생활은 낙원과 같고 그 곳에 살고 있는 사람의 눈으로써 한국에 살고 있는 사람을 보니 불쌍해서 목불인견"(254)이라고 말한다. 또한 윤 군수는 자신의 아버지에 대해 "빨리 죽어 버린 덕분에 겨우 면목을 세운 그런 인간"(254)이었다고 독설을 날릴 정도이다. 삼십여 년이 지난 지금도, 윤 군수는 만년필을 자기가 훔치지 않았다고 태연하게 거짓말을 한다. 그렇다면 세끼의 과잉된 처벌 행위는 결국 윤 군수를 도둑보다도 못한 인간으로 만들었다고 볼 수도 있을 것이다.[10]

10) 흥미로운 점은 성유정이 윤 군수의 도둑질을 묵인한 행위 역시 똑같은 이중적 효과를 가져왔다고 말할 수 있다는 사실이다.

4. 법률 만능주의에 대한 거부

〈거년의 곡〉(『월간조선』, 1981)은 청평호에서 이미 고등고시에도 합격한 현실제라는 S대 법과대학 4학년생이 탄 보트가 전복하여 익사하는 사건을 중심으로 소설이 진행된다. 이 사건의 핵심에는 '현실제-진옥희-이상형'이라는 삼각관계가 놓여 있다. 현실제는 이름처럼 법률공부에만 충실하여 출세에 목을 매달고 있는 상황이며, 혁명가가 되고 싶어하는 이상형은 인생과 사회와 역사에 관한 깊은 견식 없이 법률의 조문부터 배우는 것을 혐오한다. 이상형이 법률이란 "특정 계층의 이익에 봉사하는 것"(33)이라고 말하면, 현실제는 법률은 "통치의 기준이며 사회의 질서이다. 법률 없이 어떻게 민중의 통치가 가능할 것인가."(33)라고 대답한다. 진옥희는 처음 이상형의 "법률부정의 논리"와 현실제의 "법률만능론"(34) 사이에서 고민하지만, 점차 이상형 쪽으로 마음이 기울어진다.

이런 와중에 거의 반강제적으로 진옥희는 현실제와 육체 관계를 맺는다. 이후 현실제는 진옥희와의 육체 관계를 불장난으로 취급하려 하고, 현실제와 R 재벌의 딸 사이에는 혼담이 진행된다. 현실제가 그날의 일을 결말짓기 위해 청평에 왔을 때, 둘은 함께 보트를 타고, 현실제의 잊어달라는 말에 진옥희는 현실제에 대한 맹렬한 증오를 느낀다.

이 작품에서 현실제가 추악하게 그려지면 질수록, 법률 만능론 역시 부정적인 모습을 드러내게 된다. 보트 위에서 현실제는 "만능주의자도 좋고 지상주의자라도 좋아. 하여간 내 전도에 지장 있는 짓은 하지 말어. 법률은 그리 호락호락한 게 아냐."(50)라며 거들먹거린다. 결국 진옥희는 보트를 뒤엎을 의도가 "있었다고도 할 수 있고, 없었다고도 할 수 있었다."(51)는 말처럼, 현실제의 죽음에 (불)분명하게 연루된다. 진옥희는 익사한 현실제의 죽음을 보며 "법률이 보호해 줄 것이라더니……"(52)라는 말을 되새김질한다. 다음의 인용문 역시 현실제의 죽음이 법률만능주의에 대한 비판을 드러내기 위한 수단임을 보여주고 있다.

> "그러나 나와 현실제의 죽음과엔 아무런 관련도 없다. 그는 그가 좋아하고 믿었던 법률이 절대로 보호할 수 없는 인생의 국면이 있다는 것을 스스로 증명하기 위해서 죽은 것이다. 아무리 능숙한 계산의 능력을 가졌더라도 세상은 마음대로 안 된다는 것을 증명하기 위해 죽은 것이다."(56)

5. 법률보다는 인정

〈예낭 풍물지〉에는 최 노인이 자신의 집에 들어온 열일곱 살의 도둑을 실컷 때려놓고도 "경찰서에 가서 콩밥을 먹어봐야 버릇이 고쳐지지."(212)라며 경찰관을 부르는 장면이 등장한다. 최 노인은 일제 때 고등계 형사를 한 사람으로서, 입버릇처럼 요즘 빨갱이 잡는 수법이 틀려먹었다고 말하며 다닌다. '나'는 최 노인의 이런 모습을 보며, 강도짓을 하러 온 소년을 너그럽게 용서하는 스팽글러 씨의 이야기를 담은 사로얀의 『인간 희극』을 펼쳐본다. 스팽글러는 "무덤과 감옥엔 운수 나쁘게 가난한 집에 태어난 선량한 미국의 청년들로서 꽉 차 있다. 그들은 결코 죄인이 아니다."(213)라고 생각하는 것이다. '나' 역시 스팽글러의 입장에 전적으로 동의한다. "스팽글러 씨를 만난 그 청년은 절대로 앞으론 그런 짓을 하지 않을 것이 아닌가. 나는 경찰서로 끌려가 그 소년의 처참하고 당황하고 어쩔 줄 몰라 하는 모습을 뇌리에 떠올려 봤다. 그 소년의 앞날이 슬프게만 상상이 된다."(213)고 이야기한다.

「철학적 살인」(『한국문학』, 1976년 5월)[11]은 "사랑하는 아내에게 과거가 있었다는 것과 그 과거의 사나이와 아내가 정(情)을 통하고 있다는 사실을 알았을 때 남편은 어떻게 해야 하는 것일까."(25)라는 문장으로 시작된다. 이 작품의 주인공인 민태기는 그 한 사례를 보여주는 인물이다.

민태기는 30대 중반으로서 대기업의 부장이며 중역으로 승진할 앞날을 가진 사람이다. 아내 김향숙 역시 부유한 집안의 딸로서 재능과 미모를 겸비하고 있다. 민태기는 아내와 대학 동기동창이며 줄곧 라이벌 관계에 있었던 고광식이 호텔방에 함께 가는 것을 보았다는 익명의 전화를 받는다. 민태기는 고광식과 아내 김향숙이 모두 모이도록 계략을 꾸미고, 결국 민태기는 끓어오르는 분노를 참지 못하고 현장에서 고광식을 살해하고 만다.

경찰에 출두한 민태기의 태도는 침착하고 냉정하다. "진정한 사랑이 아닌, 일시적인 기분, 동물적인 성적 충동으로 남의 가정을 유린하는 결과를 가져올 행동을 하는 남녀는 어떠한 명분으로서도 그들을 용서할 수가 없다."(45)고 믿기 때문에, "감정으로 그놈을 죽인 것이 아니라 나의 철학에 의해 그놈을 죽였"(46)다고 주장한다.

「철학적 살인」에는 민태기의 살인을 기본적으로 정당하다고 보는 입장이다. 자신의 아내를 반복적으로 농락한 남성을 살해한 남편에게 무죄를 선고한 고베 재판소의 판례나 미국에서 성명을 숨긴 사람이 민태기에게 돈을 보내는 장면 등을 통해 작가의 시각을 확인할 수 있다. 심지어 고광식의 아내로 추정되는 여인은 인생을 새로 시작할 반려로 자신을 선택해 달라는 편지

11) 김종회는 「철학적 살인」이 "법과 제도를 넘어 인간이 세계의 중심이라는 작가의 사상을 극명하게 드러내는 작품이다. 간음한 아내에 대한 남편의 물리적 치죄를 납득할 수 있는 것으로 보고 이를 뒷받침하기 위해 일본 법원의 판례를 가져오기도 하는데, 더 중요한 것은 이를 설득력 있게 피력하는 작가의 변설"(김종회, 『이병주 작품집』, 지만지, 2010, 19면)이라고 설명한다.

[12]를 보내기도 한다. 민태기 본인도 끝까지 "사람은 이성에 따르기보다 감정에 따른 것이 훨씬 정직하고 인간적일 수 있다는 신념"(53)을 유지한다. 민태기의 살인은 법률에 따르면 분명한 유죄이지만, 작가는 감정(인정)에 따른 민태기의 살인을 결코 유죄로 보고 있지 않은 것이다.

〈삐에로와 국화〉(『한국문학』, 1977)에서 강신중은 간첩 임수명의 국선 변호인이 된다. 임수명은 45세로서 남한에 귀순한 도청자를 암살하러 왔다가, 도청자가 이미 죽은 것을 알고 자수한 간첩이다. 임수명은 자신이 도청자를 죽일 목적으로 한국에 침입했다는 사실을 부인하기만 한다면, 아무런 혐의도 입증할 수 없는 상황에서 집요하게 자신이 특수임무를 수행하는 간첩이라고 주장한다. 임수명은 최후 진술에서 대한민국에 대해 욕설을 퍼붓고 '김일성 만세'를 부르기까지 하여, 끝내 사형을 언도받는다. 임수명은 마지막 사형 당하기 직전 국화꽃을 자신의 전처인 주영숙이라는 여인에게 전달해달라고 부탁한다.

월북한 박복영 일가는 공산당에 제공한 재산이 남로당에 준 것으로 취급받아 정치적 핍박을 받는 상황이었고, 도청자가 전향하는 바람에 남한에 있는 자신의 형인 박복길과 어머니가 사형당한 소식을 듣고, 자원하여 간첩이 된 것이다. 임수명은 가난에 시달리는 전처 주영숙에게 전화를 걸어 자신의 소재를 알게 하였고, 주영숙의 남편이 임수명을 간첩으로 신고하여 포상금을 받게 된 것이다. 이 작품의 "결론은 박복영이 자기의 죽음을 최대한으로 이용해 보려고 했다는 사실이다. 그는 자기의 사형을 북쪽에 있는 가족들을

12) 편지의 내용은 "선생님의 철학에서 얻은 용기가 시킨 행동입니다. 어떤 법률도 도덕도 사랑을 넘어설 순 없다고 선생님은 말씀하셨습니다. 사랑은 모든 가치의 으뜸이라고도 선생님은 말씀하셨습니다. 그리고 선생님은 사랑의 철학으로 감히 사람을 죽이기까지 하셨습니다. 저도 그 철학으로 모든 잡스럽고 제이의적인 조건을 넘어설 각오를 했습니다."(52)이다.

편하게 살리기 위한 수단으로 했고(그 성공여부는 고사하고), 한편 남한에 있는 옛 마누라를 도우기 위한 수단으로 했다는 건 분명했다."(176)로 정리된다. 법률의 형식논리보다 박복영이 처한 상황에 좀 더 주의를 기울였다면, 불필요한 죽음은 발생하지 않았을 것임에 분명하다.

인정에 대한 중시는 물론이고, 부정한 법에 대한 비판, 악법의 무용성, 법률 만능주의에 비판 모두 이병주 문학의 상수라 할 수 있는 휴머니즘과 관련된다고 말할 수 있다. 법의 문제 역시 휴머니즘적 입장에서 바라보고자 한 이병주의 태도는 안경환의 다음과 같은 증언에서도 확인 가능하다.

> "사람을 다루고 재판하는 직책을 가지려면 인생의 기미에 통달한 지혜와 철리를 가져야 해." 이 땅의 모든 문인이 예외 없이 법에 대한 냉소로 일관할 때, 이병주만이 한 걸음 더 나서서 법과 법률가에 대한 따뜻한 충고를 아끼지 않았다. 베카리아의 〈범죄와 형벌〉에 통달했고 독재정권 아래 고뇌하는 젊은 법학도들에게 살뜰하게 삶의 길을 제시했다.
>
> -(안경환, 「이병주의 상해」, 『문예운동』 71호, 2001년 9월, 14~15면)

"법학에 앞서 인문학을 공부하라거나 법전 속에 함몰되지 말라는 충고를 넘어서, 문화와 지성의 장으로서 법이 있다는 강론을 펴기도 했다."(안경환, 「고야산과 알렉산드리아를 꿈꾸며」, 『문학과 역사의 경계에 서다』, 바이북스, 2010, 190면)는 증언은 참고할 만하다.

이병주 소설에 나타난 법에 대한 의식 연구

추선진

1. 서론

이병주는 소설이라는 허구의 틀을 빌려 현실을 비판한다. 특히 그의 소설에는 법에 대한 작가의 의식이 나타난다. 이병주가 법에 대해 관심을 가지게 된 것은 그의 체험 때문이다. 1950년, 이병주는 생존을 위해 한 일 때문에 적의 이데올로기에 복무했다는 죄명으로 구속된다. 1961년, 국제신보 주필이었던 이병주는 통일에 대해 쓴 논설로 인해 북한에게 이익이 되는 행동을 했다는 죄명으로 10년형을 선고 받고 2년 7개월여를 감옥에서 지내게 된다. 이처럼 작가는 전쟁기의 비상조치법, 군사 정권기의 특별법으로 인해 부당하게 삶을 억압당했던 경험을 가지고 있다. 그리고 감옥에서 자신처럼 억울하게 투옥당한 다른 사람들도 만난다. 이후 이병주는 논설이 아닌 소설 집필에 매진하게 된다. 소설은 부조리한 현실을 검열에 구속받지 않고 기록할 수 있는 방법이기 때문이다.

이병주의 소설 중에서도 자전적인 서사를 기반으로 하고 있는 소설에는 필연적으로 법에 대한 의식이 나타난다. 『내일 없는 그날』(1957), 「소설 · 알렉산드리아」(1965), 「예낭풍물지」(1972), 『그해 5월』(1984)에서 이병주는 자신을 구속했던 법률과 법 집행자에 대해 비판한다. 또한 「소설 · 알렉산드리아」(1965), 「겨울밤」(1974), 「내 마음은 돌이 아니다」(1975), 「거년의 곡」(1981), 「쓸 수 없는 비문」(1984)에는 사형 제도를 비판한다. 본격적인 법 소재 소설인 「철학적 살인」(1976), 「삐에로와 국화」(1977), 「거년의 곡」(1981)에는 정의로운 법 실행에 대한 작가의 지향 의식이 나타난다.

작가의 법에 대한 의식이 여러 작품에서 등장하고 있음에도 불구하고 이병주 소설에 나타난 법에 대한 의식에 관한 연구는 '법과 문학'[1]을 논의한 안경환의 연구가 유일하다. 안경환은 이병주를 "법률소설가"로 칭하며, "법에 대한 관찰과 성찰이 깊은 작가"로 "수많은 작가들 중에 이병주만큼 관념의 법과 함께 현실적 의미의 법과 법제도에 정통해 있는 작가는 거의 없다"[2]고 주장한다. 「소설 · 알렉산드리아」를 법률소설로 보고 '알렉산드리아'라는 중립적 공간을 설정한 것은 "법이 갖추어야 할 본질적인 속성인 객관화를 위한 의도적인 작업의 일환"[3]이라고 평가한다. 기록을 중시하는 이병주의 특징은 '제도적 객관성의 표현인 법정의 기록'을 다루는데 적합하며, 이병주가 가진 균형감각과 객관성 역시 법률소설가다운 면모로 파악한다. 뿐만 아니라 "사라와 한스의 재판에 관련된 각종 법률문서에 담긴 이병주의 법적 지식은 전문가의 수준이다. 뉘른베르크 전범재판에서 연합군 측 수석검사

---

1) 1970년대 이후 미국에서 논의되기 시작한 "law and literature"가 1990년대 '법과 문학'으로 국내에 소개되면서 법과 문학에 관한 연구가 진행되었다. 문학을 통해 구현된 법의 모습을 통해 사람들의 법의식 및 법 감정을 도출해 내고 이에 부합하는 법을 구성해내기 위한 연구 혹은 인간의 본질을 탐색한다는 점에서 문학과 법이 가지는 공통점을 창출해내는 것을 통해 인간성을 대변하는 문학과 이에 반하는 사회 제도를 대변하는 법의 경계를 초월해보고자 하는 일련의 노력으로 해석될 수 있다.

2) 안경환, 「『소설 알렉산드리아』」, 『법과 문학 사이』, 도서출판까치, 1995, pp.81~82.

3) 위의 글, p.82.

로 '인류에 대한 죄'를 창출해냈던 로버트 잭슨의 법리가 기묘하게 이용되고 있고, 레지스탕스에 관련된 프랑스의 법도 재현되어 있다"[4] 고 분석한다. 안경환의 논의는 연구자가 가지고 있는 법에 대한 전문적인 지식으로 인해 소설에 반영된 법에 관한 의식을 보다 정확하게 분석해 낼 수 있다는 장점을 가진다. 다만 이병주에 대한 다른 소설에 대한 논의는 거의 찾아볼 수 없다. 이에 본고에서는 이병주 소설에 나타나고 있는 법에 대한 의식에 대해 고찰해 보고자 한다.

2. 본 론

1) 감옥 체험 서사, 소급법에 대한 비판
-『내일 없는 그날』,「소설 · 알렉산드리아」,「예낭풍물지」,『그해 5월』

이병주가 소설을 쓰는 데 큰 영향을 미쳤던 감옥 체험은 자전적인 서사에 필연적으로 등장한다. 필화 사건 이전에도 전쟁 중 부역을 했다는 혐의로 감금된 경험이 있는 작가는 필화 사건 이전부터 부당한 법 집행 및 불합리한 사법 제도에 대한 비판 의식을 가지고 있었던 것으로 파악된다. 필화 사건 이전에 발표한『내일 없는 그날』에도 법에 대한 비판 의식이 등장하고 있기 때문이다.

『내일 없는 그날』의 주인공 '형수'는 감옥에 투옥된 적이 있다. 투옥 이유

4) 앞의 글, pp.85-86.

에 대해서는 구체적으로 서술되어 있지 않다. 형수의 자조적인 논리에 의한다면, 형수가 감옥살이를 하게 된 원인은 '불운' 때문이다. 그리고 이 불운은 형수 개인의 불운이기도 하지만, 나라의 불운이기도 하다. 우리 역사가 고단한 부침을 겪은 이유에 대해 작가는 나라가 지닌 불운 때문이라고 해석한다. 형수는 감옥에서 이 논리적으로 설명이 불가능한 불운으로 인해 억울한 감옥살이를 할 뿐만 아니라 심지어는 사형을 당하기도 하는 사람들을 목도하게 된다. 형수는 빨치산 사형수를 만나기도 하는데 그는 이데올로기 대립의 장인 한국의 상황을 고려하더라도 사형을 당하기에 마땅할 만큼 공산주의 사상으로 무장한 인물이 아니었다. 우연히 지리산에 들어가게 되면서 빨치산으로 몰린 그는 순수하고 따뜻한 마음을 가진 "천진한 어린애"와도 같은 인물이었다. 형수는 그의 목숨을 빼앗기 위한 법 집행을 지켜보면서 부당한 현실 앞에 좌절하게 된다. 이후 형수는 무력하고 수동적인 자세로 현실에 대처하는 모습을 보인다.

이러한 형수에 반해 형수의 동생 '혜영'은 법을 넘어선 복수를 꿈꾼다. 혜영은 이를 '위대한 범죄'라고 칭한다. 혜영은 형수의 처인 '경숙'을 농락하고도 화려한 처세술로 승승장구하는 '윤철'을 몰락시키는 방법은 복수밖에 없다고 생각한다. 그리고 결국 윤철의 얼굴에 염산을 붓고 사라진다. 윤철이 경찰을 부를 수도 없는 상황까지 마련해 놓았기에 혜영의 복수는 성공한 것으로 마무리된다. 당시의 법과 그 법을 집행하는 관리들이 해결할 수 없지만, 법에 우선하는 가치를 실현하기 위해 살인도 마다하지 않았던 혜영의 모습은 법의 무용함을 비판하고 법 집행의 윤리성을 주장하는 것에서 나아가 당시 국가에 대한 작가의 문제 제기에 해당된다.

이후 발표한 「소설 · 알렉산드리아」는 '나'의 형의 모습을 통해 작가의 투옥과 관련한 상황을 보여준다. '나'의 형은 자신에게 내려진 형벌이 부당하다고 생각한다. 형이 투옥당한 것은 형이 쓴 논설 때문이었는데, 이 소설에서 인용된 형의 논설은 이병주를 필화사건에 연루시킨 그 논설이다.

> "조국이 없다. 산하(山河)가 있을 뿐이다."
>
> "이북의 이남화가 최선의 통일방식, 이남의 이북화가 최악의 통일방식이라면 중립통일은 차선의 방법은 되는 것이다. 그런데 이것을 사악시하는 사고방식은 중립통일론 자체보다 위험하다."
>
> "이 이상 한 사람이라도 더 희생을 내서는 안되겠다. 그러면서 어떻게 해서라도 통일은 이룩해야 하겠다. 이것은 분명히 딜레마다. 이 딜레마를 성실하게 견디고 해결하려는 노력에서 비로소 활로가 트인다."
>
> 대강 이상과 같은 구절이 유죄판결의 근거가 되었다.[5]

'나'는 북한과 대치하고 있는 한국의 상황을 생각한다면 중립통일을 주장한 형이 유죄판결을 받는 것이 마땅한 일이라고 생각한다. 하지만 작가는 '사라'와 '말셀'을 통해 형에게 내린 판결, 즉 작가 자신에게 내려졌던 형벌이 부당한 것이었다고 주장한다. 형의 논설은 사상을 떠나 인간을 위한 생각에서 나온 글이었기 때문이다. 그래서 '사라'는 형을 훌륭한 사람이라고 칭찬하며 형이 보낸 편지에 깊은 관심을 보이고, '말셀'은 형의 감금을 가능하게 한 소급법에 대해 의문을 던진다. 소급법에 대한 비판은 「예낭풍물지」에도 등장한다.

5) 이병주, 「소설 · 알렉산드리아」, 『소설 · 알렉산드리아』, 한길사, 2006, pp.21-23.

범죄란 무엇일까. 대영백과사전은 '범죄…… 형법위반 총칭'이라고 되어 있다는 것이고 제임스 스티븐은 '그것을 범하는 사람이 법에 의해서 처벌되어야 하는 행위, 또는 부작위'라고 말했고 유식한 토머스 홉스는 '범죄란 법률이 금하는 짓을 하는 것'이라고 말하고 있다는데, 나는 이것을 납득할 수가 없다. 형법 어느 페이지를 찾아보아도 나의 죄는 없다는 얘기였고 그밖에 어떤 법률에도 나의 죄는 목록에서조차 오르지 않고 있다는 변호사의 얘기였으니까 그런데도 나는 십 년의 징역을 선고받았다. 법률이 아마 뒤쫓아온 모양이었다. 그러니까 대영백과사전도 스티븐도 홉스도 나를 납득시키지 못했다. 나는 스스로 나를 납득시키는 말을 만들어야 했다. "죄인이란 권력자가 '너는 죄인이다.'라면 그렇게 되어버리는 사람이다."[6]

소급법은 곧 죄가 없는 사람도 죄인이 되게 만드는 법이다. 그러한 불합리한 법 적용으로 인해 감옥에 가게 되면서 '나'의 행복했던 가정은 사라졌다. 그래서 '나'는 절대로 빼앗아갈 수 없는 집인 "내 관념 속에 지어놓은 집"을 짓는다. 그 집은 "어떤 경우에라도 체포될 수 없도록 하는 구조를 가진 성"으로 지어진다. 그 성에서 '나'는 비로소 절대 권력을 가진 "황제"가 된다. '나'는 가난하게 살아가는 나의 이웃들의 삶도 함께 보여주면서 "운수 나쁘게 가난한 집에서 태어나"면 죄인이 될 수도, 가족을 감옥에서 잃어버릴 수도 있음을 주장한다. 이처럼 「예낭풍물지」에서 작가는 자신을 구속하게 만든 법과 법 집행의 부당성을 주장하면서 법이 모든 인간을 위하는 것이 아닌 권력을 가진 자들을 위한 것으로 변질되었음을 비판한다.

---

6) 이병주, 「예낭풍물지」, 『마술사』, 한길사, 2006, pp.134~135.

『그해 5월』에 이르면 이병주는 소설을 통해 자신의 투옥과 관련한 법과 당시 정권에 대한 비판을 보다 구체적이고 본격적으로 진행한다. 『그해 5월』에는 이병주를 투옥시킨 법이 인용되어 있다. 작가는 이 법에 의한 자신의 투옥에 대해 수긍하지 못하는 것은 물론 이 법이 헌법을 위배한 법임을 주장한다.

1961년 10월 30일. 이 주필은 논설위원 변노섭과 더불어 기소되어 동년 11월 16일 제1회 공판이 있었다.

죄명은 특수범죄처벌에 관한 특별법 위반이고, 적용법조는 '특수범죄 처벌에 관한 특별법 제6조, 형법 제37조 제38조'였다.

특별법 제6조는 다음과 같은 조문이다.

"특수 반국가행위 사회단체의 주요간부의 지위에 있는 자로서 국가보안법 제1조에 규정된 반국가단체의 이익이 된다는 점을 알면서 그 단체나 구성원의 활동을 찬양 · 고무 · 동조하거나 또는 기타의 방법으로 그 목적 수행을 위한 행위를 한 자는 사형, 무기 또는 10년 이상의 징역에 처한다."

그리고 이 특별법의 부칙은

"본법은 공포한 날로부터 3년 6월까지 소급하여 적용한다."

라고 되어 있다.

이를테면 "행위 시의 법률에 의하지 아니하고는 소추될 수 없다"는 헌법의 명문과 법 정신을 간단하게 유린해버린 것이다.[7]

---

7) 이병주, 『그해 5월 2』, 한길사, 2006, pp.9-10.

작가는 공소장과 문제시 된 두 논설도 그대로 인용한 후, 등장인물인 '나'와 '성유정'의 말을 빌려 '이주필' 곧 이병주 자신을 변호한다. 이주필은 정당이나 사회단체의 간부가 아니었으며, 공소장에 있는 내용처럼, 북한의 김일성에게 동조해서 외군 철수를 주장"하거나 "대한민국을 전복하여 프롤레타리아 혁명을 감행하려" 한 적이 없다. 성유정은 공소장을 쓴 검사는 이주필이 그런 짓을 한 것이 틀림없다는 것을 사람들이 인정하게끔 "대중을 마취에 걸기 위해 이 문장을 쓴", "천재"라고 표현하며 검사를 비난한다. 작가는 이 외에도 "일제의 용병 노릇하던 놈이 독립 운동한 어른을 포승"하는 상황을 서술하면서 "법보다 앞서야 하는 것이 도의"라고 주장한다. 또한 억울한 수감자들과 사형수, 사형수 가족들의 일상과 다른 재판의 공소장들을 모두 기록하는 것을 통해 군사 정권의 위악을 폭로하고자 한다. 부당한 법 집행을 횡행하는 당시 군사 정권이 합헌성에 기초를 두고 있지 않은 쿠데타로 성립된 정부라는 점 역시 거론한다.

이처럼 이병주는 『내일 없는 그날』, 「소설 · 알렉산드리아」, 「예낭풍물지」, 『그해 5월』을 통해 당시 사법 제도에 대한 비판, 나아가 정당성 없는 권력 및 국가 그리고 이데올로기 갈등으로 요약되는 한국의 근대사를 비판한다. 이를 통해 법이 인간의 삶을 부당하게 제어할 수 있는 것임을 경고한다. 또한 이들 소설을 통해 이병주는 자신을 억압했던 법에 대해 직접적으로 반박한다. 당시 자신을 투옥할 수 있는 법률이 존재하지 않아 투옥 이후 해당 법률이 만들어진 것을 언급하며 불합리한 법 제정 및 집행에 대한 강한 비판 의식을 드러낸다. 이처럼 소설에서 자신을 변호하는 것을 통해 이병주는 인간으로서의 자존감을 회복하고 소설가로서의 자의식을 구축해 나간다.

2) 사형수 서사, 사형제도 및 사회안전법에 대한 비판 – 「소설 · 알렉산드리아」, 「겨울밤」, 「내 마음은 돌이 아니다」, 「거년의 곡」, 「쓸 수 없는 비문」

이병주는 소설을 통해 사형 집행에 대한 반대 의견을 표출한다. 이병주의 소설에 의하면, 작가는 사형수와 사형수의 가족을 만나게 되면서 비인간적인 사형제도에 대해 회의하게 되었다. 안경환에 의하면 이병주는 사형제도 폐지를 최초로 주장했던 법학자 체사레 베카리아의 『범죄와 형벌』에도 통달[8]할 만큼 법과 그 중에서도 사형제도에 대해 관심이 많았다고 한다. 이병주의 소설 중에는 「소설 · 알렉산드리아」, 「겨울밤」, 「내 마음은 돌이 아니다」, 「거년의 곡」, 「쓸 수 없는 비문」에 사형제도에 대한 성찰이 나타난다.

> 어떠한 경우라도 사람을 죽여서는 안 된다면 설혹 신의 이름, 법률의 이름으로도 사람을 죽일 수 없는 것이 아닌가. 사람을 죽였다고 해서 사람을 죽인다고 하는 것은 어떤 면으로 보더라도 이건 모순이다. 이것을 감상론이라고 할지 모르나, 사형에 관한 문제는 이미 이론의 문제를 넘어서 신념의 문제인 것이다. (중략)
>
> 베카리아 이래 많은 사형폐지론이 나왔다. 그 골자는 사형이 궁극에 가서 범죄 예방을 위해 효과적이 못 된다는 것이고, 회복 불가능한 것이고, 위협수단으로서의 속죄의 길을 막는 것이며, 혹 오판이라도 있었을 경우엔 상환불가능한 것으로, 그저 복수의 뜻만 강한 형에 불과하다는 것이다.
>
> 그리고 사회의 질서를 유지하기 위해서 인간이 인간을 율하지 않을 수는 없

8) 안경환, 「법과문학⑪-이병주의 상해」, 『문예운동』71호, 2001, p.15.

으되, 인간이 인간의 생명을 빼앗는 정도까지 윤하다는 건 너무나 지나친 월권 이 아닐까.[9]

「소설 · 알렉산드리아」에서 '형'은 '나'에게 보내는 편지에 "베카리아 등이 주장한 사형폐지론"에 대해 설명하며 "나는 이 감옥에서 나가면 사형폐지 운동이나 할까보다"라고 말하기도 한다. 이처럼 이병주는 소설 속에서 사형에 대한 반대 입장을 표명하며 당시 사법 제도에 대한 반성을 이끌어내고자 한다. 또한 현실과 대비되는 '알렉산드리아'의 모습을 형상화하는 것을 통해 현실이 얼마나 부조리하고 억압적인 곳인지 파악할 수 있게 한다. 알렉산드리아는 작가의 이상향으로 관능과 사랑과 자유와 도덕을 인정하는 법이 있는 곳으로 나타난다.

감옥에 갇힌 형은 현실의 '나'이며, 알렉산드리아에 있는 '나'는 이상향의 환상 속에 존재하는 '나'다. 형은 감옥에서 황제의 사상을 가꾸고, 형에게 비판적이었던 '나'는 황제가 머물렀던 '호텔 나폴레옹'에서 만난 인물들을 통해 형의 사상을 이해한다. 형은 유배된 황제이며 '나'는 그 황제의 영토에 돌아와 있는 것이다. 그래서 '나'는 알렉산드리아에서 그 곳에 가기 전에는 이해할 수 없었던 '형'을 이해할 수 있게 된 것이다. 이처럼 작가는 형과 형을 비판적으로 바라보는 '나', 혹은 이상적인 모습인 '나'로 분화하여 스스로를 성찰하며 자존감을 회복해 간다. 이처럼 「소설 · 알렉산드리아」에서 이병주는 사랑과 자유, 도덕을 인정하는 법, 무엇보다 사회 구성원들의 올바른 여론에 부합하고, 피고를 인간으로 이해하려 하는 법과 법 집행이 존재하는 알

9) 이병주, 「소설 · 알렉산드리아」, 『소설 · 알렉산드리아』, 한길사, 2006, pp.96-97.

렉산드리아의 모습을 통해 자신을 변호하고 현실을 비판한다.

「소설 · 알렉산드리아」에 등장한 사형제도에 대한 성찰은 「소설 · 알렉산드리아」의 후속격인 「겨울밤」에도 동일한 내용으로 등장한다.[10] 「소설 · 알렉산드리아」에서 '형'이 보냈던 편지 중 하나가 그대로 인용된 것이다. 「소설 · 알렉산드리아」의 형, 곧 「겨울밤」의 '나'는 그 글을 감옥에 있을 때 '조용수'[11]라는 제자의 사형집행이 있었다는 소리를 들은 후 작성한 것이라고 설명한다. 「겨울밤」의 '노정필'[12]은 「소설 · 알렉산드리아」를 읽고 '형'(「소설 · 알렉산드리아」)의 말을 언급하며, 감옥에서 나가면 사형 제도에 반대하는 운동을 하겠다고 했으면서도 그 때의 사형수의 이름조차 확인하지 않았던 '나'(「겨울밤」)의 불성실함을 비판한다. 그리고 기록이라 주장하고 있지만 기록이 아닌 시와도 같은 소설을 쓰는 것으로 자신의 나태를 위안하고 있는 것은 아니냐고 힐난한다. 그러나 '나'에게 소설은 기록이면서 동시에 가혹한 경험에서 벗어나기 위한 환각이며 이를 통해 인간성을 회복하기 위한 노력이다. '나'는 노정필과 같이 험난한 인생을 겪었음에도 종교를 가지고 있었던 덕분인지 인간적이었던 친구를 함께 회상한다.

「겨울밤」은 '노정필'의 인간성을 회복시키기 위한 소설이다. '노정필'은

---

10) 이병주 소설의 특징은 텍스트 간에 나타나는 서사의 반복이다. 이병주 소설에는 동일한 인물이 여러 소설에 걸쳐 등장하기도 하고, 같은 모티브가 여러 소설에 나타나기도 한다. 이에 대해 소설가로서의 불성실함을 원인으로 파악하고 있는 논자들도 있으나, 필자는 이를 '기록'을 지향한 이병주의 소설이 가지게 되는 한 특징으로 파악한다. 허구가 아닌 사실의 영역을 지향한 이병주의 소설은 서술의 반복을 통해 서사의 사실화를 꾀한다. 텍스트의 경계를 넘어 등장하는 같은 인물, 반복되는 서술은 그 인물과 서술을 허구의 텍스트에서 독립시키며, 이를 통해 그 인물과 서술이 허구의 기반이 되는 사실의 영역에 속하는 대상임을 역설한다.

11) '조용수'는 『그해 5월』에도 등장한다. '조용수'는 실존 인물로 민족일보사건의 주동자로 지목되어 사형 당한 인물이다.

12) '노정필'은 『지리산』, 「겨울밤」, 「내 마음은 돌이 아니다」, 『그해 5월』 등 여러 소설에 등장한다. 이병주 소설의 특성상, 여러 소설에 등장하는 인물일수록 실존인물일 가능성이 높다.

전쟁기에 발생한 비인간적인 만행으로 인해 "인간으로서의 위신과 용기를 가졌음"에도 허망하고 억울한 죽음을 맞은 사람들, 이데올로기의 대립으로 인해 억울하게 투옥되거나 사형을 집행 받은 인물들 그리고 제대로 된 사법적인 검증도 없이 투옥된 억울한 인물들을 대변한다. 이병주는 역사의 만행과 그 중심에 있는 법으로 인해 인간으로서의 자존감을 잃어버린 사람들을 회복시켜주기 위해 그 사건과 인물들을 기록하고 비판한다. 이처럼 「겨울밤」은 '나', 이병주가 소설을 쓰는 이유를 설명하고 있는 소설이기도 하다.

「내 마음은 돌이 아니다」에는 「겨울밤」이 다시 인용된다. 다시 등장한 '노정필'은 노동을 하고 '나'의 소설을 읽는 것을 통해 인간성을 회복해 가고 있었다. 그러나 전향한 이들을 다시 억압하는 사회안전법의 집행으로 인해 다시 투옥된다. '나'는 소크라테스처럼 어떤 법률에도 순종하겠다고 말한다. 악법을 인정한 소크라테스와 악법으로 인해 다시 "역사의 수레바퀴에 깔려 죽어도 소리 한 번 내지 못하는" 노정필에 대한 서술을 통해 작가는 법 제정 및 집행의 부조리함을 비판한다.

「거년의 곡」에도 사형제도에 대한 반대 의견이 등장한다. 작가는 법과 대학에 재학 중인 학생 '진옥희'의 답안을 모범 답안이라고 인용하고 있는데, 그 내용이 사형 폐지론의 타당성에 대한 것이다. 그리고 '진옥희'는 다음과 같은 답안 외의 자신의 의견을 서술하는데, 답안을 받은 교수는 이 부분에 대해 특히 칭찬을 아끼지 않는다.

> 지금 우리나라의 사정, 즉 북괴가 우리 생활의 교란을 노려 간첩을 계속 침투시키고 있는 현실으로선 사형을 폐지하기란 어렵다. 그러나 흉행을 동반하지 않은 사상범 · 정치범에 대해서만은 사형이 집행되지 않았으면 하는 마음이 간절하다. 우리나라의 어느 소설가가 쓰고 있듯이 정 사형을 폐지하지 못할 경

우라면 집행의 시일을 그 범죄인의 어머니가 죽은 뒤로 미룰 수 있었으면 좋겠다. 아들이 극악범이라고 해도 그 이유로써 모성에 결정적인 충격을 주어선 안 되기 때문이다.

소련의 망명작가 솔제니친은 소련에선 어느 사람이 사형수가 된다는 것은 그 사람의 행동에 있지 않고 정치의 조작에 있다고 쓰고 있다. 다행히 우리나라엔 그런 폐단이 없는 줄 알지만 이런 사태란 정말 불행하다. 경계해야 할 것은 집권자가 법을 편리주의적으로 운영하는 태도이다. 이런 폐단을 막는 요새가 바로 법관의 양심이다. 법의 정의를 체현(體現)할 수 있는 용기있고 투철한 견식을 가진 법관의 존재는 제도의 폐지에 선행해서 사형을 실질적으로 없게 하는 보람을 갖게 할 것이다. (끝)[13]

법 집행에 있어서 인간적인 배려와 법관의 양심이 존재한다면 사형 제도는 존재할 수 없다는 것이 '진옥희'의 생각이며 이것은 곧 작가의 의견이다. 법과 대학 교수가 감탄한 법과 대학수재가 쓴 모범 답안이라는 설정은 이 논의의 정당성을 주장하기 위한 것이다.

「쓸 수 없는 비문」에도 사형수와 그에 대한 판결문이 등장한다. 「쥘부채」를 쓴 소설가 '나'는 살인을 한 인물이지만 사형을 구형한 것은 지나친 것임을 주장하며 판결문의 허점을 비판한다. 그리고 '나'는 다음과 같은 결론을 내린다.

채동호의 재판관은 채동호를 당초부터 죽일 작정을 하고 거기에 필요한 사

---

13) 이병주, 「거년의 곡」, 『허망의 정열』, 문예출판사, 1982, pp.19~20.

> 안만을 나열하고서 심리적인 해석까지 붙여 정상작량의 여지가 추호도 없다고 단정해버렸다.
>
> 물론 채동호는 사람으로 귀중한 생명을 둘이나 죽인 자이니 응당 단죄되어야 한다. 그러나 결과는 같을지라도 재판관의 태도가 그렇게 되어선 안되는 것이 아닐까. (중략) 정상작량의 여지가 추호도 없는 것이 아니라 정상작량의 여지가 너무나 많은 것이 이 사건이다. 그러한 여지를 단절해버렸다는 데 법률적 살인이란 내음이 짙게 풍긴다.[14]

'나'는 사형이 때로는 "법률을 빙자한 살인"이 될 수 있음을 경고한다. 그리고 도의적으로 정당한 '보복'과 살인을 금지하는 '법률'이 상충할 수 있음을, 그리고 그러한 상황에서는 법 집행관의 인간적인 배려가 필요하다는 주장을 한다. 「소설 · 알렉산드리아」의 살인을 저지른 '한스'와 '사라'가 정당한 보복이었다는 판단 하에 무죄를 인정받았던 것처럼, '나'는 현실에서도 "법률은 경직된 조문에 사로잡힐 것이 아니라 도의의 편을 들어야 한다"고 주장하며 '채동호'의 무죄를 선언한다. 그리고 '나'는 "5 · 16직후라서 이런 재판이 되었을지 모른다"고 덧붙이며 혼란했던 현실에 대한 비판을 더한다.

이처럼 이병주는 「소설 · 알렉산드리아」, 「겨울밤」, 「내 마음은 돌이 아니다」, 「거년의 곡」, 「쓸 수 없는 비문」을 통해 사형제도에 대한 반대 의견을 표출한다. 사형 집행은 인권을 존중하지 않는 행위로, 법이 인간을 위해 존재하지 않는다는 것을 증명하는 예라는 주장이다. 이에 이병주는 사형 제도를 반대하는 것을 통해 법보다 앞서는 인간 존중의 철학을 강조한다. 이는 이병

---

14) 이병주, 「쓸 수 없는 비문」, 『문학사상』, 1984. 10. pp.215~216.

주 소설 전체가 보여주고 있는 인간 존중의 정신과 닿아 있다.

3) 법 소재 소설, 정의로운 법 집행에 대한 지향 의식
–「철학적 살인」, 「삐에로와 국화」, 「거년의 곡」

「철학적 살인」, 「삐에로와 국화」, 「거년의 곡」은 법을 소재로 한 소설로 정의로운 법 집행에 대한 작가의 지향 의식이 나타나고 있는 소설이다. 「철학적 살인」에는 치정복수극이 등장한다. 아내를 농락한 이를 살해하는 것으로 복수를 실행한 '민태기'는 자신이 죄를 지었다고 생각하지 않는다. 자신의 철학에 의한다면, 올바른 행동이었다는 주장이다. "사랑은 모든 가치의 으뜸"으로 그것을 희롱하는 자를 벌하는 것은 "인간성의 재판"에서는 무죄라는 것이다. 법정은 민태기의 사건을 심리하면서 인간과 법률 사이에서 갈등한다. 결국 판사는 민태기의 형량을 줄일 수 있는 판례집을 뒤적이다가 치정복수극에 대해 무죄를 선고한 일본의 재판[15]을 찾게 되고 이를 들며 민태기의 형량을 감형한다. 인간을 이해하려는 판사를 통해 양심적이고 정의로운 법 집행에 대한 작가의 지향 의식을 엿볼 수 있다.

「삐에로와 국화」에서는 이데올로기 갈등 상황에 처해 있는 한반도의 특수한 상황에서나 가능할 수 있는 일이 벌어진다. 간첩 '임수명'('박복영')은 북한에 있는 가족들을 살리기 위해 자진하여 남파했으며, 남한에 있는 전 부인의 생계유지를 돕기 위해 투옥되고 결국 사형을 감내한다. 국선 변호임에도 임수명을 살리기 위해 고군분투하는 '강 변호사', '강신중'의 모습과 임수

15) 이 예화는 「쓸 수 없는 비문」에도 등장한다.

명의 사정을 간파해 내는 데 도움을 주게 되는 소설가 'Y'의 모습을 통해 인간적인 법률가와 그런 법률가를 도울 수 있는 문학가의 모습을 그려낸다. 가족을 위해 헌신한 한 인간을 사형시키는 법에 대한 비판과 함께 당시 사회의 한계를 지적하고 있다.

「철학적 살인」과 「삐에로와 국화」가 이상적인 법률가를 형상화하는 것을 통해 당시의 사법 제도를 비판했다면, 「거년의 곡」에 나타나는 사법 제도에 대한 비판은 보다 구체적이다. 「거년의 곡」은 법과 대학 학생 및 법조계 인물들을 등장시켜 법과 대학의 교육 제도와 사법 제도를 반성해 보는 것을 통해 정의로운 법 집행이 가능할 수 있는 방법을 탐색한다.

- 그럼 법률학은 학문이 아니란 말인가?
- 왜 아니겠어. 우리가 지금 배우고 있는 법률이 학문이 아니란 그 말야.
- 그건 궤변이야.
- 궤변? 천만의 말씀. 법률을 학문적으로 연구하려면 먼저 철학을 해야 해. 문학을 해야 하고, 경제학도 해야 하고, 역사를 철학적으로 연구해야 하고…….
- 우리 스스로가 그렇게 공부해 나가면 될 게 아냐?
- 지금 우리 법과대학의 교과는 그렇게 되어 있지 않아.
- 난 당신 말 통 알아들을 수가 없어.
- 전기, 전신에 관한 깊은 원리는 몰라도 전선을 가설하고 전화기를 고칠 수 있지? 우리는 그런 전기 수리공처럼 법률을 배우고 있는 거야. 겨우 문자를 해독할 수 있을까 말까 한 브레인으로 법률을 다루고 있는 거야.
- 그렇다고 치더라도 그게 뭣이 나빠. 차츰 전문지식을 쌓아 가면 되는 거지.
- 영국의 옥스퍼드나 케임브리지에선 법과대학생 시절엔 법률에 관한 강의를 받지 못할 뿐 아니라, 절대로 법률에 관한 책도 읽히지 않는대.

- 그럼 그 동안엔 뭣을 공부해?
- 철학, 문학, 역사, 사회학, 경제학…….
- 법률은 언제 공부하나?
- 대학원에 가서, 또는 전문적인 연수원에 가서, 요컨대 인생과 사회와 역사에 관한 깊은 견식 없이 법률의 조문부터 배운다는 건, 전기 수리공이 전선을 가설하고, 전기 기계를 고치는 것을 배우는 거나 마찬가지다 이 말이야.[16]

위 글은 '이상형'과 '진옥희'의 대화이다. '이상형'은 당시 법과 대학의 한계를 지적한다. 정의롭고 양심적인 법관을 양성하기 위해서는 학제부터 개편될 필요가 있다는 주장이다. 또한 '이상형'은 권력에 봉사하는 법률과 입신출세하기 위해 법과 대학에 들어오는 학생들을 비판한다. '이상형'은 이상주의자로, 어머니를 위해 법과 대학에 진학했지만 혁명가가 되고 싶다는 인물이다. 그는 "특정 계층의 이익에 봉사하는 것이 법률"이며 "법률을 부정해야만 사회의 발전이 있다"고 주장하며 현행법에 저항한다. 이와 같은 '이상형'의 주장을 통해 작가는 당시 사법 제도와 그 사법 제도를 운용할 인재들을 양성하는 법과 대학에 대한 비판과 함께 그 대안을 모색해 보고자 한다. 또한 '이상형'의 투옥을 통해 현실을 넘어설 수 없는 이상의 한계를 보여주기도 한다.

'진옥희'는 '이상형'뿐만 아니라 '현실제'와도 가깝게 지내게 되면서 전혀 다른 가치관을 가진 둘 사이에서 내적 갈등을 겪게 된다. '현실제'는 '이상형'과는 정반대의 철학을 가진 인물이다. 철저한 현실주의자로, 재학 중에 이미 고등고시에 합격하여 재벌가의 딸과 혼담이 오가던, 출세를 지향하는 법과

16) 앞의 글, pp.26~27.

대학 수재다. 그는 '이상형'의 주장에 맞서 "법률은 통치의 기준이고 사회의 질서"라며 "법률만능론"을 주장한다. "불꽃 튀는 토론"을 벌이기도 하는 둘 사이에서 갈등하던 '진옥희'는 결국 사법고시와 대학원 진학 모두를 포기하게 된다. 그런데 이 '진옥희'는 '현실제'의 죽음을 방조한다. 현실제의 죽음은 그가 주장했던 법률만능론 및 출세지상주의에 대한 경계로 해석될 수 있다. 또한 '이상형'과 미래를 약속하는 '진옥희'의 결정은 인간적인 법을 지향하는 작가 의식과 닿아 있다.

이처럼 법 소재 소설 「철학적 살인」, 「삐에로와 국화」, 「거년의 곡」에는 양심적인 법 집행관과 인간적이고 정의로운 법 집행에 대한 작가의 지향 의식이 나타난다. 특히 작가는 법이 인간성을 회복하기 위해서는 문학의 힘이 필요하다고 주장한다. 소설을 통한 법에 대한 비판은 이러한 작가의 인식에 의해 나타나게 된 것이다.

3. 결 론

지금까지 살펴본 바와 같이 법에 대한 의식은 이병주의 작가 의식에서 큰 비중을 차지한다. 『내일 없는 그날』, 「소설 알렉산드리아」, 「예낭풍물지」, 『그해 5월』에서는 감옥체험을 형상화하는 것을 통해 자신을 구속시킨 법의 부당함을 주장한다. 이를 통해 이병주는 자존감을 회복하고 현실을 비판하고 보완할 수 있는 소설가로서의 자의식도 확립해 나간다. 또 「소설 · 알렉산드리아」, 「겨울밤」, 「내 마음은 돌이 아니다」, 「거년의 곡」, 「쓸 수 없는 비문」에서는 사형제도를 비판하는 것을 통해 법의 비인간성을 지양하고자 하는 작가의 의도를 드러낸다. 특히 「내 마음은 돌이 아니다」에서 작가는 사회안전법의 제정으로, 부당하게 감금되어 인간성을 상실한 이를 다시 구속하는 사태를 발생시키는 현실을 비판한다. 본격적인 법 소재 소설인 「철학적 살인」, 「삐에로와 국화」, 「거년의 곡」에는 인간적인 법률가를 등장시켜 정의로운 법 실행을 지향하는 작가 의식을 보여준다. 특히 「삐에로와 국화」에서는 법률가를 돕는 문학가를 등장시켜 법의 비인간성을 경계하고 수정해 줄 수 있는 문학의 역할에 대해 논의한다.

소설을 통해 현실을 비판하고 보완하고자 했던 이병주였기에 자신의 체험과 연관이 깊은 법에 관심을 가질 수밖에 없었다. 감옥 체험 이후 소설을 본격적으로 발표하기 시작했던 것도 법에 대한 의식이 소설을 쓰게 한 계기가 되었기 때문이다. 이로 인해 법에 대한 의식은 이병주의 작품 세계 전반에 걸쳐 등장한다. 이병주 소설에 나타나는 법에 대한 의식은 법에 대한 거부나 부정이라기보다는 법의 보완 및 발전을 위한 성찰로 파악된다. 특히 이병주는 법이 문학과 만날 때 인간을 이해하고 정의를 수호할 수 있다고 판단한다. 이에 이병주는 그의 소설을 통해 문학은 법의 비인간성을 비판하고 경계할 수 있어야 하며, 법의 기반은 곧 인간을 이해하는 문학이어야 한다고 주장한다.

한국 문학에서 이병주 소설처럼 법에 대한 의식을 나타내고 있는 소설은 드물다. 법은 소설이 비판하는 현실을 구성하는 중요한 제도인 만큼 현실을 비판하는 데 있어 법에 대한 성찰은 필수적인 것이라 할 수 있다. 특히 법은 제도가 가진 특성상 인간성을 상실할 가능성이 있으며, 한국의 근대사를 회고해 보면 그러한 가능성이 증명된 역사도 존재했던 것이 사실이다. 그 역사의 중심에서 산출된 이병주의 문학은 인간성의 회복을 지향한다. 그 때문에 이병주의 소설에 나타나는 법에 대한 의식은 문학과 법, 모두에게 큰 의의를 가진다.

[참고문헌]

- 이병주, 『내일 없는 그날』, 국제신보사출판부, 1959.
  ———, 「거년의 곡」, 『허망의 정열』, 문예출판사, 1982.
  ———, 「쓸 수 없는 비문」, 『문학사상』, 1984.10.
  ———, 「내 마음은 돌이 아니다」, 『내 마음은 돌이 아니다』, 서당, 1992.
  ———, 「소설 · 알렉산드리아」, 『소설 · 알렉산드리아』, 한길사, 2006.
  ———, 「겨울밤」, 『소설 · 알렉산드리아』, 한길사, 2006.
  ———, 「예낭풍물지」, 『마술사』, 한길사, 2006.
  ———, 「철학적 살인」, 『그 테러리스트를 위한 만사』, 한길사, 2006.
  ———, 『그해 5월』, 한길사, 2006.
- 고인환, 「이병주 중 단편 소설에 나타난 서사적 자의식 연구」, 『국제어문』48권, 국제어문학회, 2010.
- 김성곤 안경환, 「법과 문학과 영화」, 문학과 영상학회, 『문학과 영상』1권, 2000.
- 김윤식, 「이병주의 처녀작 '내일 없는 그날'과 데뷔작 '소설 · 알렉산드리아' 사이의 거리 재기」, 『한국문학』, 2007.봄.
- ———, 「노예의 사상과 방편으로서의 소설-「소설 · 알렉산드리아」에 부쳐」, 『소설 · 알렉산드리아』, 바이북스, 2009.
- 김윤식 · 임헌영 · 김종회 편, 『역사의 그늘, 문학의 길』, 한길사, 2008.
- 김윤식 · 김종회 엮음, 『문학과 역사의 경계에 서다』, 바이북스, 2010.
- 김인환, 「천재들의 합창」, 『그 테러리스트를 위한 만사』, 한길사, 2006.
- 김정숙, 「법의 문학적 수용과 법문학의 가능성-공지영의 『도가니』를 중심으로」, 현대문학이론학회, 『현대문학이론연구』 50권, 2012.
- 김종회, 「이병주의 「소설 · 알렉산드리아」 고찰」, 『비교한국학』 16권, 비교한국학회, 2008.
- 박상엽, 『법과 문학』, 세창출판사, 2000.

- 변학수 · 조홍석, 「법의식, 법감정 그리고 법제도-독일과 한국의 문화와 문학에 내재된 법의식의 문화학적 고찰」, 한국독어독문학회, 『독일문학』 103권, 2007.
- 안경환, 『법과 문학 사이』, 도서출판까치, 1995.
- ———, 『셰익스피어, 섹스 어필』, 프레스21, 2000.
- ———, 「이병주의 상해-법과 문학 ⑪」, 문예운동사, 『문예운동』 71호, 2001.
- 이상돈 이소영, 『법문학』, 신영사, 2005.
- 임헌영, 「기전체 수법으로 접근한 박정희 정권 18년사」, 『그해 5월』, 한길사, 2006.
- 정범준, 『작가의 탄생』, 실크캐슬, 2009.
- 정호웅, 「망명의 사상」, 『마술사』, 한길사, 2006.
- 조남현, 「이데올로그 비판과 담론확대 그리고 주체성」, 『소설 · 알렉산드리아』, 한길사, 2006.
- 한삼인, 「법과 문학-소설에 나타난 이혼의식-」, 한국법학회, 『법학연구』 38권, 2010.5.
- Hans Erich Nossack, 윤재왕 옮김, 「문학과 '법과 정의'의 관계」, 충북대학교 법과대학 법학 연구소, 『법학연구』 21권 3호, 2010.12.

공간

이병주 소설의 공간 환경

김종회

이병주 문학의 공간

정호웅

소설가 이병주, 혹은 1971년 로마의 휴일

송희복

이병주의 「예낭풍물지」에 나타난 공간 소요

해이수

이병주 『관부연락선』에 나타난 일본

권선영

이병주 소설의 공간 환경

김종회

1.

문학작품 속에서의 '공간'은 그 작품의 존재를 가능하게 하는 주요한 요소이며 그동안 여러 유형으로 연구되어 왔다. 일찍이 독일의 극작가 G.레싱(Gotthold Ephraim Lessing)이 그의 저서 『라오콘(Laokoon)』에서 시간예술과 공간예술의 문제를 제기한 이래, 예술적 공간 개념은 시간 개념과 함께 문예이론과 문학작품 비평의 전반에 걸쳐 논의의 진폭을 확장해왔다. 레싱의 견해를 이어받아 현대문학 이론의 새 영역을 제시한 조셉 프랭크(Joseph Frank)는, '공간적 형식'의 논의에서 시간 개념 적용이 위주였던 문학 장르가 어떻게 공간 개념과 결부되어 있는가를 구명했다.

그를 통해 시에 있어서 '이미지'의 배열이나 소설에 있어서 '플롯'의 운용은 공간 문제를 반영하는 대표적 기법이 된다. 그의 시각으로는 예컨대 마르셀 프루스트(Marcel Proust)의 '의식의 흐름' 기법을 도입한 작품들, 『율리시즈』나 『잃어버린 시간을 찾아서』 같은 작품들은 공간적 형식이라는 논리를 전제하지 않고서는 온전한 해명이 불가능하다. 프랭크에게 있어서 이와 같은 형식 논리는, 모더니즘적 특성을 나타내는 신화성의 도입에까지 나아간다. 신화적 세계의 시간초월적 영역과 신화 원형 또한 예술적 공간의 존재 양상을 잘 드러내는 체계가 된다는 것이다.

20세기 이후 문학작품에 있어서의 공간 문제를 탐색한 주목할 만한 이론가는 모리스 블랑쇼(Maurice Blanchot)이다. '은둔의 철학자' 또는 '근대성의 조종(弔鐘)을 울린 사제'란 별칭을 얻으며 푸코, 들뢰즈, 데리다 등의 철학자들에게 많은 영향을 끼친 그는, 『문학의 공간』이란 비평서를 썼다. 이 책은 말라르메, 릴케, 카프카 등의 작품을 분석하면서 문학의 본질과 공간의 의미를 구명했다. 다양한 작품을 대상으로 하여 문학의 숙명적 의미망이 모호함이 넘치는 작품 바깥에 놓여 있다는, 이른바 '바깥의 사유'를 구현한 그의 글은, 난해하지만 공간 개념 수용의 진일보를 기록했다.

문학 작품의 무대이거나 작품의 내포적 운동 범주로써의 강역(疆域)이 공간 형식의 실제이겠지만, 그 공간의 철학적 사상적 전제는 근대 이후 여러 유형의 논리를 노정해왔고 그것이 작품분석에 적용된 사례도 다기하게 전개되었다. 구체적인 작품 내부에 있어서는 대체로 서사 과정의 형성과 관련되며, 특정한 공간 모티프가 생성되고 변형되고 결말에 이르는 구조적 패턴에 연동되어 있다. 그러므로 문학과 공간의 개념 및 상관성을 탐색하는 일은, 근대 이후 문학의 행로를 검증하는 하나의 바로미터이기도 하다. 문학 공간의 논리를 문학작품 분석에 적용할 때는 대체로 세 가지 단계를 고려하고 이를 변별적으로 도입하는 것이 일반적이다.

우선은 문학 텍스트가 생산된 공간 환경에 대한 고찰이다. 하나의 텍스트가 사회 구조, 문화 구조 속에 정초하기까지의 발생론적 기반과 경과를 고려하는 것을 말한다. 다음으로 작가가 작품 가운데 변용하고 있는 경험적 공간의 분석이다. 문학비평이 주된 대상으로 상정하는 문학적 공간 개념이다.

마지막으로 문학작품 내부 무대인 공간과 작품 외부 실제적 공간 사이의 상관성에 대한 비교 관찰이다. 문학의 실용성에 대한 접근이 강화되면서, 이제 이 부분의 활용도 점차 강화되고 있다. 여기에서는 이러한 논점들을 함께 활용하면서, 이병주 소설의 공간 환경을 살펴볼 것이다.

2.

공간 환경의 설정 없이 소설은 당초 그 시발이 불가능하다. 그런데 단순 소박한 단일성의 환경이 소설의 위의(威儀)를 세우지 못할 바는 아니지만, 그 방식으로는 지역성의 한계를 넘어서기 어렵다. 그래서 환경의 다중성 문제가 소설의 미학적 가치와 별개로 주목 및 평가의 대상이 되는 것이다. 더욱이 오늘날처럼 지구마을(Global village)이란 용어가 보편화되고 세계가 일일 생활권으로 진입한 시대에 있어서, 소설의 공간 환경이란 과제는 내용과 형식 모두에 걸쳐 중점적 항목이라 언표(言表)할 수 있다. 여기서 살펴보는 이병주 소설의 지역적 공간 또한, 그것의 심화와 확장을 통해 작가가 수확한 문학적 실과(實果)가 무엇인지 검토할 필요가 있다.

프랑스의 문명비평가 기 소르망(Guy Sorman)이 세계화(Globalism)와 지방화(Localism)를 통합하여 세방화(Glocalism)의 논리를 내세운 것은 단일정체성을 다중정체성으로 변환하지 않고서 그 다양 다기한 영역 확대의 가치들을 거두어들일 수 없다는 판단에서였다. 비디오아트를 창시한 백남준이나 설치미술가 전수천의 작품이 새롭게 평가 받은 이유는, 단순히 전위예술의 공감대로 세계적 보편성을 담보했기 때문이 아니라 그 시야의 광범위와 촉수의 창의력이 태생적 자기 기반을 효용성 있게 딛고 서 있었기 때문이다. 문학에 있어서도 세방화, 글로컬리즘의 존재값은 이러한 방식으로 드러난다.

이병주 소설의 공간 환경은, 당대의 다른 작가들에 비해 특징적이고 또 넓다. 국내에 있어서는 일정한 지역으로 특정되어 있고 해외로 개방되면 다른 작가가 추종하기 어려울 만큼 광범위하게 펼쳐져 있다. 국내의 경우 그가 생장(生長)하고 교육을 받거나 사회 활동을 한 하동, 진주, 부산 등 경상남도 일대를 망라한다. 동시에 그의 역사 소재 소설들이 무대로 하는 지리산 기슭과 태백산맥 산자락까지 연동되어 있다. 해외의 경우 그의 유학 및 학병 체험, 그리고 작가로 입신한 이유, 여행의 경험을 두루 포괄하여 그야말로 동서양을 막론하고 사통팔달로 전개되어 있다. 이처럼 확장된 소설 환경을 구사한 한국의 작가는 찾아보기 어려울 것이다.

이병주의 장편 가운데 대표작이라 할 수 있는 근 현대사 3부작『관부연락선』,『지리산』,『산하』는 현해탄을 사이에 둔 한국과 일본, 표제 그대로의 지리산, 작가의 향리와 서울을 무대로 한다. 작가가 살았던 시대의 세태를 새롭게 해석한『행복어사전』은, 주요 등장인물이 신문사 기자들인만큼 신문사가 모여 있는 광화문 일대가 배경이다. 지역적 특성이 강력하게 나타나기로는「예낭풍물지」의 예낭이 곧 부산의 풍광과 물산을 직접적으로 반영한다. 그런가 하면「망명의 늪」에서 미아리 · 가회동 · 한강 등의 지명이,「중랑교」에서 중랑교 중랑천 등의 지역적 명칭이 등장한다.

해외가 작품의 배경인 작품으로 한 · 중 · 일 세 나라를 오가고 있는「세우지 않은 비명(碑銘)」, 중국의 소주 · 상해를 배경으로 한「변명」과「겨울밤」, 그리고 미얀마에서 한국에 걸쳐 있는「마술사」가 있다. 이처럼 동북아 및 동남아를 가로지르는 소설의 무대는 앞서 언급한바 작가의 전기적 체험과 밀접하게 연관되어 있다. 무대를 더 넓혀서 이집트의 두 번째 도시 알렉산드리아를 그려 보이는「소설 · 알렉산드리아」, 유럽의 스페인으로 간「유리빛 목장에서 별을 삼키다」, 미국 뉴욕에서의 삶을 보여주는 『허드슨 강이 말하는 강변 이야기』와 「제4막」, 그리고 남아메리카의 칠레로 행장을 옮긴 「이사벨라의 행방」 등이 있다. 이 소설들은 작가의 여행 및 체류 경험, 지적 탐색의 대상 등으로 그 성격이 드러난다.

소설의 본질적인 가치나 그 평가에 있어 배경이나 환경의 문제는 중심 주제에 비하면 보다 부차적인 것인지도 모른다. 하지만 그와 같은 부대 요소의 구성없이 소설을 창작할 수 있는 길이 없거니와, 환경의 조건이 주제를 효율적으로 부양하는 기능을 감당하기 때문에 지역 환경의 중요성을 도외시 할 수 있는 권한 또한 어디에도 없는 셈이다. 이병주 소설은 특히 이념적 사상적 쟁점을 부각시키기 위하여 환경 조건을 매우 민활하게 응용하는 장점이 있는 까닭으로, 이 대목을 더욱 눈 여겨 보는 것이 마땅하다. 이 글에서는 위에서 언급한 작품 가운데 「세우지 않은 비명」, 「제4막」, 「이사벨라의 행방」, 「유리빛 목장에서 별을 삼키다」 등 네 작품을 보다 깊이 있게 읽고 그 공간 환경의 의미를 검토해 보기로 한다.

3.

중편 「세우지 않은 비명」은 화자인 '나'와 소설 속에 액자로 매설된 이야기의 화자인 성유정 등 두 인물의 발화로 구성된다. 이를테면 '나'가 성유정의 수기를 소개하는 형식을 갖추고 있는데, 이병주 소설의 오랜 관행에 비추어 보면 '나'나 성유정이 모두 작가의 의도를 대변하는 인물이라 할 수 있다. 비록 액자소설의 모양으로 갖추고 있다 할지라도 그 구분 자체가 별반 의미가 없다는 말이다. 성유정은 학도병으로 끌려가 1년 남짓 중국 양주에 머물렀는데, 작가 자신이 동일한 상황으로 소주에 머물렀던 정도가 소설적 환경의 문제에 있어서 다른 점이다. 성유정의 활동 무대는 그 중국에서 일본으로, 동북아의 한 · 중 · 일 세 나라에 함께 작동하고 있다.

작품 속의 시간 설정은 1979년에서 1980년대로 넘어가는 무렵이다. 1979년에 캄보디아의 폴포트 정권, 이란의 팔레비 국왕, 아프리카 우간다의 이디 아민 대통령, 중미 니콰라과의 소모사 대통령, 중앙아프리카의 보카사 황제, 그리고 중미 엘살바도로의 로무론 정권 등 무려 여섯 명의 독재자가 붕괴 · 타도 · 축출된 기념비적 기록이 제시된다. 물론 성유정의 수기에서다. 그런데 그러한 역사의 격동을 배경에 두고 성유정인 '나'는 매우 개인사적으로 어머니의 위암과 자신의 간암에 직면한다. 일제 말기에 학병으로 끌려갔고 6 · 25때 자칫 죽을 뻔했고 5 · 16때 징역살이를 한, 역사의 고빗길마다 고난을 겪은 개인사를 돌이켜 보면, 이 두 불치병의 배면에 지구 전반에 걸친 엄청난 시대사의 소용돌이가 닮은꼴로 계속되고 있는 것이다.

액자 속의 '나' 성유정은 자기 생애의 정리에 착수한다. 그 중 가장 중요한 숙제가, 학생시절 일본에서 만나 임신을 시킨 채 연락을 두절한 여자를 찾는 일이다. 37년 전 당시 19살이던 미네야마 후미코다. '나'는 수기에서 스스로를 '불량학생'이라 표기하고, '바람을 심어 폭풍우를 거두는 엄청난 고역'이라 표현한다. 열흘을 예정하고 떠난 일본행에서 '나'는 여자를 만나지 못한다. 천신만고 끝에 행적을 찾았으나, 여자는 사망한 것으로 되어 있고 태중의 아이에 대한 정보는 전혀 없다. 비슷한 상황을 그린 단편 「환화(幻花)」에서 옛 여자와 딸을 함께 만나는 이야기를 축조한 것과는 아주 다른 형국이다.

'나'는 귀국하여 어머니의 임종과 장례를 치르고, 그 삼우제를 지낸 이튿날 타계한다. 이에 따라 액자 밖의 '나'는 성유정의 운명(殞命)을 전하며, 소설의 말미에 중국 청대(淸代)의 시인 왕어양(王漁洋)의 한시 한 절을 가져다

둔다. 그 구절에서 채자(採字)하여 소설의 부제로 '역성(歷城)의 풍(風), 화산(華山)의 월(月)'이란 에피그람을 설정했다. 그러나 이는 다음에서 언급할 단편 「유리빛 목장에서 별을 삼키다」의 제목처럼 사뭇 겉돌고 있다는 느낌이 약여하다. 지역적 환경, 그에 결부된 지적 수발(秀拔)이 소설의 이야기와 보다 조화롭게 악수하지 못한 탓이다. 그러나 동북아 세 나라를 망라하는 소설의 환경은, 다른 작가에게서 찾아보기 어려운 견문의 확산과 소설적 조력의 성취를 보인 사례다.

단편 「제4막」은 뉴욕을 무대로 한다. 작가는 여행안내서의 문면을 빌릴 때 '세계의 메트로폴리스'이지만, 어느 종교가의 단죄에 의하면 '소돔과 고모라의 현대판'이라고 적었다. 소설은 뉴욕의 풍광과 뉴욕에서의 삶을 수기나 수필처럼 써 나간다. 시간상으로는 1973년 6월, 화자인 '나'가 존에프케네디 공항에 도착하면서 시작된다. 특별한 소설적 이야기를 생산하지 않고 뉴욕 시가(市街) 여행기와도 같은 감상을 기술한다. 브로드웨이에 있는 작은 주점 'ACT4', 우리말로는 '제4막'이 되는 그곳은, 극장에서 제3막까지 연극이 끝난 후 극장 밖의 거기서 제4막이 시작된다는 자못 진중한 의미를 가졌다. 그 해석을 듣고 그곳은 '나'의 단골집이 되었다.

주점 '제4막'에서 만난 사람들과의 요령부득인 대화가 '나'에게는 소설적 이야기의 재료가 되고, 또 그 개별자들도 소설적 관찰의 대상이 된다. 그 중 세르기 프라토라는 이름의, 육십 세에 가까운 에스토니아 출신 화가 부부와는 삼 년쯤 후에 '제4막'에서 만나 '제4막적인 대화'를 나누기로 한다. 그리고 그렇게 좋은 아이디어를 뉴욕에 심어놓고 왔으니, 어떻게 뉴욕에 애착하지 않을 수 있겠는가라고 반문한다. 뉴욕은 이병주로서는 상당 기간 체류하며 그 문물에 연접한 도시이고, 또 그가 쓴 여러 글의 소재가 되기도 했다. 이 소설은 소설로서의 형용을 갖추기보다는 평이한 자전적 기록의 성격이 강하다.

단편 「이사벨라의 행방(行方)」은 1973년의 칠레 방문기를 소설 형식을 갖추어 썼다. 한편으로는 여행기에 가깝기도 한데 작가는 '기행문을 쓸 작정'은 아니라고 명기해 두었다. 산티아고 공항으로 마중을 나온 안내자의 이름이 이사벨라 멘도사, 칠레 대학의 인문학과에 다니는 여학생이었다. 이사벨라와 더불어 칠레의 국명(國名)을 비롯, 여행자가 궁금한 사안들을 순차적으로 두루 거친 다음에 '나'는 뉴욕으로 돌아왔다. 그리고 뉴욕에서 칠레의 쿠데타 소식을 들었다. 회상 시점으로 돌아보면 이사벨라와 함께 쿠데타와 칠레의 정치에 대해 나눈 얘기가 많고 그 내용은 고급한 식견을 자랑하고 있다. 이사벨라의 비판적 논리도 우월하다.

'나'는 미국에서 칠레로 전화를 걸었으나 이사벨라의 종적을 찾지 못한다. 칠레 대학에서 체포된 교수와 학생이 1,520명이나 된다는 보도를 보았던 것이다. 서울로 돌아와 몇 차례 산티아고에 편지를 띄웠으나 회신이 없었고, 마침내 행방불명이 된 채 생사를 모른다는 전갈을 받는다. 그 뒤 오스트리아의 펜 대회에 참석했다가 칠레 대표로 온 문인에게 이사벨라의 행방을 탐문해 보지만 모두 허사다. '나'가 이사벨라에 집착하는 것이 그 젊은 지성 때문인지 이성(異性)으로서의 감각 때문인지 분명히 구획하기 어려우나, 이 소설에서 이사벨라 없이 칠레 여행기나 칠레에 관한 이야기가 수준 있는 소설 공간의 수용력을 갖기는 어려운 노릇이다.

단편 「유리빛 목장에서 별을 삼키다」는, 오스트리아 비엔나에서 1975년 11월 스페인의 국가원수 프란시스코 프랑코 바하몬테 총통의 부고 기사를 읽는 것으로 시작된다. 화자인 '나'는 물론 코스모폴리탄 여행가인 이 작가의 인식을 대언한다. 그에 뒤이어 스페인 내란에 대한 문학 작품들을 떠올리고 더 나아가 정치적 사태에 따른 평가를 장구하게 진술한다. 그 진술의 행렬이 너무 심층적이면서도 장황해서, 자칫 소설로서의 보람을 잃어버릴 우려도 없지 않다. '나'는 1972년 마드리드를 방문했을 때의 기억을 다각도로 떠올리기도 하고 행선지로 파리를 거치기도 하는데, 작가가 스페인 내란에 집중하는 이유는 아마도 전쟁 또는 수형(受刑) 생활의 면모가 한국에서 작가 자신이 겪은 근대사의 파고(波高)와 여실히 유사하기 때문일 것이다.

파리를 떠나기 전날 밤, '나'는 호텔에서 갈르시아 롤르카의 시집을 펴든다. 그 시집에서 '유리빛 목장에서 별을 삼키다'라는 구절을 찾아내고, 용서와 자살의 상관관계를 유추해 본다. 그 구절은 '나'에게 스페인의 정변처럼 난해하지만 은은한 애수를 남긴다. 시적 은유와 소설의 주제를 직접적으로 상관하여 해석하기는 어려우나, 그것이 스페인 역사의 우여곡절 가운데 시인의 남긴 절박한 실상의 한 편린임을 이해하는 데는 크게 어려움이 없다. 그러나 보다 더 이 글의 주제에 근접하는 개념을 논거하자면, 이 유럽의 다양 다기한 도시 공간 가운데서 자신의 박학다식과 박람강기를 구현하는 작가의 호활한 문필을 먼저 상찬해야 할 것이다.

4.

지금까지 이 글에서는 문학에 있어서 공간 환경의 성격과 의미, 이병주 소설에 나타난 지역적 환경 조건의 경향과 이유, 그리고 그것이 잘 드러나는 대표적인 작품들을 개괄적으로 살펴보았다. 이병주 소설의 지역 환경은, 국내 및 해외에 걸쳐 두루 광범위하게 그 이야기의 울타리를 설정하고 있었다. 국내에서는 작가의 대표작으로 일컬어지는 역사 소재 장편소설들의 무대, 곧 하동 · 진주 · 부산 등이 생래적이고 체험적인 배경으로 도입되고 있음을 볼 수 있었다. 그리고 그 공간은 허구로서의 소설적 이야기에 사실성을 부여하는 효력을 발휘했다. 특히 이는 스스로 '실록 소설가'임을 자처하는 작가 이병주의 작품세계와는, 불가분의 관계에 있는 소설적 요소라 할 것이다.

해외 여러 대륙에 걸쳐 그야말로 종횡무진한 소설의 지역적 환경은 작가의 곤고한 체험과 지적 편력, 그리고 여행 경험을 바탕으로 하고 있으나 그의 관심이 집중된 작품은 결국 고난의 세월을 보낸 자신의 개인사 및 우리 근대사의 질곡과 그 형상이 닮아 있는 경우였다. 거듭 강조하자면 이 작가와 동시대의 작가 가운데 그처럼 광폭(廣幅)의 공간적 행보를 보인 작가가 드물었다는 측면에서 길이 그 의의를 새겨둘 만하다. 그것이 이 글로벌 또는 글로컬 시대에 있어서 우리 문학이 개척하고 추동해 나가야 할 길이기 때문이다. 이병주 소설의 넓고 유의미한 공간은 그 작품의 존재를 가능하게 하는 부력으로 작동하는 동시에, 이 작가를 그가 떠난 지 20여 년이 지난 오늘날에 있어서도 여전히 공들여 탐색하게 하는 까닭이 되기도 한다.

이병주 문학의 공간

정호웅

1. 적막강산에 서서, 적막강산 너머로

이병주의 장편 『망향』(경미문화사, 1978 ; 『여로의 끝』으로 이름을 바꾸어 1984년 창작예술사에서 다시 나옴)의 한복판에는 백석의 〈적막강산〉이 쓸쓸하게 자리 잡고 있다.

오이밭에 벌배채 통이 지는 때는
산에 오면 산 소리
벌로 오면 벌 소리

산에 오면
큰솔밭에 뻐꾸기 소리
잔솔밭에 덜거기 소리

벌로 오면

논두렁에 물닭의 소리
갈밭에 갈새 소리

산으로 오면 산이 들썩 산 소리 속에 나 홀로
벌로 오면 벌이 들썩 벌 소리 속에 나 홀로

定州 東林 九十여 里 긴긴 하로 길에
산에 오면 산 소리 벌에 오면 벌 소리
적막강산에 나는 있노라

다른 나라 다른 민족의 지배 아래 살아야 했기에 괴로웠고, 급속도로 진행되는 자본주의적 근대화의 소용돌이 속에서 마음 둘 곳을 찾지 못해 떠돌았던 천애유랑의 시인 백석의 내면을 압축하고 있는 풍경이다. 백석은 전근대적 주변부의 세계를 마찬가지로 주변부의 언어인 정주 방언을 사용하여 '고담(枯淡)과 소박(素朴)'의 아름다움으로 빛나는 곳으로 그림으로써 그 적막강산의 쓸쓸함을 견디고자 하였다.

방대한 이병주 문학의 밑자락에는 이 적막강산의 풍경이 자리 잡고 있다. 『망향』에서 이 시를 읊는 인물은 작가 이병주의 분신이라 할 수 있는 노성필인데 그는 다음처럼 말한다.

일제 강점기 병정에 끌려갔다가 구사일생으로 돌아와 보니 집안은 쑥대밭이 되어 있더라. 겨우 겨우 살림이라고 차려 놓으니 육이오의 폭탄이 다 쓸어갔다. 그 잿더미 속에서 살아났다 싶으니 형무소 신세. 그리고 보니 청춘은 다가고 마누라는 죽고, 기다릴 아무것도 없이 죽는 날만 바라봐야 하는 팔자. 그래도 이처럼 술을 마시고 웃음을 강작(强作)하고 살고 있는 거다.

-(『망향』, 174쪽)

전체적으로 보아 이병주 문학은 이 적막강산의 쓸쓸함을 견디며 그것으로부터 벗어나고자 하는 정신의 소산이다. 이병주 문학 속 인물들은 대체로 이 같은 정신을 끊임없이 다지고 벼리며 앞길을 열어 나아가는 의지의 존재들이다. 주인공을 비롯한 중심인물이 대체로 비범한 능력을 지닌 예외적 인물이라는 점, 현실의 구속에 갇혀 있지만 의식의 측면에서는 낭만적 초월자라 할 수 있다는 점 등은 이와 관련된 것이다. 그 나아감의 행로에서 그들이 머물게 되는 몇 주요 공간이 있는데 동경, 소주와 상해, 고향(하동과 진주) 그리고 지리산이다. 여기서는 그 공간들의 특성을 이 적막강산의 내면과 관련하여 살펴보고자 한다.

2. 동경

먼저 동경. 『관부연락선』의 주인공 유태림을 통해 이병주 문학 속으로 들어오는데, 이병주 문학 속 동경은 식민지 지식인의 자기반성, 이방인 의식 등과 관련되어 있다.

유태림은 이 작품에 등장하는 청년 지식인 가운데 단연 우뚝한 수재이다. 일본 유학생인데 동경에서의 그는 철저한 이방인이다.

이방인은 스스로를 주변에 세움으로써 중심의 문제점을 드러내고 비판할 수 있다. 그러나 그 이방인의 자발적인 주변인화가 자신의 존재성에 대한 반성적 성찰에 근거한 것이 아니라면 그것은 한갓 도피에 지나지 않을 것이다. 계속해서 자신을 뒤돌아 살피는 유태림은 이 점에서 도피자가 아니다.

> 나도 뭔가를 결정해야 한다. 아버지의 호의와 재산에만 편승하고 있는 안이한 생활 태도를 버리고 내 힘으로 내 생활을 지탱하여 살아나갈 수 있는 방법을 모색해야겠다. 우선 생활인으로서의 태도와 방향을 정해야겠다.
>
> 나는 망명인(亡命人)으로서의 내 숙명을 감상(感傷)하고 있었다.
>
> 코스모폴리탄이란 견식을 모방하고 민족과 조국의 절박한 문제를 회피했다. 에뜨랑제를 뽐내는 천박한 기분으로 안이하고 나태하고 비겁한 생활을 영위해 왔다. 22세라는 젊음을 특권인 양 왕자(王子)를 잠칭하고 세상을 속였다.
>
> -(『관부연락선』, 경미문화사, 1974, 438쪽)

일본 유학 시절의 자기반성이다. '생활인으로서의 태도와 방향' 모색, '민족과 조국의 절박한 문제'에 대한 관심으로 나아가는 이 철저한 자기반성은 유태림이 미친 역사의 물결에 휩쓸려 표류하게 되는 바람에 해방 될 때까지는 실천에 이르지 못한다. 그는 '용병'으로 중국 전선에 투입되었고, 살아 귀국할 때까지 죽음과도 같은 어둠의 세월을 견뎌야 했던 것이다.

비록 철저한 실천에까지 나아가지는 못했지만 유태림의 이 같은 자기반성은 그를 한갓 도피자가 아니라 감성과 정치의 시대현실이 지닌 문제점을 드러내고 비판할 수 있는 이방인일 수 있게 하였다. 이로써 『관부연락선』은 우리 소설에서는 찾기 힘든 '이방인의 문학'일 수 있었다.

그러나 이것만은 아니다. 스스로를 이방인으로 규정하고 이방인의 삶을 살고자 했던 유태림의 사유 가운데 고향과의 관계에 대한 것이 있어 이 희유한 이방인의 문학 세계를 더욱 깊고 풍성하게 만들었다.

고향으로 돌아가 농사라도 지을까 하는 생각이 일었다가 금방 꺼졌다. 너무도 터무니없는 생각이었기 때문이다. 나는 동경을 떠나선 살아갈 수 있을 것 같지 않다. 고향에 돌아가면 동경에 있을 때보다도 몇 갑절 더 강하게 스스로가 에뜨랑제라는 것을 느낀다. 동경에서 느끼는 에뜨랑제는 8백만의 인구 속에 살아가고 있는 미립자로서의 감미로운 겸손이 있다. 그런데 고향에 돌아가기만 하면 주위에 둘러치인 친화감에 적성(敵性)을 느껴 보는 오만한 감정 때문에 발광할 지경이 되는 것이다.

-(『관부연락선』, 439쪽)

식민지 지식 청년이 식민 본국의 수도에서 이방인임을 느끼고 인식하는 것, 나아가서는 그런 현실을 적극적으로 받아들여 이방인이고자 하는 것은 자연스럽다. 그 이방인의 의식은 대단히 복합적이다. 지배자에 대한 피지배자의 어쩔 수 없는 열패감과 거부감, 높은 수준에 도달한 근대적 문명의 현실 앞에서 그것에 대비되는 고국 현실을 떠올리며 가지게 되는 부러움의 생각과 열등감 등등이 뒤섞여 혼란스럽다. 이처럼 혼란스러우니 동경에서의 유태림은 불편하다. 그러나 다른 측면도 있다. 이 이방인을 거대한 도시인 동경은 '8백만 가운데 한 미립자'로서 용납한다. 게다가 동경은 근대성의 공간이니, 근대적 지식인인 유태림으로서는 편안할 수조차 있다. 더욱이 유태림은 세계인의 의식을 지닌 인물로서 마찬가지로 그런 의식을 지닌 근대적 지식인들과 함께, 그런 의식의 서식을 허용하는 교육 제도의 보호 속에서, 민족주의적 국가주의적 정열에 들떠 있는 동경을 비웃는 이방인으로서 자신을 높게 세울 수 있었다.

지금까지 살펴보았듯 유태림의 이방인성은 다층적이다. 이병주 문학에서 동경은 이처럼 다층적인 의식으로 어지럽지만 그러나 자신을 곧추세워 주장하고 지키는 이방인의 공간이다.

3. 소주와 상해

다음은 소주와 상해이다. 작가는 소주에서 일본군 병정 생활을 하였고, 일본의 패전 뒤 귀국길에 상해에서 머물렀다. 소주와 상해는 이병주 문학의 중심에 자리 잡고 있는 학병 체험의 중심 공간인 것이다. 이병주의 소설과 수필 곳곳에 등장하는 이 두 공간은 대체로 윤리의식과 관련되어 있다.

방대한 이병주 문학의 중심에 놓인 주요 체험 가운데 하나는 학병 체험이다. 이병주는 첫 소설인 「내일 없는 그날」에서 마지막 작품인 『별이 차가운 밤이면』에 이르기까지, 소설과 수필 곳곳에서 자신의 학병 체험을 바탕으로 한국 현대사의 난제 중 하나인 학병 문제를 거듭 다루었다.

학병 문제를 바라보는 작가의 의식은 크게 일본이 내세운 전쟁 명분에 동의하지 않았다는 의식과 자기부정의 의식으로 나눌 수 있다. 앞의 것은 다시 반전 의식과 이단자 의식으로 변주되고, 뒤의 것은 자기 처벌의 의식, 자기 연민의 의식으로 변주된다.

먼저 반전 의식. 어떤 일이 있어도 총을 들지 않겠다는 다짐에 응결되어 있는 이 반전 의식은 일본이 일으킨 전쟁에 대한 근본 부정이다. 그러나 실제 현실 속 그는 끌려와 전쟁의 거대한 소용돌이에 휩쓸린 한갓 병졸에 지나지 않으니 그에게 가능한 것은 상상적 실천일 뿐이다. 이단자 의식이 그를 상상의 세계로 초월할 수 있게 한다.

대학에 다니던 동경 시절부터 가꾸어 온, 그것으로 자기 삶의 지주로 삼고자 했던 이방인 의식이 소주 성벽 위에서 이단자의 의식으로 나아갔다. 그 이단자의 의식은 보들레르처럼 세상사람 모두를 짐승이라 규정해 버리고 그 반대 자리에 자신을 세우는 '오만'을, 도스토옙스키처럼 '죽음의 집'의 고통을 '감쪽같이' 견디는 비범한 의지를 자신의 내부에 세우고자 하는 바람의 소산이다. 그 같은 오만과 의지를 자신의 내부에 세울 수 있다면 그는 어떤 것도 견디고 어떤 것으로부터도 자유로운 존재가 될 수 있다.

일본의 전쟁 명분에 동의하지 않았지만, 그럼에도 불구하고 이병주 소설 속 조선의 청년 지식인들은 학병에 지원하여 전쟁에 나아갔다. 주목할 것은 그들 어느 누구도 자신의 그런 행위를 자신의 책임으로 껴안는다는 점이다. 비윤리적임을 알면서도 그랬으니 자신의 책임이라는 것이다. 이 점에서 이병주 문학은 비윤리적임을 알았지만 강제 때문에 어쩔 수 없었다는 상황론, 황도사상에 깊이 세뇌되어 비윤리적임을 몰랐기 때문에 그것이 황국신민 된 자의 마땅한 책무라 생각하였고 그래서 자발적으로 나아갔다든가 하는 세뇌론과는 다르다.

이병주의 인물들은 이 자기책임론을 딛고 다시 자기 처벌론으로 나아가는데, 자기책임론과 자기 처벌론의 핵심어는 '노예'이다. 자신이 노예라는 생각은, 사람이 아니기에 "죽음조차 없"는 존재라는 것, 그러므로 죽을 때 "유언이 없어야 한다"는 것, 또 그러므로 다만 "멸하여 썩어 없어질 뿐"이라는 전적인 자기 부정의 생각을 낳는다. 그 아래 놓인 것이 가차 없는 자기 처벌의 의식임은 물론이다.

이는 이병주 문학에 나오는 학병 또는 학병 출신의 인물들이 자신을 비판적으로 성찰할 때나 타자를 비판할 때 가장 많이 사용하는 단어가 '비겁'과 '비열'이라는 것과 깊이 관련되어 있다. 이에 이르면 우리는 이병주 문학이 다루는 조선인 학병 문제의 핵심이 개인의 윤리 문제임을 알 수 있다. 그들은 내부의 노예근성 또는 노예의식에 이끌려 학병에 나갔는데 그것은 비겁하고 비열한 행위라는 것, 그러므로 그들은 "노예 같지도 않은 노예"로서 죽을 자격도 없는 존재라는, 자기 부정과 자기 처벌에 나아가는 윤리적 자기비판론이 그들이 내부에서 솟아오르게 된 것이다.

이병주 문학에 나오는 조선인 학병 지원자가 자기 처벌에 나아가는 이유는 또 있는데 지식인으로서의 책무를 저버렸다는 점이 그것이다.

노예였다는 것, 지식인의 책무를 저버렸다는 것 등을 이유로 자신을 처벌하는 인물을 통해 이병주 문학은 학병 문제를 근본 윤리의 차원에서 성찰할 수 있었다. 앞에서 살폈듯이 이 같은 자기 처벌의 윤리의식은 학병으로 지원한 것을 부정하는 의식이 낳은 것이다. 그런데 이런 부정 의식은 다른 한편 자기 연민을 낳기도 하였으니, 이 점을 지나쳐서는 학병 문제와 관련된 이병주 문학에서의 윤리의식을 충분히 이해할 수 없다. 작가의 말을 들어보자.

> 한편 우리의 세대가 얼마나 어려웠던가를 생각하고 자기 연민에 빠지는 경우도 있다. 우리는 역사의 고비마다에서 거센 바람을 맞았다. 3·1운동의 소용돌이를 전후해서 이 세상에 태어나선 일제의 대륙 침략의 회오리 속에서 소년기를 지나 황국신민의 서사를 외면서 청년 시절을 보냈다. 체제 내적인 노력에 있어서도 위선을 배웠고 반체적인 의욕을 가꾸면서도 위선을 배워야 했던 바로 그 사실에 우리 청춘의 불모성이 있었고, 누구를 위하고 누구를 적으로 할지도 모르는 용병이 될 수밖에 없었던 바탕이 있었던 것이다.
>
> –(〈청춘을 창조하자–과거엔 우리는 젊음이 없었다〉, 『1979년』, 세운문화사, 1978, 215~6쪽.)

학병동지회에서 펴낸 『1·20학병사기』에 발표된 글인데 '위선'과 '청춘의 불모성'이라는 말이 섬뜩하다. 1920년 전후에 태어나 일본 군인으로서 참전해야 하는 등 험한 세월을 건너 간신히 살아남은 작가 세대의 정신과 삶에 대한 깊은 통찰이라 할 것인데, 이 아래 놓인 것은 자기 연민의 의식이다.

이병주 문학은 학병 문제를 윤리 차원에서 깊이 파고듦으로써 광기와 폭력의 지난 역사를 증언하고 비판하였다. 그 중심에 식민본국 일본의 국가권력에 덜미 잡혀 끌려간 식민지 출신 병졸로서 견뎌야 했던 소주와 상해 공간이 놓여 있다.

4. 고향

다음은 고향이다. 이병주의 고향인 하동군 북천은 지형적인 이유 때문에 하동읍보다는 진주시와 보다 밀접하게 관련되어 있는데, 사회문화적인 측면에서 볼 때 진주가 중심인 서부경남권에 속한다고 할 수 있을 것이다. 그러므로 이병주 문학 속의 고향은 북천과 진주를 두 중심으로 하는, 지리산 남쪽 자락에 넓게 열린 지역이라 보는 것이 실제에 가깝다. 수백 년 세거해 온 선조의 터전이며 태어나 유소년기를 보낸 곳이고, 초등학교와 중등학교를 다닌 곳이며, 한때이긴 하지만 직장 생활을 했던 곳이니, 당연하게도 이 공간은 이병주 문학에 가장 자주 등장하며 그 의미 또한 대단히 다양하다. 여기서 그 전부를 살필 수는 없는 것, 『관부연락선』을 통해 이 공간의 한 측면을 살펴보고자 한다. 하나는 일제 강점기에서 해방공간에 이르는 혼란의 현실에 대한 비판의식과 관련된 것이다.

이병주의 『관부연락선』은 1940년에서 1950년까지, 해방 전후 10년간을 다룬 작품이다. 엄청난 격동기인 만큼 이 시기를 살았던 대부분의 한국인들은 체험의 불연속성, 이에서 비롯된 자기동일성의 혼란을 겪어야 했다. 그 현실을 자신의 직접 체험을 넘어 이해하기 어려웠던 근본 원인은 이것이다.

이 시기를 다룬 소설의 대부분은 개인이 겪은 특수 체험 한 두 토막을 담아내거나, 주관적 신념 토로에 그친 것은 이와 무관하지 않다. 1930년대 후반에서 해방 전까지의 일본 유학생 체험, 학병 체험, 어느 한쪽의 선택이 강요되었던 해방에서 한국전쟁에 이르는 기간 중도적 지식인으로서 견뎌내야 했던 힘든 시간들에 대한 구체적 증언을 통해 이 격동의 시기를 폭넓게 재현한 『관부연락선』의 사적 의미는 대단히 크다.

『관부연락선』의 주인공에게 고향은 애증의 대상이다. 그 고향은 존재의 모태이니 한없이 편안하다. 온통 친화감으로 둘러싸인 곳이니 더욱 그렇다. 그러나 이 공간은 봉건성에 깊이 침윤된 잿빛 세계임에 이미 근대성을 육화하고 있는 그로서는 너무나 불편한 곳이기도 하다. 게다가 동경에 대비된 그 전근대의 남루함이란 견디기 어려운 치욕이다. 그는 고향에 대한 애증의 이중심리로 괴롭다. "나는 등지지 않기 위해서 고향관 떨어져 있어야겠다."는 그의 생각 속에 들어 있는 것은 이 같은 애증의 이중심리이다.

고향에 대한 이같은 이중심리는 해방공간의 혼란 속에서 전혀 다른 것으로 바뀐다. 그는 이제 광기에 가까운 감성과 절대적 정당성에 대한 확신으로 스스로를 가둔 이념이 휩쓰는 감성과 정치의 시대가 연 새로운 현실 속에서 살아야만 하는 처지에 놓였으니 그렇다. 합리적 이성주의자이고 중도적인 지식인인 그는 그런 현실에 스스로를 소외시킨다. 스스로를 소외시킨 그를 이끈 것은 '아버지'가 상징하는 고향의 부성(父性)이다. 고향이라는 공간 중심에 자리 잡은 이 부성이 그를 이끌어 저 격동하는 모순과 혼란의 현실에 맞서게 하였다. 그는 교사의 자리에 서서 구분과 배제의 메커니즘이 지배하는 현실 속 위태로운 어린 생명을 감싸 안으려는 포용의 정신, 유토피아를 향하는 열정을 좇아 전통과 과거를 부정하는 의식이 지배하는 현실에 맞서 그것들을 이어받고 그것들 위에서 미래를 모색하려는 정신, 이데올로기가 지배하는 현실을 등지고 이데올로기 중립적인 근대 교육 제도와 지식 체계를 옹호하려는 정신 등을 실현하고자 하는 의지이고 그것의 실천이다. 그런 그는 현실과 불화할 수밖에 없는데 그가 내내 이방인으로 살아가며, 마침내는 그 비정한 현실의 폭력성에 치여 행방불명되고 마는 것은 한 시기 한국사의 전개에 대한 근본 비판을 실현한다. 이에 이르러 고향은 지난 역사 과정에서 소홀하게 다루어지기도 했고 때로는 부정되기도 했던 '아버지'의 정신과 태도를 품고 있는 소중한 공간으로서 지난 역사에 대한 비판적 성찰을 가능하게 하는 공간이라는 의미를 얻게 된다.

5. 지리산

다음은 지리산이다. 대하소설 『지리산』의 중심인물 박태영을 통해 지리산이라는 공간이 지니고 있는 의미를 읽을 수 있다.

박태영은 초일한 능력을 지닌 인물이다. 『지리산』의 서사를 주도하는 또 한 사람의 중심인물인, 동경제대를 다닐 정도의 놀라운 수재인 이규의 재능은 그 앞에서 빛이 죽을 만큼 그는 뛰어난 재능의 소유자이다. 모든 사람들이 그런 그를 서슴없이 천재라 부른다. 그는 또 어떤 상황에서도 자신의 주인됨을 견지하고자 하는 인물이니, 황도주의와 군부 파시즘의 거센 돌풍이 불어닥쳐 "모두가 타세(惰世)에 휩끌려 자기를 잃어가는 흐름 속"에서 태영은 "나는 결단코 왜놈의 노예가 되지는 않을 끼다. 그들이 하는 전쟁에 어떤 의미로든 협력하지 않을 끼다."라는 생각으로 지리산 속으로 숨어들었다. 이런 그를 친구인 이규는 "태영만은 자기의 개성을 주장하고 있는 것 같다"라고 말한다. 요컨대 박태영은 상황에 휘둘리며 갈팡질팡 헤매는 보통의 사람들과는 확연히 구별되는 확고한 주체성의 존재이다.

이 확고한 주체성의 인물이 압도적으로 군림하여 소설 『지리산』의 중심 공간인 지리산은 그의 강렬한 개성이 지배하는 박태영의 공간이 된다. 그의 개성은 주변의 모든 것을 빨아들여 그 구체성을 무화하고 말 정도로 강렬하다. 여순반란사건이 혁명의 동력을 고갈시킨, 남로당 지도부의 영웅주의적 모험주의의 소산으로 파악한 박태영이 "조선놈은 공산당을 할 자격조차 없다."는 결론을 바탕으로 "나 혼자만이 걸을 수 있는 길을 찾아야겠다."는 결의에 이르는 것이 이를 잘 보여준다. 그는 강한 책임의식을 지니고 있는데 이 또한 그의 확고한 주체성과 관련된 것이다. 1945년 10월 10일, 이현상의 술책에 말려 공산당원이 된 이래, 공산주의자로서 해방공간의 혼란기와 6·25전쟁 시기를 성실히 살고자 했던 박태영은 자신의 그런 이력을 완전히 부정하고, 잘못된 길을 걸었던 자신을 고문하는 철저한 자학의 삶을 살게 되었다. 자신의 길은 자신의 판단과 의지에 따라 결정해야 하며 그 결정에 대한 책임을 끝까지 져야만 한다는 생각이다. 자신의 선택을, 자신의 삶을 변명하거나 회피하지 않고 철저히 문제 삼는 이런 태도가 그를 특징짓는 확고한 주체성과 관련된 것임은 물론이다. 이처럼 확고한 주체성의 인물이 지배하는 공간인 지리산은 그 반대쪽에 자리한 비주체성 또는 물주체성의 정신과 태도에 대비되어, 그것들을 비판하면서 우뚝 솟아 빛나는 주체적 정신과 태도의 공간이다.

소설가 이병주, 혹은 1971년 로마의 휴일

송희복

1

소설가 이병주는 소설 창작에서도 다작으로 잘 알려져 있지만 산문적 글쓰기에서도 왕성한 필력을 뽐내었던 사람이었다. 일세를 풍미했던 다작의 문필가요, 소설과 비소설의 문지방을 넘나든 다상량의 사색가였던 것이다. 이번에 서책의 형태로 간행된 『잃어버린 시간을 위한 문학적 기행』은 형식적으로나 내용의 면에 있어서 좀 특이한 글이라고 할 수 있다. 이것은 소설적 형식의 기행문으로 씌어졌다. 그러나 이것이 비록 소설적 형식의 글이라고 해도, 또 기행문이라기보다는 자전적인 삶의 기록을 염두에 둔, 어디까지나 논픽션의 산문적 글쓰기이다. 다소 부정적인 관점에서 말할 때 이것은 소설이 아니라 잡문의 일종이다. 잡문에 지나칠 정도로 결백증을 갖고 있는 황순원 같은 작가도 있지만, 작가 중에서 잡문이라고 하면 이병주를 따를 자 아무도 없었다. 그의 잡식성 글쓰기는 경지에 도달한 감을 주고 있다. 어쨌든 잡문을 굳이 문학의 장르 속으로 끌어들인다고 생각할 때 수필의 영역에 끌어들일 수밖에 없을 것이다. 물론 수필이라고 하면 단형의 에세이 유로 생각하는 사람들에겐 또 적합하지 않는 면이 있다.

2

본고의 대상이 된 이병주의 글 『잃어버린 시간을 위한 문학적 기행』은 네 편의 연작으로 된 기행문(학)이다. 그는 두 차례에 걸쳐 이탈리아의 수도 로마에 다녀왔다. 그리고 1980년대 어느 시점에 이 글을 지상에 발표한 듯싶다. 아마 발표는 연재 형식으로 이루어진 것 같다. 나는 이것이 서책의 형태로 공간되는 지금의 시점에서 이 글의 서지적인 정보 상황을 전혀 알지 못한 채 해설 원고의 청탁을 받았다.

『잃어버린 시간을 위한 문학적 기행』은 옴니버스의 형식으로 구성되어 있다. 그 첫 번째 작품이 「호사스런 폐허의 매력」이다. 여기에는 소설가 이병주가 1971년에 로마에 오게 된 내력과, 로마 문명을 바라보는 관점이 자유로운 필치로 서술되어 있다. 그가 로마에 오게 된 것은 그와 권력 간의 달콤한 거래(타협)가 개입된 정치적인 이해관계를 배경으로 한다.

주지하듯이 소설가 이병주는 1960년대에 정치적인 문제 인물이었다. 그는 반정부적인 언론인으로서 투옥되어 복역하였고, 그 후 사면을 받은 이후에는 「소설 알렉산드리아」로 재등단하여 본격적인 작가 생활에 접어들었던 것이다.

그가 1971년에 로마에 가게 된 시점은 대통령 선거 기간과 맞물려 있었다. 한때 정치범이었던 그는 권력으로부터 '헤엄을 쳐서 나간다면 모르되 그러지 않고선 절대로 당신을 해외에 내보낼 수 없다'는 말을 들었다. 그런 그가 쉽게 로마로 올 수 있었던 데는 불법적이고 초헌법적인 3선개헌을 감행하려는 박정희 정권이 겁 없이 지껄이고 글을 쓰는 불평분자 즉 반체제 지식인을 선거 기간 동안에 외국에 추방하는 게 낫겠다는 정치적인 의도가 전제되어 있었다. 이 덕분에 그는 불가능해 보였던 해외여행을 할 수 있었고 또 그 역시 당선이 필지의 사실인 권력의 눈 밖에 난 행동을 함으로써 일신의 위험을 무릅쓸 필요성이 없었던 것이다. 어쨌든, 그가 로마의 폐허를 보고 느낀 감회는 남달랐다.

> 석양을 달아 원주(圓柱), 돌, 풀들이 그늘을 동반하여 선명한 그림이었다. 2천 년 저편으로 사라져 간 영화의 편편(片片). 폐허가 이처럼 호사스러울 수 있을까. 문명의 호사가 폐허를 통해서만 비로소 빛날 수 있다는 것은 역사란 원래 허망(虛妄)의 바닥에 놓인 수(繡)와 같은 것이기 때문이다.
>
> 우리 경주엔, 우리 부여엔 폐허마저 없다는 생각이 들었다. 유적은 있으되 폐허가 없다는 것은 폐허를 남길 문명의 무게가 없었다는 뜻으로도 된다. 포로 로마노의 폐허는 남기지 않을래야 남기지 않을 수 없는 폐허이다. 이를테면 아직도 그 폐허는 발언권을 가지고 있다.

로마에 대한 이병주의 첫인상이랄까, 지적 성찰은 폐허에 대한 아름다움과 역설의 현란함을 보여주고 있다. 그런데 그의 글 행간에 자신의 성찰이 자조적인 시각이 배여 있기도 하다. 지천으로 열려 있는 경주와 부여의 폐허가 그의 눈에 비친 호사스러움에는 미치지 못해도 우리에게도 충분하다는 것. 폐허를 남길 문명의 무게가 과연 없었을까 하는 상대적인 기준에 대한 의문이 남는다는 것. 그의 생각의 밑바닥에는 1960년대 서구인들이 본 아시아관이 깔려 있지 않는가 하는 것…….

서구인들의 대(對)아시아관은 아시아가 가난 · 무지 · 질병 · 허약 · 왜소 ·

미신 등의 만성적인 후진성의 대명사 그 자체였다. 이병주가 로마에 가서 로마의 폐허를 찬미하고 여기에서 비롯된 유럽 정신이 지닌 위대함의 주형(鑄型)을 이루게 되었음이 40년이 지난 오늘날에도 과연 이르고 있는가? 지금 과잉 복지의 정책으로 휘청대고 있는 유럽이 아닌가? 아시아는 아직도 만성적인 후진성의 늪에서 허덕이고 있는가? 대국굴기의 기치 아래 초강대국으로 다가서고 있는 중국과, 강소국을 지향하는 한국 · 대만 · 싱가폴……. 이병주의 1971년 식의 로마관은 아무래도 1950년대 한국 지식인 사회에 퍼져 있었던 전통단절론과 결코 무관하지 않는 것 같다.

두 번째 작품은 「문학의 절실성」이다.

이병주는 1971년 로마에 체류할 때 낯선 이방인과 친교를 맺게 된다. 우선 만나 알게 된 사람은 마크다. 마크는 우리 식의 나이로는 갓 스물의 대학 1년생이다. 그는 마크로부터 그의 어머니인 켈리를 소개받는다. 켈리는 여배우 에버 가드너를 닮은 요염한 풍정(風情)의 중년 여인이다. 문학을 애호하는 교양 있는 미국의 여인과 한국의 중년 작가가 만나 자연스럽게 문학에 관한 얘깃거리를 주고받는 것은 자연스러운 일일 것이다. 여인이 구사하는 언어의 수준은 매우 소피스티케이트하고 치밀했다. 두 사람이 괴테의 이탈리아 기행시 한 편을 두고 벌인 토론은 무척 인상적이고 수준 또한 높다.

> 로마를 떠나려고 하는
> 마지막의 밤!
> 슬픈 거리의 모습을 다시 한 번
> 마음속으로 거닐며
> 그리운 수많은 것들을 버린
> 밤과 밤을 생각하곤

쏟아져 흐르는 눈물의 방울방울을 어떻게 할 수 없구나
그 밤.
사람 소리도 개 짖는 소리도
잠잠해 버리고
루미나(月姬)만이
밤의 수레를 타고 하늘 높이
지나가더라.
아아, 나는 그것을 보고……

켈리는 이병주에게 이 시를 읽어주었다. 이병주는 '괴테는 위대하지만 절실하지 않다'라고 말한다. 두 사람 사이에 있었던 얘기의 요지는 이렇다. 켈리가 말하기를, 위대한 것이 절실한 것인 줄 알았는데, 당신 얘기를 들어보니 뭔가 석연해지고 무슨 획일적인 기분에서 풀려난 것 같다. 이병주의 말. 셰익스피어도 마찬가지다. 셰익스피어는 위대하지만 그의 작품들이 절실성의 측면에서는 안톤 체홉의 단편소설에 미치지 못한다. 켈리는 그의 말에 공감하면서 문학의 절실성은 다름 아니라 체험의 절실성이 아니겠냐고 반문한다.

이병주가 로마에 머물 무렵에 평소 지인인 영화배우 최은희도 로마에 머물고 있었다. 그는 최은희와의 만남도 가졌으나, 비록 최은희가 1950년대 이래 한국을 대표하는 주연 배우일지라도 『잃어버린 사건을 위한 문학적 기행』에서는 조연에 불과하다. 이 작품 속에서는 남녀의 주인공이 어디까지나 이병주와 켈리였다.

세 번째 연작 「로마의 휴일」에 이르면 극적인 반전이 이루어진다.

주지하듯이, 「로마의 휴일」은 한 나라의 공주가 잘 생긴 기자와 우연히 만나 신분을 감추며 바람이 나게 된 얘기로 엮어진 영화다. 이병주가 작품의 제목을 '로마의 휴일'로 정한 것도 까닭이 있다. 그가 미국 중산층 백인여성으로서 유부녀이기도 한 켈리와 제3국인 이탈리아 로마에서 만나 불륜 행각을 벌인 곳이 바로 로마이기 때문이다. 휴일은 일상으로부터의 일탈을 의미하는 것. 가벼운 바람기에서 육체적인 불륜까지 포괄하는 개념이다.

> 클레오파트라처럼 당당하게 군림하기 위해 이 세상을 태어난 것 같은 여성이 이처럼 수줍은 소녀가 될 수 있다는 것은 확실히 놀람이 아닐 수 없었다.
>
> ……
>
> 로마의 봄밤은 의외로 짧다.
>
> 커튼이 희부옇게 떠올랐다.
>
> "마크가 깨기 전에 가야지."
>
> 하고 켈리는 침대에서 내려가 옷을 입기 시작했다. 박명(薄明) 속에 탐스런 여체가 움직이는 것이 꿈속의 정경과 같았다.
>
> "11시에 전화할게요."
>
> 이 말을 남겨 놓고 켈리는 도어 저편으로 사라졌다.

이병주는 켈리와의 불륜에 대한 복선을 이미 깔아놓고 있었다. 그가 묵고 있는 호텔 아란치(오렌지)를 두고 글의 첫머리에 '남의 눈을 두려워하는 남녀의 밀회 장소로서 어울릴 것 같은 비밀스러운 분위기다.'라고 밝히고 있듯이 말이다. 또 그는 '로마에선 음탕도 예술이다'라는 세네카의 말을 인용하고 있지 않았던가?

최근에 세간에 화제가 된 또 하나의 '로마의 휴일'이 있었다. 이병주가 '로마의 휴일'을 향유할 즈음에 영화배우 신성일은 아나운서 출신의 미모의 여인

김영애와 운명적인 외도를 즐겼다. 이 두 사람의 관계는 오래 가지 못했다. 신성일에게 엄연하게 처자가 있었기 때문이었다. 또 당시 최고의 배우로서 철저한 자기 관리가 무엇보다 필요했다. 그들은 유럽 전역을 돌아다니며 이별 여행을 한 후 일본 동경의 국제공항에서 헤어졌다. 한 사람은 미국으로 갔고, 한 사람은 귀국했다. 신성일의 '로마의 휴일'은 공포되기까지 정확히 40년이 걸렸다. 그러나 이병주의 그것은 10여 년 만에 글로써 까발려졌다. 작가가 배우보다 열린 생각이 30년 정도 앞서가야 하는 것은 맞다.

이병주의 불륜이 충격으로 받아들여질 수 있는 얘깃거리이기도 하겠지만, 그는 불륜 정도의 사생활을 수용할 수 있을 만큼 스케일이 큰 인물이기도 하다.

『잃어버린 시간……』은 기승전결 식의 구성으로 된 글이다. 마지막 작품인 「어쩌다 그렇게 된 걸까요」는 기승전결 중에서 결에 해당한다. 여기에 이르면, 그가 자신의 엽색 경험을 고백한 것에 대한 사실을 호도하기 위한 문학적인 분식의 장치가 마련된다. 물론 자신이 정당성이 부여된 것은 정치범으로서의 자기 해명 같은 것이다. 그는 켈리와 10년 이상 교제를 했다. 직접 만나기보다는 우편물로 통한 의사소통이었다.

왜 당신이 감옥에 가지 않으면 안 되었나?

이병주에 대한 켈리의 궁금증은 10년이나 지속되었다. 그는 3개월에 걸쳐 쓴 장문의 글 · 타이프 용지 백 장 정도의 분량을 써 보낸다.

그가 신문사 주필로 재직하고 있을 때 5 · 16 군사혁명이 일어났고, 쿠데타 세력은 「조국의 부재」와 「통일에 민족의 역량을 집결하라」라는 제목의 과거 논설을 들추어내어 그를 불온한 용공주의자로 지목해 투옥했다. 이 사건을 중심으로 그가 살아온 내력을 써 보냈던 것. 이 얘깃거리는 소설 『그해 5월』에서도 형상화되기도 했다. 그는 이 사건을 계기로 '나라의 성원 대다수가 민주적 인격과 능력을 갖추었을 때 비로소 민주주의는 가능하다'는 소신을 갖게 된다. 그의 정치관은 이 관념에서부터 자유로울 수가 없게 된 것이다. 10년 후가 그가 다시 로마에 갔을 때 켈리에 대한 향수의 감정이 외로움으로 남게 되어 '당신 없는 로마는 로마가 아니었다'라는 상념에 빠지고 만다. 불륜의 경험 치고는 매우 로맨틱한 성격의 불륜의 경험이었던 것이다.

3

본고의 대상이 된 이병주의 글 『잃어버린 시간을 위한 문학적 기행』이 지닌 또 다른 의미가 있다. 다름이 아니라, 여기에는 자신의 자전적인 삶의 내력이 적잖이 할애되어 있다는 것. 과문한 탓에 잘은 모르겠으나, 이른바 여타의 잡문류 글에서는 그의 성장기 얘기는 그다지 많지 않다고 여겨진다.

그의 할아버지는 면암 최익현과 교유가 있었고, 그는 두 사람이 지리산에 올라 작시의 기록을 남긴 것을 소중하게 간직하기도 했다. 그의 집안은 경남 하동 지역에선 8형제 8천 석으로 소문이 나 있었다. 그는 유복하게 성장했다. 안남골(安南谷)에 자리잡은, 산정(山亭)을 곁들인 대궐 같은 집에서 유년기와 소년기를 보냈다. 그러나 3·1운동에 관여해 대구 감옥에 수감된 중부를 구출하기 위하여 진주에 사는 일인 고리대금업자 시미즈(清水)란 자에게 자금을 끌어들이면서 가세가 점차 몰락해 간다. 그는 가학으로 전통 한문교육을, 제도적으로는 일본식 황국신민화 교육을 받았다. 그가 어릴 때 백부로부터 『추구(秋句)』라는 책을 배울 때 모두 문인 '천고일월명(天高日月明), 지후초목생(地厚草木生)'부터 지적인 호기심을 갖는다. 이 뜻의 깊이를 알기 위해서는 성장하면서 서양의 학문을 배워야 함을 깨닫게 되었던 것이다. 그가 훗날 동서양을 아우르는 박람강기의 문필가로서 일세에 풍미한 것도 어릴 적의 교육의 힘이거나 지적인 호기심에서 비롯된 것이 아닐까 한다. 이와 관련하여 『잃어버린 시간……』에서 이병주 풍의 어록 하나 다음과 같이 남기고 있다.

> 동양의 웅장한 지적 풍경을 거시적으로 조명하기 위해선 유럽인이 고안한 망원경을 빌려야 하고, 동양의 그 치밀한 정신의 무늬를 미시적으로 관찰하기 위해선 역시 유럽인이 창안하여 만든 현미경을 빌려야 하는 것이다.

그의 『잃어버린 시간……』에서 세 번째 작품에 해당하는 「로마의 휴일」에선 그의 첫사랑에 관한 얘기가 꽤 자상하게 기록되어 있다. 그는 고향 예배당에서 만난 연상의 여인은 누님뻘 처녀였다. 그는 지금으로 볼 때 초등학생 시절 때 여고생을 짝사랑했던 것. 이 여인과의 인연은 한참 이후에 마산에서 우연히 만나 다시 알게 된다. 그녀의 아들이 서울대 의대를 졸업한 의사로서 자신의 지인이 되게 된 내력도 밝혀놓고 있다.

인간 이병주는 역마살이 낀 사람인지 모른다.

그의 인생유전은 드라마틱하다. 그는 소학교 시절부터 고향 북천면에서 양보면으로 유학해야 했다. 그 후 진주에서 학업이 이어지고, 일본 유학생과 중국 학도병으로서의 삶을, 해방 이후에는 부산과 서울 등지에서 교원, 언론인, 전업 작가로서 삶도 영위했다.

그의 삶이 극적이었듯이 그의 사상도 다양했던 것으로 생각된다. 친일은 아니지만 일본 문화에 우호적이었고, 좌파 논객은 아니지만 약간의 아나키스트적인 면모도 보여주었고, 정치적인 면에 있어서는 본질적으로 리버럴하였지만 만년에는 좀 우경화의 성향을 보여준 감도 있었다. 그는 정치권력과 늘 맞섰다. 그에겐 살아오면서 일제(日帝), 좌익, 박정희 등의 정치권력과 만났으나, 결정적으로 순응하지도 투쟁하지도 않았다.

이번에 서책의 형태로 공간된 『잃어버린 시간을 위한 문학적 기행』은 그의 극적인 삶, 다양한 사상 등의 숲에 놓여 있는 하나의 나무 정도로 읽혀져야 할 것이다. 그런 점에서 그에 관한 한 결락된 부분을 보충하고 있다는 의의가 여기에 내포되어 있는 것이다.

이병주의 「예낭 풍물지」에 나타난 공간 소요

해이수

1. 공간 보행

고대 그리스 학자들은 천장의 높이가 의식의 높이를 좌우한다고 믿었다. 특히 신전과 학당의 기둥은 유독 웅장하고 우아했다. 그들은 그 기둥으로 떠받친 천장을 삼각형의 맞배지붕으로 만들어 내부를 확장시키고 신의 형상을 보존했다. 그 기둥의 높이는 센티미터로 계산되는 건축물의 높이가 아니라 그들이 지향하는 정신적 높이이자 이데아의 높이였다. 공간이 그 안에 깃든 사람의 의식에 어떤 영향을 주는지 그들은 일찍이 간파했던 것이다.

흥미롭게도 인간의 영감이란 어느 정도 한정된 영역이 아니면 활성화되기 어렵다. 그 어떤 자유로운 상상력과 창조성은 오히려 어떤 제한된 장소를 필요로 한다. 우리가 영원한 사랑을 고백할 때 동원하는 것은 우주 전체가 아니라 바로 빛나는 한 개의 별이다. 다시 말해, 어떤 공간은 영감을 불러오고 영감은 그 공간 안에서 활성화 된다. 따라서 공간은 작가의 영감과 긴밀한 연관을 맺고 있으며, 특별한 영감은 때로 특별한 공간을 요구하기도 한다.

굴곡진 역사현장을 온몸으로 통과하며 다사다난한 삶을 영위했던 나림

(那林)의 작품 무대는 국제적이라 해도 과언이 아니다. 단행본 80여 권을 남긴 방대한 작업분량만큼 백화난만한 그의 소설 세계에서 유독 문학적 조명을 받은 작품에는 제목 자체에 공간의 상징성이 강하게 내포된 경우가 많다. 1965년 〈세대〉에 발표한 중편 「소설 · 알렉산드리아」를 비롯하여 『관부연락선』(1970), 「예낭 풍물지」(1972), 『지리산』(1985), 『산하』(1985) 등이 그러하다. 특히 〈세대〉에 발표된 중편 『예낭 풍물지』는 작가의 고향인 하동의 지역 풍물을 상세히 드러내고 있다.

「예낭 풍물지」는 정치범으로 10년형을 언도 받고 결핵으로 인해 5년 남짓의 형기를 마친 30대 인텔리 남성의 고향 배회기(徘徊記)로 요약된다. 수감 기간 동안 집과 가족을 잃고 결핵균을 얻은 주인공은 생선좌판을 벌이는 홀어머니에 의탁하여 하릴없는 나날을 보낸다. 집 안에서는 떠나간 아내를 주인공으로 하는 공상을 이어가고 집 밖으로 나서면 조우하는 자연과 이웃의 인물 군상을 통해 질병과 제도, 가족과 사랑의 면모에 대해 탐색한다.

라이너 마리아 릴케의 『말테의 수기』(1910)에 이어 박태원의 「소설가 구보 씨의 일일」(1934)의 연장선상에 놓인 이 중편은 첨예한 서사의 갈등보다는 프로타고니스트의 한가로운 보행의 궤적을 따라 이야기가 전개된다. 또한 주인공은 당대 그 지역의 풍물을 레코딩하는 카메라와 같은 역할을 담당한다. 그의 발걸음은 도시의 이곳저곳을 '회색의 입자'로 부유한다. 그가 보는 것과 생각하는 것은 파편적 수기의 형태로 저장되고, 이 파편이 가리키는 일련의 방향은 작가의 의중을 드러내는 지침으로 작용한다. 본고는 이러한 주인공의 보행을 통해 지역 공간을 드러내는 세 가지 시선에 초점을 두고자 한다.

2. 공간 묘사

보행자는 그 지역의 움직이는 개별적 반사체(personal reflector)로 작용한다. 그는 만나는 사람과 사물 그리고 장소에 대해 보고 듣고 느낀 것을 가능한 객관적으로 반영하여 기록한다. 이는 요즘처럼 통신수단이 발달하지 않은 18세기 말엽, 이탈리아의 명화와 풍물을 바이마르 공국인에게 문장으로 옮겨서 연상케 하는 괴테의 에크프라시스(ekphrasis: verbal transformation of visual object)와 다름없다. 다시 말하면, 주인공의 시야에 일차적으로 포착된 시각적 표상에 대한 언어적 표상으로의 전환 행위이다.

> 중고품 라디오를 두 대쯤, 먼지가 뿌옇게 쌓인 진열창에 내어놓고 그 진열창의 유리는 비스듬히 금이 갔는데, 그 금이 간 부분에 꽃무늬 모양으로 도린 종이를 발라놓고도 상호는 우주전파사(宇宙電波社)라고 했다. 우주전파사의 주인은 점방 깊숙한 곳에 잡동사니를 쌓아놓은 책상을 앞에 놓고 하루 종일 앉아 있다.
>
> (pp.170-171)

> 위치는 예낭 동단의 절벽 위로 작정했다. 모양은 중세의 영국식이어야 하고… 성을 둘러쌀 성벽엔 창연한 이끼가 끼었어야 하고 한쪽 성벽엔 언제나 거센 파도가 쉴 새 없이 부딪쳐야 한다. 성 위엔 언제나 암울한 하늘, 성 전체가 풍기는 기분은 언제나 음산, 성 문은 돌다리를 통해서만이 드나들고 그 견고함은 최신식 탱크, 백미리 표의 위력도 당하지 못한다. 성의 건물은 적어도 원주 二백 미터가 넘는 못을 둘러싸는 회랑(回廊)에서 시작해 차근차근 피라밋식으로 중천(中天)에 솟는다.
>
> (p.157)

묘사의 정의를 '풍물에 대해 보고 느낀 것을 실감나게 재현하여 독자에게 보여주는 것'이라 했을 때, 이 작품 전체에서 실체적인 묘사가 충실히 이행되는 곳은 현실공간이 아니다. 주인공이 나고 자란 구체적 풍물로서의 예낭 곳곳에는 이미 작가의 주관적 감정이 강하게 개입되어 있다. 아이러니컬하게도 가장 빈번하고 가장 긴 분량의 객관적 묘사가 이루어진 곳은 가상현실의 공간, 바로 주인공이 '관념 속에 지은 집'이다. 이미 강제구금으로 집과 가정이 붕괴된 트라우마를 가진 주인공은 '어떠한 경우에도 빼앗길 수 없는 성(城)'에 대해 집요하고 정밀한 에크프라시스를 남긴다.

3. 공간 확장

작가는 제한된 공간을 배경으로 이야기를 전개하지만 그 장소가 한정된 범주를 뛰어넘어 일반성을 획득할 수 있도록 공간의 확장성을 기도한다. 작품 안에서 주인공이 "二백만 인구의 예낭이라고 하지만 나의 예낭은 二백만과 공유하고 있는 예낭이 아니다."라는 서술은 이에 대한 작가의 의식 노출에 해당한다. 이렇게 작가가 자신이 그려내는 공간을 지역적 한계에 갇히지 않고 보편적 지향을 열기 위해 선택하는 가장 용이한 방법은 비유와 상징을 통해 공간의 양면성을 확보하는 것이다.

그런 까닭에 나의 예낭에는 꿈과 현실과의 경계가 없다. 생자(生者)와 사자(死者)와의 구별조차 없다. 피카소의 그림처럼 조롱(鳥籠) 속에 물고기가 놀고 바다 속에서 새들이 헤엄친다. 내 두뇌의 염증을 닮아 계절의 순서가 뒤바뀌기도 한다. 그러나 영웅(英雄)이 노예(奴隷)가 되고 패자(敗者)가 승자(勝者)되길 바라는 기원(祈願)과 내일의 기적(奇蹟)을 위해서 오늘의 슬픔을 견디며 살아야 하는 사정은 지구 위의 모든 도시와 마찬가지다.

－(pp.122～123)

고개를 돌리면 지질구레한 골목 골목, 부스럼 딱지 같은 지붕의 중락(衆落)이 보인다. 이 지상에 생을 지탱하기 위해서 인간의 악착함이 엮어놓은 경관(景觀). 그 밑에 그 사이에 헤아릴 수 없는 비극, 헤아릴 수 없는 희극이 시간처럼 무늬를 새기고 시간과 더불어 흐른다. 비극도 희극도 모두 살아 있는 증거다. 살아 있다는 건 좋은 일이 아닌가.

－(p.129)

하이데거는 진정한 자기 자신을 발견하고 가장 자기다운 가능성을 찾아내는 상황을 '불안'에 직면했을 때로 보았다. 안정된 인간은 목적지를 갖고 직선으로 교통하지만, 목적지를 상실한 불안한 부류는 배회하거나 선회한다. 그 장소가 20세기 초반의 파리이든지, 식민지 치하의 경성이든지, 전후 대한민국 남단의 항구도시이든지 간에 '회색도시'를 부유하는 주인공은 '회색 미립자'적 성격을 갖는다. 따라서 이러한 배회는 그 '불안'과의 직면을 통해 가장 자기다운 가능성을 찾아내려는 나름의 시도로 볼 수 있다. '불안'의 렌즈는 일상을 비일상화하므로 비일상화된 일상의 공간은 단독자의 내면을 효과적으로 통찰하기 위한 무대로 활용된다.

4. 공간 심리

공간은 작가에게 무대를 제공할 뿐만 아니라 작중 인물의 형상화에도 결정적으로 작용한다. 스위스 학자 아미엘(Henry-Frederic Amiel)이 적시한 "풍경은 곧 어떤 이의 심정상태(A landscape is a state of mind)"라는 전언은 환경과 그 안에 처한 인물과의 상관관계를 분명히 밝히고 있다. 따라서 공간은 직접적으로는 소설의 배경이지만 간접적으로는 인물의 내면을 드러내기 위한 효과적인 장치이다. 작가가 주인공이 처한 환경에 집착하는 이유는 인물이 상황과 결합되면서 생명력을 얻기 때문이다.

> 예낭! 나는 이 항구도시(港口都市)를 한없이 사랑한다. 태평양을 남쪽으로 하고 동서로 뻗은 해안선을 기다랗게 점거하곤 북쪽에 산맥을 등진 그림처럼 아름다운 예낭. 누구나 모두 행정구역(行政區域)이나 법률 또는 지도(地圖)에 구애되지 않은 스스로의 도시 속에 제 나름의 감정과 꿈을 가지고 살아가듯이 나도 나의 '예낭'이란 의식(意識)으로서 이곳에 살고 있는 것이다.
>
> -(p.121)

> 사람들은 이곳을 빈민굴이라고 부르지만 정식 이름은 도원동(桃源洞)이다. 이곳에서 가장 높은 것은 목욕탕의 굴뚝이고 목욕탕의 이름은 평화탕(平和湯)이다. 시멘트 바닥이 거칠고 군데군데 움푹 파인 곳이 있고 천정에서 떨어지는 찬 물방울 때문에 목덜미를 움츠리는 경우가 때때로 있긴 해도 탕 내의 풍경은 평화롭다. 여탕 쪽에서 들려오는 아낙네들의 재잘거리는 소리, 어린애들의 비명처럼 울어대는 소리마저가 평화롭다.
>
> -(p.169)

이 작품은 수기 형식으로 고백적 성격의 기조가 강하다. 인용된 공간 묘사는 시각 상태를 심리적으로 투영하기도 하지만 반대로 심리 상태를 시각적으로 투영하는 상호작용이 공존한다. 도시와 마을을 바라보는 작가의 시선은 궁핍함과 남루함 속에서도 애틋함과 따뜻함을 놓치지 않고 있다. 자신에게 친숙한 장소를 걷는다는 것은 그곳의 사연을 기억하는 행위와 다름없다. 따라서 주인공이 방향표를 따라 발걸음을 내딛는 곳은 특정 지역의 지면(地面)이 아니라 바로 수많은 물음표가 명멸하는 자신의 내면(內面)이다.

5. 공간 사유

신속과 효율이 지배하는 사회에서 느린 걸음은 자칫 시대착오적 행위로 간주될 수 있다. 그러나 다비드 르 브르통의 지적대로 보행자는 걷는 동안 "자신에 대하여, 자신과 자연과의 관계에 대하여, 혹은 자신과 타인들의 관계에 대하여 질문하게 되고 뜻하지 않은 수많은 질문들에 대하여" 사유하게 된다. 따라서 작중 주인공의 완보는 급변하는 현실에 거리를 두는 의도적인 행위이고, 에둘러가는 듯 보이지만 난제 해결을 위해 지름길을 모색하는 존재론적 형식이다.

이러한 보행을 통해서 「예낭 풍물지」에 묘사된 지역 공간을 세 가지 시선으로 살펴보았다. 일차적으로는 공간의 객관적 묘사인데 흥미롭게도 현실보다는 가상현실에서 그 특성이 두드러지고 이는 작중 주인공의 개인적 비극이 낳은 반작용으로 해석된다. 다음으로는 공간의 지역성을 보편성으로 확장하기 위해 작가가 끌어들인 기술로써 삶의 다원성을 확보하려는 양가적 상징성에 주목하였다. 마지막으로 작가가 인물의 심리를 대변하기 위해 공간을 내면화 하는 양상을 살펴보았다.

예낭은 생태적으로 작가 자신과 동일시된 주인공이 나고 자란 장소인 동시에 존재의 기원인 어머니의 삶이 피고 진 곳이기도 하다. 또한 주인공의 개인적 불행과 지병뿐만 아니라 윤씨, 서양댁, 이발사, 백화점 주인, 조 노인 등 역사의 상흔을 가족사로 떠안은 이웃의 삶터에 해당된다. 작가는 예낭의 풍물을 곳곳에서 아름답고 평화롭게 찬미하고 있으나 그 공간에 거주하는 인물들의 신산한 삶을 대비적으로 그려냄으로써 그 효과를 극대화하고 있다. 예낭은 표면적으로 풍물적 공간이면서 이면적으로는 작가의 사유적 공간으로도 작용한다.

첨언하자면, 작가가 쟁취해야 할 것이 있다면 그것은 독창적인 풍물과의 관계이다. 대부분의 상투적인 이야기는 상투적인 풍물과의 관계에서 온다. 풍물과 독창적인 관계를 맺는 순간 상투적인 것은 흩어지고 사라진다. 최소한 지루함 등은 설 자리가 없게 된다. 여기서 강조하고 싶은 것은 공간 자체가 아니라 그것과 맺는 관계이다. 따라서 어떤 의미 있는 장소를 발견하기 위해 우리는 여행가나 탐험가가 될 필요는 없다. 정작 먼저 발견해야 할 것은 저 미지의 공간이 아니라 내 안의 독창적인 눈이다.

–* 본고에 사용된 「예낭 풍물지」는 이병주/김종회, 『이병주 작품집』(지식을만드는지식, 2010)을 따름.

이병주 『관부연락선』에 나타난 일본

권선영

1. 머리말

이번 발표자에게 요청된 주제는 이병주 문학과 지역 환경이다. 이때 환경이라는 말은 복합적 의미를 지닐 수 있다. 환경은 자연, 제도, 집단무의식 등 중층적으로 사용될 수 있기 때문이다. 소설은 환경에 의해 생산된다. 작가적 체험이 작품에 영향을 미치는 것이 곧 환경에 의한 것이기 때문이다. 이상의 경우 그의 개인적인 기질이나 불우했던 환경이 작품 속에 표출된 것은 이와 무관하지 않다. 토속적인 작품세계를 특징으로 하는 김동리의 작품도 종교문제로 갈등했던 가정환경과 작가적 체험에 기인한 것이라고 할 수 있다. 특히 이병주의 경우, 작가적 체험이 소설 무대의 시공간적 배경으로 차용되는 경우가 빈번하다. 『관부연락선』은 작가의 학병 체험, 일본 유학시절의 체험 등이 고스란히 담겨진 대표적 작품 중 하나이다.

이병주는 1941년부터 1943년 9월까지 일본 메이지대학(明治大學)에서 수학했으며, 1944년 학도병으로 중국 쑤저우(蘇州), 상하이(上海)에서 지냈다. 광복 후 귀국하여 1948년부터 대학 강단에 섰고, 1955년부터는 국제신보에 입사하여 주필로 언론계에서 활동했다. 이러한 이병주의 전기적 사실은 그의 작품 속에 면면히 드러난다. 이병주 문학이 작가의 방대한 창작력을 바탕으로 발현된 것은 어쩌면 당연한 결과일 수 있다. 왜냐하면 작가로서는 적지 않은 나이에 한 달 평균 1천 매의 원고를 쓰고 단행본 80여 권의 작품을 남길 수 있었던 것은 체험을 바탕으로 한 글쓰기가 아니고서는 불가능하다고 여겨지는 까닭이다.

이병주의 『관부연락선』은 《월간중앙》에 1968년 4월부터 1970년 3월에 걸쳐 연재되었던 작품이다. 소설은 1960년대 후반으로 추정되는 시기[1]에 '나'가 'E'로부터 '유태림'의 소재 파악을 부탁받는 편지 수신으로부터 시작한다. 그러나 주된 소설의 시간적 무대는 1940년부터 50년까지이다. 표제 『관부연락선』은 주인공 유태림의 원고 표제를 그대로 썼으며, 유태림의 이 원고는 소설에서 밝히고 있듯 소설도 논설도 기록도 아닌 "편편한 자료에다 감상을 섞은 정도의 것"에 불과하다. 그러나 그 표제는 한 시대를 상징하는, 한반도와 일본열도를 연결했던 유일한 길, '관부연락선'이었기에 그 무게감은 단순한 자료에다 감상을 덧붙여 놓은 것 이상의 것이다.

이병주는 대중작가로 불린다. 하지만 단순히 대중작가로만 남지 않는다. 『관부연락선』의 경우만 보더라도 우리 민족의 아픔으로서의 시모노세키(下關)와 교양교육의 산실로서의 도쿄(東京)가 독해되는 까닭이다. 이에 이병주 문학과 지역 환경에 대한 이번 발표에서는 실제 관부연락선과 작품 속에 등장하는 일본의 지역, 인명, 상호 등의 실증적 고찰을 통해 『관부연락선』의 폭넓은 이해와 올바른 독해를 돕고자 한다.

---

1) "한 통의 편지가 고향에서 전송되어 왔다. 일본에서 온 것이었다.(중략) 이렇게 30년 가까운 세월의 저편에서 돌연 과거가 찾아든 것이다." 이병주, 『관부연락선 1』, 한길사, 2006, p.7.

2. 관부연락선의 실증적 고찰

『관부연락선』은 이병주의 작품 중에서도 특히 작가의 일본 유학 시절의 체험이 선명하게 나타난다. 당시로서는 한국과 일본을 잇던 유일한 항로였던 관부선(關釜線) 관부연락선(關釜連絡船)을 통해 유학길에 올랐을 이병주는 조선인과 일본인에게 있어 관부연락선의 의미를 파악하고자 했고, 그 과정을 서사화했다. 그것이 소설 『관부연락선』이다.

우선 실제 관부연락선의 항로에 대해 살펴보자. 1905년 개설된 부산(釜山)과 시모노세키(下關) 간 항로는 관부선을 기원으로 한다. 이 항로는 1910년 한일합방에 의해 일본 국내노선으로 분류되어 일본과 조선을 연결해주었고 나아가 대륙 철도를 통해 만주와 유럽을 잇는 중요노선이 되었다. 그러나 1945년 일본의 패망으로 일본이 조선의 통치권을 잃게 된 이후 한일 간의 해로(海路)는 기본적으로 단절되었다.

1965년 한일기본조약이 체결되어 한일 간 국교가 성립되자 양국 경제관계의 필요성에 의해 관부연락선을 부활시키자는 움직임이 있었다. 1969년 6월 21일, 시모노세키시에 본사를 두는 관광기선 외, 일본우편과 상선 미쓰이(三井) 등이 출자하여 운항회사 '關釜フェリー'(칸푸페리, Kampu ferry)주식회사를 설립했다. 이듬해 1970년 6월, 25년 만에 부산과 시모노세키 간 정기운항의 해상교통이 열리게 되었다. 처음에는 칸푸페리 한 척만으로 격일 운항되었으나 1983년에는 한국 측 법인 '부관훼리'(Pukwan ferry)가 선박을 운항하게 됨에 따라 공동 운항하여 매일 취항이 실현되었다. 현재는 일본 측 칸푸페리 하마유(まはゆう)호가, 한국 측 부관페리 성희호가 운항하고 있다.

1905년 처음 취항했던 관부연락선인 이키마루(壹岐丸), 쓰시마마루(對馬

丸)는 여객 위주의 연락선[2]이었으나, 1913년 새롭게 건조된 고마마루(高麗丸), 시라기마루(新羅丸)는 화물과 여객 겸용선이었다. 1910년 한일합방 이후 일제의 식민지 지배가 본격화되면서 관부연락선 항로의 이용도는 대륙으로 진출하고자 하는 일본인들로 인해 급격하게 증가하였다. 1911년 연간 여객수가 17만 5천여 명에 달했던 것이 1912년 20만 명을 돌파했고, 화물의 수송량 역시 1911년 8만 2천여 톤에서 1912년에 9만 2천여 톤, 1913년에는 12만 6천여 톤으로 증가했다.[3]

『관부연락선』이 실제의 관부연락선을 모델로 하고 있으나 실제의 선박 정보와 소설 속의 정보는 조금 차이가 난다. 다음의 〈표 1〉은 소설 『관부연락선』에서의 정보와 실제의 관부연락선의 정보를 정리해 놓은 것이다. 관부연락선박 중에 우메가카마루(うめが香丸)는 소설에서 '우메카마루'로 표기하고 있으나 명백한 오기인 관계로 표에서는 우메가카마루로 표기하였다. 마찬가지로 소설에서 '고라이마루'[4]는 한자음 읽기의 오류로, 원래 고마마루

2) 작품 속의 유태림의 수기에 기록되어 있는 자료와 실제의 자료에 약간의 차이가 발견된다. 관부연락선으로 처음 취항한 이키마루(1천 6백 92톤)가 1905년 9월 25일 취항했고, 쓰시마마루(1천 6백 92톤)가 11월 5일에 취항했다고 기록하고 있으나, 실제로는 각각 총 1천 6백 80톤급의 이끼마루와 쓰시마마루의 취항은 1905년 9월 11일과 11월 1일에 이루어졌다. 최초의 취항선으로서의 이키마루와 쓰시마마루는 여객과 여객의 수화물 수송이 목적이었지만, 이후 동명이선으로 화물전용선으로 다시 취항하게 된다. 이를 구별하기 위해 화물전용선의 이키마루와 쓰시마마루는 이키마루(Ⅱ), 쓰시마마루(Ⅱ)로 표기하는 경우도 있다. 화물전용선이 필요했던 이유로 김재승은 "만주사변 이후 일제는 만주뿐만 아니라 중국 대륙까지 그 세력권을 침투시켜 동북아시아의 정국이 불안한 가운데 일제의 세력권이 확산되어 가고 있었"으며, "만주에는 일제의 괴뢰정부인 만주국이 설립되어 만주산 콩의 수송과 일본이 만주 지방으로 보내는 건설자재, 기계류 수송이 증가됨에 따라 화객선 게이후쿠마루(慶福丸), 곤고마루(金剛丸)와 화물선으로 개조한 시라기마루(新羅丸)로는 원활한 수송이 불가능해짐에 따라 전용화물선의 취항계획이 대두되었다"고 설명한다. 金在勝, 「海事實錄⑦ 關釜連絡船 40年 ⑦」, p.133 참조.

3) 金在勝, 「海事實錄③ 關釜連絡船 40年 ③」, pp.60~61.

4) 시대를 구분할 때, '高麗'를 '고마(こま)'로 읽을 경우는 '고구려'를, '고라이(こらい)'로 읽을 경우는 '고려'를 지시한다. 한 예로, 도쿄에 인접해 있는 사이타마현(埼玉縣)의 '고마신사(高麗神社)' 현판에 '高'와 '麗'사이에 '句'자를 작게 써넣은 이유는 고려와 고구려를 혼동하는 사람들을 위해 일부러 써놓은 것이다.

(高麗丸)[5]이다.

〈표 1〉『관부연락선』에 등장하는 선박과 실제 선박의 정보

	작품 속 관부연락선				실제 관부연락선			
	취항일	총 톤(t)수	여객 / 화물	비고	취항일	총 톤(t) 수	여객 / 화물	비고
이키마루 (壹岐丸)	1905.9.25	1,692	여객		1905. 9. 11	1,680	여객 · 화물	
쓰시마마루 (對馬丸)	1905.11.5	1,691	여객		1905. 11. 1	1,679	여객 · 화물	
사쓰마마루 (薩摩丸)	1908	1,939			용선일 1911. 5–1913. 3 1916. 4–1918. 3	3,205	용선	
우메가카마루 (うめが香丸)	1911	1,940		1912 침몰	용선일 1911. 1–1912. 9	3,273	용선	1912.9 침몰
고사이마루 (弘濟丸)	용선일 1912		용선		용선일 1912. 6–1916. 4	2,590	용선	
고마마루 (高麗丸)	1912	3,028	1923년 이후 화물전용		1913. 1	3,028	여객 · 화물	
시라기마루 (新羅丸)	1912	3,032	1923년 이후 화물전용		1913. 1	3,020	여객 · 화물	
게이후쿠마루 (慶福丸)	1922	3,619			1922. 5	3,620	여객 · 화물	
도쿠주마루 (德壽丸)	1922	3,000t급			1922. 11	3,620	여객 · 화물	
쇼케이마루 (昌慶丸)	1923	4,000t급			1923. 3	3,620	여객 · 화물	
곤고마루 (金剛丸)	1940	7,500t급		기존 11시간 에서	1936. 11	7,081.74	여객 · 화물	

5) 고마마루를 '고라이마루(KORAI MARU)'로 잘못 읽는 경우는 보편적인 일본어 한자음 읽기와 다르기 때문이다. 이에 일본 문서에도 고마마루를 '고라이마루'로 표기하거나 읽는 경우가 빈번했다. 그러나 고마마루의 취항식 사진과 이 선박을 건조한 가와사키(川崎)조선소의 공식 문서에는 '高麗丸(KOMA MARU)'로 표기하고 있다. 金在勝, 「海事實錄③ 關釜連絡船 40年 ③」, p.62 참조.

고안마루 (興安丸)	1940	7,500t급		7시간으로 단축	1937.1	7,081.76	여객 · 화물	
덴산마루 (天山丸)	1941	7,500t급			1942.9	7,906.80	여객 · 화물	1945.7 격침
곤론마루 (崑崙丸)	1941	7,500t급			1943.4	7,908.50	여객 · 화물	1943.10 격침

소설에 등장하는 선박만을 조사한 결과, 〈표 1〉에서와 같이 실제의 관부연락선의 정보와 꼭 맞아떨어지는 경우는 선박명 정도에 불과하다. 그러나 그것도 전체 선박이 제시되어 있지 않아 당시의 관부연락선이 위의 표에 제시되어 있는 14척이었을 것이라는 오해를 불러일으킬 수 있다. 물론 유태림의 수기에서의 현재, 즉 1941년까지의 조사이기는 하나, 실제 덴산마루와 곤론마루의 취항시기가 각각 1942년과 1943년이므로 사실과 맞지 않는 등, 특히 취항일이라든지 총 톤수의 비정확성이 드러난다. '유태림의 수기'에 제시되어 있는 곤론마루의 침몰이 1943년 12월 20일인 것도 사실과 다르다. 그리고 당시 관부연락선의 총 선박 수는 30척[6]에 달하는데, 유태림이 조사한 관부연락선 14척과는 다르다. 곤론마루가 취항한 1943년부터, 부산과 시모노세키 간 항로가 단절된 1945년까지 관부연락선이 더 이상 건조되지 않았으므로 관부연락선은 용선(傭船)을 포함하여 화물전용선 이키마루(Ⅱ), 쓰시마마루(Ⅱ)를 합하여 총 30척이 되는 것이다.

관부연락선에 대한 자료는 「관부선 과거 및 장래(關釜線過去及將來)」라는 표제로 경성일보(京城日報)에 실린 기사를 통해서도 살펴볼 수 있다. 이 기사에는

6) 화객선 : 岐丸, 馬丸, 高麗丸, 新羅丸, 景福丸, 丸, 昌慶丸, 金剛丸, 興安丸, 天山丸, 崑崙丸
화물전용 : 岐丸(Ⅱ), 馬丸(Ⅱ).
용선 : うめが香丸, 下山丸, 薩摩丸, さくら丸, 第三仁義丸, 第二阪鶴丸, 弘 丸, 伏見丸, 西京丸, 似智丸, 御獄丸, 弘運丸, 天佑丸, 第3共 丸, 博愛丸, 第12小野丸, 多喜丸

관부연락선의 처녀 출항일부터 선박회사의 출자 및 기타 배경이 상세히 기술되어 있다. 그 중에서도 "유럽과 아시아 연계의 동맥으로서 세계 교통운수의 권위 있는 우리 철도원 관부연락 항로는……(歐亞連繫の動脈として世界交通運輸の權威たる我が鐵道院關釜連絡航路は……)"(1919.12.1) [7]이라고 그 연혁의 첫머리를 장식한 것처럼 관부선은 일본 열도〔당시의 표현으로는 내지(內地)〕와 대륙을 연결하는 중요한 교통항로였던 것이다.

〈그림1〉「관부선 과거 및 장래(關釜線過去及將來)」라는 표제로 경성일보(京城日報)에 실린 기사

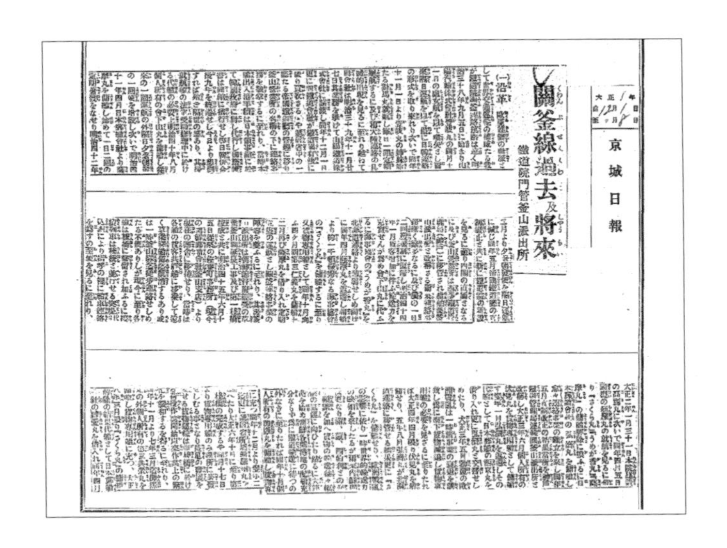

京城日報

關釜線過去及將來

鐵道院門管釜山派出所

(一)沿革

7)「관부선 과거 및 장래(釜線過去及)」
http://www.lib.kobe-u.ac.jp/das/jsp/ja/ContentViewM.jsp?METAID=00100457&TYPE=IMAGE_FILE&POS=1(검색일 : 2016.3.13.) 이 발표문의 원문 번역은 모두 발표자에 의함.

이병주가 작품 『관부연락선』을 집필했을 당시 실제 관부연락선에 관한 자료를 입수하는 데 크게 어려움은 없었으리라고 생각된다. 그럼에도 소설 속 관부연락선과 실제의 관부연락선 자료에 차이가 있는 것은 첫째, 잘못된 자료[8]를 활용했을 수 있다는 점, 둘째, 작가가 수치의 오차를 크게 중요하게 여기지 않았을 것이라는 점, 즉 대략의 자료만으로도 관부연락선의 의미가 손상 받지 않을 것이라는 작가의 판단에 의한 것이었다고 상정할 수 있다. 관부연락선의 상징적 의미를 밝히는 데 유태림이 제시한 정도의 간략한 자료로도 충분했던 것이다.

유태림은 관부연락선의 상징성을 "관부연락선을 타고 한국으로 건너가는 일본 사람들은 지배하기 위해서, 군림하기 위해서였고 관부연락선을 타고 일본으로 건너오는 사람들은 그 잘난 생명을 이을 호구지책으로 노예가 되기 위해서였다"[9]고 보았다. 그러나 조선인 유태림과는 달리 일본인 E의 시각에서 바라보는 관부연락선은 일본의 '과대망상'을 적시해 놓은 것에 지나지 않았다.

> 관부연락선의 척수와 톤수가 불어가는 것은 일본의 국력이 그만큼 증대되어 간다는 증거가 된다. 이상과 같은 사실을 도표로 만들어놓고 일본의 국력이 그만큼 증대되는 것은 좋은 일이 아니냐고 했더니 E의 답은 이러했다. "쇠퇴하는 것보다 강해지는 것이 좋지. 그러나 방향이라는 것이 있잖아? 방향이라는 것

---

8) 일본에서 간행되는 『日本史大事典』의 경우도 이따금씩 잘못된 자료를 활용하고 있다. '관부연락선' 항목의 경우 1906년 이키마루가 정기 취항했다는 점이나 고마마루를 '고라이마루'로 잘못 쓰고 있는 점을 지적할 수 있다.(『日本史大事典』 第二, 平凡社, 1993, p.589) 1906년 관부연락선이 취항했다는 자료는 『日本史大事典』뿐만 아니라 일부 인터넷 백과사전에서도 찾을 수 있다. 해사실록과 여러 사전을 참고했을 때, 이키마루의 첫 취항은 1905년이고 정기적으로 취항하기 시작한 것은 1906년이었다고 생각된다.

9) 『관부연락선 1』, p.146.

이.” 이어 E는 혀를 차며 중얼거렸다. “시라기마루니 쇼케이마루니 이키마루니 쓰시마마루, 모두 좋은 이름 아닌가. 공고마루까지도 좋다. 그런데 고안마루란 것은 뭐지? 텐산마루는 또 뭐지? 곤론마루는 또. 3만 톤, 4만 톤의 배에다 아사네마루라고 이름 붙일 줄 아는 사람들이 7천 톤급의 연락선에다 고안이 뭐고 텐산이 뭐고 곤론이 뭔가. 텐산은 히말라야가 아닌가, 히말라야와 곤륜산이 어쨌단 말인가. 정복이라도 했단 말인가! 앞으로 정복할 거란 말인가. 과대망상에 정신착란에 정신분열을 겹친 꼴 아닌가. 상식 이전이면 또 몰라, 치사하지 않아? 문제는 방향감각이야. 에잇, 치사스러!”[10]

E의 발언은 자국의 과대망상증에 대한 반성적 성찰이라고 할 만하다. 그것은 “만주의 벌판을 개척해서 천황폐하께 충성을 다하는 단체”인 만주개척단 소속으로 만주 손오(孫吳)로 떠나는 아직 어린 티가 남아 있는 한 소년을 상기하며 느끼는 감상과도 맥을 같이한다.

너 무슨 철학을 하니, 하고 내가 물었다. 무엇을 생각하느냐는 말을 우리는 무슨 철학을 하느냐고 묻는 버릇으로 되어 있다. “손오로 간다는 아까의 그 소년을 철학하고 있어.” 어떤 결론이 날 것 같으냐고 되물었다. “무결론의 결론. 다만 이런 결론은 얻었다. 관부연락선. 일본 사람에게 대해서 반드시 영광에의 길이 아니고, 조선 사람에게 대해서 반드시 굴욕에의 길이 아니다.” 그런 뜻의 말을 내가 한 적이 있지 않으냐고 했더니, “자네가 한 그 말과 내가 한 이 말은 말은 같으나 의미는 다르다.” 네가 보다 철학적이란 말인가고 했더니 E의 대

10) 『관부연락선 1』, p.146.

답은, "너의 말은 시니컬했고 나의 말은 역사적이다." 그럴싸한 표현이라고 생각했다.[11]

유태림과 E의 대화를 통해 관부연락선이 가지는 의미가 단순히 조선인과 일본인으로서 굴욕과 영광의 통로로만 인식되지 않음을 알 수 있다. 그러한 두 사람의 인식은 다음의 장면으로도 연결되는 시모노세키항과 부산항의 의미를 정립시키는 것이기도 하다.

미지의 운명을 향해 떠나는 사람은 그 미지의 운명을 앞두고 설레는 가슴속에서 스스로가 주인공이며, 긴 방랑을 마치고 돌아가는 사람은 미지의 세계로 향할 때보다도 더 불안한 마음으로 고향을 생각하는 그 생각을 되씹어보는 마음속에서 스스로가 주인공이 된다. 희망을 안고 떠나가는 사람은 그 희망으로 해서, 절망을 안고 돌아가는 사람은 그 절망으로 해서, 한동안 부두를 무대로 엮어지는 식전에서 각기 주빈인 스스로를 느낀다.

바꾸어 말하면 배를 대하면 누구나 감상적으로 된다는 얘긴데 시모노세키와 부산의 부두는 이국이 아니라면서 이국일 수밖에 없는 나라를 향해 오가는 연락선의 발착지로서 그 감상은 갖가지의 바리에이션으로 물들기도 한다. 관부연락선을 두고 그 숱한 민요와 유행가가 생겨난 것도 이유 없는 일이 아니다.[12]

"이국이 아니라면서 이국일 수밖에 없는 나라"의 발착지로서의 부산과 시모노세키라는 점에서 관부연락선은 일본인이든 조선인이든 이방인이 되

11) 위의 책, p.265.

12) 위의 책, p.273.

어 이용할 수밖에 없던 교통수단이었다. 굴욕과 영광의 상징성을 떠나 누구에게든 이방인이 되는 연락선이 바로 관부연락선이었던 셈이다. 그것은 E가 말하는 '역사적'발언, "관부연락선. 일본 사람에게 대해서 반드시 영광에의 길이 아니고, 조선 사람에게 대해서 반드시 굴욕에의 길이 아닌" 것이다.

3. 지역, 인물, 상호의 실증적 고찰

가) 춘범루(春帆樓)

관부연락선에 관한 자료를 수집하는 과정에서 유태림과 E는 친일파 송병준의 소재가 시모노세키에 있음을 파악했다. 송병준의 소가는 춘범루(春帆樓) 가까운 고대(高臺) 위에 있었다. 이곳에서 쓰다야(津田屋)라는 여관업을 하고 있었던 것이다. 이곳은 모지(門司)[13]와 세토나이카이(瀨戶內海)[14]가 아름답게 펼쳐져 있는 풍광 좋은 곳이었다. 송병준은 "부산에서 시모노세키에로가 아니라 시모노세키에서 부산으로 건너왔다는 사실에 관부연락선의 상징적 의미가 있기도" 했다. 한일합방이 불가피했다고 하더라도 송병준과 같은 인물의 활약으로 그것이 이루어졌다는 것은 불행한 일이었다. "이런 분자가 없었더라면 이왕 합방 되더라도 민족의 위신이 서는 방향으로 되지 않았을까" 생각될 정도였기 때문이다.

여기서 송병준이 춘범루 근처에서 여관업을 했다는 것을 상기해보자. 춘

13) 모지항(門司港)은 북규슈(北九州)에 위치한 항구로, 메이지(明治, 1868-1912)부터 전전(戰前)에 걸쳐 외국무역항으로 발전하였다. 항만관계 주요기관이 설치되어 있다.

14) 세토내해(瀨瀨戶內海), 즉 세노나이카이는 일본의 혼슈(本州), 시코쿠(四国), 규슈(九州)에 면한 내해를 가리킨다. 고래로부터 기나이(畿內, 교토(京都) 근교)와 규슈를 연결하는 항로가 발달했다. (그림 참조)

범루(슌판로, 春帆樓)는 원래 아미타사(阿弥陀寺)의 방장(方丈, 주지가 기거하던 곳)이 있던 곳으로 간몬해협(關門海峽)[15]을 조망할 수 있는 장소에 위치해 있었다. 아미타사가 없어진 후, 나카즈번(中津藩)[16]의 안과의사 후지노 겐요(藤野玄洋)가 매입하여 메이지 10(1877)년 〈겟파로의원(月波樓医院)〉을 개원했으나 후지노 겐요 사망 이후, 이토 히로부미(伊藤博文)의 명에 의해 그의 미망인이 여관 겸 요정을 개업했다. 1888년에는 이토 히로부미에 의해 해금된 복어요리 공인허가 제1호점이 되었다.

이곳은 또, 1895년 4월 17일 체결된 청일강화조약(시모노세키조약)의 체결장소로도 알려져 있다. 시모노세키조약의 "청국은 조선이 완전무결한 독립자주국임을 확인한다(清國は朝鮮が完全無欠な獨立自主の國であることを確認する)"[17]는 조항은 청국의 조선에 대한 종주권(宗主權)을 부정하고 일본의 조선 진출의 근거로 작용했다. 일본은 이 조약을 통해 조선을 식민지화할 수 있는 공식문서를 확보한 것이다. 춘범루는 조선에 있어서 치욕의 역사적 사건 현장이었던 것이다.

송병준이 경영한 '쓰다야' 여관은 춘범루와 거의 흡사한 인상을 준다. 춘범루가 이토 히로부미의 명에 의해 개업한 여관 겸 요정이었다는 점, 송병준의 친일 행적이 춘범루의 그것에 못지않았을 것이라는 상상은 용이하게

15) 간몬해협(関門海峡)은 혼슈(本州) 야마구치현(山口県) 시모노세키(下関)와 기타큐슈(北九州)의 모지(門司) 사이의 해협을 일컫는다.

16) 1587년 도요토미 히데요시(豊臣秀吉)에 의해 규슈(九州)가 정벌된 후, 세키가하라(関ヶ原)전투(조선출병을 둘러싼 문제로 중앙의 도요토미 히데요시와 그에 반대하는 무리가 벌인 전투. 이 전투를 계기로 일본 전국에서 전란이 일어남) 이후 호소카와 다다오키(細川忠興)에 의해 에도기(江戸期) 나카즈번(中津藩)이 성립되었다. 1602년 번청을 고쿠라성(小倉城)으로 옮겨 고쿠라번(小倉藩)이 된다. 참고로 고쿠라(小倉)는 기타큐슈(北九州)의 모지(門司)와 근접해 있다.

17) 『日本史大事典』第三, 平凡社, 1993, p.1026.

할 수 있는 까닭이다. 춘범루 근처 쓰다야의 설정은 작가 이병주가 관부연락선의 정보를 실제와는 다르게 소설에서 제공한 것과도 그 의도가 크게 달라 보이지 않는다. 대략적인 자료만으로 관부연락선의 의미가 손상 받지 않은 것처럼 쓰다야의 의미는 춘범루의 그것과 다르지 않도록 재구했을 것으로 여겨지기 때문이다.

나) 시모노세키항(下關港)과 그린 몰(グリーンモール)

『관부연락선』에 나타난 관부연락선의 출항지이자 도착항, 부산과 시모노세키는 그 이미지부터가 확연히 다르다. 유태림의 눈에는, 시모노세키는 '꿈을 안은 항구'와 같았고, 부산은 '벌거벗은 산'을 배경으로 하는 멋없는 항구로 비쳐졌다. 유태림이 유학길을 떠났을 때의 심경이 시모노세키로 이미지화되었고, 주권을 잃은 부산으로 돌아왔을 때의 심경이 부산의 이미지를 각인시킨 것은 아닐까. '유태림의 수기 3'에서 두 도시에 대한 유태림의 감상이 적나라하게 드러난다.

> 시모노세키는 푸른 산을 등에 지고 뚜렷한 윤곽으로 꿈을 안은 항구와 같고 부산은 벌거벗은 산을 배경에 두고 이지러진 윤곽으로 그저 펼쳐져 있기만 한 멋없는 항구이다. 시모노세키를 항구라고 말할 수 있다면 부산은 부피만 큰 어촌이다. 그러니 높은 굴뚝을 가진 호화선이 부산에선 귀양온 귀공자처럼 어울리지 않는다.(중략) 배가 떠날 때나 도착할 때 부두엔 언제나 식전(式典)의 기분이 감돈다고 했다. 그러나 시모노세키의 경우와 부산의 경우는 다르다. 시모노세키의 부두엔 오가는 사람의 기분과 감정이 자연스럽게 교류하는 분위기가 있다. 그런데 부산의 부두는 항상 체증을 일으키고 있는 것 같은 느낌이 남는다. 그렇게 되는 이유의 하나는 부두의 한구석에 도항증 검사소가 있어서 그곳을

일반 반도인의 승객들은 학생과 특수인을 제외하곤 꼭 거쳐야 하는 데 있다.(중략) 내선일체가 절대로 통하지 않는 데가 이곳이다.[18]

시모노세키와 부산의 이미지를 결정짓는 것은 도시의 세련됨만이 아니었다. 부산 항구에 '도항증 검사소'가 설치되어 있다는 것은 '식민지'이기에 필요했던, 혹은 차별당해야 했던 장소라는 증거에 다름 아니다. 여기서 작가 이병주는 일본이 말하는 '내선일체'는 허구에 불과하다는 사실, 학생과 특수인을 제외하곤 꼭 거쳐야 하는 조선인의 처지가 노예의 그것과 같음을 간과하지 않은 것이다.

매국노 송병준이 경영하는 쓰다야의 이미지는 춘범루와 동일함을 앞서 언급했는데, 이 춘범루와 멀지 않은 곳에 시모노세키항이 있다. 시모노세키 항구는 한반도에서 내지 일본으로 올 수 있는 유일한 관문이었다. 일본에서 부산으로 건너간 친일파 송병준과는 다르게 당시 부산에서 일본으로 건너간 조선인들은 일본의 패망이 현실화 되자 조국으로 되돌아가기 위해 시모노세키항을 찾는다. 그러나 많은 조선인들은 1945년 부관선 항로의 단절로 관부연락선에 승선할 수가 없었다. 관부연락선은 격침되어 침몰했고, 생사를 달리하는 시모노세키항에서의 원한은 그대로 조선인의 몫이 되어 남았다. 이와 같은 역사적 사실은 소설 『관부연락선』에도 그대로 기록되었다. 유태림은 당시의 상황을 E에게 보내는 편지에 생생히 기록하고 있다.

E형, 신문을 보고 이미 알고 있을 게다. 곤론마루가 침몰했다. 언젠가 자네,

18) 『관부연락선 2』, pp.9-10.

그 배의 이름이 좋지 않다고 한 적이 있었지. 남의 나라 산을 자기나라 산처럼 취급하고 있다면서. 바로 그 배다. 12월 20일(1943년), (중략) 밤 10시에 출범한 곤론마루는 시모노세키의 앞바다 오키노지마를 통과한 약 40분 후인 오전 두 시 반경, 미군의 기뢰를 맞고 때마침 풍랑이 거세게 인 바닷속으로 침몰하고 말았다. 천수백 명이 목숨을 잃었다지만 아직껏 정확한 수는 발표하지 않고 있다. 살아남은 사람은 70여 명에 불과하다고 한다. 나는 그 기사를 읽고 눈앞이 캄캄해졌다. 그 사고가 있은 날의 바로 앞날 최종률에게서 전보를 받았기 때문이다. 그 전보에 의하면 최종률은 틀림없이 그 배를 탔을 것이었다.[19]

1943년 미군의 공습이 본격적으로 이루어지기 시작하여, 실제 곤론마루는 1943년 10월에 격침되어 침몰했다. 덴산마루는 1945년 격침당했음을 사료를 통해 알 수 있지만, 일본 선박의 격침 문제보다도 조선인의 귀국선으로 이용되었던 관부연락선의 침몰은 '최종률'로 대표되는 조선인의 죽음으로 이해할 수 있다. 그리고 그동안 일본에 정주했던 유학생을 포함한 수많은 조선인들은 시모노세키 항구 앞에서 더 이상 나아갈 길을 찾지 못했다.

시모노세키항에서 우왕좌왕하던 수많은 조선인들은 항구를 중심으로 부락을 이루어 표류하다 정착하게 되었다. 그 빈민촌이 현재 시모노세키의 코리아타운, 그린 몰, 혹은 '리틀 부산'이다. 그린 몰에 정착한 귀국하지 못한 조선인 중 일부는 일본, 한국, 북한, 어느 나라의 국적도 획득하지 못하여 무국적자로서 생활할 수밖에 없었다. 시모노세키의 그린 몰(Green Mall)은 이름과는 달리 뼈아픈 역사의 현주소로서 남아 있다.

---

19) 이병주, 『관부연락선 2』, 한길사, 2006, p.357.

시모노세키시는 부산시와 1976년 10월 자매도시 조인 후, 그린 몰을 코리아 타운으로 활성화시키기에 이르렀다. 이후 이 지역을 관광지로서 활용하기 위하여 '리틀 부산'이라는 이름으로 페스티벌을 개최하기 시작했다. 2009년「중심시 시가지 활성화 기본계획」에 의거한 이 페스티벌은 미국의 로스앤젤레스의 '리틀 도쿄(Little Tokyo)'와 같은 이미지로 부산에서 건너온 한국 관광객과 중국 관광객 방문을 목적[20]으로 활성화시키기 시작한 것이다.

다) 고바야시 히데오(小林秀雄)와 미키 기요시(三木清)

'나'와 유태림, 그리고 E가 메이지대학 문예과라고 여겨지는 "A대학 전문부 문학과"를 재학했을 당시, 실존 인물 고바야시 히데오와 미키 기요시는 각각 도쿄학파와 교토학파를 대표하는 사상가였다.

미키 기요시는 교토제국대학(京都帝國大學)을 졸업하고 1922년 독일과 프랑스에서 유학한 후 1925년 귀국하여 1927년 도쿄 소재의 호세대학(法政大學)의 철학과 주임교수가 되었다. 소설에도 언급되었듯 미키 기요시는 『파스칼에 있어서의 인간 연구(パスカルに於ける人間の研究)』(岩波書店, 1926)를 발표하여 철학계에 반향을 일으켰다. 도쿄제대 출신의 하니 고로(羽仁五郎) 등과 함께 잡지 『신흥과학의 깃발 아래(新興科學の旗のもとに)』를 출간하여 마르크스주의의 창조적인 전개를 도모했지만 1930년 일본 공산당에 자금을 제공했다는 이유로 체포되어 전향했다.[21] 미키 기요시는 이 사건을 계기로 교직에서 물러나게 되어 문학 활동에 전념하게 되었다.

---

20) 山本克也,「グリ__ンモ__ル商店街活性化とリトル釜山の街づくり」, 2010, pp.63-64.

21)「미키기요시(三木清)」https://ja.wikipedia.org/wiki/%E4%B8%89%E6%9C%A8%E6%B8%85(검색일:2016.3.20.) 참조

반면, 고바야시 히데오는 도쿄제국대학(東京帝國大學)[22]을 졸업하고 메이지대학에서 문예과가 창설된 1932년 4월부터 강사로 근무하기 시작했다. 1938년에 교수로 승진하여 1946년 8월 교수직을 사임하기까지 고바야시 히데오는 메이지대학의 교수로 재직했다.

작가 이병주는 고바야시 히데오와 특별한 인연을 맺을 수 있었다. 이병주가 메이지대학 문예과에 적을 둔 것이 1941년에서 1943년까지였으므로 이병주는 당대 일본 최고의 비평가 고바야시 히데오로부터 사사받을 수 있었던 셈이다. 본교의 스승과 교토학파의 대가 미키 기요시와의 사상적 대결은 이병주를 포함한 동료 대학생들에게 있어서도 큰 관심의 대상이 되었던 것은 당연한 일이었다.

김윤식은 작품 속에 등장하는 고바야시 히데오와 미키 기요시의 비교론에 대해 다음과 같이 주장한다.

> 고바야시 히데오(小林秀雄, 1902-1983)이냐 미키 기요시(三木清, 1897-1945)이냐, 이 두 가지가 1940년 무렵의 메이지대학 전문부 문예과 학생들의 최대 관심사였다. 이 무렵 일본 지식인의 관심사가 여기 있었던 만큼 학생층에도 그대로 반영될 수밖에 없었다. (중략) 유태림=이병주의 도식에서 볼 때, 미키냐 고바야시냐의 비교론은 바로 메이지대학 문예과에 다닐 때의 문학 지망생인 이병주의 판단이 아닐 수 없다. 미키 쪽이 '계몽적 교양적'이라면 또 그것이 체계성을 앞세우는 것이라면 고바야시의 그것은 비체계적이자 '교양적 계몽적'인 것

22) 일본의 제국대학은 1886년 제국대학령이 공포되면서 도쿄대학을 제국대학으로 칭한 것을 시작으로, 각 지역 총 9개교를 설치함으로써 명실상부한 일본의 명문대학으로 자리잡았다. 도쿄제대(1877), 교토제대(1897), 도호쿠제대(1907), 규슈제대(1911), 홋카이도제대(1918), 경성제대(1924, 광복 후 서울대로 개칭), 타이페이제대(1928, 타이완대학의 모체), 오사카제대(1931), 나고야제대(1939)가 있었다.

과 구별되는 '문화적인 국면'이라고 이병주는 말했다.

'교양적 계몽적'과 '문화적인 국면'이란 어떤 차이성을 내포하고 있는 것일까. 레토릭이냐 체계냐, 단편적 / 촌철살인적 수사학이냐 설사 좀 둔하더라도 일관된 체계 속의 사유냐에서 유태림=이병주의 입장은 어느 쪽도 버릴 수 없다는 것으로 정리된다. 촌철살인적이고 단편적이며 화려한 수사학도 포기할 수 없지만 엉성해도 체계적 사유도 떠날 수 없다는 것. 이를 증명해 보이고자 한 것이 『관부연락선』(1970)이고 대표작 『지리산』(1978)이 아닐 수 없다. 미키의 '교양적 계몽적'인 것에다 고바야시의 레토릭을 결합시킴에 그 창작 의도가 놓여 있었기 때문이다. 이 사실의 중요성은 아무리 강조되어도 지나침이 없는데, 당초부터 작가가 되기 위해 정규대학 문예과를 다닌 거의 유일한 조선인이 이병주인 까닭이다. 우연한 계기로 작가가 된 것이 아니라는 사실이야말로 이병주의 고유성인데, 이를 최대한으로 충격케 한 것이 바로 학병체험이었다. 학병체험 속엔 미키적인 '교양적 계몽적'인 것과 고바야시의 레토릭이 들끓고 있음은 이런 곡절에서 왔다.[23]

김윤식은 이병주가 정규대학 문예과 출신이라는 사실과 학병을 체험했다는 점에 작가적 고유성을 가진다고 설명하면서 이병주가 당대 최고의 문예사상가, 고바야시 히데오와 미키 기요시의 영향 아래에 있음을 주장한다. 그의 학병체험은 특히 "미키적인 '교양적 계몽적'인 것과 고바야시의 레토릭이 들끓고 있"다고 보았기 때문이다. 그 결과물이 『관부연락선』과 『지리산』이라는 것이다. 또한 김윤식은 고바야시 히데오와 미키 기요시의 교양주의

23) 김윤식, 『이병주 연구』, 국학자료원, 2015, pp.11-14.

는 서양사상사를 일방적으로 모방하고 있다고 보았다.

> 대체 철학이란 무엇인가. 여기에는 '계몽적 체계적인 것'과 '촌철살인적/ 직관적/ 예술적/ 단편적인 것'으로 대별되려니와 어느 쪽이든 서양사상사를 일방적으로 모방함에 놓여 있었다. 미키 기요시냐 고바야시 히데오냐의 문제에서 볼 때 이를 통틀어 교양주의라 불렀다. 톨스토이, 도스토옙스키, 나쓰메 소세키, 니체, 쇼펜하우어 등이 이른바 그들이 통과해야 될 교양으로서의 문학과 철학이었다. 이것이 '부르주아의 현상유지의 구실'에 지나지 않음을 간파한 뒤에는 사회를 개조해야 한다는 마르크스주의가 교양의 중심점으로 놓였을 때가 1920년대였다. 마르크스, 엥겔스, 크로포트킨 등을 읽어야 했다. 마르크스주의 신인회가 학교 내에서 조직되자 탄압이 심해졌고 불안 사조가 유행했다. 미키 기요시와 고바야시 히데오의 시대가 온 것은 1930년대였다.[24]

일본의 사상사에 있어 1930년대는 이 '교양주의'를 중심으로 이루어졌음은 미키 기요시와 고바야시 히데오를 통해서도 파악되는 바, 김윤식의 지적은 타당하다. 그것은 일본의 근대화가 다름 아닌 서양을 모방하거나 서양화하려고 했던 특징과도 무관하지 않기 때문이다. 일본의 근대화는 로쿠메이칸(鹿鳴館)[25]이 상징하는 것처럼 서양화였던 까닭이다.

---

24) 위의 책, pp.16-17.

25)로쿠메이칸(鹿鳴館)은 국빈이나 외교관을 대접하기 위해 메이지(明治) 정부에 의해 세워진 사교장이다. 로쿠메이칸을 중심으로 한 외교정책을 '로쿠메이칸 외교'라고 부르며, 서구화주의가 팽배해진 메이지 10년대 후반, 즉 1880년대 초반을 '로쿠메이칸 시대'라고 부르기도 한다. 여성들은 서양 드레스와 하이힐의 차림으로 로쿠메이칸을 드나들었으며, 남성들 또한 양복과 모자와 고모리(蝙蝠) 양산 등으로 외양을 꾸며 서양인들에게 서양인을 흉내 내는 '원숭이'의 모습으로 묘사되기도 했다. 로쿠메이칸은 당시 극단적으로 내달리던 일본의 서구화정책을 상징한다.

라) 문인들의 집결지, 도쿄(東京) 다바타(田端)

작가 이병주에게 있어 도쿄는 어떤 곳이었을까? 도쿄 소재의 메이지대학 문예과 출신의 그가 일본 근대 문학가들을 동경하고 그들을 정신적 지주로 삼았음은 그의 작품 속에 등장하는 방대한 근대 문학인의 이름과 그들의 작품 비평을 통해 알 수 있다. 자신의 유학지이고, 일본 문학인들이 활동했던 무대가 도쿄였던 까닭에 이병주에게 있어 도쿄는 문학공부의 장이요, 문학인들과 함께 호흡할 수 있는 경이로운 장소였음이 분명하다. 『관부연락선』의 유태림이 아쿠타가와 류노스케(芥川龍之介)의 집을 지날 때의 경외에 가까운 심정은 이병주가 일본 문학인들을 대하는 태도에 대해 알려주고 있다.

> 이치라쿠소 아파트는 시전(市電) 도사카(動坂)[26] 정류소에서 성선(省線)[27] 다바타역(田端驛)으로 가는 한길의 중간쯤 지점 오른편에 자리잡고 있었다. 그 뒷길을 산허리 쪽으로 올라가면 자살한 지 십수 년이 지났어도 아직껏 명성이 높은 작가 아쿠타가와 류노스케의 집을 볼 수가 있었다. 간혹 그 방향으로 산보를 나가면 아쿠타가와의 집 앞에서 서성거려볼 때도 있었다. 울창한 정원목에 둘러싸인 한적한 목조 2층 건물이었다. 그 속에서 아쿠타가와의 미망인이 히로시(比呂志), 다카시(多加志), 야슨시(也寸志) 삼형제를 거느리고 산다고 들었을 때 전설을 육안으로 보는 것 같은 신선한 놀람을 느끼기도 했었다.[28]

예술가와 문인들이 많이 모여 살던 다바타(田端) 일원은 아쿠타가와 류노

26) 원래의 지명은'도자카(どうざか, 動坂)'임.

27) 현재의 JR(Japan Railroad)의 전신인 철도성(鉄道省)이 운영했던 일본국유 철도선.

28) 『관부연락선 2』, p.152.

스케뿐만 아니라 언문일치운동을 벌였던 『뜬구름(浮雲)』(1887)의 후타바테이 시메이(二葉亭四迷), 『문예춘추(文芸春秋)』(1923)를 창간한 극작가이자 소설가 기쿠치 칸(菊地寬), 일본 최초의 여성문예지 『세이토(青鞜)』(1911)를 주재한 여성해방운동의 선구자 히라쓰카 라이초(平塚らいてう), 일본 근대시의 새로운 지평을 열었다고 평가받는 '근대시의 아버지(近代詩の父)' 하기와라 사쿠타로(萩原朔太郎), 시인 무로 사이세(室生犀星), 여성작가 하야시 후미코(林芙美子), 프롤레타리아 여성문학가 사타 이네코(佐田稻子), 당대의 최고의 비평가 고바야시 히데오(小林秀雄) 등이 생활하던 곳이다. 문인들뿐만 아니라 음악가, 미술가 등의 예술가가 이곳에 모여 살았는데, 이 지역을 다바타 문사촌(田端文士村)이라고 부른다. 현재는 다바타문사촌기념관[29]을 짓고 이 일대를 관리하고 있다.

다바타는 도쿄의 북구에 위치한 곳으로 닛포리(日暮里)와 우에노(上野) 근교에 있다. 특히 도쿄의 우에노(上野)는 삼림이 우거져 사람들이 즐겨 찾는다. 그러나 우에노가 단순히 녹음 짙은 공원이기만 한 것은 아니다. 역사적으로, 혹은 지리적으로 요충지이기 때문이다. 우에노는 도쿠가와(德川) 막부가 에도(江戶, 현재의 도쿄)에 진입할 때 격전이 벌어졌던 곳이고, 1883년 우에노역 개업 이후에는 동북지방으로 출발하는 시발역으로 도쿄 북쪽의 현관 역할을 담당했다. 야마구치현(山口縣)의 시모노세키(下關)가 대륙으로 향하는 출발지라면, 도쿄의 우에노는 일본 국내의 동북으로 향하는 시발지이다.

일본 각지로 떠날 수 있는 출발역의 소재지이자 한반도에서 건너온 서양에로의 진출을 도모한 조선인 유학생들의 도착지 도쿄는 서양의 사상과 문

29) 다바타문사촌기념관(田端文士村記念館) 홈페이지 http://www.kitabunka.or.jp/tabata/

물이 우선적으로 유입되던 곳이었다. 바로 그 도쿄에서 유태림은 동기 일본인과 함께 계몽적 교양에 대해 토론할 수 있었다. 이들은 우에노 공원에 있는 사이고 다카모리(西郷隆盛)[30]의 동상 밑에서 용변을 볼 정도로 기개 있는 무리였지만, 유태림은 고등계 형사로부터 감시받는 일개 조선인 유학생일 뿐이었다. 유태림은 도쿄의 에트랑제였던 것이다.

메이지대학의 스루가다이(駿河台) 캠퍼스는 다바타와 우에노에서 그리 멀지 않은 곳에 위치해 있어, 메이지대학에 재학했던, 더군다나 문예과에 재학했던 대학생들은 이 일대를 자신들의 생활터전으로, 문인 선배들과 소통하는 장소로 활용했다. 특히 소설에서는 삼류, 혹은 사류 대학이라고 표현하고 있지만 A대학 즉, 메이지대학은 당대 최고 지성인의 결집소였다고 할 만하다. 당시의 최고 지성인 미술평론가 이타가키 다카오(板垣鷹穂)[31], 소설가인 영문학자 아베 도모지(阿部知二), 소설가이자 평론가였던 불문학자 곤 히데미(今日出海)가 교수로 재직하고 있었고, 이들과의 토론이 자연스럽게 이루어질 수 있었기 때문이다. 이와 같은 최고 지성과의 토론이 가능했던 것은 그 장소가 도쿄이었기에 실현될 수 있었던 유태림으로 분한 작가 이병주의 소중한 경험이었다.

『관부연락선』에서는 도쿄에서 활동하는 많은 지식인과 문학인, 예술인들의 이름이 거명된다. 앞서 언급된 문학인들 외에도 시마키 겐사쿠(島木健作), 오카모토 가노코(岡本かの子), 오사나이 가오루(小山内薫), 우에다 히로시(上田廣), 기시다 구니오(岸田國士), 이와타 도요오(岩田豊雄) 등의 이름이 제시된 것은 작가의 문학에 대한 갈망의 표출이 아니었을까.

30) 메이지 유신을 이끈 지도자 중 한 사람. 일본정신(야마토 다마시이, 大和魂)을 실천한 인물로 존경받음.

31) 소설에서는 이타가키 다카오의 한자이름을 '板垣鷹雄'로 오기하고 있다. 원래는 '板垣鷹穂'임.

4. 지식인의 탄식이 시(詩)로 화하다

도쿄에서 스스로 에뜨랑제로 인식한 유태림의 탄식이 하기와라 사쿠타로(萩原朔太郎)의 시 「도네가와 강가(利根川のほとり)」(1913)라는 시로 표현된다. 작품 속의 시는 실제 시의 축약된 형식으로 소개되어 있다.

오늘도 나는 도네가와에 와서 / 내 몸을 던지려고 했더니 / 물살의 흐름 너무나 빨라 / 내 마음 진정치 못한 채 / 종일토록 돌을 던지며 지냈다[32]

きのふまた身を投げんと思ひて / 利根川のほとりをさまよひしが / 水の流れはやくして / わがなげきせきとむるすべもなければ / おめおめと生きながらへて / 今日もまた河原に來り石投げてあそびくらしつ / きのふけふ/ある甲斐もなきわが身をばかくばかりいとしと思ふうれしさ / たれかは殺すとするものぞ/抱きしめて抱きしめてこそ泣くべかりけれ.

(어제 또 몸을 던지려고 / 도네가와 강가를 서성댔지만 / 물살 빠르고/나의 탄식 막을 길 없어 / 뻔뻔스레 목숨 부지한 채 / 오늘도 강가에 와서 돌 던지며 노닌다/ 어제 오늘 / 아무런 보람도 없는 이 몸을 수의로 감싼 것 마냥 애처로이 여기는 기쁨 / 누군가는 죽어야 한다고 하네 / 안기어서 부둥켜 안기어 울고만 싶어라)

–「도네가와 강가(利根川のほとり)」전문

도네가와는 일본에서 가장 큰 강으로 수원(水源)이 있는 군마현(群馬縣)에

32) 『관부연락선 2』, p.208.

서 시작하여 도쿄를 관통, 지바(千葉)를 지나 태평양으로 이어진다. 때문에 도네가와는 하기와라 사쿠타로에게 있어 세상을 의미했으리라 생각된다. 이 시를 통해 거대하기만 한 세상에 대한 자신의 무기력함을 인지한 지식인의 탄식과 외로움이 전해지는 까닭이다. 도쿄를 떠나는 유태림이 이 시를 암송한 것은 하기와라 사쿠타로의 그 탄식과 외로움이 그대로 자신의 것이었음을 나타내었다고 할 수 있다.

『관부연락선』의 결말부분 '유태림의 수기 5'에서 유태림은 또다시 시를 차용한다. 이번에는 한국 시인 김광섭의 「어느 해의 자화상」이다. 소설에서는 '이 해의 자화상'으로 소재되었으나 시 전문은 오기나 누락 없이 그대로 차용되었다.

> 장미를 얻었다가/장미를 잃은 해 // 저기서 포성이 나고/여기서 방울이 돈다 // 아침에 나갔던 청춘이 저녁에/청춘을 잃고 돌아올 줄 몰랐다//의사는 칼슘을 권하고/동무는 술잔을 따랐다 // 드디어 애수를 노래하여/익사 이전의 감정을 얻었다 // 흰 종이에 힘없는 팔을 들어/이 해의 꽃을 담뿍 그렸다.[33]

작가 이병주는 유태림을 통해 시 한 편으로 자신의 심경을 효과적으로 드러내고 있다. 「도네가와 강가에서」 느꼈던 세상에 대한 에뜨랑제, 혹은 도쿄에서의 이방인으로서의 감상을 드러내었고, 「어느 해의 자화상」에서 격침된 관부연락선에서 익사되어간 민족에 대한 애수어린 감상이 표출되고 있는 것이다.

33) 위의 책, pp.363-364.

5. 『관부연락선』이 닿는 곳

관부연락선은 한국 부산과 일본 시모노세키를 오고가는 선박이기에 그 배 안에서의 풍경은 한국적이거나 일본적일 것으로 의례 상상한다. 하지만 실제 관부연락선에 승선하여 선박 안을 돌아다니다보면 상상했던 어떤 고정된 이미지와는 사뭇 다른 전경이 펼쳐진다. 가방 가득 물건을 싣고 장사를 떠나는 현대판 보부상, 일명 '보따리장수'들이 너무나도 익숙하게 배 안을 휘젓고 다니며 관광객들에게 이것저것 참견하는 모습, 일본인은 조용하고 예의바르다는 이미지와는 다르게 일본 보따리장수들이 끊임없이 수다스럽게 이야기하는 모습, 가족 단위의 관광객, 여행을 즐기는 연인들의 모습을 볼 수 있다. 어떤 이국적인 풍경이라기보다 익숙한 우리의 모습이 목격되는 까닭에 관부연락선을 처음 이용할 때에는 그 익숙함에 놀란다. 해상에서의 이들은 부산도 시모노세키도 아닌 곳에서 그저 자신들의 풍경을 제공하기 때문이다. 이곳에서만큼은 한국인, 일본인의 모습이 아닌 그저 사람 풍경을 보여줄 뿐이다.

관부연락선은 1905년부터 1945년까지, 1970년부터 현재에 이르기까지 같은 항로를 이용하여 부산과 시모노세키를 오고간다. 1965년 한일 간 국교가 정상화되어 1945년 이후 단절되었던 관부연락선을 재개하자는 움직임이 일었다. 작가 이병주는 과거 자신이 직접 이용했던 관부연락선에 남다른 감회에 젖었을 것이라고 생각한다. 관부연락선 재개통 시점에 이병주는 『관부연락선』을 집필했다. 과거 역사를 잊지 않기 위해 관부연락선의 상징성을 재확인하고자 한 의도였지 않았을까 생각된다. 그 확인의 장으로서의 『관부연락선』은 당시 지식인들의 고뇌와 외로움이 그대로 독자에게 전해졌고, 우리의 역사를 다시금 생각하도록 촉구했다. 이 모든 것이 가능했던 것은 작가 이병주가 자신의 체험을 기억하고 기록할 수 있었기에 가능했던 일이다. 아니 잊을 수 없는 체험, 그것이 이병주 문학의 원동력이 되었던 까닭이다.

아쿠타가와 류노스케의 집 주위를 서성거리며 문학인의 터전을 경험하고 고바야시 히데오에게 사사받으며 시대의 교양을 익혔던 작가 이병주는 스스로 도쿄의 이방인을 자처했다. 관부연락선을 타고 광복 전 일본과 한반도를 오가며 '사의 찬미'의 윤심덕과 김우진을 삼킨 현해탄을 바라보았을 작가 이병주. 그는 어디에서나 이방인이었을 조선인의 심정을 그대로 묻어둘 수는 없었을 것이다. 관부연락선이 물리적으로 닿는 곳은 부산과 시모노세키였으나, 그의 소설 『관부연락선』은 당시 관부연락선을 통해 오갔던 조선인의 마음에 닿아 있다. 그리고 오늘날의 독자의 마음에 닿아 있다.

예술

「소설 · 알렉산드리아」에 흐르는 시심과 시정

강희근

'테러리즘 – 예술'의 자율성과 익명성

– 이병주의 「그 테러리스트를 위한 만사」를 중심으로

이광호

「소설 · 알렉산드리아」에 흐르는 시심과 시정

강희근

1.

이병주(1921~1992)의 처녀작은 부산일보에 연재한 〈내일없는 그날〉(1957)이다. 그러나 그의 데뷔작이라 일컫는 작품은 1965년 『세대』지에 발표한 중편 「소설 · 알렉산드리아」이다. 이로부터 본격적인 창작활동으로 들어섰기 때문에, 또 작품성이 우수하다는 측면에서 「소설 · 알렉산드리아」를 데뷔작으로 보는 것일 터이다. 본고에서는 「소설 · 알렉산드리아」에 드러나 있는 소설 창작 방법론으로 칠 수 있는 '시적 장치'에 대해 살펴보고자 한다.

이병주는 그의 어록에서 "역사는 산맥을 기록하고 나의 소설은 골짜기를 기록한다"고 했고 "기록이 문학으로서 가능하자면 시심 또는 시정이 기록의 밑바닥에 지하수처럼 스며 있어야 한다는 것이 나의 문학 이론이었다"고 했다. 이 두 어록을 정리하면 "나의 소설에서는 역사의 기록성이 중요한데 기록의 경우 그 밑바닥에 '시심' 또는 '시정'이 흐르는 것을 지향한다"가 된다. 그렇다면 데뷔작인 「소설 · 알렉산드리아」에서의 시심 또는 시정은 어떻게 흐르는 것일까? 이 물음을 풀어내는 것이 본고의 도달점이 된다 하겠다.

2.

이병주의 「소설 · 알렉산드리아」를 통독하면서 필자가 느낀 것은 그의 문장이 의외에도 '시적이다'라는 것이다. 그가 말한 대로 시심과 시정이 때로는 도도히 흐르기도 하고 때로는 조용조용 문맥의 밑에 숨겨져 흐르기도 한다.

소설가들의 소설 도입부가 대개가 그러하듯 이 작품에서도 도입부가 현란한 심상을 드러내 보인다.

> "밤이 깔렸다.
>
> 짙게 깔려진 밤을 바탕으로 수백만의 전등불이 알렉산드리아의 밀도와 지형 그대로의 현란한 수(繡)를 아로새긴다. 밀집한 성좌와 같은 그 현란한 등불의 수는 중천에까지 하레이션을 서리우고 하레이션 저편에 두터운 허공, 그 위에 드높이 천상의 성좌가 고요하다."

이런 대목은 기록자의 문장이 아니라 심상의 언어로 되어있다. 등불을 지상의 '성좌'라 하고 하늘의 별을 '천상의 성좌'라 하여 앞으로 나올 인물들이 '성좌'라는 이미지를 드러낼 것이라 암시해 준다. 그의 소설에 나오는 문장에서의 키워드는 하나의 상징성을 드러내면서 심상의 흐름을 주도하고 있다. 작중 인물인 '형'이 아우에게 보내는 편지글에 스스로를 칭하여 '황제'라 하는데 그것 역시 하나의 상징이다.

> "지금의 나는 너와 더불어 알렉산드리아에 있다는 환각을 얻으려고 애쓰고 있다. 진짜의 나는 너와 더불어 알렉산드리아에 있고, 여기에 이렇게 웅크리고 있을 나는 나의 그림자, 나의 분신에 불과하다는 환각을 키우려는 것이다. 사랑

하는 아우, 웃지 마라. 고독한 황제는 환각 없인 살아갈 수 없다……"

따옴 문장에 흐르는 것은 '형'의 알렉산드리아에 관한 환각이다. 환각이 심상이고 그 상태가 심상의 번짐에 해당된다. 주목되는 말은 '형'이 스스로를 '고독한 황제'라 한 것이다. 이것은 역설이기도 하고 시에서의 오우버스테이트먼트(over statement, 일명 과장)이기도 하다. 그것이 환각의 산물이다.

「소설 · 알렉산드리아」에서의 심상의 언어는 여러 가지 갈래로 드러나는데 시 구절의 인용, 반복, 병치, 나열, 객관적 상관물 같은 인자들이 흐름에 동참하고 있다. 특히 한용운의 〈알 수 없어요〉에 나오는 "타고 남은 재가 다시 기름이 됩니다"를 인용하는데 옥중 편지에서 '형'이 이 구절에서 구원을 얻는다고 밝히고 있다. 마지막인 듯한 잿더미에서 다시 희망이 시작된다는 뜻을 위해 쓰이고 있는데, 절망의 현실 속에서 미래가 있음을 스스로에게 각인시켜 주는 역할을 하고 있다. 이병주가 소설에서의 시적인 장치 마련에 얼마나 전략적 노력을 하고 있는지를 가늠해 볼 수 있는 대목이 되어 준다.

반복 기법은 여러 군데서 드러나지만 필자의 눈에 들어오는 것은 작중화자인 '나'의 클라리넷 연주를 듣고 불란서 사람이면서 화란선을 타는 외항선원 마르셀 가브리엘이 "당신의 클라리넷은 진짜요"라는 그 말이다. 이 말을 화자인 '나'가 다시 듣게 되는데 알렉산드리아에 있는 나폴레옹 호텔의 주인이 그 클라리넷 연주 소리를 듣고 "당신은 진짜 프린스다"라고 한 것이다. 이병주 소설에서 이 '진짜'라는 말은 이병주 소설 인물 특유의 천재성과 이어지는 말이다. 이병주 소설 속 인물들이 대체로 천재가 많이 등장하는데 진짜라는 것은 천재라는 말의 동의어로 읽힌다. 그 '진짜'라는 말의 되풀이는 그냥 지나가는 말이 아니라 이병주의 의식 속에 박혀 있는 천재지향성이라는 면에서 의미가 있다 할 것이다.

「소설 · 알렉산드리아」에서 심상의 흐름에 기여하는 것으론 상상적 나열, 또는 병치 같은 것이 눈에 띈다.

> 두터운 담장의 일부에 거기만 푸르게 페인트칠한 문, 두 사람이 한꺼번에 들어갈 수는 없을 정도로 좁고, 키 작은 사람이라도 난쟁이가 아니면 꾸부리지 않고는 들어갈 수 없을 정도로 낮은 문.
>
> 문. 대통령이 대통령으로서 관저로 들어가는 문. 유적(流謫)의 황제가 유랑의 길에 나서기 위해 나서는 문, 어린 학생이 란도셀을 메고 학교로 들어가는 문, 안주와 미희가 기다리는 요정으로 통하는 문.
>
> 인간의 생활이란 따지고 보면 문을 드나드는 행동에 불과하다.

따옴 대목은 '형'의 편지글에 나오는 것인데 '형'이 감방의 창을 통해 내려다보이는 사형장의 입구를 그린 내용이다. 그 입구는 좁고 낮은 문이라 해놓고 이어 '문'의 갈래를 나름대로 상상하여 나열한다. 4개의 '문'을 나열해 놓았지만 이 세상에서 들어갈 수 있는 문이 수도 없이 많다는 점을 환기시켜 준다. 문의 나열, 이것이 시적이다. 상상의 이행이라 할까. 심상의 전개라 할까. 거기서 팽팽한 긴장이 만들어져 사형장으로 가는 문의 불길함을 해소시켜 주는 것처럼 보이지만 사실은 그 불길을 부채질해 주고 있다. 김수영 시에서 보이는 '이행의 말' 내지 '맴도는 말'의 효과를 보여준다.

또 이병주 특유의 심상의 기법에 속하는 객관적 상관물의 활용이 돋보인다. '나'와 작중 인물인 무희 사라가 카바레 안드로메다가 있는 12층 귀빈실에서 만나 대화를 나누던 중 식탁 위에 놓여있는 꽃을 두고 '나'는 "이 꽃 이름이 뭐지요?"하고 묻는다. 사라는 "브렌데리아란 꽃이에요."하고 대답한다. 그때 '나'는 일본에서 '형'과 하숙을 같이했을 때 꽃을 좋아하는 하숙집

옆집 주인을 떠올린다. 그런데 그 사람이 전직 경찰관으로 일제때 우리 동포를 고문했던 악질분자라는 것을 알게 되면서 꽃에 대한 혐오감을 가지게 된 것을 기억해 낸다. 한편 사라도 아우슈비츠 수용소장의 아내가 가스실에서 죽어나온 시체들을 태운 재를 가지고 장미를 잘 가꾸었다는 사실을 알고 난 후로 장미(꽃)에 대한 극도의 혐오감을 가졌다는 것을 생각해 낸다. 작가는 '꽃'이라는 상관물로 두 사람이 무엇에 관심을 가지고 있는가를 암시해 주고 있다. 역사적 단편이 진술이나 서술로 기록되는 것이 아니라 심상으로 상관물로 환기되게 하고 있다. 소설가의 시적 전략인 셈이다.

3.

「소설 · 알렉산드리아」에서 주목되는 것 중의 하나가 표현의 광역성이다. 인물이나 배경, 역사적 사건들이 시대를 뛰어넘어 국경을 뛰어넘어 함께 아우러진다. 멀리 있는 것들이 하나의 자장 안으로 들어 병치나 통합을 이루면서 자아내는 것이 시심이거나 시정이다. 말하자면 이질적인 것들의 통합이라는 쪽에서 보면 시에서의 포괄의 시론에 드는 것으로 칠 수 있다. 양극의 팽창력이 결합되는 두 대상 사이의 거리가 멀면 멀수록 새롭고 기이한 이미지를 창출한다는 휠라이트의 방법도 따지고 보면 포괄의 자장 형성과 다르지 않다고 할 수 있다.

한국의 어떤 항구 카바레의 밴드 마스터인 '나'와 불란서 출신 외항선원 마르셀 가브리엘, 그리고 '나'와 알렉산드리아 나폴레옹 호텔의 사장, 알렉산드리아에 있는 카바레 안드로메다의 무희 사라 안젤, 독일 출신 한스 셀러 등이 어우러지기 전에는 모두 낯선 사람들이다. 낯선 사람들과의 만남은 서로에게 정서적 긴장을 주는데 낯선 것이라도 우연으로 만나기 힘든 낯선 것일 때 긴장의 팽창은 극에 달한다. 이병주는 이런 긴장을 즐겁게 만들어 내는 작가다. 시에서의 이국적 정조라든가 신비감 같은 것이 시적 상황을 형성할 때 시 읽기의 감동은 배가되기 마련이다.

또 소설에서의 배경과 배경과의 연결도 낯선 지역과 낯선 지역의 전혀 엉뚱한 거리감을 보여주는 것으로 드러난다. 이야기의 순서대로 추적하면 다음과 같다.

1) 코리아의 어떤 항구 카바레 → 서울의 감옥 → 알렉산드리아의 호텔 나폴레옹 → 알렉산드리아의 카바레 안드로메다
2) 한국의 법정 → 나폴레옹 시대의 호텔 → 리오데자네이루 → 일본 동경 하숙집 → 아우슈비츠 → 스페인 게르니카 → 수천년 전 이스라엘 → 미국의 백악관 → 나치시대의 독일 바이에른 → 프랑크푸르트 → 알렉산드리아 법정 → 예수의 무덤

1)은 이야기가 이루어지는 배경을 순서에 좇아 추적한 것이고 2)는 이야기 속의 작은 에피소드를 각인시키는 부대 배경을 순서에 좇아 추적한 것이다. 1)의 연결선에서는 전혀 이질적인 배경들이 이어지면서 스케일을 넓혀 나가고, 2)의 연결선에서는 작은 에피소드들이 산발적으로 출몰하면서 1)의 연결선과 각각의 지점에서 만나는 지점을 형성한다. 소설에서 이만한 배경의 연결선이야 있을 수 있지 않겠느냐는 반론도 있을 수 있겠지만 이처럼 광역권을 형성하면서 작품의 복선, 작가의 교양과 지식을 집합해 보이는 일은 한국 소설사에서 드문 일이라 여겨진다. 그런 전략은 시적으로 말하면 포괄의 시학이 된다.

「소설 · 알렉산드리아」의 표현의 광역성은 거리가 먼 역사적 사건이 하나의 주제 안에서 통합되는 경우가 그 최종의 절정을 이룬다. 한국에서 일어나는 5 · 16 군사혁명이 그 단초를 이루는 사건이다. 이어서 등장하는 사건이 스페인 내란 이후의 나치독일이 저지른 게르니카 폭격사건이고 그 다음 사건이 나치독일의 게슈타포가 저지른 대규모 바이에른 살상사건이다. 한국에서 일어난 5 · 16 군사혁명과 뒤에 등장하는 두 개의 나치독일이 저지른 끔찍한 사건은 시대나 배경이나 진행 과정면에서 매우 이질적이다. 그런데도 작가는 천연덕스레 3개의 사건을 3개의 축으로 놓고 하나의 전망 안으로 끌어들이고 있다. 나치독일의 인권 침해와 대규모 살상 사건이 한국의 5 · 16과 무슨 연대를 가지는가? 무슨 역사적인 유사성이 있고 서로가 서로에게 계기와 동인이 되는가? 작가는 '형'의 손으로 편지를 쓰게 하지만 편지 내용에는 다른 사건에 대한 별다른 판단이나 주석이나 직접적인 이해를 도와주는 언급이 없다. 어쩌면 답답한 일이다. 그런 반면에 알렉산드리아에서는 뒤의 두 사건에서 피해를 입은 사라와 한스의 복수극이 숨가쁘게 진행되고 있다. 이것은 필자가 볼 때 매우 시적인 암시와 대조, 대비라는 배경 바깥의 상상을 요구하는 수법임이 분명한 것이다. 직접적으로 말하지 않고 알아들을 자는 상상으로 알아들어라는, 시에서의 암시적 화자. 내포의 넓이를 보여 주는 기법에 다르지 않다는 것이다.

필자는 이 소설을 읽으면서 중간 중간 작가는 이 소설을 작심하고 썼구나, 라는 추임새를 넣기도 했다. 작심이라니, 작심은 시적 전략의 작심이다.

4.

필자는 「소설 · 알렉산드리아」를 다 읽고 책을 덮으면서 두 사람의 말이 떠올랐다. 한 사람의 말은 이형기 시인의 말인데 "이병주는 우리나라 작가 중에서 가장 교양이 해박한 사람으로 그것이 소설 편편에 드러나 있다."고 했다는 것이다. 또 한 사람의 말은 김인환 평론가의 말인데 작가를 방문했을 때 이병주는 "김 교수는 어째 그리 소폭(小幅)인가?"라 했다는 것이다. 두 사람의 말은 이병주가 해박한 교양을 지녔고 방대하게 열려 있다는 점에 유의한 것으로 이해되었다. 「소설 · 알렉산드리아」를 통해 두 사람이 들려준 말이 말로서만 지나가는 것이 아님을 인정한 셈이 되었다. 거기다 작가의 '작심'이 소설에서 시심과 시정이 흐르게 하는 데 있었음을 확인하고 아울러 그 장치가 매우 다양하게 드러나 있음도 확인했다. 확실히 이병주는 데뷔작 「소설 · 알렉산드리아」를 놓고 볼 때 '준비된 소설가'다. 아무나 따르기 힘든, 몸으로써의 준비, 교양으로써의 준비를 충실히 이행했던 작가로 기록될 수 있을 것이다.

‘테러리즘—예술’의 자율성과 익명성

- 이병주의 「그 테러리스트를 위한 만사」를 중심으로

이광호

이병주의 문학은 그 장대한 집적과 문학적 스케일로 독자를 압도한다. 그 규모를 가늠하기 힘든 이병주 문학의 실체에 도달한다는 것은 가능한 것인가? 이를테면 ‘이병주 문학’이라는 하나의 문학적 동일성이 존재한다는 것을 어떻게 확인할 수 있을까? ‘이병주 문학’은 아마도 이병주라는 작가적 주체에게 환원되는 동일성이기 보다는, ‘이병주 문학’이라고 불리우는 어떤 내재성의 이름일 것이다. 그것이 내재성의 이름이라는 것은 이병주의 각각의 텍스트들이 하나의 문학적 주체이면서, 그 주체들은 외부와의 만남을 통해 그 의미내용을 변화 시킬 수 있다는 것을 의미한다. 이병주 문학에 대한 기왕의 호명들이 가진 권위[1] 사이에서, 이병주의 문학의 복수성과 그 개별적 주체들의 징후적 발언에 귀를 기울인다면, 이병주 문학에 대한 생성으로서의 독서가 가능할 수 있을까?

이병주의 후기 문학을 대표하는 소설 「그 테러리스트를 위한 만사」(1983)

1) 대표적인 것은 다음과 같다. 김윤식 「한 자유주의 지식인의 사상적 흐름, 김인환 「천재들의 합창, 김종회 「근대사의 격랑을 읽는 문학의 시각, 정호웅 「영웅적 인물의 행로, 이재복 「딜레탕티즘의 유희로서의 문학」

는 이념과 예술에 대한 이병주의 사유가 종합에 도달한 소설로 평가받는다. 이 소설이 이병주의 문학의 동일성을 지탱하는 핵심적인 텍스트라고 말하기는 쉽지 않다. 『소설 · 알렉산드리아』와 『지리산』같은 다른 대표작들에 비해 이 소설이 더욱 근원적인 지점에 가닿고 있다고 말할 수 있는 실체적인 근거는 없다. 하지만 이 소설은 이병주 문학의 하나의 특이성을 드러내준다는 측면에서, '이병주 문학'이라는 내재성의 이름에 대한 '다시 읽기-다시 쓰기'의 계기가 되어줄 수 있다.

제목에서 드러나 있는 대로 이 소설은 한 늙은 테러리스트에 대한 소설적 독해라고 할 수 있다. '만사'라는 표현이 드러내고 있는 것처럼, '죽은 이를 슬퍼하며 지은 글'이라는 성격이 처음부터 제시되어 있다. 그것은 이 소설이 한 인간에 대한 일종의 '애도'의 서사라는 것을 강력하게 암시한다. 여기서 애도는 공식적인 역사 뒤에서 사라진 개별자들의 작은 역사를 둘러싼 슬픔이다. 승리한 역사에 의해 역사의 뒤편에서 이름 없이 사라진 사람들에 대한 애도. 그러나 그 애도는 단순히 슬픔의 감정을 드러내는 것이 아니라, 잊혀져버린 과거를 어떻게 다시 드러내고 표상하는가 하는 애도의 정치학 혹은 '기억투쟁'의 문제이다. 이 소설의 애도는 역사와 인간에 대한 감상적 담론을 넘어서, 사라진 역사를 문학적으로 재생하려는 애도의 정치학과 관련되어 있다.

이 소설은 소설가로 등장하는 1인칭 작중 관찰자가 노테러리스트와 관계를 맺으면서 그의 말년의 초상을 구축한 소설이라고 볼 수 있다. 이 소설에서는 '정람 선생'이라는 인물의 면모를 드러내는 다양한 에피소드와 대화와 담론들이 등장한다. 소설의 본격적인 이야기가 시작되기 전에 서술자는 "정말 특이한 재질과 희귀한 품격을 가졌으면서도 그 보람을 꽃피우지 못하고 누항에 묻혀 살다가 세상을 떠난 사람"으로 그를 소개한다. 정람이라는 인물의 '비범함'과 그의 '불우'는 그의 삶을 요약하는 가장 중요한 요소이며, 애도의 정치학이 성립되는 근거라고 할 수 있다. 그는 자신이 태어난 해도 알지 못하는 존재이며, 그의 목숨을 건 항일투쟁은 정당하게 평가받지 못했고, 천재적인 음악을 재능을 가졌지만 그것을 세상에 드러내지 않는 사람이다. 그는 공식적인 역사에서 사라진 '부재의 삶'을 살았던 인물이다.

이 소설은 전체적으로 정람이라는 인물을 통해 '테러리스트란 무엇인가?'에 대해 끊임없이 호명하는 소설로 읽을 수 있다. 정람에 대한 인물 묘사와 테러리스트에 대한 정의 사이에서 이 소설은 끊임없이 다른 호명을 만들어낸다. 처음 정람은 '사자'처럼 "속을 알 수 없는 사람"으로 암시되며, "욕심 없이 살아가는 사람"으로 명명된다. 그는 피리를 불거나 동물구경을 하거나 "아무 짝에도 못 쓸 신화, 전설, 곤충기, 동물기 아니면 소설, 그런 따위"를 읽는 사람이다. 그는 "살아있는 박물관" 같은 존재이다. 그리고 그는 "자기 생애를 자기의 생애라고 느낄 수 없을 만큼 고독"한 사람이다. 정람의 고독은 그의 인간적 정치적 면모를 결정짓는 중요한 요소이다. 이 소설의 후반부에서 정람의 마지막 로맨스가 비극으로 귀결되고 결국, 그를 어떤 세계에도 소속되지 못하는 단독자로서의 '독신자'로 남게 만드는 것은 그래서 의미심장하다.

정람의 정치관은 독특한 것이다. 정람은 자신의 행동과 이념을 일치시키기 어려운 사람이었다. 정람의 친구 경산은 이렇게 말한다. "이곳저곳 아나키스트의 결사에 가담하여 정치활동을 한 적이 있었지만 어느 결사에도 자신의 신념이나 사상을 일치시켜 본 예란 없었을 걸 아마? 그런데도 항상 가장 위험한 일을 맡고 나섰지. 한 때 만주서 같이 지낸 적이 있지만 무시무시한 일은 꼭 자기가 맡아야 한다고 덤볐으니까." 정람은 레닌과의 교분이 있고 레닌에 대해 특별한 감정을 가지고 있는데, 그는 "공산주의는 부정하면서 공산주의의 우두머리인 레닌에 대해선 애착을 가지고 있다." 정람은 아이러니하게도 레닌으로부터 "공산주의가 불가능하다"는 것을 교훈으로 얻었다. 그가 레닌을 좋아하는 것은 그가 공간주의자여서가 아니라 "위대한 천재"이기 때문이다. 그의 정치관은 무정부주의자에 가깝지만 그의 조직은 '동남아 연방'을 건설하는 꿈을 가지고 있었다. 그는 "동양을 망치는 건 동양 내의 있어서의 내셔널리즘이야. 대국적 견지에서 이 내셔널리즘을 조정해야만" 된다고 생각하는 사람이다. 그는 국가주의적 관념에서 벗어나 있지만, '동남아 연방'이라는 정치적 비전에는 동의한다.

그는 또한 대중을 믿지 않는 엘리트주의자이다. "대중이란 건 사기꾼, 독재자, 야심가들의 미끼가 되는 재료가 아닌가. 언제 대중이 대중다운 의사를 관철해본 적이 있나? (중략) 대중에게 무슨 환상을 가지고 있는 모양이지만 그 환상에서 깨어나는 곳에서 문학이건 뭐건 시작해야" 한다고 생각한다. 또한 그는 관념적인 이데올로기를 믿지 않는 사람이다. "나는 정의를 몰라 하두 많은 정의를 보았기 때문에. 정의는 묘하거든. 그걸 실현하려고 들면 그 순간 악으로 변하는 거야. 사람을 죽이든 속이든 해야만 하는 거더만. 진리도 마찬가지지. 저 세상에서의 진리는 이 세상에서는 독이고. 이 세상에서의 진리는 저 세상에서는 독"이라는 진리의 아이러니를 받아들이면서, 그는 추상적인 정의를 믿지 않는다. 이념의 자리 대신에 그의 믿음이 자리 잡고 있는 것은 '혁명적인 열정'이다. 그런데 '혁명적인 정열'은 추상적인 정의와 무관한 것인가?

정람이 러시아 문학에서 고리키보다 더욱 인정하는 사빈코프는 테러리스트이며 작가이다. 이 테러리스트의 수기가 위대한 이유를 다음과 같이 말한다. "자본가니 노동자니 하는 계급관없이 혁명적인 정열이란 것이 인간에겐 있는 것이고 이 정열이 발동하면 그 생애는 혁명적 투쟁의 생애일 수밖에 없다는 인간의 진실을 몸소 체험한 것이 사빈코프이며 그것을 기록한 것이 그의 문학이오." 여기에서 테러리스트의 수기와 문학 사이의 중요한 친연성이 등장한다. 테러리스트는 어떤 특정한 '계급관' 혹은 이데올로기 없이 '혁명적인 열정'을 가진 사람이고 이 혁명적인 열정의 기록은 문학이 될 수 있다. 이데올로기와 관련 없는 '혁명적인 열정'이란 이 문맥에서 거의 예술적 열정과 연결되어 있다. 정람에게 중요한 것은 특정한 정치적 이념이 아니라 순수하고 자율적인 혁명적 파토스 그 자체이다.

퉁소 음악이 천재적인 수준이 다다른 그는 세상에서 가장 중요한 것을 "나의 퉁소"라고 생각한다. "퉁소는 나의 생명이니까. 나를 속이지 않으니까. 나는 퉁소를 통해 비로소 나라를 사랑할 수가 있어"라고 말한다. 정람을 추종하고 그 음악을 세상에 알리려는 임영숙에게 정람은 "천의무봉의 천재"이며, 그의 음악은 '신의 것'이다. 정람은 자신의 음악을 발표하거나 이름을 붙이지 않으며 "진실로 아름다운 건 이름 같은 게 없어야 하오. 무명은 무구와 통하는 것"이라고 생각한다. 그에게 예술은 이름 붙일 수도 써먹을 수도 없는 자율적인 것이다.

정람은 스스로의 입을 통해 테러리스트를 재정의한다. 테러리스트에게는 '소명의식', 즉 운명의 부름이 있다는 것이다. 테러리스트는 "보다 큰 사랑을 위해서 사람을 죽일 수도 있"는 사람이며, "신을 대리한 섭리의 집행자"이며, "다혈질적이고 괴위하고 당당한 초인"이다. 테러리스트는 "살생하지 않아. 살사할 뿐이야. 다시 말하면 이미 죽은 자를 죽이는 거야"라고 정의된다. 테러리스트는 "죽지 못하는 자에게 죽음의 형식을 주는" 자이다. 정람이 이미 노인이 된 악독한 관동군 밀정 임두생을 끝까지 응징하려는 것은 그런 소명의식 때문이며, 그것을 멈추게 되는 것은 그가 어린 수양딸을 돌보고 있기 때문이다.

정람에 의하면, 테러리스트는 또한 "욕심이 없는 사람이다. 세계를, 사회를 시정해서 그 속에서 멋지게 살겠다는 따위의 욕심이란 없"는 존재이고 "아무런 보상도 바라지" 않는다. 때때로 테러리스트는 스스로 "결코 바라는 건 아니지만 강력한 역사의 추진자"가 되기도 하며, "원한에 사무친 인간들을 대표하는 엘리트"이다. 테러리스트 자신의 소명을 실천하기 위해 "얼음장처럼 미쳐야 하는" 존재이며, 또한 "테러리스트는 시인이다. 우주의 원한을 스스로의 가슴속에 용광로에 집어넣어 섭리의 영롱한 구슬을 주조해내는 언어 없는 시인, 영혼의 시인"이다. 테러리스트는 특정의 정치적 이념과 집단에 봉사하는 사람이 아니라, 어떤 우주적인 섭리를 자신을 통해 구현하는 예술가적 '영매'와 같은 존재이다.

테러리스트를 '언어 없는 시인'으로 명명하는 데까지 나아가면, 테러리스트의 정치적 자율성은 예술가의 미적 자율성과 거의 구분되지 않는다. 이것은 어떤 체제와 이념과 시장과도 거리를 두면서 스스로 사회의 타자의 됨으로써 자신의 예술적 개별성을 보존하려는 '모더니즘 예술가'의 미학적 투쟁을 닮아 있다. 이 지점에 이르면 「그 테러리스트를 위한 만사」는 일종의 '예술가 소설' 혹은 예술론을 펼치기 위한 서사로 읽을 수 있다. 테러리스트가 가진 정치적 자율성 혹은 자기 윤리의 문제는 예술가의 자율성의 문제와 구조적으로 닮아 있다. 정람이 정의하는 테러리스트가 어떤 이념에 헌신하지 않는 것과 마찬가지로 예술은 어떤 이데올로기에도 복무하지 않는다. 이것은 작가 이병주가 직접 표명한 문학과 이데올로기와의 관계를 둘러싼 입장과 일치한다. "어떤 이데올로기에 사로잡히면 문학은 필연적으로 비굴하게 된다. 문학이 바다이면 이데올로기는 강줄기다. 문학이 이데올로기를 재단할망정, 이데올로기의 재단을 받아선 안된다." [2]라는 작가적 발언과 연결되어 있다.

문제적인 것은 이 소설에서 무수하게 호명되는 정람이라는 인간의 테러리스트로서의 면모와 예술가로서의 기질이 하나의 동일성을 향해 나아가는 것이 아니라, 테러리스트와 예술가의 정의를 끊임없이 갱신해나간다는 데에 있다. 이 소설에는 정람이라는 인물을 통해 테러리스트를 끊임없이 호명하면서, 오히려 그 동일성을 무너뜨린다. 테러리즘에 대한 정람의 정의 자체에 징후적인 모순이 존재할 뿐 아니라, 그것은 결국 그 개념 자체를 텅 빈 것으로 만든다. 어떤 정치이념에도 기대지 않는 정치적 행동과 폭력이라는 것은 모순일 수밖에 없으며, 그 모순은 단순한 논리적인 모순이 아니라 스스로 개념화에 저항하는 파토스의 논리이다. 근본적인 차원에서 말하면 '테러리즘'이라는 용어가 자명한 것처럼 사용되는 것은 오류이고 오히려 테러리즘 운동을 도착적인 방식으로 만드는 것이 된다. 하버마스에 의하면 테러리즘은 오직 회고적인 방식을 통해서만 그 정치적 내용을 확보하며, 데리다는 테러리즘의 개념을 해체하는 것이 정치적으로 책임감 있는 유일한 행동이라고 주장한다. 문제는 테러리즘이 어떤 고정된 의미와 정치적 내용을 지니고 있다는 것을 부정하는 일이다.[3] 테러리즘을 탈개념화하고 탈정치화하며 또한 익명화하는 것, 그것은 테러리즘을 폭력적으로 규정하지 않는 담론의 방식이며, 그것은 예술이라는 대상에 대해서도 거의 똑같이 적용될 수 있다.

아마 이 소설을 읽은 뒤에 테러리스트를 한 마디로 정의할 수 있다면, 그건 아마도 이 소설의 많은 징후적 언술들을 무시해야만 가능할 것이다. 이 소설의 내부에는 낭만주의적 충동과 휴머니즘에 대한 옹호, 계몽주의적 열

---

2) 이병주, 『문학을 위한 변명』(바이북스, 2010), pp.122~123.

3) 지오반나 보라도리, 손철성 외 역 『테러 시대의 철학-하버마스, 데리다와의 대화』(문학과지성사, 2004).

정과 남성적 영웅상에 대한 신화화 등이 출몰하고 있다. 그러나 그 어떤 이념적 경사도 이 소설에서 테러리스트의 정체성을 결정적으로 규정해내지 못한다. 그러니까 이 소설이 거둔 역설적인 문학적 정치적 효과가 있다면, 테러리스트의 이미지에 자율적 예술가 이미지를 부여했다는 측면에만 한정되는 것은 아닐 것이다. 오히려 이 소설이 테러리스트의 정의를 '익명화' 했다는 것. 그럼으로써 테러리즘과 예술을 어떤 정형적인 개념화로부터 구제했다는 것이다. 그 구제를 통해 테러리즘과 예술을 결코 개념화될 수 없는 개별성과 자율성을 보존하는 익명의 열정으로 만든다. 여기서 낭만적 에너지와 혁명적 열정은 서로를 비추는 거울이며, 한편으로는 그것들은 부재하는 삶을 둘러싼 밝힐 수 없는 탈주의 모험이 된다.

대중성

이병주 소설의 통속성에 대한 고찰

서지문

이병주 소설이 '통속소설'인가 아닌가를 판정하기는 개별 작품에 따라서 쉬울 수도 있고 어려울 수도 있다. 이병주의 후기 작품들은 『허균』을 빼고는 거의 읽지 못했지만 짐작컨대 후기작품들은, 부분적으로는 아름답고 심오한 부분이 없을 리 없지만 그렇게 엄청난 다작에는 필연적으로 질적인 저하가 따른다는 상식이 맞는다면 대부분 통속소설의 범주에 속할 것으로 생각된다. 우리가 이해하기로 통속소설이란 그 성공, 또는 독자에 대한 어필을 작품에 담긴 인간 본성에 대한 심오한 통찰, 사회 부정의와 모순에 대한 예리한 비판, 그리고 작가의 윤리관과 철학의 깊이에 의존하지 않고 개연성 부족한 상황설정, 황당한 플롯의 전개, 관능적인 자극, 극단적으로 선하거나 악해서 현실성이 결여된 인물 설정, 지나친 감성의 자극 등에 의존하는 소설이다.

이병주의 후기작품들의 허점이 통념적 통속소설의 어느 어느 항목에 해당되는지는 몰라도 작가 본인이 대중적인 인기를 목표로 집필했다면 진지하고 의미심장한 주제를 중심으로 전개되는 소설이라 해도 스토리 전개에 극적인 요소, 감각적인 재미와 관능적인 자극을 풍성히 배합하지 않았겠는가.

사실 이병주의 작가로서의 생애는 출발부터 '진지한' 문학을 쓰기 위해서 대중적인 흥미나 감각적인 자극을 일부러 자제하고 배제한 소설이 있다고는 보이지 않는다. 이병주는 타고난 '스토리텔러'였는데 그는 난해하고 심오한 작가가 되기 위해서 자신의 천부적 재능을 억제할 필요를 전혀 느끼지 않았던 것으로 보인다. 재미있고 극적으로 플롯을 엮어가는 도중에도 얼마든지 그의, 그리고 동족의, 역사적 경험의 쓰라림과 꼬이고 헝클어지고 험악하기 이를 데 없는 현실, 그리고 어두운 앞날에 대한 슬픔과 고뇌를 담을 수 있는데 본성을 거스를 필요가 있었겠는가?

그의 작품들은 첫 작품 『소설 · 알렉산드리아』에서부터 통속소설의 요소를 풍성히 내포하고 있다. 사라라는 여성의 뇌살적인 외모와 지적 능력, 사라와 한스의 뼈에 사무친 원한과 복수라는 멜로드라마틱한 요소, 그리고 살인사건의 해결이라는 범죄소설 또는 추리소설적 요소가 뼈대를 이룬다. 여기에 주인공들의 원한이 세계 제 2차대전이라는 인류사적 사건과 나치의 어마어마한 반인류적 범죄에 기인한 것이고, 거기에 한국의 군사독재와 군사독재의 희생자인 지식인 사상범이 등장해서 무게와 감각적 어필의 두 마리 토끼를 함께 포획한 매우 영리한 소설이었다.

『소설 · 알렉산드리아』의 내레이터는 자신의 내면을 노출시키지만 그의 자아는 깊은 번민이나 내적인 갈등을 하는 자아가 아니다. 그는 거의 감옥에 있는 형의 대리자이자 사라와 한스의 삶의 관찰자로서 자신의 삶을 산다기보다 이들의 삶을 통해 대리만족을 얻는다. 이 소설의 실질적 주인공 한스와 사라는 그들의 원한과 집념이 그들의 성품을 단순화하고 카리스마를 부여하기 때문에 멜로드라마적으로 미화된 인물이라고 할 수 있다. 그래서 이 작품에는 영화의 장면을 연상시키는 극적인 장면들이 이어지면서 독자에게 멋진 환상과 통쾌한 복수를 제공하지만 인간본성에 대한 이해를 돕는 작품이라고는 할 수 없다. 작품의 상징적인 주인공이라 할 내레이터의 형은 직접적으로 제시되기보다는 주로 옥중서신을 통해서 소개되는데, 그것도 형으로서 모범을 보이고 존경심을 유지해야 할 동생에게 보내는 서신의 필자로서이다. 따라서 그는 오랜 사상범의 전통이 있는 나라에서 영웅 또는 성자의 아우라를 지닌다. 또한 수인으로서 세상살이에서 소외되어 어떤 실질적 선택의 기회가 없는 상황이어서 그의 인품은 드러나지만 그의 성품은 드러나지 않는다고 할 수 있다. 그런데 이 작품에서 매우 중요한, 작가 이병주 자신뿐 아니라 인간을 이해하는 열쇠로서 매우 중요한, 대사가 나온다. 내레이터의 형은 옥중서신 속에서 자신이 그토록 억울한 형벌을 받으며 영화 10도의 감방 속에서도 죽지 않는 이유를 이렇게 이론화한다:

> 감옥살이에서 체험한 일이지만, 지식인과 무식자는 똑 같은 곤란을 당했을 때 견디어내는 정도가 월등하게 다른 것 같다. 지식인의 경우 감옥 속에 있어도 꼭 죽어야 할 중병에 걸리지 않는 한 호락호락하게 잘 죽지 않는다. 그런데 무식자의 경우는, 육체적으론 지식인보다 훨씬 건장해도 대수롭지 않은 병에 걸려 나뭇가지가 꺾이듯 허무하게 쓰러져버린다. 이런 현상을 어떻게 이해해야 옳을까. 여러 가지 원인을 들출 수 있겠지만 나는 다음과 같은 답안을 내보았다.
>
> 교양인, 또는 지식인은 난관에 부딪혔을 때 두 개의 자기로 분화된다. 하나는 그 난관에 부딪혀 고통을 느끼는 자기, 또 하나는 고통을 느끼고 있는 자기를 지켜보고, 그러한 자기를 스스로 위무하고 격려하는 자기로 분화된다. 그러니 웬만한 고통쯤은 스스로를 위무하고 지탱하고 격려하면서 견디어 낸다. 그런데 한편 무식한 사람에게는 고난을 당하는 자기만 있을 뿐이지 그러한 자기를 위무하고 지탱하고 격려하는 자기가 없는 것이다. 바꾸어 말하면 지식인은 한 사람이 겪는 고통을 두 사람이 나누어 견디는 셈인데 무식자는 모든 고통을 혼자서 견디어야 하는 셈이다. 지식인이 난관을 견디어나가는 정도가 무식자보

다 낫다는 사실을 이렇게 이해할 수 없을까.

－(소설 알렉산드리아 32～33쪽)

필자는 바로 이 개념－즉 지식인은 행동하며 느끼는 자아와 그 자아를 관찰하는 자아가 병존한다는 이 개념에 비추어서 이병주 소설을, 초기 소설, 특히 『관부연락선』까지도 통속소설이라고 분류할 수 있다는(통속소설적인 요소가 상당부분 있다고) 대담한 주장을 하려 한다. 그것은 그 작품들의 매력이 값싼 자극이나 도피적 위안에 있기 때문은 물론 아니다. 그것은 그의 소설들이 주인공의 내면을 가차 없이 해부하는 일을 회피하고 있다는 뜻에서이다. 그렇다고 해서 주인공을 무조건 이상화, 미화했다고 할 수는 없지만—그런 비난을 듣지 않을 만큼은 주인공에게 결함이나 약점을 부여하기는 했지만—역시 전반적으로 미화된 인물임은 틀림없다고 하겠다.

유태림은 결코 내면적인 깊이가 없는 인물은 아니다. 그는 도색소설의 주인공들처럼 마초적인 카리스마가 트레이드마크인 인물도 아니고 순애보적인 멜로드라마의 주인공들처럼 숭고한 희생정신의 화신도 아니다. 탐정소설의 주인공처럼 면도날 같이 예리하고 정확한 지성이 그의 전부도 물론 아니다. 유태림은 작품 속의 주변인물들이 평가하는 것과 같이 매우 진지하고 신사적이며 확고하고 카리스마도 있는 인물이다. 한편 완벽하지는 않고 어느 정도 자기만족적인 성향도 보인다. 그러므로 유태림을 허황되게 미화된 인물이라거나 단순하거나 일차원적 인물이라고는 절대로 말할 수 없다. 그러나 우리는 유태림의 내면에 대해서 알지 못한다. 그는 우리의 앞에 해부되어 전시되지 않는다. 따라서 그가 어떤 주변 사람들에게 경탄을 일으키는 또는 기대를 어그러뜨리는 행동을 할 때 독자는 그 정확한 동기를 알지 못하고, 다만 그의 행동에 비추어서 그를 평가할 수 있을 뿐이다. 이는 작가 이병주의 전략이었고 그 전략은 그의 작가적 역량에 힘입어 성공했다.

『관부연락선』은 주인공 유태림의 사후에 그의 친구이며 동료교사였던 이 선생이 그의 일본 유학시절의 친구들의 요청을 받아 유태림의 해방 후 귀국으로부터 6·25 동란 초기에 실종되기 까지의 5-6년 간의 생활과 행적을 기술한 형태로 되어 있다. 유태림은 그의 행동으로 볼 때 동년배들 보다 월등히 어른스럽고 일본 청년들과도 민족적 열등감이나 개인적 원한 없이 훌륭한 우정의 연대를 이루었고, 금전문제에 있어서 치사하거나 인색하지 않고, 자신에 대한 월권적 침해는 용납하지 않으면서도 포용적인 모습을 볼 수 있다. 여성과의 관계에 있어서도 수도자적인 절제는 아니지만 많은 여성의 호의를 적절히 선을 그어 견제하는 책임감 있는 모습을 보인다. 그래서 독자도 그런 유태림의 모습이 크게 어필하기 때문에 그의 이기적 충동이나 은근한 타산 같은 것까지 알고 싶지는 않다. 실지로 유태림은 친구들과의 대화 속에서 자기 마음을 말하는 것 말고는 (이는 물론 진솔한 고백이나 술회일 수도 있고 거짓 진술일 수도 있고 의도하지 않은 노출일 수도 있는데 그는 동기 면에서는 상당히 순수한 사람으로 의도적인 기만이나 허세 따위의 비난을 받을 만한 근거는 없다) 내면을 내보일 기회도 없고, 그가 상당히 성숙하고 자기 통제가 가능한 인물이기 때문에 '들킬' 염려도 없다. 태림은 친구인 이 선생에게 상당히 솔직하고 경계심이 없다. 그러나 그가 고백적인 무드에 휩싸이는 일도 거의 없다.

작가 이병주가 『관부연락선』에서 이 선생이라는 화자를 채택한 것은 매우 훌륭한 전략적 선택이었다. 이 선생이라는 화자를 선택함으로서 유태림을 행동하는 자아와 관찰하는 자아로 분화하지 않고, 즉 유태림의 내적 방황, 망서림, 자기 불신과 자기 합리화, 이런 것을 온전히 생략할 수 있었기 때문이다. 이로서 이병주는 유태림이라는 인물에게 자신을 깊이 투사하면서도 자기 미화의 비난을 우회할 수 있었고, 무엇보다 소설의 포커스가 주인공의 내면적 갈등으로 인해 분산되지 않고 당시의 시대상황과 힘겨운, 아슬아슬한 투쟁을 하면서 상황을 슬기롭게 헤쳐나가는 유태림의 훌륭한 면모에 집중될 수 있다는 장점이 있어 소설의 성공에 크게 기여했다.

작가 이병주가 일본에서 유학하던 시절 일본 문학은 자의식 과잉의 시대였다고 해도 과언이 아닐 것이다. 1930년대에서 40년대 말까지 일본 문단의 문제아이며 총아였던 다자이 오사무의 작품은 독자를 거의 자의식의 홍수 속에 허우적거리게 만든다. 다자이 오사무는 자신의 아버지가 고리대금업으로 부호가 된 것에 대해서 극도의 수치심과 죄의식을 갖고 있었고 많은 작품에 그것이 주인공의 특질이 된다. 아쿠타가와 류노스케는 작가와 동일시될 주인공을 피해서 우화적인 기법의 단편을 많이 썼지만 그의 주제는 거의 한결 같이 인간의 약점과 병적인 집념이었다. 일본 근대문학의 시조이며 문단의 영원한 스승이었던 나쓰메 소세키의 작품에도 자의식과 자기분석은 매우 중요한 위치를 차지한다. 소세키의 『봇짱』이나 『산시로』같이 젊은 청년이 주인공인 작품은 약간 희화화된, 아직 굳건히 디딜 땅을 찾지 못한 주인공의 자의식이 매력의 포인트이다. 무엇보다도 이병주가 와세다대학에서 전공했고 깊이 심취했었음이 그의 작품 이곳저곳에 나타나는 불문학, 특히 이병주가 공부할 당시 일본에 강력한 영향을 미쳤던 세기말의 불문학은 자의식과잉의 문학이었다. 보들레르는 맹수와 독사가 우글거리는 인간의 내면을 증오하고 집착했고 슬퍼했고 환희했다. 이병주가 좋아했던 희곡 『살로메』의 저자 오스카 와일드는 유럽에서 가장 유쾌한 사람으로 가장했으나 유럽에서 가장 비참한 사람으로 판명되었다—사회적인 파멸을 받은 이후 만이 아니라 바로 그의 전성기에도. 이병주 역시 이런 문학의 영향이 아니라 해도 식민지 치하의 지주의 아들이며 수재로서 엄청난 민족적 사명감과 함께 내면적 갈등과 내적 분열을 숙명처럼 지니고 살지 않을 수 없었을 것이다.

작가가 『관부연락선』에 그의 시대와 그 시대에 청춘을 보냈던 세대의 이야기를 전하는 것 이상의 자기 카타르시스적인 목적이 있었다고 한다면 유태림을 허황된 영웅으로 그려서는 전혀 소용이 없는 것이 아니겠는가. 유태림에게 서경애가 고문을 당하는 것을 알고도 모른 체했다는 치명적인 약점을 부여한 것은 서경애라는 인물이 작품의 극적인 흥미와 품격을 높이는 지극히 효과적인 장치이면서 서경애 같은 여성의 절대적인 사랑의 대상으로서 유태림의 위상을 격상시킴과 동시에 그런 여성을 일본 경찰의 수중에 유기하다시피하고 정상적인 생활을 누린 유태림에게 '원죄'를 부여한 것이다.

이 '원죄'는 유태림이 작가의 분신이라 한다면 작품의 의문점을 상당부분 설명될 수 있다. 유태림을 자기의 대리로 내세우면서 또한 자기의 치부를 뺐다는 의식이 작가 이병주로 하여금 유태림의 이면을 가끔 암시하게 만들었다고 생각된다. 사실, 작품 전체를 놓고 볼 때 내레이터인 이 선생은 유태림에게 자신이 피력하는 것 같이 질투와 미움 보다는 오히려 존경과 선의를 지니고 있다는 느낌이 강하다. 물론 몇 차례 태림 자신의 말과 행동으로 인해 그를 향하는 감정이 누그러졌음을 언급하고 있기는 하지만 그래도 전체적인 어조가 원래 그에게 그토록 미움이 컸다고 믿기 어렵게 한다. 그러나 이 선생은 책의 서두에서 태림과 관련된 추억은 떠올리기도 싫을 정도로 태림을 미워한다고 말하고 있고, 또한 자기의 그러한 감정이 미성숙한 감정임에 틀림없지만 자기에게 그런 감정이 일어나게 한 태림 자신도 책임이 있다고 주장한다.

그리고 태림의 해방후 5~6년간의 행적을 기술해 보내달라는 일본인 동창생의 요청을 받고, 이런 생각을 한다. 유태림이 일본의 학우들에게 높은 평가를 받고 있으니 되도록 훌륭한 전기를 쓰고 싶으나, 유태림이 고향사람들을 비롯해서 그를 아는 사람들에게 신화적인 인물이 되어가는 것에 대해 반발을 금할 수 없다. 태림이 신화적인 인물이 되기 위해서는 그의 주위에 있던 자신 같은 인물들이 부당하게 왜소화되고 추잡해지는 폐단도 있거니와 그가 나이 30에 죽지 않고 더 살았더라면 황폐해가는 환경 속에서 어떻게 변형되어 갔을 것인지에 대해서 그를 잘 아는 사람으로서 추측할 수 있는데, "30이 넘은 유태림이 가산을 탕진했을 때 사기에 가까운 수단을 써서라도 돈을 손에 넣어야겠다고 마음먹지 않을 것이란 단정은 누구도 할 수 없을 것이다"라는 매우 놀라운 서술을 한다. 물론 곧 이어서

> 사기를 하기까진 이르지 않더라도 지금까지의 유태림의 그 후한 휴머니스트로서의 스마트한 이미지를 스스로 깨뜨리는 방향으로 걷지 않을 수 없을 것이란 단정만은 해볼 수 있는 것이다. 30이 넘어 유태림이 국회의원 선거에 출마해선 애국의 감정을 실물의 4, 5배쯤으로 부풀리고 마음에도 없는 말을 지껄이며 스스로의 천진한 위엄을 구기는 우열(愚劣)한 짓을 하지 않으리라고 누구도 단정하지 못할 것이다.
>
> —(관부연락선 29쪽)

라는, 상당히 놀라운 선언을 한다. 이는 독자가 작품 속의 유태림의 행적에서 유추할 수 있는 바가 전혀 아니다. 따라서 이 구절에 수긍하기 위해서는 작품 속에서 단서를 찾을 수 없고, 이 선생의 질투와 악의로서도 충분한 설명이 안 되고 오로지 작가 이병주의 자신의 중년 이후의 행로에 대한 자책 내지 자탄에서 찾을 수 있는 것이 아닌가 한다. 이병주의 다른 작품들을 탐색해 본다면 자신의 인생의 궤적에 대한 이런 반성 내지 후회, 또는 자책은 군데군데 등장할 것으로 생각된다. 나림 이병주는 자신이 상황의 압박, 특히 경제적 압박을 견디지 못하고 돈을 위해 자신의 순수성을 훼손한 것에 대

해 엄청난 자기 비난에 시달리지 않을 수 없었을 것으로 생각되고, 그런 내적인 갈등을 은폐하기 위해 점점 더 타락의 길로 빠지면서 그것을 자기 브랜드의 멋으로 위장했을 것으로 짐작해 볼 수 있다.

내적인 자아와의 정면대결의 회피전략은 『지리산』에도 사용된다. 대하소설 『지리산』은 여러 갈래의 줄기가 모여서 큰 산맥을 이루는 구조이지만 주인공은 규와 태영이다. 규는 타고난 방관자는 아니고 주인공이라 할 수 있지만 자신의 생을 주도적으로 살기 보다는 시대와, 시대와 적극적으로 투쟁하는 태영을 관찰하는 역할이 더 크다. 이 작품은 '소설 알렉산드리아'의 이분법을 적용한다면 '행동하는 자아'인 태영을 '관찰하는 자아'인 규가 관찰하는 구조이다. 그런데 태영의 가장 두드러진 점은 불굴의 의지를 가졌다는 점과 가난을 두려워하지 않는다는 점이다. 그렇기 때문에 매우 생생하게 그려진 인물임에 분명하지만 독자에게 약간의 비현실적인 느낌을 준다. 작가 이병주에게, 자신의 가장 치명적인 약점이라 할 수 있는 돈에 대한 나약성을 갖지 않은 태영은 비록 자신이 창조한 허구의 인물이라 해도(현실에서 태영의 모델이 있었을 가능성은 충분히 있지만 그와 동일한 의지와 올바름과 검박함을 겸비한 인물이 있었으리라고는 믿기 어렵다) 부러운 존재가 아닐 수 없었을 것이다.

자신의 의사나 행동과 전혀 무관하게 아버지가 이룩한 부 때문에 일생을 '범인의식'에 시달렸던 다자이 오사무의 주인공들과 달리 유태림은 자신의 부를 편안하게 여기고, 집착하거나 인색하지 않고 후덕함을 베풀었다. 태림은 돈으로 적절한 인심을 베풂으로써 자신의 품격이 높아진다는 것을 모를 정도로 소박한 사람은 아니었다. 그러나 그의 후덕함이 타산에 의한 약삭빠른, 다시 말해서 내키지 않는데 억지로 하는, 후덕함은 아니었다. 태림이 공산주의 서클의 멤버였는지는 밝혀 있지 않지만 (그가 징역을 살 뻔한 사상적 사건이 민족주의적 사건일 뿐 아니라 공산주의에 의해 촉발된 사건일 가능성은 크지만 그

점에 대해서는 짐작을 할 수 있을 뿐이다) 태림이 공산주의에 일시적으로나마 동조했다면, 공산주의 사상에 비추어 자신의 가문의 재산에 대한 생각이 어떠했는지는 드러나지 않는다. 그러나 이병주가 자신의 품위를 재산에 무척 많이 의존했던 것은 사실로 보인다. 따라서(?) 그는『관부연락선』에서 자신의 분신인 유태림의 재산을 잃은 상황에서의 모습은 독자에게 보이지 않았다. (유태림의 학병시절의 마굿간을 치우고 기합을 받는 곤욕 역시 먼발치의 스케치처럼 언급하고 지나간다.)

이런 이유에서 이병주의 초기소설들까지도 '통속소설'이라는 주장이 가능하다. 그러나 모든 훌륭한 문학이 자의식 과잉을 담은 문학은 아니고 세밀한 내면해부가 고급 문학의 필수조건도 아니다. 인생에는 '자아'말고도 중요한 문제가 많으며 이병주의 초기 소설들은 자의식을 절제함으로써 시대를 담아내었다.

이병주 소설과 문학의 대중성

김종회

1. 머리말

이 글은 이병주 소설이 가진 대중성의 의미를 구체적인 작품을 통해 구명(究明)하는 데 목표가 있다. 문학에 있어서의 대중성이라는 것은 앞선 세대까지 그것이 부정적인 측면을 말하는 것으로 인식되었고, 특히 상업주의 문학의 대두와 더불어 순수문학의 굳은 성채를 위협하는 악성코드처럼 인식된 시기도 있었다. 세월이 흐르고 시대가 바뀌어서 작가와 독자의 경계가 모호해지고, 본격문학과 통속문학의 경계마저 와해되고 있는 오늘날, 더 이상 대중문학은 문학 논의나 창작 현장에 있어서 공적(公敵)이 아니다. 그러할 때 비중 있게 고려되어야 할 작가가 바로 이병주다.

문학의 대중성이 이와 같은 시대 및 사회의 변환에 따라 새롭게 평가 받는 부분도 있을 것이나, 그 개념 자체가 당초부터 가지고 있던 장점 또한 결코 가볍지 않다. 예술작품이 창작자의 손을 떠나 독자 · 수용자에 이르러 완성되는 것이라면, 독자의 호응을 담보하지 못하는 작품을 상찬할 근거는 언제나 취약하다. 그런 점에서 민족 공동체의 역사 과정이나 당대 사회의 여러 면모를 소설로 발화하면서 건강한 대중성을 확장해 온 이병주는 다시 점검하고 탐색해야 할 작가이다. 생존 시에 가장 많은 독자와 교호하고 가장 많은 소설 판매 부수를 기록한 작가가 그였다.

이 글에서는 비단 작가 이병주뿐만이 아니라 대중문학과 대중적 글쓰기가 어떤 문학적 좌표 위에 있는가를 확인하기 위해, '대중 소비 사회와 문학'에 관하여 먼저 그 논리적 토대를 검토해볼 것이다. 그런 연후에 이병주의 탁월한 세 작품 「망명의 늪」, 「철학적 살인」, 「매화나무의 인과」를 대상으로 각기의 소설이 가진 대중적 성격과 그 성취를 살펴보려 한다. 더불어 이들이 가진 공통의 특성을 통해, 이병주 소설의 대중성이 어떤 의미와 가치를 갖는지를 논의하려 한다. 「망명의 늪」은 1976년 『한국문학』 9월호에, 「철학적 살인」은 같은 해 같은 지면 5월호에 발표되었고, 「매화나무의 인과」는 그보다 10년 전인 1966년 『신동아』 3월호에 발표되었다.

2. 대중 소비 사회와 문학

우리는 시대적 환경과 현상이 급속도로 변화하는 세계에서 살고 있다. 우리 삶의 정체성을 고정적으로 또는 명확하게 설명하기 어렵고, 그런 만큼 그에 대응하는 문학에 있어서도 현재적 성격과 진행 방향을 온전히 설명하기가 어려운 형편이다. 이처럼 급변하는 상황을 배경으로 하는 문학의 모습은 과거의 문학, 특히 리얼리즘 시대의 문학이나 예술과는 매우 다를 수밖에 없다. 이를테면 예술의 정의를 두고 리얼리즘을 예술의 건전한 경향[1]이라고 언명하던 시대와 오늘의 경우는 여러 부문에서 현저한 차별성을 나타낸다.

이렇게 서로 다른 두 시기의 문학을 직접적으로 비교하는 것은, 근대의 미학 이론가 N.하르트만을 전자매체와 영상문화의 조명이 휘황한, 또는 예술적 상업주의의 기치가 높이 솟은 저잣거리에 세워놓은 것처럼 어색한 포즈가 될 수밖에 없다. 동시대의 문학은 이미 예술의 대중적 상업적 경향을 나쁘다고만 말할 수 없는 인식의 한복판에 있으며, 때로는 예술의 그러한 경도(傾度)를 비판하기보다 대중적 상품을 통해 새로운 방식으로 예술성을 추구하고 탐색해야 할 형국을 순순히 받아들어야 할지도 모른다.

물론 그러할 때의 문학이 그 내부의 진정성이나 예술로서의 품격과 가치, 그리고 문학의 본령에 의거한 인간애 및 인간중심주의의 문제를 어떻게 할 것인가는 지속적인 숙제로 남게 된다. 그러나 문학의 대중성과 본격문학의 전통적 과제가 상충하는 시대의 뒷그림은 이미 과거의 편이 아니다. 그 배경의 발생론적 바탕에는 대중 사회, 대중 매체 사회, 후기 산업사회, 다국적 자본주의 사회 등의 여러 개념과 사조가 연립하거나 연합해 있다. 모든 것의 가치를 재는 잣대가 대중적 수용성을 우선시하고, 심지어 외형으로 드러나지 않는 정신적 깊이까지도 이를 계량하여 수치화하는 행태가 우리 문학에 있어서 어느 날 갑자기 나타난 변종이 아니다.

사용가치가 교환가치로 전화되며 물화된 의식 체계와 경제적 효용성이 강조되는 대중 사회, 대중 소비 시대는, 한국문학에 있어서 그 용어가 1990년 이후에 주로 사용되었을 뿐, 우리가 이전부터 써 오던 산업화 시대라는

1) N.하르트만, 전원배 옮김, 미학, 을유문화사, 1976, pp.178-179.

용어 개념을 순차적으로 이어받고 있다. 이 대중 소비 시대의 본격적인 개막은 우리 삶의 양상을 그 바탕에서부터 바꿔놓았으며, 특히 문학의 입지점에 있어서는 '작품의 상품화'라는 문제를 더 이상 외면할 수 없도록 논의의 표면으로 밀어 올렸다. 이와 관련하여 마르크스주의 문예비평가 프레드릭 제임슨(F. Jameson)은 소비 사회가 포스트모더니즘의 문예사조와 그 맥이 상통한다고 보고, 「포스트모더니즘과 소비 사회」에서 다음과 같이 말하고 있다.

> 포스트모더니즘의 목록에서 찾아볼 수 있는 두 번째 특징은 어떤 중요한 경계나 분리가 소멸된 것이며, 이것은 과거 고급문화와 소위 대중문화 혹은 통속문화 사이에 존재하던 구분이 사라진 것에서 잘 찾아볼 수 있다. 전통적으로 주위의 속물주의와 값싼 것들과 키치, 텔레비전 연속물과 '리더스 다이제스트'식의 문화에 대항하여 고급 또는 엘리트 문화의 영역을 보존하며, 복잡하고 까다로운 독서, 듣기 그리고 보기 능력을 입문자에게 전달하는 데 관심을 집중해 온 학구적 관점에서 보면, 그것은 아마 무엇보다도 고통스러운 발견일 것이다. 그러나 새로운 포스트모더니즘을 추종하는 많은 사람들은 광고나 모델들, 라스베이거스의 스트립 쇼, 심야 쇼와 B급 할리우드 영화, 그리고 공항 대합실에서 구할 수 있는 괴기소설과 로망스, 통속적인 전기, 살인 추리소설과 공상과학소설 또는 환상소설 등 소위 주변 문학들로 구성된 그러한 풍경에 매혹당해 있다.
>
> 그들은 더 이상 조이스나 구스타프 말러가 그러했듯이, 앞서 말한 텍스트들을 '인용'하는 데서 그치기 않고, 고급 예술과 상업적 형태들 사이에 경계선 긋기가 곤란할 정도로까지 텍스트들을 통합했다.[2]

2) Fredric Jameson, Post-modernism and Consumer Society, 1983.

제임슨이 통렬히 지적한 바와 같이 소비 사회에 있어서 고급문화 순수문학과 대중문화 통속문학 사이에 설정되어 있던 경계선은 더 이상 지탱하기 어려워졌다. 그래도 제임슨의 경우는 이 경계선의 와해를 비판적으로 검토하는 태도를 취하고 있지만, 제임슨과는 달리 대중문화의 확산을 적극적으로 선도하려고 했던 레슬리 피들러(L.A. Fiedler)의 경우에는 그 경계의 사라짐에 대한 현상학 인식은 제임슨과 동일하나 그것을 실제적으로 규정하는 시각은 사뭇 다른 방향을 향한다. 다음은 피들러의 글 「경계를 넘어서, 간격을 좁혀서」의 한 대목이다.

> 대중 산업사회-자본주의건 사회주의건 공산주의건 이 점에서는 하등의 차이가 없다 - 에서 교양인, 다시 말해 특정 사회의 소수 특권층, 우리의 경우 대체로 대학 교육을 받은 계층을 위한 예술과, 비교양인 곧 취향을 길들이지 못하여 구텐베르크적 기술이 부족한 대다수의 제쳐진 사람들을 위한 또 다른 아류 예술이 존재한다는 생각이야말로 계급적으로 구조화된 사회에서만 가능한 해악스런 구분이 아직 잔존하고 있다는 것의 반증이 된다.[3]

피들러는 소수 엘리트주의 비평가들이 고급문화와 대중문화의 구분을 고집하고 있을 뿐, 심지어는 고급예술과 하위예술도 별개로 존재하는 것이 아니라는 생각을 갖고 있었다. 반모더니즘적 측면에 서서 문학의 상품화를 오히려 부추겼던 그는 1982년에 발표한 「레슬리 피들러는 누구였는가?」에서는 대중문화의 필연성에 대해서는 이전과 동일한 구조를 유지하고 있으나

3) Leslie A. Fiedler, Cross the Border, Close the Gap, 1972.

작품을 상품화한 사람들에 대해서는 대단히 과격한 비판을 서슴지 않았다.

> 요즘에는 지식인들이 오히려 생색을 내면서 토론하는 주제가 바로 대중문화이다. 아직 유행이 바뀌기 전인 1950년대에 나는 만화영화 『슈퍼맨』을 옹호하는 글을 최초로 발표하면서, 이미 그러한 주제를 다룬 바 있다. 그러나 과거나 지금의 나의 동료들과 마찬가지로 나는 '상품'으로서의 예술작품을 생산한 사람들이나 배포자들을 책망하거나 그들에 대해 개탄하지 않았던 시절에 대해 부끄러움을 금치 못한다.[4]

여기서 피들러의 '개탄하지 않았던 시절에 대한 부끄러움'은, 예술 또는 문학의 영역에 관한 인식을 넘어 문화산업의 이윤 추구를 위해 벌거벗고 나선 사람들이나 배포자들을 올바르게 비판하지 못했다는 자책이다. 누구에게 잘못이 있건 없건 간에 현대 대중사회의 독자들은 더 이상 고급문화에 지속적인 관심과 존중을 기울이지 않고 있으며, 동시에 대중문화의 저속성에 대해서도 그것이 정도를 지나칠 때 눈살을 찌푸리게 된다는 사실을, 피들러는 스스로의 경험칙을 통해 여실히 증명하고 있다.

이러한 중층적 현상은 피들러가 개탄한 바, 1차 생산자인 작가나 문화산업의 유통을 담당하는 출판사 등의 태도 변화와 밀접하게 연관되어 있다. 그 중에서도 대중문화의 압도적 위세와 대중성의 발빠른 확장은, 피들러의 궁극적 우려와 반성적 성찰을 뒤덮은 만큼 막강하다. 책의 출간과 유통에 있어서 개연성의 지경(地境)을 넓히던 상업주의적 태도는, 이제 창작의 작업실

---

4) Leslie A. Fiedler, Cross the Border, Close the Gap, 1972.

에서도 함께 통용된다. 순수문학의 시각으로 볼 때 비루하고 저속한 세상의 저잣거리에서 발돋움한 통속문학이, 예술의 중간자적인 위치를 자처하면서 예술성의 윤색을 도모하는 시대 가운데 우리는 서 있다.

그런가 하면 이 시대의 순수문학, 특히 구체적 담론 체계를 통해 서술되는 소설은 문자매체를 뛰어넘은 영상매체의 위력을 실감하고 있다. 그런 만큼 독자들 또한 마셜 맥루헌이 '쿨 미디어'라고 명명한 그 바보상자 앞에서 균형잡힌 판단력을 방기해 버리는 일의 위험성을 거의 느끼지 못하는 형편인 것이다. 보다 젊은 기계 세대에 있어 영상매체의 확장이 주체적 · 능동적 의식활동을 배제시킨다는 주장은, '문학의 위기'를 넘어서 '문학의 죽음'이라는 레토릭에까지 이어져 있다. 이에 대한 처방으로 일부에서 제시된 능동적 참여 및 문화공간의 확대 · 심화나, 어떤 경우에도 양도할 수 없는, 문학 고유의 기능에 기댄 부활의 논리는, 애써 설명될 수 있으나 흔쾌히 납득되기는 어렵다.[5]

요컨대 그와 같은 속성의 시대 또는 사회적 문맥 아래 우리가 살고 있으며, 이는 지금껏 우리가 논거한 대중 소비 사회, 대중문화 시대의 환경적 특성을 구성하고 있다. 여기서 살펴보려는 이병주 소설의 대중성 문제에 있어서, 이러한 대목의 인식은 매우 중요하다. 첫째로는 역사 소재 소설과 궤를 달리하는 이병주 소설의 경우, 대체로 그 대중성의 장점을 발양하는 글쓰기의 양식을 갖추고 있으며 그것이 생존 당시 가장 많이 읽히는 작가로서의 면모를 형성한 힘이 있기 때문이다. 둘째로는 역사소설에서와 같은 작가로서의 준열함이 희석되었을 때, 대중성을 앞세운 문학의 폐단이 직접적으로 드

5) Leslie A. Fiedler, Who was Leslie fiedler?, 1982.

러나는 사례를 목도할 수 있기 때문이다.

대중성은 그것이 가진 여러 가지 문제점이나 취약점에도 불구하고 강력한 대중 동원력을 가지는 장점이 있다. 소설이 궁극적으로 독자와 소통하고 문학 행위로서의 완성이 독자에게 수용됨으로써 완성되는 것이라면, 이 장점을 폄하거나 도외시할 권한은 누구에게도 없다. 이병주는 이 소설적 문맥을 익히 알고 있었던 작가다. 만일 그가 이것을 활용하되 그 단처를 경계하는 절제력을 익히고 있었더라면, 현대 대중사회의 남녀 간 사랑 이야기를 소재로 한 소설들이 우려할 만한 통속성이나 동어반복을 초래하지 않았을 것이다.

그러한 현상은 어떤 의미에 있어서 『관부연락선』, 『지리산』, 『산하』 등의 역사소설이 금자탑처럼 쌓아 올린 그의 문학적 개가(凱歌)를 하향평준화하는 결과를 노정한 셈이기도 했다. 그러나 이는 이병주 문학의 총괄적 형상을 두고 최소공배수의 형식으로 진단하는 논리이고, 대중성의 공약수를 취합하여 그의 소설이 가진 그러한 분야의 미덕을 현저히 보여줄 수 있는 작품세계는 여전히 만만하지 않다. 역사 소재 소설로서 『바람과 구름과 비』나 현대의 세태소설 『행복어사전』 등이 그러하거니와 「예낭풍물지」, 「철부채」, 「박사상회」, 「빈영출」 등 수발한 중 단편들도 많이 있다. 여기서 대상으로 하는 세 작품 「망명의 늪」, 「철학적 살인」, 「매화나무의 인과」 또한 그와 같은 범주에 있다.

3. 가치 지향적 대중성의 소설적 모형

3-1. 내면 지향적 삶 의식과 룸펜 – 「망명의 늪」

「망명의 늪」은 이 작품이 발표된 1970년대 중반의 사회현상을, 그 현상 가운데 집약적인 것을 모두 포괄하고 있는 중편소설이다. 개발독재와 산업화의 시대가 가장 우선적으로 내세웠던 경제성장이 실효를 보이기 시작하고, 그와 더불어 산업화의 배면에 기식하는 부정적 측면들이 구체적 형용을 띠고 현실 속에 나타나기 시작한 때다. 이 사회 현실, 그리고 그것의 소설적 발화를 이끌고 있는 화자 '나'는, 좋은 자질을 갖춘 인물이지만 현실 안착에 실패하여 인생을 망친 고등룸펜이다.

미상불 이병주 소설의 고등룸펜은 「예낭풍물지」나 『행복어사전』 등 여러 작품에 두루 등장하는, 이 작가의 전매특허 같은 존재이지만, 그의 눈에 비친 세상이야말로 우등생의 모범 답안에서는 볼 수 없는 깊이 있고 진솔한 모습인지도 모른다. 이를테면 그렇게 하여 거꾸로 보거나 뒤에서 보기가 가능하고, 정면의 객관적 성과에 파묻힌 사태의 진면목이 드러날 수 있다는 뜻이다. '나'의 눈에 비친 또 다른 고등룸펜 하인립, 인격적 완전주의자의 표본과도 같은 성유정은, 이 소설이 아니더라도 이병주 작품 세계의 곳곳에 잠복해 있는 인물들이다. '나'가 '이군'인 것은 이병주 소설의 기록자 이름이고, 고매한 인격자 성유정은 그 이름 그대로 다른 여러 작품에 출연한다.

실패한 사업가가 실패한 이유는 권모술수 없이 순진한 인간적 감성으로 사업에 뛰어들었을 때이다. 기실 작가 자신도 그와 같은 방식의 사업이란 것을 경영한 적이 있다. 물론 실제에 있어서든 소설에 있어서든 그 사업은 성공을 거두지 못한다. 작가는 소설을 쓸 수밖에 없고 소설 속의 '나'는 조락한 인생을 천직으로 받아들인다. 이 간략하고도 처절한 생존경쟁의 구도는, 이 소설이 발표되던 그 시기에 이미 일반화된 것이었다. 작가는 한편으로 국민의 소득 지수를 높여가는 사회가, 다른 한편으로 그로 인한 명암의 굴곡을 심화할 수밖에 없다는 이율배반적 이치를 목도했다. 그러기에 「망명의 늪」은 당대의 실존적 현실에 가장 근접해 있던 작품이다.

'나'와 성유정을 잇는 이야기의 중심 줄기 외에, '나'의 룸펜 행각을 뒷받침하는 두 여자, 곧 지금 부부처럼 살고 있는 술집 여자와 새로운 약속을 만들어 보았던 낙원동 목로술집의 여자는 이병주 소설의 인생유전을 반영하고 소설 읽기의 재미를 촉발한다. 그런가 하면 'Y대학의 P교수'처럼, '그 많았던 하인립 씨의 친구들, 거의 매일 밤 더불어 흥청거리던 하인립 씨의 술친구들'은 예나 지금이나 다름없는 염량세태의 형상이다. 이 대목에 공감하고 이해가 용이한 것은, 우리 모두에게 잠복해 있는 그 저열한 인간적 속성의 한 부분을 이 작가가 예리하게 적출한 까닭에서이다. 성유정의 권유, 새로운 삶을 살아보라는 권유에 대한 '나'의 대답은 이렇다.

> "인간에게 있어서 가장 소중한 것을 짓밟지 않는 한, 돈을 벌지 못하는 것을 알았어요. 자기의 천국을 만들기 위해 무수한 지옥을 만들어야 한다는 것도 알았어요. 그렇게 해서 돈을 벌어 뭣하겠습니까. 나는 히피처럼 살아가렵니다."

성유정은, "히피는 해피라나? 히피엔 철학이 있지"라고 응수한다. 이 언표는 매우 중요하다. 히피와 해피를 동일 선상에 둘 수 있다는 인식은 바로 작가의 것이고, 그 히피에 철학이 있다는 궤변적 철학 또는 철학적 궤변은 이병주 소설의 한 지반을 이루기 때문이다. 다음 항에서 살펴볼 소설 「철학적 살인」은 이 인식의 구조를 매우 정교하게 그리고 품위 있게 유지한 작품이다. 당대의 시대와 사회상, 인식의 방향이 다른 여러 유형의 인간 군상을 조합하여, 작가는 재미있고 잘 읽히는 소설 한 편을 산출했다. 삶의 질곡에 대응하는 극단적 방식으로서의 현실 도피와 자기 방출, 그것을 매설한 공간 환경의 이름으로 거기에 '망명의 늪'을 붙여 두었다.

3-2. 통상적 인식의 초월과 귀환 - 「철학적 살인」

「철학적 살인」은 어떤 의미에 있어서 살인의 미화를 뜻하는 것으로 보이지만 보다 더 무거운 뜻은 살인의 절박성, 더 나가서 살인의 당위성에 대한 함의를 다룬 소설이다. 그의 다른 소설 「그 테러리스트를 위한 만사(輓詞)」에 잘 나타난 바, 온전한 테러는 산 사람을 죽이는 '살생'이 아니라 이미 정신이 죽은 자를 죽이는 '살사(殺死)'라는 논리에 잇대어 설명될 수 있는 개념이다. 이 짧지만 강렬한 단편 「철학적 살인」의 배경 역시 1970년대 중반의 경제성장 시대다. 내면의 자아는 궁핍의 기억에 묶여 있고 삶의 외형은 도회적 부유와 해외 소통으로 확장된, 그 불협화의 언저리에 기대어 있다.

"이 소설은 사랑하는 아내에게 과거가 있었다는 것과 그 과거의 사나이와 아내가 정을 통하고 있다는 사실을 알았을 때, 남편은 어떻게 해야 하는 것일까"라는 의미심장한 전제로 서두를 연다. 소설의 주인공 민태기는 결국 그 사나이 고광식을 죽인다. 그것도 일시적 충동에 따라 감정적으로 또는 실수로 죽인 것이 아니라, 정확한 살의를 가지고 자신의 철학에 따라 죽인 것이다. 민태기는 재판정의 최후 진술에서도, 정상의 재량을 바라지도 않고 관대한 처분을 바라지도 않는다고 말했다. 민태기의 철학은, 그 두 사람이 진정으로 사랑했다면 모르지만 장난으로 사랑을 유린한 것은 용서할 수 없다는 결론을 도출한다. 그는 전도양양한 자신의 미래를 스스로 버렸다.

소설의 이야기는 흔히 볼 수 있는 애정의 삼각관계에 걸려 있기도 하고, 그 전개가 일견 추리소설적 방식을 닮아 있기도 하여, 사뭇 흥미진진하다.

낮은 자리에서 입신한 민태기와 원래 상류층이었던 고광식의 대립, 그 사이에 있는 아내 김향숙, 그리고 사막의 신기루처럼 떠 오른 고급한 삶의 풍광들은, 이 소설이 대중취향적이며 대중성의 구미를 유발할 수 있는 여러 요소를 갖추고 있음을 말한다. 아내 김향숙의 입지는 수동적 차원을 벗어나지 못하고 있으므로, H.E.노사크의 표현[6]을 빌어오자면 등장인물로서는 억울한 측면이 없지 않다. 또 그만큼 소설적 상황에 대한 사유의 진폭을 넓히는 기능을 하기도 한다.

그러나 마무리에 이르러 고광식의 아내 한인정의 편지는 다소 당혹스럽다. 민태기는 징역 5년을 선고 받고 복역 중인데, 그 감옥 생활 1년이 지났을 때 미국으로부터 온 편지를 받는다. "인생을 새로 시작할 경우 혹 반려를 구하실 의사가 있으시면 저를 그 제일 지원자로 꼽아두십시오"라는 사연이 기록되어 있는 편지다. 이 새로운 상대역의 조합은 살인에 철학을 덧붙이는 강변만큼 읽기에 편안하지 않다. 바로 이 지점이다. 이처럼 어색하고 불편한 이야기를 마침내 납득하고 수긍할 수밖에 없도록 꾸며 나가는 소설적 설득력이 이병주의 것이다. 거기에는 이 작가가 생래적으로 타고난 강력한 대중친화력이 숨어있다.

> 민태기는 그 편지를 볼 때마다 씁쓸한 웃음을 띠지 않을 수 없었다. 시간이 감에 따라 그는 자기가 한 행동이 철학적 살인이기는 커녕, 경솔하고 허망한 질투가 저지른 비이성적 행동이었음을 깨닫게 된 것이다. 그러나 고광식을 죽인 것을 결코 뉘우치진 않았다. 사람은 이성에 따르기보다 감정에 따르는 게 훨씬 더

---

6) H.E.노사크, 임순호 역, 문학과 사회, 삼성문화문고 64, 1975, p.56.

정직하고 인간적일 수 있다는 신념을 가꾸게도 되었다.

눈앞에 보는 바와 같이 이 작가는 이렇게 기민하고 영악하다. 치명적 잘못이 있는 상대방의 목숨을 빼앗고 그것을 충분히 합리화한 다음, 장면을 바꾸어 그 행위가 포괄하고 있는 양면성을 자유롭게 되살리는 담화의 유연함은, 가히 한 시대의 '정신적 대부'란 명호를 수납할 만한 국량에 해당할 것이다. 「철학적 살인」이 가진 또 하나 비장의 무기는, 그 살인의 정황을 A검사나 B판사의 자기 조회에 그치지 않고 연이어 독자 대중의 자기 점검을 요구하는 데 있다. 이 작가는 소설적 이야기가 독자를 만나는 그 통로의 문맥을 익숙하게 알아차리고 있는 셈이다.

3-3. 인과응보와 비극적 운명론 -「매화나무의 인과」

「망명의 늪」이나 「철학적 살인」이 작품의 무대를 1970년대 중반으로 하고 그 시기에 발표되었다면, 「매화나무의 인과」는 그로부터 10년 전인 1966년 작품이고 이야기는 전근대적 계급사회의 구조와 변화하는 현대적 동시대 사회를 동시에 가로지르는 동선을 가지고 있다. 소설의 줄거리도 제목이 표상하는 바와 같이 무슨 설화를 바탕에 둔 듯한 숨겨진 사연을 암시하는 형국이다. 이 소설의 시작은 "지옥이란 있는 것일까. 없는 것일까"라는 전혀 뜬금없는 화두로부터 열린다.

작가의 현학취미를 과시하듯 박람강기한 '지옥론'이 한동안 계속된 다음, 이야기는 '성 참봉집 매화나무'로 넘어간다. 그러니까 이 작품은 액자소설 형식을 취하고 있다. 표면적 이야기는 '청진동 뒷골목 언제가도 한산한 대포술집'에서 진눈깨비가 내리는 밤에 몇 사람의 친구들이 나누는 것이고, 내포적 이야기는 이들의 건너편 자리에 혼자 앉은 사나이로부터 전해들은 '지옥'

에 관한 것이다. 참봉집 배화나무에 얽힌 인과의 숨은 곡절이 지옥도에 다름 아니더라는 말이 된다. 그런데 이 액자의 경계를 넘어 또 시대의 구분을 넘어, 비장(秘藏)의 과거사를 찾아가는 소설적 기술 또한 추리소설적 대중성과 그 담화의 재미에 일익을 더하고 있다.

그 과거의 이야기는 사람들의 입초사로 시작한다. 성 참봉집 매화꽃이 다른 매화꽃보다 크고 열매도 빛깔도 남달랐다는 중론이다. 풀 한 포기가 달라 보여도 그것이 눈에 보이지 않는 미세한 작용을 안고 있는 것인데, 확연히 눈에 띄는 꽃이 그러하다면 거기에 유다른 사연이 없을 수 없다. 본시 성씨 일문의 재실 뜰에 있는 나무를 성 참봉이 그의 집 사랑 앞뜰에 옮겨 심었고, 이를 계기로 참봉의 성벽(性癖)이 달라지고 천석 거부(巨富)의 재산이 금이 가기 시작한 것이다. 덩달아 그 집 머슴 돌쇠의 태도도 게으름과 교만으로 돌변한다.

서둘러 답변부터 말하자면, 그 나무 옮겨 심은 자리에 이십 년 전 성 참봉이 저지른 살인의 시체가 묻혀 있었다. 돌쇠는 그 매장을 도왔다. 큰 아들은 반신불수, 작은 아들은 즉사, 딸은 광인(狂人)이 되어버린 패가의 원인행위에 순간의 탐욕으로 인한 살인사건이 있었던 것이다. 이 엄혹하고 잔인한 인과응보의 실상이 화사한 매화나무 아래 매설되어 있으니, 이야기의 박진감과 더불어 소설적 이미지의 대조 역시 하나의 극(極)을 이루었다. 액자 바깥의 사나이는 "이래도 지옥이 없나요?"라고 반문한다. 이 작가 특유의 현란한 문장으로 장식된 에필로그는 다음과 같다.

이 밤이 있은 뒤 지옥이란 관념이 나의 뇌리를 스치든지 지옥이란 말을 듣든지 하면, 황량한 겨울 풍경을 바탕으로 하고 요염하게 꽃을 만발한 한 그루 매화나무가 눈앞에 떠오르곤, 광녀 머리칼처럼 흐트러진 수근(樹根)의 가닥가닥

이 썩어가는 시체를 휘어 감고, 그 부식 과정에서 분비되는 액체를 탐람하게 빨아올리는 식물이란 생명의 비적(秘蹟)이 일폭의 투시화가 되어 그 매화나무의 환상에 겹쳐지는 것이다.

작가의 이 마지막 자작 감상은, 걷잡을 수 없는 비극의 행로와 잔인하기까지 한 식물의 생명력이 한 그루 매화나무에 겹쳐지는 그림, 괴기와 공포 그리고 우주자연의 냉엄한 운행 이치가 한 데 얽힌 그림을 완성한다. 거기에 죄지은 자 반드시 징벌을 받는다는 권선징악의 단순 논리를 넘어, 인간의 구체적 삶에 개재된 인과와 운명론의 실상이 소설의 담론으로 제시된 터이다.

김동리가 액자소설로 쓴 「무녀도」가 한 폭 비극의 그림이었듯이, 이병주의 액자 소설 「매화나무의 인과」는 그에 필적할 만한 다른 한 폭 비극의 그림이다. 전자가 구시대의 세태와 새로운 시대의 문물이 문화충격을 일으킬 때 발생하는 가족사의 비극을 그렸다면, 후자는 행세하는 한 집안의 수장이 순간의 탐욕을 절제하지 못하고 저지른 살인과 그로 인한 집안의 궤멸을 추리소설적 기법으로 그렸다. 그런데 이 모골 송연한 담화를 추동하면서 겉보기의 이야기를 자연스럽게 풀어두고 마무리에 이르러 실상을 드러내는 완급의 조절 기량은, 이 작가가 독자의 따라 읽기 호흡을 아주 능란하게 알아차리고 있다는 증좌 중 하나이다.

4. 마무리

지금까지 살펴본 「망명의 늪」, 「철학적 살인」, 「매화나무의 인과」 등 세 작품은 그 한편 한 편이 수발한 작품이지만, 이들을 공통의 시각으로 묶어 볼 수 있게 하는 대중적 특성에 있어서도 여러모로 유사성을 지닌다. 우선 작가가 독자의 글 읽기 흥미를 유발하는 전가보도(傳家寶刀)로써 소설적 이야기의 극적인 구성은 사실 이 작가에게 오래고도 익숙한 특징에 해당한다. 물론 이야기만 재미있다고 해서 좋은 소설인 것은 아니다. 그러나 오늘날과 같이 소설이 독자의 구미를 북돋우기 어려운 시대, 작가와 독자 사이의 팽팽한 긴장감이나 감응력이 사라져가는 시대에 있어서, 이 고색창연한 미덕을 앞선 시대의 작가에게서 요연하고 풍성하게 발견할 수 있다는 점이 중요하다.

다음으로 이병주 소설의 도처에 편만해 있는 모티프이지만, 소설적 이야기에 언제나 운명론적 상황을 도입한다는 것이다. 일찍이 비극의 운명론은 아리스토텔레스 이래 인류 예술의 모태를 이루어 온 주제이다. 이 작가는 역사 소재의 장편소설 『관부연락선』 말미에서, '운명··· 이름 아래서만 사람은 죽을 수 있는 것이다'라고 적었다. 그런가 하면 다른 여러 소설들에서 '운명이라는 단어가 등장하면 토론은 종결'이라고도 했다. 그렇다면 그의 '운명'은 실존의 생명현상이며 토론을 거부하는 완강한 자기 체계를 형성하는 것이다. 하지만 소설의 이야기에 있어서는 이 화소(話素)를, 유연하고 조화롭게 가상현실의 삶 속으로 유인한다. 세 작품의 경우 모두 그러하다.

그런가 하면, 그의 소설들은 이성적 논의가 날카롭게 빛나고 철학적 토론을 유발할 만한 주제를 부각시키기는 하지만, 그 종착점은 언제나 감성적이며 인본주의적인 지향점을 갖는다. 그를 일러 흔히 문·사·철(文·史·哲)에 두루 능통한 작가, 특히 역사소설에 있어 한국 근대 정치상황에 대한 이념적 토론이 가능한 작가라고 지칭한다. 하지만 작가는 인간중심주의에 연맥되어 있지 않으면 소설이 소설로서의 보람을 다하지 못한다는 인식에 입각해 있다. 그와 같은 감성적 사유와 행위가 존중받을 수 있는 시대 또는 사회야말로 그의 문학이 꿈꾸는 신세계다. 그 길이 막혀 있거나 인간이나 제도에 의해 외면당할 때 그는 '감옥에 유폐된 황제'를 내세운다. 자신의 감옥체험을 뜻하기도 하는 이 소설문법은 「소설 · 알렉산드리아」, 「겨울밤」 등 여러 곳에서 볼 수 있다.

이 글에서 언급한 세 작품을 중심으로 여기서 예거한 세 항목의 대중적 특성 이외에도, 그에게는 대중성의 견인을 감당한 여러 유형의 비기(秘技)들이 있다. 그 중 하나가 놀라울 정도의 세계적 견문과 박학다식이다. 이는 상당 부분 작가 스스로의 발걸음으로 이룩한 체험적 기록에 빚지고 있다. 그와 더불어 예문을 통해 잠깐 견문한, 유려하고 수발한 문장의 조력을 덧입고 있다. 그렇게 그는 한 시대를 풍미한 대중적 베스트셀러 작가로 살았다. 현대사회에 있어서 남녀 간의 애정문제를 다룬 장편소설들에 이르러서는 절제의 경계와 금도(襟度)를 넘어간 부분이 없지 않지만, 그는 여전히 우리가 주목하고 학습해야 할 대중문학의 거목이다.

관념의 유희와 소설의 자리

-『행복어사전』의 대중성에 대하여

홍기돈

1. 우화로서의『행복어사전』과 이병주의 의도적 오류

『행복어사전』은 잘된 소설이라 평가할 수 없다. 작가인 이병주 자신도 아마 그렇게 여겼을 터이다. 한 발 더 나아가 애초부터 이병주가 이를 감수하면서『행복어사전』을 써 내려갔으리라는 추측도 가능하다. 그가 남긴 산문「이 각박한 세상을」이 추론의 단서가 된다. 여기에는 윌리엄 사로얀의『인간희극』한 장면이 소개되어 있다. 전화국에 권총강도 청년이 들이닥쳐 돈을 요구하자 국장은 말한다. "이 돈을 가져라. 네게 돈이 필요한 모양이니까. 너는 범인도 아니고 병자도 아니다. 이건 내가 네게 주는 선물이다." 당황한 청년이 권총을 호주머니에 집어넣고 자살을 암시하자 국장은 극구 만류하며 재차 돈을 건넨다. 이에 청년이 말한다. "나는 당신이 어떤 사람인지 알 수가 없군요. 당신처럼 그렇게 사람을 대하는 일을 들은 적은 없구요. 난 권총도 필요 없고 돈도 필요 없습니다. 무전여행을 해서라도 똑바로 집으로 돌아갈 생각입니다." 권총강도를 맞닥뜨린 국장의 대응에서 도대체 현실성이라곤 찾아볼 수가 없다. 그런 까닭에 이병주는『인간 희극』을 "소설이라고 하기보다 우화라고" 규정하면서 다음과 같은 평가를 덧붙이고 있다. "현대에 있어서 소설의 기능은 아마 이런 영역을 두고는 성공적일 수 없다는 견해를 내 자신 가지고도 있다. 그러나 그럴수록 나는 사로얀의 문학세계가 오아시스처럼 반갑다."[1]

이병주는 『행복어사전』을 사로얀의 『인간희극』처럼 써 내려갔다. 현대소설로서 성공을 거두지 못할지라도 사막의 오아시스 역할을 감당하기 위하여 창작한 작품이 『행복어사전』이라는 것이다. 주인공 서재필을 비경쟁주의자이자 반출세주의자로 설정한 데서부터 이러한 면모는 확정되고 있었다. 서재필이 비경쟁·반출세주의자로 경사한 까닭은 "경쟁이 빚어내는 갖가지의 추악을 보게 되었고 출세한 인간들의 허망을 느끼게"된 데 있다.[2] 그런데 소설이란 삶의 현장을 다루는 탓에 경쟁과 출세의 영역 바깥에서 구축되기가 무망한 노릇 아닌가. 즉 『인간 희극』이 우체국장 성격의 비현실성으로 인하여 우화로 전락하였다면, 『행복어사전』에서는 주인공 서재필이 표방하는 비경쟁·반출세 탓에 우화로 내려앉고 말 공산이 클 수밖에 없다는 말이다. 작가 또한 이를 알고 있어서 작품 말미에 검사의 목소리를 빌어 다음과 같이 적어 두고 있다. "어떻게 공교롭게 우리의 생활차원(生活次元)에서 일어날 수 없는 일들만 차곡차곡 쌓였는지 하여간 이상할 뿐입니다. 한마디로 너무나 소설적입니다. (중략) 소설가 지망생이니까 그런 소설적인 일만 생기는 건가요?"(6부, 357쪽)

1) 이병주, 「이 각박한 세상을」(『문학을 위한 변명』, 바이북스, 2010) 참조. 이하 같은 책에서의 인용은 따옴표 뒤에 (「제목」, 인용 페이지)를 명시하는 방식으로 처리한다.

2) 李炳注, 『幸福語辭典』 4부, 文學思想社, 1981, 43쪽. 이하 『幸福語辭典』 인용은 문학사상사에서 발행된 초판본에서 하며, 인용된 부분 뒤에 (인용 권, 인용 페이지) 형식으로 처리한다. 『幸福語辭典』은 1980년 1부가 발행된 이후 1982년 6부 출간으로 완결되었다.

주인공이 아무런 대책 없이 그냥 싫어졌다는 이유로 신문사를 그만 둔 일, 아무런 관계없는 구두닦이 소년에게 20만 원이란 거금을 예사로 건네는 일 따위는 현실성이 떨어진다. 양공주가 처음 만난 주인공에게 끌려 아이를 밴 사건, 그녀가 흑인병사를 찾아 미국으로 떠나며 고급 아파트를 주인공에게 넘기는 상황, 흑인병사가 양공주가 낳은 아이를 자신의 호적에 올려 자식으로 돌보는 처리도 마찬가지다. 그 외에도 비현실적인 사건은 『행복어사전』에서 쉴 새 없이 이어지고 있다. 이로써 빚어지는 소설의 한계를 작가가 몰랐다면 능력의 한계로 정리해도 무방할 터이다. 그런데 이병주는 이를 인지하고 있으면서도 의도적으로 그러한 방향으로 나아갔으니 의문이 남는다. 대체 그는 왜 이러한 선택을 하였던 것일까.

"가령, 이런 것 아니겠습니까. 버스를 놓칠세라 달려가고 있는 사람에겐 저녁놀의 아름다움쯤 눈에 보이지 않을 것 아닙니까. 설혹 눈에 보였다고 해도 아무런 감흥이 없는 거죠. 그런데 저녁노을의 아름다움에 마음을 빼앗기는 사람도 있는 겁니다. 저녁노을에 홀려 강변까지 갈 수도 있지요."(6부, 357쪽) 주인공을 통하여 작가가 펼쳐놓은 답변이다. 그러니까 꽉 짜인 일상의 질서 바깥에서 어떤 가치 혹은 의미를 추구할 것이며, 이러한 가치 · 의미가 각박한 현대사회에서 오아시스로서의 역할을 해낼 수 있으리라는 바람 위에서 『행복어사전』을 써 내려갔다는 말이 된다. 작가가 우화로 내려앉아도 무방하다는 의도를 갖고 쓴 마당에 『행복어사전』의 문학적 성취를 따지는 작업은 별 의미가 없다. 다만 생활 질서의 바깥을 떠돌면서 나름의 가치 · 의미를 추구하는 과정이 퍽 재미가 있는바, 이는 『행복어사전』이 대중성을 획득하는 지점이며 동시에 이병주 특유의 창작 이념과 결합하고 있다. 『행복어사전』의 대중성 요인을 살펴보는 까닭은 여기서 마련된다.

2. 도스토옙스키 제자로서의 면모 ; 다성성을 통한 지적 호기심의 충족

세계를 어떻게 파악할 것인가. 이념을 앞세울 경우 명쾌한 해답이 주어질 터이나, 현실은 하나의 시각으로 해명되기엔 너무나 복잡다단하다. 그러한 까닭에 사상가들의 백가쟁명이 펼쳐지는 것이며, 지켜보는 이들은 지적 흥미 속에서 자신의 세계관을 가다듬어 나가게 된다. 『행복어사전』이 대중성을 획득하는 요인으로는 먼저 이러한 측면에서의 지적 호기심 충족을 꼽을 수 있다. 이병주는 인생을 이데올로기라는 하나의 그물망으로 걸러낼 수 없으리라고 보았다. "나는 하나의 이데올로기로서 인생의 만반을 다스리려고 하는 이데올로기를 신용할 수 없다."(「이데올로기와 문학」, 115) 그런 만큼 그는 도스토옙스키가 문학에 끼친 영향을 크게 평가할 수밖에 없었다. 즉 하나의 절대 목소리로 사태를 재단해 버리는 것이 아니라, 여러 목소리가 교차하는 방식을 통해 사태에 접근하는 도스토옙스키의 창작 방법론을 끌어안았던 것이다. 도스토옙스키의 『죄와 벌』을 통하여 문학에 대한 개안과 인생에 대한 개안이 동시에 가능하였다는 진술은 이를 가리킨다(「지적 생활의 즐거움」). 「문학이란 무엇인가」에는 "문학에 종사하는 우리는 모두 도스토옙스키의 제자들이다."(128)라는 진술로까지 나아가 있다.[3]

이병주가 도스토옙스키의 충실한 제자라는 사실은 『행복어사전』에 분명하게 드러난다. 예컨대 정치권과 얽힌 신문사의 부당한 압력에 항의하던 기자들이 파면되었을 때, 이에 대응하는 방식을 두고 벌이는 교정부에서의 논

3) 물론 성공한 리얼리즘 작품의 경우, 하나의 이데올로기 위에서 창작되었으나 다성성을 취하고 있는 사례가 있다. 루카치의 전형성 개념이 이와 닿아있을 터이다. 그런데 이는 사태의 복잡성을 드러내기 위한 창작방식이라기보다는 계급 갈등 및 투쟁의 지점을 부각시키는 방법론이라는 점에서 차이가 있겠다.

쟁 장면이 대표적이다. 한 편에 편집부의 전면파업에 동참하자는 입장이 있다. 요구의 정당성, 언론인으로서의 사명, 동료에 대한 의리 등이 주장의 설득력을 확보하게 된다. 이러한 입장에서는 교정부가 파업에 동참했을 경우의 실익을 다음과 같이 주장하고 있다. "단결을 과시하는 효과는 있겠죠. 그리고 이 사건이 너무 확대되면 곤란하다는 생각이 들어 회사가 굽힐지도 모르는 일 아닙니까."(3부, 12) 긴박한 사안에 대한 정면 돌파인 셈이다.

하지만 반대편에서는 상황논리가 작동할 수 있으며, 실직에 대한 두려움 따위도 떠돌고 있을 것이다. "먼젓번엔 겉으론 뭐라고 했건 나는 그들을 도우려고 했고 그런 전술을 썼소. 그러나 지금은 상황이 달라요. 그들을 복귀시킬 의향이 있었으면 벌써 그렇게 했을 거요. 그런데 그러질 않았다는 덴 회사 측에서도 만만찮은 생각이 있는 거요. 절대로 기자들의 압력엔 굴하지 않겠다는 거요. 한번 그런 버릇을 들여놓으면 앞으로 자꾸 곤란한 문제가 생길 거니까 이번 기회를 시금석(試金石)으로 하려는 각오로 있단 말이요."(3부, 13) "중이 떠나면 어딜 가겠는가. 결국 그 절이 아니라도 다른 절로 가야지. 아까 윤형은 거지가 되더라도 하는 말을 했지만 병신도 못되는 거지는 얻어먹기도 힘들어. 실직이란 것이 얼마나 무서운 것인지는 겪어본 사람만이 알 거야. (중략) 낸들 신나게 대들어보고 안 되면 옥쇄(玉碎)라도 하고 싶어. 그러나 우리 부원이 몽땅 실직이나 하면 어떡하나 싶은 생각을 허니 몸이 떨려."(3부, 17) 생활인이란 측면에서 이러한 입장 또한 나름의 근거가 마련될 터, 각각의 입장이 어울리면서 충돌하고 빚어내는 긴장은 『행복어사전』의 흥미요소라 할 수 있다.

신문기자의 입장에서 현대소설에서 요구하게 마련인 개성을 타박하는 장면도 같은 맥락에서 관심을 끈다. 취재했던 바를 재료로 삼아 소설 창작으로 나서라는 권유에 기자는 주어가 있는 문장(소설)보다 가주어로 써 내려가는 문장(기사)을 우위에 배치하며 다음과 같은 논리를 구사하고 있다. "나는 반대로 주어가 없는 문장에 집착합니다. 나, 또는 내가 하고 쓰는 문장에 대한 반발이죠. 별다른 개성을 갖고 있지도 않은 주제에 나는 이렇게 보았다, 나는 이렇게 생각한다는 등속에 소시민 근성의 악취를 느끼는 겁니다. 나는 밀도를 가질 수만 있다면 주어 없는 문장이 최고라고 생각해요. 적어도 한 시대의 평균적인 눈과 판단력을 마스터해야 하니까요." 이러한 태도는 개성의 부정으로까지 이어지고 있다. "기계문명이 개성을 말살했느니 어쩌니 하지만 원래 사람의 개성이란 그처럼 대단한 게 아닙니다. 추울 땐 두꺼운 옷을 입고, 더우면 얇은 옷을 입고, 많이 먹으면 배가 부르고, 돈이 많으면 사치를 하고 싶고……그렇고 그런 것 아닙니까. 개성이란 것은 프티부르주아의 환상이지 실체는 아닌 것 아닙니까."(1부, 258쪽)

『행복어사전』의 주인공 서재필은 이러한 논의 한가운데로 뛰어들어 상황을 정리하는 법이 없다. 일상의 방외인으로 남아있고자 하기 때문이다. 그가 혐오를 드러내는 것은 어떤 상황을 하나의 이데올로기로 파악하려는 태도에 대해서로만 한정된다. 그럼으로써 『행복어사전』은 논리 대결이 현란하게 펼쳐질 수 있는 장으로 남아있을 수 있게 되었다. 이는 지적 흥미의 충족에 입각한 대중성이 작가의 세계관과 결합하고 있는 사례라는 점에서 주목을 요한다. 이병주가 소설과 우화 사이에서 의도적인 오류를 감행했던 까닭은 아마도 이러한 지점을 부각시키려는 의도와 상관이 있을 터이다.

3. 관념의 모험 ; 언어의 사다리 위로 올라선 이병주

서재필은 처음 신문사 교정부 직원이었고, 퇴직 후에는 번역자이자 소설가 지망생이다. 교정부 직원과 번역자와 소설가 지망생은 언어를 다룬다는 점에서 공통분모를 갖는다. 언어란 인간으로 하여금 지금–여기의 상황을 벗어나 다른 시간대, 다른 공간으로 이동을 가능케 하는 도구라 할 수 있다. 이병주는 언어의 이러한 속성을 깊이 자각하고 있었기에 다음과 같은 지적을 남길 수 있었다. "인간은 절대적인 모순율 속에 살고 있다. 즉 오늘 이 시간에 서울의 어느 집에 있으면, 같은 시각 프랑스의 파리에 있을 순 없다는 얘기다. 그런데 지적인 생활, 아니 독서라고 하는 행위를 통해서 그 절대적인 모순율을 넘어설 수가 있다."(「지적 생활의 즐거움」, 27) 그런 점에서 일상생활세계의 바깥에서 그 안을 들여다보는 자로서 서재필은 반드시 언어를 다루는 사람이어야만 했다. 눈앞에 펼쳐진 갈등이라든가 요구로부터 한 발자국 떨어져 관념의 세계로 이월하기 위해서는 언어의 사다리가 필요할 수밖에 없다는 것이다. 관념의 모험이랄까 유희는 이러한 사실을 바탕으로 가능해지고 있다.

이병주의 모험은 성공할 경우 당대 사회상의 환기로 나아가며, 실패할 경우 현학 취미의 과시에 머무르고 만다. 먼저 성공한 경우를 보자. 편집부 기자들이 파업을 벌이는 탓에 문화부장은 교정부의 서재필에게 찾아와 기사의 번역을 맡긴다. 스페인의 프랑코 총통이 죽음에 임박하였다는 내용이다. 주지하다시피 "극우 권위주의의 화신"인 프랑코는 "공포정치 · 독재정치로 일관했다. 그런데 경제적으론 기적을 만들었다. 1960년대에 국민의 평균소득 삼백 불이었던 것이 1970년엔 이천 불로 늘어난 것이다."(3부, 29) 이병주는 기사 내용을 살펴보는 방식으로 프랑코의 이력을 알려주고 있다. 프랑코에 관한 사실 전달 중간에 "편집국장에게 항의를 했다고 해서 파면을 시킨 사람들……"을 떠올리고 있거니와, 프랑코에 대한 평가는 자연스럽게 1979년 10월 죽음을 맞이한 박정희 前대통령의 평가 위에 겹쳐진다. 참고 삼아 덧붙이자면, 『행복어사전』 3권은 1980년 8월에 출간되었다. 이러한 방식, 즉 번역을 통한 당대 사건의 소개와 논평자로서의 분석은 『행복어사전』에서 하나의 패턴을 형성하고 있는데, 이는 정보 전달과 사회적 상상력을 자극하는 방향에서 즐거움을 제공한다. 신문기사의 교정 또한 같은 방식으로 기능하고 있다.

등장인물 서재필의 독서 체험 또한 『행복어사전』에서 반복하여 활용되는 요소이다. 예컨대 일본 청년들이 쓴 방랑기를 읽었노라는 대목을 보자. 무전여행을 떠난 일본의 시골 청년들이 유럽 전역을 돌며 "어떤 하늘 아래서도 인정엔 변함이 없다는 사실"을 깨닫는다는 내용을 소개하며 서재필은 다음과 같은 감회를 덧붙이고 있다 "슬픈 얘기를 읽은 것보다 더 슬펐소. 일본의 청년은 바르샤바의 하늘 아래서도 인정엔 변함이 없다는 것을 몸소 겪을 수 있는데 우리의 청년은 사우디아라비아의 사막으로 가면 돈을 벌 수 있다는 사실을 알 수 있을 뿐이라고 생각하니 왠지 서글프데요."(4부, 20~1) 물론 이 또한 정보 전달과 사회 현실의 환기에서 대중성 확보의 요소를 끌어안고 있다. 번역이나 독서 체험을 매개하지 않고 당대 세인들의 관심사건을 소설의 사건 배경과 교차시키는 것도 『행복어사전』이 대중성을 확보하는 요인으로 나타나기도 한다. 예컨대 공항기자의 회고로써 '정인숙 사건'의 수수께끼가 제기되고 작가는 이를 소설 속 사건의 계기로 삼고 있는바(1부, 193~4), 현실 안팎의 두 사건을 비교 · 대조하면서 독자들은 의혹에 한발 다가서는 듯한 쾌감을 얻을 수 있게 된다는 것이다.

그런데 『행복어사전』이 5, 6부에 이르면서 관념의 밀도가 급격하게 떨어지고 있다는 사실은 아쉬움으로 남는다. 가령 아파트 입구에서 영양 부족으로 쓰러진 여인을 싣고 가는 구급차 안에서 서재필은 "에로티시즘은 죽음에까지 이를 수 있는 생(生)의 찬가(讚歌)"라는 말을 한 사람이 누구였던지 생각하는가 하면, 『말테의 수기』의 한 구절 "사람들은 모두 이 도시에 살려고 모여드는 모양이지만 내가 보기론 모두들 죽으려고 모여드는 것 같다."를 떠올리기도 하고, "죽음이 구제(救濟)라고 말한 사람도 있었지." 반추하기도 한다(6부, 45~6). 더 나아가 9백 명 이상의 남녀가 청산가리를 먹고 자살한 '가이아나에서의 인민 사원사건' 위에 포개기도 한다(6부, 51~2). 인간은 언어를 매개로 삼아 지금 이곳의 시공간 너머를 떠올릴 수는 있지만, 그렇게 구축된 관념세계가 최소한의 물질성까지도 벗어던져 버리고자 할 때, 이는 현학 취미 이상이 될 수는 없을 터이다. 똑같이 관념의 모험을 감행하여 얻은 산물이되, 『행복어사전』 뒷부분에 대해서 동의하지 못하는 까닭이 여기에 있다.

『행복어사전』에서 적극 구사하고 있는 아포리즘의 공과(功過) 또한 같은 맥락에서 얘기할 수 있다. 작가가 펼치는 관념의 내용을 선명하게 제시하는 한편 지적 충족감을 채워주기에 『행복어사전』의 아포리즘은 요소요소에서 빛을 발하고 있다. 가령 작가가 미셸 푸코의 "마르크스의 철학은 19세기의 사상이다. 19세기의 사상체계에 빈틈없이 들어맞는 위치를 가진 그만큼 현대에 의미가 있기도 하고 없기도 하다."라는 문장을 부각시킬 때, 획일적인 이데올로기의 한계를 지적하는 데서 효과를 거두고 있다(3부, 227). 등장인물 서재필의 분노와 상실감을 드러내는 대목에서 프로이트의 문장 "인생을 행복하게 할 의도는 당초부터 조물주(造物主)의 계획엔 없었다."를 떠올릴 때, 관념적이라는 느낌은 들지만 그런 대로 상황에 녹아들고 있다(3부 261). 하지만 아포리즘 활용이 언제나 성공적인 것 같지는 않다. 작품 후반부로 가면서 그러한 혐의는 더욱 강해진다. 관념의 모험이 결코 호락호락할 수 없음을 확인하게 되는 대목이다.

4. 우리 사회의 블랙홀과 소설의 자리

『행복어사전』의 결말 처리는 퍽 의미심장하다. 비경쟁 · 반출세주의자로서 일상 질서 바깥을 배회하던 서재필이 간첩 혐의로 정보기관에 끌려간다. 정보기관에서 보기에 서재필의 행동은 도대체 납득할 수 없으며, 이를 의심하는 그들은 서재필이 북한과 관련되었으리라 단정하고 간첩으로 몰아가는 것이다. 그렇다면 분단 모순은 관념의 모험까지도 집어삼켜버리는 우리 사회의 블랙홀로 작동하는 셈이 아닌가. 기실 소설 앞부분에서부터 작가는 분단 문제를 언급해 두고 있었다. "무장간첩을 체포했다는 기사가 내 앞에 펼쳐졌다. 하나는 총 맞아 죽고, 하나는 중상을 입었고, 하나는 생포되었다는 내용이다. 바로 엊그제의 밤, 서해안 어느 섬에서 있었던 일이다. (중략) 엊그제의 밤이면 우동규 부장과 윤두명 씨와 내가 청진동 어느 술집의 안방에서 술을 마시고 있었던 밤이다. 그 밤 그 무렵 이 땅 어느 곳에선 그런 전쟁이 있었던 것이다."(1부, 81~2) 서재필이 자살을 시도했다고 오해하는 기자는 난데없이 휴전선을 예로 들어 타박하기도 한다. "나라로서나 개인으로서나 가능이 보류되어 있는 상황을 견디지 못해서 자멸한다는 것은 그야말로 패배가 아닙니까. 꽃은 한번밖에 피지 않습니다. 그런데 한 번의 꽃도 피우지 않고 스스로 시들어 버린다면 너무나 기막힌 일이 아닐까요? 한 가지 예만 들죠. 휴전선을 저대로 두고 죽을 수 있습니까?"(2부, 213)

그러니 전면에 내세우지 않았을 뿐 『행복어사전』은 큰 틀에서 분단 문제를 바탕에 깔고 있었던 셈이 된다. 작품 요소에서 간간이 펼쳐놓은 스칸디

나비아 반도의 스웨덴 관련 언급은 이로써 이해할 수 있다. 분단 현실 위에서 이를 극복할 하나의 모델로 이병주는 내심 스웨덴의 사민주의를 떠올리고 있었던 것이다. 『행복어사전』이 서재필이 스웨덴 행 비행기에 탑승한 상태로 마치고 있다는 사실은 이러한 추정에 설득력을 부여해준다. 관념의 모험가답게 이병주는 작품의 마지막 대목에서도 제임스 조이스의 문장을 통하여 서재필의 감회를 전하고 있다. "오오, 생명이여! 나아가 백만 번 경험의 교훈을 쌓아, 우리 민족이 아직껏 만들어내지 못한 위대한 진실을 내 마음의 용광로 속에서 만들어내자. 아득한 옛날부터의 사부(師父)들이여 나를 도우소서."(6부, 366) 『행복어사전』은 이처럼 서재필 개인 차원에서 이뤄지는 스웨덴으로의 출행이 '우리 민족'과 접합되는 지점에서 완결되고 있다.

이병주가 전하는 스웨덴의 지적 풍토와 사회복지의 수준 등은 먼저 이국(異國) 풍속의 소개란 측면에서 호기심을 불러일으킨다. 이는 대중성을 획득하는 요소라 할 수 있다. 그런데 한국의 분단 모순과 결부하여 그 너머의 지향으로 그 풍속을 읽을 때, 이는 한낱 흥밋거리 수준을 넘어 진지한 탐구 대상으로 떠오르게 된다. 앞서 『행복어사전』이 대중성을 획득하는 지점이 이병주 특유의 창작이념과 결합하고 있다고 지적하였는데, 바로 이 지점에서 그러한 양상은 선명하게 드러난다. 그렇다면 여기서 한 가지 물음이 가능할 듯하다. 분단 모순에 입각한 이데올로기의 광풍(狂風)이 남과 북을 가로질러 사납게 몰아치는 상황 속에서, 합리적 이성에 근거해야 하는 소설은 과연 어떻게 이에 맞서서 새로운 세계를 상상할 수 있을까. 그 모색이 난감함에 부딪힐 때 우화로의 추락 위험도 기꺼이 감수하게 되는 것 아닐까. 이에 대한 내막이야 이병주만이 알고 있다. 우리가 확인할 수 있는 것은 『행복어사전』에서 소설가 지망생 서재필을 내세운 이병주가 소설이 있어야 할 자리를 찾아 갈피를 잡지 않고 떠돌았다는 사실 정도이다.

이병주 소설의 영상화와 대중성의 문제

정미진

1.

나림 이병주(1921~1992)는 짧지 않은 시간동안 방대한 작품을 남긴 작가이다. 그가 남긴 작품은 중 단편부터 장편 대하소설에 이르기까지 대략 80여 편에 달한다. 그러나 그에 대한 평단의 관심은 대표작이라 할 수 있는 초기 중 단편 및 『관부연락선』, 『지리산』에 집중된 감이 없지 않으며, 이들 작품을 제외하면 기존의 문학사 서술에서 이병주에 대한 평가는 절하되거나 배제된 것이 사실이다. 그렇지만 이병주 소설은 많은 지면과 독자를 확보하고 있었고, 다양한 경로를 통해 대중과 접촉하고 있었다.

『산하』(《신동아》, 1974.1.~1979.8.)의 경우, 연재 당시에는 물론 단행본으로 출간된 이후에도 꾸준히 인기를 누렸던 것으로 보인다. 『산하』가 발간된 즈음 베스트셀러 소설 부문 1위에 이름을 올렸고[1], 그 이후에도 베스트셀러 목

1) 《매일경제》, 1978.5.30.(같은 주 소설부문 베스트셀러 4위는 이병주의 『낙엽』이었다.)

록에서 한 자리를 차지한 사실을 어렵지 않게 확인할 수 있다. 이렇듯 『산하』가 꾸준히 읽혔다는 것, 연재가 종료되기도 전에 단행본으로 출간되어 많은 독자를 확보했다는 것, 더 나아가 드라마로 제작되었다는 것[2]은 『산하』가 가진 대중성을 여실히 보여준다고 하겠다.

《동아일보》 1981.11.20.

2) 드라마로 제작된 『산하』 역시 소설에 못지않은 관심을 받았다. 《동아일보》(1987.7.13.)는 드라마 「산하」에 대해 "MBC 「산하」 해방직후 정치판 흥미롭게 묘사"했다고 평가하고 있다.("MBC TV가 지난 6일부터 매주 월요일 밤 9시 50분에 방영하는 8부작 미니시리즈 「산하」(이병주 원작, 김지일 연출)는 방영 시기의 적성한 선택, 치밀한 극적 구성, 뛰어난 주인공의 성격 묘사 및 연기 등이 좋은 조화를 이뤘다.")

지금까지 문학의 대중성에 대한 논의는 꾸준히 있어 왔다. 그러나 소설의 대중성을 결정짓는 요인은 단정적이고 확정적인 것일 수 없다. '대중성'에 영향을 미치는 것은 그것을 향유 혹은 소비하는 주체인 대중의 정체성과 욕망에 따라 다양하게 나타날 수 있으며, 대중의 공감을 끌어내는 방식과도 관련을 맺는다.

일반적으로 '대중적'인 것은 통속성과 상업성을 가지고 있기에 저급한 것이라는 인식에서 자유로울 수 없었다. 통속적이라는 것은 그 작품이 상업적인 목적을 성취하기 위해 대중의 무반성적인 기대와 흥미를 충족시키는 방향으로 쓰여졌음을 의미하는데, 여기서 통속적 작품의 독자로 전제되는 집단이 대중이다. 대중은 현실과 대면하기를 두려워하고 단순하고 말초적인 흥미의 만족에만 집중하는 집단으로 상정되어 왔다.

그러나 이러한 논의는 꾸준히 수정되어 왔다. 대중문화가 이윤을 추구하는 산업시스템과 밀접한 관련을 맺고 있는 것이 사실이지만 이것이 부정적인 역할만을 수행하지는 않는다. 오히려 대중의 욕망을 충실하게 반영하여 대중에게 활력을 제공하기도 하며, 단순히 지배 이데올로기의 수단으로 이용되는 것에서 벗어나 그것에 저항하여 수정하는 역할을 하기도 했다.[3]

이병주 소설의 대중성에 관한 연구로는 노현주와 음영철의 논의가 대표적이다. 이병주 소설의 대중성은 이병주가 언론사의 주필과 편집부장을 지낸 언론인 출신으로 대중성에 정통하였을 것이라는 점, 서사 위주의 창작 방식으로 인한 흡인력을 가졌다는 점, 사회적 역사적 인식에 있어 양가적인

3) 김성환, 「1970년대 대중소설에 나타난 욕망 구조 연구」, 서울대학교 박사논문, 2009, pp.3~9. 안토니오 그람시, 박상진 역, 『대중 문학론』, 책세상, 2003, pp.37~39. 윤시향 외, 「대중문화의 발달과 매체의 기능 전환」, 『브레히트와 현대연극』, 2003, pp.85~87. 한국문학평론가협회, 『문학비평용어사전』, 국학자료원, p.1022.

개인을 등장시켰다는 점에 기인한다고 보았다. 그리고 『행복어사전』이 갖는 이병주 소설의 대중문학적 특질로 인물의 비범성과 소시민적 현실성이 공존하는 인물 형상화, 로맨스 서사, 대중의 교양욕망을 충족시키는 딜레탕트적 취향의 소설적 반영, 서사 중심의 서사 전략을 꼽았다.[4]

한편 음영철은 이병주의 소설미학이 진정성과 통속성이 결합된 새로운 문학 창출에 있다고 보았다. 독자들은 이병주의 소설을 통해 시대의 아픔을 느낌과 동시에 통속적인 소시민의 삶의 애환을 발견하게 된다는 것이다. 그러면서 계몽주의에 기초한 진정성이 지나쳐 미적 형상화에 실패한 소설로 『그해 5월』을, 통속성이 지나쳐 진정성을 잃은 소설로 『낙엽』을 꼽은 반면, 진정성과 통속성이라는 양가적 미학이 조화된 작품으로 『행복어사전』을 꼽았다. 그리고 이병주의 해박한 인용, 아포리즘을 구사하는 문체가 대중성의 토대가 되었다고 분석하였다.[5]

이 글에서는 이병주의 소설이 영상 매체로 전환된 사실에 주목하여 그 의미를 검토해 보고자 한다. 문학 작품이 영상화되는 것이 새삼스러운 것은 아니지만 이병주의 소설 중 다수가 영상 매체로 전환된다는 것은 그것을 수용하는 대중의 욕구와 합치되는 지점이 있음을 의미한다 하겠다. 따라서 이병주 소설이 영상 매체인 영화나 드라마로 전환된 경우를 목록화하고, 그 내용을 검토한 후 이병주 소설의 영상화가 갖는 의미를 밝혀보려고 한다.

4) 노현주, 「이병주 소설의 대중성과 서사전략 연구」, 『국제한인문학연구』 8호, 국제한인문학연구학회, 2011.

5) 음영철, 「이병주 소설의 대중성 연구」, 『겨레어문학』 47집, 겨레어문학회, 2011.

2.

구분	작 품	제작형태	제 작	연출/극본	출 연	방영상영
영화	내일 없는 그날	멜로드라마	아카데미 영화사	민경식/최도선	이민, 도금봉, 문정숙	1959
	망명의 늪	문예	태창흥업	김수용/김지헌	박근형, 박원숙, 박암, 허진	1978
	삐에로와 국화	반공	태창흥업	김수용/송길한	신성일, 전무송, 윤정희, 장인한	1982
	비창	멜로드라마	풍창흥업	유영진/이희우	이영하, 이혜숙, 김교숙, 최동준	1987
드라마	관부연락선	주말연속극	TBC	최지민/김영수	이순재, 지윤성	1972. 11. 4~ 1973. 2. 3
	쥘부채	문예극장	KBS	이종하/박병우	정동환, 박영귀, 김흥기, 안해숙	1980.3.14
	종점	주말극	MBC	정문수/이희우	이정길, 김자옥, 전운, 박근형, 김보연, 한인수	1980.3.29.~ 1980.8.31
	변명	3.1절 특집	MBC	유길촌/이희우	최불암, 이정길, 김무생, 김영애, 박근형	1980.3.1
	누가 백조를 쏘았는가	TV문학관	KBS	장기오/정하연		1983.4.16
	백로선생	TV문학관	KBS	맹만재/이희우		1984.2.11
	천망	TV문학관	KBS	김재현/김하림		1984.2.18
	쥘부채	TV문학관	KBS	홍성률/박병우		1984.4.14
	예낭풍물지	TV문학관	KBS	맹만재/고성의		1984.5.5
	망명의 늪	TV문학관	KBS			1984.7.28
	그 테러리스트를 위한 만사	TV문학관	KBS	장기오/김문엽		1985.4.27
	변명	TV문학관	KBS	김재순/박구홍	김영철	1985.7.6
	달빛이 무서워	TV문학관	KBS	맹만재/고성의		1985.8.16
	환화	베스트셀러 극장	MBC	장수봉		1986.5.25
	산하	월화드라마 (8부작)	MBC	김지일/정하연	이영후, 김은영, 김자옥, 박은수, 신혜수, 정욱	1987.7.6.~ 1987.7.28
	저 은하의 내 별이	TV문학관	KBS	임학송/이국자		1987.8.8

드라마	황금의 탑	수목드라마	KBS	문영진/박병우	박근형, 김민자, 김세윤, 한혜숙, 임성민, 박현숙, 이응경	1988.3.2.~ 1988.7.28
	지리산	특집극	KBS	김충길/김원석	박진성, 전광렬, 정보석, 백준기, 조민수, 배종옥	1989.5.29.~ 1989.6.7
	바람과 구름과 비	월화드라마	KBS	전세권/윤혁민	신일룡, 김청, 김홍기	1989.10.9.~ 1990.3.17
	행복어사전	월화드라마	MBC	신호균/이윤택	최수종, 배종옥, 이계인, 이응경	1991.7.8.~ 1991.8.27
	벽	TV문예극장	KBS	윤흥식/이홍구	이미연, 박진성, 이재룡	1991.7.14
기타	낙엽	연극	배우극장	차범석	최은희, 도금봉, 김희갑, 백수련	1976.6.26.~ 1976.6.30
	산하	라디오소설	동아방송	정하연 극본	해설: 박웅, 출연: 장건일	1978.5.1

위의 표는 '한국영상자료원', '방송문화진흥회', 'KBS미디어'와 각종 일간지 등을 참고로 하여 이병주 소설을 원작으로 하는 영상물을 정리한 것이다.[6] 이 목록이 확정적인 것이라고 할 수는 없으나, 조사 결과에 따르면 이병주 소설은 영화 4편, 드라마 21편, 연극 1편, 라디오 소설 1편으로 총27편 각색되었다. 그 중 단편 「망명의 늪」(1976)은 영화와 드라마로 각각 제작되었으며, 『산하』는 라디오소설로 전파를 탄 후에 다시 드라마로 제작되었다. 「변명」(1972)의 경우 1980년 MBC 3.1절 특집극으로 전파를 탄 이후, 1985년 KBS 'TV문학관'으로 다시 방송되었고, 「쥘부채」(1969)는 1980년과 1984년에 KBS의 '문예극장'과 'TV문학관'에서 각각 방송되었다.

6) 라디오 소설과 연극은 영상화된 경우는 아니지만 매체가 전환된 경우로 '기타' 항목을 설정하여 포함시켰다. 빈 항목은 현재 확인되지 않는 것이다. 보다 폭넓은 조사와 면밀한 확인 작업을 거친 후 목록에서 빠졌거나 목록의 누락된 항목을 보충할 계획이다.

이병주의 소설이 처음 영상화된 것은 1959년 영화 '내일 없는 그날'[7]이다. 《국제신보》 주필로 활발하게 활동하던 당시 우연히 《부산일보》에 연재한 것이 연재 종료 1년이 지난 후에 영화로 제작되기에 이른 것이다. 그러나 영화 '내일 없는 그날'의 광고에는 1950년대 최고의 미남배우인 이민과, 역시 당대 최고의 여배우인 도금봉, 문정숙이 주연을 맡았음을 강조하고, '釜山日報連載小說遂映畵化!'라고 설명했을 뿐 원작자 이병주에 대한 언급은 없었다. 당시 연재를 부탁받고 처음 소설을 썼던 이병주[8]에 대한 인지도가

7) 소설 「내일 없는 그날」은 1957년 8월 1일부터 1958년 2월 25일까지 《부산일보》에 총 206회가 연재되었다.

8) 세간에 이병주의 등단작은 1965년 7월 《세대》에 발표한 『소설 알렉산드리아』라고 알려져 있으나 실제로 이병주의 소설 쓰기는 1957년 8월에 《부산일보》에 「내일 없는 그날」을 연재하면서 시작된다. 이병주 자신은 "그러나 나는 이것이 소설다운 소설이었다고는 생각해보지 않았고, 황차(況且) 문학이라고 자부한 적도 없다. 되려 부끄러운 재료를 만들었을 뿐이라는 뉘우침만 남았다. 그러다가 내 자신이 신문사의 논설위원, 주필, 편집국장이 되어 대설 · 중설 따위의 논설을 쓰기에 바빠 소설을 쓸 겨를도 없었거니와 그럴 의사도 없었다. 내가 다시 소설을 쓰게 된 것은 뜻하지 않는 일로 영어의 몸이 되고 신문사를 그만두게 되어 실업자로 사회에 표랑하면서부터다. 이 소설이 발표된 지 10여 년 후에 비로소 나는 어줍잖으나마 소설가로 입신하게 된 것이다."(이병주, 『내일 없는 그날』, 문이당, 1989년, 9쪽.)라고 밝혀 『내일 없는 그날』에서의 글쓰기를 인정하지 않는 태도를 보인다. 그러나 『내일 없는 그날』은 이후 이병주 소설이 갖는 특징적인 면들을 고스란히 담고 있는 것처럼 보인다. 이에 대해서는 추선진(「이병주 소설의 원형으로서의 『내일 없는 그날』」, 『인문학연구』 제21호, 경희대학교인문학연구원, 2012.)의 논의를 참고할 수 있다.)

낮았기 때문에 원작자를 내세우기보다 '부산일보 연재소설'임을 강조한 것이라 짐작할 수 있다. 그렇다 하더라도 소설가로서 검증을 받지도 않은 작가의 소설이 영화로 제작되었다는 것은 이병주 소설이 대중의 기호와 합치되는 부분이 있음을 시사한다.

앞의 표를 통해 이병주의 소설이 영화보다 드라마로 더 많이 제작되었으며, 시기상으로 1980년대에, KBS 'TV문학관'에 집중되어 각색된 것을 확인할 수 있다. 《경향신문》 1985년 9월 26일자에 따르면 KBS 'TV문학관'에서는 방영 200회 동안 105명의 작가의 작품을 원작으로 삼았다. 그 중 이청준과 이병주의 소설이 각각 8편씩 각색되어 가장 많은 수를 차지한다고 한다. 그러나 필자가 조사한 바에 따르면 'TV문학관'을 통해 영상화된 이병주의 작품은 기사 작성 일자를 기준으로 총 9편이며, 'TV문학관' 방영 기간 중 총 10편이다.[9]

3.

이병주의 소설을 원작으로 하고 있는 영상물들의 주요 내용을 정리하면 아래와 같다.

9) 'KBS미디어'에는 이병주 원작의 '달빛이 무서워'가 1985년 8월 16일에 방영된 것으로 명시되어 있지만, 같은 날짜 각종 일간지의 TV프로그램 편성표에서 'TV문학관'은 찾아볼 수 없었다. 제작되었으나 방송이 불발된 것인지, KBS미디어의 오류인지 확인이 필요하다.

작 품	주 요 내 용(출처)
내일 없는 그날	그의 부인을 탐하는 모 사장의 모함으로 영어에 갇히는 몸이 된다. 사장은 계략대로 그의 부인을 겁탈한다. 정조를 유린당한 아내는 자결로써 생을 마친다. 출옥한 그는 이 사실을 알고 사장을 찾아가서 복수한 다음 경찰에 자수한다.(NAVER 영화)
망명의 늪	이풍은 외국상사와 체결했던 계약이 잘못되자 재산을 모두 잃고 실의와 절망 속에서 가족과 동반자살을 기도하나 자신만이 산다. 죄책감에 시달리던 그는 우연히 만난 대포집 주인 경자에게 기대어 산다. 그러던 어느 날, 풍은 신문에서 은인인 하인립 씨의 사기사건 기사를 보고 하 씨를 구하기로 결심, 하 씨의 구명운동에 나선다. 그러나 평소 하 씨와 절친했던 사람들의 반응은 냉담하였고, 김 변호사의 주선으로 겨우 하 씨가 석방된다. 냉담했던 동료들이 다시 하 씨의 석방 축하연에 모이자 풍은 인생의 무상을 느끼면서도 새 출발을 결심한다.(한국영상자료원)
삐에로와 국화	전쟁을 겪지 못한 젊은 세대들에게 안보의식을 고취시키기 위한 영화「피에로와 국화」가 마지막 손질에 들어갔다. 이 영화는 종래의 반공영화라는 차원을 떠나 영상을 통해 공산주의의 이데올로기를 다룬 작품. 3형제가 월북했으나 남로당출신이란 이유로 고통과 박해 속에 간첩으로 남파된 뒤 옛 애인의 건실한 삶에 감동, 자수한다는 줄거리.(동아일보, 1982.11.26.)
비 창	부교수인 구인상은 아내의 불륜을 알고 심한 갈등으로 집을 떠나 부산으로 간다. 상심한 구인상은 싸롱주인 국희를 만나 지친 일상을 기대던 것이 점차 밀도를 더한다. 한편 피아니스트의 꿈을 결혼과 함께 접어둔 구인상의 아내는 자신의 예술세계를 이해하지 않는 남편의 무관심에 심하게 반발하여 비윤리적인 행동을 꾸며 그를 시험한 결과가 오히려 남편을 더 멀어지게 만들었다는 것을 알고 자포자기하는 마음이 된다. 그 후 아내에게 연민을 느낀 구인상의 화해 의사에 자책감을 느낀 아내는 자살하고 만다.(한국영상자료원)
관부연락선	대동아전쟁에서부터 6·25 사변 후까지가 시대적 배경인데 동경 유학생인 유태림을 중심으로 한 식민지 지식인의 고민과 사상적 갈등을 그리게 된다.(동아일보, 72.11.02.)
쥘부채	한 남녀가 교도소근방에서 쥘부채를 주운 후 그 쥘부채의 주인공을 추적하다 그에 얽힌 사연을 알아내고 자신들의 사랑에 비추어 봄으로써 참사랑을 얻게 된다는 내용.(동아일보, 80.3.12.)
종 점(「망향」)	사사로운 욕심만을 충족시키려는 요즘 젊은이들의 이기적인 일면을 묘사하면서 산업화사회에서 중시되어야 할 인간중심의 사고방식을 설득력 있게 제시하고 있는 드라마.(동아일보, 80.3.21)
변명(MBC)	일제시대 때 독립투사와 일제의 앞잡이로 정반대의 삶을 영위해 온 두 사람이 자녀의 결혼문제를 놓고 고민하는 모습을 그리고 있다.(경향신문, 80.2.29.)
누가 백조를 쏘았는가	대륙물산에 근무하는 정준호는 자기회사의 사장 딸인 조숙현과 결혼하기로 하고 아버지 정학준의 허락을 얻고자 한다. 그런데 아버지는 단식을 시작하겠으니 죽거든 결혼을 하라면서도 그 이유는 말하지 않는다. 정학준에게는 조영국 회장과 사돈이 될 수 없는 피맺힌 원한이 있었던 것이다. (경향신문, 83.4.16.)

백로선생	일제 말 동경의 한 사립대학에서 프랑스문학을 전공한 예술지상주의자 신병준은 학병 지원병제 기피, 불온사상 소유자라는 혐의를 받자 치악산으로 피신한다. 그곳에서 백로선생을 만나 백로선생의 인도로 상원사 지장암 근처 한 동굴에서 다른 두 사나이를 만난다. 그들은 크리스천인 윤창순과 마르크스주의자인 민경호. 장래를 알 수 없는 암담한 시대에 만난 이들 세 사람은 서로 이념과 사랑을 달리하여 갈등이 일기 시작한다.(경향신문, 84.2.11.)
천망 (「매화나무의 인과」)	정말 지옥은 존재하는가. 청진동의 한 대폿집에서 현대를 사는 지식인들이 지옥이 있느냐 없느냐는 논쟁을 벌인다. 그때 한 사나이가 나타나 지옥은 존재한다고 주장하며 그 이유를 들려준다. 옛날 만석꾼인 성참봉은 많은 소작인을 거느린 자린고비로 하인들에게 가혹하기로 유명했다.(경향신문, 84.2.18.)
칠부채	동식은 설악산등반대의 조난사고 뉴스를 듣고 불안한 마음으로 설악산으로 떠난 성녀를 찾아나선다. 그러나 성녀는 설악산에 가지 않았다며 웃는 얼굴로 동식을 맞는다. 동식은 묘한 분노를 느끼며 언제나 자의식과 이기를 앞세우는 성녀의 태도에 불만을 느낀다. 그러던 중 그는 부채 한 개를 줍는데...(경향신문, 84.4.14.)
예낭풍물지	주인공이 예기치 못한 사기 사건에 휘말려 징역 15년형을 선고받는다. 그러나 복역 중 형집행이 정지되자 고향인 예낭으로 돌아간다. 그의 어머니는 생선장사를 해가며 아들의 병을 고치기 위하여 눈물겹도록 애를 쓴다.(경향신문, 84.5.5.)
망명의 늪	병원에서 도망쳐 나온 범진은 달리는 차 속으로 뛰어든다. 그 차에 타고 있던 향숙은 그를 자기 집으로 데려와 같이 지낸다. 그러던 어느 날 범진은 신문에 난 한 기사를 읽고 자신의 괴로운 과거를 떠올린다. 그는 과거 신형 전열기를 개발하여 하인립에게 의논하자 그는 기막힌 상품이라며 사업자금을 대준다. 그런데 이상하게 비밀이 유출되어 그는 빚더미에 오르고 아내는 죽고 만다.(경향신문, 1984.7.28.)
그 테러리스트를 위한 만사	독립유공자며 반공투사로 알려진 3선 국회의원 이동민의 의문의 죽음을 수사하는 과정에서 한 늙은 테러리스트를 만나게 된다. 우리는 그 테러리스트의 입과 행동을 통해 정의에 대한 신념, 목사와 인간에 대한 끊임없는 탐구를 통해 이 시대 민족정신의 본질을 분석한다.(KBS미디어)
변명(KBS)	징집 당해 일본군이 된 주인공은 기밀 서류를 소각하다 우연히 동족을 배신한 장병중이란 인물에 대해 알게 된다. 그 자는 일본군을 탈출해 중국군에 가담, 일본군과 싸운 '탁인수'란 동포를 밀고하여, 죽게 했던 것이다. 후에 주인공도 일본군에 탈주해 상해 임시정부에 들어간 뒤 그곳에서 독립운동가 장병중을 만나게 되는데...(KBS미디어)
*달빛이 무서워	인간이 가진 이상향 그 꿈과 기대의 낙원을 찾는 다양한 인간의 삶을 통해 인간의 실상과 허상을 조명하고 현실의 조화를 모색한 프로그램.(KBS미디어)
환화 (「우아한 집념」)	유현은 과거에는 명성을 날리던 작가였으나 50대 후반에 접어든 지금은 내리막길을 걷는 입장에 있다. 전성기에는 발표하는 소설마다 영화가 될 만큼 인기가 있었으나 지금은 명성과 인기가 사라져 궁색한 나날을 보낸다. 그런 어느 날 그에게 뜻밖의 일거리가 주어진다.(동아일보, 86.5.24.)
산 하	이 드라마는 해방 직후 어지러운 정국 속에서 노름꾼 출신인 한국회 의원의 행복을 중심으로 당시의 시대상을 그린다.(동아일보, 1987.6.19.)

저 은하에 내 별이	계부의 손에 외롭게 자란 하인희는 어느 날 자신이 억대 재산의 상속녀라는 것을 알게 된다. 하인희는 지금은 강세창 사장의 소유가 된 아버지의 탄광을 되찾기 위해 법정 투쟁을 벌인다. 하인희는 소송이 진행되면서 자신이 아버지의 재산을 찾는 것이 아니라 꿈처럼 희미해진 아버지에 대한 기억을 찾으려한다는 것을 깨닫는다.(한겨레, 89.5.13.)
황금의 탑	고도 경제성장의 와중에서 엄청난 부를 축적한 한 기업가가 황금만능주의에 사로잡혀 주위 사람들을 냉혹하게 짓밟으면서 기업을 계속 팽창시켜 나가는 과정을 다루는 추리성 기업 고발 드라마다. 이 드라마는 한 중년언론인과 그 가족 및 주변 사람들의 건실한 눈을 통해 이같은 기업가의 비리와 비정함을 파헤치면서 '선량한 이상주의자'들의 삶을 통해 고통과 희망을 함께 다룬다.(동아일보, 1988.1.29.)
지리산	해방전후 지리산을 거점으로 출몰한 빨치산들의 행적을 통해 민족사와 그들의 애환을 그린 드라마(한국방송진흥회) / 일제 말, 해방, 6 · 25 등 우리 근현대사의 격동기를 각기 다른 방식으로 살았던 세 지식인 청년들의 삶의 궤적을 그린 드라마(한겨레, 89.5.13.)
바람과 구름과 비	조선 말기 어지러운 시기에 왕을 자기 세력으로 옹립하려는 수구세력과 이른바 '민중왕'을 세우려는 일부 평민들의 음모가 빚는 갈등을 보여준다.(동아일보, 89.10.07.)
행복어사전	도시에 가득 찬 잿빛 빌딩처럼 메마르고 각박한 세태, 치열한 경쟁과 개인주의가 팽배한 풍토에서 현대인들이 찾을 수 있는 행복은 무엇이고 그 의미는 어떤 것인가를 신입기자의 눈을 통해 그려가고 있다.(경향신문, 1991.7.19.)
벽 (「거년의 곡」)	젊은 날의 이상과 현실 사이에서 갈등하는 세 법대생의 삼각관계를 통해 미완의 젊음이 겪는 고통을 그려냈다.(KBS미디어)

이병주의 소설은 『관부연락선』과 『지리산』과 같은 역사적 진실을 추구하는 소설과 「낙엽」, 「비창」 등의 대중소설로 나뉜다. 물론 이러한 구분이 명확한 경계를 갖는 것은 아니며, 일부 대중소설 안에서도 역사적 진실을 예리하게 포착해 기록하려는 작가의 노력이 드러나기도 한다. 이병주 소설의 영상화는 주로 역사적 진실을 추구하고자 했던 이병주의 대표작들을 중심으로 이루어졌는데, 문학의 영상화를 지향했던 'TV문학관'의 경우 원작에 충실하려는 노력이 엿보인다.

소설을 영상화하는 경우 다양한 변인들이 작용할 수밖에 없다. 영상 매체 고유의 특성, 연출자의 연출 의도나 사회적 여건, 윤리적 규범, 기술적 문제, 시간적 제약 등이 원작의 각색에 영향을 미친다. 이는 MBC와 KBS를 통해 각각 영상화된 「변명」(《문학사상》, 1972.12.)의 경우에서도 드러난다. 원작인 소설 「변명」은 중층적 이야기 구조를 가지고 있다. 프랑스 역사가 마르크 블로크의 『역사를 위한 변명』에 나타난 역사 인식과 이에 대한 서술자 자신의 역사 인식, 서술자가 학병으로 나가 있을 때 우연히 알게 된 독립운동가 탁인수의 죽음, 탁인수를 밀고함으로써 죽음으로 몰고 간 장병중이 해방 후 독립운동가 행세를 하면서 승승장구하고 있는 사실을 알게 된 서술자의 심경과 양심의 문제를 다룬다. MBC에서 방송된 '변명'은 여기에 독립투사와 일제 앞잡이의 '결혼'이라는 갈등 상황을 연출하여 시청자의 이목을 집중시키려 했던 반면, KBS 'TV문학관'은 프로그램 기획 의도에 따라 영상화하기에 다소 어려움이 따르는 마르크 블로크의 서사까지 충실하게 다루었다.

이병주 소설을 원작으로 하는 드라마에 대한 당대의 평가는 원작을 수용하는 방법과도 다소 관련이 있는 것처럼 보인다. 「황금의 탑」은 「황백의 문」이라는 제목으로 1979년 9월부터 1982년 8월까지 《신동아》에 연재된 장편소설이다. 이를 원작으로 하여 제작된 KBS 수목드라마 '황금의 탑'은 "진부한 이야기 전개로 신선한 느낌을 주지 못하"며 "재벌 기업의 비리를 캐본다는 의도 외에는 별로 살 만한 것이 없는 드라마"라는 평가를 받았다.(《동아일보》, 1988.3.14.) 인간의 욕망으로 인해 저질러진 비리와 살인, 그리고 그 범인을 추적해가는 원작의 서사를 그대로 뒤좇은 결과가 부정적 평가로 이어졌다고 하겠다.

반면, 드라마 '행복어사전'의 경우 "새로운 감각의 드라마"(《경향신문》, 1991.7.19.)로 평가받으며 "행복어사전 붐"을 일으킬 정도로 많은 인기를 얻었고(《경향신문》, 1991.12.18.), 이는 '출간 직후 별 관심을 받지 못했던 소설 『행복어사전』의 판매부수 증가에도 영향을 끼칠 정도였다.[10] 소설 「행복어사전」은 1976년 4월부터 1982년 9월까지 《문학사상》에 연재된 장편소설로 1970년대와 1980년대를 잇는 혼란한 사회상을 대중적 필치로 잘 그려낸 작품이라는 평가를 받았다. 원작을 그대로 따른 KBS와 달리 MBC 드라마 '행복어사전'의 경우 1990대적 상황에 맞게 서사를 한정하고 축소했는데, 이것이 대중의 긍정적 반응으로 이어졌음을 알 수 있다.

4.

주지하다시피 영상 매체는 본질적으로 대중적 속성을 가지며, 기술 문명의 발전과 산업화를 밑천으로 '대중'의 욕망과 함께 성장해 왔다. 그리고 이 성장에 소설이 일부분 기여하였다는 사실을 부인할 수 없다. 우리나라의 경우 1960년대와 1970년대에 정부 시책의 수혜를 얻기 위해, 혹은 시나리오의 질적인 부분의 미흡함을 보완하려는 노력의 일환으로 '문예영화'가 부흥을 이루었다. 이는 TV보급의 활성화와 함께 드라마 제작으로 이어졌다. 드라마는 저급하다는 인식을 불식시키고 질 높은 내용으로 시청자의 권리를 보장해야 한다는 방송의 책임과 의지에 의해 드라마는 '문예드라마'라는 장르로 제작되기에 이른다.[11] 컬러 TV방송이 시작된 80년대 당시 KBS 'TV문학관'과 MBC 베스트셀러극장'등 소설을 원작으로 삼는 시리즈물이 만들어

10) 《동아일보》, "영상화된 소설 잘 팔린다", 1991.11.12.

11) 김해원, 「고급드라마 만들기: KBS '신TV문학관' 제작진의 차별화 전략과 관습 따르기」, 이화여자대학교 석사학위논문, 1997, 1~2쪽 참조.

졌으며 이는 여러 해에 걸쳐 꾸준히 전파를 탔다.

TV 드라마는 순수한 예술작품이라기보다는 사회적 맥락 내에서 생산되고 소비되는 문화물의 의미가 더 크기 때문에 사회 변화에 민감했다. 1980년대에 들어서는 언론기본법이 제정되고 방송통폐합이 시행되었다. 유신체제가 끝나고 언론을 통제해오던 긴급조치가 종료되었지만 새로운 언론법은 전체 방송환경과 드라마의 편성과 제작환경에 곧바로 영향을 주었다. 특히 공영방송이었던 KBS의 경우 건전한 내용의 프로그램 개발과 제작에 몰두했고, 그에 따라 드라마의 내용도 많이 변하였다. 일일극이 퇴조하고 주제의식이 명확한 단막극이나 특집극이 많이 나타났으며, 정권 정당화, 이데올로기적 화합, 공동체 정신함양 등에 명백하게 기여하는 정책드라마가 많이 제작되었다. 또한 과거 정치사를 통해 현실정치를 간접적으로 고발하거나 현실사회 문제를 고발하고 해결을 모색하는 현실적인 드라마가 나타나기도 했다.[12]

이병주의 소설의 영상화가 이 같은 사회적 분위기를 근저로 이루어졌음을 부인하기는 어려울 것이다. 1980년에 반공법이 폐지되었음에도 불구하고 대종상영화제는 1966년부터 시상하기 시작한 반공영화부문을 1987년까지 유지했다.[13] 이는 사회 전반에 여전히 반공에 대한 인식이 강하게 남아 있었고 영화계 역시 별반 다르지 않았음을 보여준다. 간첩 문제를 통해 법으로만 설명되고 정의내릴 수 없는 인간의 진실과 역사의 이면을 그리고 있는 소설 「삐에로와 국화」(《한국문학》, 1977.9.)가 영화 '삐에로와 국화'로 제작되

12) 한국 사회의 흐름에 따른 텔레비전 드라마의 변화 양상에 관한 내용은 정영희(「한국 사회의 변화와 텔레비전 드라마에 대한 연구」, 고려대학교 박사학위논문, 2005.)의 글을 참고하였다.

13) 안승범, 「소설 원작 반공영화의 주제의식 영상화 양상 일고찰」, 『한국문학이론과 비평』 47, 한국문학 이론과 비평학회, 2010, pp.357~358.

어 "3형제가 월북했으나 남로당 출신이란 이유로 고통과 박해 속에 간첩으로 남파된 뒤 옛 애인의 건실한 삶에 감동, 자수한다는 줄거리"를 가진 '반공물'로 홍보되는 사정도 이와 다르지 않을 것이다.[14]

상황이 그렇다 하더라도 이병주 소설의 영상화를 지배 이데올로기의 의도라고 단정하는 것은 이병주 소설 자체가 가지는 의미를 축소하는 성급한 결론이다.

이 글은 대중을 기반으로 성장해 온 영화와 TV가 꾸준히 이병주의 소설을 선택했다는 사실이 이병주 소설이 가지는 대중성에 대한 방증이라는 생각에서 출발하여 이병주 소설의 영상화가 갖는 의미를 밝히려 하였다. 그러나 이병주 소설의 영상화 목록을 정리하는 예비적 수준의 논의에 머물고 말았다. 1980년대 집중적으로 이루어진 이병주 소설의 영상화가 내포하는 의미를 파악하기 위해서는 이병주 소설이 쿠데타와 민주화 운동으로 대표되는 1980년대의 사회적 · 정치적 상황에서 가지는 의미를 살펴 볼 필요가 있다. 아울러 이병주 소설이 영상화된 경우 개별 작품이 어떤 방향으로 각색되었는지를 보다 세밀하게 검토하고 확인해야 하며, 여기에 이병주 소설에 대한 대중의 반응 및 영상화 작업에 대한 대중의 반응도 추가로 제시되어야 한다. 그런 이후에야 이병주 소설의 영상화가 갖는 의미와 이병주 소설이 대중과 맺는 관련성을 읽어낼 수 있을 것이다.

---

14) 《동아일보》, 1982.11.16. "반공물 「피에로…」 마지막 손질 단계".